메가스터디 N제

국어영역 독서

217제

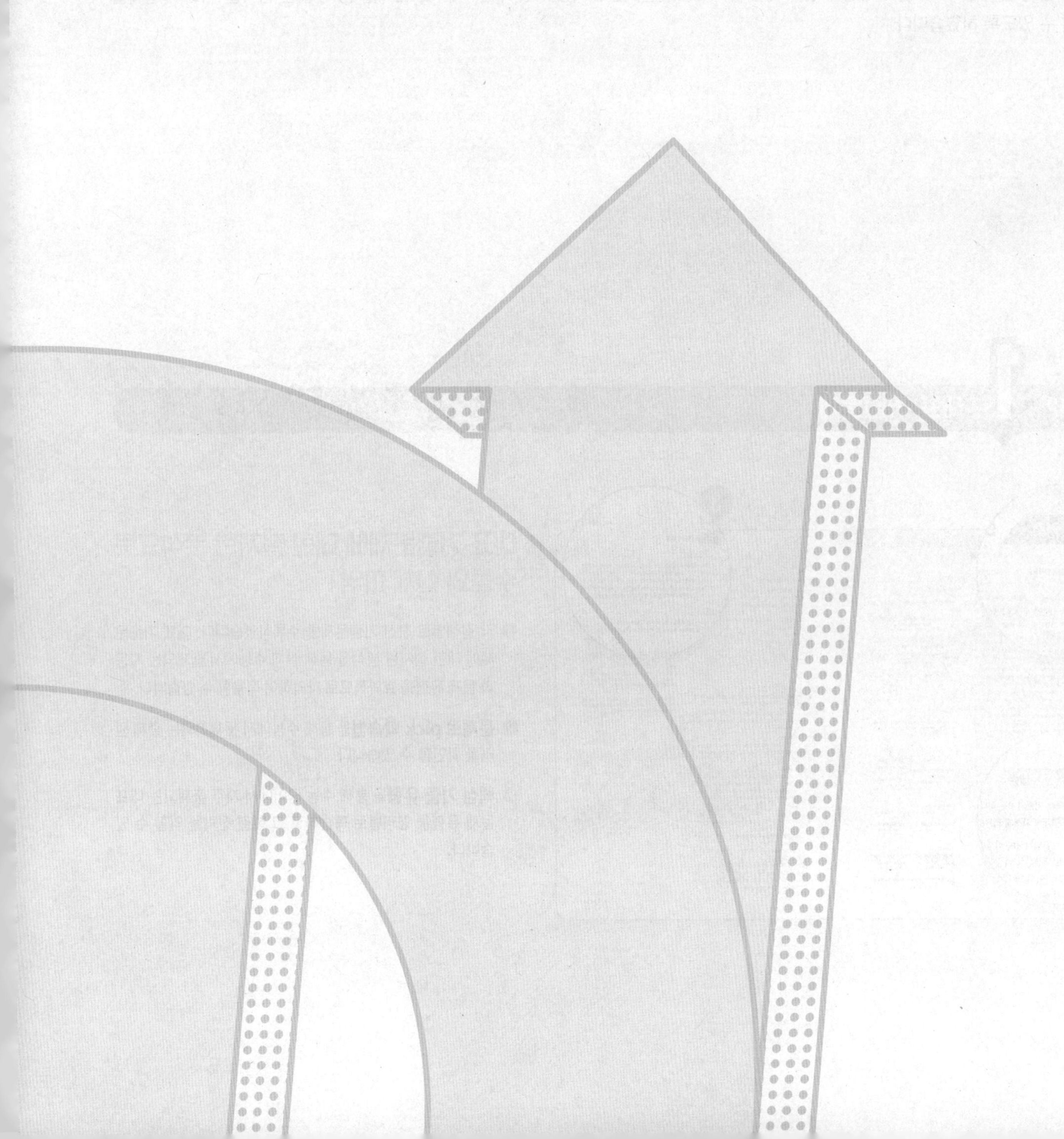

이 책의 **구성과 특징**

▶▶▶ 수능에서 마주할 확률이 높은 지문으로 학습 효율을 높이자.

메가스터디 N제 독서는

- 수능 독서 만점을 위해 대표 기출문제부터 적중 예상 문제까지 한 번에 학습이 가능하도록 하였습니다.
- 기출문제로 주요 출제 요소와 문제 풀이 방법을 익히고, 이를 제작 문제에 집중적으로 적용하는 단계적 학습을 할 수 있도록 구성하였습니다.
- 최근 10개년 EBS 연계 교재에 수록된 출제 가능성이 높은 지문들을 선별하여 영역별로 제시하였습니다.
- 수능 국어 영역에서 문항 수가 많은 주제 통합 세트를 더 비중 있게 수록하여 해당 세트의 지문 구성과 문제 유형을 충분히 익힐 수 있도록 하였습니다.
- 최신 평가원, 수능 독서 출제 경향을 철저히 분석하여 개발한, 실제 시험과 유사한 지문 및 문제를 통해 실전 감각을 익히며 실력을 다질 수 있도록 하였습니다.

STEP 1 대표 기출문제

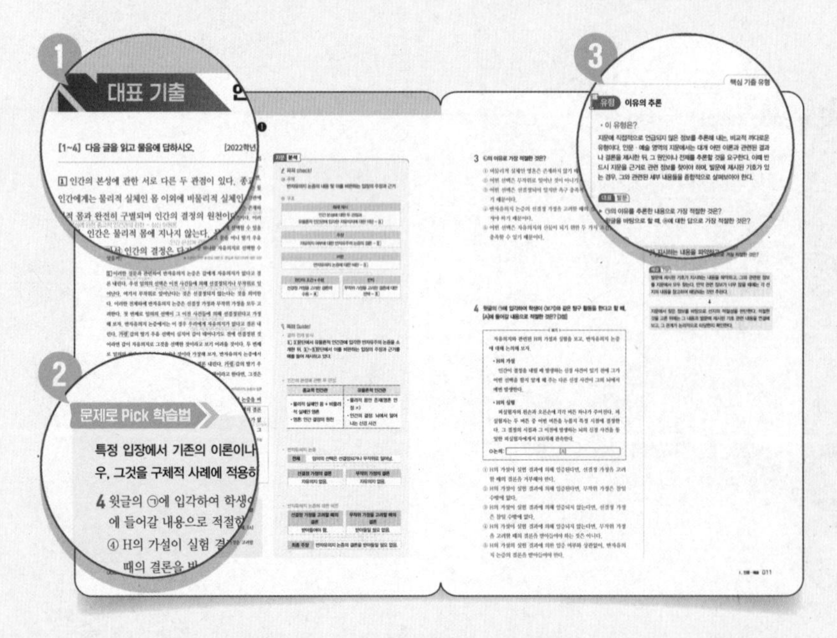

대표 기출문제에 대한 철저한 분석으로 수능의 실체 파악

❶ 각 갈래별로 최신 기출문제를 수록하였습니다. 대표 기출문제에 대한 철저한 분석을 통해 실제 수능에서 출제되는 지문과 문제 유형을 효과적으로 파악하여 적용할 수 있습니다.

❷ **문제로 pick 학습법**을 통해 수능에서 문제화되는 출제 원리를 확인할 수 있습니다.

❸ **핵심 기출 유형**을 통해 수능 국어에서 자주 출제되는 대표 문제 유형을 영역별로 학습하고 그 해결 전략을 익힐 수 있습니다.

STEP 2 적중 예상 문제

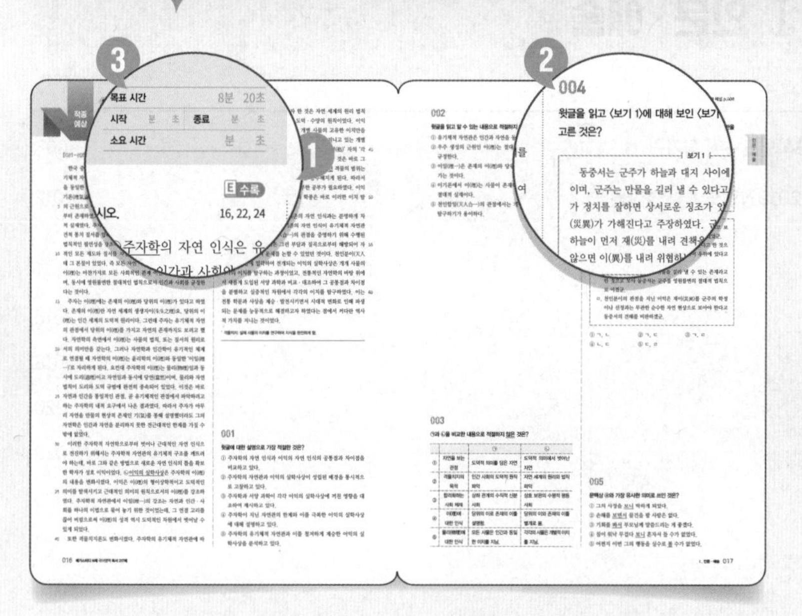

적중 예상 지문에 대한 집중 훈련으로 문제 해결력 상승

❶ 해당 지문과 관련된 제재가 수록된 EBS 연계 교재의 연도와 횟수를 확인할 수 있도록 하여 각 제재의 중요도를 가늠할 수 있도록 하였습니다.

❷ 교육 과정과 최신 수능 경향에 부합하는, 실제 시험과 유사한 구성과 유형의 풍부한 실전 문제를 개발 · 수록하여 충분한 실전 훈련이 가능하도록 하였습니다.

❸ 지문별로 적정 독해 시간을 안내하였습니다. 목표 시간 내에 문제를 푸는 연습을 통해 실전에 완벽하게 대비할 수 있도록 하였습니다.

STEP 3 정답과 해설

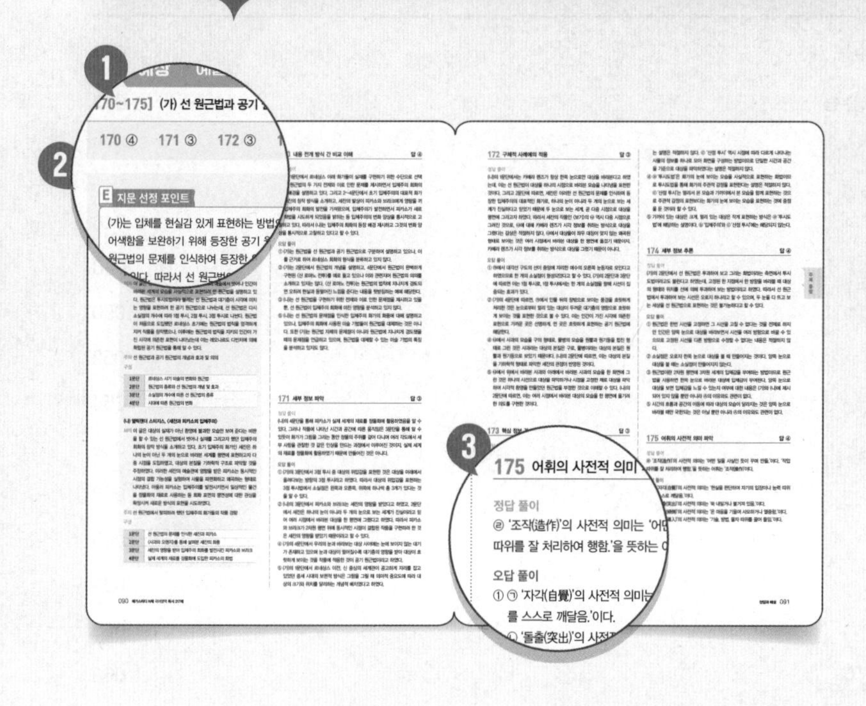

상세하고 친절한 문제 해설

❶ 효율적 교재 활용을 위해 각 세트별로 정답을 빠르게 확인할 수 있도록 구분하여 제시하였습니다.

❷ **E 지문 선정 포인트**에서 지문 선정의 이유를 제시하여 독서 영역에서 지문을 선정하는 원리와 독해 및 학습 방향을 파악할 수 있도록 하였습니다.

❸ 지문에 근거한 상세하고 친절한 정답과 오답 풀이를 제공하여 혼자서도 지문을 이해하고 문제를 해결할 수 있도록 하였습니다.

이 책의 **차례**

Ⅰ 인문 · 예술

Ⅱ 사회 · 문화

Ⅲ 과학 · 기술

Ⅳ 주제 통합

독서

Ⅰ. 인문 · 예술
대표 기출
적중 예상

Ⅱ. 사회 · 문화
대표 기출
적중 예상

Ⅲ. 과학 · 기술
대표 기출
적중 예상

Ⅳ. 주제 통합
대표 기출
적중 예상

인문 · 예술 ❶

[1~4] 다음 글을 읽고 물음에 답하시오. [2022학년도 9월 평가원 10~13번]

1 인간의 본성에 관한 서로 다른 두 관점이 있다. 종교적 인간관에 따르면, 인간에게는 물리적 실체인 몸 이외에 비물리적 실체인 영혼이 있다. 영혼은 물리적 몸과 완전히 구별되며 인간의 결정의 원천이다.[인간 본성에 관한 종교적 인간관의 관점 – 심신 이원론] 반면[△: 역접] 유물론적 인간관에 따르면, 인간은 물리적 몸에 지나지 않는다. 물리적 몸 이외에 영혼은 존재하지 않는다.[인간 본성에 관한 유물론적 인간관의 관점 – 심신 일원론(물질적 일원론)] 따라서[○: 인과] 인간의 결정은 단지 뇌에서 일어나는 신경 사건이다. 이러한 두 관점 중 유물론적 인간관을 가정할 때, 인간은 자유롭게 선택할 수 있을까? 즉 인간에게 자유의지가 있을까?[중심 화제] 가령[□: 예시] 갑이 냉장고 문을 여니 딸기 우유와 초코 우유만 있다고 해 보자. 갑은 이것들 중 하나를 자유의지로 선택할 수 있을까?

▶ 1문단: 인간 본성에 대한 두 관점과 자유의지에 대한 의문

2 이러한 질문['인간에게 자유의지가 있을까?']과 관련하여 반자유의지 논증은 갑에게 자유의지가 없다고 결론 내린다. 우선 임의의 선택은 이전 사건들에 의해 선결정되거나 무작위로 일어난다.[반자유의지 논증의 전제 - 임의의 선택은 선결정되거나 선결정되지 않음.] 여기서 무작위로 일어난다는 것은 선결정되지 않는다는 것을 의미한다. 이러한 전제하에 반자유의지 논증은 선결정 가정과 무작위 가정을 모두 고려한다. 첫 번째로 임의의 선택이 그 이전 사건들에 의해 선결정된다고 가정[반자유의지 논증의 선결정 가정]해 보자. 반자유의지 논증에서는 이 경우 우리에게 자유의지가 없다고 결론 내린다.['선결정 가정'에 대한 반자유의지 논증의 결론] 가령 갑의 딸기 우유 선택이 심지어 갑이 태어나기도 전에 선결정된 것이라면 갑이 자유의지로 그것을 선택한 것이라고 보기 어려울 것이다. 두 번째로 임의의 선택이 무작위로 일어난 것이라 가정해 보자.[반자유의지 논증의 무작위 가정] 반자유의지 논증에서는 이 경우에도 우리에게 자유의지가 없다고 결론 내린다.['무작위 가정'에 대한 반자유의지 논증의 결론] 가령 갑의 딸기 우유 선택이 단지 갑의 뇌에서 무작위로 일어난[선결정되지 않은 채 일어난] 신경 사건이라고 한다면, 그것은 자유의지의 산물이라고 보기 어려울 것이다.

▶ 2문단: 자유의지 여부에 대한 반자유의지 논증의 결론

3 그러나 이 논증[반자유의지 논증]에 관한 다양한 비판이 가능하다. ㉠ 반자유의지 논증을 비판하는 한 입장에 따르면 반자유의지 논증의 선결정 가정을 고려할 때의 결론[인간에게 자유의지가 없음.]은 받아들여야 하지만, 무작위 가정을 고려할 때의 결론[인간에게 자유의지가 없음.]은 받아들일 필요가 없다.[선택의 주체가 자기 자신일 수 있으므로] 따라서 반자유의지 논증의 결론[인간에게 자유의지가 없음.]도 받아들일 필요가 없다고 주장한다. 그 이유는 아래와 같다.

▶ 3문단: 반자유의지 논증을 비판하는 입장의 주장

문제로 Pick 학습법

특정 입장에서 기존의 이론이나 주장을 논리적으로 비판하는 내용이 제시될 경우, 그것을 구체적 사례에 적용하는 문제가 출제된다.

4 윗글의 ㉠에 입각하여 학생이 〈보기〉와 같은 탐구 활동을 한다고 할 때, [A]에 들어갈 내용으로 적절한 것은?

④ H의 가설이 실험 결과에 의해 입증되지 않는다면, 무작위 가정을 고려할 때의 결론을 받아들여야 하는 것은 아니다. (○)

지문 분석

꼼꼼 check!

주제

반자유의지 논증의 내용 및 이를 비판하는 입장의 주장과 근거

구조

화제 제시
인간 본성에 대한 두 관점과 유물론적 인간관에 입각한 자유의지에 대한 의문 – 1

주장
자유의지 여부에 대한 반자유주의 논증의 결론 – 2

비판
반자유의지 논증에 대한 비판 – 3

판단의 조건+수용	반박
선결정 가정을 고려한 결론의 수용 – 4	무작위 가정을 고려한 결론에 대한 반박 – 5

독해 Guide!

• 글의 전개 방식

1, 2문단에서 유물론적 인간관에 입각한 반자유주의 논증을 소개한 뒤, 3~5문단에서 이를 비판하는 입장의 주장과 근거를 예를 들어 제시하고 있다.

• 인간의 본성에 관한 두 관점

종교적 인간관	유물론적 인간관
• 물리적 실체인 몸 + 비물리적 실체인 영혼 • 영혼: 인간 결정의 원천	• 물리적 몸만 존재(영혼 인정 ×) • 인간의 결정: 뇌에서 일어나는 신경 사건

• 반자유의지 논증

전제	임의의 선택은 선결정되거나 무작위로 일어남.

선결정 가정의 결론	무작위 가정의 결론
자유의지 없음.	자유의지 없음.

• 반자유의지 논증에 대한 비판

선결정 가정을 고려할 때의 결론	무작위 가정을 고려할 때의 결론
받아들여야 함.	받아들일 필요 없음.

최종 주장	반자유의지 논증의 결론을 받아들일 필요 없음.

4 임의의 선택이 나의 자유의지의 산물이 되기 위해서는 다음 두 가지 조건을 모두 충족해야 한다. 첫째, 내가 그 선택의 주체여야 한다. 둘째, 나의 선택은 그 이전 사건들에 의해 선결정되지 않아야 한다. 그런데 어떤 선택이 그 이전 사건들에 의해 선결정되어 있다면, 이것은 자유의지를 위한 둘째 조건과 충돌한다. 따라서 반자유의지 논증의 선결정 가정을 고려할 때의 결론인 우리에게 자유의지가 없다는 점을 받아들여야 한다. 물론 이러한 자유의지와 다른 의미를 지닌 자유의지가 있을 수 있다. 만약 '내가 자유롭게 선택했다'는 말이 단지 '내가 하고자 원했던 것을 했다'는 ⓐ 욕구 충족적 자유의지를 의미한다면, 나의 선택이 그 이전 사건들에 의해 선결정되어 있든 그렇지 않든 그것은 내 자유의지의 산물일 수 있다. 그러나 이러한 자유의지는 ⓑ 여기서 염두에 두는 두 가지 조건을 모두 충족하는 자유의지와 다르다.

반자유의지 논증 비판 입장: 자유의지의 산물인 선택의 조건 ①
반자유의지 논증 비판 입장: 자유의지의 산물인 선택의 조건 ②
욕구 충족적 자유의지
선결정 여부와 관계없이 자신이 하고자 원했던 것이 충족되었으므로

▶ 4문단: 선결정 가정을 고려한 결론의 수용

5 다음으로, 어떤 선택이 무작위로 일어난 것이라고 하더라도 그 선택의 주체는 나일 수 있다. 유물론적 인간관에 따르면 '갑이 딸기 우유를 선택했다'는 것은 '선택 시점에 갑의 뇌에서 신경 사건이 발생했다'는 것을 의미한다. 갑의 이러한 신경 사건이 이전 사건들에 의해 선결정되지 않은 것으로 가정해 보자. 이러한 가정 아래에서도 갑은 그 선택의 주체일 수 있다. 왜냐하면 이 가정은 선택 시점에 발생한 뇌의 신경 사건으로서 '갑이 딸기 우유를 선택했다'는 사실을 바꾸지 않기 때문이다. 결국 ㉡ 반자유의지 논증의 무작위 가정을 고려할 때의 결론은 받아들일 필요가 없다.

이전 사건들에 의해 선결정되지 않은 것
둘째 조건이 충족된 것으로 가정
첫째 조건이 충족될 수 있음.
딸기 우유를 선택하는 시점 이전에 일어난 사건이 아님.
딸기 우유를 선택한 행위의 주체는 여전히 '갑'임.
무작위로 일어난 선택: 자유의지의 산물이 되기 위한 두 가지 조건 모두 충족 가능

▶ 5문단: 무작위 가정을 고려한 결론에 대한 반박

지문 분석

독해 Guide!

- 임의의 선택이 자유의지의 산물이 되기 위한 두 가지 조건 – 반자유의지 논증을 비판하는 입장

첫 번째 조건	자신이 그 선택의 주체여야 함.
두 번째 조건	자신의 선택이 이전 사건들에 의해 선결정되지 않아야 함.

- '선결정 가정을 고려할 때의 결론'을 수용해야 하는 이유 – 반자유의지 논증을 비판하는 입장

선결정 가정		
임의의 선택은 선결정되어 있음.	⇨	임의의 선택이 자유의지의 산물이 되기 위한 둘째 조건과 충돌함.

인간에게 자유의지가 없다는 선결정 가정의 결론을 수용해야 함.

- '무작위 가정을 고려할 때의 결론'을 수용할 필요가 없는 이유 – 반자유의지 논증을 비판하는 입장

무작위 가정
임의의 선택은 선결정되어 있지 않음.

임의의 선택이 자유의지의 산물이 되기 위한 둘째 조건(선결정되어 있지 않아야 한다는 것) 충족	선택의 주체가 '나'일 수 있음. → 임의의 선택이 자유의지의 산물이 되기 위한 첫째 조건 충족

자유의지가 없다는 무작위 가정의 결론을 받아들일 필요 없음.

문제로 Pick 학습법

특정 개념과 지문의 다른 개념을 그럴듯하게 연결하여 오해할 수 있는 내용으로 선지를 구성한 문제가 출제된다.

3 ㉡의 이유로 가장 적절한 것은?

③ 어떤 선택은 선결정되어 있지만 욕구 충족적 자유의지의 산물이기 때문이다. (×)

1 윗글에 대한 설명으로 적절하지 않은 것은?

① 유물론적 인간관은 영혼의 존재를 인정하지 않는다.
② 유물론적 인간관은 인간의 선택을 물리적 사건으로 본다.
③ 종교적 인간관은 인간이 물리적 실체로만 구성된다고 보지 않는다.
④ 종교적 인간관은 인간의 선택에서 비물리적 실체가 하는 역할을 인정한다.
⑤ 반자유의지 논증은 임의의 선택이 선결정되지 않을 가능성을 고려하지 않는다.

2 ⓐ, ⓑ를 이해한 내용으로 적절한 것은?

① 어떤 선택을 원해서 한다면 그 선택을 한 사람에게 ⓐ가 있을 수 없다.
② 어떤 선택을 원해서 한다면 그 선택을 한 사람에게 ⓑ가 있을 수 없다.
③ 어떤 선택이 선결정되어 있다면 그 선택을 한 사람에게 ⓐ가 있을 수 없다.
④ 어떤 선택이 선결정되어 있다면 그 선택을 한 사람에게 ⓑ가 있을 수 없다.
⑤ 어떤 선택을 원해서 하고 그 선택이 선결정되어 있지 않다면 그 선택을 한 사람에게 ⓐ와 ⓑ 중 어느 것도 있을 수 없다.

핵심 기출 유형

유형 정보 간의 관계 파악

• 이 유형은?

세부 정보 간의 인과 관계나 상관관계 같은 논리적 관계를 바탕으로 내용을 추론하는 유형이다. 인문 · 예술 영역 지문에서는 제시된 특정 이론이나 개념에 대해 정확히 이해했는지 여부를 확인하려는 목적으로 출제되는 경우가 많다. 이 문항의 경우, 선지의 적절성을 바르게 파악하기 위해서는 각 선지의 앞부분에 제시된 조건에 유의해야 한다.

대표 발문

▸ ㉠과 ㉡에 대한 이해로 가장 적절한 것은?
▸ ㉠~㉢에 대한 설명으로 가장 적절한 것은?

해결 Tip

지문의 내용을 바탕으로 ⓐ와 ⓑ 각각이 의미하는 자유의지가 무엇인지 구분한다.

↓

선지의 앞부분에 제시된 조건이 ⓐ의 '욕구 충족적' 행위, ⓑ의 '선결정 여부'와 관련됨을 파악한다.

↓

앞의 내용을 바탕으로 개별 선지의 적절성을 파악한다. 이때 ⓐ, ⓑ 모두 언급된 선지는 ⓐ의 적절성과 ⓑ의 적절성을 모두 판단한다.

3 ㉡의 이유로 가장 적절한 것은?

① 비물리적 실체인 영혼은 존재하지 않기 때문이다.
② 어떤 선택은 무작위로 일어난 것이 아니기 때문이다.
③ 어떤 선택은 선결정되어 있지만 욕구 충족적 자유의지의 산물이기 때문이다.
④ 반자유의지 논증의 선결정 가정을 고려할 때의 결론이 받아들여져야 하기 때문이다.
⑤ 어떤 선택은 자유의지의 산물이 되기 위한 두 가지 조건을 모두 충족할 수 있기 때문이다.

4 윗글의 ㉠에 입각하여 학생이 〈보기〉와 같은 탐구 활동을 한다고 할 때, [A]에 들어갈 내용으로 적절한 것은? [3점]

보기

자유의지와 관련된 H의 가설과 실험을 보고, 반자유의지 논증에 대해 논의해 보자.

• H의 가설
인간이 결정을 내릴 때 발생하는 신경 사건이 있기 전에 그가 어떤 선택을 할지 알게 해 주는 다른 신경 사건이 그의 뇌에서 매번 발생한다.

• H의 실험
피실험자의 왼손과 오른손에 각각 버튼 하나가 주어진다. 피실험자는 두 버튼 중 어떤 버튼을 누를지 특정 시점에 결정한다. 그 결정의 시점과 그 이전에 발생하는 뇌의 신경 사건을 동일한 피실험자에게서 100차례 관측한다.

○ 논의: [A]

① H의 가설이 실험 결과에 의해 입증된다면, 선결정 가정을 고려할 때의 결론을 거부해야 한다.
② H의 가설이 실험 결과에 의해 입증된다면, 무작위 가정은 참일 수밖에 없다.
③ H의 가설이 실험 결과에 의해 입증되지 않는다면, 선결정 가정은 참일 수밖에 없다.
④ H의 가설이 실험 결과에 의해 입증되지 않는다면, 무작위 가정을 고려할 때의 결론을 받아들여야 하는 것은 아니다.
⑤ H의 가설의 실험 결과에 의한 입증 여부와 상관없이, 반자유의지 논증의 결론을 받아들여야 한다.

핵심 기출 유형

유형 이유의 추론

• 이 유형은?

지문에 직접적으로 언급되지 않은 정보를 추론해 내는, 비교적 까다로운 유형이다. 인문 · 예술 영역의 지문에서는 대개 어떤 이론과 관련된 결과나 결론을 제시한 뒤, 그 원인이나 전제를 추론할 것을 요구한다. 이때 반드시 지문을 근거로 관련 정보를 찾아야 하며, 발문에 제시된 기호가 있는 경우, 그와 관련된 세부 내용들을 종합적으로 살펴보아야 한다.

대표 발문

▸ ㉠의 이유를 추론한 내용으로 가장 적절한 것은?
▸ 윗글을 바탕으로 할 때, ⓐ에 대한 답으로 가장 적절한 것은?

해결 Tip

발문에 제시된 기호가 지시하는 내용을 파악하고, 그와 관련된 정보를 지문에서 모두 찾는다. 만약 관련 정보가 너무 많을 때에는 각 선지의 내용을 참고하여 해당되는 것만 추린다.

↓

지문에서 찾은 정보를 바탕으로 선지의 적절성을 판단한다. 적절한 것을 고른 뒤에는 그 내용과 발문에 제시된 기호 관련 내용을 연결해 보고, 그 관계가 논리적으로 타당한지 확인한다.

대표 기출 인문 · 예술 ❷

[1~6] 다음 글을 읽고 물음에 답하시오. [2019학년도 6월 평가원 16~21번]

[1] 17세기 초부터 ⓐ 유입되기 시작한 서학(西學) 서적에 담긴 서양의 과학 지식은 당시 조선의 지식인들에게 적지 않은 지적 충격을 주며 사상의 변화를 이끌었다. 하지만 ㉠ 19세기 중반까지 서양 의학의 영향력은 천문 · 지리 지식에 비해 미미하였다. 일부 유학자들이 서양 의학 서적들을 읽었지만, 이에 대해 논평을 남긴 인물은 극히 제한적이었다.

서양의 과학 지식이 조선에 끼친 영향
△: 역접
당시 유학자들이 서양의 의학에 무관심했던 것은 아님.
▶ 1문단: 조선 지식인들의 사상 변화를 이끈 서학 서적

[2] 이런 가운데 18세기 실학자 이익은 주목할 만한 인물이다. 그는 「서국의(西國醫)」라는 글에서 아담 샬이 쓴 『주제군징(主制群徵)』의 일부를 채록하면서 자신의 생각을 ⓑ 제시하였다. 『주제군징』에는 당대 서양 의학의 대변동을 이끈 근대 해부학 및 생리학의 성과나 그에 따른 기계론적 인체관은 담기지 않았다. 대신 기독교를 효과적으로 ⓒ 전파하기 위해 신의 존재를 증명하려 했던 로마 시대의 생리설, 중세의 해부 지식 등이 실려 있었다. 한정된 서양 의학 지식이었지만 이익은 그 우수성을 인정하고 내용을 부분적으로 수용하였다. 뇌가 몸의 운동과 지각 활동을 주관한다는 아담 샬의 설명에 대해, 이익은 몸의 운동을 뇌가 주관한다는 것은 긍정하였지만, 지각 활동은 심장이 주관한다는 전통적인 심주지각설(心主知覺說)을 고수하였다.

17세기의 천주교 교리서. '여러 증거를 통해 신의 섭리를 증명한다.'라는 뜻
동양과 다른 서양 의학의 특징, 홉슨의 저서에는 담김.
기독교적 세계관이 투영된 의학 이론
서양의 의학 지식에 대해 주체적으로 판단하고 수용함.
『주제군징』에 기록된 서양 의학 이론
뇌가 지각 활동을 주관한다는 내용은 수용하지 않음.
▶ 2문단: 서양 의학 지식을 부분적으로 수용한 이익의 인체관

[3] 이익 이후에도 서양 의학이 조선 사회에 끼친 영향은 두드러지지 않았다. 당시 유학자들은 서양 의학의 필요성을 느끼지 못하였고, 의원들의 관심에서도 서양 의학은 비껴나 있었다. 당시에 전해진 서양 의학 지식은 내용 면에서도 부족했을 뿐 아니라, 지구가 둥글다거나 움직인다는 주장만큼 충격적이지는 않았다. 서양 해부학이 야기하는 윤리적 문제도 서양 의학의 영향력을 제한하는 요인으로 작용하였으며, 서학에 대한 조정(朝廷)의 금지 조치도 걸림돌이었다. 그러던 중 19세기 실학자 최한기는 당대 서양에서 주류를 이루고 있던 최신 의학 성과를 담은 홉슨의 책들을 접한 후 해부학 전반과 뇌 기능을 중심으로 문제의식을 본격화하였다. 인체에 대한 이전 유학자들의 논의가 도덕적 차원에 초점이 있었던 것과 달리, 그는 지각적 · 생리적 기능에 주목하였다.

서양 의학의 영향력이 미미했던 이유 ①
이유 ②
이유 ③
이유 ④
이유 ⑤
이유 ⑥
아담 샬의 『주제군징』과 달리 서양의 최신 의학 이론을 소개함.
도덕적 관점에서 벗어나 과학적 관점에서 접근함.
▶ 3문단: 서양 의학의 영향력이 제한적이었던 이유와 최한기의 관점

[4] 최한기의 인체관을 함축하는 개념 중 하나는 '몸기계'였다. 그는 이 개념을 본격적으로 사용하기에 앞서 인체를 형체와 내부 장기로 구성된 일종의 기계로 파악하고 있었다. 이러한 생각은 『전체신론(全體新論)』 등 홉슨의 저서를 접

복잡한 장치와 그 작동으로 기계적 운동을 하는 존재로서의 몸
서양의 기계론적 인체관과 유사

문제로 Pick 학습법

동일한 대상에 대해 여러 학자들의 견해나 이론이 제시되는 경우, 그 공통점이나 차이점을 비교하여 이해하는 문제가 출제된다.

2 윗글에 대한 이해로 적절하지 않은 것은?

③ 이익과 홉슨은 신체의 동작을 뇌가 주관한다는 것에서 공통적인 견해를 보였다. (○)

지문 분석

꼭꼭 check!

주제

서양 의학의 영향을 받은 이익의 인체관과 최한기의 인체관

구조

도입
조선 지식인들의 사상 변화를 이끈 서학 서적 – [1]

주지 1	주지 2
서양 의학 지식을 일부 수용한 이익 – [2]	서양 의학의 영향력을 제한한 요인과 최한기의 관점 – [3]

상술		
최한기의 인체관 ① : 몸기계 – [4]	최한기의 인체관 ② : 심주지각설 – [5]	최한기의 인체관 ③ : 신기 – [6]

마무리
최한기의 인체관이 지닌 의의 – [7]

독해 Guide!

• 글의 전개 방식

[1]문단에서 조선에 유입된 서학 서적의 영향을 제시하고, [2]문단에서 서양 의학 지식을 일부 수용한 18세기 이익의 인체관을 설명하였다. 그리고 [3]~[6]문단에서 서양 의학 이론을 주체적으로 수용한 19세기 최한기의 인체관을 구체적으로 설명한 뒤, [7]문단에서 최한기의 인체관이 지닌 의의를 제시하였다.

• 서양 의학을 부분적으로 수용한 이익의 인체관

아담 샬, 『주제군징』	18세기 이익
• 신의 존재를 증명하려 한 로마 시대의 생리설, 중세의 해부 지식 등이 실려 있음. • 인체관: 뇌가 몸의 운동과 지각 활동을 주관한다고 설명함.	• 아담 샬의 저서의 우수성을 인정하고, 내용을 부분적으로 수용함. • 인체관: 몸의 운동을 뇌가 주관한다는 것은 긍정하였으나, 지각 활동은 심장이 주관한다는 '심주지각설'을 고수함.

• 최한기의 인체관 ① – 몸기계

19세기 최한기의 인체론 (몸기계)	
	인체는 몸기계, 즉 형체와 내부 장기로 구성된 일종의 기계임. → 기계론적 인체관
	인체는 생명력을 가지며 자발적 운동을 함. → 외부 동력에 의한 기계적 인과 관계에 지배되지 않음.
	신체의 기계적 운동의 최초 원인: 신기

한 후 더 분명해져서 인체를 복잡한 장치와 그 작동으로 이루어진 몸기계로 형상화하면서도, 인체가 외부 동력에 의한 기계적 인과 관계에 지배되는 것이 아니라 그 자체가 생명력을 가지고 자발적인 운동을 한다고 보았다. 이는 인체를 '신기(神氣)'와 결부하여 이해한 결과였다. 기계적 운동의 인과 관계를 설명하려면 원인을 찾는 과정이 꼬리에 꼬리를 물고 이어지게 된다. 따라서 이러한 무한 소급을 끝맺으려면 운동의 최초 원인을 상정해야만 한다. 이 문제를 해결하기 위해 의료 선교사인 홉슨은 창조주와 같은 질적으로 다른 존재를 상정하였다. 기독교적 세계관을 부정했던 최한기는 인체를 구성하는 신기를 신체 운동의 원인으로 규정하여 이 문제를 해결하려 하였다.

(당시 서양 의학의 인체관 / 최한기의 주체적 인체관 ① / 형체가 없이 생명 활동과 지각을 조정하는 체내 기운 / 비과학적 요소 / 『전체신론』이 지닌 한계를 독창적 이론으로 해결함.)

▶ 4문단: 최한기의 인체관 ① – 몸기계

5 최한기는 『전체신론』에 ⓓ 수록된, 뇌로부터 온몸에 뻗어 있는 신경계 그림을 접하고, 신체 운동을 주관하는 뇌의 역할과 중요성을 인정하였다. 하지만 뇌가 운동뿐만 아니라 지각을 주관한다는 홉슨의 뇌주지각설(腦主知覺說)에 관심을 기울이면서도, 뇌주지각설은 완전한 체계를 이루기에 불충분하다고 보았다. 뇌가 지각을 주관하는 과정을 창조주의 섭리로 보고 지각 작용과 기독교적 영혼 사이의 연관성을 부각하려 한 『전체신론』의 견해를 부정하고, 대신 '심'이 지각 운용을 주관한다는 심주지각설이 더 유용하다고 주장하였다.

(이익과 마찬가지로 몸의 운동을 뇌가 주관한다는 서양 이론을 수용함. / 뇌가 지각을 주관한다는 이론 / 기독교적 세계관이 투영된 이론 / 심(신기)이 지각을 주관한다는 이론)

▶ 5문단: 최한기의 인체관 ② – 심주지각설

6 그러나 종래의 심주지각설을 그대로 수용한 것은 아니었다. 기존의 심주지각설이 '심'을 심장으로 보았던 것과 달리 그는 신기의 '심'으로 파악하였다. 그에 따르면, 신기는 신체와 함께 생성되고 소멸되는 것으로, 뇌나 심장 같은 인체 기관이 아니라 몸을 구성하면서 형체가 없이 몸속을 두루 돌아다니는 것이다. 신기는 유동적인 성질을 지녔는데 그 중심이 '심'이다. 신기는 상황에 따라 인체의 특정 부분에 더 높은 밀도로 몰린다. 그래서 특수한 경우에는 다른 곳으로 중심이 이동하는데, 신기가 균형을 이루어야 생명 활동과 지각이 제대로 이루어질 수 있다. 그는 경험 이전에 아무런 지각 내용을 내포하지 않고 있는 신기가 감각 기관을 통한 지각 활동에 의해 외부 세계의 정보를 받아들여 기억으로 저장한다고 파악하였다. 신기는 한 몸을 주관하며 그 자체가 하나로 통합되어 있기 때문에 감각을 통합할 수 있으며, 지각 내용의 종합과 확장, 곧 스스로의 사유를 통해 지각 내용을 조정하고, 그러한 작용에 적응하여 온갖 세계의 변화에 대응할 수 있다고 보았다.

(심장이 지각을 주관한다고 본 이론 / '신기'의 특징 ① / 특징 ② – 유동성 / 특징 ③ / 특징 ④ – 신체에서 '신기'의 중요성 / 특징 ⑤ / 특징 ⑥ / 특징 ⑦ / 특징 ⑧ / 특징 ⑨)

▶ 6문단: 최한기의 인체관 ③ – 신기

7 최한기의 인체관은 서양 의학과 신기 개념의 접합을 통해 새롭게 정립된 것이었다. 「비록 양자 사이의 결합이 완전하지는 않았지만, 서양 의학을 ⓔ 맹신하지 않고 주체적으로 수용하여 정합적인 체계를 이루고자 한 그의 시도는 조선 사상사에서 주목할 만한 성취라 평가할 수 있을 것이다.」

(서양의 기계론적 인체관에 최한기 자신의 신기 개념을 결합 → 주체적 수용 / 「 」: 최한기의 인체관이 지닌 의의)

▶ 7문단: 최한기의 인체관이 갖는 의의

지문 분석

독해 Guide!

• 최한기의 인체관 ② – 심주지각설

홉슨의 『전체신론』		최한기
뇌로부터 온몸에 뻗어 있는 신경계 그림	⇨	신체 운동을 주관하는 뇌의 역할과 중요성 인정
뇌주지각설(뇌가 운동과 지각을 모두 주관)을 주장함.	⇨	뇌주지각설이 완전한 체계를 이루기에는 불충분하다고 봄.
뇌가 지각을 주관하는 과정을 창조주의 섭리로 봄.	⇨	'심'이 지각 운용을 주관한다는 심주지각설이 더 유용하다고 주장함.

• 지각을 주관하는 '심'에 대한 견해

기존의 심주지각설		최한기의 심주지각설
심 = 심장	⇨	심 = '신기'의 중심

• 최한기의 인체관 ③ – 신기

구분	내용
개념	• 신체와 함께 생성되고 소멸되는 것 • 형체가 없이 몸속을 두루 돌아다니는 것
특성	• 유동성을 지님. • 신기가 균형을 이루어야 생명 활동과 지각이 제대로 이루어짐. • '감각 기관을 통한 지각 활동 → 외부 세계의 정보 수용 → 기억으로 저장'을 주관함. • 한 몸을 주관하며 하나로 통합되어 있어 감각을 통합할 수 있음. • 스스로의 사유를 통해 지각 내용을 조정하며 세계의 변화에 대응할 수 있음.

• 최한기의 인체관이 갖는 의의

최한기의 인체관
서양 의학과 '신기' 개념의 접합을 통해 새로운 인체관 정립
⇩
의의: 서양 의학의 주체적 수용

문제로 Pick 학습법

특정 학자의 이론이나 견해가 집중적으로 설명될 경우, 그 관점을 다른 관점과 비교하여 확인하는 문제가 출제된다.

4 〈보기〉는 인체에 관한 조선 시대 학자들의 견해이다. 윗글에 제시된 '최한기'의 견해와 부합하는 것을 〈보기〉에서 고른 것은?

ㄴ. 귀에 쏠린 신기가 눈에 쏠린 신기와 통하여, 보고 들음을 합하여 하나로 만들 수 있다. (O)

대표 기출 인문 · 예술 ❷

1 윗글의 전개 방식으로 가장 적절한 것은?

① 조선에서 인체관이 분화하는 과정을 서양과 대조하여 단계적으로 서술하고 있다.
② 서학의 수용으로 일어난 인체관의 변화를 조선 시대 학자들의 견해를 통해 제시하고 있다.
③ 인체관과 관련된 유학자들의 주장이 지닌 문제점을 열거하여 역사적인 시각에서 비판하고 있다.
④ 우리나라 근대의 인체관 가운데 서로 충돌되는 견해를 절충하여 새로운 결론을 도출하고 있다.
⑤ 동양과 서양의 지식인들이 서로 영향을 주고받으며 인체관을 정립하는 과정을 인과적으로 설명하고 있다.

2 윗글에 대한 이해로 적절하지 않은 것은?

① 최한기는 홉슨의 저서를 접하기 전부터 인체를 일종의 기계로 파악하였다.
② 아담 샬과 달리 이익은 심장을 중심으로 인간의 지각 활동을 이해하였다.
③ 이익과 홉슨은 신체의 동작을 뇌가 주관한다는 것에서 공통적인 견해를 보였다.
④ 아담 샬과 홉슨은 각자가 활동했던 당시에 유력했던 기계론적 의학 이론을 동양에 소개하였다.
⑤ 『주제군징』과 『전체신론』에는 기독교적인 세계관이 투영된 서양 의학 이론이 포함되어 있었다.

3 윗글을 참고할 때, ㉠의 이유로 적절하지 않은 것은?

① 조선에서 서양 학문을 정책적으로 배척했기 때문이다.
② 전래된 서양 의학이 내용 면에서 불충분했기 때문이다.
③ 당대 의원들이 서양 의학의 한계를 지적했기 때문이다.
④ 서양 해부학이 조선의 윤리 의식에 위배되었기 때문이다.
⑤ 서양 의학이 천문 지식에 비해 충격적이지 않았기 때문이다.

핵심 기출 유형

유형 세부 정보 파악

• 이 유형은?

독서 지문에서 거의 빠지지 않고 출제되는 유형으로, 지문을 꼼꼼하게 이해했는지 확인하는 것을 목적으로 한다. 사실적 정보 파악은 독해에서 가장 기본이 되는 능력이기 때문이다. 'A와 B는 모두 ~'나 'A는 B와 달리 ~' 등과 같이 하나의 선지에 적절성을 파악해야 할 내용 요소가 두 가지 이상 제시되는 경우가 많은데, 이때 반드시 각각의 적절성을 별도로 확인해야 한다.

대표 발문

▸ 윗글에 대한 이해로 적절한(적절하지 않은) 것은?
▸ 윗글을 통해 답을 찾을 수 없는 질문은?

해결 Tip

선지를 읽으며 적절성을 파악해야 할 내용을 확인한 뒤, 그것이 지문의 어느 부분에 제시되어 있는지 찾는다. 지문을 읽을 때, 문단별로 주요 어휘나 구절에 표시를 해 두면 지문에서 해당 내용을 찾는 시간을 줄일 수 있다.

지문에서 찾은 내용을 바탕으로 개별 선지의 내용 요소별로 적절성을 각각 판단한다.

4 〈보기〉는 인체에 관한 조선 시대 학자들의 견해이다. 윗글에 제시된 '최한기'의 견해와 부합하는 것을 〈보기〉에서 고른 것은?

보기

ㄱ. 심장은 오장(五臟)의 하나이지만 한 몸의 군주가 되어 지각이 거기에서 나온다.

ㄴ. 귀에 쏠린 신기가 눈에 쏠린 신기와 통하여, 보고 들음을 합하여 하나로 만들 수 있다.

ㄷ. 인간의 신기는 온몸의 기관이 갖추어짐에 따라 생기고, 지각 작용에 익숙해져 변화에 대응하는 것이다.

ㄹ. 신기는 대소(大小)로 구분되어 있는 것이니, 한 몸에 퍼지는 신기가 있고 심장에서 운용하는 신기가 있다.

① ㄱ, ㄴ ② ㄱ, ㄷ ③ ㄴ, ㄷ
④ ㄴ, ㄹ ⑤ ㄷ, ㄹ

5 윗글의 '최한기'와 〈보기〉의 '데카르트'를 비교하여 이해한 내용으로 적절하지 않은 것은? [3점]

보기

서양 근세의 철학자 데카르트는 물질과 정신을 구분하여, 물질은 공간을 차지한다는 특징을 갖는 반면 정신은 사유라는 특징을 갖는다고 보았다. 물질의 기계적 운동을 옹호했던 그는 정신이 깃든 곳은 물질의 하나인 두뇌이지만 정신과 물질은 서로 독립적이라고 주장하였다. 그러나 정신과 물질이 영향을 주고받음을 설명할 수 없다는 비판을 받았다.

① 데카르트의 '정신'과 달리 최한기의 '신기'는 신체와 독립적이지 않겠군.
② 데카르트와 최한기는 모두 인간의 사고 작용이 일어나는 곳은 두뇌라고 보았겠군.
③ 데카르트의 '정신'과 최한기의 '신기'는 모두 그 자체로는 형체를 갖지 않는 것이겠군.
④ 데카르트와 달리 최한기는 인간의 사고가 신체와 영향을 주고받음을 설명할 수 없다는 비판을 받지는 않겠군.
⑤ 데카르트의 견해에서도 최한기에서처럼 기계적 운동의 최초 원인을 상정하면 무한 소급의 문제를 해결할 수 있겠군.

6 문맥상 ⓐ~ⓔ와 바꿔 쓰기에 적절하지 않은 것은?

① ⓐ: 들어오기 ② ⓑ: 드러내었다
③ ⓒ: 퍼뜨리기 ④ ⓓ: 실린
⑤ ⓔ: 가리지

핵심 기출 유형

유형 관점의 적용

• 이 유형은?

어떤 대상에 대한 특정 견해를 제시한 뒤에, 그것과 공통점이나 차이점을 지닌 다른 견해와 비교하도록 함으로써 글의 중심 화제를 제대로 이해하고 적용할 수 있는지를 확인하려는 유형이다. 지문에 제시된 특정 견해를 이해하는 것은 물론, 〈보기〉로 제시된 다른 견해를 사실적으로 이해하고 두 견해의 공통점과 차이점을 비교할 수 있어야 하므로 풀이의 난이도가 높다.

대표 발문

▶ 〈보기〉를 참고할 때, (가), (나)의 사상가에 대한 왕부지의 평가로 적절하지 않은 것은?
▶ 윗글의 '에피쿠로스'의 사상과 〈보기〉에 나타난 생각을 비교한 내용으로 적절하지 않은 것은?

해결 Tip

〈보기〉에 제시된 데카르트의 견해를 의미 요소별로 나누어 정리한다.

의미 요소별로 나누어 정리한 데카르트의 견해에 각각 대응하는 최한기의 견해를 지문에서 찾아 정리한다.

↓

데카르트와 최한기의 견해를 비교하여 정리한 내용을 바탕으로 각 선지의 적절성을 판단한다.

적중 예상

인문·예술

동양 철학 01

목표 시간	8분 20초		
시작	분 초	종료	분 초
소요 시간	분 초		

E 수록

[001-005] 다음 글을 읽고 물음에 답하시오. 16, 22, 24

한국 중세 사회의 통치 이념이었던 ㉠주자학의 자연 인식은 유기체적 자연관으로 특징 지을 수 있다. 그것은 인간과 사회와 자연을 동일한 구조 속에서 파악하는 논리였다. 주자학의 세계관은 이기론(理氣論)을 중심으로 구성된 관념론적 세계관으로, 우주 생성의 근원으로 이(理)를 설정하였다. 이(理)는 천지 만물이 생기기 전부터 존재하였고, 천지 만물이 소멸된 뒤에도 사라지지 않는 절대적 실재였다. 주자학은 이 같은 세계관에 근거하여 중세 사회의 봉건적 통치 질서를 합리화하였다. 주자학에서 이(理)의 절대성, 자연법칙적인 필연성을 강조하는 것은 결국 상하 관계로 유지되는 봉건적인 모든 제도와 질서를 자연법칙적인 필연성으로 합리화하려는 데 그 본질이 있었다. 즉 모든 자연 사물이 존재하기 이전에 존재한 이(理)는 마찬가지로 모든 사회적인 관계 이전에 이미 존재하였으며, 동시에 영원불변한 절대적인 법칙으로서 인간과 사회를 규정한다는 것이다.

주자는 이(理)에는 존재의 이(理)와 당위의 이(理)가 있다고 하였다. 존재의 이(理)란 자연 세계의 생생지이(生生之理)요, 당위의 이(理)는 인간 세계의 도덕적 원리이다. 그런데 주자는 유기체적 자연의 관점에서 당위의 이(理)를 가지고 자연의 존재까지도 보려고 했다. 자연학의 측면에서 이(理)는 사물의 법칙, 또는 질서의 원리로서의 의미만을 갖는다. 그러나 자연학과 인간학이 유기적인 체계로 연결될 때 자연학의 이(理)는 윤리학의 이(理)와 동일한 '이일(理一)'로 자리하게 된다. 요컨대 주자학의 이(理)는 물리(物理)임과 동시에 도리(道理)이고 자연임과 동시에 당연(當然)이며, 물리와 자연법칙이 도리와 도덕 규범에 완전히 종속되어 있었다. 이것은 바로 자연과 인간을 통일적인 관점, 곧 유기체적인 관점에서 파악하려고 하는 주자학의 내적 요구에서 나온 결과였다. 따라서 주자가 아무리 자연을 만물의 현상적 존재인 기(氣)를 통해 설명했더라도 그의 자연학은 인간과 자연을 분리하지 못한 전근대적인 한계를 가질 수밖에 없었다.

이러한 주자학적 자연학으로부터 벗어나 근대적인 자연 인식으로 전진하기 위해서는 주자학적 자연관의 유기체적 구조를 깨뜨려야 하는데, 바로 그와 같은 방법으로 새로운 자연 인식의 틀을 확보한 학자가 성호 이익이었다. ㉡이익의 실학사상은 주자학의 이(理)의 내용을 변화시켰다. 이익은 이(理)의 형이상학적이고 도덕적인 의미를 탈색시키고 근대적인 의미의 원칙으로서의 이(理)를 강조하였다. 주자학적 자연관에서 이일(理一)의 강조는 자연과 인간·사회를 하나의 이법으로 묶어 놓기 위한 것이었는데, 그 연결 고리를 끊어 버림으로써 이(理)의 성격 역시 도덕적인 차원에서 벗어날 수 있게 되었다.

또한 격물치지론도 변화시켰다. 주자학의 유기체적 자연관에 따르면 격물치지*를 통해 파악하고자 한 것은 자연 세계의 원리 법칙이라기보다는 인간 사회의 윤리·도덕·수양의 원칙이었다. 이익은 이일(理一)의 통일성을 부정하고 개별 사물의 고유한 이치만을 인정하였으므로 격물이란 당연히 각각의 사물이 지니고 있는 개별적인 이치를 분별하는 것이었을 뿐이다. 이익이 '격(格)' 자의 '각(各)'의 의미를 강조하여 개별 사물의 이치를 강조한 것은 바로 그러한 이유에서였다. 격물의 의미를 이렇게 ⓐ본다면 격물의 범위는 이 세상에 존재하는 사물의 다양함만큼 풍부해지게 된다. 따라서 사물의 이치를 탐구하기 위해서는 풍부한 공부가 필요하였다. 이익의 저서 《성호사설》에 나타난 박학적 학풍은 바로 이러한 이치 탐구의 결과물이었다고 판단된다.

이렇게 얻어진 자연 인식은 기존의 자연 인식과는 분명하게 차별성을 보일 수밖에 없었다. 기존의 자연 인식이 유기체적 자연관의 틀 속에서 천인합일(天人合一)의 관점을 증명하기 위해 수행된 측면이 강한 반면, 이익은 그런 부담과 질곡으로부터 해방되어 자유롭게 자연 세계의 문제를 논할 수 있었던 것이다. 천인분이(天人分二)의 관점에 입각하여 전개되는 이익의 실학사상은 개개 사물의 각각의 이치를 탐구하는 과정이었고, 전통적인 자연학의 바탕 위에서 새롭게 도입된 서양 과학과 비교·대조하여 그 공통점과 차이점을 분별하고 실증적인 차원에서 각각의 이치를 탐구하였다. 이는 전통 학문과 사상을 계승·발전시키면서 시대적 변화로 인해 파생되는 문제를 능동적으로 해결하고자 하였다는 점에서 커다란 역사적 가치를 지니는 것이었다.

* 격물치지: 실제 사물의 이치를 연구하여 지식을 완전하게 함.

001

윗글에 대한 설명으로 가장 적절한 것은?

① 주자학의 자연 인식과 이익의 자연 인식의 공통점과 차이점을 비교하고 있다.
② 주자학의 자연관과 이익의 실학사상이 성립된 배경을 통시적으로 고찰하고 있다.
③ 주자학과 서양 과학이 각각 이익의 실학사상에 끼친 영향을 대조하여 제시하고 있다.
④ 주자학이 지닌 자연관의 한계와 이를 극복한 이익의 실학사상에 대해 설명하고 있다.
⑤ 주자학의 유기체적 자연관과 이를 철저하게 계승한 이익의 실학사상을 분석하고 있다.

002

윗글을 읽고 알 수 있는 내용으로 적절하지 않은 것은?

① 유기체적 자연관은 인간과 자연을 동일한 관점으로 탐구한다.
② 우주 생성의 근원인 이(理)는 절대적 법칙으로 인간과 사회를 규정한다.
③ 이일(理一)은 존재의 이(理)와 당위의 이(理)를 동일하다고 여기는 것이다.
④ 이기론에서 이(理)는 사물이 존재하기 전부터 이미 존재하는 절대적 실재이다.
⑤ 천인합일(天人合一)의 관점에서는 개별 사물의 각각의 이치를 탐구하기가 용이하다.

003

㉠과 ㉡을 비교한 내용으로 적절하지 않은 것은?

		㉠	㉡
①	자연을 보는 관점	도덕적 의미를 담은 자연	도덕적 의미에서 벗어난 자연
②	격물치지의 목적	인간 사회의 도덕적 원칙 파악	자연 세계의 원리와 법칙 파악
③	합리화하는 사회 체제	상하 관계의 수직적 신분 사회	상호 보완의 수평적 평등 사회
④	이(理)에 대한 인식	당위의 이로 존재의 이를 설명함.	당위의 이와 존재의 이를 별개로 봄.
⑤	물리(物理)에 대한 인식	모든 사물은 인간과 동일한 이치를 지님.	각각의 사물은 개별적 이치를 지님.

004

윗글을 읽고 〈보기 1〉에 대해 보인 〈보기 2〉의 반응 중 적절한 것만을 고른 것은?

보기 1

동중서는 군주가 하늘과 대지 사이에 존재하는 만물의 으뜸이며, 군주는 만물을 길러 낼 수 있다고 주장하였다. 다만 군주가 정치를 잘하면 상서로운 징조가 있고, 정치를 못하면 재이(災異)가 가해진다고 주장하였다. 군주가 학정(虐政)을 행하면 하늘이 먼저 재(災)를 내려 견책을 하고, 견책을 해도 개선하지 않으면 이(異)를 내려 위협하는 것이라고 보았다.

보기 2

ㄱ. 재이(災異)를 인간의 비도덕적 행위와 결부시킨 것으로 보아 동중서는 주자학의 유기체적 자연관을 지니고 있었군.
ㄴ. 재(災)와 이(異)를 내려 인간을 견책하고 위협한다고 한 것으로 보아 동중서는 도덕 규범보다 자연법칙이 우위에 있다고 여겼군.
ㄷ. 군주를 만물의 으뜸이며 만물을 길러 낼 수 있는 존재라고 한 것으로 보아 동중서는 군주를 영원불변의 절대적 법칙으로 여겼군.
ㄹ. 천인분이의 관점을 지닌 이익은 재이(災異)를 군주의 학정이나 선정과는 무관한 순수한 자연 현상으로 보아야 한다고 동중서의 견해를 비판하겠군.

① ㄱ, ㄴ ② ㄱ, ㄷ ③ ㄱ, ㄹ
④ ㄴ, ㄷ ⑤ ㄷ, ㄹ

005

문맥상 ⓐ와 가장 유사한 의미로 쓰인 것은?

① 그의 사정을 보니 딱하게 되었다.
② 손해를 보면서 물건을 팔 사람은 없다.
③ 기회를 봐서 부모님께 말씀드리는 게 좋겠다.
④ 짐이 워낙 무겁다 보니 혼자서 들 수가 없었다.
⑤ 어쩐지 이번 그의 행동을 실수로 볼 수가 없었다.

적중 예상

인문·예술

동양 철학 02

목표 시간	8분 20초		
시작	분 초	종료	분 초
소요 시간	분 초		

E 수록

[006-010] 다음 글을 읽고 물음에 답하시오. 18, 19, 23

㉠퇴계 이황과 ㉡다산 정약용은 조선 시대의 대표적인 사상가이다. 퇴계 이황은 성리학이 가장 크게 일어났을 때 그 체계를 세우고 새로운 학설을 덧붙여 집대성했고, 다산 정약용은 현실 개혁의 논리로 사상, 제도 등을 여러모로 살펴보고 정리해 날카롭게 현실을 고발했다. 성리학의 대가인 퇴계의 사상과 실천적 실학사상을 주장한 다산의 사상에 대한 비교 연구를 통해 조선 시대 철학의 두 축을 이해할 수있다.

[A] 퇴계는 존재를 이(理)와 기(氣)의 범주로 설명한다. 이는 형상은 없지만 형상 있는 모든 것을 가능하게 하는 참된 존재이고, 스스로는 운동성이 없지만 기의 운동을 주재하는 능동적 존재이다. 또한 이는 독립적 실체로서 그 어떤 존재에 의해서도 지배받지 않는 최고 존재이다. 그런데 보편자로서 이는 기를 통해 실현되기 때문에, 개별적 존재인 기의 특성에 따라 이가 실현되는 데에는 차이가 생긴다. 이가 기를 주재할 때 존재는 온당한 질서를 유지하지만, 반대로 기가 주도적일 때는 이의 실재가 가려져서 존재는 온전한 질서를 상실하게 된다. 이와 기는 현상 속에서 분리되는 것은 아니지만 결코 서로 대등한 관계가 아니라, 존재론적으로 이는 기를 주재하는 우월한 존재이고 기는 이의 주재에 의해 이끌어져야 하는 낮은 단계의 존재이다. 이와 같은 퇴계의 '이귀기천(理貴氣賤)'의 논리는 정신주의적 성격을 강하게 지닌다.

그러나 다산은 이(理)와 기(氣)의 사상에 대해서 퇴계와 다른 이론을 펼치고 있다. 다산은 이와 기를 실체와 속성의 개념으로 설명하였다. 이는 홀로 존재할 수 없고 반드시 기에 의존해서만 현상 속에 존재할 수 있으므로 실체성이 없고, 기(氣)적인 것이 도리어 실체라고 말한다. 기를 독립적으로 존재하는 실체로, 이를 기에 의존해서만 존재하는 속성으로 보는 다산의 존재론은, 보편적 이에 비해 기적인 구체적 개별 사물을 존재론적으로 더 우위로 인식한다. 이러한 개별자 우위론은 퇴계가 보편적 이를 절대시하는 것과 명백한 대조를 이룬다. 다산은 물질세계를 정신세계에 종속적인 것으로 보지 않고, 그 나름의 고유한 실체성을 지닌 것으로 객관적으로 인식하였다. 정신은 선이고 육체나 물질은 악이라는 이분법적 사고방식에서 벗어나, 물질적 가치와 육체적 욕망의 현실성을 인정하는 ㉮물심이원론(物心二元論)을 주장하였다.

퇴계의 정신주의적 존재론에서 진리란 선험적으로 이미 우리 마음에 갖추어져 있는 것이다. 그러나 이 진리는 욕망에 의해서 가려져 있다. 그러므로 이 욕망을 극복하는 노력에 의해서 존재의 진리는 스스로 밝게 된다. 퇴계에게 진리는 대상을 객관화하여 실증적으로 탐구하여 밝혀진 명제적 진리가 아니고, 주객이 나누어지기 이전에 주객이 공유하고 있는 존재론적 진리이다.

이와 달리 다산은 진리란 현실에서의 실천적 생활과 유리되어서는 안 된다고 주장한다. 그래서 진리는 대상을 지배하고 장악하는 데 실용적 도움을 줄 수 있는 도구로서의 진리, 즉 '아는 것은 힘이다.'에서처럼 힘이 될 수 있는 진리이다. 이러한 진리는 대상을 객관화하여 실증적으로 탐구하여 얻어진 지식으로서, 인간의 기본적 욕망을 충족시키기 위해 사회를 효율적으로 경영하고, 사회의 경제적 수요를 조달하기 위해 자연을 이용하는 데 도움이 될 수 있는 실용성을 본질로 한다. 그래서 무용(無用)한 형이상학적 지식 대신에 사물에 대한 전문 지식과 기술의 탐구를 중시한다. 이와 같은 구체적 사물에 대한 실증적 전문 지식의 강조는 그의 물심이원론, 개별자 우위의 존재론과 밀접한 연관성을 지니고 있다.

[B] 이(理)를 절대시하는 퇴계에 있어서 윤리 법칙 역시 이(理)로부터 나온 것이므로 절대성을 지닌다. 즉 인간은 절대적으로 지켜야 할 도덕적 의무가 있으며, 이러한 의무를 지키는 것은 자연이 항구 불변적인 질서에 따라 운행되는 것처럼 당위에 해당한다. 그러므로 인간은 도덕적 의무를 올바르게 인식하고 실천하는 것이 중요하다. 그러기 위해서는 성현의 말씀을 공부하여 평상시에는 욕심에 의해서 마음이 불순해지지 않도록 '명경지수(明鏡止水)'처럼 마음을 유지하고, 유사시에는 상황에 맞게 의리(義理)를 실천할 수 있도록 노력해야 한다. 따라서 도덕적 의무를 올바르게 실천하기 위해서는 도덕적 이성에 의해 일체의 욕망이 철저하게 통제되어야 한다.

그러나 다산은 사회적 존재로서의 인간은 사회적 관계를 떠나서 살 수가 없으며, 윤리의 본질은 사회적 관계 속에서의 실천과 관련이 있다고 보았다. 특히 그는 행위의 결과가 사회적으로 효용이 있어야 하며 가능한 많은 사람에게 많은 혜택을 가져올수록 그것은 더욱더 바람직한 인(仁)이라고 생각했다. 덕이라는 것은 내면의 정신세계에 선험적으로 존재하는 것이 아니라, 실천에 의해 후천적으로 획득되는 것이므로 행동을 통해 타인에게 선을 베풀지 않으면 덕은 이루어지지 않는다. 결국 인(仁)이란 타인과의 사회적 관계에서 자기의 도리를 다하여 공(功)을 실현함으로써 성취되는 것이다.

이와 같은 퇴계와 다산의 사상적 차이는 그들이 살았던 역사적 상황과 깊은 관련이 있다. 퇴계가 살았던 시대에는 권력을 향한 탐욕으로 비극이 초래되었던 만큼 그는 개인의 내면적 반성을 중요하게 여겼다. 이와 달리 다산은 대부분의 지식인들이 내면적 수양과 관념적 이론 탐구에만 경도되어 현실의 문제를 외면하는 시대에 살았기 때문에 철학에서 실천적 문제를 강조하였다고 할 수 있다.

006

윗글에 대한 설명으로 적절한 것은?

① 현대적 관점에서 두 이론의 역사적 의의를 재평가하고 있다.
② 구체적인 예를 제시하며 두 이론의 공통점을 분석하고 있다.
③ 두 이론의 사상적 특징을 여러 가지 측면에서 비교하고 있다.
④ 두 이론이 시간의 흐름에 따라 변천한 과정을 설명하고 있다.
⑤ 두 이론의 장단점을 비교한 뒤 둘을 통합한 이론을 제시하고 있다.

007

㉠과 ㉡에 대한 설명으로 적절하지 않은 것은?

① ㉠은 ㉡과 달리 인간은 선천적으로 진리를 갖고 있다고 여겼다.
② ㉠은 ㉡과 달리 이(理)가 기(氣)보다 우위에 있다고 주장하였다.
③ ㉡은 ㉠과 달리 이(理)가 기(氣)에 의존해서 존재한다고 보았다.
④ ㉡은 ㉠과 달리 실생활과 관련된 명제적 진리를 중요하게 여겼다.
⑤ ㉡은 ㉠과 달리 현상 속에 이(理)와 기(氣)가 모두 존재한다고 보았다.

008

〈보기〉와 [A]를 비교하여 이해한 내용으로 적절하지 않은 것은?

보기

주희는 태극이 만물을 낳지만 동시에 자신이 낳은 만물들 속에 태극이 내재한다는 독특한 주장을 내세운다. 그는 두 가지 태극의 관계를 '월인천강(月印千江)'의 비유로 설명한다. 달이 천 개의 강을 동일하게 비추지만, 강의 모양에 따라 달의 모습은 달라진다. 여기에서 하늘에 떠 있는 달은 초월적인 태극을, 천 개의 강은 다양한 만물을, 그리고 그 속에 비친 달그림자는 내재적인 태극을 상징한다고 할 수 있다. 주희는 '월인천강'의 비유를 통해 '이치는 근본적으로 하나지만, 다양한 만물들 속에서 다양하게 실현된다.'라고 주장하였다.

① 〈보기〉에서 '천 개의 강'은 다양한 만물을 의미하므로, 이는 [A]의 '서로 다른 기(氣)'에 해당하는군.
② 〈보기〉에서 '태극'은 만물을 낳는 근본적인 이치로, 이는 [A]의 모든 형상을 가능하게 하는 이(理)에 해당하는군.
③ 〈보기〉에서 '강 속에 비친 달그림자'는 [A]에서 이(理)와 기(氣)가 따로 떨어질 수 있는 것이 아님을 보여 주는군.
④ 〈보기〉에서 달이 천 개의 강을 동일하게 비추는 것은, [A]에서 기(氣)에 의해 이(理)의 실재가 가려진 것을 나타내는 것이군.
⑤ 〈보기〉에서 강의 모양에 따라 달의 모습이 달라지는 것은, [A]에서 기(氣)로 인해 이(理)가 실현되는 데 차이가 있음을 의미하는군.

009

〈보기〉를 바탕으로 [B]를 이해한 것으로 적절하지 않은 것은?

보기

의무론적 윤리설에서는 행위의 결과보다 행위를 하게 된 동기를 중시하고, 목적론적 윤리설에서는 행위의 동기보다 행위의 결과를 더욱 중요하게 여긴다. 전자에 해당하는 스토아 학파는 쾌락이나 고통과 같은 일체의 파토스를 극복하고, 당위적 의무를 다해야 한다고 주장한다. 또한 오직 이성에 따라서 생활함으로써 파토스에서 완전히 자유로운 무감정의 경지인 아페테이아 상태에서 내면적 자유와 행복을 추구해야 한다고 주장한다. 이와 달리 대표적인 목적론적 윤리설인 공리주의에서는 최대 다수의 최대 행복을 추구함으로써 도덕 행위의 사회적 효과를 중시한다.

① 스토아 학파는 '당위적 의무'를, 퇴계는 '도덕적 의무'를 중시한다는 점에서 둘 다 의무론적 윤리설과 관련이 있다.
② 스토아 학파는 쾌락이나 고통과 같은 '파토스'를 극복해야 한다고 보았고, 퇴계는 일체의 욕망을 통제해야 한다고 보았다.
③ 공리주의와 마찬가지로 다산 또한 행위의 결과로서의 효용을 중시하였다는 점에서 목적론적 윤리설에 가깝다고 할 수 있다.
④ 이성을 강조하는 스토아 학파의 '아페테이아'와 달리 퇴계의 '명경지수(明鏡止水)'는 외적 자극에 동요되지 않는 마음의 평온 상태를 의미한다.
⑤ 공리주의가 주장하는 '최대 다수의 최대 행복'은 바람직한 인(仁)이란 '가능한 많은 사람에게 많은 혜택을 가져'오는 것이라는 다산의 생각과 유사하다.

010

㉮에서 주장할 만한 내용으로 가장 적절한 것은?

① 정신과 물질은 끊임없는 상호 작용을 통해 발전한다.
② 물질은 정신과 독립적으로 존재하는 고유한 실체이다.
③ 정신은 실체가 없으므로 세계는 물질로만 구성되어 있다.
④ 정신과 물질의 두 세계는 하나의 원리에 의해서 작동된다.
⑤ 물질은 정신을 담는 실체이므로 둘을 구분하는 것은 불가능하다.

적중 예상

인문·예술

서양 철학 01

목표 시간	8분 20초
시작 분 초	종료 분 초
소요 시간	분 초

E 수록

[011-015] 다음 글을 읽고 물음에 답하시오. 20, 21, 24

보편이란 우주나 존재의 모든 개별적인 것들의 공통적인 속성이나 사항으로, 모든 것에 공통되는 것을 의미한다. 그런데 이러한 보편이 실제로 존재하는 것인지 아니면 사유로만 존재하는 것인지에 대한 논쟁이 중세 철학사에서는 매우 중요한 논쟁의 하나가 된다.

초기부터 중기까지의 중세 철학은 신플라톤주의에 입각한 아우구스티누스의 철학으로부터 절대적인 영향을 받았다. 플라톤은 세계를 둘로 나누는데, 하나는 절대로 변하지 않으며 완전하고 완벽한 세계인 이데아의 세계이다. 이 이데아의 세계는 우리 눈에 보이지 않고, 우리 눈에 보이는 것은 이데아 세계의 그림자, 즉 복제품인 현실 세계뿐이며 그것은 불완전하고 완벽하지 못한 상태를 지닌다. 플라톤은 이데아의 세계가 실재하고, 보편 개념 역시 이데아의 세계에 근거하고 있기 때문에 실재한다고 생각했다. 플라톤은 강력한 실재론의 입장을 견지하고 있었던 셈이다. 아우구스티누스의 철학은 이데아의 자리에 신의 개념을 대신 갖다 놓은 것이었다.

그러나 인간의 지식이 성장함에 따라 플라톤식 논리를 빌린 신학으로는 점점 감당하기 어려운 문제들이 나타나게 된다. 자연에 대한 관찰이나 지식을 성서의 내용과 신학 체계 안에서 새로이 설명할 수 있는 이론적 틀이 필요했는데, 그것을 아리스토텔레스의 철학이 제공했다. 아리스토텔레스는 보편이 사물 안에 존재함으로써 함께 조성되어 있다고 보았다. 보편 개념이 실존을 소유하는 것은 분명하지만 그것이 각 개인의 내면과 정신 안에 존재한다는 것이다. 그런 의미에서 보편은 사물과 분리되어 외부에 존재할 수 없는 속성을 가지게 된다. 이러한 아리스토텔레스의 철학 때문에 새로운 조류가 만들어지면서 보편자가 따로 있는 것이 아니라는 생각이 나타난다. 보편자가 더 현실적이며 보편이 개별에 앞선다고 생각하는 실재론과는 달리 개별자만이 현실적이고 보편은 개별 뒤에 존재하는 것으로서 우리의 지적 능력 속에만 존재하는 명목적인 것이라고 보는 유명론이 대두되며 둘 사이의 갈등이 시작된다.

실재론과 유명론 사이의 보편 논쟁은 신의 존재를 위협할 수 있는 유명론이 억압을 받으면서 종식되었다. 그렇다고 해서 이 논쟁에서 제기된 문제가 해결된 것은 아니었다. 중세 후기로 들어서며 아리스토텔레스의 철학에 대한 깊이 있는 연구가 진행되었고 그 과정에서 유명론에 대한 새로운 주장들이 나타난다. 그중 하나가 ㉠유명론과 관련하여 중용적 실재론이라 불리는 토마스 아퀴나스의 철학이다.

[토마스 아퀴나스]는 형상과 질료라는 아리스토텔레스의 개념으로 자연계를 설명한다. 나무 탁자를 예로 들면 나무 탁자의 질료는 나무이다. 그러나 나무만 가지고는 탁자가 되지 않는다. 나무가 탁자가 되려면 설계도로 대변될 수 있는 형상이 있어야 한다. 그렇다고 질료가 없으면 그것 역시 탁자가 되지 않는다. 이런 식으로 질료와 형상이 결합하여 사물을 이루는 것이다.

이런 관점을 아퀴나스는 그대로 받아들인다. 그는 재료, 그리고 신이 만들어 준 구조·형상 등이 모든 개체에 들어 있다고 주장했다. 그리고 개별적인 모든 사물 내부에 보편자의 그림, 형상이 존재한다고 말한다. 보편자가 형상이라는 형태로 개별 내부에 존재한다는 것이다. 한편 추상 개념, 예를 들어 '인간다움'이라는 개념은 여러 사람들이 가진 공통된 속성을 추출해 낸 것이기 때문에 개별적인 사람들보다 먼저 존재할 수 없다고 한다. 추상적인 개념으로서의 보편은 개별 뒤에 존재한다는 것이다. 그런데 신이 갖고 있는 관념, 즉 이데아에 대해서는 정반대로 말한다. 인간의 모습에 대한 관념을 신이 갖고 있지 않다면 인간을 창조할 수 없는 것처럼, 신이 갖는 관념은 모든 개별적인 사물이 존재하기 전에 존재한다는 것이다. 결국 아퀴나스는 세 가지 다른 이야기를 하고 있는 셈이다. 형상으로서 보편은 개별 속에, 추상적 개념으로서 보편은 개별 뒤에 존재한다. 그리고 신의 관념으로서 보편은 개별보다 먼저 존재한다는 것이다. 이는 단지 이름일 뿐인 보편자가 있음을 인정한 것이지만, 사실은 그것을 제외하면 보편자는 실재한다는 주장이다.

보편에 대한 이러한 중세 철학의 논의와 흐름은 당시 사회의 성당 건축 양식에도 영향을 끼쳤다. 플라톤 철학에 영향을 받은 기독교 세계관에는 신의 세계인 천상계와 인간들이 사는 현실 세계 사이에 절대적인 위계가 존재한다. 그리고 기독교의 이데아, 즉 신을 인지하는 것은 오로지 신앙뿐이라고 생각했다. 이 때문에 현실 세계의 것인 감각은 하찮은 것, 신앙을 방해하는 것이라 보고 감각과 충동을 철저히 억누르며 오로지 신앙심을 통해 천상계에 닿으려 했다. 이러한 사상적 배경 아래에서 지어진 성당 건축 양식이 로마네스크 양식이다. 로마네스크 양식의 성당들은 무채색의 벽돌벽에 무늬가 없는 작은 창문을 사용하고 최소한의 등을 사용하여 실내를 어둡게 유지했다. 빛은 사람을 유혹하고 현혹하여 진실을 보지 못하게 하는 감각의 상징물이었기 때문이다. 사람들을 현혹시키는 각종 장식이 적었던 것도 당연했다.

아리스토텔레스 철학의 영향력이 확대되며 성당 건축 양식에도 변화가 생겼다. 특히 토마스 아퀴나스로 대표되는 스콜라 철학의 세계관은 고딕 건축 양식에 투영되었다. 고딕 성당은 로마네스크 양식에 비해 천장이 높고 창이 커 빛이 환하게 들어오며 스테인드글라스를 활용하여 화려하고 신비로운 분위기를 만들어 냈으며, 외관도 화려하게 만들었다. 이는 현실과 자연 속에서 신의 존재를 증명하려 한 토마스 아퀴나스의 문제의식과 연결된다. 천상의 세계가 현실과 동떨어진 것이 아니라 현실 속에 존재하며 이성뿐 아니라 감각을 통해서도 천상의 세계를 인식할 수 있어야 했기에, 현실 세계에 있는 성당의 모습도 천상계를 구현한 것이 되어야 했으며 사람들이 성당의 모습에서 감각을 통해 천상계를 인식할 수 있어야 했다.

또한 아리스토텔레스와 토마스 아퀴나스에게 중요한 것은 형상이고, 질료는 형상을 실현하는 재료일 뿐이다. 로마 시대에는 투명한 빛을 지향하여 판테온 신전의 꼭대기 개구부에는 유리조차 박혀 있지 않다면, 고딕 성당에서는 스테인드글라스를 활용하여 빛을 변형시킨다. 이는 빛이 스테인드글라스를 통과하는 순간 진리의 빛, 즉 형상으로 바뀌는 것을 표현하는 것이다. 또한 고딕 건축은 건축물의 견고함에 치중하여 무게에 더 초점을 둔 로마네스크 건축과 90 달리 무게를 분산하는 방향으로 나가는 경쾌한 건축 방식을 보인다. 성당 건축에 사용된 돌은 기본적으로 무게감이 나타난다. 하지만 고딕 성당에서는 높은 첨탑과 건물의 벽면에 하중을 이겨 낼 수 있도록 뼈대와 같은 벽을 덧댄 공중 부벽*을 통해 수직적인 구조를 강조한다. 이는 돌의 무게와 부피 등을 이용한 건축이 아니라 오히려 95 재료의 특성을 무시한 건축 구조이다. 이는 고딕 성당을 짓는 목적과 실현이라는 전체적인 계획 속에서 돌은 오직 재료로서의 실용적인 역할을 할 뿐임을 상징적으로 드러낸다.

* 공중 부벽(flying buttress): 건물 외부의 주벽에 붙어 있는, 경사진 아치형으로 벽을 받치는 구조물.

011

윗글에 대한 설명으로 적절하지 않은 것은?

① 보편의 개념을 제시하면서 중심 화제를 드러내고 있다.
② 플라톤 철학을 분석하여 아우구스티누스 철학의 특징을 제시하고 있다.
③ 아리스토텔레스 철학이 중세 후기 철학에 미친 영향을 예를 들어 설명하고 있다.
④ 중세 후기에 아리스토텔레스 철학의 영향력이 확대된 배경을 심층적으로 고찰하고 있다.
⑤ 고딕 성당을 통해 드러나는 토마스 아퀴나스 철학의 특징을 다른 대상과 대조하여 설명하고 있다.

012

윗글을 통해 알 수 있는 내용으로 가장 적절한 것은?

① 플라톤과 달리 아리스토텔레스는 이데아의 세계가 완전하지 않다고 생각하였다.
② 아리스토텔레스는 보편 개념이 실재하는 것이 아니라 우리의 사유 속에서만 존재하는 것으로 보았다.
③ 아리스토텔레스는 질료보다 형상을 중요시해 질료 없이 형상만 있어도 사물이 구성될 수 있다고 보았다.
④ 플라톤의 실재론에 영향을 받은 신학에서는 신이라는 이데아에 도달하는 데 인간의 감각이 필요하다고 보았다.
⑤ 아리스토텔레스의 철학으로 인해 대두된 유명론은 신의 존재 역시 이름밖에 없다고 생각할 수 있는 가능성을 제공한다.

013

㉠에 대한 이해로 가장 적절한 것은?

① 보편이 개별보다 먼저 존재한다는 실재론과 보편이 개별 뒤에 존재한다는 유명론의 견해를 통합하여 보편이 개별 속에 존재한다고 주장한다.
② 천상계가 현실에 존재한다고 보는 점에서 실재론적 성격을 띠지만, 천상계에 신앙을 통해 도달할 수 있다고 보는 점에서 유명론과의 접점을 갖는다.
③ 형상이 모든 개체 속에 존재하고 있다고 주장하는 점에서 실재론의 모습을 보이지만, 그러한 형상이 사람들이 가진 공통된 속성을 추출해 낸 것뿐임을 인정하는 점에서 유명론과의 접점을 갖는다.
④ 우리의 생각 속에만 존재하는 명목적인 보편 개념이 있음을 인정한다는 점에서 유명론과의 접점이 있지만, 형상과 신의 관념으로서의 보편이 실재함을 주장한다는 점에서 실재론의 모습을 보인다.
⑤ 신이 갖는 관념이 개별적인 사물이 존재하기 전에 존재한다는 점에서 실재론의 성격을 갖지만, 그러한 관념조차 불완전하고 완벽하지 못할 수 있음을 지적한다는 점에서 기존의 실재론과는 차이를 보인다.

014

토마스 아퀴나스가 〈보기〉에 대해 보일 반응으로 가장 적절한 것은?

보기

안셀무스는 '신은 완전한 존재다. 존재라는 속성이 없다면 그것은 불완전한 것이다. 따라서 완전한 존재는 존재를 속성으로 가져야 한다. 그러므로 완전한 존재인 신은 존재를 속성으로 갖는다. 따라서 신은 존재한다.'라고 논증한다. 그는 '신 = 완전한 존재'라는 개념 정의에서 신의 존재를 끄집어내는데, 이렇게 본질에서 존재를 도출하는 증명 방식을 본체론적 증명이라 한다.

① 신의 존재를 증명하는 데 기능할 수 있는 인간의 이성과 감각의 가능성을 신뢰하지 않고 있군.

② 개념적인 차원에서의 증명일 뿐 신의 존재를 실제적이고 자연적인 상태에서 증명한 것이 아니군.

③ 신의 존재를 증명하는 과정에서 인간의 지적 능력을 맹신함으로써 신이 가진 무한한 가능성을 제한하고 있군.

④ 신의 존재를 개념 정의에서 도출함으로써 신이 개념으로만 존재할 뿐 실재하지는 않는다고 보는 문제가 있군.

⑤ 신의 존재를 증명했다기보다는 직관적인 확인일 뿐이며 구체적인 영역에서 관념적인 영역으로 부당하게 이행하고 있군.

015

윗글을 참고하여 〈보기〉를 이해한 내용으로 적절하지 않은 것은?

보기

(가) 랭스 대성당

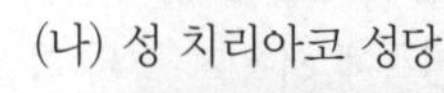

(다) 퐁트네 수도원

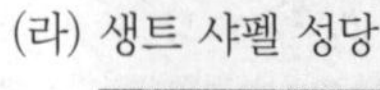

① (가)와 (라)에서 드러나는 화려한 외 · 내관은 천상의 세계를 현실에서 구현하기 위한 노력을 보여 준다.

② (가)의 공중 부벽을 통한 수직적 구조와 (라)의 스테인드글라스를 통한 빛의 변형은 질료보다 형상이 더 중요함을 강조한다.

③ (나)가 무게에 초점을 두어 건물의 견고함이 드러나는 것과 달리, (가)는 무게를 분산함으로써 재료인 돌의 특성이 드러나는 것을 최소화한 것이다.

④ (라)는 (다)에 비해 창문의 크기가 큰데, 이는 빛의 의미나 기능에 대한 인식 차이 때문이다.

⑤ (라)와 달리 (다)는 창문 유리에 장식을 되도록 하지 않음으로써 빛을 투명하게 받아들이는데, 이는 감각에 의해 왜곡되지 않는 진리와 신앙에 대한 추구를 보여 준다.

목표 시간	6분 40초		
시작	분 초	종료	분 초
소요 시간	분 초		

E 수록

[016-019] 다음 글을 읽고 물음에 답하시오. 20, 23

언어의 오용에 대한 반성을 바탕으로 언어 사용 문제에 대한 철학적 접근이자, 철학보다는 언어와 언어로 표현된 개념 분석에 집중한 철학 부류가 있었는데 이를 '분석 철학'이라고 한다. 분석 철학은 크게 두 갈래로 나뉘는데, 하나는 논리 실증주의자들이 전개한 것으로 언어를 세계와의 관계에 비추어 보는 언어관이었고, 다른 하나는 일상 언어 분석가들이 전개한 것으로 일상생활에서 언어의 사용을 중심으로 언어의 의미를 밝히려는 언어관이었다. 이 두 철학관 모두에 중대한 공헌을 한 사람이 비트겐슈타인이다. 비트겐슈타인의 철학적 궤적은 크게 전기와 후기로 나뉘는데 전기를 대표하는 『논고』는 논리 실증주의자들의 언어관에, 후기를 대표하는 『탐구』는 일상 언어학파의 언어관에 영향을 끼쳤다.

비트겐슈타인은 프레게와 러셀의 본질주의적 분석 개념을 이어받아 『논고』에서 ㉠'명제 진리 함수론'을 주장한다. 명제 진리 함수론은 언어가 '명제들의 총체'임을 전제로 명제들 사이의 관계에 대해 다룬 이론으로, 어떤 명제의 진리치, 즉 참과 거짓은 그 명제를 구성하는 세부 명제의 진리치에 의해 결정되며 이 세부 명제는 더 작은 단위의 세부 명제에 의해 결정되어야 한다는 것이 핵심이다. 비트겐슈타인은 명제의 진리치 판단을 가능하게 만드는 최소 단위의 명제들을 요소 명제로 설정하고 요소 명제의 진리치에 의해 최종적으로는 요소 명제들로 구성된 복합 명제들의 진리치가 결정된다고 보았다. 이때 명제의 진리치는 기본적으로 명제에 대응하는 사실 혹은 세계의 존재 여부에 의해 결정된다. 이처럼 명제 진리 함수론은 복합 명제가 요소 명제들을 변수로 하는 함수와 같다는 관점에서 복합 명제는 요소 명제와 진리 함수의 관계를 이룬다고 본다.

명제 진리 함수론을 바탕으로 비트겐슈타인은 명제를 세 유형으로 나눈다. 첫째는 명제 진리 함수론의 원리에 따라 명제의 진위를 결정할 수 있는 '진정한 명제'로, 이들은 사실 혹은 세계와의 대응 여부를 밝힐 수 있는 명제라는 점에서 의미 있는 명제로 보았다. 둘째는 요소 명제들의 진리치 자체를 가질 수 없는 '가명제'로, 명제가 지시하는 대상의 존재 여부를 확인할 수 없는 형이상학적 명제들이 이에 속한다. 셋째는 명제 진리 함수론이 적용되는 두 극단의 경우로, 어떤 명제를 구성하는 요소 명제들이 동어 반복이나 모순의 관계에 있어, 요소 명제가 참이면 전체 명제가 참, 거짓이면 전체 명제가 거짓이 된다. 이러한 명제의 진리치는 대응되는 사실이나 세계와의 비교가 아니라 명제 내적인 논리 규칙을 따른 데서 생긴다.

비트겐슈타인은 『논고』를 통해 일상의 명제들은 요소 명제들로 분석되어야 하고, 이 요소 명제들은 사실 혹은 세계와의 대응 관계가 존재함을 선험적이고 본질주의적으로 접근하던 방식에서, 후기의 『탐구』를 통해 이에 대한 내적 비판으로서 접근하는 방식을 시도하게 된다. 이는 모든 언어가 그에 대응되어 경험적으로 존재 여부를 확인할 수 있는 사실이나 세계를 갖는 것은 아니라는 점과 언어가 가리키는 대상을 아는 것만으로 언어의 의미를 안다고 할 수는 없다는 점, 그리고 동일한 대상을 지시하는 말이라도 그 의미가 동일하지 않은 경우가 존재한다는 점에 대한 이해에 따른 것이었다. 즉 언어와 세계의 관계에 대한 선험적 접근이 아니라 언어의 실제적인 사용에 대한 고려가 필요함을 알게 된 것이다.

비트겐슈타인은 『탐구』에서 언어와 그 언어가 사용되고 있는 활동 전체를 '언어 놀이'라고 불렀다. 놀이가 내적 규칙을 가지고 있고 이 규칙을 벗어나면 그 놀이는 이전과 같은 놀이가 아니며 놀이 규칙을 알 때만 이 놀이에 적극적으로 참여할 수 있는 것처럼 언어도 그러하다는 것이다. 그는 언어 놀이를 '놀이', '과정', '활동'의 세 측면으로 구분하였다.

㉡'놀이'로서의 언어 놀이는 언어가 다양한 맥락에 따라 다양한 의미를 산출함을 의미하는 것으로, 어떤 단어의 본래적 의미가 무엇인지 자체가 중요한 것이 아니라 다양한 맥락을 통해서 단어의 의미가 생성되는 것이 중요하다고 보았다. 그리고 단어가 쓰이는 맥락에서만이 아니라, 단어가 지시하는 것 자체에서도 다양성을 발견할 수 있다고도 보았다. 한편, ㉢'과정'으로서의 언어 놀이는 의미가 선험적으로 갖추어져 있는 것이 아니라 경험이 먼저 이루어지고 이를 바탕으로 의미를 생성, 습득하는 과정을 거친다는 것이다. 이는 어린아이가 한 단어의 의미를 아는 것은 선험적으로 단어에 대한 개념을 가지고 있어 그것이 가리키는 사물을 연결짓는 것이 아니라, 개념의 형성에 앞서 단어에 대응되는 사물에 대한 타인의 가르침을 수행하기 때문이라고 본다. 이를 바탕으로 비트겐슈타인은 언어를 습득하며 다음 과정으로 나아가기 위해서는 새로운 경험과 훈련이 필요하며 이러한 경험과 훈련이 중첩되어 나갈 때 완전한 언어 습득이 가능하다고 보았다. 나아가 그는 우리가 쓰는 언어를 통해 서로가 의미를 주고받을 수 있는 것은 그 언어를 배우고 습득한 과정 속에 있는 사람들의 삶의 형태가 같기 때문에 가능하다고 주장하였다.

'활동'으로서의 언어 놀이는 언어가 존재하는 것 그 자체로 머무르는 게 아니라, 삶의 맥락에서 생생하게 사용되는 활동 또는 삶의 형태의 일부임을 강조한 것이다. 놀이는 그냥 지켜보아도 되지만 놀이에 참여하여 활동하는 것이 더 바람직하며, 언어가 놀이라면 우리는 직접 언어 속에서 활동해야 함을 주장한 것이다. 그에 따르면, 언어 활동의 규칙은 삶의 형태를 따라 이루어지므로 언어로 표현되는 사고도 삶의 형식에 따라 이루어지며, 활동으로서의 언어 놀이에 참여하는 것은 우리 삶의 원초적인 모습을 이해할 수 있는 가치를 지닌다. 같은 언어적 표현일지라도 그것이 적용되는 생활 양식에 따라 그 의미도 달라지게 되므로, 언어 놀이에 참여하고 활동함으로써 언어의 다양성뿐만 아니라 그러한 놀이에 함께 참여하는 삶의 양식이 다양함을 경험적으로 이해하게 된다는 것이다.

016

윗글의 표제와 부제로 가장 적절한 것은?

① 비트겐슈타인의 분석 철학의 효용성
  – 『논고』와 『탐구』가 미친 사회적 의미를 중심으로
② 비트겐슈타인의 분석 철학의 목적과 의의
  – 『논고』와 『탐구』의 공통점을 중심으로
③ 비트겐슈타인의 분석 철학적 사상의 변용
  – 『논고』와 『탐구』를 둘러싼 논쟁을 중심으로
④ 비트겐슈타인의 분석 철학적 접근의 영향력
  – 『논고』와 『탐구』에 담긴 본질주의적 경향을 중심으로
⑤ 비트겐슈타인의 분석 철학적 접근의 전개 양상
  – 『논고』에서 『탐구』로의 변화를 중심으로

017

㉠~㉢에 대한 이해로 가장 적절한 것은?

① ㉠은 언어의 사용을 중심으로 그 의미를 밝혀야 하는 이유를, ㉡과 ㉢은 언어가 사실과 맺는 관계에 비추어 보아야 하는 이유를 제시한다.
② ㉠은 명제 간의 관계에 의해 특정 명제의 진리치가 결정됨을, ㉡과 ㉢은 단어가 사용되는 맥락이나 삶의 형태에 의해서 언어의 의미가 결정됨을 제시한다.
③ ㉠과 ㉡은 단어의 본래적 의미를 발견하는 것이 중요한 이유를, ㉢은 훈련의 반복을 통한 언어의 습득이 이루어질 필요가 있는 이유를 제시한다.
④ ㉠은 선험적인 접근을 통해 언어를 이해하는 방법을, ㉡과 ㉢은 선험적 방법과 경험적 방법의 균형적 조화를 통해 언어를 이해하는 방법을 제시한다.
⑤ ㉠은 언어가 명제들의 집합으로 이루어져 있음을 전제로 한 분석의 필요성을, ㉡과 ㉢은 명제들의 관계성보다는 개별 명제들이 지닌 의미의 고유성을 이해하는 것의 필요성을 제시한다.

018

윗글을 읽은 학생이 '비트겐슈타인'의 주장에 의문을 제기한다고 할 때, 그 내용으로 적절한 것만을 〈보기〉에서 모두 고른 것은?

보기

ㄱ. 비트겐슈타인의 『논고』에 따르면, 어떤 명제의 진리치는 요소 명제를 반드시 필요로 하는 것일 텐데, 왜 요소 명제는 세부 분석이 요구되는 복합 명제로 이루어져 있는가?

ㄴ. 비트겐슈타인의 『논고』에 따르면, 동어 반복이나 모순 관계에 있는 명제는 명제 내적인 논리 규칙에 따라 진위가 가려지는데, 명제의 진리치와 이에 대응하는 사실이나 세계의 비교를 기본 원리로 삼는 명제 진리 함수론이 적용된다고 볼 수 있는가?

ㄷ. 비트겐슈타인의 『탐구』에 따르면, 삶의 형태가 다르면 규칙도 다르고 언어도 달라 상호 의사소통이 불가능하거나 어려울 텐데, 서로 다른 삶의 형태를 지닌 사람들 사이에도 언어 활동이 이루어지는 것을 보면 삶의 형태가 달라도 공유하는 규칙이 형성될 수 있는 것 아닌가?

ㄹ. 비트겐슈타인의 『탐구』에 따르면, 활동으로서의 언어 놀이에 참여한다는 것은 다른 사람과의 의사소통을 전제로 한다고 볼 수 있는데, 그렇다면 자신의 감정이나 기분을 표현할 수 있는 언어를 떠올리는 것과 같은 혼자만의 언어 사용은 언어 활동에서 배제되는 것인가?

① ㄱ, ㄴ ② ㄱ, ㄹ ③ ㄷ, ㄹ
④ ㄱ, ㄴ, ㄷ ⑤ ㄴ, ㄷ, ㄹ

019

윗글에 제시된 '비트겐슈타인'의 이론과 〈보기〉에 제시된 이론을 비교한 내용으로 적절하지 않은 것은?

보기

[자료 1] 프레게는 언어의 분석 단위 자체를 '개념 단어'로 삼았다. 그는 개념 단어들이 각각 필요충분적인 정의를 가지고 있으며, 이것들이 논리적으로 결합하여 언어를 만들어 낸다고 보았다. 이를 바탕으로 그는 명제 분석에 함수 개념을 도입하여 문장 전체의 정의 역시 개념 단어들이 가지는 정의들의 논리적 결합으로 내려질 수 있다고 보았다. 또한 어떤 명제의 진리치는 명제가 지시하는 대상의 존재 여부로 결정된다고 주장했다.

[자료 2] 러셀은 어떤 복합 관념은 구성 관념으로 나뉘며, 더 이상 분석을 할 수 없는 구성 관념인 원시 관념이 존재한다고 보았다. 이러한 원시 관념은 원자적 명제로 볼 수 있는데 원자적 명제는 이와 일대일 대응 관계에 있는 원자적 사실에 의해 진리치가 결정되며 복합 관념은 그 자체에 대응되는 복합적 사실이 아니라 복합 관념을 구성하는 원시 관념에 대응하는 원자적 사실에 의해 진리치가 결정된다고 주장했다. 따라서 언어적 표현은 최소한의 의미체인 원자적 명제로 분석되고 세계를 구성하는 원자적 사실은 원자적 명제로 진술된다고 하였다.

① 문장 전체의 정의와 개념 단어들의 정의 간의 관계에 '함수 개념'을 도입한 [자료 1]의 프레게의 이론과 '진리 함수'에 의해 명제들의 진리치가 결정된다고 본 비트겐슈타인의 전기 이론은, 분석 요소 간의 영향 관계를 기반으로 한다는 공통점이 있군.

② 명제가 지시하는 '대상의 존재 여부'로 명제의 진리치가 결정된다고 본 [자료 1]의 프레게의 이론과 명제에 대응하는 사실 · 세계의 존재 여부로 명제의 진리치가 결정된다고 본 비트겐슈타인의 전기 이론은, 지시 대상의 존재 여부를 확인할 수 없는 형이상학적 명제들의 진리치를 거짓으로 판단한다는 공통점이 있군.

③ 원시 관념에 일대일로 대응하는 '원자적 사실'에 의해 명제의 진리치가 결정된다고 본 [자료 2]의 러셀의 이론은, 단어가 지시하는 것 자체가 다양성을 지닐 수 있다는 것을 인정한 비트겐슈타인의 후기 이론과는 차이가 있군.

④ 더 이상 분석할 수 없는 구성 관념인 '원시 관념'을 제시한 [자료 2]의 러셀의 이론과 명제의 최소 단위인 '요소 명제'를 제시한 비트겐슈타인의 전기 이론은, 분석의 기본 요소를 설정하고 있다는 공통점이 있군.

⑤ 언어적 표현은 원자적 명제로 분석되고 이에 대응하는 원자적 사실에 의해 진리치가 결정된다고 본 [자료 2]의 러셀의 이론은, 같은 언어적 표현일지라도 그것이 적용되는 생활 양식에 따라 그 의미가 달라질 수 있다고 본 비트겐슈타인의 후기 이론과는 차이가 있군.

N 적중 예상

인문·예술

서양 철학 03

목표 시간	6분 40초
시작 분 초	종료 분 초
소요 시간	분 초

E 수록

[020-023] 다음 글을 읽고 물음에 답하시오. 22, 23

자유주의적 평등주의자라고 불리는 롤스는 사회 운영 원리를 합의하는 정치적 장에서는 개인들의 다양한 신념이 공존할 수 있는 바탕이 마련되어야 한다고 강조한다. 롤스에 따르면 그러한 바탕의 기본은 개인들이 종교적, 도덕적, 철학적 이유로 가지고 있는 자신의 신념을 정치적 장에서는 주장하지 않는 것이다. 개인들이 정치적 장에서 해야 할 일은 서로 다른 개인들이 공존하기 위한 공정한 협력의 조건을 마련하는 것이기 때문이다. 즉 정치적 장에서 사회적 협력을 위해 누구에게도 치우치지 않는, 불편부당한 협력 조건에 대해 합의하고, 그것에 근거하여 사회의 헌법과 법률을 정하고 준수하는 것이 롤스가 말하는 '정치적인 것'이다. 이때 정치적 장에서 이루어지는 합의는 모든 신념들이 공통적으로 지지할 수 있어야 하는 것이므로 자연스럽게 모든 신념들이 인정할 수 있는 영역이 되는데, 롤스는 이를 '중첩적 합의'라고 부른다. 또한 롤스는 이러한 합의의 결과로 사람들은 정의의 원칙을 마련하게 될 것이며, 그러한 정의의 원칙 중 하나가 '차등의 원칙'이라고 말한다.

롤스는 사회가 생산과 분배라는 두 가지 특수한 관계로 맺어져 있다고 본다. 이때 생산을 두고는 사회적 구성원들이 갈등할 이유가 없다. 서로 협력하여 많은 양의 사회적 자원을 생산할수록 자신에게 돌아오는 분배의 몫이 높아질 것이라는 기대감과 가능성을 공유하고 있기 때문이다. 그러나 사회적 자원의 분배는 항상 구성원들 간 갈등의 근원이 된다. 생산하는 데 많은 노력을 기울인 사람들이 몫을 덜 받고 노력을 거의 하지 않은 사람들이 몫을 더 받는다면, 이런 분배 방식에 구성원들은 불만을 품게 될 것이고, 시위나 반란 등의 다양한 방법을 통해 분배 방식을 궁극적으로 거부하는 상황에 이르게 될 것이기 때문이다.

롤스는 사회적 자원의 분배가 기본적으로 평등해야 한다고 믿는다. 그러나 롤스는 불평등 분배의 최소 몫이 평등 분배의 몫보다 크다면 불평등을 허용할 수 있다고 말한다. 이러한 롤스의 발상이 구체화되어 나타난 것이 '차등의 원칙'이다. 차등의 원칙은 사회에서 자원의 분배를 가장 적게 받고 있는 최소 수혜자의 몫을 개선하는 데 도움이 된다면 불평등이 허용되어도 좋다는 내용을 담고 있는데, 차등의 원칙에 의해 사회를 구성하는 모든 개인들이 기본적인 삶의 질을 유지할 수 있도록 하는 안정적 분배가 가능하다고 본다.

한편 롤스는 개인이 정치적 장에서 지녀야 하는 것으로, '공적 이성'이라는 것을 강조한다. 공적 이성이란 상이하고 다양하며 때로는 다른 개인들과 화해할 수 없는 종교적, 도덕적, 철학적 신념을 소유하고 있는 개인이, 사회가 구성원들 간의 협력을 통해 유지된다는 것을 인정하여 공정한 협력의 조건을 설정하고 유지하는 상황에서 발휘하는 판단 도구라고 할 수 있다. 즉 정치적 장에서 정치적인 것을 합의하고 유지하며 나아가 올바르게 수정하기 위해 요구되는 사회적 협력의 태도라고 할 수 있다. ㉠롤스는 한 집안의 가장으로서, 어떤 단체의 지도자로서, 한 조직의 일원으로서 사용되는 이성은 '정치적인 것'에 도움이 되지 않는 것이므로 이는 공적 이성이 아닌, '비공적 이성'이라고 말한다. 롤스에 따르면 공적 이성이 발현되는 근간은 언제나 한 사회를 이루는 개인들 간의 합의이다. 결론적으로 롤스에 따르면, 공적 이성이 다루는 문제는 공공선이나 구성원 간의 공정성과 같은 사회의 근본적 문제에 해당하는 것이며, 정치적 장에서 사회 전반에 적용되는 원칙을 정하거나 분배의 원리를 정하는 것에는 공적 이성이 반드시 필요하다.

020

윗글에서 설명한 '롤스'의 견해에 부합하는 것은?

① 차등의 원칙을 실현하면 중첩적 합의에 도달할 수 있다.
② 사회적 자원의 생산을 늘리기 위해 요구되는 불평등은 허용되어도 좋다.
③ 사회적 자원의 분배는 불평등하게 될 수밖에 없다는 것을 인정해야 한다.
④ 공적 이성이 존재하지 않는 사회에서는 개인들의 합의에 기반한 법과 제도가 성립되지 못한다.
⑤ 사회가 구성원들 간의 협력을 통해 유지되는 것은 어렵기 때문에 사회 제도는 강제성을 띠어야 한다.

021

윗글을 바탕으로 정치적 장의 기능에 대해 파악한 내용으로 적절하지 않은 것은?

① 사회 전반에 적용되는 원칙이나 분배의 원리 등을 결정한다.
② 정치적인 것에 대해 합의하기도 하고 이를 수정하기도 한다.
③ 사회의 구성원들이 공존할 수 있도록 하는 정의의 원칙을 마련한다.
④ 서로 다른 개인들의 상이한 신념들을 합치시킬 수 있는 근거를 마련한다.
⑤ 사회 구성원 누구에게도 유리하거나 불리하지 않은 협력의 조건에 대해 합의한다.

022

㉠의 이유를 설명한 내용으로 가장 적절한 것은?

① 특정한 집단이나 이익과 결부되어 있는 판단은 공정성을 해칠 수 있기 때문에
② 모든 개인이 공통적으로 지지할 수 있는 판단이나 의견은 존재하지 않기 때문에
③ 헌법과 법률을 제정하는 데에 개인의 도덕적 신념을 고려하지 않으면 안 되기 때문에
④ 한 개인에게 부과된 사회적 역할이나 기대가 다양하고 이들이 서로 충돌할 수 있기 때문에
⑤ 사회 운영 원리를 합의하는 데 개인이 당면한 문제와 개인의 삶의 질을 고려하는 것은 불가능하기 때문에

023

윗글을 바탕으로 <보기>의 (가), (나)에 대해 나타낸 반응으로 적절하지 않은 것은?

보기

(가) 최저 임금 제도란 노동 시간당 최소한의 임금을 정해 놓고 이것을 지키도록 강제하는 제도로, 최대 수혜자의 몫을 줄이더라도 사회 구성원 전체를 고려한 분배를 실현한다는 목표를 전제로 하고 있다. 기업가가 이윤을 추구하는 활동을 할 때 반드시 노동자에게 최저 임금을 보장하도록 법규화함으로써 노동자에게 최소한의 삶의 질을 보장해 주도록 하는 것이다.

(나) 17세기 이후 서구 사회에서는 극심한 종교 전쟁이 일어났다. 자신의 종교적 입장만이 진리라는 신념을 버리지 못했던 당시 사람들은 종교적 신념을 지키기 위해 다른 사람들을 살해하기도 했다. 이러한 경험은 서로 다른 입장의 차이를 인정하지 않으면 죽음을 피할 수 없다는 가르침을 주었고 이것이 종교적 다원주의, 나아가 다양한 신념과 가치를 두루 인정하는 가치 다원주의로 이어졌다.

① (가): 롤스는 최저 임금 제도의 법규화는 노동자에게 최소한의 삶의 질을 보장해 주어야 한다는 것에 대한 사회 구성원들의 지지와 합의를 전제로 하는 것이라고 설명하겠군.
② (가): 롤스는 최저 임금 제도를 통해 노동에 대한 최소한의 대가를 보장하는 것은 사회적 자원의 생산에 대한 사회 구성원들의 갈등을 해소하기 위한 방법으로서 타당성을 지닌다고 말하겠군.
③ (가): 롤스는 최저 임금 제도는 최대 수혜자에게 돌아가는 몫을 줄여 최소 수혜자에게 돌아가는 몫을 보장하는 불평등 분배의 한 방식으로서 사회를 위한 안정적 분배 측면에서 가치가 있다고 평가하겠군.
④ (나): 롤스는 사회가 공공선을 실현하고 공정하게 운영되기 위해서는 개인이 가치 다원주의적 입장에서 판단하고 중첩적 합의를 통해 정의의 원칙을 마련해야 한다고 말하겠군.
⑤ (나): 롤스는 서구 사회에서 극심한 수준의 종교 전쟁이 일어난 이유가 서로 다른 신념을 소유하고 있는 개인들이 비공적 이성을 통해 사회 운영 원리에 대해 판단하여 갈등하였기 때문이라고 설명하겠군.

적중 예상

인문·예술

심리학

목표 시간	8분 20초		
시작	분 초	종료	분 초
소요 시간	분 초		

E 수록

[024-028] 다음 글을 읽고 물음에 답하시오. 21, 24

정신 분석학자 ㉠프로이트는 인간을 성욕과 같은 본능적 욕구에 의해 떠밀려 가는 존재라고 보았으나, ㉡융은 이를 인정하지 않았다. 융은 인간을 과거의 원인에 의해 행동하는 존재가 아니라 무의식의 발현을 통해 미래를 향해 나아가는 존재로 보았다. 1913년 프로이트와 결별한 융은 의식이나 원형, 집단 무의식, 아니마와 아니무스, 그림자와 같은 독창적인 개념을 바탕으로 인간의 심층적 무의식 세계를 설명하는 분석 심리학을 창시하였다.

분석 심리학에 의하면, 의식은 개인이 유일하게 직접 알 수 있는 부분으로 평생 지속적으로 성장한다. 개인은 타인과 구별되는 고유한 존재로 성장하는데, 융은 이를 개성화라고 지칭했다. 개성화의 목표는 개인이 가능한 한 완전하게 자신의 전체성을 인식하는 것, 즉 자기의 의식의 확대이며, 개성화는 무의식적인 내용을 의식으로 가져옴으로써 이룰 수 있다. 의식이 증가하면 개성화도 증대되는데, 의식의 중심에는 자아가 존재한다. 자아는 개인의 정체성과 자기 가치감을 추구하며 자신과 타인을 구분하게 한다.

개인 무의식은 자아에 의해서 인정받지 못한 경험, 감정, 기억을 의미한다. 개인 무의식에 저장된 내용들은 중요치 않거나 현재의 삶과 무관한 것일 수 있고, 개인적인 심리적 갈등, 미해결된 도덕적 문제, 불쾌감을 주는 생각처럼 여러 이유로 억압된 것일 수 있다. 이러한 개인 무의식은 꿈의 형성에 중요한 역할을 하는데, 이들이 특정 주제를 중심으로 연합되어 심리적 복합체를 이룬 것을 콤플렉스라고 한다. 한편 집단 무의식은 융의 이론이 다른 이론들과 차별화되는 개념으로, 인간에게 전해 내려온 보편적인 경향성이다. 모든 인간은 생리 구조가 유사하며 비슷한 환경 요소를 공유하므로, 개인은 세상에 대해 보편적인 방식으로 생각하고 반응하는 소질들을 가지게 된다. 이처럼 개인에게 존재하는 인류 보편적인 심리적 성향과 구조가 집단 무의식이다. 집단 무의식은 개인 무의식과 달리 특정 개인의 경험이나 인식 내용을 담고 있지 않으며, 집단 무의식을 구성하는 주된 내용은 본능과 원형이다. 본능은 행동을 일으키는 충동을, 원형은 경험을 지각하고 구성하는 방식을 뜻한다. 융은 다양한 원형 중 인간의 성격과 행동에 지대한 영향을 미치는 것으로 아니마, 아니무스, 그림자, 자기를 꼽았다.

아니마와 아니무스는 집단 무의식의 가장 바깥쪽에 위치하는 자신과 반대되는 성(性)의 특성이다. 페르소나가 외부로 드러난 모습이라면, 아니마와 아니무스는 무의식 속에 들어 있는 이성의 속성이다. 아니마는 남성에게 있어서 다정함이나 감성적 정서와 같은 여성적인 부분을, 아니무스는 여성에게 있어서 논리나 합리성과 같은 남성적인 부분을 말한다. 융은 조화로운 성격을 지니기 위해 남성은 아니마를, 여성은 아니무스를 의식으로 끌어내 표현해야 한다고 보았다. 그렇지 않으면 미성숙하고 틀에 박힌 남성상이나 여성상에 갇힐 위험이 있다고 하였다.

그림자는 의식되지 않는 자아의 분신으로, 집단 무의식에 포함되지 않고 개인 무의식을 구성하는 핵심이 된다. 그림자는 개인이 의식적으로 받아들이기 힘든 성적이고 공격적인 충동을 포함한다. 그림자는 프로이트가 말하는 원초적 자아와 유사한데, 잠재적으로 가장 위험한 콤플렉스로서 자아가 이를 받아들여 화목하게 영혼 속에 편입시킬 수 있느냐의 여부가 심리적 건강을 좌우한다. 그림자를 적절히 표현하는 것은 창조력, 영감의 원천이 될 수 있으나, 이를 과도하게 억압하면, 개인은 진정한 자신으로부터 괴리될 뿐 아니라 불안과 긴장 상태에 ⓐ빠질 수 있다.

자기는 의식과 무의식을 포함한 성격 전체의 중심으로, 성격을 구성하고 통합하는 에너지를 제공한다. 자기는 성격 전체의 중심이면서 동시에 역설적으로 성격 전체를 포함한다. 개성화가 일어나지 않은 미숙한 사람들의 경우에는 자기가 집단 무의식의 중심에 묻혀 있어 다른 원형과 콤플렉스를 잘 인식하지 못한다. 그러나 개인이 성숙해지고 개성화됨에 따라 자아와 자기의 관계가 밀착되어 모든 정신 구조에 대한 의식이 확대된다. 융은 이러한 자기의 실현이 인간 삶의 궁극적 목표라고 보았다. 개인이 자신의 성격 기능을 완전히 발현할 때, 자기 원형에 접촉하여 무의식의 내용들을 의식으로 더 많이 가져올 수 있다.

이와 같은 분석 심리학에 바탕을 둔 분석적 심리 치료는 내담자로 하여금 무의식을 의식화함으로써 분열된 마음을 통합하고 전체성을 회복하여 자기를 실현하도록 돕는다. 분석적 심리 치료에서는 내담자의 무의식을 탐색하기 위해서 꿈을 분석한다. 융은 프로이트와 마찬가지로 인간의 무의식을 이해하기 위해 꿈을 중요시했지만, 프로이트는 꿈 분석을 통해 억압된 성욕과 무의식적 갈등을 발견하고자 한 반면, 융은 꿈을 통해서 마음 깊은 곳으로부터 들려오는 지혜로운 영혼의 메시지를 발견하고자 했다. 융에게 꿈은 개인의 지극히 내면적인 정신세계로, 상징과 심상을 통해서 무의식의 상태와 변화를 보여 준다.

024

윗글의 내용과 일치하지 않는 것은?

① 융의 분석 심리학은 인간의 심층적인 무의식 세계를 설명하는 이론이다.

② 융은 집단 무의식이 개인 무의식이나 심리적 갈등에 영향을 받는다고 보았다.

③ 융의 분석 심리학은 심리 치료뿐만 아니라 인간의 정신세계에 대한 이해를 돕는다.

④ 융의 분석 심리학을 이용한 심리 치료에서는 내담자의 무의식을 탐색하는 과정에서 꿈을 이용한다.

⑤ 융의 분석 심리학에서는 개성화를 통해 자기가 자아와 밀착됨으로써 자기실현을 이룰 수 있다고 보았다.

025

㉠과 ㉡에 대한 설명으로 적절하지 않은 것은?

① ㉠과 ㉡ 모두 꿈 분석을 통해 인간의 무의식을 탐색하려 하였다.
② ㉠과 ㉡ 모두 인간에게 잠재적으로 존재하는 성적이면서도 공격적인 충동을 인정하였다.
③ ㉠은 무의식의 억제를 통해, ㉡은 무의식의 발현을 통해 개인이 성장한다고 보았다.
④ ㉠은 ㉡과 달리 꿈이 개인의 억압된 본능적 욕구와 무의식적 갈등을 보여 준다고 생각했다.
⑤ ㉡은 ㉠과 달리 인간은 본능에 의해 행동하는 것이 아니라 미래의 목적을 위해 행동한다고 보았다.

026

윗글을 바탕으로 〈보기〉의 ㄱ~ㅁ에 대해 설명한 내용으로 적절하지 않은 것은?

보기

다음 그림은 융의 분석 심리학에서 정신의 구조를 나타낸 것이다. 정신을 둥근 공이라고 할 때, 가장 바깥쪽은 의식, 그 안쪽은 개인 무의식, 가장 안쪽은 집단 무의식이라고 보았다.

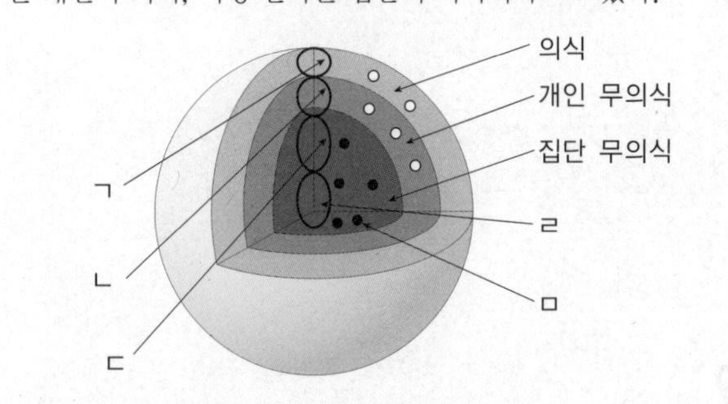

① ㄱ은 개인이 유일하게 인식할 수 있는 '자아'로, 자신과 타인을 구분하는 기능을 한다.
② ㄴ은 개인 무의식의 영역에 있는 '그림자'로, 과도하게 억압하면 불안과 긴장 상태에 빠질 수 있다.
③ ㄷ은 집단 무의식에 해당하는 '아니마'와 '아니무스'로, 조화로운 성격을 위해 의식으로 이끌어 내어 표현할 필요가 있다.
④ ㄹ은 정신 구조의 가장 안쪽에 위치하는 '자기'로, 성격을 구성하고 통합하는 에너지를 제공하는 역할을 한다.
⑤ ㅁ은 심리적 복합체에 해당하는 '콤플렉스'로, 자아에 의해 억압된 심리적 갈등이나 도덕적 문제, 혹은 정서적 불쾌감 등이 이에 포함된다.

027

윗글을 바탕으로 할 때, 〈보기〉의 '미술 치료의 기법'에 대해 이해한 내용으로 가장 적절한 것은?

보기

심리 치료란 증상을 제거, 수정, 경감하고 장애 행동을 조절하며 긍정적인 성격 발달을 증진하기 위한 목적으로 훈련된 사람이 환자와 전문적인 관계를 형성하여 정신적 문제를 치료하는 것을 의미한다. 융의 분석 심리학을 바탕으로 한 분석적 심리 치료에서는 심리적 문제나 장애를 치료하기 위해 '미술 치료의 기법'을 활용한다. 이는 무의식적 주제들에 대해 내담자가 적극적으로 상상을 하도록 자극한 뒤 이를 그림으로 표현하게 하는 방법이다. 내담자는 자신의 꿈에서 본 이미지나 환상 속의 이미지를 그림으로 표현하는데, 이러한 과정에서 억압되어 있던 감정이나 기억 등을 의식의 층위로 표출하게 된다. 이와 같은 과정에서 내담자는 자신의 무의식과 능동적인 대화를 하게 됨으로써 치료적인 효과를 얻을 수 있게 된다.

① 미래를 향한 상상을 통해 억압되었던 감정과 심상을 치료하는 방법이라 할 수 있겠군.
② 무의식의 내용을 의식으로 가져옴으로써 자기의 의식을 확대해 가는 방법이라 할 수 있겠군.
③ 자아로부터 인정받지 못한 고통스러운 기억이나 감정 등을 회피하는 방법이라 할 수 있겠군.
④ 아니마 혹은 아니무스를 이용하여 무의식에 내재된 콤플렉스를 이겨 내는 방법이라 할 수 있겠군.
⑤ 무의식 속에 존재하는 그림자를 적절하게 표현함으로써 창의력과 영감을 키우기 위한 방법이라 할 수 있겠군.

028

밑줄 친 단어의 문맥적 의미가 ⓐ와 가장 유사한 것은?

① 옷에 과일 물이 들면 잘 빠지지 않는다.
② 그는 넋이 빠진 채 멍하니 앉아 있었다.
③ 아이가 뛰어가다 작은 웅덩이에 빠졌다.
④ 세금으로 인해 백성들이 도탄에 빠졌다.
⑤ 그는 주색에 빠져서 재산을 모두 날렸다.

인문·예술

논리학 01

목표 시간	8분 20초
시작 분 초	종료 분 초
소요 시간	분 초

E 수록

[029~033] 다음 글을 읽고 물음에 답하시오. 21, 23

정언 명제란 술어가 다른 제한 조건 없이 주어의 전체나 부분을 긍정 또는 부정하는 명제이다. 정언 명제는 전칭 긍정 명제(A 명제)인 '모든 S는 P이다.', 전칭 부정 명제(E 명제)인 '어떤 S도 P가 아니다.', 특칭 긍정 명제(I 명제)인 '어떤 S는 P이다.', 특칭 부정 명제(O 명제)인 '어떤 S는 P가 아니다.'로 구분된다. 이러한 A, E, I, O의 네 가지 정언 명제로 대전제, 소전제, 결론을 구성하는 논증을 정언 삼단 논법이라 한다.

모든 M은 P이다. (대전제)
어떤 S도 M이 아니다. (소전제)
따라서 어떤 S는 P가 아니다. (결 론)

위의 예시처럼 정언 삼단 논법은 대명사인 P, 소명사인 S, 중명사인 M을 가진다. 이때 명사란 하나의 개념을 언어로 나타낸 것으로, 주어 개념에 해당하는 주사와 ⓐ이를 규정하는 술어 개념인 빈사로 나뉜다. 예를 들어, '모든 개는 동물이다.'에서 '개'는 주사이고 '동물'은 빈사이다. 이에 따라 세 종류의 명사 중 대전제에 나오면서 결론의 빈사로 나오는 P를 대명사라 하고, 소전제에 나오면서 결론의 주사로 나오는 S를 소명사라 하며, 결론에는 없으면서 대전제와 소전제를 연결해 주는 M을 중명사라 한다. 따라서 대명사를 포함한 전제가 대전제, 소명사를 포함한 전제가 소전제이다. 그런데 ㉮어떤 정언 삼단 논법이 겉으로는 세 개의 명사로 구성되어 있으나, 그때의 중명사가 각기 다른 의미로 사용될 경우 의미상 네 종류의 명사가 되어 오류가 발생하게 된다.

정언 삼단 논법은 대전제, 소전제, 결론이 ⓑ어떠한 정언 명제로 이루어졌는지에 따라 64개의 유형으로 나타날 수 있다. 위의 예시는 대전제가 A 명제, 소전제가 E 명제, 결론이 O 명제로 구성된 AEO 유형에 해당한다. 정언 삼단 논법은 다시 ⓒ중명사가 놓이는 위치에 따라 1격에서 4격으로 나눌 수 있는데, ⓓ이를 적용하면 정언 삼단 논법의 종류는 총 256개나 된다. 하지만 이 중에서 논리적으로 타당한 것은 24가지밖에 되지 않는다. 정언 삼단 논법은 전제가 참이면 필연적으로 결론이 참인 연역 논증이므로, 타당한 형식이 되기 위해서는 P, S, M에 어떤 명사를 대입해도 논리적 오류가 없어야 하기 때문이다.

[A] 정언 삼단 논법이 타당한 논증 형식이 되기 위해서는 정언 명제를 구성하는 명사가 전제나 결론에서 올바르게 주연되는지를 살펴야 한다. 여기서 주연은 어떤 개념을 포함한 명제가 그 개념의 외연* 전부에 대하여 무엇인가를 주장하고 있을 때 그 개념의 상태를 이르는 말이다. 이를테면 전칭 긍정 명제인 '모든 포유류는 동물이다.'에서 '모든 포유류'는 '포유류'라는 개념의 외연 전부를 가리키므로 주사는 주연되어 있는 반면, '동물'이라는 개념의 외연 전부가 포유류인 것은 아니므로 빈사는 주연되어 있지 않다. 이와 달리 특칭 부정 명제인 '어떤 포유류는 동물이 아니다.'에서 '어떤 포유류'는 '포유류'라는 개념의 외연 일부에 해당하므로 주사는 주연되어 있지 않다. 그러나 '동물'이라는 개념의 외연 전부가 '어떤 포유류'에 해당하지 않으므로, 즉 모든 동물이 '어떤 포유류'가 아니므로 빈사는 주연되어 있다.

이에 따라 정언 삼단 논법이 논리적으로 타당하기 위해서는 다음과 같은 조건을 충족해야 한다. 먼저 ㉠두 전제를 이어 주는 매개념인 중명사는 대전제나 소전제 중 적어도 한 전제에서는 주연되어야 한다. 만일 중명사가 대전제와 소전제 모두에서 주연되지 않을 경우, 대전제에서 중명사가 가리키는 대상과 소전제에서 중명사가 가리키는 대상이 같지 않을 수 있으므로 ⓔ이를 매개로 타당한 결론을 도출할 수 없게 된다. 또한 ㉡전제에서 주연되지 않은 대명사나 소명사는 결론에서 주연되어서는 안 된다. 왜냐하면 전제에서 주연되지 않은 대명사나 소명사가 결론에서 주연되면, 전제에서 집합의 일부분을 가리키는 어떤 개념이 결론에서는 그 집합의 전체로 일반화되어 쓰이므로 결과적으로 그 논증은 논리적 오류에 빠지게 된다.

* 외연: 일정한 개념이 적용되는 사물의 전 범위.

029

윗글에 대한 이해로 적절하지 않은 것은?

① 정언 삼단 논법에서 대전제에 나오는 주사나 빈사는 결론의 주어 자리에 나타날 수 없다.
② 정언 삼단 논법은 대전제와 소전제가 참일 경우 결론이 반드시 참인 논증 구조에 해당한다.
③ 정언 삼단 논법이 논리적으로 타당하기 위해서는 명사들 간의 논리적 오류가 없어야 한다.
④ 정언 삼단 논법의 AEO 유형은 중명사의 위치에 따라 다시 4가지 형식으로 구분될 수 있다.
⑤ 정언 삼단 논법은 전제와 결론의 술어가 주어의 전체나 부분을 긍정 또는 부정하는 형식으로 되어 있다.

030

㉮에 해당하는 사례로 가장 적절한 것은?

① 모든 시간은 모래알이다.
모든 시간은 돈이다.
따라서 모든 돈은 모래알이다.

② 모든 대지는 어머니이다.
어떤 여성은 어머니이다.
따라서 어떤 여성은 대지이다.

③ 인간의 본성은 선하다.
학교는 인간을 만든다.
따라서 학교의 본성은 선하다.

④ 모든 낙타는 식물이 아니다.
모든 바위는 식물이 아니다.
따라서 모든 바위는 낙타가 아니다.

⑤ 어떤 남자는 채식주의자이다.
모든 인간은 동물이다.
따라서 어떤 동물은 채식주의자이다.

031

[A]를 바탕으로 추론한 내용으로 적절하지 않은 것은?

① '모든 포유류는 동물이다.'와 '어떤 포유류도 동물이 아니다.'는 모두 주사가 주연된다.
② '모든 포유류는 동물이다.'와 '어떤 포유류는 동물이다.'는 모두 빈사가 주연되지 않는다.
③ '어떤 포유류는 동물이 아니다.'와 '어떤 포유류는 동물이다.'는 모두 주사가 주연되지 않는다.
④ '모든 포유류는 동물이다.'와 달리 '어떤 포유류도 동물이 아니다.'는 빈사가 주연된다.
⑤ '어떤 포유류는 동물이 아니다.'와 달리 '어떤 포유류도 동물이 아니다.'는 빈사가 주연되지 않는다.

032

㉠과 ㉡를 이용하여 〈보기〉를 분석한 내용으로 가장 적절한 것은?

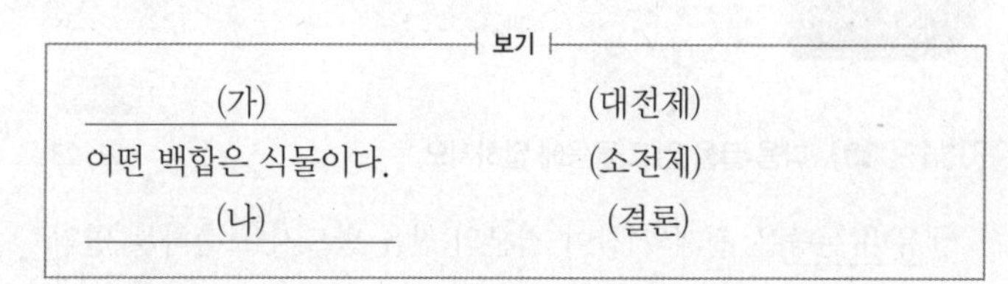
보기

(가)	(대전제)
어떤 백합은 식물이다.	(소전제)
(나)	(결론)

① (가)에 '모든 식물은 한해살이이다.', (나)에 '모든 백합은 한해살이이다.'를 넣으면 ㉠과 ㉡을 모두 충족하므로 타당한 논증 형식이 된다.
② (가)에 '모든 식물은 한해살이이다.', (나)에 '어떤 백합은 한해살이이다.'를 넣으면 ㉠과 ㉡을 모두 충족하므로 타당한 논증 형식이 된다.
③ (가)에 '어떤 식물은 한해살이이다.', (나)에 '어떤 백합은 한해살이이다.'를 넣으면 ㉠과 ㉡을 모두 충족하지 못하므로 타당하지 않은 논증 형식이 된다.
④ (가)에 '모든 식물은 한해살이이다.', (나)에 '모든 백합은 한해살이이다.'를 넣으면 ㉠과 ㉡을 모두 충족하지 못하므로 타당하지 않은 논증 형식이 된다.
⑤ (가)에 '어떤 식물은 한해살이이다.', (나)에 '모든 백합은 한해살이이다.'를 넣으면 ㉠은 충족하지만 ㉡은 충족하지 못하므로 타당하지 않은 논증 형식이 된다.

033

문맥상 ⓐ~ⓔ와 바꿔 쓰기에 적절하지 않은 것은?

① ⓐ: 주사의 내용이나 성격, 의미를 밝혀 정하는
② ⓑ: A, E, I, O 명제 중 어떤 것으로
③ ⓒ: 중명사가 대전제에 놓이느냐, 소전제에 놓이느냐에 따라
④ ⓓ: 64개의 유형을 각각 4가지 격으로 나누면
⑤ ⓔ: 대전제에 쓰인 중명사와 소전제에 쓰인 중명사를 관련지어

인문·예술

N 적중 예상

논리학 02

목표 시간	8분 20초
시작 분 초	종료 분 초
소요 시간	분 초

E 수록

[034-038] 다음 글을 읽고 물음에 답하시오. 21, 23

㉠유비 논증은 전제의 참이 결론의 참을 반드시 도출하는 연역 논증과 달리, 전제의 참이 결론을 확률적으로 뒷받침하는 귀납 논증 중 하나이다. 이는 X와 Y가 공통적인 특성을 가졌을 때, X에게서 발견되는 추가적인 특성이 Y에게도 발견될 것이라고 추론하는 논증 방식이다. 이와 같은 유비 논증은 다음과 같이 전제 P_1~P_3로부터 결론 C를 ⓐ도출한다.

P_1. X는 a, b, … 등의 성질을 가지고 있다.
P_2. Y는 a, b, … 등의 성질을 가지고 있다.
P_3. X는 c라는 성질을 가지고 있다.
C. Y도 c라는 성질을 가지고 있을 것이다.

위에서 P_1과 P_2는 X와 Y가 유사하다는 전제에 ⓑ해당한다. 이때 X, Y가 공유하는 속성인 'a, b, …'를 준거 속성이라 하고, 결론 C에서 Y가 가질 것이라고 주장되는 속성인 'c'를 귀속 속성이라 한다. 유비 논증의 결론이 'Y도 c라는 성질을 가지고 있다.'가 아니라 'Y도 c라는 성질을 가지고 있을 것이다.'인 것은 전제가 결론을 확률적으로 뒷받침하는 귀납 논증이기 때문이다. 위의 경우 비교 대상이 둘인 경우에 해당하지만, 비교 대상이 셋 이상일 경우에도 유비 논증은 ⓒ성립된다.

[A] 유비 논증은 결론의 주장이 전제를 바탕으로 어느 정도의 확률, 즉 개연성으로 입증되는가에 따라 강한 논증과 약한 논증으로 구별된다. 개연성이 높다는 것은 전제가 참일 경우 결론이 참일 확률이 높다는 것을 의미한다. 개연성이 높은 논증은 강한 논증이 되고 개연성이 낮은 논증은 약한 논증이 된다. 유비 논증의 강도는 다음과 같이 결정된다. 첫째, 전제에서 다루는 대상의 수가 많을수록 강한 논증이 된다. 둘째, 전제에 포함된 사례가 다양할수록 강한 논증이 된다. 셋째, 비교되는 대상들이 공유하는 속성의 수가 증가할수록 강한 논증이 된다. 단, 결론에서 언급하는 속성과 무관한 유사성의 수는 유비 논증의 강화와 ⓓ무관하다. 넷째, 전제에서 유사하다고 언급된 속성과 결론에서 주장하는 속성 사이에 관련성이 클수록 강한 논증이 된다. 반대로 전제에서 대상들 간의 차이점이 결과와 인과적으로 연관되어 있을 경우 유비 논증은 약화된다.

그런데 논리적인 측면에서 본다면 유비 논증은 좋은 논증이 되기 어렵다. 왜냐하면 유비 논증의 전제인 'X와 Y가 유사하다.'가 실제로 거짓이 될 가능성이 높기 때문이다. 만약 두 대상이 동일하다면, 그 두 대상은 모든 속성에서 일치할 것이다. 그러나 유비 논증에서 비교되는 두 대상은 동일한 대상이 아니라 서로 다른 대상이다. 그러므로 서로 다른 대상인 X, Y를 비교할 때 어떤 속성을 의도적으로 선별하여 강조할 것인가에 따라 두 대상은 서로 비슷하다고 말할 수도 있지만 그렇지 않다고 말할 수도 있다.

이와 같은 유비 논증을 이용하여 연역 논증이 아닌 과학이나 정치학 또는 경제학에 관한 주장들을 ⓔ논박할 수 있는데 이를 ㉮논리적 유비에 의한 논박이라고 한다. 이는 어떤 논증을 반박하고자 할 때, 그 논증과 본질적으로 동일한 형식을 가지지만 논리적으로 명백한 결점을 가지고 있는 다른 논증을 제시하는 것이다. 가령, '소수 인종 우대 정책이 모든 인종의 학생들에게 적용되고, 어떤 특정한 인종에게도 불이익을 주지 않는다.'는 주장을 논리적 유비에 의해 논박할 수 있는데, '결혼 금지법이 모든 인종의 학생들에게 적용되고, 어떤 특정한 인종에게도 불이익을 주지 않는다.'라는 부당한 논증을 제시함으로써 소수 인종 우대 정책을 논박한다.

이상에서 살펴본 바와 같이 유비 논증은 두 대상의 유사성을 근거로 새로운 정보를 도출한다는 점에서 지식을 확장시켜 주는 유용함이 있다. 그러나 유비 논증은 귀납 논증의 한 유형으로서, 전제가 결론을 필연적으로 뒷받침하지 않는다는 점에서 논리적 한계가 있다. 실제로 동물 실험을 통해 약효가 입증되었던 입덧 완화제 탈리도마이드를 실제로 인간이 복용했을 때 기형아를 출산하는 부작용을 낳았는데, 이는 유비 논증으로 인한 오류의 대표적인 사례라고 할 수 있다.

034

윗글의 전개 방식에 대한 설명으로 적절하지 않은 것은?

① 유비 논증의 개념을 정의의 방식을 통해서 설명하고 있다.
② 유비 논증이 갖는 특성과 성립되는 상황을 제시하고 있다.
③ 유비 논증이 거짓일 가능성이 높은 이유를 제시하고 있다.
④ 유비 논증을 반박하는 원리를 예를 통해서 설명하고 있다.
⑤ 유비 논증의 유용함과 함께 논리적 한계를 평가하고 있다.

035

㉠에 대한 설명으로 가장 적절한 것은?

① 전제가 참이면 결론은 필연적으로 참이 된다.
② 전제의 비교 대상들은 귀속 속성을 공유한다.
③ 전제의 비교 대상이 둘이어야만 성립 가능하다.
④ 전제의 비교 대상들은 공통점과 함께 차이점도 있다.
⑤ 전제의 준거 속성에서 귀속 속성이 논리적으로 도출된다.

036

다음은 윗글을 읽은 학생의 독서 활동 기록이다. [A]를 참고할 때, 빈칸에 들어갈 내용으로 적절하지 않은 것은?

[독서 후 심화 활동]
글의 내용을 다른 상황에 적용해 보자.

○상황
수면 시간이 비만에 미치는 영향을 연구하기 위해 과학자들은 다음과 같은 동물 실험을 실시하였다. 실험용 흰쥐 육십 마리를 삼십 마리씩 실험군과 대조군으로 나누어, 다른 조건은 모두 동일하지만 실험군의 쥐들은 대조군의 쥐들보다 매일 두 시간씩 덜 자게 하였다. 그러자 실험군의 쥐들은 대조군의 쥐들보다 훨씬 더 많이 먹이를 섭취하는 현상이 나타났다. 이 주 후 실험용 흰쥐의 몸무게를 측정해 보니 실험군의 쥐들이 대조군의 쥐들보다 평균 15% 가량 체중이 더 많이 나갔다. 이를 통해 과학자들은 인간의 수면 시간이 적으면 비만이 될 확률이 높다는 결론을 얻었다.

○적용

① 실험에 사용된 흰쥐를 육십 마리에서 이십 마리로 줄였다면 논증은 약화되었을 것이다.
② 실험에 사용된 흰쥐가 자는 환경과 인간이 자는 환경이 같았다면 논증은 강화되었을 것이다.
③ 실험에 사용된 동물을 흰쥐 이외에 토끼, 개, 돼지로 확대하였다면 논증은 강화되었을 것이다.
④ 실험에 사용된 동물이 인간과 유사한 측면이 더욱 많은 원숭이였다면 논증은 강화되었을 것이다.
⑤ 실험에 사용된 흰쥐의 활동량이 비만에 영향을 미치는 정도가 인간의 활동량이 비만에 영향을 미치는 정도와 다르다면 논증은 약화되었을 것이다.

037

〈보기〉의 주장에 대해 ㉮를 사용하여 반박한다고 할 때 제시할 논증으로 가장 적절한 것은?

보기

도시 계획 전문가들은 다음과 같은 이유를 들어 새로운 고속도로를 건립하는 것을 반대하였다. "교통 문제를 해결할 수 있는 유일한 해법은 버스나 지하철과 같은 대중교통을 이용하는 것이다. 새로운 고속 도로가 건립되면 교통 혼잡은 줄어들지 않고 오히려 더 심해질 것이다. 왜냐하면 새로운 고속 도로가 교통량의 증가를 유발할 것이기 때문이다."

① 혈관이 막히기 전에 혈관을 확장하는 수술을 하게 되면 혈액 순환 장애로 인해 발생할 수 있는 위험을 예방할 수 있다.
② 같은 업종의 상점들이 모여 있을 경우 소비자가 몰리는 현상이 발생하여 매출이 오히려 늘어나는 현상이 나타나게 된다.
③ 오늘날 교육적 불평등 문제를 해결할 수 있는 유일한 방법은 사교육을 금지하고 초 · 중 · 고등학교를 평준화하는 것이다.
④ 여자 화장실의 줄이 남자 화장실의 줄보다 길다고 여자 화장실의 개수를 늘리게 되면 이용객이 늘어 줄이 더 길어지게 된다.
⑤ 버스나 지하철과 같은 대중교통을 이용하는 사람이 갑자기 늘어나게 되면 그로 인한 새로운 교통 혼잡이 발생하게 될 것이다.

038

ⓐ~ⓔ와 문맥상 의미가 다른 것은?

① ⓐ: 협상의 진행 과정에서 합의를 도출하는 데 실패하였다.
② ⓑ: 한 달 치 임금에 해당하는 돈을 가불하려는 시도를 하였다.
③ ⓒ: 알리바이가 성립된 그 사람은 범행 현장에 방문하지 않았다.
④ ⓓ: 선생님과 아무리 무관하게 지낸다 해도 그런 언행은 삼가야 한다.
⑤ ⓔ: 지식인의 허무주의를 논박한 이번 신문 기사 내용은 설득력이 있었다.

N 적중 예상

인문·예술

논리학 03

목표 시간	6분 40초		
시작	분 초	종료	분 초
소요 시간	분 초		

E 수록

[039-042] 다음 글을 읽고 물음에 답하시오. 21, 24

연역법과 귀납법은 오랜 세월 동안 효과적인 논증 방법으로 활용되었다. 연역법은 대전제에 해당하는 규칙과 소전제에 해당하는 사례를 통해 결론에 해당하는 결과를 도출해 내는 논증 방법이다. 그런데 이 방법은 참인 전제들로부터 언제나 참인 결론을 얻을 수 있지만, 논증의 결과는 언제나 출발점인 규칙 속에 이미 들어 있다. 따라서 연역법은 전제를 설명하는 것일 뿐이며 그 이상의 새로운 지식을 확보하지 못한다. 한편 귀납법은 사례와 결과를 바탕으로 규칙을 도출해 내는 논증 방법이다. 그런데 이 방법은 수집된 사례들이 아무리 참이라 하더라도 그로부터 얻어낸 새로운 지식이 참임을 보장받을 수 없다. 단 하나의 사소한 반례만으로 도출한 규칙은 무너지기 때문이다. 그러므로 귀납법은 결론이 참임을 확률적으로 보장해 준다. 즉 일정한 개연성만을 보장하는 것이다. 통계적 삼단 논법과 가추법은 결과의 개연성을 보장한다는 점에서 귀납법에 해당하는 논증 방식이지만, 연역법의 형식을 취하고 있다.

[A] 통계적 삼단 논법은 연역법과 마찬가지로 두 전제와 결론으로 구성되어 있는데, 전체 집합에 대한 통계적 정보를 서술하는 전제로부터 그 전체 집합의 일부나 하나의 원소에 대한 결론을 도출해 내는 논증 방법이다. 이는 전체 집합의 일부에 대한 통계적 정보를 서술하는 전제로부터 전체 집합에 대한 결론을 도출하는 전통적 귀납법과 구별된다. 통계적 삼단 논법의 기본적 형식은 아래와 같다.

전제 1: 집합 F의 X%는 G이다.
전제 2: a는 집합 F의 원소이거나 일부이다.
결론: 따라서 a는 G이다.

전체 집합인 F 중 X%가 G의 특성을 지니고 있는데, 추론 대상인 a가 전체 집합인 F에 속한다. 통계적 삼단 논법은 이러한 전제를 바탕으로 a가 G의 특성을 지니고 있다는 결론을 도출하는 것이다. 이 방식은 전체 집합 중 결론에서 거론되는 속성을 지닌 구성 원소의 비율이 100에 가까울수록 결론이 참일 가능성이 높은 논증, 곧 개연성이 강한 논증이라 할 수 있다. 만일 X가 100일 경우에는 타당한 연역 논증이 된다. X는 집합 F의 내포가 증가할수록, 외연이 감소할수록 커진다. 내포란 집합 F의 원소가 되기 위한 조건에 해당하고, 외연은 그 집합에 속하는 원소들을 의미한다. 그런데 결론이 'a는 G가 아니다.' 처럼 부정문일 때, X는 0에 가까울수록 결론이 참일 가능성 높은 논증, 곧 개연성이 강한 논증이라 할 수 있다.

가추법은 과학적 탐구 방법을 철학적으로 설명하기 위해 미국의 철학자 퍼스가 제시한 논증 방법이다. 가추법은 논증의 소전제에 해당하는 어떤 현상이 발견되었을 때, 이를 설명하기 위해 대전제에 해당하는 가설을 세우고, 이를 바탕으로 결론에 해당하는 사례에 대한 짐작을 통해 그 현상의 근거나 원리를 찾는 논증 방식이다. 다음은 퍼스가 제시한 가추법의 기본 모형이다.

전제 1: 놀라운 사실 C가 관찰되었다.
전제 2: 만일 가설 H가 옳다면 C는 당연히 일어날 것이다.
결론: 따라서 H가 옳다고 짐작할 만한 이유가 반드시 있다.

여기서 '놀라운 사실 C'는 우리가 관찰하는 현실로, 일상생활의 한 국면일 수도 있고 양적 데이터일 수도 있다. 이러한 현상이 기존의 이론이나 지식, 혹은 관념으로는 설명되지 않는 경우가 있다. 이 때 과학자는 창의성을 발휘하여 C가 발생한 원인을 설명할 수 있는 '가설 H'를 찾아내고, 새롭게 알아낸 H로 우리가 관찰한 C를 더 잘 설명할 수 있는지 알아본다. 이것이 가추법의 기본 과정이다. 이처럼 가추법은 이미 알려진 결과를 바탕으로 알려지지 않은 규칙과 사례들을 발견하는 귀납적 추리 과정이라 할 수 있다. 그런데 여기에서 가추법을 과학적 논리로 만드는 요건은, 가설 H가 얼마나 진리에 가까우며 일반적인가가 아니라, H를 전제로 수용할 만한 타당한 이유가 있는가이다. 왜냐하면 전제로 수용할 만한 타당한 이유가 있는 가설이 과학적 가치가 있기 때문이다. 이처럼 가설을 바탕으로 한 가추법의 예측 과정은 연역적이라 할 수 있다.

가추법에서는 가설 H가 관찰된다고 해도, 곧 전제가 참이라고 해도 결론이 참임을 보장하지는 않는다. 다만 현재 어떤 현상이 관찰된다는 점만 확실하게 알 수 있을 뿐이다. 이로 인해 ㉠<u>일상생활에서 가추법을 활용할 때에 예측이 맞지 않는 오류가 종종 발생할 수 있다.</u> 정도의 차이는 있지만 과학적 탐구에서도 이러한 오류가 발생한다. 따라서 퍼스는 연역법이 '틀림없이 그러함'을 증명하고, 귀납법은 '실제로 그러함'을 보여 준다면 가추법은 '그럴 수도 있음'을 제시한다고 하였다. 퍼스는 가추법 과정에서 발생하는 오류를 두려워하지 않아야 과학적 창의성의 발휘가 가능하고, 결국 과학이 발전한다고 보았다.

039

윗글의 내용과 일치하지 않는 것은?

① 연역법은 귀납법과 달리 전제를 설명할 뿐 그 이상의 새로운 지식을 도출하지는 못한다.
② 통계적 삼단 논법과 연역법은 두 개의 전제를 바탕으로 결론을 도출한다는 공통점이 있다.
③ 통계적 삼단 논법과 가추법 모두 결과가 참임을 확률적으로만 보장하는 귀납적 논증 방식이다.
④ 퍼스는 가추법을 통해 '그럴 수도 있는' 가설이 '실제로 그러함'을 과학적으로 입증하려 하였다.
⑤ 가추법에 의한 논증이 과학적 논리로 인정받으려면 가설을 전제로 수용할 타당한 이유가 있어야 한다.

040

[A]를 바탕으로 〈보기 1〉에 대해 〈보기 2〉와 같은 추론을 해 보았다. 〈보기 2〉의 ㉮~㉰에 들어갈 말이 바르게 짝지어진 것은?

보기 1

○○ 신문에 따르면, △△시에 있는 모든 대학교의 1학년생 전원을 조사한 결과, 83%가 고등학교에서 철학을 배웠다고 한다. 길동이는 △△시에 있는 대학교의 1학년생이다. 따라서 길동이는 고등학교에서 철학을 배웠다.

보기 2

- □□ 신문에서 동일한 대상과 내용으로 조사를 한 결과 89%가 고등학교에서 철학을 배웠다는 통계를 얻었고, 이를 전제로 활용해 길동이는 고등학교에서 철학을 배웠다는 결론을 얻었다면 〈보기 1〉보다 결론의 개연성이 (㉮)졌다고 할 수 있겠군.
- ○○ 신문이 △△시에 있는 대학교의 모든 재학생을 대상으로 한 동일한 조사의 통계를 전제로 활용했다면, 길동이가 철학을 배웠다는 결론이 참일 확률은 〈보기 1〉보다 더 (㉯)졌겠군.
- △△시에 있는 모든 대학교의 1학년생 전원 중 11%는 고등학교에서 철학을 배우지 않았다는 또다른 통계 자료를 전제로 활용하여 길동이가 고등학교에서 철학을 배우지 않았다는 결론을 도출했다면, 이는 〈보기 1〉보다 개연성이 (㉰) 논증이라 할 수 있겠군.

	㉮	㉯	㉰
①	강해	낮아	약한
②	강해	높아	약한
③	강해	낮아	강한
④	약해	높아	강한
⑤	약해	낮아	약한

041

윗글을 바탕으로 〈보기〉를 이해한 내용으로 적절하지 않은 것은?

보기

규칙: 이 자루 속의 모든 콩은 희다. ································ Ⓐ
결과: 이 콩들은 모두 희다. ·· Ⓑ
사례: 이 콩들은 이 자루에서 나왔(을 것이)다. ····················· Ⓒ

① 가추법에 의한 논증의 경우, Ⓐ~Ⓒ 중 Ⓐ를 찾아낼 때 창의성의 발휘가 요구된다.
② 가추법에 의한 논증의 경우, Ⓐ~Ⓒ 중 우리가 이미 알고 있는 사실은 Ⓑ밖에 없다.
③ 연역법에 의한 논증의 경우, Ⓒ는 결론을 도출하기 위해 활용하는 전제에 해당한다.
④ 연역법에 의한 논증의 경우, Ⓑ와 Ⓒ가 참이라면 Ⓐ는 반드시 참인 진리에 해당한다.
⑤ 귀납법에 의한 논증의 경우, 논증을 통해 새롭게 발견한 것은 Ⓒ가 아니라 Ⓐ이다.

042

㉠의 사례로 가장 적절한 것은?

① 여론 조사 결과 전체 시민의 70%가 찬성하여 시에서 박물관을 만들었지만, 이용 실적이 적어 유지비만 많이 들고 있다.
② 치과 의사들은 대부분 충치가 없다. 그래서 치과 의사인 영수는 충치가 없을 것이라고 생각했는데, 알고 보니 충치가 있었다.
③ 식당 앞에 줄이 늘어선 것을 보고 그 식당이 음식을 잘하는 집이라고 판단했다. 그런데 사실은 할인 행사 때문에 붐볐던 것이다.
④ 다양한 곳에 서식하는 까마귀를 보고 모든 까마귀가 검을 것이라고 생각했다. 그런데 우연히 오늘 길가에서 흰 까마귀를 발견했다.
⑤ 과거에는 지구가 태양 둘레를 돌고 있다는 것을 증명한 사람이 없어 태양이 지구 주위를 돈다는 주장을 진실이라고 믿었다. 하지만 근대에 이 주장이 잘못되었음이 밝혀졌다.

인문·예술

적중예상 예술

목표 시간	6분 40초
시작 분 초	종료 분 초
소요 시간	분 초

E 수록

[043-047] 다음 글을 읽고 물음에 답하시오. 15, 17, 23

독일의 미학자인 아도르노는 현대 예술이 어떤 의미에서 자본주의 사회에 대한 저항일 수 있는지 정치한 분석을 보여 준다. 아도르노는 형식주의적 입장에서 현대 예술에 접근하였다. 그는 현대 예술이 ⓐ'미메시스(모방)'를 통해 자본주의 사회에 저항한다고 ㉮보았다. 현대 예술이 '추상'으로 치닫는 것도 자본주의하에서 인간들의 관계가 실제로 그렇게 되었기 때문이며, 입체주의 형식이나 몽타주의 기법과 같이 파편화된 형식을 통해 자본주의 사회에서 인간이 당하는 고통을 나타낸다고 보았다.

예를 들어 현대 예술이 몽타주의 파편적 형식을 취한다면, 그것은 자본주의적 분업 속에서 인간의 노동이 전체적 성격을 잃고 파편화되었기 때문이며, 현대 예술이 아름답지 못하다면 현대 사회가 추하기 때문이라는 것이다. 이처럼 현대 예술은 파편화된 형식을 통해, 즉 사물의 손상되고 소외된 형태를 통해서 손상되고 소외된 현대 사회의 부정적 상태를 증언한다고 보았다. 다시 말해 현대 예술은 불구화한 형식을 통해 스스로 추해짐으로써 불구화한 현대 사회의 상태를 고발한다는 것이다. 동시에 그 저항을 통해 그 상태가 달라져야 하며, 또 달라질 수 있다고 말한다.

이 때문에 현대 예술은 '아름다움'을 버리고 '새로움'을 추구한다. 과거에 합리적 의식이 없었던 ⓑ인간은 자연과 미메시스의 관계를 맺었다. 그때 자연은 살아 있었고, 그리하여 종종 숭배의 대상이었다. '계몽'을 통해 인간은 자연의 지배에서 벗어나나, 합리적 의식을 얻은 대가로 그만 자연과의 유대를 잃어버리고 만다. 인간이 자연과 다시 화해하려면, 이제는 계몽을 계몽해야 한다. 이성은 '새로이' 어리석어져야 한다. 아도르노는 그 일이 지금 현대 예술에서 일어나고 있다고 보았다.

'새로움'의 추구는 자연과 화해하는 길이자 사회와 불화하는 길이기도 하다. 합리적으로 관리되는 사회는 차이를 지워 버리고 모든 것을 계량화한다. 이 동일성의 폭력에 맞서 현대 예술은 사회와의 소통을 거부한다. 소통은 공통의 코드를 전제하기 때문이다. 소통을 거부하기 위해 ㉠예술은 형식의 실험을 통해 끝없이 기존의 코드를 깨고, 아무도 이해하지 못할 새로운 형식, 새로운 예술 언어를 만들어 낸다.

따라서 급진적인 형식을 통해 사회를 급진적으로 비판하는 것이 모더니즘의 미학적 신념이 되며, 새로운 형식을 만드는 데 실패한 예술은 형이상학적으로도 실패한 것이 된다. 현대 예술은 사회와 소통을 거부하기 위해 끝없는 형식의 혁신 속에서 한없이 난해해진다. 하지만 이는 사회를 버리기 위함이 아니다. 오히려 더 높은 차원에서 사회와 다시 화해하기 위한 제스처가 된다.

하지만 이러한 현대 예술의 저항은 추상적 성격에 머물러 있고, 역사적 시각을 결여하고 있으며, 자본주의를 극복하려고 노력하는 현실의 저항력을 보지 못한다는 한계가 있다. 참여를 거부하고 정치적 내용이 빠진 형식의 실험에 몰두하기만 한다면, 그 형식이 아무리 급진적이어도 그것들은 자본주의 문화 산업에 포함되어 상품이 될 수밖에 없다는 비판 또한 가능하다.

043

윗글에 대한 설명으로 가장 적절한 것은?

① 하나의 관점을 특정 요소를 중심으로 설명하고 있다.
② 현상의 원인을 분석하여 다양한 해결책을 제시하고 있다.
③ 유사한 사례를 비교하여 공통점과 차이점을 부각하고 있다.
④ 자료를 활용하여 이론을 정립한 후 구체적 사례에 적용하고 있다.
⑤ 통념에 대한 의문을 제기하고 근거를 들어 가며 주장을 펼치고 있다.

044

윗글의 '아도르노'가 〈보기〉의 예술관에 대해 나타낼 수 있는 반응으로 가장 적절한 것은?

보기

헤겔은 인간의 정신을 신뢰했기 때문에, 자연 그대로의 모습보다는 인간의 정신을 통해 가공된 예술을 더 아름답다고 보았다. 즉 자연을 인식과 기술의 대상으로 보고 이를 예술로써 표현한 예술미를 자연미보다 아름다운 것으로 보았던 것이다. 이러한 원리에 따라 탄생한 예술은 참된 진리를 구현한 것으로 간주되었다.

① 예술을 통한 자연의 재현 가능성을 인정하는 것은 인간 정신의 우위를 보여 주는 것이군.
② 예술이 자연을 있는 그대로 반영하지 못하는 것은 역사적 시각이 결여된 예술가의 한계를 보여 주는군.
③ 예술이 인간의 관점에 따라 자연을 재현하는 것은 인간과 자연의 미메시스적인 관계를 부정하는 것이군.
④ 예술이 자연을 인위적으로 재구성하는 데 초점을 두어 인간 사회의 현실을 드러내지 못하는 한계를 지니는군.
⑤ 예술이 절대적으로 존재하지 않는 것을 표현하는 것은 그것이 실현되기를 바라는 기대의 표현이라고 볼 수 있겠군.

045

㉠에 따라 '현대 예술'을 이해한 것으로 적절하지 않은 것은?

① 과거에 비해 파편화된 형식을 통해 인간 사회를 표현하고 있다.
② 스스로 추해지는 방식을 통해 현대 사회의 상태를 고발하고 있다.
③ 사회와의 소통을 거부함으로써 이전과는 다른 새로움을 지향한다.
④ 끝없는 형식의 혁신을 통해 더 높은 차원에서 사회와 화해하기 위해 노력한다.
⑤ 자연에 대한 합리적 접근을 통해 인간 사회에 대한 계몽 의지를 드러내고 있다.

046

ⓐ와 ⓑ에 대한 설명으로 가장 적절한 것은?

① ⓐ와 ⓑ는 모두 형식의 혁신을 추구하는 태도이다.
② ⓐ와 ⓑ는 모두 인간을 최우선 가치로 인식하는 태도이다.
③ ⓐ는 자연과의 유대감을, ⓑ는 합리적 의식을 중시하는 태도이다.
④ ⓐ는 자연와의 소통을 거부하는 태도이고, ⓑ는 자연과의 소통을 추구하는 태도이다.
⑤ ⓐ는 미메시스 대상에 대한 부정적 인식을, ⓑ는 긍정적 인식을 전제로 하는 태도이다.

047

밑줄 친 말이 ㉮와 가장 유사한 의미로 사용된 것은?

① 그 의사는 오전에만 환자를 보았다.
② 영희는 쉬는 시간마다 책을 보았다.
③ 그는 주식 투자로 큰 손해를 보았다.
④ 어머니는 명절을 앞두고 시장을 보았다.
⑤ 검사 측은 그 증언이 거짓말이라고 보았다.

대표 기출 사회 · 문화 ❶

[1~4] 다음 글을 읽고 물음에 답하시오. [2024학년도 수능 4~7번]

1 ㉠ 경마식 보도는 경마 중계를 하듯 지지율 변화나 득표율 예측 등을 집중 보도하는 선거 방송의 한 방식이다. ('경마식 보도'의 정의) 경마식 보도는 선거일이 가까워질수록 증가한다. 새롭고 재미있는 정보를 원하는 시청자들의 요구에 부응하고, 방송사로서도 매일 새로운 뉴스를 제공하는 방편이 될 수 있기 때문이다. 경마식 보도는 선거와 정치에 무관심한 유권자들의 선거 참여, 정치 참여를 독려하는 장점이 있다. ('경마식 보도'의 효용) 하지만 (△: 역접) 흥미를 돋우는 데 치중하는 경마식 보도는 선거의 주요 의제를 도외시하고 경쟁 결과에 초점을 맞춰 선거의 공정성을 저해할 수 있다. ('경마식 보도'의 문제점(한계))

▶ 1문단: 경마식 보도의 장점과 문제점

2 경마식 보도의 문제점을 줄이려는 조치(중심 화제)가 있다. ㉮「공직선거법」의 규정에 따르면, 당선인을 예상케 하는 여론조사를 실시하는 것은 언제든지 가능하지만, 그 결과의 보도는 선거일 6일 전부터 투표 마감 시각까지 금지된다. (여론조사 결과의 보도가 유권자의 선택에 영향을 끼칠 수 있기 때문에) 이러한 규정이 국민의 알 권리와 언론의 자유를 침해하는지에 대해 (여론조사 결과의 보도 제한이 국민의 알 권리와 언론 자유를 침해한다는 주장이 있음.) 헌법재판소는 신뢰할 수 있는 여론조사 결과라 하더라도 선거일에 임박해 보도하면 선거에 영향을 끼칠 수 있다며 (밴드 왜건 효과, 언더독 효과 등) 합헌 결정을 내렸다. 「공직선거법」에 근거를 둔 ㉯「선거방송심의에 관한 특별규정」은 유권자에게 영향을 줄 수 있는 사실의 왜곡 보도를 금지하고, 여론조사 결과가 오차 범위 내에 있을 때에 이를 밝히지 않은 채로 서열이나 우열을 나타내는 보도도 금지하고 있다. (「선거방송심의에 관한 특별규정」에서 보도 제한의 전제 조건) 언론 단체의 ㉰「선거여론조사보도준칙」은 표본 오차를 감안하여 여론조사 결과를 정확하게 보도하도록 요구한다. 지지율 차이가 오차 범위 내에 있을 때 "경합"이라는 표현은 무방하지만 (「선거여론조사보도준칙」에서 보도 제한의 전제 조건) 서열화하거나 "오차 범위 내에서 앞섰다."라는 표현처럼 (표현의 구체적 예 제시) 우열을 나타내어 보도할 수 없다는 것이다.

▶ 2문단: 여론조사 결과의 보도를 제한하는 규정들

3 경마식 보도로부터 드러난 선거 방송의 한계를 보완하는 방책 중 하나로 선거 방송 토론회가 활용될 수 있다. 이 토론회를 통해 후보자 간 정책과 자질 등의 차이가 드러날 수 있는데, (흥미에 치중하는 경마식 보도로는 검증하기 어려운 부분을 보완함.) 현실적인 이유로 초청 대상자는 한정된다. (토론 참여자 수와 토론 시간 등의 제약) ㉡「공직선거법」의 선거 방송 토론회 규정은 5인 이상의 국회의원을 가진 정당이나 직전 선거에서 3% 이상 득표한 정당이 추천한 후보자, 또는 언론기관의 여론조사 결과 평균 지지율이 5% 이상인 후보자 등을 초청 기준으로 제시하고 있다. 다만 초청 대상이 아닌 후보자들을 (국회의원 5인 미만, 직전 선거 3% 미만 득표 정당의 후보자 및 여론조사 결과 평균 지지율 5% 미만 후보자) 위해 별도의 토론회 개최가 가능하고 시간이나 횟수를 다르게 할 수 있다.

▶ 3문단: 선거 방송 토론회의 효용 및 토론회 초청 대상자 기준

문제로 Pick 학습법

동일한 목적을 지닌 대안이 여러 개일 경우, 그것들을 구체적 상황에 적용하여 비교하는 문제가 출제된다.

4 ㉮~㉰에 따라 〈보기〉에 대한 언론 보도를 평가한 내용으로 적절하지 않은 것은?

④ 1차 조사 결과를 선거일 14일 전에 "A 후보 1위, B 후보 2위, C 후보 3위"라고 보도하는 것은 ㉯에 위배되지 않고, 2차 조사 결과를 선거일 9일 전에 같은 표현으로 보도하는 것은 ㉰에 위배되겠군. (○)

지문 분석

콕콕 check!

주제

선거 방송에서 경마식 보도가 지닌 문제점과 이를 보완하기 위한 방안들

구조

문제 상황
선거 방송에서 경마식 보도의 효용 및 문제점 – 1

해결 방안 1	해결 방안 2
여론조사 결과의 보도를 제한하는 여러 규정 – 2	경마식 보도의 한계를 보완하는 선거 방송 토론회 – 3

부연
선거 방송 토론회 규정에 대한 헌법재판소의 의견 – 4

독해 Guide!

- 글의 전개 방식

1문단에서는 글의 화제인 '경마식 보도'와 그 문제점을 드러내고 있다. 2문단의 첫 문장을 통해 '경마식 보도가 지닌 문제점을 보완할 수 있는 방안'을 설명할 것임을 알 수 있는데, 그 방안으로 2문단에서는 보도 관련 규정들을, 3문단에서는 선거 방송 토론회를 제시하고 있다. 4문단에서는 선거 방송 토론회의 초청 대상자 제한 규정에 대한 상반된 견해를 밝히면서 3문단의 내용을 부연 설명하고 있다.

- 경마식 보도의 문제점을 보완하는 보도 관련 규정들

규정	내용
「공직선거법」의 규정	• 당선인 예상 관련 여론조사의 결과 보도를 선거일 6일 전부터 투표 마감 시각까지 금지 • 「선거방송심의에 관한 특별규정」에 선행하는 규정
「선거방송심의에 관한 특별규정」	• 유권자에게 영향을 줄 수 있는 사실의 왜곡 보도 금지 • 여론조사 결과가 오차 범위 내에 있을 때, 이를 밝히지 않은 채로 서열이나 우열을 나타내는 보도 금지
「선거여론조사 보도준칙」	• 지지율 차이가 오차 범위 내에 있을 때, 서열화하거나 우열을 나타내는 보도 금지 • "경합"이라는 표현은 사용 가능

- 선거 방송 토론회의 초청 대상자 제한

정당 추천	5인 이상의 국회의원을 가진 정당이나 직전 선거에서 3% 이상 득표한 정당이 추천한 후보자
기타	언론기관의 여론조사 결과 평균 지지율이 5% 이상인 후보자

4 이러한 규정이 선거 운동의 기회균등 원칙을 침해하는지에 대해 헌법재판소는 위헌이 아니라고 결정했다. ⓐ 다수 의견은 방송 토론회의 효율적 운영을 고려할 때 초청 대상 후보자 수가 너무 많으면 제한된 시간 안에 심층적인 토론이 이루어지기 어렵고, 유권자들도 관심이 큰 후보자들의 정책 및 자질을 직접 비교하기 어렵다는 점을 지적하며, 이 규정은 합리적 제한이라고 보았다. 반면 ⓑ 소수 의견은 이 규정이 가장 효과적인 선거 운동의 기회를 일부 후보자에게서 박탈하며, 유권자에게도 모든 후보자를 동시에 비교하지 못하게 하고, 초청 대상 후보자 토론회에 참여한 후보자와 그렇지 못한 후보자를 차별적으로 인식하게 만든다고 지적하였다. 이 규정을 소수 정당이나 정치 신인 등에 대한 자의적이고 차별적인 침해라고 본 것이다.

(토론회 초청 대상 제한 규정이 선거 운동의 기회균등 원칙을 침해한다는 견해 존재 / 헌법재판관들 중 다수의 의견 / 토론회의 초청 대상자를 제한하는 이유 ① / 토론회의 초청 대상자를 제한하는 이유 ② / 헌법재판관들 중 소수의 의견 / 기회균등 원칙을 침해한다고 보는 이유 ① / 기회균등 원칙을 침해한다고 보는 이유 ② / 기회균등 원칙을 침해한다고 보는 이유 ③)

▶ 4문단: 선거 방송 토론회 규정에 대한 헌법재판소의 의견

지문 분석

독해 Guide!

- 선거 방송 토론회의 초청 대상 제한 규정에 대한 견해

입장	근거	결론
다수 의견	• 초청 대상 후보자 수가 적절해야 제한된 시간 안에 심층적인 토론이 가능함. • 유권자들이 관심이 큰 후보자들의 정책 및 자질을 직접 비교하기 쉬움.	합리적 제한
소수 의견	• 가장 효과적인 선거 운동의 기회를 일부 후보자에게서 박탈함. • 유권자가 모든 후보자를 동시에 비교할 수 없음. • 초청 대상 후보자 토론회에 참여한 후보자와 그렇지 못한 후보자를 차별적으로 인식하게 함.	자의적이고 차별적인 침해

문제로 Pick 학습법

특정 대상에 대해 상반되는 견해가 제시되는 경우, 각각을 뒷받침하는 근거를 정확히 파악했는지 확인하는 문제가 출제된다.

3 ㉡과 관련하여 ⓐ와 ⓑ의 입장에 대한 반응으로 가장 적절한 것은?

① 선거 방송 초청 대상 후보자 토론회에서 후보자들이 심층적인 토론을 하지 못한 원인이 시간의 제한이나 참여한 후보자의 수와 관계가 없다면 ⓐ의 입장은 강화되겠군. (×)

1 ㉠에 대한 설명으로 가장 적절한 것은?

① 선거 기간의 후반기에 비해 전반기에 더 많다.
② 시청자와 방송사의 상반된 이해관계가 반영된다.
③ 당선자 예측과 관련된 정보의 전파에 초점을 맞추지 않는다.
④ 선거의 핵심 의제에 관한 후보자의 입장을 다룬 보도를 중시한다.
⑤ 정치에 관심이 없던 유권자들이 선거에 관심을 갖도록 북돋운다.

2 윗글에서 알 수 있는 내용으로 적절하지 <u>않은</u> 것은?

① 신뢰할 수 있는 여론조사의 결과를 보도하더라도 선거의 공정성을 위협할 수 있다.
② 정당의 추천을 받지 못해도 선거 방송의 초청 대상 후보자 토론회에 참여할 수 있다.
③ 국민의 알 권리와 언론의 자유가 서로 충돌하는지의 문제를 헌법재판소에서 논의한 적이 있다.
④ 선거일에 당선인 예측 선거 여론조사를 실시하고 투표 마감 시각 이후에 그 결과를 보도할 수 있다.
⑤ 「공직선거법」에는 선거 운동의 기회가 모든 후보자에게 균등하게 배분되지 못하도록 할 가능성이 있는 규정이 있다.

3 ㉡과 관련하여 ⓐ와 ⓑ의 입장에 대한 반응으로 가장 적절한 것은? [3점]

① 선거 방송 초청 대상 후보자 토론회에서 후보자들이 심층적인 토론을 하지 못한 원인이 시간의 제한이나 참여한 후보자의 수와 관계가 없다면 ⓐ의 입장은 강화되겠군.
② 주요 후보자의 정책이 가진 치명적 허점을 지적하고 좋은 대안을 제시해 유명해진 정치 신인이 선거 방송 초청 대상 후보자 토론회에 초청받지 못한다면 ⓐ의 입장은 약화되겠군.
③ 선거 방송 초청 대상 후보자 토론회에 참여할 적정 토론자의 수를 제한하는 기준이 국민의 합의에 의해 결정되었기 때문에 자의적인 것이 아니라고 한다면 ⓑ의 입장은 강화되겠군.
④ 어떤 후보자가 지지율이 낮은 후보자 간의 별도 토론회에서 뛰어난 정치 역량을 보여 주었음에도 그 토론회에 참여했다는 이유만으로 지지율이 떨어진다면 ⓑ의 입장은 약화되겠군.
⑤ 유권자들이 뛰어난 역량을 가진 소수 정당 후보자를 주요 후보자들과 동시에 비교할 수 있는 가장 효율적인 방법이 선거 방송 초청 대상 후보자 토론회라면 ⓑ의 입장은 약화되겠군.

핵심 기출 유형

유형 내용의 추론

• 이 유형은?

얼핏 지문의 세부 내용과 일치하지 않는 것을 찾는 유형과 동일해 보이지만, 실제로는 지문에 제시된 세부 정보 두 개 이상을 연결해야 선지 내용의 적절성을 파악할 수 있는 유형이다. 간단한 추론이 이루어져야 하는 유형인데 이런 점을 간과한 채 선지의 일부분만으로 적절성을 판단하면 오답을 선택할 가능성이 높아진다. 최근에는 지문의 내용을 일부 표현만 바꾸어 그대로 제시하는 유형의 문제가 감소하는 추세이다.

대표 발문

▶ 윗글에 대한 이해로 적절한(적절하지 <u>않은</u>) 것은?
▶ 윗글을 읽고 추론할 수 있는 내용으로 적절한(적절하지 <u>않은</u>) 것은?

해결 Tip

선지의 의미 요소나 핵심적 용어를 중심으로, 지문에서 관련된 부분을 찾는다.

↓

지문에서 찾은 내용을 바탕으로 선지의 의미 요소별 적절성을 각각 판단한다.

4 ㉮~㉰에 따라 〈보기〉에 대한 언론 보도를 평가한 내용으로 적절하지 않은 것은?

보기

다음은 ○○방송사의 의뢰로 △△여론조사 기관에서 세 차례 실시한 당선인 예측 여론조사 결과의 일부이다. (세 조사 모두 신뢰 수준 95%, 오차 범위 8.8%P임.)

구분		1차 조사	2차 조사	3차 조사
조사일		선거일 15일 전	선거일 10일 전	선거일 5일 전
조사 결과	A 후보	42%	38%	39%
	B 후보	32%	37%	38%
	C 후보	18%	17%	17%

① 1차 조사 결과를 선거일 14일 전에 "A 후보, 10%P 이상의 차이로 B 후보와 C 후보에 우세"라고 보도하는 것은 ㉯와 ㉰ 중 어느 것에도 위배되지 않겠군.

② 2차 조사 결과를 선거일 9일 전에 "A 후보는 B 후보에 조금 앞서고, C 후보는 3위"라고 보도하는 것은 ㉯에 위배되지만, ㉰에 위배되지 않겠군.

③ 3차 조사 결과를 선거일 4일 전에 "A 후보는 오차 범위 내에서 1위"라고 보도하는 것은 ㉮와 ㉰에 모두 위배되겠군.

④ 1차 조사 결과를 선거일 14일 전에 "A 후보 1위, B 후보 2위, C 후보 3위"라고 보도하는 것은 ㉯에 위배되지 않고, 2차 조사 결과를 선거일 9일 전에 같은 표현으로 보도하는 것은 ㉯에 위배되겠군.

⑤ 2차 조사 결과를 선거일 9일 전에 "B 후보, A 후보와 오차 범위 내 경합"이라고 보도하는 것은 ㉰에 위배되지 않고, 3차 조사 결과를 선거일 4일 전에 같은 표현으로 보도하는 것은 ㉮에 위배되겠군.

핵심 기출 유형

유형 구체적 사례에의 적용

• 이 유형은?

지문에 제시된 핵심 정보를 구체적인 사례에 적용하여 이해할 수 있는지 확인하는 유형으로, 독서 지문당 한 문제씩 포함되는 경우가 많다. 지문의 정보를 사실적으로 파악하는 능력은 물론, 추론 및 적용 능력까지 요구되므로 고난도 유형이라 할 수 있다. 이 문항과 같이 여러 항목을 적용해야 하는 경우, 판단할 정보가 많기 때문에 풀이 시간도 많이 소요된다. 그러나 이 문항의 경우, 판단 조건이 선거일 기준 시점, 오차 범위 이내 여부, 표현 방식으로 명확하기 때문에 선지와 일대일 대응을 정확히 한다면 어렵지 않게 해결 가능하다.

대표 발문

▶ 윗글을 바탕으로 〈보기〉를 탐구한 내용으로 가장 적절한 것은?
▶ 윗글을 참고할 때, 〈보기〉에 대한 반응으로 적절하지 않은 것은?

해결 Tip

〈보기〉를 훑어보며 핵심적 정보와 관련된 내용을 지문에서 찾는다. 이때 발문에 특정 부분이 기호로 지정되어 있을 경우에는 해당 부분을 먼저 찾아본다.

↓

지문의 내용을 바탕으로 〈보기〉의 정보를 의미 요소별로 나누어 분석한다.

↓

지문과 〈보기〉를 관련지어 분석한 내용을 바탕으로, 각 선지의 내용이 적절한지를 의미 요소별로 나누어 판단한다.

대표 기출 사회 · 문화 ❷

[1~4] 다음 글을 읽고 물음에 답하시오. [2022학년도 수능 10~13번]

[1] 기축 통화는 국제 거래에 결제 수단으로 통용되고 환율 결정에 기준이 되는 통화이다. 1960년 트리핀 교수는 브레턴우즈 체제에서의 기축 통화인 달러화의 구조적 모순을 지적했다. 한 국가의 재화와 서비스의 수출입 간 차이인 경상 수지는 수입이 수출을 초과하면 적자이고, 수출이 수입을 초과하면 흑자이다. 그는 "미국이 경상 수지 적자를 허용하지 않아 국제 유동성 공급이 중단되면 세계 경제는 크게 위축될 것"이라면서도 "반면 적자 상태가 지속돼 달러화가 과잉 공급되면 준비 자산으로서의 신뢰도가 저하되고 고정 환율 제도도 붕괴될 것"이라고 말했다.

- '기축 통화'의 개념
- 세계 경제 활성화를 위해 달러화 공급 확대 필요 → 달러화가 과잉 공급되면 기축 통화로서의 신뢰도 하락
- '경상 수지'의 개념
- 경상 수지 적자를 막기 위해 수입을 줄이는 정책을 펴게 되면 국제 시장에 달러화의 공급이 줄어듦.
- 국가 간 무역이 어려워짐.
- 기축 통화의 가치 불안정 → 세계 경제의 불안정

▶ 1문단: 브레턴우즈 체제에서 기축 통화인 달러화의 구조적 모순

[2] 이러한 트리핀 딜레마는 국제 유동성 확보와 달러화의 신뢰도 간의 문제이다. 국제 유동성이란 국제적으로 보편적인 통용력을 갖는 지불 수단을 말하는데, ㉠ 금 본위 체제에서는 금이 국제 유동성의 역할을 했으며, 각 국가의 통화 가치는 정해진 양의 금의 가치에 고정되었다. 이에 따라 국가 간 통화의 교환 비율인 환율은 자동적으로 결정되었다. 이후 ㉡ 브레턴우즈 체제에서는 국제 유동성으로 달러화가 추가되어 '금 환 본위제'가 되었다. 1944년에 성립된 이 체제는 미국의 중앙은행에 '금 태환 조항'에 따라 금 1온스와 35달러를 언제나 맞교환해 주어야 한다는 의무를 지게 했다. 다른 국가들은 달러화에 대한 자국 통화의 가치를 고정했고, 달러화로만 금을 매입할 수 있었다. 환율은 경상 수지의 구조적 불균형이 있는 예외적인 경우를 제외하면 ±1% 내에서의 변동만을 허용했다. 이에 따라 기축 통화인 달러화를 제외한 다른 통화들 간 환율인 교차 환율은 자동적으로 결정되었다.

- 달러화의 구조적 모순
- 국제 유동성 ↑ → 달러화 신뢰도 ↓, 국제 유동성 ↓ → 달러화 신뢰도 ↑
- '국제 유동성'의 개념
- 금이 통화 가치의 기준으로 작용
- 지폐를 금화나 은화 등과 같은 정화(正貨)와 바꿈. 또는 그런 일.
- 다른 나라가 미국 소유의 금을 매입하려면 달러를 확보해야 함.
- 고정 환율 제도(유동적인 환율 변화 금지)
- '교차 환율'의 개념

▶ 2문단: 브레턴우즈 체제에서 국제 유동성과 교차 환율

[3] 1970년대 초에 미국은 경상 수지 적자가 누적되기 시작하고 달러화가 과잉 공급되어 미국의 금 준비량이 급감했다. 이에 따라 미국은 달러화의 금 태환 의무를 더 이상 감당할 수 없는 상황에 도달했다. 이를 해결할 수 있는 방법은 달러화의 가치를 내리는 평가 절하, 또는 「달러화에 대한 여타국 통화의 환율을 하락시켜 그 가치를 올리는 평가 절상」이었다. 하지만 브레턴우즈 체제하에서 달러화의 평가 절하는 규정상 불가능했고, 당시 대규모 대미 무역 흑자 상태

- 브레턴우즈 체제의 붕괴 과정 ①
- 과정 ②
- 과정 ③ – 달러화의 증가량만큼 금을 확보하지 못함.
- 과정 ④
- 달러화의 가치 하락 → 35달러보다 많은 달러로 금 1온스와 맞교환
- 「」: 여타국 통화가 평가 절상되면 상대적으로 달러화의 가치는 하락함.
- △: 역접
- 과정 ⑤

문제로 Pick 학습법

서로 다른 제도나 체제 등이 소개될 때에는 특정 기준에서 그 제도나 체제들을 비교할 수 있는지 평가하는 문제가 출제된다.

3 미국을 포함한 세 국가가 존재하고 각각 다른 통화를 사용할 때, ㉠~㉢에 대한 설명으로 적절한 것은?

④ ㉠에서 ㉡으로 바뀌면 자동적으로 결정되는 환율의 가짓수가 많아진다. (×)

지문 분석

꼼꼼 check!

⊘ 주제

브레턴우즈 체제에서 달러화가 지닌 딜레마와 기축 통화의 필요성

⊘ 구조

화제 제시
브레턴우즈 체제에서 기축 통화인 달러화의 구조적 모순 – [1]

구체화 1
브레턴우즈 체제에서의 국제 유동성 및 교차 환율 – [2]

구체화 2
브레턴우즈 체제의 붕괴 이유 – [3]

마무리
기축 통화의 필요성 – [4]

독해 Guide!

• 기축 통화의 개념

기축 통화	국제 거래에 결제 수단으로 통용되고 환율 결정에 기준이 되는 통화

⇩

브레턴우즈 체제의 기축 통화 = 달러화

• 경상 수지의 개념

경상 수지: 한 국가의 재화와 서비스의 수출입 간 차이

흑자	적자
수출이 수입 초과	수입이 수출 초과

• 브레턴우즈 체제에서 기축 통화인 달러화의 구조적 모순(트리핀 딜레마)

미국의 경상 수지 흑자 지속	미국의 경상 수지 적자 지속
수출 > 수입 → 흑자 → 국제 유동성(달러화)의 공급 감소	수출 < 수입 → 적자 → 국제 유동성(달러화)의 공급 과잉

국제 유동성 확보와 달러화의 신뢰도 간의 문제
- 국제 유동성 공급 ↓ → 달러화 신뢰도 ↑ → 세계 경제 위축
- 국제 유동성 공급 ↑ → 달러화 신뢰도 ↓ → 고정 환율 제도 붕괴

• 국제 유동성과 환율

금 본위 체제	• 국제 유동성 역할: 금 • 환율 자동 결정: 각국의 통화 가치는 정해진 양의 금의 가치에 고정됨.
브레턴우즈 체제 (금 환 본위제)	• 국제 유동성 역할: 금, 달러화(미국 중앙은행의 금 태환 의무 존재) • 교차 환율: 달러화에 각국 통화 가치 고정, 달러화를 제외한 통화들 간 환율 자동 결정

⇩

금이나 달러화를 기준으로 하는 고정 환율 제도

였던 독일, 일본 등 주요국들은 평가 절상에 나서려고 하지 않았다. 이 상황이 유지되기 어려울 것이라는 전망으로 독일의 마르크화와 일본의 엔화에 대한 투기적 수요가 증가했고, 결국 환율의 변동 압력은 더욱 커질 수밖에 없었다. 이러한 상황에서 각국은 보유한 달러화를 대규모로 금으로 바꾸기를 원했다. 미국은 결국 1971년 달러화의 금 태환 정지를 선언한 닉슨 쇼크를 단행했고, 브레턴우즈 체제는 붕괴되었다.

과정 ⑥ – 마르크화나 엔화의 평가 절상을 예상했기 때문
과정 ⑦
과정 ⑧ – 달러화의 기축 통화로서의 신뢰도 저하
과정 ⑨

▶ 3문단: 브레턴우즈 체제의 붕괴 이유

4 그러나 붕괴 이후에도 달러화의 기축 통화 역할은 계속되었다. 그 이유로 규모의 경제를 생각할 수 있다. 세계의 모든 국가에서 ㉢어떠한 기축 통화도 없이 각각 다른 통화가 사용되는 경우 두 국가를 짝짓는 경우의 수만큼 환율의 가짓수가 생긴다. 그러나 하나의 기축 통화를 중심으로 외환 거래를 하면 비용을 절감하고 규모의 경제를 달성할 수 있다.

국제 무역의 규모가 커지면서 기축 통화의 필요성이 커졌기 때문에
각 나라의 통화별로 환율을 각각 정해야 함. → 거래 비용 증가
기축 통화가 존재하면 다른 통화 간의 가치 평가가 용이함.

▶ 4문단: 기축 통화의 필요성

지문 분석

독해 Guide!

- 브레턴우즈 체제의 붕괴 이유와 그 과정

문제 상황	미국의 경상 수지 적자 누적 → 달러화 과잉 공급 → 금 준비량 급감 → 금 태환 의무의 유지 어려움 심화
해결 방안	① 달러화의 평가 절하 ② 달러화에 대한 여타국 통화의 평가 절상

⇩

해결 방안 시행의 어려움

⇩

환율 변동 압력의 강화 + 각국의 금 태환 요구

⇩

닉슨 쇼크 단행 → 브레턴우즈 체제 붕괴

- 기축 통화의 필요성

브레턴우즈 체제 붕괴 후 달러화의 기축 통화 역할 지속 이유

외환 거래(무역) 비용 절감 | 규모의 경제 달성

문제로 Pick 학습법

지시어나 접속어, 대용 표현 등에 유의하여 지문의 내용을 유기적으로 읽어 낼 수 있는지 평가하기 위한 선지가 구성된다.

2 윗글을 바탕으로 추론한 내용으로 적절하지 않은 것은?

② 브레턴우즈 체제에서 마르크화와 엔화의 투기적 수요가 증가한 것은 이들 통화의 평가 절상을 예상했기 때문이다. (○)

대표 기출 사회 · 문화 ❷

1 윗글을 통해 답을 찾을 수 없는 질문은?

① 브레턴우즈 체제 붕괴 이후에도 달러화가 기축 통화로서 역할을 할 수 있었던 이유는 무엇인가?
② 브레턴우즈 체제 붕괴 이후의 세계 경제 위축에 대해 트리핀은 어떤 전망을 했는가?
③ 브레턴우즈 체제에서 미국 중앙은행은 어떤 의무를 수행해야 했는가?
④ 브레턴우즈 체제에서 국제 유동성의 역할을 한 것은 무엇인가?
⑤ 브레턴우즈 체제에서 달러화 신뢰도 하락의 원인은 무엇인가?

2 윗글을 바탕으로 추론한 내용으로 적절하지 않은 것은?

① 닉슨 쇼크가 단행된 이후 달러화의 고평가 문제를 해결할 수 있는 달러화의 평가 절하가 가능해졌다.
② 브레턴우즈 체제에서 마르크화와 엔화의 투기적 수요가 증가한 것은 이들 통화의 평가 절상을 예상했기 때문이다.
③ 금의 생산량 증가를 통한 국제 유동성 공급량의 증가는 트리핀 딜레마 상황을 완화하는 한 가지 방법이 될 수 있다.
④ 트리핀 딜레마는 달러화를 통한 국제 유동성 공급을 중단할 수도 없고 공급량을 무한정 늘릴 수도 없는 상황을 말한다.
⑤ 브레턴우즈 체제에서 마르크화가 달러화에 대해 평가 절상되면, 같은 금액의 마르크화로 구입 가능한 금의 양은 감소한다.

핵심 기출 유형

유형 세부 정보 파악

• 이 유형은?

질문 형식의 선지를 제시하고 그것의 답을 찾을 수 있는지 묻는 형식으로 지문의 세부 정보에 대한 이해 여부를 확인하는 유형이다. 단순히 지문을 꼼꼼하게 읽는 것뿐만이 아니라 선지의 질문 내용과 적절하게 연결할 수 있어야 하므로 단순한 내용 일치 여부 확인 유형보다 상대적으로 난이도가 높다. 먼저 질문의 의미를 명확히 파악하고 지문에서 해당 부분을 찾아 확인한다. 선지의 질문은 주로 지문에 제시된 단어들로 구성되기 때문에 일부분만 보고 적절성 여부를 성급하게 판단하면 오답을 선택할 수 있으니 주의한다.

대표 발문

▸ 윗글에서 답을 찾을 수 있는 질문에 해당하지 않는 것은?
▸ 윗글을 읽고 답을 찾을 수 없는 질문은?

해결 Tip

선지의 질문 내용을 파악하고, 그것과 관련된 정보를 지문에서 찾는다. 이때 관련된 정보가 여러 개일 경우에는 그것들에 모두 표시한다.

↓

지문에서 찾은 정보를 바탕으로 선지의 질문에 답을 해 보고 적절성을 판단한다.

3 미국을 포함한 세 국가가 존재하고 각각 다른 통화를 사용할 때, ㉠~㉢ 에 대한 설명으로 적절한 것은?

① ㉠에서 자동적으로 결정되는 환율의 가짓수는 금에 자국 통화의 가치를 고정한 국가 수보다 하나 적다.
② ㉡이 붕괴된 이후에도 여전히 달러화가 기축 통화라면 ㉡에 비해 교차 환율의 가짓수는 적어진다.
③ ㉢에서 국가 수가 하나씩 증가할 때마다 환율의 전체 가짓수도 하나씩 증가한다.
④ ㉠에서 ㉡으로 바뀌면 자동적으로 결정되는 환율의 가짓수가 많아진다.
⑤ ㉡에서 교차 환율의 가짓수는 ㉢에서 생기는 환율의 가짓수보다 적다.

4 윗글을 참고할 때, 〈보기〉에 대한 반응으로 가장 적절한 것은? [3점]

보기

브레턴우즈 체제가 붕괴된 이후 두 차례의 석유 가격 급등을 겪으면서 기축 통화국인 A국의 금리는 인상되었고 통화 공급은 감소했다. 여기에 A국 정부의 소득세 감면과 군비 증대는 A국의 금리를 인상시켰으며, 높은 금리로 인해 대량으로 외국 자본이 유입되었다. A국은 이로 인한 상황을 해소하기 위한 국제적 합의를 주도하여, 서로 교역을 하며 각각 다른 통화를 사용하는 세 국가 A, B, C는 외환 시장에 대한 개입을 합의했다. 이로 인해 A국 통화에 대한 B국 통화와 C국 통화의 환율은 각각 50%, 30% 하락했다.

① A국의 금리 인상과 통화 공급 감소로 인해 A국 통화의 신뢰도가 낮아진 것은 외국 자본이 대량으로 유입되었기 때문이겠군.
② 국제적 합의로 인한 A국 통화에 대한 B국 통화의 환율 하락으로 국제 유동성 공급량이 증가하여 A국 통화의 가치가 상승했겠군.
③ 다른 모든 조건이 변하지 않았다면, 국제적 합의로 인해 A국 통화에 대한 B국 통화의 환율과 B국 통화에 대한 C국 통화의 환율은 모두 하락했겠군.
④ 다른 모든 조건이 변하지 않았다면, 국제적 합의로 인해 A국 통화에 대한 B국과 C국 통화의 환율이 하락하여, B국에 대한 C국의 경상 수지는 개선되었겠군.
⑤ 다른 모든 조건이 변하지 않았다면, A국의 소득세 감면과 군비 증대로 A국의 경상 수지가 악화되며, 그 완화 방안 중 하나는 A국 통화에 대한 B국 통화의 환율을 상승시키는 것이겠군.

핵심 기출 유형

유형 구체적 사례에의 적용

• **이 유형은?**

지문에 제시된 정보를 그것과 직접적으로 관련된 구체적 사례에 적용할 수 있는지를 확인하는 유형이다. 그런데 이 문항은 일반적으로 이 유형이 〈보기〉를 통해 구체적 사례를 제시하는 것과 달리 '구체적 사례'에 해당하는 내용을 발문에서 간단하게 제시하고 있다. 이 때문에 발문도 독해의 대상이라는 점을 잊을 경우, 오답을 선택할 가능성이 높아진다. 또한 내용 추론을 바탕으로 한 간단한 수학적 계산을 요구하고 있다는 점에서 특징적이다.

대표 발문

▶ 윗글을 바탕으로 〈보기〉를 이해한 내용으로 가장 적절한 것은?
▶ 윗글을 바탕으로 다음의 ㄱ~ㄹ에 대해 판단한 것으로 가장 적절한 것은?

해결 Tip

발문에서 가정하고 있는 두 가지 전제 조건을 파악한다.

↓

지문에서 ㉠~㉢에 해당하는 내용을 찾아 각각 정리한다. 이때 상호 비교할 수 있도록 기준을 정해서 정리하는 것이 좋다.

↓

발문의 두 가지 전제 조건과 ㉠~㉢의 내용을 모두 고려하여 선지의 적절성을 판단한다.

경제 01

목표 시간	6분 40초		
시작	분 초	종료	분 초
소요 시간	분 초		

E 수록

[048-051] 다음 글을 읽고 물음에 답하시오. 22, 24

㉠완전 경쟁 시장은 공급자와 수요자가 매우 많고 공급되는 제품의 질이 동일한 시장이다. 완전 경쟁 시장에서는 가격이 조금이라도 비싸지면 수요자는 다른 곳에서 같은 제품을 구매할 수 있기 때문에 공급자는 함부로 가격을 올릴 수가 없다. 수요와 공급이 움직이면서 가격이 결정되어 자원 배분이 가장 효율적으로 이루어지는 것이다. 그러나 완전 경쟁 시장은 비현실적인 시장이라고 할 수 있다. 공급자에 따라 제품의 질이 조금씩 다르고 유통 경로에 따라 가격이 달라지는 경우도 많기 때문이다.

완전 경쟁 시장과 달리 하나의 공급자가 제품 가격에 영향을 줄 수 있는 시장 지배력을 갖는 시장을 ㉡독점 시장이라고 한다. 독점 시장은 다른 경쟁사가 시장에 들어올 수 없는 진입 장벽이 존재하기 때문에 형성되는데, 한 기업의 평균 비용이 월등히 낮아 가격 경쟁력이 압도적인 우위에 있는 경우가 이에 해당한다. 때로는 막대한 초기 투자 비용이 소요되고 수익성도 보장할 수 없지만 공익을 위해 필요한 경우에 정부가 공급자를 지정하여 독점을 허용하기도 하는데, 공기업에 의해 공급되는 전기, 수도 등이 이에 해당한다.

㉢독점 경쟁 시장은 완전 경쟁 시장과 독점 시장의 특성을 모두 보이는 독특한 시장이다. 독점 경쟁 시장에서는 다수의 공급자가 존재하고 진입의 자유가 보장되어 있으면서 여러 공급자들이 서로 조금씩 다른 상품을 만들어 팔기 때문에 상품 차별화 현상이 나타나 공급자가 자신의 상품에 대해 어느 정도의 독점력을 보유하고 있다. 독점 경쟁 시장에서 공급자가 상품 차별화를 하는 구체적인 방식에는 여러 가지가 있는데, 가장 흔히 발견할 수 있는 차별화의 방식은 물리적 특성상의 차별화이다. 상품을 만들 때 독특한 재료를 사용한다거나 겉모양의 디자인을 달리하는 것이 대표적이다.

〈그림〉은 독점 경쟁 시장에서의 단기 균형을 보여 준다. Ⓐ완전 경쟁 시장 내 개별 기업의 수요 곡선은 수평선의 모양이지만 차별화된 상품들이 각자 독자적인 시장을 형성하게 되면 〈그림〉에서와 같이 개별 기업의 수요 곡선은 우하향하는 모양을 갖는다. 독점 경쟁 시장의 단기 균형은 개별 기업의 한계 수입 곡선과 한계 비용 곡선이 교차하는 생산 수준에서 이루어진다. 이 단기 균형에서 개별 기업은 P′SRE의 면적에 해당하는 이윤을 얻는다. 만일 이 시장이 독점 시장이었다면 장기적으로도 이 면적은 항상 양의 값을 갖겠지만 독점 경쟁 시장에서는 상황이 다르다. 독점 경쟁 시장에서는 다른 기업들이 이 시장으로 진입해 들어오기 시작하기 때문이다.

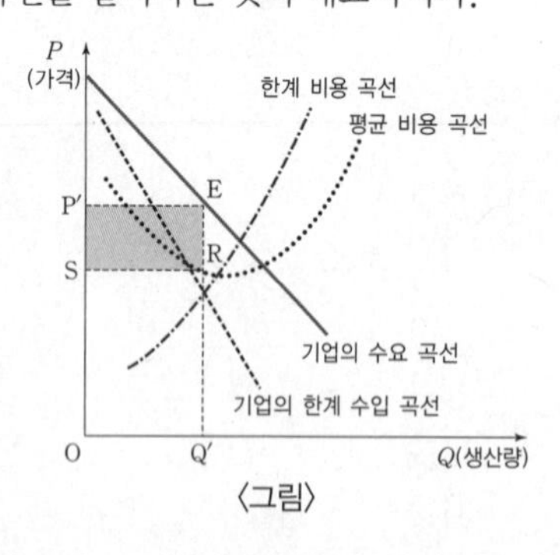

〈그림〉

새로운 기업들이 진입해 경쟁 기업의 수가 늘어나면 개별 기업의 수요 곡선은 점차 아래쪽으로 이동해 간다. 전체 시장의 규모가 주어져 있는 상태에서 경쟁 기업의 수가 많아지면 개별 기업이 차지할 수 있는 시장의 몫이 점차 작아지기 때문이다. 이와 같은 장기 조정 과정은 각 기업의 초과 이윤이 0으로 떨어질 때까지 계속된다. 독점 경쟁 시장에서 각 기업의 초과 이윤이 0으로 떨어지면 더 이상의 진입이 일어나지 않고 시장은 장기 균형 상태에 도달하게 된다. 장기 균형 상태에서 모든 개별 기업의 초과 이윤이 0이 된다는 점에서 보면 이 시장은 완전 경쟁 시장과 같다.

독점 경쟁 시장에서는 소비자의 다양한 기호에 부합하는 갖가지 상품을 생산할 수 있다는 분명한 장점이 있다. 그러나 기업이 갖고 있는 평균 비용 곡선이 최저점에 도달하는 생산 수준이 그 기업의 시설 규모라고 할 때 장기 균형 상태에서 기업은 이 시설 규모보다 적은 양을 생산하게 된다. 이는 유휴 시설*이 생기는 문제를 유발한다. 또한 독점 경쟁 시장에서는 디자인, 상표, 광고 등 가격 이외의 요소들에 의한 경쟁, 즉 비가격 경쟁이 흔히 일어난다. 모든 상품이 동질적이라면 가격이 좋은 경쟁 수단이 되겠지만, 차별화가 이루어져 있으면 가격보다는 다른 요소에 의한 경쟁이 더 큰 영향을 미친다. 그런데 이는 자원을 낭비하는 결과를 초래할 뿐 소비자의 후생에는 기여하는 바가 없다.

* 유휴 시설: 쓰지 않고 놀리고 있는 시설.

048

윗글의 내용과 일치하지 않는 것은?

① 정부가 공급자를 지정하여 이 공급자에게 시장 지배력을 전적으로 부여하는 경우도 있다.
② 상품의 차별화를 통해 경쟁 시장에 진입한 공급자는 가격을 낮추는 방식으로 수요를 창출할 필요가 있다.
③ 독특한 재료를 사용하여 상품을 만든 기업은 자신의 상품에 대해 어느 정도의 독점력을 보유할 수 있다.
④ 독점 경쟁 시장의 단기 균형 상태에서 이윤을 낸 기업이 장기 균형 상태에서도 같은 이윤을 낸다고 보장할 수 없다.
⑤ 생산비 절감으로 가격 경쟁력에서 압도적 우위를 차지하는 기업이 존재하면 진입 장벽으로 인해 독점 시장이 형성될 수 있다.

정답과 해설 p.032

049

㉠~㉢에 대한 설명으로 가장 적절한 것은?

① ㉠보다 ㉡이 현실에서 찾아보기 힘든 시장의 형태이다.
② 자원 배분의 효율성을 위해서는 ㉠보다 ㉢이 바람직하다.
③ ㉡과 ㉢에서는 공급자가 비가격 경쟁을 할 필요가 없어진다.
④ ㉢이 장기 균형 상태에 도달하게 되면 ㉡이 아니라 ㉠이 된다.
⑤ 공급자는 ㉠과 ㉡에서는 독점력을 가질 수 있지만 ㉢에서는 독점력을 가질 수 없다.

050

Ⓐ의 이유를 추론한 내용으로 가장 적절한 것은?

① 상품에 대한 정보를 공급자만이 가지고 있기 때문이다.
② 차별화된 상품들에 대한 수요가 일정한 수준을 벗어나지 못하기 때문이다.
③ 수요자가 매우 많아 공급자가 상품 생산에 따른 손실을 입지 않기 때문이다.
④ 제품의 질이 동일한 시장에서는 공급자가 시장의 수요와 공급에 의해 결정된 가격을 따라야 하기 때문이다.
⑤ 개별 기업이 특정한 제품을 일정량 이상 생산하고 있는 경우에는 시장에 새롭게 진입하는 기업이 없기 때문이다.

051

윗글을 바탕으로 〈보기〉를 이해한 내용으로 적절하지 않은 것은?

보기

2019년부터 2022년까지 우리나라의 비누 판매 시장에서는 약용 성분이 들어 있는 비누를 판매하는 A 기업이 40%의 시장 점유율을, 식물성 성분만으로 만들어진 비누를 판매하는 B 기업이 33%의 시장 점유율을, 하트 모양의 비누를 판매하는 C 기업이 27%의 시장 점유율을 차지했다. 그런데 2023년에는 A 기업의 시장 점유율이 8% 증가하고, B 기업과 C 기업의 시장 점유율이 각각 4%씩 감소한 것으로 나타났다.

① A 기업의 시장 점유율이 8% 증가하였다는 것을 통해, A 기업의 한계 수입 곡선과 한계 비용 곡선이 교차하는 지점이 위쪽으로 이동하였음을 알 수 있겠군.
② B, C 기업의 시장 점유율이 감소한 것을 통해, B 기업과 C 기업은 평균 비용 곡선이 최저점에 도달한 지점의 수준으로 비누를 생산하게 되었음을 알 수 있겠군.
③ A, B, C 세 기업의 2019~2022년 시장 점유율에 변동이 없었다는 것을 통해, 이 기간 중에 A 기업과 B 기업, C 기업의 초과 이윤이 모두 0이었을 것임을 알 수 있겠군.
④ A, B, C 세 기업의 2023년의 시장 점유율을 통해, A 기업의 수요 곡선보다 아래쪽에 B 기업의 수요 곡선과 C 기업의 수요 곡선이 위치할 것임을 알 수 있겠군.
⑤ A 기업의 시장 점유율이 증가하고 B 기업과 C 기업의 시장 점유율이 감소한 것을 통해, A 기업이 B 기업과 C 기업보다 경쟁력에서 우위적인 요소가 있었음을 알 수 있겠군.

N 적중 예상

사회·문화

경제 02

목표 시간	8분 20초		
시작	분 초	종료	분 초
소요 시간	분 초		

E 수록

[052-056] 다음 글을 읽고 물음에 답하시오. 19, 23, 24

채권은 국가, 지방 자치 단체, 은행, 회사 따위가 사업에 필요한 자금을 차입하기 위하여 발행하는 유가 증권이다. 채권은 발행할 때 이자가 확정되어 있으므로 정기적으로 이자를 지급하는 고정 이자부 금융 상품에 해당한다. 채권은 발행 주체에 따라 국채, 회사채, 지방채, 특수채 등으로 나눌 수 있다. 채권은 발행 주체에게는 장기적으로 자금을 조달하게 하고, 투자자들에게는 높은 이자 소득과 만기 시 안정적으로 원금을 상환받을 수 있게 하는 금융 상품이다.

채권을 이해하기 위해서는 기본적으로 만기, 액면 금액, 액면 이자율, 액면 이자 등에 대해 이해할 필요가 있다. 우선 만기는 채권 효력이 만료되는 날로서, 원금과 이자를 지급받는 날이다. 우리나라에서 대표적인 국채는 3년 만기 채권이며 회사채 역시 3년 만기 회사채가 가장 많이 유통되고 있다. 다음으로 액면 금액은 채권을 최초 발행할 당시 채권 표면에 기재되어 있는 금액으로 만기 시 상환받는 금액을 말한다. 액면 이자율은 채권에서 지급하는 이자율이다. 즉 채권은 일정 기간마다 액면 이자율만큼 액면 이자를 지급해야 한다. 이는 정기 예금의 금리와 유사하다. 다만 정기 예금은 만기 시 원금과 함께 이자를 지급하지만, 채권은 해당 채권에서 정하는 기간에 맞춰 액면 이자를 지급한다. 보통 채권은 분기, 반기, 연간으로 구분하여 액면 이자를 지급한다. 액면 이자는 액면 금액에 액면 이자율을 곱하여 산정한 금액으로, 실제로 채권 투자자가 받을 이자 금액을 말한다.

채권은 이자 지급 방식과 만기에 따라 ㉠이표채, ㉡무이표채, ㉢영구채로 구분한다. 이표채는 액면 금액, 만기, 액면 이자율, 이자 지급 기간 등이 기재되어 있는 채권으로, 채권에서 정하고 있는 매 기간마다 액면 이자를 지급받고 만기 시 원금을 상환받는 채권이다. 만일 액면 금액이 1억 원이고 3년 만기, 액면 이자율이 10%, 분기마다 이자를 지급하는 이표채가 있다고 가정해 보자. 1억 원을 투자하고 한 분기가 지난 후 이표를 들고 채권 발행 기관을 방문하면 분기 이자인 250만 원을 지급받을 수 있다. 그런 다음 두 분기가 지나서 같은 방법으로 이표를 들고 채권 발행 기관을 방문하면 분기 이자인 250만 원을 지급받을 수 있다. 이렇게 매 분기마다 액면 이자를 지급받아 3년 후 이표채의 만기가 되면 채권과 마지막으로 남은 이표를 들고 채권 발행 기관을 방문하여 채권의 액면 금액인 1억 원과 마지막 이자인 250만 원을 지급받을 수 있다. 따라서 투자자는 투자 원금 1억 원을 제외한 총 3,000만 원의 이자를 12회에 걸쳐 지급받게 되는 것이다.

다음으로 무이표채가 있다. 무이표채는 말 그대로 이표가 없는 채권을 말한다. 즉 무이표채를 매수하면 중간에 이자를 지급받지 못한다. 그렇다면 이자도 없는 무이표채에 투자를 할 필요가 있을까? 무이표채는 이표가 없는 대신 최초 발행 시 할인되어 발행된다. 할인이란 쉽게 이해하면 선이자*를 떼고 발행되는 것이라고 보면 된다. 예를 들어, 액면 금액 1억 원의 무이표채가 3년 만기, 할인율 10%로 발행된다면 채권 투자자는 $\frac{100,000,000}{(1+0.1)^3}$인 75,131,480원에 채권을 매수할 수 있다. 이렇게 매수한 무이표채를 3년간 보유한 후 만기가 되어 채권 발행 기관에 제시하면 액면 금액인 1억 원을 받는다. 이 경우 할인율은 10%지만 실제로 무이표채 투자자가 얻는 수익률은 10%보다 높다.

마지막으로 영구채가 있다. 영구채는 별도의 만기가 없으며 지속적으로 이자만 받는 채권이다. 예를 들어, 액면 금액이 1억 원인 영구채가 액면 이자율 5%로 발행되었다고 하자. 해당 영구채의 매수자는 매년 500만 원의 이자를 영구적으로 지급받는다. 영구채는 이자를 영구적으로 받는다는 점에서 좋은 자산이 될 수 있으나, 시중 금리나 물가 등과 같은 경제 상황의 변동에 따라 투자 매력이 떨어질 수 있다는 점을 고려해야 한다.

[A] 그런데 채권 가격은 시장 이자율에 따라 액면 금액과 같거나 액면 금액보다 높아지거나 낮아질 수 있다. 즉 채권의 액면 이자율이 시장 이자율보다 높아 투자 상품으로서 매력이 높아지면 채권 가격은 액면 금액보다 높아진다. 반대로 채권의 액면 이자율이 시장 이자율보다 낮은 경우에는 이 채권에 투자를 하도록 하기 위해 액면 금액보다 저렴하게 발행한다. 이 중 시장 이자율과 채권의 액면 이자율이 같은 경우를 액면 상태라고 한다. 시장 이자율이 채권의 액면 이자율보다 낮은 경우 액면 금액보다 채권 가격이 높게 형성되는데, 이를 할증 상태라고 한다. 반대로 시장 이자율이 채권의 액면 이자율보다 높은 경우 액면 금액보다 채권 가격이 낮게 형성되는데 이를 할인 상태라고 한다. 이처럼 시장 이자율이 상승하면 채권 가격은 하락하고 시장 이자율이 하락하면 채권 가격은 상승하는 역의 관계가 성립된다.

또한 채권 가격은 채권의 만기에 따라서도 달라진다. 예를 들어, ㉮액면 금액이 1만 원이고 액면 이자율이 10%인 5년 만기 채권과 10년 만기 채권이 있다고 하자. 시장 이자율이 10%로 액면 이자율과 동일할 경우 채권 가격은 5년 만기 채권과 10년 만기 채권 모두 1만 원이 된다. 그러나 시장 이자율이 액면 이자율보다 낮을 경우, 10년 만기 채권의 가격은 5년 만기 채권에 비해 급격히 오르게 된다. 반면, 시장 이자율이 액면 이자율보다 높을 경우, 10년 만기 채권의 가격은 5년 만기 채권에 비해 훨씬 크게 하락한다.

* 선이자: 빚을 쓸 때에 본전에서 먼저 떼어 내는 이자.

052

윗글에 대한 이해로 적절하지 않은 것은?

① 대상을 기준에 따라 구분하여 설명하고 있다.
② 일의 과정과 절차를 순서에 따라 설명하고 있다.
③ 구체적인 상황을 가정하여 독자의 이해를 돕고 있다.
④ 개념을 쉽게 이해할 수 있도록 풀어서 설명하고 있다.
⑤ 비교와 대조의 방법을 사용하여 대상의 특징을 부각하고 있다.

053

윗글의 내용과 일치하지 않는 것은?

① 채권의 종류는 발행 주체에 따라 다양하다.
② 채권은 이자가 확정되어 있는 금융 상품이다.
③ 채권은 액면 금액보다 높거나 낮은 가격에 거래될 수 있다.
④ 채권의 액면 금액은 정하는 기간에 맞추어 나누어 상환받는다.
⑤ 채권의 액면 이자는 액면 금액에 액면 이자율을 곱한 금액이다.

054

윗글을 바탕으로 〈보기〉를 이해한 것으로 적절하지 않은 것은?

보기

[××× 회사채]
이표채, 3년 만기, 액면 금액 1만 원, 액면 이자율 6%, 분기 지급

××× 회사채가 채권 시장에서 거래되는 가격은 8,000원이다. 수민이는 이 채권을 80만 원어치 매수하여 10개월 동안 보유하였다. 10개월 후 ××× 회사채가 채권 시장에서 거래되는 가격은 9,000원이다.

① ××× 회사채의 액면 이자율이 시장 이자율보다 낮은 상황이겠군.
② 수민이는 ××× 회사채를 10개월간 보유하면서 이자 45,000원을 지급받았겠군.
③ 시장 이자율이 6%보다 낮아진다면 ××× 회사채의 가격이 1만 원보다 높아지겠군.
④ 수민이는 만기 시 ××× 회사채의 원금 80만 원과 이자 15,000원을 합산한 금액을 상환받겠군.
⑤ 수민이가 ××× 회사채를 현재 9,000원에 매도한다면, 10만 원의 매매 차익을 얻을 수 있겠군.

055

㉠~㉢에 대한 설명으로 적절하지 않은 것은?

① ㉠, ㉡은 ㉢과 달리 채권 발행 시 만기가 정해져 있다.
② ㉠, ㉢은 ㉡과 달리 액면 이자율이 제시되어 있다.
③ ㉡의 할인율은 ㉠의 이자율과 비슷한 기능을 한다.
④ ㉢은 ㉠, ㉡과 달리 시장 이자율이 채권 가격에 영향을 미친다.
⑤ ㉠~㉢은 모두 고정 이자부 금융 상품에 해당한다.

056

[A]에서 설명하는 채권 가격, 시장 이자율, 만기 간의 관계를 고려했을 때, ㉮를 그래프로 나타낸 것으로 적절한 것은?

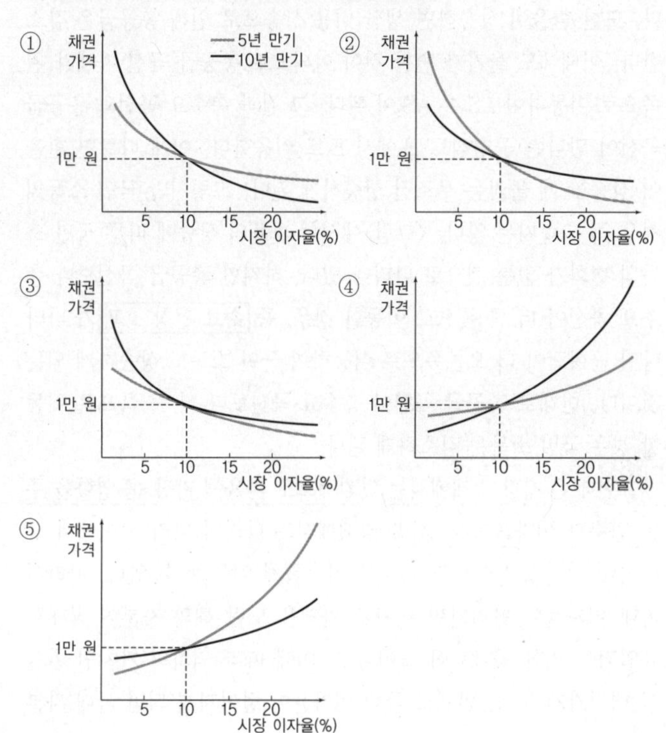

목표 시간	8분 20초		
시작	분 초	종료	분 초
소요 시간	분 초		

E 수록

[057-061] 다음 글을 읽고 물음에 답하시오. 18, 22, 24

환율의 변화는 총수요와 총공급에 영향을 주어 물가와 국민 소득의 변화를 유발한다. 총수요는 소비 지출, 투자 지출, 정부 지출, 그리고 순수출로 구성된다. 환율의 변화는 주로 순수출에 영향을 주는데, 환율이 오르면 외국 사람들이 치러야 하는 국내 수출 상품의 가격이 낮아지기 때문에 총수출이 늘어나 결국 총수요가 증가한다. 또한 환율의 변화는 총공급에도 영향을 미친다. 총공급은 국가 경제에서 재화와 서비스에 대한 공급의 총합이다. 환율이 오르면 수입 원자재와 중간재의 가격이 상승하여 생산 비용이 상승하고 이에 따라 상품의 생산량이 줄어들어 총공급이 감소한다.

환율의 변화에 따른 총수요와 총공급의 변화는 물가와 국민 소득에 영향을 미치게 되는데, 이것은 <그림>을 통해 알 수 있다. <그림>은 물가에 따라 국민 소득이 어떻게 변하는지 보여주는 그래프이다. 국민 소득은 총수요와 총공급이 균형을 이루는 지점에서 결정되기 때문에 결국 이 <그림>은 물가에 따른 총수요량과 총공급량의 변화를 보여주는 것이기도 하다. AD_0은 총수요 곡선을, AS_0은 총공급 곡선을 나타낸다. 그런데 환율이 상승하면 앞에서 말한 대로 순수출이 증가해 총수요가 증가한다. 이것은 물가 이외의 변동 요인에 따른 것이므로 총수요 곡선 자체가 오른쪽으로 이동하여 AD_0은 AD_1이 된다. 또한 환율이 상승하면 생산 비용 상승으로 인해 총공급은 감소한다. 이때에도 물가가 변한 것이 아니므로 총공급 곡선 자체가 왼쪽으로 이동하여 AS_0은 AS_1이 된다. 그 결과 총수요 곡선과 총공급 곡선이 만나는 균형점도 E_0에서 E_1로 이동한다. 이에 따르면 환율이 상승할 때 물가는 무조건 상승하게 된다. 그렇지만 국민 소득의 경우 꼭 그렇지는 않다. <그림>에서는 환율의 상승에 따른 국민 소득의 변화가 없는 것으로 나타나 있다. 하지만 총공급 곡선보다 총수요 곡선이 더 큰 폭으로 이동할 경우, 즉 수요 팽창 효과가 나타나면 균형점이 더 오른쪽으로 이동하여 국민 소득도 상승하게 되는 것이다. 반대로 총공급 곡선이 총수요 곡선보다 더 큰 폭으로 이동할 경우 국민 소득은 감소하게 된다.

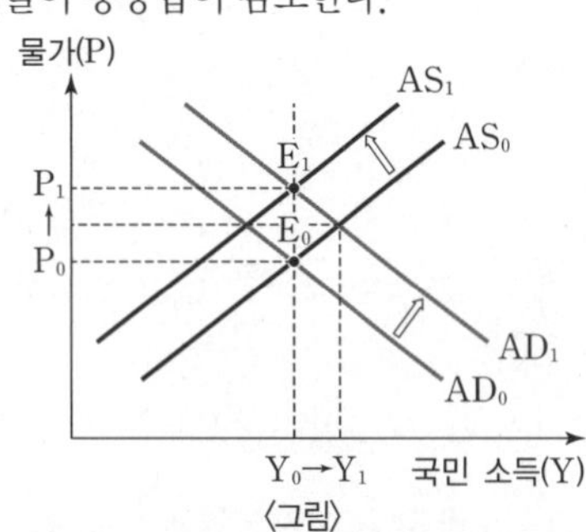

<그림>
환율 상승이 물가와 국민 소득에 미치는 영향

그런데 ㉠<u>개방 경제에서는 단기적으로 환율에 가장 큰 영향을 주는 변수가 이자율이다.</u> 개방 경제에서는 나라와 나라 사이에서 상품이나 서비스뿐 아니라 자본도 자유롭게 이동할 수 있다. 따라서 국내 이자율이 올라가면 이자율 차액을 노린 해외 자본이 국내로 유입되어 외화 공급량이 늘어나고, 이에 따라 외화의 가치인 환율이 내려가게 된다. 반대로 국내 이자율이 떨어지게 되면 국내 자본이 해외로 유출되어 환율이 올라가는 결과가 나타난다. 그러므로 환율을 고정하지 않고 외환 시장의 수요와 공급에 맡겨 환율을 변동하게 하는 변동 환율제에서는 금융 정책과 재정 정책을 통해 이자율에 영향을 주어 총수요와 총공급에 영향을 미칠 수 있다.

우선 정부가 통화량을 늘리는 금융 정책을 쓰는 경우를 생각해 보자. 정부가 중앙은행을 통해 화폐의 공급을 증가시키면 시장에 통화량이 늘어나 소비 및 투자 지출 등이 증가하여 총수요가 커지므로 <그림>의 총수요 곡선은 오른쪽으로 이동한다. 그에 따라 균형점이 이동하여 물가와 국민 소득 모두 증가하게 된다. 만약 폐쇄 경제라면 이 상태에서 균형점이 유지될 것이다. 그러나 개방 경제에서는 통화량이 늘어나면 이자율이 떨어지고 이에 따라 국내 자본이 해외로 유출되므로, 총공급 곡선은 왼쪽으로 이동하게 되고 총수요 곡선은 폐쇄 경제일 때보다 더 오른쪽으로 이동하게 된다. 이렇게 되면 총공급 곡선의 이동 폭보다 총수요 곡선의 이동 폭이 상대적으로 더 커지기 때문에 개방 경제에서의 균형점은 폐쇄 경제에서의 균형점보다 국민 소득과 물가가 더 높은 수준에서 형성되어 경기가 부양된다.

이번에는 정부가 재정 지출을 늘리는 재정 정책을 쓰는 경우도 생각해 보자. 만약 정부가 재정을 확대해 정부 지출이 증가하면 총수요 곡선이 오른쪽으로 이동하여 물가와 국민 소득 모두 증가하게 된다. 폐쇄 경제라면 여기에서 균형점이 형성된다. 그러나 개방 경제에서는 정부 지출의 증가는 화폐 수요의 증가로 이어져 국내 이자율의 상승을 가져온다. 이에 따라 해외 자본이 국내로 유입되어 외환 공급이 늘어난다. 이렇게 되면 ⓐ<u>총수요 곡선은 다시 왼쪽으로, 총공급 곡선은 오른쪽으로 이동해</u> 새로운 균형점을 형성하게 된다. 이는 환율 하락으로 인한 순수출의 감소가 재정 정책의 경제 팽창 효과를 상쇄했기 때문이라고 해석할 수 있다.

057

윗글을 읽고 답을 찾을 수 있는 질문에 해당하지 <u>않는</u> 것은?

① 총수요를 구성하는 요소에는 어떠한 것들이 있는가?
② 환율 상승이 어떠한 과정을 통해 공급 감소로 이어지는가?
③ 이자율 상승을 일으키는 정부 지출의 수준은 어떻게 설정하는가?
④ 개방 경제에서 국내 이자율 상승이 환율 하락을 일으키는 이유는 무엇인가?
⑤ 변동 환율제에서 총수요와 총공급에 영향을 주는 정부 정책에는 무엇이 있는가?

058

윗글을 바탕으로 개방 경제에서 발생하는 수요 팽창 효과에 대해 이해한 내용으로 적절하지 않은 것은?

① 외환이 시장에 많이 유입될수록 수요 팽창 효과는 감소한다.
② 수요 증가 효과가 공급 감소 효과보다 커지면 국민 소득이 증가한다.
③ 정부가 재정을 확대하여 화폐 수요가 증가하면 수요 팽창 효과는 감소한다.
④ 수요 팽창 효과는 재화와 서비스에 대한 공급의 총합이 더 커질수록 더 크게 나타난다.
⑤ 수요 팽창 효과가 커질수록 폐쇄 경제에서의 균형점보다 높은 수준에서 균형점이 형성된다.

059

〈보기〉는 윗글을 읽은 학생이 수행할 학습지의 일부이다. ㉮에 들어갈 말로 가장 적절한 것은?

보기

○ 과제: 다음의 가설을 바탕으로 할 때 '㉠을 근거로 침체된 경기의 부양을 위해 정부가 확장적 금융 정책과 확장적 재정 정책 중 어떤 정책을 쓰는 것이 더 효과적인가?'를 판단하자. (단, 변동 환율제를 채택한 국가가 개방 경제에서 단기적인 상황에 대처하기 위해 사용할 정책이라는 것을 전제로 한다.)

[가설]

확장적 금융 정책은 이자율을 내리게 하고 확장적 재정 정책은 이자율을 오르게 한다.

[판단]

가설이 참이라면 ㉠을 근거로 [㉮]고 할 수 있으므로 정부가 확장적 금융 정책을 사용하는 것이 효과적이겠군.

① 확장적 금융 정책을 사용하면 물가 인상의 폭이 완화된다
② 확장적 재정 정책을 사용하면 중앙은행의 역할이 더 커진다
③ 확장적 금융 정책이 확장적 재정 정책보다 경기 부양 효과가 더 크다
④ 금융 정책보다 재정 정책을 사용할 때 국가 간 자본의 이동이 더 쉬워진다
⑤ 확장적 재정 정책을 사용하면 원자재 수입에 의존하는 제품의 생산 비용이 상승한다

060

윗글을 바탕으로 할 때, 〈보기〉의 'A국'과 'B국'의 경제 상황에 대한 경제학자의 견해를 추론한 것으로 적절하지 않은 것은?

보기

다음은 A국과 B국의 이자율과 통화량을 나타낸 그래프이다.

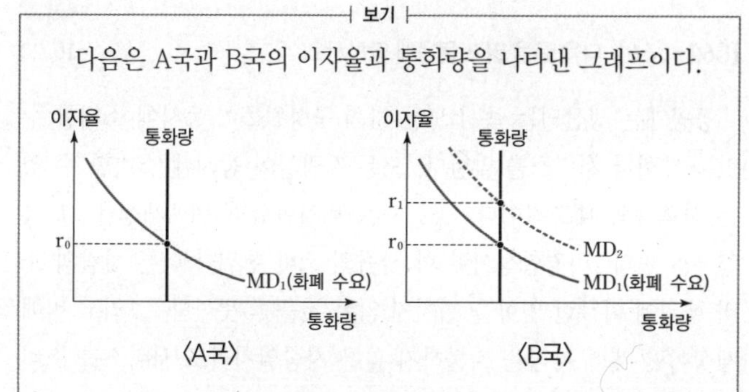

최근 B국의 화폐 수요가 MD_1에서 MD_2로 변동하자 A국의 대규모 자본이 B국으로 이동하는 현상이 발생했다. 그리고 이로 인해 B국은 무역 수지*의 적자가 확대되었다. (단, A국과 B국은 모두 변동 환율제를 채택하고 있으며, 수출, 수입, 외환 거래 등은 모두 이 두 나라 사이에서만 이루어진다고 가정한다.)

* 무역 수지: 일정 기간 동안에 상품의 수출입 거래로 생기는 국제 수지(이익). 수출이 수입을 초과한 경우를 무역 흑자, 반대로 수입이 수출을 초과한 경우 무역 적자라고 한다.

① B국의 경우 통화량이 고정된 상태에서 화폐 수요가 증가했기 때문에 이자율이 오른 것이다.
② B국의 경우 확대된 무역 수지의 적자를 줄이려면 금융 정책을 통해 통화량을 늘리는 것이 효과적이다.
③ A국의 대규모 자본이 B국으로 이동한 것은 이자 수익에 대한 기대감이 A국보다 B국이 더 크기 때문이다.
④ B국으로 이동한 A국의 자본은 환율에 영향을 주어 B국이 A국에서 수입하는 제품의 가격을 하락시킬 것이다.
⑤ A국의 경우 B국으로 자본이 유출되는 현상을 막기 위해서는 국내 통화량을 늘리는 정책을 펴는 것이 좋을 것이다.

061

문맥상 ⓐ와 바꿔 쓰기에 가장 적절한 것은?

① 물가의 변동 폭이 더욱 커지는 수준에서
② 국민 소득의 증가가 극대화되는 수준에서
③ 국민 소득과 물가가 더 낮아지는 수준에서
④ 공급의 축소에 따른 효과가 상쇄되는 수준에서
⑤ 총수요 곡선과 총공급 곡선의 변동 폭이 같아지는 수준에서

경제 04

목표 시간	8분 20초		
시작	분 초	종료	분 초
소요 시간	분 초		

E 수록

[062-066] 다음 글을 읽고 물음에 답하시오. 16, 20

공공재는 생산되는 즉시 모든 사회 구성원들이 동시에 소비할 수 있는 재화나 서비스를 말한다. 모든 사람들이 동시에 소비할 수 없는 사적재와 대조적이다. 공공재는 비경합성과 비배제성을 그 특징으로 한다. 비경합성이란 한 사람의 소비 행위가 다른 사람의 소비 행위에 아무런 영향을 끼치지 않는 것을 ⓐ뜻한다. 그리고 비배제성이란 재화 가격을 지불하지 않은 사람일지라도 서비스를 소비하는 것에서 배제할 수 없다는 것이다. 그런데 공공재 모두가 완전한 비경합성과 비배제성을 갖추고 있는 것은 아니다. 배제는 불가능하지만 경합을 필요로 하는 경우도 있고, 배제는 가능하나 경합이 불필요한 경우도 있다. 이러한 경우에 해당하는 것을 준공공재라고 ⓑ부르고, 비경합성과 비배제성을 갖춘 공공재는 순수 공공재라 한다.

공공재의 분류와 관련하여 경제학자 뷰캐넌은 클럽재라는 새로운 개념을 제시하였다. 클럽재란 테니스 클럽이나 골프 클럽을 생각하면 쉽게 이해할 수 있다. 테니스는 한 코트에서 4인이 복식 경기를 즐길 수 있다. 그런데 만약 이 코트에 1인이 더 들어가 게임을 한다면 온전한 경기를 하기에 매우 불편할 것이다. 이 새로 추가된 1인으로 인해 기존의 4인에게 불편이 야기되는데, 이는 경제학적으로 보았을 때 1인이 더 늘어남으로써 더 많은 비용이 요구되는 것과 같다. 뷰캐넌은 이 클럽재 개념을 통해 공공재를 운용할 때 최적 인원수와 최적 규모를 파악하는 것이 중요함을 역설하고 이를 위해 공공재 이용에 따른 편익과 비용을 계산해야 한다고 하였다. 그래서 공공재를 소비하는 사람이 기꺼이 공공재 이용에 따른 비용을 지불하려는 경우는 흔하지 않아 무임승차의 문제가 야기된다고 하더라도 공공재를 효율적으로 분배해야 하는 정부는 경제학적 분석을 통해 의사 결정을 합리적으로 수행해야 한다고 하였다.

[A] 한편, 경제학자 애로는 최선의 공공재 운용을 위해서는 개인들이 공공재에 대한 진정한 선호를 표명하게 하고, 개인들의 선호 결과들을 충분히 반영할 수 있는 사회적 선택을 해야 하는데, 이는 실질적으로 불가능하다고 주장하였다. 개인들의 선호를 충분히 반영하기 위해서는 다섯 가지 조건을 충족시켜야 하는데, 이들 조건을 모두 충족한 최적의 선택은 불가능하다는 것이다. 여기서 다섯 가지 조건은 파레토의 원리, 이행성의 원리, 독립성의 원리, 비제한성의 원리, 비독재성의 원리이다. 파레토의 원리는 개인의 우선순위가 사회 전체의 우선순위로 나타나야 한다는 것으로, 모두가 A보다 B를 원하면 사회적 선택도 A가 아닌 B가 되어야 한다는 것이다. 이행성의 원리는 A를 B보다 선호하고 C보다 B를 선호한다면 A를 C보다 선호해야 한다는 것이다. 독립성의 원리는 A와 B를 비교할 때 이들과 무관한 C는 A, B의 비교에 아무런 영향을 주지 말아야 한다는 것이다. 비제한성의 원리는 의사 결정을 할 때 모든 정책 대안들을 비교해야 하며 개개인의 모든 선호들을 충분히 고려하고 타인의 선호를 제약하지 말아야 한다는 것이며, 비독재성의 원리는 한 사람의 의사가 사회 전체의 의사가 되어서는 안 된다는 것이다. 애로는 공공재 운용을 위한 어떠한 의사 결정도 이러한 경제학적 원리들을 모두 충족하는 것은 불가능하다고 하였는데, 이를 '애로의 불가능성 정리'라고 한다.

경제학자 보웬은 공공재는 무임승차의 문제로 시장 실패를 ⓒ불러올 수 있기 때문에 공공재 운용을 위해 최적의 규모를 파악하는 것이 중요하다고 강조하였다. 그러면서 무임승차의 문제가 ⓓ생기지 않으며 개인은 자신의 공공재에 대한 진정한 선호를 표명하는 상황을 이상적인 것이라고 보고, 이에 따라 공공재의 최적 규모를 설명하는 〈그림〉을 제시하였다. 〈그림〉에서 D^A는 개인 A의 공공재에 대한 선호, D^B는 개인 B의 공공재에 대한 선호를 나타낸 것이다. 그리고 O^A~O^B는 개인들의 공공재 비용 부담 비율로 총합은 1이 된다. O^A~K^*는 개인 A의 공공재 비용 부담 비율이며 이때 개인 B는 $1-(O^A \sim K^*)=O^B \sim K^*$만큼을 부담하게 되고, Z^*는 공공재의 최적 규모가 된다. 이를 통해 보웬은 (㉠)을 강조하였다.

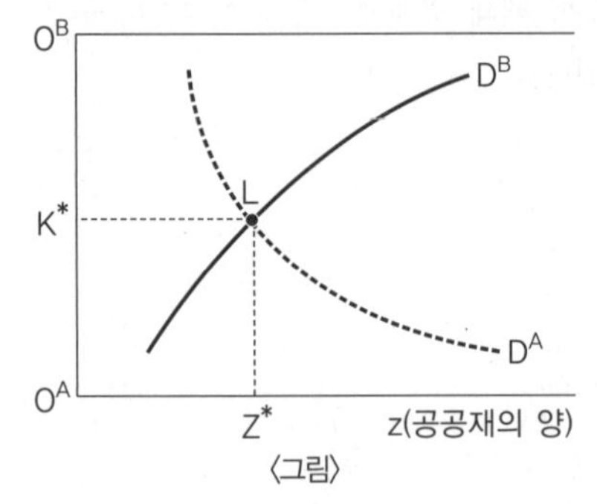

〈그림〉

이 밖에도 경제학자 새뮤얼슨은 공공재와 사적재를 동시에 ⓔ다루면서 개인들 사이에 공공재가 어떻게 분배되는 것이 효율적인지를 입증하기도 하였다. 이러한 경제학자들의 연구는 공공재 운용과 관련하여 정부의 합리적 선택을 유도하였을 뿐만 아니라 정책적 의사 결정, 정치적 의사 결정에도 영향을 주었다.

062

윗글에 대한 설명으로 적절하지 않은 것은?

① 글에서 다루는 주요 용어의 개념을 정의하고 있다.
② 비유적 상황을 제시하여 용어에 대한 이해를 돕고 있다.
③ 대조적 관점의 이론들을 쟁점이 되는 사안을 중심으로 소개하고 있다.
④ 핵심 제재가 가진 특성과 관련지어 재화의 세부 종류를 구분하여 설명하고 있다.
⑤ 특정 경제학 연구와 관련된 학자들의 다양한 논의의 효용과 영향을 밝히고 있다.

063

윗글을 바탕으로 공공재를 〈보기〉와 같이 분류할 때, 이에 대한 이해로 적절하지 않은 것은?

보기

	배제 가능	배제 불가능
경합	유형 1	유형 2
비경합	유형 3	유형 4

① '유형 1'에 해당하는 것은 공공재에 해당하지 않는 것으로, 모든 사람들이 동시에 소비할 수 없는 것들이겠군.
② 교통량이 많은 무료 도로는 이용에 따른 대가를 치르지 않고 이용할 수 있으나 경합을 필요로 하므로 '유형 2'에 해당하겠군.
③ 한산한 유료 도로는 요금을 지불해야 하지만 요금 지불 뒤에는 경합이 필요하지 않으므로 '유형 3'에 해당하겠군.
④ 일정 정도의 인원수를 넘어서면 불편이 발생하는 무료 공연장은 클럽재로 볼 수 있으며, '유형 3'에 해당하겠군.
⑤ 국가의 안보와 관련된 국방 서비스는 누구나 동시에 소비할 수 있는 순수 공공재로, '유형 4'에 해당하겠군.

064

윗글의 〈그림〉에 대한 이해를 바탕으로 ㉠에 들어갈 내용을 다음과 같이 정리할 때, 그 내용으로 적절한 것끼리 묶인 것은?

보기

ㄱ. 공공재의 최적 규모는 각 개인의 공공재 비용 부담 비율이 동일해지는 지점에서 형성됨.
ㄴ. 개인의 공공재에 대한 선호가 증가할 때 이 개인의 공공재 비용 부담 비율은 증가함.
ㄷ. 무임승차의 문제가 발생한다면 각 개인의 공공재 비용 부담 비율의 총합은 1보다 작아짐.
ㄹ. 무임승차의 문제가 발생할 경우, 공공재에 대한 선호가 높은 개인의 공공재 비용 부담 비율은 증가하게 됨.

① ㄱ, ㄴ ② ㄱ, ㄷ ③ ㄴ, ㄷ
④ ㄴ, ㄹ ⑤ ㄷ, ㄹ

065

[A]를 바탕으로 〈보기〉를 이해한 내용으로 가장 적절한 것은?

보기

○○학교에서 수학 여행지로 경주, 제주도 중에서 하나를 선정하려고 하다가 울릉도를 가고 싶어 하는 학생들이 많아 경주, 울릉도, 제주도 중 하나를 선정하기로 하였다. 수학 여행지에 대한 전체 학생들의 선호를 조사하여, '제주도>울릉도>경주'의 선호 순위를 보인 학생들을 A그룹으로, '울릉도>경주>제주도'의 선호 순위를 보인 학생들을 B그룹으로, '경주>제주도>울릉도'의 선호 순위를 보인 학생들을 C그룹으로 묶었는데, 각 그룹의 학생 수는 같았다. 이때 학생들은 합리적인 선택을 할 수 있고, 수학 여행지에 대한 자신의 선호를 명확히 밝힌다고 가정한다.

수학 여행지를 선정하는 방법으로 각 그룹의 선호 1순위는 3점, 2순위는 2점, 3순위는 1점을 부여하여 가장 높은 점수가 나온 곳을 선정하자는 의견이 있었다. 또 세 지역 중 두 지역을 먼저 비교하여 둘 중 선호도가 더 높은 곳을 선택하게 하고, 여기서 선택된 지역과 나머지 지역을 다시 비교하여 선호도가 높은 곳을 최종적으로 수학 여행지로 결정하자는 의견이 있었다.

① 제주도와 경주를 먼저 비교하고, 여기서 선택된 지역과 울릉도를 비교한 결과 최종적으로 울릉도가 수학 여행지로 결정된다면 이행성의 원리가 충족되었기 때문이겠군.
② 울릉도와 경주를 먼저 비교하고 여기서 선택된 지역과 제주도를 비교하면 최종적으로 제주도가 결정되고, 이와 같은 방식으로 제주도와 울릉도를 먼저 비교하면 최종적으로 경주가 결정되는 것은 비독재성의 원리가 충족되지 않았기 때문이겠군.
③ 처음에 예정된 제주도와 경주 두 지역만 비교하여 선택했다면 A그룹은 제주도를, B그룹은 경주를, C그룹은 경주를 선택하게 되므로 파레토의 원리에 따라 경주가 수학 여행지로 결정되겠지만, 비제한성의 원리는 충족되지 않겠군.
④ A그룹, B그룹, C그룹의 선호 순위에 따라 후보 여행지에 각각 3점, 2점, 1점의 점수를 부여한 후, 가장 높은 점수가 부여된 지역을 수학 여행지로 결정한다면 독립성의 원리는 충족되지만 비제한성의 원리는 충족되지 않겠군.
⑤ 처음에 경주와 제주도만 수학여행 후보지로 삼았다가 울릉도를 추가하였음에도 경주와 제주도 중 하나가 수학 여행지로 결정될 가능성이 큰 것은 독립성의 원리는 충족되지만 이행성의 원리는 충족되지 않기 때문이겠군.

066

문맥상 ⓐ~ⓔ와 바꾸어 쓰기에 적절하지 않은 것은?

① ⓐ: 의미(意味)한다 ② ⓑ: 칭(稱)하고
③ ⓒ: 초래(招來)할 ④ ⓓ: 발생(發生)하지
⑤ ⓔ: 처리(處理)하면서

법률 01

목표 시간	8분 20초
시작 분 초	종료 분 초
소요 시간	분 초

E 수록

[067-071] 다음 글을 읽고 물음에 답하시오. 21, 23

개인과 행정 기관 간의 권리 · 의무 관계를 규율하는 행정법은 성문법주의를 원칙으로 한다. 성문법주의란 국민을 구속하는 법규는 문서상으로 확정되어야 한다는 원칙으로, 국민의 법적 안정성과 예측 가능성을 위해 인정된다. 하지만 행정상 요구되는 모든 법적 상황을 입법을 통해 적기에 규율하는 것이 불가능하기 때문에 학설과 판례를 통해 행정법의 일반 원칙이 발전해 왔다. 이에 따라 성문법 외에 행정법의 일반 원칙도 행정상 법률관계를 규율하는 법규로서 그 지위가 인정되며, 이를 위반한 행정 작용은 위법 행위가 된다. 대표적인 행정법의 일반 원칙으로는 행정의 자기 구속 원칙, 비례 원칙, 신뢰 보호 원칙이 있다.

㉠행정의 자기 구속 원칙은 헌법상 평등권에 근거한다. 헌법 제11조 제1항은 '모든 국민은 법 앞에 평등하다.'라고 규정하는데, 여기서 '법 앞에 평등'은 합리적인 이유 없이 국민을 차별해서는 안 된다는 것이다. 따라서 행정 기관이 행정 업무의 일정한 처리 기준을 내규(內規)로 만들고 이에 근거해 행정 업무를 수행하여 관행이 축적되면 합리적인 이유 없이 자신이 만든 행정적 관행에서 이탈할 수 없는데, 이를 행정의 자기 구속 원칙이라 한다. 예를 들어 보조금 지급에 관해 내규를 정하고 이에 따라 보조금을 지급해 왔다면, 행정 기관은 내규상 요건에 해당하는 모든 국민에게 보조금을 지급해야 할 의무를 지닌다.

비례 원칙은 행정 목적과 이를 실현하는 수단 사이에는 합리적인 비례 관계가 존재해야 한다는 것이다. 기본권 제한의 한계를 규정한 헌법 제37조 제2항*에 근거하며, 적합성 · 필요성 · 상당성의 세 가지 하위 원칙을 그 내용으로 한다. 첫째, 적합성의 원칙은 특정한 행정 목적을 실현하기 위하여 사용되는 수단은 목적을 달성하기에 적합해야 한다는 원칙이다. 둘째, 필요성의 원칙은 행정 수단이 목적을 실현하는 데 적합하더라도 필요 이상으로 과도해서는 안 된다는 원칙이다. 즉, 동일한 목적을 실현할 수 있는 적합한 수단이 여러 가지인 경우에 국민에게 가장 적은 침해를 주는 수단을 선택해야 함을 의미한다. 셋째, 상당성의 원칙은 가장 적은 침해를 주는 적합한 수단을 선택한 경우에도 행정 목적에 의하여 추구되는 공익이 국민의 사익 침해보다 커야 한다는 원칙이다. 즉, 공익과 사익의 크기를 비교 · 평가하여 결정해야 한다는 것이다.

[A] ㉡신뢰 보호 원칙은 행정 기관이 행한 행위의 적법성과 존속성을 국민이 신뢰한 경우 그 신뢰를 보호해야 한다는 것으로, 헌법상 법치 국가 원리의 구성 요소인 법적 안정성에 근거한다. 신뢰 보호 원칙이 인정되기 위해서는 첫째, 행정 기관이 행한 어떠한 조치의 적법성과 존속성을 국민이 신뢰하였고, 이 신뢰에 보호 가치가 있어야 한다. 둘째, 행정 기관의 선행 조치를 신뢰한 국민의 처리 행위가 존재해야 한다. 예를 들어 어떤 개인이 행정 기관의 건축 허가를 믿고 건축에 착수한 경우가 이에 해당한다. 셋째, 행정 기관이 자신의 선행 조치에 반하는 행정 작용을 하여 선행 조치에 대한 신뢰를 바탕으로 일정한 처리를 행한 국민의 이익이 침해되어야 한다.

그런데 이러한 요건이 모두 충족되었다고 해도 국민의 신뢰가 보호되지 않는 경우가 있다. 특히 행정 기관의 선행 조치가 법률에 위반되는 경우, 즉 신뢰 보호 원칙이 법치 국가 원리의 다른 구성 요소인 행정의 법률 적합성 원칙과 충돌하는 경우에는 ⓐ상당성의 원칙을 적용하여 판단해야 한다. 공익과 사익의 크기를 비교 · 평가함으로써 법률 적합성과 국민의 신뢰 보호 중 무엇이 우선하는지 결정되는 것이다.

* 헌법 제37조 제2항: 국민의 자유와 권리는 국가 안전 보장 · 질서 유지 또는 공공복리를 위하여 필요한 경우에 한하여 법률로써 제한할 수 있으며, 제한하는 경우에도 자유와 권리의 본질적인 내용을 침해할 수 없다.

067

윗글에서 알 수 있는 내용으로 적절하지 않은 것은?

① 행정법은 국민의 법적 안정성과 예측 가능성을 위해 성문법주의를 원칙으로 한다.
② 행정법의 일반 원칙들은 헌법상 원칙이 행정법의 영역에서 구체화된 것으로 볼 수 있다.
③ 행정 기관이 스스로 정한 내규가 행정의 자기 구속 원칙을 통해 법규처럼 기능할 수 있다.
④ 행정법의 일반 원칙을 위반한 행정 작용은 성문법을 위반하지 않았더라도 위법성이 인정된다.
⑤ 행정 기관의 선행 조치에 따른 후행 행정 작용이 법률에 위반되면 법률 적합성 원칙에 따라 위법으로 결정된다.

068

비례 원칙에 대한 이해로 가장 적절한 것은?

① 국가 안전과 질서 유지에 한해 적용되지 않는 원칙이다.
② 행정 목적에 의하여 추구되는 공익을 국민의 사익 침해 여부보다 더 중요하게 여긴다.
③ 행정 기관은 특정의 행정 목적을 실현하기 위한 복수의 수단 중에서 임의의 수단을 선택할 수 있는 재량권을 지닌다.
④ 세 가지 하위 원칙들은 선행 원칙이 충족된 경우에만 후행 원칙도 충족될 수 있다는 점에서 연속적인 단계 구조를 이룬다.
⑤ 적합성의 원칙은 목적과 수단의 관련성을, 필요성의 원칙은 수단이 국민에게 미치는 효과를, 상당성의 원칙은 목적과 수단의 인과 관계를 판단 대상으로 한다.

069

〈보기〉는 윗글을 읽은 학생이 수행할 학습지의 일부이다. [과제]를 수행한 결과로 가장 적절한 것은?

보기

[문제 상황] 대형 마트에서 작은 점포를 운영하는 A는, 다른 대형 마트에서 점포를 운영하는 B가 ○○시청으로부터 소상공인 지원금을 지급받았다는 소식을 접했다. ○○시청은 내규인 '○○시 소상공인 지원금 지급 기준'에 따라, 마트나 시장에서 점포를 운영하는 소상공인에게 지난 10년간 지원금을 지급해 왔다. 이에 A는 자신의 점포가 위치한 △△시의 시청을 찾아가 소상공인 지원금을 신청했지만, △△시청은 내부 회의를 거쳐 소상공인 지원금을 시장 소상공인에게만 지급한다고 결정하고 A의 신청을 거부했다.

[과제] ㉠과 ㉡의 측면에서 '△△시청의 A에 대한 소상공인 지원금 지급 거부는 위법한가?'에 대해 판단하기

① 대형 마트에서 작은 점포를 운영하는 A는 소상공인에 해당하므로, △△시청은 ㉠을 위반하였다.
② A는 B와 달리 소상공인 지원금을 지급받지 못해 헌법상 평등권이 침해되었으므로, △△시청은 ㉠을 위반하였다.
③ △△시청은 소상공인 지원금 지급과 관련해 ○○시청의 관행에 구속되지 않으므로, △△시청은 ㉠을 위반하지 않았다.
④ A는 △△시청의 선행 조치를 신뢰하였으나 아무런 처리 행위를 하지 않았으므로, △△시청은 ㉡을 위반하지 않았다.
⑤ B에 대한 소상공인 지원금 지급을 통해 A도 지원금을 지급받을 수 있다는 정당한 신뢰가 형성되었으므로, △△시청은 ㉡을 위반하였다.

070

〈보기〉는 법원의 판결 사례이다. [A]를 적용하여 〈보기〉의 판결 이유를 추론한 내용으로 가장 적절한 것은?

보기

갑은 건축법상 건축 한계선에 제한이 있다는 사실을 알고 설계 도면을 조작하여 건축 허가를 신청하였다. 관할 구청은 갑이 제출한 설계 도면을 토대로 건축물의 건축을 허가하였고, 갑은 구청의 건축 허가를 믿고 공사를 진행하였다. 하지만 공사가 상당히 진행된 상태에서 관할 구청은 갑이 제출한 설계 도면에 하자가 있음을 알게 되었고, 이에 따라 갑의 건축 허가를 취소하였다. 갑은 이에 불응하여 신뢰 보호 원칙 위반을 이유로 행정 소송을 제기하였으나, 법원은 이를 기각하였다.

① 행정 기관의 실수로 갑의 신뢰가 깨짐으로써 건축 허가에 대한 갑의 신뢰는 보호되지 않는다고 판단했기 때문이겠군.
② 선행 조치인 건축 허가와 후행 행정 작용인 건축 허가 취소 사이에 인과 관계가 존재하지 않는다고 판단했기 때문이겠군.
③ 건축 허가 취소로 인한 갑의 피해가 건축 허가가 유효하다고 믿은 갑의 신뢰를 보호하는 이익보다 작다고 판단했기 때문이겠군.
④ 갑이 건축 허가를 믿고 공사를 진행한 건축물이 아직 완성된 상태가 아니므로 행정 기관의 선행 조치를 신뢰한 처리 행위가 없다고 판단했기 때문이겠군.
⑤ 부정한 신청에 근거하여 행정 기관의 선행 조치가 이루어졌으므로 해당 선행 조치의 적법성과 존속성에 대한 갑의 신뢰는 보호 가치가 없다고 판단했기 때문이겠군.

071

문맥상 ⓐ와 바꿔 쓰기에 적절하지 않은 것은?

① 어느 원칙이 사익보다 공익의 크기를 크게 하는지를 헤아려
② 적법 상태를 실현하는 공익과 행정 작용에 대한 국민의 신뢰 보호 이익을 비교 · 평가하여
③ 행정 작용이 법률에 적합함으로써 얻게 될 공익과 법률에 위반된 행정 작용이 침해할 사익을 비교하여
④ 선행 조치에 따라 처리 행위를 한 국민의 사익을 선행 조치의 위법성을 용인함으로써 침해받는 공익에 견주어
⑤ 선행 조치의 위법성을 제거함으로써 얻게 될 공익의 크기와 이로 인해 침해될 사익의 크기 중 무엇이 큰지를 따져

적중 예상

사회·문화

법률 02

목표 시간	6분 40초		
시작	분 초	종료	분 초
소요 시간	분 초		

E 수록

[072-075] 다음 글을 읽고 물음에 답하시오. 19, 24

물권 행위는 물권의 득실 변경, 즉 물권의 설정, 이전, 소멸 등을 목적으로 하는 법률 행위이다. 이에 대해 채권 행위는 당사자 간 채권과 채무를 발생시키는 법률 행위로, 당사자의 의사 표시에 의하여 성립한다. 물권 행위는 물권 변동을 일으키고 이행의 문제를 남기지 않는다는 점에서 채권을 발생시키고 이행의 문제를 남기는 채권 행위와 다르다. 예컨대 매매 계약은 채권 계약이므로 매도인이 목적물의 소유권을 이전할 채무를 부담하는 데 불과한 것이지만, 그 이행으로서 행해지는 소유권 이전은 물권 계약이다. 채권 행위와 물권 행위는 서로 구별되는 것이지만 논리적으로는 채권 행위가 물권 행위에 대한 원인 행위가 되는 것이 일반적이다.

물권 변동의 효력에 대해서는 크게 두 가지의 입장이 있다. 의사주의는 당사자의 의사 표시만 있으면 공시 방법을 갖추지 않아도 물권 변동의 효력이 발생한다고 보는 반면, 형식주의는 등기나 인도 등의 공시 방법을 갖추어야 비로소 물권 변동이 일어난다고 본다. 또한 물권 행위가 원인 행위인 채권 행위와 합체되어 존재하는 경우라고 할지라도 물권 행위는 언제나 관념상 채권 행위와 구별되는 독자의 행위로서 존재하느냐 하는 물권 행위의 독자성 문제가 있는데, 이에 관해서는 견해가 대립된다. 우리나라에서는 물권 행위의 독자성을 부정하는 견해가 다수설이다. 한편 물권 행위의 원인인 채권 행위가 무효이거나 취소되는 때, 그 이행으로서 행하여진 물권 행위에는 아무런 영향이 없다는 것이 물권 행위의 무인성이다. 유인성은 무인성과 반대되는 개념으로, 이에 따르면 채권 행위가 실효되면 물권 행위도 실효된다. 즉 물권 행위의 무인성은 물권 행위의 독자성을 인정할 때에 비로소 성립하는 것이다.

우리 민법은 제548조 제1항에서 계약 불이행 등의 사유로 당사자 일방이 계약을 해제한 때에는 각 당사자가 그 상대방에 대하여 원상회복의 의무가 있다고 규정하고 있다. 그런데 계약에 기초하여 이미 소유권의 변동이 있었던 경우에는 계약이 해제됨에 따라 소유권이 다시 원소유자에게 복귀되는지 여부가 문제가 될 수 있다. 이에 판례는 계약이 해제되면 그 계약의 이행으로 변동이 생겼던 소유권은 당연히 그 계약이 없었던 원상태로 복귀한다고 판시하고 있다. 따라서 원소유자의 상대방에 대한 말소 등기 청구권과 같은 원상회복 청구권은 일정한 법률 요건 또는 법률 사실에서 생기는 권리의 발생, 변경, 소멸을 당사자 사이에서만 주장할 수 있는 채권적 청구권이 아니라 소유권에 기초한 물권적 청구권의 성격을 띠게 되어 물권의 변동으로 인해 생기는 법률 효과를 누구에게나 주장할 수 있다.

그런데 우리 민법은 ㉠제548조 제1항 단서에서 계약 해제로 인한 원상회복 의무로 제3자의 권리를 해하지 못한다고 규정하고 있다. 이때 해제의 의사 표시가 있은 후 등기를 말소하지 않은 동안에 이해관계를 갖게 된 제3자의 지위가 어떠한지는 법 규정상 명확하지 않다. 이에 판례는 계약 해제로 인한 원상회복 등기가 이루어지기 전에 계약의 해제를 주장하는 자와 양립되지 아니하는 법률관계를 가지게 되었고 계약 해제 사실을 몰랐던 제3자에 대해서는 그 계약 해제를 주장할 수 없다고 판시하고 있다. 만약 제3자가 원소유자에게 재산상의 손실을 끼칠 목적으로 계약의 상대방과 공모를 하였다면 이를 입증하는 책임 역시 원소유자에게 있게 된다. 이를 입증하지 못할 경우 제3자의 권리는 보호되고, 원소유자는 이로 인한 손해 배상 책임을 계약의 상대방에게 물을 수 있다.

072

윗글의 내용과 일치하지 않는 것은?

① 등기나 인도는 물권 변동을 공시하는 방법에 해당한다.
② 물권 행위는 채권 행위와 달리 이행의 문제를 남기지 않는다.
③ 채권적 청구권은 권리의 득실 변경을 당사자 사이에서만 주장할 수 있다.
④ 채권 행위는 당사자의 의사 표시에 의해 채권과 채무를 발생시키는 행위이다.
⑤ 이미 소유권이 변동된 경우 계약 불이행을 사유로 계약의 해제를 주장할 수 없다.

073

윗글을 바탕으로 알 수 있는 내용으로 적절하지 않은 것은?

① 물권 행위의 독자성을 부정하는 학설의 입장에서는 물권 행위가 유인성을 띠게 된다.
② 채권 행위가 선행 행위로서 행하여지고 물권 행위가 후행 행위로서 행하여지는 것이 일반적이다.
③ 우리나라에서는 물권 행위가 채권 행위와 구별되어 독립적으로 존재한다는 견해를 인정하지 않는다.
④ 민법 제548조 제1항은 계약 해제의 상황에서 소유권이 누구에게 귀속되는지에 대한 기준을 제시하고 있다.
⑤ 형식주의에 따르면 등기나 인도의 절차가 수반되지 않으면 당사자 간 채권과 채무를 발생시키는 계약의 효력은 발휘되지 않는다.

074

㉠에 대한 이해로 가장 적절한 것은?

① 원상회복 청구권이 물권적 청구권의 성격을 띤다고 본다.
② 계약 해제로 인한 책임을 계약 행위를 한 당사자 모두가 지도록 한다.
③ 물권 행위가 원인 행위인 채권 행위에 종속되지 않는 독자의 행위임을 부정한다.
④ 물권 변동의 효력이 계약 행위 당사자 간의 의사 표시만으로도 발생한다고 본다.
⑤ 물권 행위의 유인성을 인정함으로써 발생할 수 있는 피해자를 보호할 수 있다.

075

윗글을 참고할 때, 〈보기〉에 대한 반응으로 적절하지 않은 것은?

보기

갑과 을은 다음과 같은 조건으로 2024년 1월 1일에 부동산 매매 계약을 체결했다. 갑은 을에게 2024년 3월 1일에 부동산 소유권을 이전하고, 을은 이전된 소유권의 부동산을 담보로 은행에서 대출을 받는다. 그리고 을은 대출받은 돈으로 2024년 3월 10일에 갑에게 잔금을 지급한다. 이와 관련하여 세 가지 상황이 있다고 가정한다.

[상황 1] 갑은 2024년 3월 1일에 소유권을 이전했고 을은 2024년 3월 10일에 갑에게 잔금을 정상적으로 지급했다.
[상황 2] 갑은 2024년 3월 1일에 소유권을 이전했지만 을이 2024년 3월 10일에 계약을 이행하지 않아 갑이 계약 해제를 통보했다.
[상황 3] '상황 2'가 벌어진 후, 을은 갑 몰래 병과 해당 부동산을 매매하는 계약을 체결했다.

① 갑과 을의 매매 계약은 갑에게 부동산 소유권을 이전할 채무를, 을에게 매매 대금을 지급할 채무를 남기는 채권 행위로 볼 수 있겠군.
② '상황 1'과 '상황 2'에서 갑과 을의 매매 계약에 따라 2024년 3월 1일에 소유권이 이전된 것은 물권의 득실 변경이 이루어진 것이므로 물권 행위로 볼 수 있겠군.
③ 물권 행위의 독자성과 무인성이 인정되지 않는다면 '상황 2'에서 갑의 계약 해제 요청이 받아들여진 후 부동산 소유권은 다시 갑에게로 돌아가겠군.
④ '상황 3'에서 병이 을과 공모한 것이 입증된다면 갑은 되돌려 받은 부동산 소유권을 누구에게나 주장할 수 있겠군.
⑤ '상황 3'에서 병이 선의를 가진 사람이 아니라는 것을 갑이 입증하지 못한다면 부동산의 소유권을 병이 가지게 되어 갑은 손실을 보상받을 수 없겠군.

사회·문화

법률 03

목표 시간	6분 40초		
시작	분 초	종료	분 초
소요 시간	분 초		

E 수록

[076-079] 다음 글을 읽고 물음에 답하시오. 18, 22

계약은 계약 당사자 간 청약과 승낙이라는 의사 표시를 필수로 하는 법률 행위로, 특정인에 대하여 행위를 요구할 수 있는 청구권과 이에 따른 이행 의무를 포함한다. 이때 청구권에 따른 권리를 채권, 채권에 따른 이행 의무를 채무라고 하며 계약이 성립되면 계약 당사자 양방에게 채권, 채무 관계가 생긴다. 그런데 계약 중 제삼자로 하여금 계약 당사자 가운데 하나인 승낙의 주체에 대하여 채권을 취득하게 하는 경우가 있는데 이를 '제삼자를 위한 계약'이라고 한다. 제삼자를 위한 계약의 예로는 일반적으로 생명 보험 계약, 제삼자를 수익자로 하는 신탁 계약과 같은 것을 들 수 있다. 이 계약들은 청약의 주체인 요약자가 제삼자에게 경제적 도움을 주는 '급양* 기능'과, 급부*의 지급 절차 간소화를 통해 법률 관계를 간편화하는 '급부 단축 기능' 추구를 목적으로 한다.

제삼자를 위한 계약에는 요약자, 낙약자, 수익자가 존재한다. 요약자는 제삼자를 위한 계약에 의해 낙약자로 하여금 제삼자에게 지불할 채무 부담을 약속하게 하는 사람이다. 계약 당사자이므로 권리 능력이 있어야 하며 낙약자가 이행해야 하는 급부를 청구하는 채권자가 된다. 낙약자는 제삼자에 대해 채무를 지는 계약 당사자로, 권리 능력이 있는 한 자연인이나 법인 모두 무방하다. 수익자는 낙약자와 계약 관계가 존재하지 않는 제삼자이다. 수익자는 계약 당사자가 아니므로 계약 취소나 해제의 권리는 없고, 계약 당사자 간 계약에 따라 이익을 받을 수 있으며, 태아나 법인도 가능하다. 민법 규정에 따르면, 제삼자의 권리는 제삼자가 낙약자에 대하여 계약의 이익을 받겠다는 의사를 표시한 때에 생기고, 그 제삼자는 낙약자에게 급부 이행을 청구할 수 있다. 이렇게 제삼자가 권리를 취득하는 경우, 취득 조건이나 권리에 따른 이익 취득의 즉시성 여부는 체결된 계약과 그 계약의 해석에 의해 결정된다. 또 민법에서는 채무자가 일정 기간을 정해 이익의 취득 여부에 대한 확답을 제삼자에게 최고*할 수 있고, 그 기간 내에 제삼자의 확답을 받지 못한 때에는 제삼자가 계약의 이익을 받는 것을 거절한 것으로 본다.

예를 들어 ㉠<u>병과 체결한 별도의 계약에 따라 금전적 채무를 지고 있던 갑이 을에게 부동산을 매각하고 매매 대금은 을이 병에게 지급하는 계약을 체결하고, 병도 이를 수락하고 을에게 의사 표시를 했다고 하자.</u> 이는 계약 당사자인 갑과 을 이외에 제삼자인 병에게 권리를 취득시키는 것으로, 제삼자를 위한 계약에 해당한다. 이 때 갑과 을 사이의 매매 계약을 보상 관계라고 한다. 보상 관계는 병이 권리를 취득하는 기초이므로 그것이 무효라면 병은 채권을 취득하지 못한다. 보상 관계상 을은 병에게 직접 급부해야 할 채무를 변제하기 위한 출연(出捐)* 의무를 진다. 을의 출연은 갑과 을이 계약을 체결하는 원인이 된다. 만약 을의 채무 불이행을 이유로 계약이 해제된 경우, 의사 표시를 한 병은 을에게 채무 불이행에 따른 손해 배상을 청구할 수 있다.

갑과 병 사이에는 대가 관계가 이루어진다. 대가 관계는 갑 자신이 받을 수 있는 이익을 채무자인 을로 하여금 병에게 변제하게 해 갑이 병에게 가지고 있던 채무를 없애는 효과를 가지게 한다. 대가 관계는 갑과 병 사이에 존재할 뿐, 계약 자체와는 전혀 관계가 없다. 따라서 을의 채무 불이행이 있더라도 병은 계약을 해제할 권리를 가지지 못한다. 또한 대가 관계의 흠결 및 하자는 계약 성립 및 효력에 영향이 없으며, 대가 관계가 없더라도 계약은 성립할 수 있다. 다만, 갑과 병 사이의 대가 관계가 없다고 판명되었을 경우 병의 권리 취득에 의한 이익은 반환하여야 하지만, 계약이 적법하게 해제된 경우 을은 병에게 급부한 것이 있더라도 병을 상대로 계약 해제에 따른 원상회복을 이유로 반환을 청구하지 못한다.

* 급양: 먹을 것과 입을 것 따위를 대어 주며 돌봄.
* 급부: 채권의 목적이 되는, 채무자가 해야 할 행위.
* 최고: 상대편에게 일정한 행위를 하도록 독촉하는 통지를 하는 일.
* 출연: 어떤 사람이 자기의 의사에 따라 돈을 내거나 의무를 부담함으로써 남의 재산을 증가시키는 일.

076

윗글에 대한 설명으로 가장 적절한 것은?

① 제삼자를 위한 계약의 유용성을 제시하고 한계를 보완하는 방법을 언급하고 있다.
② 제삼자를 위한 계약의 효력에 대한 논쟁 요소를 제시하고 이를 순차적으로 분석하고 있다.
③ 제삼자를 위한 계약의 다양한 사례를 제시하고 사례 간의 공통점과 차이점을 설명하고 있다.
④ 제삼자를 위한 계약의 개념을 제시하고 이를 구성하는 요소 간의 관계상 특징을 제시하고 있다.
⑤ 제삼자를 위한 계약의 법적 근거를 소개하고 법적 근거가 변화되어 온 과정이 지니는 의미를 밝히고 있다.

077

윗글의 내용과 일치하는 것은?

① 제삼자를 위한 계약에서 수익자는 요약자와 달리, 이익을 실제로 얻기 위한 요건을 자신의 의사에 따라 변경할 수 있다.
② 제삼자를 위한 계약에서 수익자가 태아인 경우에는 권리 발생의 요건을 충족할 수 없으므로 계약 이행에 따른 재산상 이익은 요약자에게 귀속된다.
③ 제삼자를 위한 계약에서 낙약자는 수익자에게 이익 취득 여부를 위한 확답을 요구할 수 있고, 수익자는 확답 가능한 기간을 정해 이에 응할 수 있다.
④ 제삼자를 위한 계약에서 수익자는 요약자와 낙약자 간에 체결된 계약을 취소할 수는 없지만, 낙약자에 대해 급부 이행을 청구할 수 있는 권리는 갖는다.
⑤ 제삼자를 위한 계약에서 요약자와 낙약자는 모두 권리 능력이 있지만, 수익자에게 지불할 채무를 계약 상대방이 부담하도록 만드는 것은 낙약자뿐이다.

078

㉠의 상황에 대한 이해로 적절하지 않은 것은?

① '갑'과 '병' 사이의 대가 관계가 성립하지 않아도 계약 자체의 효력은 유지된다.
② '갑'은 '을'과의 계약이 체결되기 전부터 '병'과의 계약에 따른 의무를 부담해야 하는 상황이었다.
③ '병'이 '을'로부터 매매 대금을 지급받는 권리를 취득하기 위해서는 '갑'과 '을' 사이의 보상 관계가 유효해야 한다.
④ '을'이 '갑'과의 계약에 따른 의무를 이행하여 '병'이 채권을 취득하고 이익을 얻는다면 이는 '갑'의 채무가 변제되는 효과를 가지게 된다.
⑤ '갑'과 '을'의 계약이 법에 따라 해제되었을 경우, 계약에서의 원상회복 의무가 있는 '병'은 '을'에게서 취득한 이익을 '을'에게 반환해야 한다.

079

윗글을 참고하여 〈보기〉의 자료를 이해한 내용으로 적절하지 않은 것은?

보기

[자료 1]
C에게 변제해야 할 의무가 있는 A는 자신의 토지를 B에게 매도하기로 하고 매매 대금을 C에게 지급하는 계약을 B와 체결하였다. B는 C에게 매매 대금을 수령할지를 독촉하는 통지를 하였으나, C는 정해진 기간 내에 의사 표시를 하지 않았다. 이후 B는 갑작스러운 사정에 의해 계약에 따르는 매매 대금 지급 약정을 어겼고, 이를 이유로 계약은 적법하게 해제되었다.

[자료 2]
보험 계약자가 자기 명의로 계약을 체결하고 그 효과를 별도의 수익자에게 미치게 하는 '타인을 위한 보험 계약'을 제삼자를 위한 계약으로 볼 수 있는지를 두고 통설과 특수 계약설이 대립하고 있다. 통설에서는 타인을 위한 보험 계약이 민법상 제삼자를 위한 계약의 일종이나 다만 민법상 제삼자를 위한 계약에서는 제삼자가 수익에 대한 의사 표시를 함으로써 그 제삼자의 권리가 발생하는 데 반해, 타인을 위한 보험 계약에서는 제삼자가 수익에 대한 의사 표시를 하지 않더라도 보험상의 권리를 취득하는 점에서 차이가 있을 뿐이라고 한다. 이에 반해 특수 계약설에서는 제삼자가 수익에 대한 의사 표시를 하지 않더라도 당연히 보험 계약상의 권리를 취득하는 점에서 타인을 위한 보험 계약을 민법상 제삼자를 위한 계약으로 볼 수 없고 상법상 특수한 보험 계약이라고 본다.

① [자료 1]에서 A는 B에게 C에 대한 출연 의무를 발생시키는 요약자로, 계약의 해제가 이루어지면서 C에 대한 A의 채무는 변제되지 못하고 여전히 남게 된 것이겠군.
② [자료 1]에서 B는 계약이 해제되기 전까지 A와 보상 관계를 형성하고 있는 낙약자로, 계약의 해제는 A와의 관계에서만 이루어지겠군.
③ [자료 1]에서 C는 A와 대가 관계를 형성하고 있는 수익자이지만, B의 채무 불이행으로 인해 손해를 입었더라도 B에게 손해 배상을 청구할 수 없겠군.
④ [자료 2]의 특수 계약설은 타인을 위한 보험 계약이 청약을 하는 자와 수익을 얻는 자가 다르다는 점을 전제로 제삼자를 위한 계약과는 다른 계약임을 주장하는 것이겠군.
⑤ [자료 2]의 특수 계약설에서는 제삼자가 수익에 대한 의사 표시를 하지 않는 점이 '타인을 위한 보험 계약'을 상법상 특수한 보험 계약이라고 보는 필수적인 요건이겠군.

N 적중 예상

사회·문화

법률 04

목표 시간	6분 40초		
시작	분 초	종료	분 초
소요 시간	분 초		

E 수록

[080-083] 다음 글을 읽고 물음에 답하시오. 20, 24

민법 750조는 '고의 또는 과실로 인한 위법 행위로 타인에게 손해를 가한 자는 그 손해를 배상할 책임이 있다.'라고 규정하고 있는데, 여기서 '고의 또는 과실로 인한 위법 행위로 타인에게 손해'를 발생시키는 것이 법률 요건이고, '손해를 배상할 책임이 있다.'가 법률 효과에 해당한다. 그러나 모든 법률 관계를 미리 구체적으로 정해 둘 수 없다는 한계로 인해 법률 요건이나 법률 효과가 불확실한 개념으로 정의되어 있는 경우가 많다. 이런 경우에는 법관에 의한 법 적용이 재판의 결과에 중요한 영향을 미치게 된다.

법 적용이란 구체적 사안에 해당 법규를 정합*시켜 소정의 법률 효과를 도출하는 작용으로, 이를 위해 법관은 적용할 법규를 찾아내고 해석하는 법률 문제와 사건 경위를 규명하는 사실 문제를 해결해야 한다. 따라서 법은 법관에게는 적용 법규를 알고 있을 것을 요구하고, 원고, 피고와 같은 당사자에게는 법관이 사건 경위를 파악할 수 있게 하는 자료인 증거를 제공할 것을 요구한다. 민사 소송의 재판 과정에서는 법률 문제보다는 사실 문제가 크게 부각되기 때문에, 민사 소송 절차에서 법관은 증거 평가나 증거 조사를 통하여 당사자가 다투는 사실 관계를 확정한 후 법률 효과를 인정한다. 만약 원고가 제기한 소송에 모순이 있거나 소송장에 기입된 내용이 미비할 때에 법원은 소송에 소요되는 시간이나 비용을 고려하여 증거 조사를 실시하지 않고 청구를 기각하는데, 이러한 경우를 '청구가 구색을 갖추지 못하였다.'라고 한다. 이렇게 되면 원고는 동일한 사건에 대하여 또 다른 소송을 제기해야 하는데, 이는 비용과 시간에 있어서 효율적이지 않다. 따라서 법원은 이러한 비효율적인 상황이 발생하는 것을 막기 위해, 원고에게 소송과 관련된 사항에 대하여 설명할 수 있는 기회를 주고 입증을 촉구하는 석명권(釋明權)을 행사하기도 한다.

원고의 청구가 구색을 갖춘 경우, 법원은 당사자들이 주장하는 사실 중 판결에 영향을 줄 수 있는 사실에 대해서만 관련 증거를 조사하고 평가하여 사실 관계를 확정하는데, 현저한 사실이거나 다투어지지 않는 사실 또는 자백한 사실은 증명할 필요가 없다. 민사 소송에서 법원은 당사자의 주장 내용, 진술 태도, 증거의 제출 시기 등 변론 과정에서 나타나는 일체의 적극적 · 소극적 사항을 참작하여 사실 관계를 확정한다. 이를 변론의 전취지(全趣旨)라고 하며, 변론의 전취지만으로 법관이 확신에 도달한 사실은 확정된 사실로 다루어진다. 이뿐만 아니라 반대 사실의 증명이 없는 법적 추정 사실 및 확정 책임을 지는 당사자가 법원의 석명 요구에도 불구하고 자신이 제출한 사실 주장에 대해 아무런 증명 신청을 하지 않은 경우에도 검증이 필요 없어 사실이 확정될 수 있다.

검증이 필요 없는 사실 이외에 다투어지거나 판결에 중요한 영향을 미치는 모든 사실은 증거 조사를 통해 ㉠증거 능력 여부를 평가하게 된다. 민사 소송법은 법원이 법률로 다툼이 있는 사실을 확정함에 있어서 원칙적으로 법이 인정하고 있는 증거 방법에 의하여야 하며, 법이 규정하는 증거 절차에 따라야 한다고 명시하고 있는데, 이러한 절차에 의한 증거의 증명을 '엄격한 증명'이라고 한다. 예를 들어, 원고가 다툼이 있는 소송상 청구의 근거 사실을 확인하기 위하여 2인의 증인을 신청할 경우 증인의 신청 과정이나 증인 소환에 따른 증거 조사 역시 법률에 의해 진행되어야 하는 것이다. 증거 조사를 통해 해당 증거가 엄격한 증명의 자료로서 사용될 수 있는 법률상의 자격인 증거 능력을 갖추고 있다고 판단되면 그 증거는 재판장에서 증거로 제출하는 것이 허용된다. 증거 능력이 없는 증거는 사실 인정의 자료로서 채용할 수 없을 뿐만 아니라 재판장에서 증거로서 제출하는 것도 허용되지 않는다. 증거의 증거 능력의 유무는 법률에 정해져 있으며, 원칙적으로 법관의 자유로운 판단을 허용하지 않는다.

한편, 법관은 증거 조사의 결과를 신뢰할 것인가 아닌가를 결정하는 ㉡증명력의 판단도 결정하는데, 이를 자유 심증주의라고 한다. 증명력이란 증거의 실질적인 가치, 즉 그 증거가 사실의 인정에 쓸모가 있음을 의미하며 그 판단은 원칙적으로 법관의 자유로운 판단에 맡겨져 있다. 그러나 어느 정도 증명력이 있는 증거라도 강제에 의하여 얻어진 자백과 같이 법에 의하여 증거 능력이 부인되는 것은 사실 인정의 자료로 사용할 수 없으며, 공소장 등과 같이 당사건에 관하여 작성된 의사 표시 문서도 증거 능력이 없다. 또한 타인으로부터 전해들은 사실을 진술하는 전문 증거와 같이 증명력의 평가를 착오하기 쉬운 것이나 진실 발견을 다소 희생하더라도 인권의 보장과 같이 다른 목적을 보호할 필요가 있는 경우에는 그 증명력의 여하를 불문하고 증거 능력을 박탈하고 있다. 또한 형사 소송법에서는 피고인의 자백이 그에게 불이익한 유일의 증거일 경우, 법관이 그 자백으로 인하여 아무리 충분한 유죄의 심증을 얻었다고 하더라도 그 자백 이외의 보강 증거 없이는 유죄 판결을 할 수 없도록 하고 있다. 이는 국가 형벌권의 행사보다 피고인에 대한 보호를 우선시하는 의도가 반영된 결과라 볼 수 있다.

* 정합: 가지런히 꼭 맞음.

080

윗글을 통해 확인할 수 있는 내용이 아닌 것은?

① 법률 요건과 법률 효과로 이루어진 법률 관계
② 석명권의 개념과 법원이 석명권을 행사하는 이유
③ '엄격한 증명'을 할 때 법관의 판단을 허용하는 이유
④ 증거 조사를 통해 사실 관계를 확정하지 않는 경우
⑤ 법관에 의한 법 적용이 재판의 결과에 영향을 미치는 원인

081

윗글을 통해 알 수 있는 내용으로 적절하지 않은 것은?

① 법원은 형사 소송 시에 자유 심증주의 적용에 제약을 받을 수 있다.
② 법원은 법률이 정하는 바에 따라 증거의 증거 능력 유무를 판단해야 한다.
③ 법원은 사실 관계를 확정하기 위한 입증 과정을 거치지 않고 원고의 소송을 기각할 수 있다.
④ 법원은 소송에 소요되는 시간과 비용의 낭비를 막기 위해 원고의 소송 행위에 개입할 수 있다.
⑤ 법원은 원고와 피고가 주장하는 모든 사실들에 대해 증거 조사와 평가를 하여 사실 관계를 확정한다.

082

㉠, ㉡에 대한 이해로 가장 적절한 것은?

① ㉠의 유무는 ㉡의 판단 여부에 의해 결정된다.
② ㉠과 달리 ㉡의 활용은 법률에 의해 제한될 수 있다.
③ ㉠과 ㉡은 모두 법관의 재량에 따라 사실 관계의 확정에 활용된다.
④ ㉠은 엄격한 증명의 과정을 통해, ㉡은 재판의 활용 여부에 따라 유무가 결정된다.
⑤ ㉠의 유무는 증거로서의 활용 여부와, ㉡의 유무는 증거 조사의 결과에 대한 신뢰 여부와 관련된다.

083

윗글을 바탕으로 〈보기〉의 사례를 이해한 것으로 적절하지 않은 것은?

보기

㉮ 민법 제603조 제1항

차주*는 약정 시기에 차용물과 같은 종류, 품질 및 수량의 물건을 반환하여야 한다.

* 차주: 돈이나 물건을 빌려 쓴 사람.

㉯ 2019년 8월 1일에 갑은 을을 상대로 노트북 컴퓨터 반환 청구 소송을 제기하였다. 청구 소송장에서 갑은 2017년 8월 1일에 을과 계약을 체결하여 1년간 을에게 노트북 컴퓨터를 빌려주었다고 주장하였다. 이에 대해 을은 갑에게 노트북 컴퓨터를 빌린 것이 아니라 증여받은 것이라고 항변하였다.

㉰ 2019년 8월 1일에 병은 정에게 다음과 같은 내용으로 손해 배상을 청구하였으나 법원에 의해 청구가 기각되었다.

정이 자신에게 빌린 물건을 반환하지 않으므로 이에 대해 손해 배상을 청구함.

① ㉯의 소송에 대해 법원은 모순이 없으므로 구색을 갖추었다고 판단하겠군.
② ㉯에서 갑이 대여 사실을 증명하기 위해 계약서를 제출하면 법원은 이에 대해 증거 조사를 실시하겠군.
③ ㉯의 소송에 대해 을이 이의를 제기하지 않을 경우, 을이 노트북 컴퓨터를 빌린 사실은 사실 관계로 확정되겠군.
④ ㉰의 소송에 대해 법원은 병에게 '물건', '반환 시기', '손해 배상'에 대한 설명과 입증을 촉구하는 석명권을 행사할 수 있겠군.
⑤ ㉮를 근거로 법원은 ㉰의 법률 효과를 반환하지 않은 물건에 대한 손해를 배상하는 것으로 판단하겠군.

사회·문화

적중 예상

경제+법률

목표 시간	8분 20초		
시작	분 초	종료	분 초
소요 시간	분 초		

E 수록

[084-088] 다음 글을 읽고 물음에 답하시오. 16, 19, 24

조세란 국가가 국방, 교육, 보건, 공공재의 공급 등에 필요한 경비를 충당하기 위해 국민으로부터 징수하는 화폐 또는 현물을 말한다. 그런데 조세가 강제성을 띠다 보니 조세의 필요성은 인정하면서도 저항이 발생한다. 이로 인해 바람직한 조세가 갖추어야 할 원칙에 대한 논의 즉 조세 원칙론에 대한 다양한 견해가 제시되었다. 특히 자본주의의 발전에 따라 조세의 공평성에 대한 논의가 많은 변화를 겪었다.

영국의 ㉠애덤 스미스는 자본주의가 발흥하던 18세기 무렵에 가장 기본적인 조세 원칙을 제시하였다. 그는 국가가 시장에 간섭하는 것을 최소화해야 한다는 생각에서 조세 부담의 공평성의 원칙을 세웠다. 그의 공평성의 원칙은 국민은 각자 국가로부터 얻은 수익에 비례하여 조세를 납부해야 하고, 소득이 많고 적음에 관계없이 세율이 같아야 한다는 비례세적인 평등을 말한다. 그는 시장 기능을 중시하는 시대적 상황을 배경으로 조세 원칙을 세운 것이다. ㉡바그너는 독점 자본주의 시기의 도래와 함께 애덤 스미스의 조세 원칙을 좀더 세분화하고 보완하였다. 그는 19세기 후반에 자본주의 경제가 안고 있는 구조적인 빈부 격차와 소득의 불공정한 분배에 주목하였다. 이에 소득이 조세에 의해 재분배되어야 한다는 공평성의 원칙을 내세우며 최저 소득에 대한 면세와 경제적 능력에 따른 과세 및 고소득자에 대한 누진세 과세 등을 주장하였다. 현대 자본주의를 대표하는 재정학자로 ㉢머스그레이브가 있다. 독점 자본주의 시대의 비효율로 인해 대공황이 나타난 이후 현대 자본주의는 정부가 경제 활동에 개입하는 양상이 두드러졌는데, 그는 조세가 경제의 안정과 성장을 위한 정책 기능을 수행해야 한다는 조세의 기능적 역할을 좀 더 중시하는 조세 원칙을 제시하였다. 그럼에도 그는 조세가 경제 정책과 사회 정책 등의 정책 수단으로 이용되는 경우에도 조세 체계의 공평성이 교란되어서는 안 된다고 강조하였다.

조세에 대한 저항은 조세가 시장의 효율성을 떨어뜨린다는 점에서도 발생한다. 따라서 조세 원칙을 세울 때는 효율성도 고려해야 한다. 시장은 완전 경쟁적이고 외부 효과가 없다면 수요량과 공급량이 일치하여 균형 상태를 이루게 된다. 이에 따라 시장의 자원 배분도 최적의 효율성을 달성할 수 있게 되는데, ㉮여기에 조세가 부과되면 상황이 달라진다. 수요와 공급의 곡선을 가정할 때, 조세가 소비자에게 부과되면 수요 곡선이 조세만큼 아래로 이동하고, 조세가 판매자에게 부과되면 공급 곡선이 조세만큼 위로 이동한다. 어느 경우에나 소비자가 내는 가격은 오르고, 판매자가 받는 가격은 내려가게 마련이다. 그렇지만 조세가 누구에게 부과되는지와 무관하게 조세는 나누어 부담하게 된다. 중요한 것은 조세가 부과되면 소비자가 내는 가격과 판매자가 받는 가격 사이에 간격이 생긴다는 사실이다. 이 간격이 조세이며 여기에 거래량을 곱한 것이 조세 수입이다. 반면 조세로 인해 시장에서 거래량은 감소한다. 이 실현되지 못한 거래가 경제적 손실이다. 즉 조세로 인해 시장 규모가 축소되고 경제적 손실이 발생하는 것이다. 또한 세금을 부과하면 정부로 이전되는 세금 외에도 사회적 비용이 발생하는데, 이는 조세 부담을 회피하기 위한 행동에서 비롯된 것으로 사회적 손실로 증발해 버린다.

그간의 조세 원칙에 대한 논의는 대부분의 국가의 헌법이나 조세법에 반영되었다. 현대 조세법의 전반을 지배하는 기본 원칙은 일반적으로 '조세 공평주의'와 '조세 법률주의'로 볼 수 있는데, [우리나라 헌법]도 이를 천명하고 있다. 조세 공평주의는 모든 국민은 법 앞에서 평등하다는 헌법 제11조 1항을 조세법적으로 구체화한 것으로 조세 부담이 공평하게 분배되어야 그 조세의 정당성이 인정된다는 것이다. 조세의 공평은 수직적 공평과 수평적 공평이 있는데, 수직적 공평은 '다른 상황에 있는 납세 의무자는 다른 과세를 적용받아야 한다'는 것이고, 수평적 공평은 '동일한 상황에 있는 납세 의무자는 동일하게 과세를 받아야 한다'는 것이다. 우리나라를 비롯한 현대 자본주의 국가에서는 수직적 공평을 더 중요한 원칙으로 삼고 있는데, 이 경우 공평이란 실질적 평등으로 조세 부담의 분배는 납세자의 담세 능력을 기준으로 삼아야 한다는 것이다. 즉 소득이 많을수록 소득에 대한 세액의 세율이 더 높아지게 된다.

헌법 제38조의 '모든 국민은 법률이 정하는 바에 의하여 납세 의무를 진다.'는 규정과 제59조의 '조세의 종목과 세율은 법률로 정한다.'는 규정 등은 조세 법률주의와 관련된다. 조세 법률주의를 세부적으로 살펴보면 제59조의 취지에 따라 과세 요건과 조세의 부과 및 징수 절차를 법률로 정하는 '과세 요건 법정주의', 과세 요건을 법률로 규정하였다고 하더라도 그 내용이 상세하고 명확한 성문법으로 규정되어야 한다는 '과세 요건 명확주의', 법에 따라 조세를 징수해야 하며 임의로 조세를 감면해서는 안 된다는 '합법성의 원칙' 등으로 나누어 볼 수 있다. 조세는 국민의 재산을 강제로 징수하는 것이므로 법률에 의거해야 하며, 법에 의해 조세가 올바로 집행될 때 소득 재분배의 효과도 생기고, 국가도 건강하게 유지될 수 있다.

084

윗글을 이해한 내용으로 가장 적절한 것은?

① 조세 원칙에 대한 논의는 사회 · 경제적 변화에 영향을 받지 않는다.

② 현대 조세법의 제정은 헌법에 근거하되 조세 법률주의만을 따르고 있다.

③ 조세는 국민의 복지를 위한 것이므로 조세 징수에 강제성을 띠지 않는다.

④ 조세 원칙을 세울 때는 공평성뿐만 아니라 효율성의 측면도 고려해야 한다.

⑤ 우리나라의 조세법에 따르면 소득이 높아질수록 세율은 더 낮아지게 된다.

085

㉠, ㉡, ㉢에 대한 이해로 가장 적절한 것은?

① ㉠의 시대에는 시장 기능이 중시되었지만, ㉡의 시대에는 시장 기능을 인정하지 않았다.

② ㉠이 정부의 시장 개입에 소극적이라면, ㉢은 정부의 시장 개입에 적극적인 입장이라 할 수 있다.

③ ㉡은 소득에 상관없이 세율이 같아야 한다고 주장하지만, ㉢은 누진세를 주장하고 있다.

④ ㉡이 조세를 통한 소득의 재분배를 인정한 반면, ㉢은 조세가 경제 정책의 수단이 되는 것을 반대하였다.

⑤ ㉠, ㉡, ㉢ 모두 국가로부터 얻게 되는 수익에 비례하여 조세를 부담해야 한다는 공평성의 원칙을 주장하였다.

086

윗글을 바탕으로 〈보기〉의 그래프를 이해한 내용으로 적절하지 않은 것은?

보기

다음의 그래프는 수요(D)와 공급(S)이 일치하여 균형 상태(E)를 이룬 상황에서, 조세의 부과로 공급 곡선이 이동한 결과를 나타낸 것이다. (S'는 조세 부과로 인한 공급 곡선이다.)

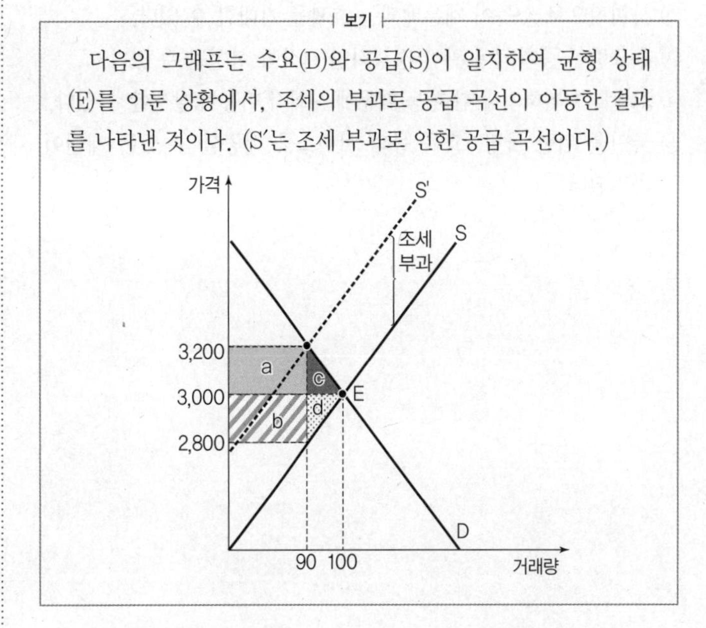

① 공급 곡선이 위로 이동한 것이므로 판매자에게 조세가 부과된 것이군.

② 판매자가 받는 2,800원과 소비자가 내는 3,200원의 차액만큼이 부과된 조세이군.

③ 정부의 조세 수입은 부과된 조세와 거래량을 곱한 것이므로 a+b가 되겠군.

④ 판매자에게 조세가 부과되었지만 결과적으로 조세는 소비자가 부담하게 되는군.

⑤ 새로운 균형점이 형성되면서 거래량이 90으로 줄어들어 c+d의 경제적 손실이 발생하였군.

087

㉮의 결과로 적절하지 않은 것은?

① 경제적 손실이 발생하여 시장의 효율성이 떨어진다.
② 사회적으로 소득이 재분배되는 효과를 기대할 수 있다.
③ 수요량이 증가되어 완전 경쟁적인 시장이 형성될 수 있다.
④ 조세를 회피하기 위한 행동 때문에 사회적 비용이 발생할 수 있다.
⑤ 국민을 위한 국방, 교육 등의 서비스를 제공할 수 있는 재원이 마련된다.

088

우리나라 헌법의 관점에서 〈보기〉를 이해한 내용으로 적절하지 않은 것은?

보기

조선의 과전법에는 관원이 답험, 곧 현지에 가서 실제로 농사 작황을 조사한 다음, 작황의 등급에 따라 조세를 감면해 주는 '답험 손실법'이라는 법률이 있었다. 다른 도의 관원 중에서 선발된 관원이 1차 답험을 하고 이 결과를 수령이 검사하도록 하였다. 그런데 손실을 판단하는 관원들이 임의로 조세를 면해 주거나 세액을 과하게 책정하는 폐단이 생기게 되었다. 이에 결국 답험 손실법은 폐지되고, 자의적인 조세 감면을 할 수 없는 데 초점을 두면서 토지의 등급에 따라 조세를 일정하게 고정시키는 정액세의 원리인 '공법'이 제정되기에 이른다. 이러한 세법안은 〈경국대전〉 호전 수세조에 실리게 되었다.

① 과전법은 규정을 두고 운영하였으므로 조세 법률주의를 따른 것으로 볼 수 있군.
② 공법은 토지의 등급에 따라 조세를 정액으로 내는 것이므로 수평적 공평과 관련된다고 볼 수 있군.
③ 공법은 구체적인 세법안이 〈경국대전〉에 명시되었으므로 '과세 요건 명확주의'에 부합된다고 볼 수 있군.
④ 답험 손실법은 조세를 부과하는 사람이나 절차를 정해 놓지 않았으므로 '과세 요건 법정주의'에 어긋난다고 볼 수 있군.
⑤ 답험 손실법은 관원의 임의적인 판단으로 조세 액수가 결정될 수 있으므로 '합법성의 원칙'에 어긋나는 것으로 볼 수 있군.

사회·문화

정치

목표 시간	8분 20초		
시작	분 초	종료	분 초
소요 시간	분 초		

E 수록

[089-093] 다음 글을 읽고 물음에 답하시오. 17, 21, 22

㉠정치 자금법의 입법 취지는 적정한 정치 자금의 제공과 그것의 수입 및 지출에 대해서 투명성을 제고시키고 정치 자금과 관련된 부정을 방지하여 민주 정치의 발전에 기여하는 것이다. 우리나라의 정치 자금법은 1965년 "정치 자금에 관한 법률"로 처음 제정되었다. 이때의 입법 취지는 정치 자금의 투명화를 위해 주로 정치인에게 정치 자금을 음성적으로 제공하던 기업인들의 기부 행위를 ⓐ양성화하려는 것이었다. 이 시기 기업이나 개인이 기부한 기탁금은 중앙 선거 관리 위원회를 통하여 정당의 소속 국회의원 수에 비례하여 배분되었다.

이후 ㉡1980년 12월 후원회 제도, 국고 보조금 제도, 회계 보고 제도 등이 신설되어 오늘날의 형태를 갖추기 시작하였다. 이는 보다 다양한 방법으로, 또 보다 투명한 방법으로 정치 자금을 ⓑ조달하려는 의도를 가지고 있었다. 그중 국고 보조금 제도는 특히 정당의 운영을 원활하게 하여 정당의 기능과 역할을 강화하려는 의도를 반영하여 신설되었다.

현대 민주주의는 시간적, 공간적 한계 등으로 인해 직접 민주주의를 대신해 국민의 대표자를 뽑아 그들에게 권한을 위임하여 통치하게 하는 간접 민주주의 형태로서의 대의 민주주의 체제를 취하고 있다. ㉢이 과정에서 국민의 의사를 국정에 반영하기 위해 조직된 정당은 국민의 안전과 자유, 평등, 인권 등과 같은 민주주의의 가치와 원리를 실현하는 핵심적인 역할을 담당하고 있다. 즉 현대의 대의 민주주의는 정당을 중심으로 운영되는 정당 민주주의적 성격을 띠고 있는 것이다.

그러나 정당은 공익을 ⓒ추구하기 때문에 특정 집단의 이익을 목적으로 결성한 이익 집단과 구별되어 경제 활동을 통해 자금을 조달할 수 없다. 현대 정치는 타 정당과의 치열한 경쟁, 매스 미디어 비용의 상승 등으로 인해 정치 자금이 기하급수적으로 늘고 있다. 따라서 돈에 의해 공직에 봉사할 수 있는 기회가 결정되거나, 정치적 능력과 상관없이 자금 조달과 사용 능력에 의해 당선이 좌우된다면 헌법이 보장한 참정권을 위배하는 것이며 선거 과정의 공평한 경쟁 구조를 와해시킬 위험이 있다.

또 돈에 의해 선출된 공직자는 대중을 대표하기보다 돈에 매수돼 대중의 의견을 정치에 반영할 동기가 없다. ㉣선거 자금이 선거에 중요한 부분을 차지하게 되면 후보자는 정책 개발이나 경쟁보다는 자금 확보에 더 많은 관심을 기울이게 된다. 또한 선거 자금의 공급자와 후보자는 선거 자금과 선거 답례라는 상호 협조 관계를 통해 특정 이익을 옹호하는 구조로 변할 수 있는 위험성을 내포하고 있다. 이는 대의제의 기본 원칙인 국민 주권주의를 ⓓ침해하는 것이며, 대중이 정치와 민주주의에 대해 혐오감을 갖게 되어 민주주의의 정당성에 치명적 타격을 가할 것이다.

이에 ㉮국민의 세금으로 조성되는 국고 보조금은 제한된 정당의 활동을 지원하고자 매년 정당의 일상적인 운영을 위한 경상 보조금과, 2년마다 있는 전국 단위의 선거를 위한 선거 보조금으로 구분되어 지급된다. 정치 자금법에 의해 ⓔ규율되는 경상 보조금은 정당의 사무실 유지를 위한 임대료나 전기 요금 및 인건비와 같은 항목에 지출되며, 공직 선거법에 의해 규율되는 선거 보조금은 후보자 공천 심사나 정강* 정책 홍보를 위한 현수막 제작과 같은 항목에 지출된다. ㉤정당에 지급된 국고 보조금은 회계 보고 제도를 통해 그 수입과 지출이 일반 국민에게 공개되어 불법적인 사용을 방지한다.

* 정강(政綱): 정부 또는 정당이나 정치 집단에서 국민에게 공약하여 이루고자 하는 정책의 큰 줄기.

089

윗글의 내용과 일치하지 않는 것은?

① 현대 민주주의는 간접 민주주의 제도로서의 대의 민주주의 체제를 취하고 있다.

② 현대 정치는 타 정당과의 치열한 경쟁으로 정치 자금이 기하급수적으로 늘고 있다.

③ 사무실 유지와 같이 일상적인 운영을 위한 경상 보조금은 정치 자금법에 의해 규율된다.

④ 공천 심사와 같이 전국 단위의 선거를 위한 선거 보조금은 공직 선거법에 의해 규율된다.

⑤ 정치 자금에 관한 법률은 다양한 형태의 정치 자금 기부를 장려하려는 취지에서 제정되었다.

090

㉠~㉤에 대한 이해로 적절하지 않은 것은?

① ㉠: 정치 자금의 수입과 지출이 투명하지 않다면 민주주의의 발전에 걸림돌이 될 수 있겠군.

② ㉡: 정당의 운영을 원활하게 하기 위해 1980년 12월에 신설된 제도가 오늘날의 국고 보조금 제도의 토대가 되었겠군.

③ ㉢: 정당은 국민의 의사를 국정에 반영하기 위한 조직이므로 민주주의의 가치와 원리에서 벗어나는 활동이 용인되겠군.

④ ㉣: 선거에서 후보가 정책 개발을 통한 경쟁보다 선거 자금 확보에 관심을 기울이게 되면 대중의 의견을 정치에 반영하지 않게 될 수 있겠군.

⑤ ㉤: 회계 보고 제도를 통해 지급된 국고 보조금이 불투명하거나 불법적으로 사용되었다면 그에 합당한 조치가 취해지겠군.

091

다음은 윗글을 읽은 학생이 작성한 〈독서 활동〉이다. ㄱ~ㄹ 중 적절한 것만을 모두 골라 묶은 것은?

독서 활동

[목표] 의미 있는 독서 활동에 참여함으로써 타인과 교류하고 바람직한 세계관을 형성한다.

[활동] 이 글의 내용을 바탕으로 자신의 생각을 정리하여 다른 사람들과 공유해 보자.

○ 현대의 대의 민주주의는 정당을 중심으로 운영되는 특징이 있다.
→ 정당의 정치 행태가 정치 체계를 발전시키는지, 공공의 문제 해결을 위해 노력하는지 관심을 기울여야겠다고 생각했어. ……… ㄱ

○ 정당은 공익을 추구하기 때문에 이익 집단과 구별되고 경제 활동을 통해 자금을 조달할 수 없다.
→ 나의 정치 이념과 부합되는 정당의 정치 활동이 건전해질 수 있도록 정치 자금을 근절해야겠다고 생각했어. …… ㄴ

○ 정당의 일상적인 경비를 위해 지급되는 경상 보조금은 매년 지급되고 있다.
→ 매년 지급된 경상 보조금이 투명하게 쓰이고 있는지 정당의 회계 내역에 관심을 가질 필요가 있다고 생각했어. …… ㄷ

○ 전국 단위의 선거가 있는 해마다 국민의 세금으로 조성된 선거 보조금이 지급된다.
→ 선거 보조금이 쓰이는 정당의 후보자 공천 심사 과정이나 정강 정책을 홍보하는 인쇄물에 관심을 가져야겠다고 생각했어. ……… ㄹ

① ㄱ, ㄷ　② ㄴ, ㄹ　③ ㄱ, ㄴ, ㄹ
④ ㄱ, ㄷ, ㄹ　⑤ ㄴ, ㄷ, ㄹ

092

㉮의 이유로 가장 적절한 것은?

① 헌법이 보장하는 참정권과 선거 과정의 공평한 경쟁 구조, 국민 주권주의를 지키기 위해서
② 직접 민주주의를 대신해 국민의 대표자를 뽑는 국민의 정치적 능력을 신장시키기 위해서
③ 매스 미디어 비용의 상승에 따라 민주주의에 대한 혐오감을 갖게 될 것을 방지하기 위해서
④ 국민의 의사를 국정에 반영하는 정당의 자금 조달과 사용 능력 간의 조화로운 균형을 위해서
⑤ 헌법이 보장하는 대의제의 기본 원칙을 수호하여 선거에 더 많은 관심을 기울이게 하기 위해서

093

ⓐ~ⓔ의 사전적 의미로 적절하지 않은 것은?

① ⓐ: 사물 현상을 드러나게 함.
② ⓑ: 자금이나 물자 따위를 대어 줌.
③ ⓒ: 잘못한 일에 대하여 엄하게 따져서 밝힘.
④ ⓓ: 침범하여 해를 끼침.
⑤ ⓔ: 질서나 제도를 좇아 다스림.

적중 예상

사회·문화

지리

목표 시간	8분 20초
시작 분 초 · 종료	분 초
소요 시간	분 초

E 수록

[094-098] 다음 글을 읽고 물음에 답하시오. 16, 17, 20, 23

현대 사회는 과거에 비해 점점 더 급격하게 변하고 있다. 특히 교통 및 통신 기술의 발달은 지표상의 물리적 거리가 가지는 마찰 효과를 급감시키고 공간적 이동성을 가속화하고 있다. 또한 대규모 공간 재편 과정 및 공간적 상호 관계의 복잡화, 치밀화는 공간에 대한 관심을 높이고 있다. 이에 공간과 관련된 다양한 사회학적 연구가 중요한 의미를 가지게 되었다.

㉠르페브르는 공간에 대한 기존의 논의가 공간을 파편화하여 이해하는 양상을 보였다고 지적하며 공간을 사회 속에서 이해해야 한다고 보았다. 또한 그는 공간을 유형화하는 작업을 진행하였는데, 공간을 물질적 공간, 공간의 재현, 재현의 공간으로 분류한 것이 그것이다. 물질적 공간은 경험된 공간이라고도 표현되는데, 이는 우리가 가장 기본적으로 인식하는 공간이다. 지표상의 거리, 면적뿐만 아니라 벽, 다리, 문 등에 의해 인식되는 공간이 바로 물질적 공간이다. 공간의 재현은 개념화된 공간이라고도 불린다. 인간의 인지 능력에 의해 공간은 사물, 사건과 분리되어 인식되고 그러면서 공간은 도면상에 사물을 위치시키는 개념화된 공간으로 재현된다. 행정 구역도와 같은 것은 개념화된 공간을 도면으로 나타낸 것이다. 재현의 공간은 체험된 공간이라고도 지칭된다. 서구 근대성의 발달로 공간이 추상화되면서, 공간은 물리적인 공간으로서의 의미 이상으로 개인에 따라 다르게 인식되는 공간으로서 이해되기 시작하였다. 마치 같은 예술 작품을 보는 관람객이라도 자신의 경험이나 상상력 등에 따라 작품에 대한 평가를 달리하는 것처럼 공간 역시 개인에 따라 다양한 감정과 사고를 유발하며, 공간의 의미는 달라지게 된다.

공간에 대한 이러한 논의를 이어받아 발전시킨 사람은 ㉡하비이다. 하비는 르페브르가 유형화한 세 가지 공간을 다시 절대적 공간, 상대적 공간, 관계적 공간으로 구분하여 공간을 아홉 가지로 구분한다. 절대적 공간은 지표상에 나타나는 고정적인 것들을 말하며, 상대적 공간은 공간에 시간의 개념을 더한 것이고, 관계적 공간은 사회적 상호 작용을 유발하는 것이다. 예를 들어 어느 지역의 지하철 노선도를 만들 때 공간적 거리 이동을 위해 소요되는 시간 단축 효과, 즉 시공간적 압축을 고려한다면, 여기서 공간은 개념화된 공간이자 상대적 공간으로 분류된다. 이와 같은 공간의 유형화는 우리가 지칭하는 어떤 공간들에 동시적으로 적용될 수 있다. 다시 말해 공간의 개념은 사회적 상호 관계 속에서 다양하게 규정될 수 있다는 것이다. 하비가 그의 논의에서 강조하고 있는 것도 공간은 그 속에서 이루어지는 인간 실천에 의해 규정되며, 공간은 고정적인 어떤 실체가 아니라 다원적 특성을 가지고 존재한다는 것이다. 인쇄된 종이의 묶음이 책상 위에 놓여 있을 때는 자료이지만, 쓰레기통 속에 있을 때는 휴지일 뿐인 것처럼 말이다.

하비는 공간에 대한 논의를 세계화의 문제로 연결시키기도 하였다. 세계화를 경제나 정치, 문화가 지구적 규모로 확대되고 보다 치밀하게 되는 과정이라고 볼 때, 세계화는 근본적으로 공간적 현상이라고 할 수 있기 때문이다. 그는 《자본의 한계》라는 저서에서 세계화에 대한 논의를 본격적으로 ⓐ펼치면서, 세계화에 의해 생산과 소비가 공간에 따라 분리되어, 세계 전체는 경제적인 측면에서뿐만 아니라 문화적이고 환경적인 측면에서의 격차를 벌려 나가고 있다고 말한다. 그에 따르면, 순수한 토지와 시설과 설비가 들어선 토지가 가지는 가치의 격차는 필연적일 수밖에 없다. 가치가 높은 토지에는 자본 집중이 가속화되기 때문에 지구내에서 공간적 조정이 한계를 맞게 된다. 즉 세계화는 가치의 편중에 따라 심각한 위기에 직면할 수 있다는 것이다. 물론 이는 지구적 차원의 문제일 뿐만 아니라 도시 내, 국가 내에서도 적용되는 문제라 할 수 있다. 또한 하비는 사회적 관계는 항상 공간적이며, 특정하게 만들어진 틀 속에서 규정되기 때문에 공간을 표시하는 지도 그리기는 모든 지식 구성의 근본적 전제가 되는 것으로, 권력을 내포한다고 말한다. 어떠한 이념이나 권력에 의해 개념화된 공간이 공간에 대한 인식을 왜곡할 수 있다는 것이다. 이는 세계사를 돌아보면 쉽게 확인되는 것이기도 하다.

하비는 '공간은 무엇인가?'라는 질문은 무의미한 것이며, 공간에 대한 논의가 '어떠한 인간 실천이 공간의 상이한 개념을 창출하는가?', '공간에 대한 어떠한 인간 실천이 인간의 미래를 위해 필요한 것인가?'라는 문제로 귀결되어야 한다고 하였다. 이는 공간을 사회적 차원에서 인식하는 노력으로서, 세계화로 인한 문제에 부딪친 현대 사회에 시사하는 바가 크다.

094

윗글을 통해 알 수 있는 내용이 아닌 것은?

① 하비가 세계화를 공간적 현상으로 보는 이유
② 현대 사회의 공간 구성에 적용되어 있는 규범
③ 르페브르 등장 이전의 공간에 대한 논의 양상
④ 하비가 말하는 공간을 표시하는 지도 그리기의 의미
⑤ 공간과 관련된 사회학적 연구가 중요성을 갖게 된 배경

095

윗글을 바탕으로 '공간'을 이해한 내용으로 적절하지 않은 것은?

① 토지를 세분화하여 구분하고 땅의 경계를 그어 놓은 지적도는 개념화된 공간에 해당한다.
② 낯선 사람들이 모여 편안하게 대화를 할 수 있도록 유도하는 공간은 관계적 공간에 해당한다.
③ 누군가가 어떤 공간에서 심리적 긴장감과 불안감을 느낄 때 그 공간은 체험된 공간에 해당한다.
④ 교실을 사방이 벽으로 둘러싸였고 양 옆에 창문이 있다고 인식할 때 교실은 경험된 공간에 해당한다.
⑤ 공간적 거리 이동을 위해 소요되는 시간을 단축할 수 있는 측면에서 인식되는 공간은 재현의 공간에 해당한다.

096

공간에 대한 ㉠, ㉡의 관점을 설명한 내용으로 적절하지 않은 것은?

① ㉠은 인간의 인지 능력에 의해서 공간이 인식될 수 있다고 보았다.
② ㉡은 세계화가 가속화되면 공간적 가치의 격차가 감소된다고 보았다.
③ ㉡은 특정 이념이나 권력에 의해 공간에 대한 인식이 왜곡될 가능성이 있다고 보았다.
④ ㉠과 ㉡은 모두 공간을 사회적 측면에서 이해해야 한다고 보았다.
⑤ ㉠과 ㉡은 모두 공간에 대한 이해는 개인에 따라 다를 수 있다고 보았다.

097

윗글의 '하비'의 관점에서 〈보기〉를 이해한 내용으로 적절하지 않은 것은?

보기
주택은 공급에 비해 수요가 많은 재화로서, 도시 형성의 기초가 된다. 고급 주택이 많이 형성된 공간은 상품 가치와 교환 가치가 날로 높아지게 된다. 고급 주택이 새로 지어지면 고소득 집단의 이주가 이루어지고 이는 빈 집을 만들게 되며, 빈 집들은 그 다음 소득층에 의해 채워진다. 시간이 흐름에 따라 주택 재고는 더 낮은 사회 계층에 의해 처리된다. 이는 자본주의적 원리에 따라 자연스럽게 이루어진다. 그러나 이 과정에서 일정 수준에 미치지 못하는 저소득층의 주거가 심각한 사회적 문제로 대두되어 결과적으로는 도시 전체의 위기를 만들어 낼 수 있다. 그러므로 도시 공간의 문제 해결에서 정부의 역할은 대단히 중요하다.

① 도시 저소득층의 주거가 가져오는 문제는 경제적인 데에 국한되지 않고 문화적인 데로 확대될 수 있겠군.
② 도시 공간의 주택을 수요가 많은 재화로 인식한 것은 공간을 고정적 실체가 아닌 사회적 상호 관계 속에서 규정한 것이라고 할 수 있겠군.
③ 고급 주택이 많이 지어진 공간의 가치가 높아지게 됨에 따라 자본 집중이 가속화되기 때문에 도시 내부의 공간 가치의 편중은 심해지겠군.
④ 도시 공간의 구성이 자본주의적 원리에 따라 이루어지는 것이라고 할지라도 사회 전체의 관점에서 도시 공간의 재편이 요구되는 것이겠군.
⑤ 도시 공간과 관련하여 발생하는 문제를 해결하기 위해 정부는 도시의 주택 공간의 유형과 개념을 규정하는 작업을 선행적으로 수행해야겠군.

098

밑줄 친 단어의 문맥적 의미가 ⓐ와 가장 유사한 것은?

① 그녀는 부채를 펼치고 얼굴을 가렸다.
② 그는 꿈을 펼치기 위해 미국으로 갔다.
③ 나는 종종 글쓰기를 통해 내 생각을 맘껏 펼친다.
④ 선생님께서 학생들에게 책을 펼치라고 말씀하셨다.
⑤ 유명 배우들이 펼치는 환상적인 무대에 초대합니다.

대표 기출 과학 · 기술 ❶

[1~4] 다음 글을 읽고 물음에 답하시오. [2022학년도 6월 평가원 14~17번]

1 1993년 노벨 화학상은 중합 효소 연쇄 반응(PCR)을 개발한 멀리스에게 수여된다. [중심 화제] 염기 서열을 아는 DNA가 한 분자라도 있으면 이를 다량으로 증폭할 수 있는 길을 열었기 때문이다. [PCR 개발의 의의] PCR는 주형 DNA, 프라이머, DNA 중합 효소, 4종의 뉴클레오타이드가 필요하다. [PCR의 필요 요소] 주형 DNA란 시료로부터 추출하여 PCR에서 DNA 증폭의 바탕이 되는 이중 가닥 DNA를 말하며, 주형 DNA에서 증폭하고자 하는 부위를 표적 DNA라 한다. 프라이머는 표적 DNA의 일부분과 동일한 염기 서열로 이루어진 짧은 단일 가닥 DNA로, 2종의 프라이머가 표적 DNA의 시작과 끝에 각각 결합한다. [프라이머의 역할] DNA 중합 효소는 DNA를 복제하는데, [DNA 중합 효소의 역할] 단일 가닥 DNA의 각 염기 서열에 대응하는 뉴클레오타이드를 순서대로 결합시켜 이중 가닥 DNA를 생성한다. [DNA 중합 효소가 DNA를 복제하는 방법]

▶ 1문단: PCR(중합 효소 연쇄 반응)에 필요한 요소

2 PCR 과정은 우선 열을 가해 이중 가닥의 DNA를 2개의 단일 가닥으로 분리하는 것으로 시작한다. [PCR 과정 ①] 이후 각각의 단일 가닥 DNA에 프라이머가 결합하면, [PCR 과정 ②] DNA 중합 효소에 의해 복제되어 2개의 이중 가닥 DNA가 생긴다. [PCR 과정 ③] 일정한 시간 동안 진행되는 이러한 DNA 복제 과정이 한 사이클을 이루며, [PCR 과정 ① ~ ③] 사이클마다 표적 DNA의 양은 2배씩 증가한다. 그리고 DNA의 양이 더 이상 증폭되지 않을 정도로 충분히 사이클을 수행한 후 PCR를 종료한다. [PCR 과정 ④] 전통적인 PCR는 PCR의 최종 산물에 형광 물질을 결합시켜 발색을 통해 표적 DNA의 증폭 여부를 확인한다. [빛깔이 남. 또는 빛깔을 냄.]

▶ 2문단: PCR 과정 및 전통적 PCR의 표적 DNA 증폭 여부 확인 방법

3 PCR는 시료의 표적 DNA 양도 알 수 있는 실시간 PCR라는 획기적인 개발로 이어졌다. 실시간 PCR는 전통적인 PCR와 동일하게 PCR를 실시하지만, [PCR 과정 ① ~ ④] 사이클마다 발색 반응이 일어나도록 하여 누적되는 발색을 통해 표적 DNA의 증폭을 실시간으로 확인할 수 있다. [실시간 PCR의 특징(전통적 PCR와의 차이점)] 이를 위해 실시간 PCR에서는 PCR 과정에 발색 물질이 추가로 필요한데, [사이클마다 발색 반응이 일어나도록 해야 하므로] '이중 가닥 DNA 특이 염료' 또는 '형광 표식 탐침'이 이에 이용된다. ㉠ 이중 가닥 DNA 특이 염료는 이중 가닥 DNA에 결합하여 발색하는 형광 물질로, [발색 물질로] 새로 생성된 이중 가닥 표적 DNA에 결합하여 발색하므로 표적 DNA의 증폭을 알 수 있게 한다. [이중 가닥 DNA 특이 염료의 기능] 다만, 이중 가닥 DNA 특이 염료는 모든 이중 가닥 DNA에 결합할 수 있기 때문에 2개의 프라이머끼리 결합하여 이중 가닥의 이합체(二合體)를 형성한 경우에는 이와 결합하여 의도치 않은 발색이 일어난다. [이중 가닥 DNA 특이 염료의 단점]

▶ 3문단: 실시간 PCR의 특징 및 '이중 가닥 DNA 특이 염료'의 기능 및 특징

문제로 Pick 학습법

동일한 상위 개념에 포함되는 둘 이상의 하위 개념이 각각 설명될 때에는 그것들의 공통점과 차이점을 바탕으로 각 하위 개념의 특징을 명확히 이해하고 있는지 확인하는 문제가 출제된다.

3 어느 바이러스 감염증의 진단 검사에 PCR를 이용하려고 한다. 윗글을 읽고 이해한 반응으로 가장 적절한 것은?

② 전통적인 PCR로 진단 검사를 할 때, DNA 증폭 여부 확인에 발색 물질이 필요 없으니 비용이 상대적으로 싸겠군. (×)

지문 분석

꼼꼼 check!

주제

전통적 PCR와 실시간 PCR의 원리 및 특징

구조

화제 제시		
PCR(중합 효소 연쇄 반응)에 필요한 요소 – 1		
구체화 1		
PCR 과정 및 전통적 PCR의 표적 DNA 증폭 여부 확인 방법 – 2		
구체화 2		
실시간 PCR에서 '이중 가닥 DNA 특이 염료'의 기능 및 특징 – 3	실시간 PCR에서 '형광 표식 탐침'의 기능 및 특징 – 4	실시간 PCR에서의 발색도 – 5
마무리		
PCR의 활용 – 6		

독해 Guide!

• PCR에 필요한 요소

구분	내용
주형 DNA	• DNA 증폭의 바탕이 되는 이중 가닥 DNA • 증폭하고자 하는 '표적 DNA'를 포함함.
프라이머	• 표적 DNA의 일부분과 동일한 염기 서열로 이루어진 짧은 단일 가닥 DNA • 표적 DNA의 시작과 끝에 각각 결합함.
DNA 중합 효소	DNA를 복제함.
4종의 뉴클레오타이드	• 이중 가닥 DNA를 생성함. • DNA 중합 효소 작용 시에 필요함.

• PCR 과정

DNA 복제 사이클	주형 DNA 가열 → 2개의 단일 가닥으로 분리 → 각각의 단일 가닥에 프라이머 결합 → DNA 중합 효소에 의해 복제 → 2개의 이중 가닥 DNA 생성

⇩

DNA의 양이 더 이상 증폭되지 않을 정도로 사이클 반복

⇩

PCR 종료

• '전통적 PCR'와 '실시간 PCR'의 차이

전통적 PCR	실시간 PCR
PCR가 종료된 뒤 최종 산물에 형광 물질을 결합시켜 표적 DNA의 증폭 여부 확인 → 검사 시간이 상대적으로 길.	한 사이클마다 발색 반응이 일어나도록 하여 표적 DNA의 증폭 여부를 실시간으로 확인 → 발색 물질 추가 필요

4 ㉡ 형광 표식 탐침은 형광 물질과 이 형광 물질을 억제하는 소광 물질이 붙어 있는 단일 가닥 DNA 단편으로, 표적 DNA에서 프라이머가 결합하지 않는 부위에 특이적으로 결합하도록 설계된다. PCR 과정에서 이중 가닥 DNA가 단일 가닥으로 되면, 형광 표식 탐침은 프라이머와 마찬가지로 표적 DNA에 결합한다. 이후 DNA 중합 효소에 의해 이중 가닥 DNA가 형성되는 과정 중에 탐침은 표적 DNA와의 결합이 끊어지고 분해된다. 탐침이 분해되어 형광 물질과 소광 물질의 분리가 일어나면 비로소 형광 물질이 발색되며, 이로써 표적 DNA가 증폭되었음을 알 수 있다. 형광 표식 탐침은 표적 DNA에 특이적으로 결합하는 장점을 지니나 상대적으로 비용이 비싸다.

(형광 물질 + 소광 물질 / PCR 과정 ①에 해당 / 형광 표식 탐침의 발색 과정 ① / 형광 표식 탐침의 발색 과정 ② / 형광 표식 탐침의 발색 과정 ③ / 형광 표식 탐침의 발색 과정 ④ / 형광 표식 탐침의 장점과 단점)

▶ 4문단: '형광 표식 탐침'의 기능 및 특징

5 실시간 PCR에서 발색도는 증폭된 이중 가닥 표적 DNA의 양에 비례하며, 일정 수준의 발색도에 도달하는 데 필요한 사이클은 표적 DNA의 초기 양에 따라 달라진다. 사이클의 진행에 따른 발색도의 변화가 연속적인 선으로 표시되며, 표적 DNA를 검출했다고 판단하는 발색도에 도달하는 데 소요된 사이클을 Ct값이라 한다. 「표적 DNA의 농도를 알지 못하는 미지 시료의 Ct값과 표적 DNA의 농도를 알고 있는 표준 시료의 Ct값을 비교하면 미지 시료에 포함된 표적 DNA의 농도를 계산할 수 있다.」 [A]

(증폭된 DNA 양이 많을수록 발색도가 높아짐. / 시료 속 표적 DNA의 초기 양이 많을수록 필요한 사이클↓)

▶ 5문단: 실시간 PCR에서의 발색도

「 」: 표적 DNA와 기준 발색도가 같은 두 시료의 Ct값을 비교하면 미지 시료에 포함된 표적 DNA의 농도를 알 수 있음.

6 PCR는 시료로부터 얻은 DNA를 가지고 유전자 복제, 유전병 진단, 친자 감별, 암 및 감염성 질병 진단 등에 광범위하게 활용된다. 특히 실시간 PCR를 이용하면 바이러스의 감염 여부를 초기에 정확하고 빠르게 진단할 수 있다.

(PCR의 활용 범위 / PCR 검사가 완전히 끝날 때까지 기다리지 않아도 표적이 되는 바이러스의 존재 여부를 실시간으로 확인할 수 있음.)

▶ 6문단: PCR의 활용

지문 분석

독해 Guide!

• 실시간 PCR를 위한 발색 물질 ① – 이중 가닥 DNA 특이 염료

개념	이중 가닥 DNA에 결합하여 발색하는 형광 물질
기능	새로 생성된 이중 가닥 표적 DNA에 결합하여 발색 ※ 한 사이클이 끝나는 시점에 발색
단점	2개의 프라이머끼리 결합한 이합체와도 결합하여 발색

• 실시간 PCR를 위한 발색 물질 ② – 형광 표식 탐침

개념	형광 물질과 이를 억제하는 소광 물질이 붙어 있는 단일 가닥 DNA 단편
기능	표적 DNA에서 프라이머가 결합하지 않는 부위에 특이적으로 결합
발색 과정	이중 가닥 DNA가 단일 가닥으로 되면 표적 DNA에 결합 → 이중 가닥 DNA의 형성 과정 중 표적 DNA와의 결합이 끊어지고 분해 → 형광 물질과 소광 물질의 분리 → 형광 물질 발색 ※ 한 사이클이 끝나는 시점에 발색
단점	비용이 상대적으로 비쌈.

• Ct값

개념	표적 DNA를 검출했다고 판단하는 발색도에 도달하는 데 소요된 사이클
활용	미지 시료의 표적 DNA 농도를 계산할 수 있음.

문제로 Pick 학습법

과학 · 기술 영역 지문에서 계산이 요구되는 원리나 개념이 제시되면 이를 구체적 사례에 적용할 수 있는지를 평가하는 문제가 출제된다.

4 [A]를 바탕으로 〈보기 1〉의 실험 상황을 가정하고 〈보기 2〉와 같이 예상 결과를 추론하였다. ㉮~㉱에 들어갈 말로 적절한 것은?

1 윗글에서 알 수 있는 내용으로 적절하지 않은 것은?

① 2종의 프라이머 각각의 염기 서열과 정확히 일치하는 염기 서열을 주형 DNA에서 찾을 수 없다.
② PCR에서 표적 DNA 양이 초기 양을 기준으로 처음의 2배가 되는 시간과 4배에서 8배가 되는 시간은 같다.
③ 전통적인 PCR는 표적 DNA 농도를 아는 표준 시료가 있어도 미지 시료의 표적 DNA 농도를 PCR 과정 중에 알 수 없다.
④ 실시간 PCR는 가열 과정을 거쳐야 시료에 포함된 표적 DNA의 양을 증폭할 수 있다.
⑤ 실시간 PCR를 실시할 때에 표적 DNA의 증폭이 일어나려면 DNA 중합 효소와 프라이머가 필요하다.

2 ㉠과 ㉡에 대한 설명으로 가장 적절한 것은?

① ㉠은 ㉡과 달리 프라이머와 결합하여 이합체를 이룬다.
② ㉠은 ㉡과 달리 표적 DNA에 붙은 채 발색 반응이 일어난다.
③ ㉡은 ㉠과 달리 형광 물질과 결합하여 이합체를 이룬다.
④ ㉡은 ㉠과 달리 한 사이클의 시작 시점에 발색 반응이 일어난다.
⑤ ㉠과 ㉡은 모두 이중 가닥 표적 DNA에 결합하는 물질이다.

유형 정보 간의 관계 파악

• 이 유형은?

지문의 일부분에서 설명되고 있는 구체적 대상 둘을 지정하여 그것과 관련된 내용의 적절성을 묻는 유형이다. 두 대상을 비교해야 하므로 적절성 여부를 판단할 때, 하나의 세부 내용을 진술한 선지로 구성된 유형의 문제보다 주의를 기울일 필요가 있다. 이 유형의 문제를 효율적으로 해결하려면, 지문을 읽을 때 두 대상의 공통점과 차이점을 미리 정리해 둘 필요가 있다. 이때 자신만의 표식을 활용하여 서로 관련 있는 내용끼리 연결해 놓는 것도 도움이 된다.

대표 발문

▶ 윗글의 ㉠과 ㉡에 대한 설명으로 가장 적절한 것은?
▶ ㉠과 ㉡에 대한 이해로 가장 적절한 것은?

해결 Tip

발문에서 제시한 기호가 지시하는 대상을 지문에서 찾아, 그것과 관련된 내용을 정리한다. 이때 기호가 있는 문단뿐만이 아니라 지문 전체를 대상으로 찾아야 한다.

↓

각 선지를 내용 요소별로 나누어서 각각의 적절성을 판단한 뒤, 해당 선지 전체의 적절성을 최종 판단한다.

3 어느 바이러스 감염증의 진단 검사에 PCR를 이용하려고 한다. 윗글을 읽고 이해한 반응으로 가장 적절한 것은?

① 전통적인 PCR로 진단 검사를 할 때, 시료에 바이러스의 양이 적은 감염 초기에는 감염 여부를 진단할 수 없겠군.
② 전통적인 PCR로 진단 검사를 할 때, DNA 증폭 여부 확인에 발색 물질이 필요 없으니 비용이 상대적으로 싸겠군.
③ 전통적인 PCR로 진단 검사를 할 때, 실시간 증폭 여부를 확인할 필요가 없어 진단에 걸리는 시간을 줄일 수 있겠군.
④ 실시간 PCR로 진단 검사를 할 때, 표적 DNA의 염기 서열이 알려져 있어야 감염 여부를 분석할 수 있겠군.
⑤ 실시간 PCR로 진단 검사를 할 때, 감염 여부는 PCR가 끝난 후에야 알 수 있지만 실시간 증폭은 확인할 수 있겠군.

4 [A]를 바탕으로 〈보기 1〉의 실험 상황을 가정하고 〈보기 2〉와 같이 예상 결과를 추론하였다. ㉮~㉰에 들어갈 말로 적절한 것은? [3점]

보기 1

표적 DNA의 농도를 알지 못하는 ⓐ 미지 시료와, 이와 동일한 표적 DNA를 포함하지만 그 농도를 알고 있는 ⓑ 표준 시료가 있다. 각 시료의 DNA를 주형 DNA로 하여 같은 양의 시료로 동일한 조건에서 실시간 PCR를 실시한다.

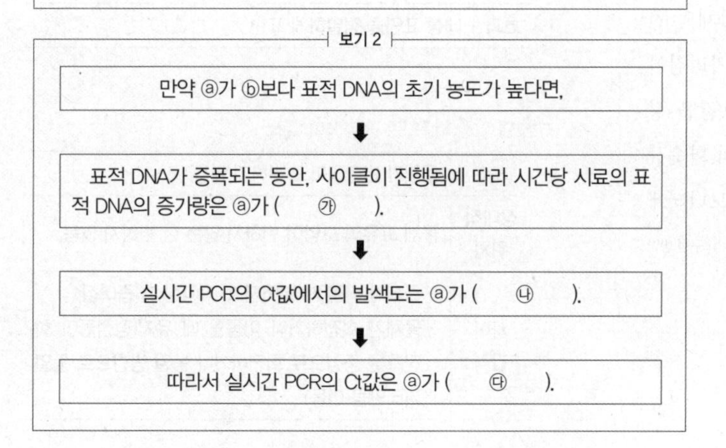

	㉮	㉯	㉰
①	ⓑ보다 많겠군	ⓑ보다 높겠군	ⓑ보다 크겠군
②	ⓑ보다 많겠군	ⓑ와 같겠군	ⓑ보다 작겠군
③	ⓑ와 같겠군	ⓑ보다 높겠군	ⓑ보다 작겠군
④	ⓑ와 같겠군	ⓑ와 같겠군	ⓑ보다 작겠군
⑤	ⓑ와 같겠군	ⓑ보다 높겠군	ⓑ보다 크겠군

핵심 기출 유형

유형 구체적 사례에의 적용

• 이 유형은?

지문의 특정 부분에서 설명된 내용과 관련된 구체적 사례를 제시하고 이를 바르게 해석할 수 있는지 평가하는 유형이다. 과학 · 기술 영역에서는 주로 지문에 제시된 특정 실험이나 연구, 원리 등과 관련한 사례가 〈보기〉로 제시되는 경우가 많다. 이 문항의 경우 〈보기〉가 2개로 제시되어 고려해야 할 정보가 많기 때문에 체감 난이도가 더 높아질 수 있다. 〈보기 1〉에서는 〈보기 2〉의 결과를 예측하는 데 근거가 되는 조건들이 제시되고 있으므로 지문의 정보와 관련지어 이를 정확히 파악해야 한다. 또한 이 문항과 같이 값을 비교해야 하는 경우, 간단한 수치를 대입해 보는 것도 효과적이다.

대표 발문

▶ 다음은 이중차분법을 ㉠에 적용할 경우에 나타날 결과를 추론한 것이다. A와 B에 들어갈 말을 바르게 짝지은 것은?
▶ 다음은 [A]에 제시된 예를 활용하여, 예약의 유형에 따라 예약상 권리자가 요구할 수 있는 급부에 대해 정리한 것이다. ㄱ~ㄷ에 들어갈 내용을 올바르게 짝지은 것은?

해결 Tip

발문에서 제시한 기호가 지시하는 내용을 정리한다. 이때 해당 부분과 관련하여 전제나 조건 등에 해당하는 내용이 있을 경우 그것을 함께 찾아 정리한다.

↓

앞에서 정리한 내용을 〈보기 1〉의 상황에 적용하여 분석한다.

↓

지문의 내용과 〈보기 1〉의 조건을 고려하여 〈보기 2〉의 상황을 파악하고 결과를 도출한다.

대표 기출 과학 · 기술 ❷

[1~4] 다음 글을 읽고 물음에 답하시오. [2021학년도 수능 34~37번]

[1] 최근의 3D 애니메이션은 섬세한 입체 영상을 구현하여 실물을 촬영한 것 같은 느낌을 준다. 실물을 촬영하여 얻은 자연 영상을 그대로 화면에 표시할 때와 달리(모델링과 렌더링이 필요 없음.) 3D 합성 영상을 생성, 출력하기 위해서는 모델링과 렌더링(중심 화제)을 거쳐야 한다.

▶ 1문단: 모델링과 렌더링을 거쳐야 하는 3D 합성 영상

[2] 모델링은 3차원 가상 공간에서 물체의 모양과 크기, 공간적인 위치, 표면 특성 등과 관련된 고유의 값을 설정하거나 수정하는 단계이다('모델링'의 개념(정의)). 모양과 크기를 설정할 때 주로 3개의 정점으로 형성되는 삼각형을 활용한다. 작은 삼각형의 조합으로 이루어진 그물과 같은 형태로 물체 표면을 표현하는 방식이다. 이 방법으로 복잡한 굴곡이 있는 표면도 정밀하게 표현할 수 있다(3개의 정점으로 형성되는 삼각형을 활용하여 대상을 표현할 때의 장점). 이때 삼각형의 꼭짓점들은 물체의 모양과 크기를 결정하는 정점이 되는데, 이 정점들의 개수는 물체가 변형되어도 변하지 않으며, 정점들의 상대적 위치는 물체 고유의 모양이 변하지 않는 한 달라지지 않는다('모델링' 과정에 사용되는 정점들의 특징). 물체가 커지거나 작아지는 경우에는 정점 사이의 간격이 넓어지거나 좁아지고, 물체가 회전하거나 이동하는 경우에는 정점들이 간격을 유지하면서 회전축을 중심으로 회전하거나 동일 방향으로 동일 거리만큼 이동한다. 물체 표면을 구성하는 각 삼각형 면에는 고유의 색과 질감 등을 나타내는 표면 특성이 하나씩 지정된다(삼각형을 많이 사용할수록 대상의 표면을 더 정밀하게 표현할 수 있음.).

▶ 2문단: 모델링의 개념 및 구현 방법

[3] 공간에서의 입체에 대한 정보인 이 데이터(모델링 데이터)를 활용하여, 물체를 어디에서 바라보는가를 나타내는 관찰 시점을 기준으로 2차원의 화면을 생성하는 것이 렌더링이다('렌더링'의 개념(정의)). 전체 화면을 잘게 나눈 점이 화소인데, 정해진 개수의 화소로 화면을 표시하고 각 화소별로 밝기나 색상 등을 나타내는 화솟값이 부여된다(화소가 많을수록 더 선명한 출력 가능(해상도가 높음.)). 렌더링 단계에서는 화면 안에서 동일 물체라도 멀리 있는 경우는 작게, 가까이 있는 경우는 크게 보이는 원리를 활용하여 화솟값을 지정함으로써 물체의 원근감을 구현한다(렌더링의 결과 ①). 표면 특성을 나타내는 값(모델링 과정에서 지정된 값)을 바탕으로, 다른 물체에 가려짐이나 조명에 의해 물체 표면에 생기는 명암, 그림자 등을 고려하여 화솟값을 정해 줌으로써 물체의 입체감을 구현한다(렌더링의 결과 ②). 화면을 구성하는 모든 화소의 화솟값이 결정되면 하나의 프레임이 생성된다(동영상에서의 한순간의 완전한 화상(정지 영상)). 이를 화면출력장치를 통해 모니터에 표시하면 정지 영상이 완성된다.

▶ 3문단: 렌더링의 개념 및 구현 방법

문제로 Pick 학습법

지문에서 개념이나 원리, 과정 등이 제시되는 경우, 이를 시각 자료로 표현된 구체적인 사례에 적용하는 문제가 출제된다.

4 다음은 3D 애니메이션 제작을 위한 계획의 일부이다. 윗글을 바탕으로 할 때 적절하지 않은 것은?

지문 분석

꼼꼼 check!

주제

3D 합성 영상의 생성, 출력을 위한 모델링과 렌더링 방법

구조

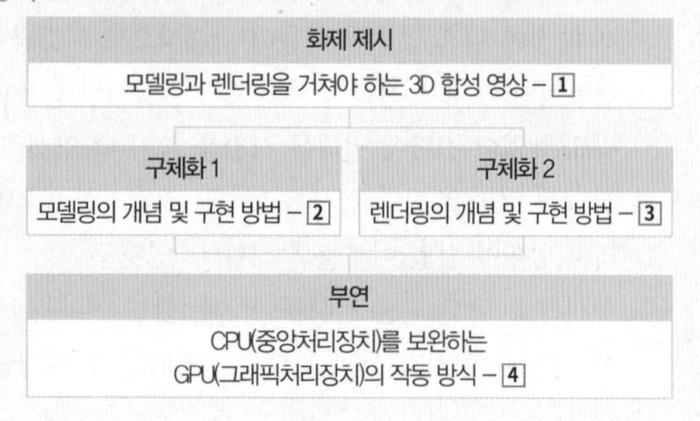

독해 Guide!

• 3D 합성 영상의 생성, 출력 과정

• 모델링의 개념 및 구현 방법과 효과

개념	3차원 가상 공간에서 물체의 모양과 크기, 공간적인 위치, 표면 특성 등과 관련된 고유의 값을 설정하거나 수정하는 단계
구현 방법	주로 3개의 정점으로 형성되는 삼각형 활용(꼭짓점 = 정점)
효과	대상 표면을 정밀하게 표현

• 모델링에 사용되는 정점들의 특징

개수	물체가 변형되어도 변하지 않음.
상대적 위치	물체 고유의 모양이 변하지 않는 한 변하지 않음.
사이 간격	• 물체가 커질 때 넓어지고, 작아질 때 좁아짐. • 물체가 회전하거나 이동할 때 유지(정점들이 회전축을 중심으로 회전하거나 동일 방향으로 동일 거리만큼 이동)

• 렌더링의 개념 및 구현 방법과 효과

개념	관찰 시점을 기준으로 2차원의 화면을 생성하는 단계
구현 방법	모델링의 데이터를 활용하여 화면의 화소별로 화솟값 부여
효과	대상의 원근감과 입체감 구현

4 모델링과 렌더링을 반복하여 생성된 프레임들을 순서대로 표시하면 동영상이 된다. 프레임을 생성할 때, 모델링과 관련된 계산을 완료한 후 그 결과를 이용하여 렌더링을 위한 계산을 한다. 이때 정점의 개수가 많을수록, 해상도가 높아 출력 화소의 수가 많을수록 연산 양이 많아져 연산 시간이 길어진다. 컴퓨터의 중앙처리장치(CPU)는 데이터 연산을 하나씩 순서대로 수행하기 때문에 과도한 양의 데이터가 집중되면 미처 연산되지 못한 데이터가 차례를 기다리는 병목 현상이 생겨 프레임이 완성되는 데 오랜 시간이 걸린다. CPU의 그래픽 처리 능력을 보완하기 위해 개발된 ㉠ 그래픽처리장치(GPU)는 연산을 비롯한 데이터 처리를 독립적으로 수행할 수 있는 장치인 코어를 수백에서 수천 개씩 탑재하고 있다. GPU의 각 코어는 그래픽 연산에 특화된 연산만을 할 수 있고 CPU의 코어에 비해서 저속으로 연산한다. 하지만 GPU는 동일한 연산을 여러 번 수행해야 하는 경우, 고속으로 출력 영상을 생성할 수 있다. 왜냐하면 GPU는 한 번의 연산에 쓰이는 데이터들을 순차적으로 각 코어에 전송한 후, 전체 코어에 하나의 연산 명령어를 전달하면, 각 코어는 모든 데이터를 동시에 연산하여 연산 시간이 짧아지기 때문이다.

(주석: 모델링이 끝난 뒤에 렌더링이 이루어짐. / 대상의 표면이 더 정밀하게 표현됨(모델링 단계) / 대상이 화면에 더 선명하게 표현됨(렌더링 단계). / 「 」: '인과'의 설명 방법 / 데이터 병목 현상이 나타나는 상황 / CPU의 한계 → GPU로 보완 / GPU의 특징 / GPU 코어의 특징(하나의 연산 또는 그래픽과 무관한 연산일 경우 CPU가 빠름.) / △: 역접 / GPU의 장점이 발휘되는 상황 / GPU와 달리 CPU는 데이터 연산을 하나씩 순차적으로 수행)

▶ 4문단: CPU를 보완하는 GPU의 작동 방식

지문 분석

독해 Guide!

- CPU의 병목 현상과 GPU의 필요성

CPU	• 데이터 연산을 하나씩 순차적으로 수행 • 연산 시간에 영향을 미치는 요인: 정점의 개수↑, 출력 화소의 수↑ → 연산 양 ↑ → 연산 시간↑

⇩

과도한 양의 데이터가 집중되면 병목 현상 발생
→ 프레임 생성 지연

⇩

GPU를 활용하여 CPU의 그래픽 처리 능력 보완

⇩

GPU	• 데이터 처리를 독립적으로 수행할 수 있는 코어 다수 탑재 • 각 코어가 모든 연산 데이터를 동시에 연산 → 시간 단축

문제로 Pick 학습법

핵심 화제와 관련하여 특정 조건에 따른 결과가 제시될 경우, 이와 관련해 조건에 따른 결과가 적절하지 않은 내용으로 오답 선지가 구성된다.

3 ㉠에 대한 추론으로 적절한 것은?

⑤ 정점 위치를 구하기 위해 연산해야 할 10개의 데이터를 10개의 코어에서 처리할 경우, 모든 데이터를 모든 코어에 전송하는 시간은 1개의 데이터를 1개의 코어에 전송하는 시간과 같다. (×)

대표 기출 과학 · 기술 ❷

핵심 기출 유형

1 윗글에 대한 이해로 적절하지 않은 것은?

① 자연 영상은 모델링과 렌더링 단계를 거치지 않고 생성된다.
② 렌더링에서 사용되는 물체 고유의 표면 특성은 화솟값에 의해 결정된다.
③ 물체의 원근감과 입체감은 관찰 시점을 기준으로 구현한다.
④ 3D 영상을 재현하는 화면의 해상도가 높을수록 연산 양이 많아진다.
⑤ 병목 현상은 연산할 데이터의 양이 처리 능력을 초과할 때 발생한다.

2 모델링에 대한 설명으로 가장 적절한 것은?

① 다른 물체에 가려져 보이지 않는 부분에 있는 삼각형의 정점들의 위치는 계산하지 않는다.
② 삼각형들을 조합함으로써 물체의 복잡한 곡면을 정교하게 표현할 수 있다.
③ 하나의 작은 삼각형에 다양한 색상의 표면 특성들을 함께 부여한다.
④ 공간상에 위치한 정점들을 2차원 평면에 존재하도록 배치한다.
⑤ 다양하게 변할 수 있는 관찰 시점을 순차적으로 저장한다.

유형 핵심 정보 파악

• 이 유형은?

세부 정보 파악과 유사하지만 지문이나 문단의 중심 화제와 관련된 내용에 대한 이해 여부를 묻는다는 점에서 다르다. 세부 정보 파악 유형처럼 내용의 일치 여부를 확인하는 선지를 기본으로 하되, 일부 선지에서는 간단한 추론이 요구되기도 한다. 이 문항은 발문에서 지문에 제시된 중심 화제 2가지 중 하나를 지정하고 있는데, 이때 발문에서 지정하지 않은 다른 하나의 화제에 해당하는 내용으로 오답 선지를 구성하는 경우가 많다.

대표 발문

▸ ㉠에 대한 이해로 가장 적절한 것은?
▸ 다음은 윗글을 읽은 학생이 정리한 내용이다. ㉮와 ㉯에 들어갈 말로 가장 적절한 것은?

해결 Tip

발문에 제시된 대상과 관련된 내용을 지문에서 찾아 정리한다.

↓

선지의 내용이 발문에 제시된 대상과 관련된 것인지를 판단하여 관련되지 않은 것을 제외한다.

↓

지문을 정리한 내용을 바탕으로 발문에 제시된 대상과 관련된 선지의 적절성을 최종적으로 확인한다.

3 ㉠에 대한 추론으로 적절한 것은?

① 동일한 개수의 정점 위치를 연산할 때, 동시에 연산을 수행하는 코어의 개수가 많아지면 총 연산 시간이 길어진다.
② 정점의 위치를 구하기 위한 10개의 연산을 10개의 코어에서 동시에 진행하려면, 10개의 연산 명령어가 필요하다.
③ 1개의 코어만 작동할 때, 정점의 위치를 구하기 위한 연산 시간은 1개의 코어를 가진 CPU의 연산 시간과 같다.
④ 정점 위치를 구하기 위한 각 데이터의 연산을 하나씩 순서대로 처리해야 한다면, 다수의 코어가 작동하는 경우 총 연산 시간은 1개의 코어만 작동하는 경우의 총 연산 시간과 같다.
⑤ 정점 위치를 구하기 위해 연산해야 할 10개의 데이터를 10개의 코어에서 처리할 경우, 모든 데이터를 모든 코어에 전송하는 시간은 1개의 데이터를 1개의 코어에 전송하는 시간과 같다.

4 다음은 3D 애니메이션 제작을 위한 계획의 일부이다. 윗글을 바탕으로 할 때 적절하지 않은 것은? [3점]

	[장면 구상]	[장면 스케치]
장면 1	주인공 '네모'가 얼굴을 정면으로 향한 채 입에 아직 불지 않은 풍선을 물고 있다.	
장면 2	'네모'가 바람을 불어 넣어 풍선이 점점 커진다.	
장면 3	풍선이 더 이상 커지지 않고 모양을 유지한 채, '네모'는 풍선과 함께 하늘로 날아 올라 점점 멀어지는 모습이 보인다.	

① 장면 1의 렌더링 단계에서 풍선에 가려 보이지 않는 입 부분의 삼각형들의 표면 특성은 화솟값을 구하는 데 사용되지 않겠군.
② 장면 2의 모델링 단계에서 풍선에 있는 정점의 개수는 유지되겠군.
③ 장면 2의 모델링 단계에서 풍선에 있는 정점 사이의 거리가 멀어지겠군.
④ 장면 3의 모델링 단계에서 풍선에 있는 정점들이 이루는 삼각형들이 작아지겠군.
⑤ 장면 3의 렌더링 단계에서 전체 화면에서 화솟값이 부여되는 화소의 개수는 변하지 않겠군.

핵심 기출 유형

내용의 추론

• 이 유형은?

지문에 제시된 정보를 바탕으로 특정 상황에 대한 새로운 정보를 추론해 내는 유형이다. 이 유형을 통해 논리적 사고 능력을 판단할 수 있기 때문에 출제 비중이 점차 커지는 추세이다. 이 문항의 경우, 선지를 훑어보면 추론이 이루어져야 하는 내용이 연산 시간과 관련된 것임을 짐작할 수 있다. 따라서 ㉠과 관련해서 연산이 이루어지는 방식과 그로 인해 얻을 수 있는 연산 시간상의 효과에 초점을 두고 지문 내용을 정리할 필요가 있다. 또한 각 선지의 적절성을 판단할 때에는 선지에 '~면, ~때, ~경우'라는 형식으로 제시된 조건에 유의해야 한다.

대표 발문

▸ 윗글을 읽고 추론한 내용으로 적절하지 않은(적절한) 것은?
▸ 'BIS 비율'에 대한 이해로 가장 적절한 것은?

해결 Tip

발문에 제시된 대상과 관련된 내용을 지문에서 찾아 정리한다.

↓

선지에 제시된 조건을, 앞에서 정리한 내용에 적용하여 선지의 결론이 적절한지 판단한다.

과학·기술

N 적중 예상

과학·기술

화학

목표 시간		6분 40초
시작 분 초	종료	분 초
소요 시간		분 초

E 수록

[099~102] 다음 글을 읽고 물음에 답하시오. 20, 23

주기율표를 보면 원자 번호 83번 이후의 원소에 방사성을 뜻하는 기호 ☢가 붙어 있다. 83번 이후의 원소에서 방사능이 나타나는 이유를 확인하기 위해서는 정전기력과 강한 핵력 간의 관계를 이해해야 한다. 보통 원자 하나의 크기를 야구장이라고 생각할 때 원자핵은 완두콩만 한 크기를 지닌다. 원자 번호 6번, 즉 양성자가 6개인 탄소 원자를 예로 들면, 야구장만 한 전자구름* 속에 양(+)전하를 띤 완두콩 크기의 원자핵이 가운데 박혀 있는 것이다. 그런데 전하를 띤 입자 사이에는 같은 극성의 전하끼리는 서로 밀어내고 다른 극성의 전하끼리는 서로 잡아당기는 힘인 정전기력, 즉 쿨롱의 힘이 작용한다. 쿨롱의 힘은 두 입자 간 거리의 제곱에 반비례하고 두 전하의 절댓값의 곱에는 비례하는데, 이 힘이 작은 전하량에서도 크게 나타나는 이유는 진공에서 90억에 가까운 비례 상수 k를 갖기 때문이다. 즉 탄소 원자핵 속의 양성자 6개는 90억의 상수를 갖는 정전기력으로 서로를 밀어내고 있는 것이다. 그럼에도 불구하고 탄소 원자핵은 일반적으로 깨지지 않고 유지된다. 이렇게 양성자들이 90억의 반발력으로 서로 밀어내는 힘을 이기고 원자핵을 유지시켜 주는 힘을 '강한 핵력'이라 한다. 강한 핵력은 원자핵처럼 극단적으로 짧은 거리에서만 작용이 가능하다. 이 강한 핵력이 정전기력과 균형을 이루기 때문에 다양한 양성자 수를 갖는 많은 원소가 자연계에서 안정된 상태로 존재할 수 있다. 원자핵을 구성하는 입자 중 양성자는 강한 핵력과 정전기적 반발력을 모두 나타내지만, 중성자는 전하가 없어서 강한 핵력만을 나타내므로 핵시멘트라는 이름으로도 불린다.

그런데 원자 번호가 83번 이상이면 강한 핵력이 작용하는, 극단적으로 짧은 거리를 유지하기가 어려워진다. 그래서 중성자 수가 충분히 많은 원자가 아니라면 정전기적 반발력에 의해 원자핵이 자연스럽게 쪼개지게 된다. 물론 원자 번호가 83보다 작은 원소들도 안정한 원소에 비해 중성자 수가 작아서 방사능을 띨 수 있는, 즉 원자핵이 불안정한 동위원소*가 존재한다.

적외선, 가시광선, 자외선처럼 에너지를 갖는 입자선이나 전자기파 대부분은 방사선의 범위에 포함된다. 인체에 직접적으로 전리를 일으키지 않는, 즉 분자나 세포에 별다른 해를 주지 않으며 이들을 파괴하지 않는 방사선을 '비전리 방사선'이라고 하는데, 우리가 일반적으로 위험하다고 생각하는 '방사선'에는 포함되지 않는다. 따라서 보통 방사선이라고 하면 방사성 원소가 더 안정한 원소로 붕괴될 때 방출되는 알파(α)선, 베타(β)선, 감마(γ)선 등의 '전리 방사선'을 의미한다.

전리 방사선 중 알파선은 질량수가 큰 불안정한 원자핵들이 질량수가 작은 안정된 원자핵으로 변환되는 과정에서 방출되는 헬륨 원자핵의 흐름이다. 헬륨의 원자핵은 두 개의 양성자와 두 개의 중성자로 이루어져 있어 방사성 원소가 알파선을 방출하면 원자 번호는 2만큼 감소하고 질량수는 4만큼 감소한다. 베타선은 중성자가 양성자보다 지나치게 많아 불안정한 원자핵이 중성자 수를 줄여 안정된 상태로 변환될 때 방출되는 음(−)전하를 띤 전자의 흐름이다. 이는 원자핵에 있는 중성자가 양성자와 전자로 변한 다음 양성자는 핵에 그대로 남고 전자만 외부로 방출되는 것으로, 원자 번호는 하나 증가하지만 질량수는 변화가 없다. 베타선은 알파선보다 입자의 크기가 작고 가벼워 자기장에서 덜 휘어지며 알파선에 비해 물체에 덜 흡수되어 물체를 더 잘 통과한다. 감마선은 알파선이나 베타선이 만들어지며 새로 생긴 원자핵이 불안정한 들뜬 상태에 있을 때 안정된 상태로 변하면서 방출되는 빛이다. 감마선은 알파선이나 베타선과 함께 방출되는데 원자 번호나 질량수에 변화가 생기지는 않는다. 감마선은 에너지가 크며 전하를 띠지 않기 때문에 자기장에서 휘어지지 않는다. 감마선은 전자기파 형태로 에너지를 방출하므로 원자핵이나 전자 등 입자의 형태로 방출되는 방사선과 달리 전파처럼 공간을 타고 퍼지면서 물질을 잘 통과해 나가기 때문에 두꺼운 납이나 콘크리트를 이용해 막아야 한다.

세포의 구조나 기능, DNA의 구조에 영향을 줄 수 있는 전리 방사선을 방출하는 세 종류의 원소가 있다고 생각해 보자. A원소는 오직 알파선만을, B원소는 베타선만을, C원소는 감마선만을 방출하는 상황에서 하나는 종이에 싸서 갈 수 있으며, 또 다른 하나는 플라스틱 상자에 넣어서 갈 수 있고, 나머지 하나는 버릴 수 있다고 가정할 때 어떤 선택을 하겠는가? 투과력을 고려한다면 반드시 버리고 가야 하는 것은 [㉮], 플라스틱 상자에 넣어서 갈 수 있는 것은 [㉯], 그리고 종이에 싸서 가는 것은 [㉰]가 될 것이다.

그런데 투과력이 낮다고 해도 방사성 원소가 몸 안으로 들어가면 위험도가 크다. 투과력이 낮아 몸 밖으로도 쉽게 나오지 못하기 때문에 방사선이 갖는 큰 에너지를 고스란히 몸이 감당해야 하므로 매우 위험하다. 또한 투과력이 큰 경우 납으로 된 옷이나 보호 장구를 착용해도 항상 안전하지는 않다. 방사선이 납판을 투과하지는 못하겠지만 에너지를 전달할 수 있어 장시간 노출되면 그 에너지에 의해 납판이 녹는 일이 발생하기 때문이다.

방사성 원소는 중요한 화학적 특성으로 '반감기'가 있다. 반감기란 방사성 원소의 양이 초기 양의 반으로 줄어드는 데 필요한 시간이다. 반감기가 n번 지난 방사성 원소는 초기량의 1/2n만큼만 남아 있게 되는데, 예를 들어 반감기가 1620년인 라듐 − 226(226Ra)은 반감기가 2번 지난 3240년 후에 처음 양의 1/4만 남게 된다.

* 전자구름: 원자, 분자 안에 있는 전자의 공간적 분포 상태를 구름에 비유하여 이르는 말.
* 동위원소: 원자 번호는 같지만 질량수가 다른 원소. 양성자의 수는 같으나 중성자의 수가 다름.

099

윗글을 통해 추론할 수 있는 내용이 아닌 것은?

① 전자는 원자 번호나 질량수에 영향을 끼치지 않는다.
② 방사성 원소의 반감기를 활용하여 방사성 치료 시 회복 시간을 예상할 수 있다.
③ 방사성 원소는 그 특성에 따라 방사선이 몸 밖으로 나올 수도 있고 나오지 못할 수도 있다.
④ 원자핵의 양성자와 전자의 거리가 멀어지면 이 두 입자 사이에 작용하는 반발력은 줄어든다.
⑤ 강한 핵력이 작용할 수 있는 극단적인 짧은 거리가 충족되더라도 중성자 수에 따라 원소가 방사능을 띨 수도 있다.

100

㉮~㉰에 들어갈 원소 A~C가 바르게 짝지어진 것은?

	㉮	㉯	㉰		㉮	㉯	㉰
①	A	B	C	②	A	C	B
③	B	A	C	④	C	A	B
⑤	C	B	A				

101

윗글을 바탕으로 〈보기〉에 대해 설명한 내용으로 적절하지 않은 것은?

보기

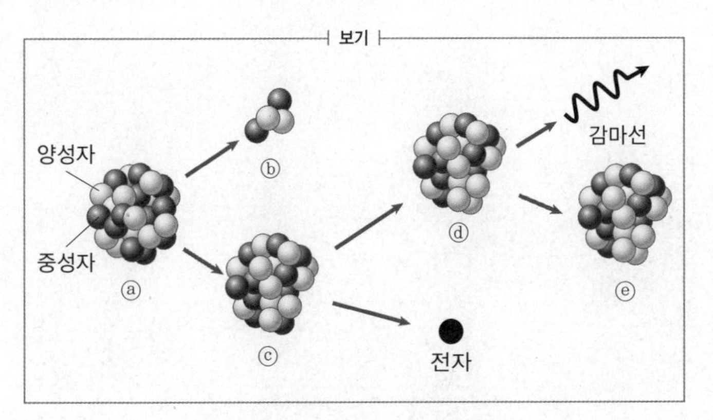

① ⓐ는 질량수가 크고, 강한 핵력이 작용하는 짧은 거리가 유지되지 않는 불안정한 원자핵이다.
② ⓑ는 전자에 비해 무게가 무거워 자기장에서 더 많이 휘어진다.
③ ⓐ가 ⓒ로 되는 과정에서 방출되는 ⓑ는 분자나 세포에 해를 주거나 이들을 파괴한다.
④ 중성자 수가 양성자 수에 비해 지나치게 많은 ⓒ가 전자를 방출하며 변환된 ⓓ는 불안정한 들뜬 상태에 있다.
⑤ ⓐ가 ⓔ로 변환되는 과정에서 원자 번호는 지속적으로 변하지만, 질량수는 ⓐ가 ⓒ로 변환되는 과정에서만 변한다.

102

윗글을 참고하여 〈보기〉의 ㉠, ㉡을 이해한 내용으로 가장 적절한 것은?

보기

원자핵이 양성자 92개와 중성자 143개로 이루어진 질량수 235인 방사성 우라늄은 양성자 92개와 중성자 146개로 이루어진 질량수 238인 일반 우라늄 원자에 비해 핵시멘트 역할을 하는 중성자가 부족하여 불안정한 상태인데, 열중성자*로 충격을 주면 ㉠ 핵분열이 더 잘 일어나게 된다. 이때 핵반응을 한 이후의 물질의 질량이 핵반응을 하기 전 물질의 질량보다 감소하게 되고 이러한 질량 결손에 따라 에너지가 발생한다. 반면 태양의 경우처럼 1억℃ 이상의 고온에서 가벼운 원자핵이 융합하여 더 무거운 원자핵이 되는 과정에서 핵 전체의 질량이 줄어들고 이 질량 결손량에 따라 에너지가 방출되는 ㉡ 핵융합도 존재한다. 동위원소인 두 개의 수소가 반응하여 한 개의 헬륨 원자핵과 하나의 중성자가 나오는 DT 핵융합 반응이 그 대표적 사례이다.

* 열중성자: 중성자가 물질 안에서 원자핵과 계속 충돌함으로써 감속되어, 주위의 물질과 열적 평형 상태에 있는 것. 에너지가 낮은 중성자를 이르기도 함.

① ㉠에서 사용되는 질량수 235인 우라늄은 외부에서 인위적인 힘이 가해져야만 핵반응이 나타날 수 있겠군.
② ㉠은 질량수 235인 우라늄 원자의 중성자와 열중성자 사이에서 생기는 정전기적 반발력에 의해 발생하겠군.
③ ㉡을 통해 생성되는 헬륨 원자핵은 알파선을 방출하며 질량이 줄어들겠군.
④ ㉡이 가능하기 위해서는 원자핵의 양성자들 사이의 반발력보다 훨씬 큰 강한 핵력이 존재해야 하겠군.
⑤ ㉡이 일어나는 DT 핵융합 반응에서 사용되는 동위원소인 두 개의 수소 원자핵에는 각각 중성자가 두 개 이상 존재하겠군.

과학·기술

적중 예상

과학·기술

물리학 01

목표 시간	6분 40초
시작 분 초	종료 분 초
소요 시간	분 초

E 수록

[103-106] 다음 글을 읽고 물음에 답하시오. 14, 21

양자점이란 크기가 몇 나노미터*에 불과한 아주 작은 반도체 입자를 말한다. 반도체 입자가 나노미터 크기로 작아지면 에너지를 흡수하고 방출하는 과정에서 본래 반도체가 가지고 있던 고유한 특성과 다른 독특한 특성을 보인다.

보어의 원자 모형에 따르면, 단일 원자는 전자(-)가 원자핵을 중심으로 일정한 궤도를 따라 원운동을 한다. 원자핵 주위의 궤도들은 각각 고정된 크기와 에너지를 갖고 있기 때문에 에너지 궤도라 한다. 이때 에너지 궤도와 에너지 궤도 사이에는 전자가 존재하지 않는다. 여러 개의 원자들로 이루어진 반도체 입자의 경우 에너지 궤도들이 서로 인접하며 서로 영향을 주기 때문에 에너지 궤도들 사이의 간격이 매우 좁아진다. 그 결과 에너지 궤도들이 마치 하나의 띠처럼 보이는데, 이를 에너지 밴드라 한다. 에너지 밴드 중 가장 높은 에너지를 가진 밴드를 전도대라 하고, 전도대 바로 밑의 에너지를 가진 밴드를 가전자대, 그리고 전도대와 가전자대 사이의 간격을 밴드 갭이라 한다. 에너지 평형 상태에서는 가전자대에만 전자가 가득 차 있고, 전도대에는 전자가 존재하지 않는다. 밴드 갭에도 에너지 궤도가 존재하지 않기 때문에 전자가 존재하지 않는다. 가전자대의 전자가 전도대로 이동하기 위해서는 에너지가 필요한데, 이때 필요한 최소한의 에너지를 밴드 갭 에너지라 한다. 밴드 갭 에너지는 전도대의 최소 에너지 값과 가전자대의 최대 에너지 값의 차이로 계산된다.

반도체 입자가 밴드 갭 에너지 이상의 에너지를 흡수하면 가전자대의 전자가 전도대로 이동하게 된다. 그 결과 가전자대에는 전자가 나간 빈자리인 정공(+)이 생성된다. 전도대로 이동한 전자와 정공 사이에는 정전기적 인력이 작용하여 전자와 정공의 쌍인 엑시톤이 형성된다. 이때 엑시톤의 정전기적 인력을 엑시톤 결합 에너지라 하고, 전자와 정공의 거리를 엑시톤-보어 반경이라 하는데, 엑시톤 결합 에너지로 인해 엑시톤-보어 반경은 밴드 갭보다 거리가 짧아진다. 전도대로 이동한 전자는 에너지가 높아 불안정하기 때문에 짧은 시간 안에 다시 가전자대로 돌아와 정공과 결합한다. 이때 전자가 높은 에너지를 갖는 전도대에서 그보다 낮은 에너지를 갖는 가전자대로 이동하는 과정에서 에너지가 방출된다. 방출되는 에너지의 크기는 밴드 갭 에너지에서 엑시톤을 분리하는 데 필요한 에너지를 뺀 나머지에 해당한다. 엑시톤을 분리하는 데 필요한 에너지는 엑시톤 결합 에너지와 동일하다.

반도체 입자는 그것을 구성하는 물질마다 고유한 밴드 갭 에너지와 엑시톤 결합 에너지를 갖기 때문에 물질에 따라 방출되는 에너지가 다르다. 그런데 방출되는 에너지는 빛의 파장과 반비례 관계로, 방출되는 에너지가 크면 빛의 파장이 짧고 방출되는 에너지가 작으면 빛의 파장이 길다. 가시광선 스펙트럼에서 보면 빨간색의 파장이 가장 길고 보라색으로 갈수록 파장이 점점 짧아진다. 이러한 원리로 반도체 입자는 물질을 달리하여 방출되는 빛의 색을 조절할 수 있다.

양자점은 동일한 물질이라도 크기에 따라 밴드 갭이 달라지기 때문에 크기를 조절하면 방출되는 에너지의 양을 조절할 수 있다. 양자 역학에 따르면, 양자점은 크기가 작을수록 밴드 갭이 커지고, 크기가 클수록 밴드 갭도 작아진다. 따라서 양자점의 크기가 작아지면 짧은 파장의 빛이 방출되고, 반대로 양자점의 크기가 커지면 긴 파장의 빛이 방출된다. 그리고 양자점이 빛을 흡수할 때도 양자점의 크기만 조절하여 흡수하는 에너지의 양을 조절할 수 있다. 최근 이를 이용한 고효율 태양 전지의 연구가 활발히 진행 중이다.

태양 전지의 효율을 높이기 위해서는 태양광을 최대한 많이 흡수하여 태양 전지의 전류와 전압을 모두 높게 유지해야 한다. 태양광은 짧은 파장부터 긴 파장까지 넓은 파장대를 갖고 있기 때문에, 기존에는 태양광의 흡수율을 높이기 위해 크고 작은 밴드 갭을 갖는 다양한 반도체 재료를 사용하였다. 그러나 적절한 밴드 갭을 갖는 여러 반도체 재료를 합성하기 위해서는 복잡한 과정을 거쳐야 하고 각 반도체 재료에 따른 최적화 과정이 필요하다. 또한 밴드 갭이 작은 반도체 재료는 전압을 감소시키기 때문에 효율이 높지 않다. 반면, 양자점은 이러한 기존 태양 전지의 단점을 보완할 수 있어 오늘날 태양 전지의 효율성을 높이는 연구에 활발하게 활용되고 있다.

* 나노미터: 1나노미터는 1미터의 10억분의 1이다. 기호는 nm.

103

윗글을 읽고 알 수 있는 내용으로 가장 적절한 것은?

① 원자핵 주위의 궤도들에 전자가 가득 차면 에너지 밴드가 형성된다.
② 에너지 평형 상태에서는 밴드 갭의 에너지 궤도에 전자가 존재하지 않는다.
③ 양자점은 에너지 밴드의 수를 조절하여 방출되는 빛의 파장을 다르게 할 수 있다.
④ 태양 전지의 효율을 높이기 위해서는 에너지가 큰 파장대의 태양광을 흡수해야 한다.
⑤ 반도체 입자는 구성 물질의 밴드 갭 에너지와 엑시톤 결합 에너지에 따라 방출하는 에너지가 다르다.

104

〈보기〉는 반도체 입자가 밴드 갭 에너지 이상의 에너지를 흡수한 상황을 나타낸 것이다. 윗글을 바탕으로 〈보기〉를 탐구한 내용으로 적절하지 않은 것은?

보기

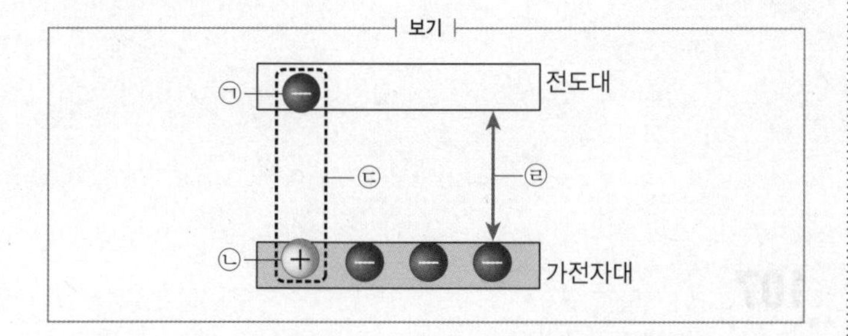

① ㉠은 가전자대의 전자보다 에너지가 높아 불안정하다.
② 가전자대의 전자가 전도대로 이동하면 가전자대에는 ㉡이 생성된다.
③ 반도체 입자가 ㉠과 ㉡의 쌍 사이에 작용하는 인력보다 큰 에너지를 흡수해야 ㉢이 형성된다.
④ ㉠과 ㉡의 쌍 사이에 작용하는 인력이 클수록 ㉢을 분리하는 데 필요한 에너지도 커진다.
⑤ ㉠과 ㉡의 쌍 사이에 작용하는 인력에 의해 둘 사이의 거리는 ㉣보다 가까워진다.

105

〈보기〉는 윗글을 읽은 학생이 가상의 반도체 입자 A, B, C에 대해 추론한 내용이다. [가]에 들어갈 말로 적절한 것은?

보기

ㅇ 가상의 반도체 입자

각각 다른 물질로 이루어진 반도체 입자 A, B, C가 밴드 갭 에너지 이상의 에너지를 흡수하였고, 가시광선 영역의 빛을 방출한다고 가정해 보자.

	A	B	C
밴드 갭 에너지	2.5eV	2.5eV	3.0eV
엑시톤 결합 에너지	0.5eV	0.9eV	0.5eV

*eV(electrom volt): 에너지의 단위.

ㅇ 학생의 추론: 반도체 입자들이 방출하는 에너지, 빛의 파장, 빛의 색을 비교해 보면, [가] 고 추론할 수 있어.

① A가 C보다 방출하는 에너지가 더 크다
② B가 C보다 방출하는 빛의 파장이 더 짧다
③ C가 A보다 방출하는 빛의 파장이 더 길다
④ A~C 중 A가 방출하는 빛의 색이 가장 빨간색에 가깝다
⑤ A~C 중 C가 방출하는 빛의 색이 가장 보라색에 가깝다

106

윗글을 바탕으로 〈보기〉를 이해한 내용으로 가장 적절한 것은?

보기

최근 ○○대학 연구팀에서는 높은 전압을 유지하는 동일한 재료로 양자점을 합성하여 고효율 태양 전지를 개발하였다. 이 고효율 양자점 태양 전지는 청색 빛을 흡수하는 양자점 1, 녹색 빛을 흡수하는 양자점 2, 적색 빛을 흡수하는 양자점 3이 합성되어 있다.

① 양자점 1~3 중 크기가 가장 큰 양자점은 양자점 1이겠군.
② 양자점 1~3 중 가장 큰 에너지를 흡수하는 것은 양자점 3이겠군.
③ 양자점 1~3 중 밴드 갭이 가장 작은 양자점은 전압을 감소시키겠군.
④ 양자점 1~3을 각각 다양한 크기로 만들기 위해서 엑시톤 결합 에너지를 조절했겠군.
⑤ 양자점 1~3은 모두 크기에 따라 달라지는 밴드 갭을 조절하여 흡수되는 빛의 색을 조절했겠군.

목표 시간	8분 20초
시작 분 초	종료 분 초
소요 시간	분 초

E 수록

[107-111] 다음 글을 읽고 물음에 답하시오. 14, 16, 21

열역학은 열기관에 대한 연구를 통해 열을 에너지의 한 형태라고 이해하게 되면서 정립된 물리학의 한 분야로, 열과 일의 전환 및 에너지의 변환 양상에 대해 연구한다. 열역학에서는 열과 관련된 현상을 살펴보기 위해 '계(係)'라는 공간을 설정한다. 계는 관찰하고자 하는 특정 영역을 의미하며, 계의 외부 공간은 모두 '주위'가 된다. 가령, 병 안에 담긴 물을 관찰하고자 한다면 병 안의 물은 계가 되고, 병을 비롯한 외부는 주위가 되는 것이다. 이러한 계는 단일 물질 또는 여러 물질들의 혼합물로 구성될 수 있다.

계를 이루는 물질의 양상은 '상(相)'과 '상태(狀態)'라는 용어로 엄격하게 구분하여 표현한다. '기체, 고체, 액체'를 표현할 때는 '상'이라 하고, 계의 '온도, 압력, 부피, 물질의 조성'을 표현할 때는 '상태'라 한다. 그리고 계의 상태를 결정하는 이 요소들을 상태 변수라고 하며, 상태 변수가 변하여 계의 상태가 변화하면 상변화까지 일어날 수 있다. 이때 어떤 물질이 상태 변수에 따라 상과 상태가 어떻게 달라지는지를 그래프로 나타낸 것을 '상선도(相線圖)'라 한다. 그런데 단일 물질로 조성된 계의 상태 변수 중 부피는 압력에 반비례하고 온도에 비례하므로 굳이 나타내지 않아도 알 수 있다. 그래서 상선도는 특정 물질로 조성된 계를 설정한 다음, 온도와 압력의 관계로 물질의 상과 상태를 나타낸다.

예를 들어 다른 물질과 혼합되지 않은 ㉠ <u>순수한 에탄올로 이루어진 계의 상선도</u>는 〈그림〉과 같다. 선 OA, 선 AB, 선 AD를 경계로 에탄올의 상은 달라진다. 〈그림〉에서 점 E의 상태에 있는 에탄올은 액체로 존재하는데, 압력은 그대로 유지한 채 온도만 계속 낮추면 고체로 바뀌고, 온도만 계속 높이면 기체로 바뀌게 된다. 또한 점 E의 상태에서 온도는 유지한 채 압력을 0.1MPa* 미만으로 낮추면 에탄올은 기체가 된다. 그 과정에서 선 AD 위의 점 C는 에탄올이 기화되기 시작하여 액체와 기체가 공존하는 상태이다. 상선도에서의 선은 점 C처럼 서로 다른 두 상이 공존하고 있는, 즉 평형을 이루는 상태를 의미한다. 세 선이 만나는 점 A는 고체, 액체, 기체의 세 상이 평형을 이루며 공존하여 삼중점이라 한다.

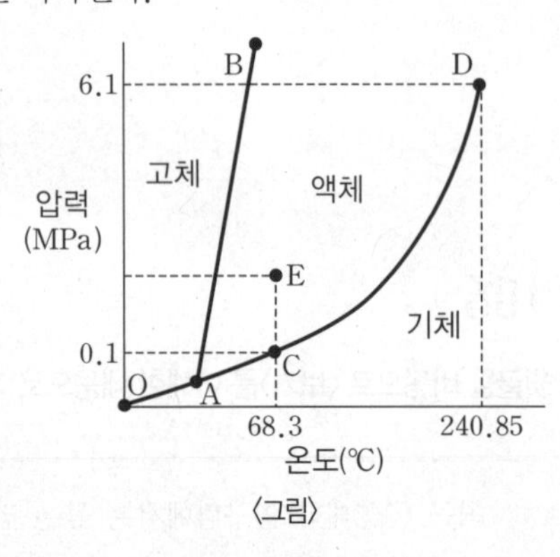

〈그림〉

한편, 열역학에서는 물질의 무질서한 정도를 나타내는 값인 '엔트로피'라는 개념을 사용한다. 계를 이루는 물질의 분자의 운동 정도는 주위에서 계로 전해진 열에너지에 비례하여 활발해지고, 분자의 운동이 활발할수록 무질서도, 곧 엔트로피가 커진다. 엔트로피는 상의 종류에 따라 단위 질량당 그 크기가 다른데, 모든 물질은 기체, 액체, 고체의 순으로 엔트로피가 크다.

19세기 과학자 클라페이롱은 두 상이 평형 상태일 때 그 두 상의 질량당 에너지의 크기가 동일하다는 점에 착안하여, 상선도에서 선의 기울기가 '물질의 상변화에 따른 엔트로피 변화량'과 '부피 변화량'의 비임을 알아내었다. 이 선의 기울기는 동일한 종류의 분자로 이루어진 물질은 대부분 양의 값을 가진다. 두 상이 평형을 이루다가 고체에서 액체로 바뀌는 융해나, 고체에서 기체로 바뀌는 승화, 액체에서 기체로 바뀌는 기화의 경우 엔트로피의 변화량이 양의 값이다. 그리고 물의 특정한 상변화 시 부피 변화량을 제외하고, 나머지 모든 물질들은 융해와 승화, 기화의 세 가지 상변화 시 부피 변화량 역시 양의 값이다. 왜냐하면 모든 물질의 단위 질량당 부피의 크기는 기체, 액체, 고체의 순으로 크기 때문이다. 반대로 물을 제외한, ⓐ <u>단일 물질의 엔트로피 변화량이 음의 값이 되는 모든 상변화 시</u>, 부피 변화량도 음의 값이 되어 결국 선의 기울기는 양의 값을 가진다.

* MPa: 압력을 나타내는 단위로 0.1MPa는 대기압(atm)과 거의 같음.

107

윗글을 통해 알 수 있는 내용으로 적절하지 <u>않은</u> 것은?

① 열역학에서 상과 상태는 다른 의미를 갖는 용어이다.
② 열을 에너지의 한 형태로 이해하게 되면서 열역학이 정립되었다.
③ 단일 물질로 된 계의 상선도는 두 가지 상태 변수로 표현할 수 있다.
④ 두 상이 평형을 이룰 때 해당 두 상의 질량당 에너지의 크기는 같다.
⑤ 엔트로피로 상변화는 표현할 수 있지만 상태 변화는 표현할 수 없다.

108

㉠에 대한 이해로 적절하지 않은 것은?

① 점 A의 상태에서는 고체, 기체, 액체의 에탄올을 모두 관찰할 수 있다.
② 점 C의 상태에서 압력만 1MPa로 높이면 에탄올은 액체로만 존재한다.
③ 점 E의 상태에서 온도나 압력이 바뀌면 에탄올 분자들의 무질서도는 달라진다.
④ 선 OA상에 있는 임의의 상태에서 온도만 높이면 고체의 에탄올만 존재한다.
⑤ 선 AD상에 있는 임의의 상태에서 에탄올은 기체와 액체의 두 상으로 존재한다.

109

윗글을 참고할 때, 〈보기〉의 A~D에 들어갈 말을 바르게 짝지은 것은?

보기

어떤 계가 주위와 열에너지를 교환하면 계의 엔트로피가 변화한다. 예를 들어 계의 온도가 (A), 계의 물질을 이루는 분자들의 운동이 (B), 계의 엔트로피는 (C)하게 된다. 만약 계의 온도가 지속적으로 상승하여 계를 구성하는 물질이 고체에서 기체로 바뀐다면 계의 무질서도는 (D)하게 된다.

	A	B	C	D
①	높아지면	느려져	증가	증가
②	높아지면	활발해져	증가	감소
③	낮아지면	느려져	감소	감소
④	낮아지면	활발해져	감소	증가
⑤	낮아지면	느려져	감소	증가

110

〈보기〉는 '물의 상선도'이다. 윗글을 참고하여 〈보기〉를 이해한 내용으로 가장 적절한 것은?

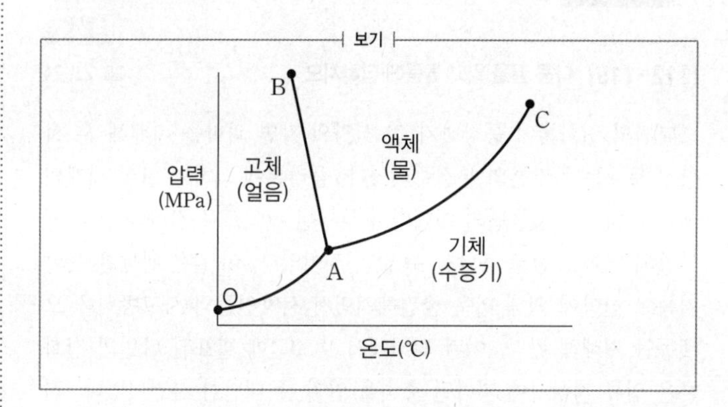

① 물의 상선도에서 선 OA의 기울기가 양의 값을 갖는 것으로 보아, 물이 승화될 때 엔트로피는 증가하지만 부피는 감소한다는 것을 알 수 있겠군.
② 물의 상선도에서 선 AB의 기울기가 음의 값을 갖는 것으로 보아, 물이 융해될 때 엔트로피는 증가하지만 부피는 감소한다는 것을 알 수 있겠군.
③ 물의 상선도에서 선 AC의 기울기가 양의 값을 갖는 이유는 물이 가진 특성으로 인해 상변화 시 부피가 감소하기 때문이겠군.
④ 물과 에탄올의 상선도에서 선 AB의 기울기 값이 다른 것은 에탄올의 단위 질량당 부피가 물보다 크기 때문이겠군.
⑤ 물과 에탄올의 상선도에서 기울기가 양의 값으로 나타나는 선들은 상변화 시 엔트로피 변화량이 같다는 것을 의미하겠군.

111

문맥상 ⓐ와 바꿔 쓰기에 적절하지 않은 것은?

① 기체에서 액체로 바뀔 때
② 액체에서 고체로 바뀔 때
③ 기체에서 고체로 바뀔 때
④ 온도가 높아져서 상이 바뀔 때
⑤ 무질서도가 감소하는 상변화가 일어날 때

적중 예상

과학·기술

생명 과학 01

목표 시간	6분 40초		
시작	분 초	종료	분 초
소요 시간	분 초		

E 수록

[112-115] 다음 글을 읽고 물음에 답하시오. 20, 21, 24

다윈의 진화론이 등장하기 전 서양의 자연 과학을 지배해 온 사상적 토대는 플라톤의 본질주의였다. 플라톤에 의하면 현실 세계의 생물종 역시 영원불변의 이데아가 투영된 것이므로 진화와 같은 생물종의 변화는 결코 용납될 수 없는 것이었다. 이 같은 관념은 훗날 기독교 신학에 의해 더욱 굳건해지면서 서양인들의 사고방식을 오랫동안 지배해 왔다. 이런 의미에서 1859년에 발표된 다윈의 진화론은 인류 지성사에 커다란 충격을 안겨 준 대단한 사건이었다. 진화란 한 마디로 세대 간에 일어나는 생물체의 형태 및 행동의 변화를 의미한다. 그래서 다윈은 진화를 '수정된 상속'이라고 했다.

그렇다면 이러한 변화는 어떤 원리와 과정으로 일어나는 것일까? 다윈은 진화의 메커니즘으로 자연 선택 이론을 제시하였다. 다윈의 자연 선택은 다음과 같은 네 개의 과정으로 설명할 수 있다. 첫째, 자연 상태에서는 기하급수적 증가의 원리에 따라 항상 생존 가능한 개체 수보다 더 많은 개체가 탄생한다. 둘째, 동일한 생물 개체군 사이에서 일부 개체의 형질이 달라지는 변이가 나타나며, 변이 중에서 어떤 것은 유전된다. 셋째, 개체들 사이에서는 생존을 위한 투쟁이 일어나고 각 개체들은 서로 경쟁하게 된다. 넷째, 이러한 생존 경쟁 속에서 환경 적응에 유리한 형질은 계속 누적되어 이 형질을 지닌 종들이 더 많이 생겨나도록 작용한다. 그래서 생존에 좋은 형질을 가진 개체들은 집단 내 빈도수가 점점 커지고, 그렇지 못한 개체들은 집단 내 빈도수가 점점 작아지게 되는 것이다. 즉, 생존에 유익한 변이가 점진적으로 축적됨으로써 새로운 종이 생겨난다는 것이 다윈의 생각이었다.

그러나 다윈에게는 풀기 어려운 숙제가 있었다. 그것은 사회성 동물들에게서 나타나는 자기희생 또는 이타주의적 행동이었다. 자연 선택을 철저하게 개체 중심으로 보고자 했던 다윈은 이러한 행동을 자연 선택의 메커니즘으로 설명하는 데 곤란을 겪었다. 모든 생명체는 자신의 번식에 유리하도록 진화한다는 개체 중심의 자연 선택 이론으로는 일개미나 일벌처럼 자신의 번식을 스스로 억제하고 여왕에게 평생 봉사하는 일련의 행동을 이해하기 어려웠기 때문이다. 이 문제에 대한 논리적인 설명을 처음으로 제공한 사람은 영국의 생물학자 해밀턴이었다. 그는 개체 수준에서 볼 때의 이타적인 행동을 유전자 수준에서 보면 사실상 이기적인 행동에 지나지 않는다고 주장했다. 그의 이론에 의하면 번식이란 결국 복제자가 자신의 복사체를 널리 퍼뜨리기 위한 수단에 불과한 것이다. 복제자란 자기 자신을 복제하는 구조물로, 생물학적 복제자는 바로 유전자이다. 유전자들은 서로 연결되어 자신의 운반자를 만들고 그렇게 만들어진 운반자를 통해 생존 경쟁을 하게 된다. 운반자는 유전자들의 번식을 돕는 매개체로 생물 개체가 이에 해당한다.

유전자는 자신이 속해 있는 운반자의 형질에 영향을 미침으로써 자신의 복제를 도모한다. 성적 매력을 높이고 신진대사의 효율성을 향상시키는 등 운반자의 적응적 형질을 강화하면 유전자는 다른 경쟁 유전자보다 복제될 기회를 더 많이 가질 수 있기 때문이다. 따라서 유전자는 운반자의 물리적, 생물학적, 사회적 환경과의 상호 작용에 깊이 관여하여 영향을 줌으로써 자신의 복제 기회를 더 가질 수 있는 새로운 종을 만들어 가는데, 이것이 진화의 메커니즘이라는 것이다. 이렇듯 유전자를 다양한 생존 전략의 중심에 놓는 설명은 자연 선택이 근본적으로 개체가 아닌 유전자에 작용한다는 것을 보여 주었다. 이와 관련하여 리처드 도킨스는 개체를 ㉠'생존 기계'라 부르고, 유전자를 ㉡'불멸의 나선'이라고 했다.

그렇다고 자연 선택의 과정에서 개체의 의미를 과소평가해서는 안 된다. 유전자도 개체의 번식을 통해야만 자신의 복사체들을 널리 퍼뜨릴 수 있다는 점에서 유전자의 운명은 결국 개체의 운명에 달려 있기 때문이다. 영국의 의사였던 크로닌은 자연 선택이 유전자에 바로 작용하는 것이 아니라 표현형* 변이, 즉 개체의 형질에 먼저 작용함으로써 결국 유전자에까지 작용하게 되는 것이라고 했다. 따라서 유전자들은 그들의 표현형적 효과의 선택 가치에 따라 다음 세대에 전달될 확률이 결정되는 것이다. 이런 점에서 자연의 개체 선택이 가장 강력한 진화적 요인의 하나라는 점은 무시할 수 없다.

그런데 자연 선택이 유전자나 개체 수준에서만 이루어지는 것은 아니다. ㉮급격한 환경 변화를 초래하는 특수한 상황에서는 종 수준에서 자연 선택이 이루어지기도 한다. 화석 기록을 보면 페름기 말에는 당시 종의 90% 이상이 사라졌으며, 반대로 캄브리아기에는 주요 동물 분류군이 한꺼번에 출현했음을 알 수 있다. 이러한 진화의 양상은 유전자나 개체 수준의 자연 선택에 의한 점진적 진화의 메커니즘만으로는 설명하기가 어렵다. 소행성 충돌과 같은 지구 환경의 급속한 변화 속에서도 어떤 종은 멸종을 하지 않는다. 또 어떤 종은 오랜 시간 동안 정체되어 있다가 비교적 짧은 시기 동안 급속한 종 분화를 하기도 한다. 이러한 특성은 개체 수준이 아닌 종 수준의 자연 선택이 일어났음을 보여 주는 것이다. 이처럼 진화는 다양한 수준에서 다양한 양상으로 나타난다. 이러한 점을 종합해 볼 때, 다윈에서 시작된 진화 생물학은 아직도 설명해야 할 많은 과제를 남겨 놓고 있다.

* 표현형(表現型): 생물이 유전적으로 나타내는 형태적 · 생리적 성질.

112

윗글의 내용과 일치하지 않는 것은?

① 자연 상태에서는 생존을 둘러싼 개체 간의 경쟁이 항상 존재한다.
② 해밀턴은 생물의 이타적 행동을 유전자의 이기적인 작용으로 보았다.
③ 개체의 변이된 형질 중에는 다음 세대로 전달되지 못하는 것도 존재한다.
④ 화석 기록을 통해 종 수준의 자연 선택이 이루어진 양상을 추리할 수 있다.
⑤ 한 집단 내 존재하는 동일한 종의 상이한 형질은 항상 같은 비율로 누적된다.

113

㉠과 ㉡에 대한 설명으로 적절하지 않은 것은?

① ㉠의 적응적 형질이 강화되면 ㉡은 복제될 기회가 늘어난다.

② ㉠의 자기희생적 행동이 ㉡의 전달력을 높이기 위한 전략이 될 수 있다.

③ ㉠이 환경 적응에 유리한 형질 강화에 실패하면 ㉡의 운명도 위기에 처하게 된다.

④ ㉡에 담긴 유전 정보는 ㉠에 표현된 형질과는 독립적으로 자연 선택의 대상이 된다.

⑤ ㉡은 자신의 영속성을 도모하기 위해 자신이 속한 ㉠의 형질에 영향을 준다.

114

㉮에 해당하는 사례로 보기에 가장 적절한 것은?

① 지질학적 격변으로 한 종으로 구성된 두 개의 집단이 갑자기 격리되어 상호 교환이 이루어지지 않게 되면 두 집단 사이의 유연관계가 점점 약해지게 된다.

② 소행성 충돌로 생태 조건에 급격한 변화가 발생한 경우, 온도나 먹이 변화에 덜 민감한 생물 종이 온도나 먹이 변화에 민감한 생물 종보다 생존에 더 유리하다.

③ 동물들이 보여 주는 사회적 행동들은 생물학적 기반 위에서 이루어지는 것으로, 인간 종만이 가지고 있는 고차원적인 문화 활동 또한 유전학적인 설명이 가능하다.

④ 많은 경우 암컷의 배우자 선택은 수컷의 외양과 행동의 화려함에 의존한다. 그런데 이러한 형질은 천적의 눈에 잘 띄기 때문에 위험하다. 그렇지만 많은 수컷들은 번식의 성공률을 높이기 위해 이러한 위험성을 감수한다.

⑤ 어떤 호수에 살던 포식자의 위치에 있는 생물의 개체 수가 무분별한 포획으로 갑자기 크게 줄자 빨리 헤엄치는 데 유리한 체형을 가진 개체는 점점 줄어들고 오래 헤엄치는 데 유리한 체형을 가진 개체들이 점점 많아지게 되었다.

115

윗글을 바탕으로 〈보기〉를 탐구할 때, 적절하지 않은 것은?

보기

남부 플로리다에서 토착 식물인 풍선덩굴 열매를 섭식하는 무환자나무 벌레의 부리는 ⓐ와 같았고, 중부 플로리다에서 새로 도입된 모감주나무 열매를 섭식하는 무환자나무 벌레의 부리는 ⓑ와 같았다. 한편, 모감주나무 도입 전에 채집한 무환자나무 벌레의 부리 표본의 길이 분포를 박물관에서 알아보니 ⓐ와 매우 유사하였다.

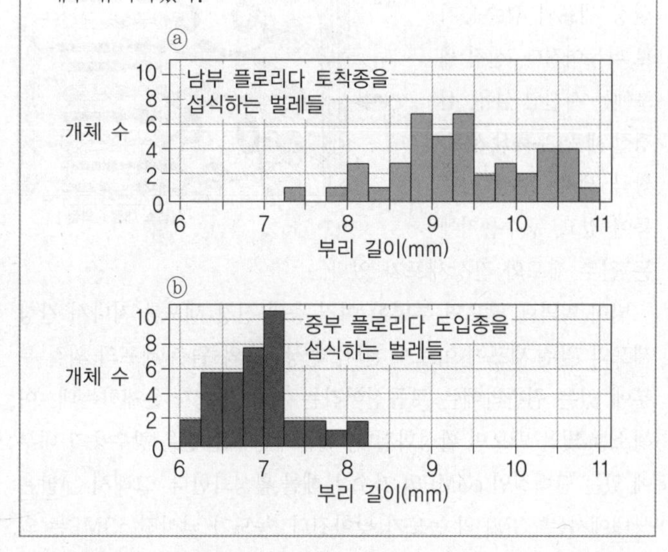

① 무환자나무 벌레의 부리 길이는 유전하는 형질로 볼 수 있겠군.

② 먹이 환경의 변화는 무환자나무 벌레의 진화를 일으키는 요인으로 작용했겠군.

③ 시간이 경과하면서 자연 선택은 무환자나무 벌레와 환경의 적합성을 증가시켰겠군.

④ 두 집단 사이에 나타난 부리 길이의 차이는 여러 세대를 거쳐 누적된 변이의 결과겠군.

⑤ 박물관에 있는 부리 표본의 길이 분포가 ⓐ와 유사한 것은 당시의 표현형적 형질의 선택 가치가 낮았음을 보여 주는 것이겠군.

목표 시간	8분 20초		
시작	분 초	종료	분 초
소요 시간	분 초		

E 수록

[116-120] 다음 글을 읽고 물음에 답하시오. 15, 19, 23

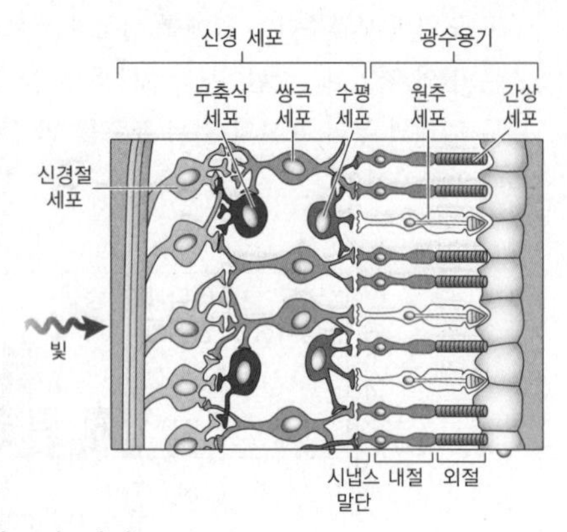

시각 정보의 처리가 처음 시작되는 곳은 망막이다. 망막은 크게 신경 세포와 광수용기로 나누어진다. 신경 세포에는 시신경 섬유, 신경절 세포, 무축삭 세포, 쌍극 세포, 수평 세포 등이 있고, 광수용기에는 원추 세포와 간상세포가 있다.

빛이 망막에 닿으면 투명한 여러 층의 신경 세포를 지나서 간상세포와 원추 세포에 이르게 된다. 간상세포와 원추 세포의 외절 부분에 있는 원판막에는 로돕신이라는 시각 색소가 존재하는데, 이 색소는 빛을 받으면 활성화된다. 활성화된 로돕신은 광수용기 내부에 있는 단백질인 cGMP의 가수 분해를 활성화한다. 그래서 ㉠밝은 상태에서는 cGMP의 농도가 낮아진다. 농도가 낮아진 cGMP는 외절 세포막에 있는 Na^+ 통로로부터 떨어져 나와 이 통로가 닫히도록 한다. 이렇게 되면 Na^+이 세포막 내부로 더 이상 ⓐ유입되지 못하고 세포막 내부에 있던 K^+은 오히려 더 많이 유출되어 세포막 내부에는 음이온이, 외부에는 양이온이 더욱 많은 과분극 상태가 된다. 과분극 상태가 되면 시냅스 말단에서 글루탐산의 분비가 ⓑ감소된다. 글루탐산이 감소되면 쌍극 세포가 비활성화되어 신경절 세포의 작용을 억제하지 못한다. 그렇게 되면 신경절 세포에서 ⓒ발생하는 전기 신호의 양이 많아져 시신경이 활성화되어 우리의 뇌가 사물을 더 선명하게 지각하게 된다.

반면, ㉡어두운 상태에서는 cGMP의 농도가 상대적으로 높아진다. 농도가 높아진 cGMP는 외절 세포막에 있는 Na^+ 통로와 결합하여 열린 상태를 유지한다. 그렇게 되면 Na^+이 세포막 내부로 더 많이 유입되어 세포가 분극 상태에서 벗어난다. 이를 탈분극이라고 한다. 이렇게 되면 시냅스 말단에서 글루탐산의 분비가 ⓓ촉진된다. 이 물질은 쌍극 세포를 활성화하는데, 이 쌍극 세포는 활성화될수록 신경절 세포를 억제하는 작용을 한다. 이렇게 억제된 신경절 세포가 시신경을 비활성화하여 어둠 속에서는 사물의 식별이 어려워지는 것이다.

그런데 간상세포는 빛의 색상 차이는 ⓔ감지할 수 없고 빛의 세기 차이만 감지할 수 있다. 그것은 간상세포의 종류가 하나뿐이기 때문이다. 반면에 원추 세포는 세 가지 종류가 있어서 빛의 파장에 따라 선택적으로 반응할 수 있기 때문에 빛의 다양한 색상 차이를 구별할 수 있다. 사람의 원추 세포는 각각 빨간색(L), 초록색(M), 파란색(S)에 민감하게 반응하는 서로 다른 시각 색소들로 이루어져 있다. 이 시각 색소들은 모두 옵신 단백질로 이루어져 있는데, 미세한 구조 차이로 인해 각각 고유의 파장대에서 최적의 흡광도를 갖는다. 이로 인해 우리 눈에 들어오는 빛의 파장에 따라 각 원추 세포들이 반응하는 비율이 달라져 색을 구별할 수 있는 것이다.

그렇다면 색을 구별하기 위해서는 세 가지 종류의 원추 세포가 모두 필요한 것일까? 반드시 그렇지는 않다. 그러나 색을 구별하기 위해서는 적어도 두 가지 종류의 원추 세포는 있어야 한다. 한 종류의 원추 세포만 가지고 있을 경우 빛의 파장과는 상관없이 반응하는 원추 세포 분자의 개수가 같으면 우리 눈에는 단일한 색으로 지각되기 때문이다. 만약 550nm 파장에서의 흡수율은 10%이고, 590nm 파장에서의 흡수율은 5%인 원추 세포 한 종류만 가진 사람이 있다고 하자. 이때 이 사람에게 550nm 파장의 광자 1,000개를 제시하면 흡수율이 10%이므로 원추 세포의 분자는 100개가 반응하게 될 것이다. 또 590nm 파장의 광자 1,000개를 제시하면 흡수율이 5%이므로 원추 세포의 분자는 50개만 반응할 것이다. 하지만 590nm 파장의 광자 수를 2,000개로 늘려 제시하면 원추 세포의 분자는 100개가 반응하게 되므로, 결국 이 사람에게 550nm 파장의 광자 1,000개와 590nm 파장의 광자 2,000개는 같은 색으로 지각되는 것이다. 하지만 여기에 다른 종류의 원추 세포가 하나 더 더해지면 두 파장의 광자 수에 대해 두 원추 세포가 각각 다른 비율로 반응하기 때문에 두 파장의 빛에 대한 색 구별이 가능해진다.

116

윗글의 내용과 일치하지 않는 것은?

① 시신경은 신경절 세포에서 발생한 전기 신호의 양에 따라 반응한다.
② 망막에 들어온 시각 정보는 광수용기와 신경절 세포의 작용을 통해 뇌로 전달된다.
③ 원추 세포 내에 존재하는 시각 색소는 종류에 따라 빛의 파장에 따른 흡광도가 다르다.
④ 광수용기의 외절에서 활성화된 로돕신은 광수용기 내의 특정 단백질의 농도를 낮춘다.
⑤ 물리적 속성이 다른 빛에 대해 원추 세포가 동일한 반응을 보이더라도 뇌에서는 다른 색으로 인지된다.

117

윗글을 바탕으로 〈보기〉의 그래프를 통해 추론한 내용으로 가장 적절한 것은?

보기

분극 상태란 세포막 내부에 음이온이, 외부에 양이온이 많은 상태를 가리킨다. 간상세포 내부는 음이온이 양이온보다 많아 분극 상태로 유지된다. 따라서 세포막을 경계로 극성이 반대인 두 전하가 서로 끌어당기는데, 이때 발생하는 전위차를 막전위라고 한다. 다음 그래프는 어두운 상태에서 갑자기 빛을 비추었을 때 간상세포에 일어나는 막전위의 변화를 나타낸 것이다.

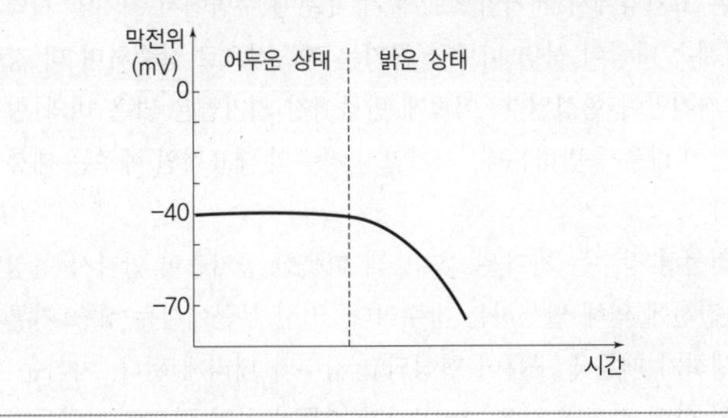

① Na^+에 대한 세포막의 투과성이 낮아졌을 것이다.
② 간상세포 내부에 음이온보다 양이온이 많아졌을 것이다.
③ 세포막 외부에 있던 K^+이 세포막 내부로 유입되었을 것이다.
④ 세포막을 경계로 두 전하가 서로 끌어당기는 힘은 점차 약해질 것이다.
⑤ 어두운 상태에서는 세포막 내부에 Na^+가 과도하게 분포해 있을 것이다.

118

㉠과 ㉡에 대한 설명으로 적절하지 않은 것은?

① ㉡에서는 광수용기 세포들이 탈분극된다.
② ㉠보다 ㉡에서 cGMP의 농도가 더 높아진다.
③ ㉡보다 ㉠에서 로돕신이 더 많이 활성화된다.
④ ㉡보다 ㉠에서 신경절 세포에서 발생되는 전기 신호의 양이 더 많다.
⑤ ㉡에서 ㉠으로 바뀔 때는 분비되는 글루탐산의 양이 많아진다.

119

〈보기〉는 빛의 파장에 따라 빛 흡수율이 다른 원추 세포 A와 B를 가상으로 설정한 것이다. 윗글을 바탕으로 〈보기〉에 대해 설명한 것으로 적절하지 않은 것은?

보기

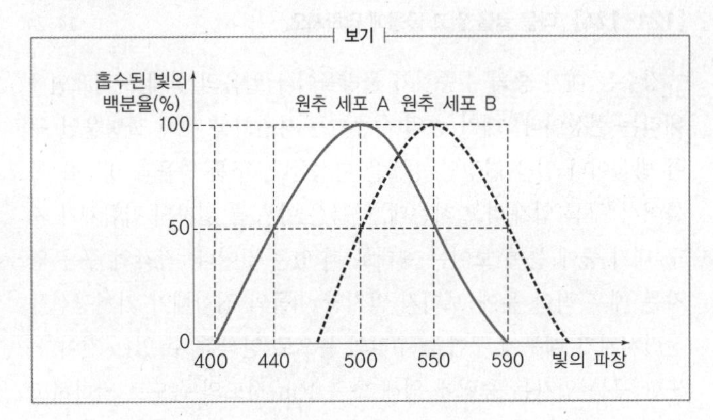

① 원추 세포 B는 440nm 파장의 빛에는 반응하지 않겠군.
② 원추 세포 A는 500nm 파장의 광자 500개를 주었을 때 500개의 광자를 흡수하겠군.
③ 500nm 파장의 빛은 원추 세포 B보다 원추 세포 A가 더 많이 흡수하고, 550nm 파장의 빛은 원추 세포 A보다 원추 세포 B가 더 많이 흡수하겠군.
④ 원추 세포 B만 존재할 경우, 590nm 파장의 광자 수를 550nm 파장의 광자 수보다 2배 더 늘리면 두 빛은 서로 같은 색으로 지각되겠군.
⑤ 원추 세포 A만 존재할 경우, 500nm 파장의 광자 500개를 줄 때와 440nm 파장의 광자와 550nm 파장의 광자를 각각 500개씩 동시에 줄 때 두 빛은 서로 다른 색으로 지각되겠군.

120

ⓐ~ⓔ와 바꾸어 쓰기에 적절하지 않은 것은?

① ⓐ: 흘러들게 되지
② ⓑ: 줄어든다
③ ⓒ: 생겨나는
④ ⓓ: 일어난다
⑤ ⓔ: 느끼어 알

지구 과학

목표 시간	6분 40초		
시작	분 초	종료	분 초
소요 시간	분 초		

E 수록

[121-124] 다음 글을 읽고 물음에 답하시오. 14, 24

강수는 대기 중의 수증기가 물방울이나 얼음의 형태로 지표면에 내리는 현상이다. 대기 중의 수증기는 상변화를 통해 물방울인 구름 방울이나 얼음 결정인 빙정을 형성한다. 구름 방울과 빙정을 통틀어서 '구름 입자'라고 하는데, 구름은 이 구름 입자의 집합체가 지구 대기 중에 눈에 보이는 형태로 떠 있는 것이다. 각각의 구름 입자는 매우 작아 눈에 보이지 않지만 이들의 집합체가 가시광선을 산란시키기 때문에 구름을 우리의 눈으로 인식할 수 있는 것이다. 또한 구름 입자는 중력에 의해 초속 1cm 정도의 속도로 낙하하고 있지만 상승 기류의 영향으로 인해 공중에 떠 있을 수 있다. 하지만 구름 입자가 발달하여 크기가 커지고 질량이 늘어나면 중력의 영향을 더 많이 받게 되면서 지표면으로 낙하하게 된다. 이때 지표면 근처의 대기 온도에 따라 눈 또는 비의 형태로 내리게 된다.

강수는 구름 입자에서 비롯된 것이므로 강수의 근본적 원인은 구름의 형성을 통해 이해할 수 있다. 앞서 언급했듯 구름의 형성은 대기 중의 수증기의 상변화에 따른 결과이다. 상변화는 어떤 물질이 온도와 압력에 따라 기체나 액체, 고체의 상태로 변하는 열역학적 과정을 말한다. 물은 상에 따라 열(에너지)의 크기가 각각 다른데 기체의 열이 가장 크고 고체가 가장 작다. 이러한 열의 차이로 인해 물이 다른 상으로 변화하기 위해서는 주위의 공기로부터 열을 흡수하거나 방출해야 한다. 따라서 물이 상변화를 하면 주위의 공기가 가열되거나 냉각된다. 상변화 과정에서 이동하는 열을 '잠열'이라고 한다. 한편 대기는 온도에 따라 최대로 포함할 수 있는 수증기의 양인 포화 수증기량이 정해져 있고, 대기 중의 수증기가 포화 수증기량에 이른 상태를 '포화 상태'라고 한다. 포화 상태에서 수증기에 의한 압력을 '포화 수증기압'이라고 하며 포화 수증기량과 포화 수증기압은 대기의 온도에 비례한다. 대기의 상승으로 대기 온도가 내려가고 포화 수증기압이 낮아지면 대기 중의 수증기의 양이 포화 상태를 넘어서서 과포화 상태가 되고 허용량을 초과한 수증기는 대기 온도에 따라 응결되거나 승화되어 구름 방울이나 빙정을 형성하게 된다.

㉠<u>강수가 내리기 위해서는 해당 지역에 습한 공기가 끊임없이 유입되며 상승해야 한다.</u> 이처럼 강수는 상승 기류의 영향을 받는데 상승 기류가 발생하는 원인에 따라 대류성 강수, 지형성 강수, 수렴성 강수, 전선성 강수로 나눌 수 있다. 대류성 강수는 불안정한 대기 상황에서 나타나는 대류 현상으로 발생하는 강수이다. 낮에 지표면이 국지적으로 가열되면 낮은 대기층의 온도가 높아지면서 높은 대기층과 온도 차이가 발생한다. 대류 현상에 의해 가열된 낮은 대기층의 공기는 위로 올라가며 상승 기류를 발생시키고, 상승하는 공기가 냉각되면서 과포화된 수증기가 응결함에 따라 대류성 구름이 형성된다. 이 과정에서 구름 입자가 성장하고 국지적으로 강수가 내리게 된다. 대류성 강수의 대표적인 예로는 소나기가 있다.

지형성 강수는 습한 공기가 산과 같은 높은 지형에 의해 강제로 상승하면서 발생하는 강수이다. 습한 공기 덩어리가 바람을 타고 수평으로 이동하던 중 산이나 산맥을 만나게 되면 사면을 타고 상승한다. 이렇게 발생하는 상승 기류로 인해 공기의 온도가 낮아지면서 구름 입자를 형성하게 되고 구름 입자가 발달하여 강수가 내리는 것이다. 따뜻한 바다에서 산맥이 있는 방향으로 습한 공기가 이동할 때에는 큰 규모의 지형성 강수가 만들어지게 된다.

수렴성 강수는 저기압인 지역에서 발생하는 강수로, 따뜻한 공기가 지속적으로 상승하게 되면 해당 지역에 저기압이 형성된다. 바람은 고기압에서 저기압으로 불기 때문에 주변에서 저기압 지역으로 계속 바람이 불면 따뜻한 공기는 지속적으로 상승하며 더 강력한 저기압이 형성된다. 이렇게 만들어진 저기압은 많은 비와 함께 강한 바람을 동반하는데, 저기압성 강수의 대표적인 예로는 태풍이 있다.

전선성 강수는 차가운 공기층과 따뜻한 공기층이 만나서 형성되는 전선에 의해 발생하는 강수이다. 전선 부근에서는 상승 기류가 발생하기 때문에 구름이 형성되고 강수가 내리게 된다. 차가운 전선인 한랭 전선의 경우, 찬 공기가 따뜻한 공기 밑으로 파고들면서 따뜻한 공기가 강제적으로 상승하여 대류성 강수와 유사한 과정을 겪으며 강수가 내리게 된다. 따뜻한 전선인 온난 전선의 경우, 따뜻한 공기가 찬 공기를 타고 올라가는 형태이기 때문에 넓은 지역에 오랜 기간 강수를 내리게 된다. 초여름에 내리는 장마가 전선성 강수의 대표적인 예이다.

121

윗글을 통해 알 수 있는 내용이 <u>아닌</u> 것은?

① 대기가 상승할수록 대기 중에 최대로 포함될 수 있는 수증기의 양은 줄어들게 된다.
② 서로 다른 온도의 두 공기층이 만나게 되면 전선이 형성되고 강수가 내리게 될 수 있다.
③ 한랭 전선이 지나는 지역에서는 불안정한 대기 상황으로 인한 공기층의 이동이 발생할 수 있다.
④ 수렴성 강수는 기압의 차이로 인해 상승 기류가 지속적으로 발생하면서 구름 입자의 생성이 많아지게 된다.
⑤ 수증기가 상변화된 형태는 모두 가시광선을 산란시키기 때문에 각각의 구름 입자를 시각으로 인식하는 것이 가능하다.

122

윗글을 바탕으로 '강수'의 형성에 대해 이해한 내용으로 적절하지 않은 것은?

① 구름 입자가 생성되고 발달하는 과정에서 구름 주변 대기의 온도는 내려가게 된다.
② 강수로 내리기 전 구름 입자가 지표면으로 낙하하는 과정에서 상변화가 일어날 수도 있다.
③ 구름 입자의 발달이 지속되면 중력과 상승 기류 사이의 평형이 깨지면서 강수가 내리게 된다.
④ 상승 기류를 통해 대기의 온도가 낮아지더라도 대기 중의 모든 수증기가 구름 입자로 발달하는 것은 아니다.
⑤ 일정 고도에서 대기 중 수증기의 양이 일정할 때 구름 입자를 형성하기 위해서는 포화 수증기압을 낮추어야 한다.

123

㉠의 이유를 추론한 내용으로 가장 적절한 것은?

① 상승 기류가 발생하는 원인에 따라 강수 형성의 여부가 달라질 수 있기 때문에
② 구름 입자가 형성되고 발달하기 위해서는 일정한 온도와 압력이 유지되어야 하기 때문에
③ 구름이 형성되기 위해서는 구름 방울이나 빙정이 포함된 공기가 지속적으로 유입되어야 하기 때문에
④ 대기가 상승할수록 온도가 낮아져서 대기 속의 수증기가 상변화하여 구름 입자가 형성될 수 있기 때문에
⑤ 대기의 온도가 내려갈수록 포화 수증기량과 포화 수증기압이 높아져서 대기 중의 수증기가 과포화 상태가 되기 때문에

124

윗글을 참고할 때, 〈보기〉에 대한 반응으로 적절하지 않은 것은?

보기

높새바람은 늦봄과 초여름 사이 동해에서 시작하여 태백산맥을 넘어 부는 고온 건조한 바람으로, 태백산맥의 왼쪽인 영서 지방에는 가뭄 등의 피해를, 오른쪽인 영동 지방에는 강수로 인한 피해를 주기도 한다. 이는 푄 현상에 의한 것으로, 푄 현상은 습윤한 공기가 산이나 산맥 등 높은 지형을 넘어가면서 고온 건조한 공기로 변하는 현상을 가리킨다. 습윤한 공기가 높은 지역을 넘어갈 때에는 많은 비를 내리게 되는데, 이 과정에서 공기의 온도는 올라가고 건조한 상태가 된다.

① 높새바람이 불면 태백산맥의 오른쪽 지역에는 지형성 강수가 내리게 되겠군.
② 동해에 있던 공기의 습도가 높을수록 태백산맥의 오른쪽 지역에는 더 많은 비가 내릴 가능성이 높겠군.
③ 습윤한 공기가 높은 지역을 넘어가며 비를 내리는 과정에서 공기의 온도가 올라가는 것은 잠열의 방출 때문이겠군.
④ 동해에 있던 습윤한 공기가 태백산맥을 만나면 상승 기류가 발생하여 수증기가 과포화 상태가 되고 구름 입자가 형성되겠군.
⑤ 높새바람은 습윤한 공기가 태백산맥을 타고 올라가며 형성된 저기압이 점점 강력해짐에 따라 생성된 강한 바람으로, 큰 규모의 비를 동반하게 되겠군.

과학·기술

적중 예상 정보 처리 기술 01

목표 시간	6분 40초		
시작	분 초	종료	분 초
소요 시간	분 초		

E 수록

[125-128] 다음 글을 읽고 물음에 답하시오. 18, 23

인터넷에 연결된 서버, 컴퓨터, 스마트폰 등을 '호스트'라고 한다. 인터넷 사용자가 통신할 호스트를 식별할 때는 각 호스트에 할당된 IP 주소를 사용한다. IP 주소는 숫자의 나열로 이루어져 있어서 외우기 어렵고 잘못 입력할 가능성도 있다. 또한 호스트에 할당되는 IP 주소는 변경될 수도 있기 때문에 원하는 호스트와 통신하기 위해서는 상대 호스트의 IP 주소를 정확하게 확인해야 한다. 이러한 불편함을 해소하기 위해 IP 주소를 그대로 사용하지 않고 IP 주소와 연결된 문자 형태의 이름을 사용하는 방법이 고안되었다. 사용자가 이름을 입력하면 여기에 해당하는 IP 주소로 연결되는 것이다. 이를 위해서는 IP 주소와 이름 간의 대응이 정리되어 있어야 한다. 초기 인터넷 환경에서는 IP 주소와 이름의 쌍을 정리한 호스트 파일을 사용하여 인터넷에 연결된 모든 호스트의 정보를 관리하였다. ㉠호스트 파일은 모든 호스트가 가지고 있었고, 이름이나 IP 주소가 중복되지 않도록 하나의 조직에서 일원화하여 관리하였다. 하지만 인터넷이 발전함에 따라 호스트의 수가 늘어나면서 관리에 어려움이 생겼고, 이를 해결하기 위해 고안된 것이 DNS(Domain Name System)이다.

DNS는 계층화와 위임을 활용한 분산 데이터베이스 구조로 IP 주소와 이름의 쌍을 관리하는 방식이다. 인터넷에서는 네임 스페이스라고 불리는 하나의 공간을 전체가 공유하고 있다. DNS에서는 네임 스페이스의 일부분을 분할하고, 분할된 네임 스페이스를 신뢰할 수 있는 다른 관리자에게 위임하는 구조가 사용된다. 위임한 쪽에서는 분할된 네임 스페이스를 누구에게 위임했는지에 대한 정보만 관리하고, 그 네임 스페이스에 대한 관리 책임은 위임받은 쪽이 갖게 된다. 분할된 네임 스페이스의 범위를 '도메인'이라고 하고, 해당 범위를 식별하기 위해 붙여진 이름을 '도메인 이름'이라고 한다.

도메인 이름은 example.kr과 같이 문자열을 '점(.)'으로 연결한 형태로 구성되고 각각의 문자열을 '라벨'이라고 한다. 원래 도메인 이름의 마지막에도 점이 붙어 있지만 보통은 생략한 형태로 쓰인다. 이 생략된 점은 계층 구조의 정점인 루트를 나타내며 루트를 기준으로 오른쪽부터 순서대로 각각의 라벨을 TLD(Top Level Domain), 2LD(2nd Level Domain)라고 부른다. TLD는 도메인 이름에서 국가, 지역, 단체, 기업 등을 나타내는 부분으로 국제인터넷주소관리기구에서 지정한다. 일반 기업이 사용하는 .com, 비영리 기관이 사용하는 .org 등이 있으며 우리나라에서 사용하는 .kr과 같이 각 국가를 식별하는 TLD도 존재한다. 2LD는 일반적으로 호스트의 이름을 뜻하고, 호스트 내부에서 하위의 네임 스페이스를 분할하는 경우 라벨이 추가될 수도 있다.

[A] DNS는 계층 구조로 이루어진 도메인 이름을 활용하여 네임 스페이스와 관리 책임을 여러 관리자에게 분할하였기 때문에 분산 관리가 가능해졌다. DNS는 하나의 정점에서 가지가 뻗어 나가는 형태인 트리 구조를 사용한다. 트리 구조에서 각 계층의 관리자가 할당받은 네임 스페이스의 범위 내에서 이름이 중복되지 않도록 관리하면 특정 호스트의 도메인 이름은 전체 인터넷에서 고유한 형태가 된다. 그리고 도메인 이름과 IP 주소를 연결하면 도메인 이름을 호스트로 특정하기 위한 식별 수단으로 사용할 수 있게 된다. DNS는 사용자의 요청에 따라 도메인 이름에 대응하는 IP 주소를 찾는데, 이를 '이름 풀이'라고 한다. DNS는 각 계층의 관리자로부터 필요한 정보를 얻어 도메인 이름의 계층 구조를 따라가서 IP 주소를 찾게 된다. DNS에서 위임을 통해 관리하게 된 범위를 '존(Zone)'이라고 하는데 위임자와 위임처는 부모와 자식 관계가 된다. 각 존의 관리자는 네임 서버를 통해 정보를 관리한다. 네임 서버는 존에 존재하는 호스트의 도메인 이름과 IP 주소의 연결 및 위임 정보를 포함하고 있다. 사용자가 example.kr이라는 도메인 이름을 입력한다고 하자. 루트는 kr의 부모이므로 kr의 네임 서버 정보만 알고 있기 때문에 kr의 네임 서버에 관련 정보를 질의한다. kr은 example의 부모이므로 example의 네임 서버에 질의하게 된다. 이처럼 도메인 이름의 각 계층별 관리자에게 질의하는 것을 반복해서 마지막 관리자에게 도달했을 때 IP 주소를 알아낼 수 있는 것이다.

125

윗글의 내용과 일치하지 <u>않는</u> 것은?

① DNS는 계층화와 위임을 활용하여 IP 주소와 이름의 쌍을 관리하는 방식이다.
② IP 주소는 인터넷 사용자가 통신하고자 하는 호스트를 식별하기 위해 사용된다.
③ 호스트 파일에는 인터넷과 연결된 모든 호스트의 IP 주소 정보가 입력되어 있다.
④ IP 주소는 잘못 입력될 가능성이 있기 때문에 숫자 대신 문자를 사용하여 구성하기도 한다.
⑤ DNS에서 위임한 쪽에서는 분할한 네임 스페이스를 위임받은 쪽이 누구인지에 대한 정보만 관리한다.

126

㉠의 이유를 추론한 내용으로 가장 적절한 것은?

① 호스트에 부여된 IP 주소는 주기적으로 달라지기 때문에
② IP 주소는 외우기 어렵고 잘못 입력할 가능성도 높기 때문에
③ IP 주소와 이름의 쌍을 정리한 내용을 분산하여 관리해야 하기 때문에
④ IP 주소와 이름의 쌍은 모든 인터넷에서 동일한 형태로 공유되어야 하기 때문에
⑤ 호스트의 수가 늘어나면서 IP 주소와 이름의 쌍을 관리하기가 어려워졌기 때문에

127

[A]를 이해한 내용으로 적절하지 않은 것은?

① 분할된 네임 스페이스를 관리하는 책임은 여러 관리자에게 분산되어 있다.
② 이름 풀이 과정에서 중간 단계의 네임 서버 정보가 삭제되면 IP 주소를 알아낼 수 없다.
③ DNS의 트리 구조에서 같은 계층의 네임 스페이스 내에서는 동일한 문자열이 존재할 수 없다.
④ DNS에서 전체 네임 스페이스는 여러 개의 존으로 나뉘어서 각각의 관리자에게 정보 관리를 위임한다.
⑤ 사용자가 어떤 호스트의 도메인 이름을 입력하면 트리 구조의 정점으로 올라가며 해당 호스트의 IP 주소를 찾는다.

128

윗글을 바탕으로 〈보기〉에 대해 나타낸 반응으로 적절하지 않은 것은?

보기

다음은 인터넷에 연결된 특정 호스트의 도메인 이름과 IP 주소의 쌍을 나타낸 것이다. 이 인터넷에 연결된 모든 호스트는 DNS 방식을 따르고 있다.

IP 주소	도메인 이름
132.45.12.442	study.mega.kr

① 〈보기〉의 도메인 이름을 사용하는 호스트의 국가가 어디인지 알 수 있군.
② 〈보기〉의 IP 주소가 달라지더라도 도메인 이름은 달라지지 않을 수 있겠군.
③ 〈보기〉의 도메인 이름의 가장 오른쪽에는 루트를 나타내는 점이 생략되어 있군.
④ 〈보기〉의 호스트는 호스트 내부에서 하위의 네임 스페이스를 분할하여 관리하고 있군.
⑤ 〈보기〉의 호스트의 IP 주소를 알아내기 위해서는 네임 서버에 정보를 질의하는 과정이 두 번 반복되어야 하겠군.

과학·기술

적중 예상

과학·기술

정보 처리 기술 02

목표 시간	6분 40초		
시작	분 초	종료	분 초
소요 시간	분 초		

E 수록

[129-132] 다음 글을 읽고 물음에 답하시오. 21, 23

데이터베이스는 여러 사람이 함께 사용할 목적으로 통합되어 관리되는 데이터 집합을 말한다. 데이터베이스는 내용을 고도로 구조화함으로써 자료의 검색, 업데이트, 추가, 삭제 등의 작업을 효율적으로 처리할 수 있다.

데이터 검색, 업데이트, 삽입, 삭제 등의 작업을 할 때 데이터베이스 이용자들은 데이터베이스의 상태를 변화시켜야 한다. 이를 위해 한꺼번에 수행되어야 할 일련의 작업을 묶은 것을 트랜잭션이라 한다. 예를 들어, A라는 사람이 데이터베이스에서 상품의 수량이 30개라는 것을 확인하는 것을 출력 작업이라 하고, 여기에 10개를 더하는 것을 입력 작업이라 할 때 이 출력과 입력을 묶은 것이 하나의 트랜잭션이 된다.

그런데 데이터베이스는 복수의 사용자들에게 공유되기 때문에 여러 개의 트랜잭션이 동시에 실행되어도 데이터 간의 불일치가 발생하지 않아야 한다. 이를 위해 트랜잭션에는 원자성, 일관성, 격리성, 지속성이 요구된다. 먼저 원자성은 트랜잭션의 연산들이 모두 정상적으로 실행되거나 하나도 실행되지 않아야 한다는 것이다. 원자성을 위해 트랜잭션은 트랜잭션 처리를 확정하는 명령어인 커미트나 트랜잭션 처리를 취소하는 명령어인 롤백 중의 하나로 종료되어야 한다. 다음으로 일관성은 트랜잭션이 수행되기 전과 후에 데이터는 오류가 없이 일관된 상태가 유지되어야 한다는 것이다. 그리고 격리성은 복수의 트랜잭션이 병렬적으로 처리되어도 순차적으로 처리됐을 때와 같은 결과를 가져와야 한다는 것이다. 격리성을 위해서 사용되는 방법이 락을 걸어 놓는 것인데, 공유 락이 걸리면 다른 사용자들은 데이터를 출력만 할 뿐 입력을 할 수 없고, 배타 락이 걸리면 다른 사용자들의 데이터 입출력이 모두 막힌다. 이처럼 락을 사용해서 복수의 트랜잭션을 제어하는 것을 병행 제어라고 한다. 끝으로 지속성은 성공적으로 트랜잭션이 수행되었다면 그 결과는 손실되지 않고 영구적으로 보존되어야 한다는 것이다. 이를 위해 트랜잭션의 결과가 완전히 반영되면 별도의 파일에 변경 관련 내용들을 기록하는 로그를 남기게 되는데, 후에 시스템에 장애나 오류가 발생하더라도 이 로그를 이용하면 데이터를 원래 상태로 되돌릴 수 있다.

한편, 데이터베이스 구축에 사용하는 모델 중 가장 대표적인 것은 관계형 데이터 모델이다. 이는 데이터를 2차원의 표 형식으로 나타낸 것으로, 불필요한 데이터를 제거하거나 데이터의 중복을 최소화하기 위해 데이터가 여러 개의 테이블로 나뉘어 저장된다. 2차원 표에서 테이블의 세로 열은 필드를, 가로의 한 행은 레코드를 의미한다. 하나의 레코드에는 여러 필드의 데이터가 저장될 수 있으며, 어느 레코드라도 같은 필드에 있는 데이터는 동일한 속성을 가진다. 예를 들어, 〈표 1〉을 보면 '상품 코드'는 숫자가 모두 다르게 되어 있는 반면, '단가'는 숫자가 같을 수도 있다는 것을 알 수 있다. '상품 코드'처럼 데이터 식별을 위해 중요한 역할

상품 코드	상품명	단가	비고
101	멜론	800원	씨 있음.
102	자두	150원	
201	앵두	200원	
202	레몬	150원	신맛

〈표 1〉

을 하는 것을 '기본 키'라 하는데, 기본 키처럼 값이 중복되지 않는 것을 유일성을 가진다고 한다. '비고'는 다른 필드와 달리 값을 비울 수 있는데, 값이 비어 있는 것을 데이터베이스에서는 '널(null)값'이라고 한다. 널값은 데이터가 미정이거나 알 수 없거나 해당 사항이 없을 때 값을 비우는 것이다.

관계형 데이터 모델에서는 수학적 개념을 기반으로 한 연산을 사용하여 데이터를 조작할 수 있다. 여기에 쓰이는 연산에는 합집합, 차집합, 교집합, 조인 등이 있다. 합집합, 차집합, 교집합은 복수의 표가 동일한 필드로 구성되어 있을 때 사용할 수 있는 연산이다. 그중에서 합집합은 복수의 표에 포함된 레코드를 전부 출력하는 연산을, 차집합은 어느 한곳에만 존재하는 레코드를 출력하는 연산을, 교집합은 모두에 존재하는 레코드를 출력하는 연산을 말한다. ㉠조인은 관련 있는 두 개의 표를 연결해 주는 연산이다. 예를 들어, 〈표 1〉에 '일자, 상품 코드, 수량'의 필드로 구성된 표를 조인하면 〈표 2〉를

일자	상품 코드	상품명	단가	수량
11/1	101	멜론	800원	1,100개
11/1	102	자두	150원	300개
11/5	201	앵두	200원	1,700개
11/8	202	레몬	150원	500개

〈표 2〉

출력할 수 있다. '일자, 상품 코드, 수량'의 필드로 구성된 표에는 상품명이 기록되어 있지 않지만 〈표 1〉의 '상품 코드'를 참조함으로써 〈표 2〉와 같이 상품명을 알 수 있다. 이때 '상품 코드'와 같이 관련 있는 표들을 연결하는 키를 '외래 키'라고 한다.

129

윗글을 이해한 내용으로 가장 적절한 것은?

① 트랜잭션의 처리를 확정하는 커미트 명령어와 달리 트랜잭션의 처리를 취소하는 롤백 명령어는 로그를 남긴다.
② 트랜잭션에서 병행 제어가 해제되지 않으면 복수의 사용자에 의해 작업이 동시에 시행되어 데이터 간의 불일치가 발생한다.
③ 관계형 데이터 모델에서 특정 레코드에 기록된 여러 필드의 데이터는 동일한 속성을 가져야 한다.
④ 두 개의 표로 합집합과 차집합을 수행하면 차집합이 수행된 표의 레코드 수가 합집합이 수행된 표의 레코드 수보다 많을 수 없다.
⑤ 관계형 데이터 모델에서 외래 키는 기본 키를 제외한 나머지 필드에서 정해진다.

130

㉠이 필요한 이유로 가장 적절한 것은?

① 여러 사람이 동시에 데이터베이스에 접속하는 것이 가능해지기 때문에
② 연산 작업의 효율성을 높이기 위해서는 자료 항목의 중복을 없애야 하기 때문에
③ 데이터베이스의 상태를 변화시키기 위한 일련의 작업을 한 단위로 묶어야 하기 때문에
④ 데이터를 2차원의 표 형식으로 나타내기 위해서는 기본 키로 자료를 식별해야 하기 때문에
⑤ 관계형 데이터 모델에서는 필드가 동일하지 않은 여러 개의 표로 쪼개져 데이터가 저장되기 때문에

131

윗글을 읽고 〈보기〉를 이해한 반응으로 적절하지 않은 것은?

보기

어떤 은행에서 계좌의 잔액을 확인하는 명령어는 Read, 업데이트된 잔액을 기록하는 명령어는 Write, 초기값은 X, 입금은 +, 인출은 −로 표시하는 데이터베이스를 구축하였다. 만약 이 은행 고객인 철수와 영희가 동시에 입금과 인출을 할 수 있는 은행 계좌가 있다고 한다면, 철수와 영희가 각각 은행 A 지점과 B 지점에서 비슷한 시각에 100원씩을 인출하는 작업을 한 결과는 오른쪽과 같이 나타낼 수 있다.

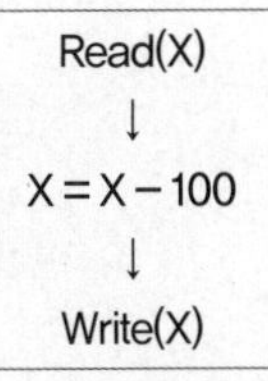

① X가 500원일 때 철수의 Write(X)와 영희의 Write(X)가 각각 400원이라면 명령어 롤백이 작동하겠군.
② 격리성이 지켜지기 위해서는 철수의 Read(X)와 영희의 Read(X) 사이에 100원의 차이가 발생해야 하겠군.
③ 철수와 영희의 인출 작업이 동시에 시작되고 은행 A 지점과 B 지점에 공유 락이 걸린다면 철수의 Read(X)와 영희의 Read(X)는 동일하겠군.
④ X가 200원일 때 철수의 인출 작업이 시작되는 순간 은행 A 지점과 B 지점에 배타 락이 걸린다면 배타 락이 해제된 후 영희의 Read(X)는 100원이겠군.
⑤ 철수의 인출 작업이 완료된 후 영희의 인출 작업이 시작된다면 철수의 Write(X)와 철수와 영희가 인출한 금액을 모두 합한 값이 X가 되어야 인출 작업의 일관성이 지켜진 것이겠군.

132

윗글을 바탕으로 할 때 〈보기〉에 대한 설명으로 적절하지 않은 것은?

보기

학번	이름	학과	휴대 전화번호
2301	홍길동	정치학과	010 − 100X − 1001
⋮			
2423	이춘풍	국문학과	
⋮			
2489	심청이	수의예과	010 − 561× − 3589

〈표 3〉 A 대학교의 학생 정보를 나타낸 데이터베이스

과목	학번	주민 등록 번호	강의실
DB1	2301	030802 − ×××××××	a
DB1	2302	021125 − ×××××××	b
DB2	2486	030614 − ×××××××	c
DB2	2489	040101 − ×××××××	d

〈표 4〉 A 대학교 학생들의 수강 현황을 나타낸 데이터베이스

① 〈표 3〉의 '학번'은 '이름', '학과'와 달리 중복되는 값이 있을 수 없기 때문에 기본 키로 볼 수 있다.
② 〈표 3〉에서 '이춘풍'이 휴대 전화를 개통하지 않았다면 이는 해당 사항 없음으로 인해 널값이 되는 경우이다.
③ 〈표 3〉과 〈표 4〉를 조인한다면 〈표 3〉과 〈표 4〉에 있는 '학번'이 외래 키로 작용한다.
④ 〈표 3〉과 〈표 4〉를 대상으로 합집합, 차집합, 교집합의 연산을 수행하는 것은 가능하지 않다.
⑤ 〈표 3〉과 〈표 4〉를 조인해서 출력한 데이터베이스에서 유일성을 가지는 필드는 하나만 존재한다.

적중 예상

과학·기술

산업 기술 01

목표 시간	8분 20초		
시작	분 초	종료	분 초
소요 시간	분 초		

E 수록

[133-137] 다음 글을 읽고 물음에 답하시오. 17, 24

태양은 핵융합 반응을 통해 지구는 물론, 태양계 곳곳으로 방출되는 대량의 에너지를 만들어 낸다. 핵융합 반응은 핵분열 반응과 상반되는 물리 현상으로, 수소의 동위 원소들과 같은 ⓐ가벼운 원소들의 핵이 초고온 상태에서 서로 결합하여 헬륨과 같은 좀 더 무거운 원소의 핵을 형성하는 반응을 말한다. 이때 질량 결손에 의해 생겨나는 에너지는 방출되는 중성자들의 운동 에너지로 나타나게 된다. 이러한 핵융합 연쇄 반응을 인위적으로 일으켜 에너지화하는 것이 핵융합 에너지 개발의 목표이다.

핵융합 반응에 가장 적합한 연료는 중수소와 삼중 수소이다. 단일 양성자로 구성된 일반 수소와 달리 양성자 한 개에 중성자가 한 개 더 있는 것이 중수소, 중성자가 두 개 더 있는 것이 삼중 수소이다. 기존 핵분열 원자력 발전에 사용되는 연료는 희귀 원소인 우라늄인 데 반해, 핵융합의 연료인 중수소는 바닷물을 전기 분해해서 얻을 수 있고, 삼중 수소는 리튬을 핵융합로에 투입시켜 얻을 수 있다. 지구상에 존재하는 바닷물의 양이나 리튬의 풍부한 매장량을 감안하면 연료는 무한하다고 할 수 있다.

핵융합 반응은 중수소와 삼중 수소의 이온들이 서로의 척력을 ⓑ이기고 충돌할 때 일어나게 되는데, 지구상에서는 섭씨 1억 도 이상으로 가열된 플라즈마 상태에서 발생한다. 핵융합 반응을 ⓒ일으키는 방식에는 크게 관성 밀폐 방식과 자기 밀폐 방식이 있다. ㉠관성 밀폐 방식은 중수소와 삼중 수소를 얼려서 작은 고체의 알갱이로 만든 다음, 여기에 강력한 레이저 광선을 쪼여 필요한 고온 플라즈마를 형성시켜 핵융합 반응을 이끌어 내는 방식이다. 이 방식은 상대적으로 단순한 구조로 플라즈마를 가열, 밀폐할 수 있어 고난도 기술의 극복이 보다 쉬울 것으로 예상되지만, 핵융합 반응의 연료인 연료 구슬을 반복적으로 장전하고 레이저 에너지를 투입해야 한다는 특성으로 인해 연속 출력이 원천적으로 불가능하여 핵융합 발전소 건설 용도로 사용하기에는 기술적으로 큰 문제를 지닌다.

㉡자기 밀폐 방식은 중성 입자 빔이나 전기장 등의 다양한 가열 장치로 고온의 플라즈마를 생성하고 이를 강력한 자기장을 이용해 가두어 놓으면서 계속 가열하여 핵융합 반응이 일어나도록 하는 방식이다. 이 방식은 1억 도가 넘는 플라즈마를 가두어 고온으로 계속 유지시키는 동시에, 발생한 열을 충분히 방출시킬 수 있는 Ⓐ토카막 장치가 필요하다. 현재 가장 실용화에 근접한 방식인 토카막은 플라즈마를 구속하는 D자 모양의 초전도 자석으로 자기장을 ⓓ가하면, 플라즈마를 구성하고 있는 이온과 전자들도 전기적 성질을 가지므로 자기장 주위를 나선형으로 돌면서 움직여, 고온의 플라즈마를 진공 용기 벽에 접촉시키지 않고 자기장 안에 가두어 제어하는 것이 가능하다. 이때 발생하는 열에너지로 냉각수를 가열하여 수증기를 만들고, 그 수증기로 발전기를 ⓔ돌려 전기 에너지를 얻는다.

그러나 토카막 핵융합로에서 플라즈마를 제어하는 기존 방식인 ㉢H-모드(High-confinement mode) 운전 방식은 플라즈마의 가장자리에 형성되는 장벽을 활용하기 때문에, 가장자리의 압력이 임계치를 넘어가 풍선처럼 터지는 플라즈마 경계면 불안정 현상이 발생해 핵융합로 내벽에 손상을 일으킬 수 있다. 하지만 최근 개발된 ㉣파이어(FIRE: Fast Ion Regulated Enhancement) 모드 운전 방식은 상대적으로 낮은 플라즈마 밀도에서 중심부에 가열을 집중하는 방식으로, 플라즈마를 가열해 발생한 고속 이온이 플라즈마 내부의 난류를 안정화시켜 플라즈마의 온도와 지속 시간 등을 높이고, 기존의 플라즈마 경계면 불안정 현상도 발생하지 않으며 플라즈마 내 불순물이 축적되지 않는 등 그 성능이 획기적으로 향상되어 핵융합 발전의 실용화를 앞당기는 데에 기여하고 있다.

핵융합 에너지는 한정 자원인 석유나 천연가스와 달리 지속적인 공급이 가능하며, 원자력 발전을 통한 핵분열 에너지와 달리 방사능의 위협도 없고, 화석 연료와 달리 환경을 파괴하는 가장 큰 원인인 CO_2를 배출하지 않는 차세대 청정에너지이다. 또 바닷물 1리터에는 약 0.03g의 중수소가 존재하는데 이 양만 가지고도 서울과 부산 사이를 세 번 정도 왕복할 수 있는 300리터의 휘발유와 동일한 에너지를 낼 만큼 막대한 양의 에너지를 얻을 수 있다는 장점도 지닌다. 많은 선진국들이 경쟁하여 인공 태양이라 불리는 핵융합 기술 개발에 사활을 거는 것도 핵융합 에너지가 인류의 미래를 열 꿈의 에너지이기 때문이다.

133

윗글의 내용과 일치하는 것은?

① 수소와 중수소, 삼중 수소는 모두 양성자를 한 개만 가지고 있다.

② 중수소와 삼중 수소는 이온 간의 척력이 강할 때 충돌이 일어난다.

③ 태양은 핵분열을 통해 얻은 대량의 에너지를 태양계 곳곳으로 보낸다.

④ 핵분열 에너지는 방사능과 CO_2를 배출하므로 청정에너지로 보기 어렵다.

⑤ 중수소와 삼중 수소를 1억 도 이상의 플라즈마로 가열하면 전기 에너지가 발생한다.

134

㉠~㉣에 대한 설명으로 적절하지 않은 것은?

① ㉠은 원천적 문제로 핵융합 발전에 적합하지 않지만, ㉡은 적합하다.
② ㉠은 레이저 광선으로, ㉡은 자기장으로 고온의 플라즈마를 제어한다.
③ ㉢보다는 ㉣이 고온의 플라즈마를 제어하는 시간을 더 늘릴 수 있다.
④ ㉠보다는 ㉡이, ㉢보다는 ㉣이 실용화에 더 가까운 방식이다.
⑤ ㉢과 ㉣은 모두 ㉠이 아닌 ㉡으로 만든 플라즈마를 운전한다.

135

〈보기〉는 Ⓐ를 그린 그림이다. 윗글을 바탕으로 〈보기〉를 이해한 내용으로 적절하지 않은 것은?

보기

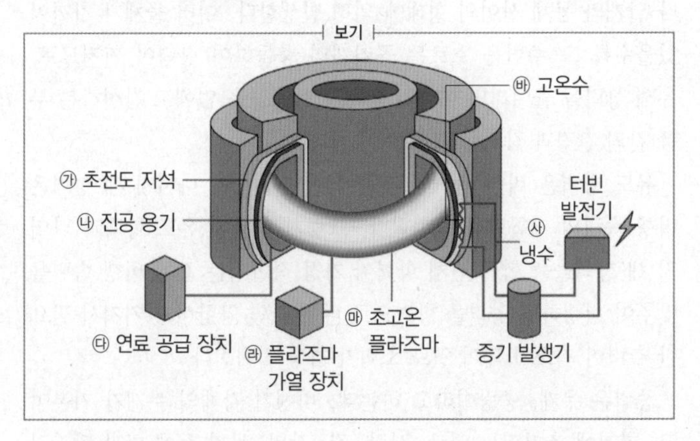

① ㉮는 ㉲가 ㉯의 외벽에 닿지 않도록 제어하는 역할을 한다.
② ㉰를 통해 핵융합 반응에 필요한 중수소와 삼중 수소를 넣는다.
③ ㉱는 ㉲를 만들기 위해 전기장을 생성하거나 중성 입자 빔을 쏘는 장치이다.
④ ㉲의 내부의 난류로 인해 이온과 전자들이 자기장 주위를 나선형으로 돌면서 움직인다.
⑤ 핵융합 반응으로 생성된 중성자의 운동 에너지가 열에너지가 되어 ㉴가 ㉳로 변화하게 된다.

136

윗글과 〈보기〉를 읽고 나타낸 반응으로 가장 적절한 것은?

보기

자기 밀폐 방식으로 1억 도가 넘는 고온의 플라즈마를 가두기 위해서는 강력한 자기장을 발생시키는 자석이 필요하다. 초기의 핵융합 연구에서 사용한 전자석은 전기 저항에 의한 막대한 열이 발생하고 자기장의 세기도 제한되어 자기장을 아주 짧은 시간만 발생시킬 수 있었다. 이와 달리 금속이 초저온의 임계 온도가 되면 전기 저항이 0이 되는 현상을 이용한 초전도 자석을 사용하면 강력한 자기장을 연속적으로 발생시킬 수 있어, 핵융합 반응을 지속적으로 이루어지게 할 수 있다.

① 전기 저항이 0이 되는 초전도 현상을 발견한 것이 핵융합 발전의 계기가 되었겠군.
② 초전도 자석을 D자 모양으로 만드는 것은 전기 저항이 0이 되도록 하기 위해서이겠군.
③ 토카막 장치의 초전도 자석은 열이 발생하지 않아 열을 냉각시키는 장치가 필요 없겠군.
④ 고온의 플라즈마는 초기의 전자석에서 나오는 자기장에서는 전기적 성질을 띠지 않겠군.
⑤ 파이어 모드 운전 방식에 사용되는 초전도 자석은 자체적으로 임계 온도까지 내려가는 금속이겠군.

137

문맥상 ⓐ~ⓔ의 의미와 가장 가까운 것은?

① ⓐ: 그 선수는 상대를 가볍게 이기고 결승에 진출했다.
② ⓑ: 그녀는 흥을 이기지 못하고 덩실덩실 춤을 추었다.
③ ⓒ: 트럭 한 대가 부연 먼지를 일으키며 달려갔다.
④ ⓓ: 속력을 가하던 자동차가 갑자기 정지했다.
⑤ ⓔ: 새로 이사 온 집에서 떡을 돌렸다.

적중 예상

과학·기술

산업 기술 02

목표 시간	6분 40초		
시작	분 초	종료	분 초
소요 시간	분 초		

E 수록

[138-141] 다음 글을 읽고 물음에 답하시오. 21, 22

비행기가 비행을 할 때 작용하는 힘은 중력, 양력, 추력, 항력 네 가지이다. 비행기를 지나는 힘의 축을 두 가지로 나누어 보면, 먼저 비행기의 위아래를 지나는 축은 비행기의 무게가 작용하는 방향인 지구의 중심 방향과 일치한다. 이 축에서 중력은 지구의 중심 방향을 향하고, 양력은 그 반대 방향을 향한다. 비행기의 앞뒤를 지나는 축은 비행기의 진행 방향과 일치하는데, 추력은 비행기가 날아가는 경로를 향하고, 항력은 그 반대 방향을 향한다. 비행기가 일정한 속도, 일정한 높이, 일정한 방향으로 나는 것을 등속 수평 비행이라고 하는데, 등속 수평 비행을 할 때에는 같은 축에 있는 두 가지 힘들이 평형을 이룬다. 즉 비행기는 등속 수평 비행을 할 때 네 힘이 평형을 이루도록 제작해야 한다.

비행기의 날개를 제작할 때 고려해야 할 힘은 양력과 항력이다. 양력은 비행기를 뜨게 하는 힘으로, 비행 중 날개의 윗면과 아랫면에 발생하는 공기의 압력 차에 의해 발생한다. 비행기 날개는 양력을 발생시키기 위해 윗면을 아랫면보다 볼록하게, 날개의 앞쪽을 뒤쪽보다 약간 높게 제작한다. 비행기 날개에서 발생하는 양력은 대개 베르누이의 법칙으로 설명된다. 이 법칙은 속력이 높은 곳은 압력이 낮아지고, 속력이 낮은 곳은 압력이 높아진다는 것이다. 비행기 날개의 구조상 공기 흐름의 속도는 윗면이 아랫면보다 빠르다. 이 때문에 비행기가 비행할 때 볼록한 날개 윗면을 지나는 공기의 압력은 평평한 아랫면을 지나는 공기의 압력보다 낮다. 공기는 압력이 높은 곳에서 낮은 곳으로 흐르므로, 결과적으로 날개가 위로 힘을 받게 된다. 이 힘이 바로 양력이다.

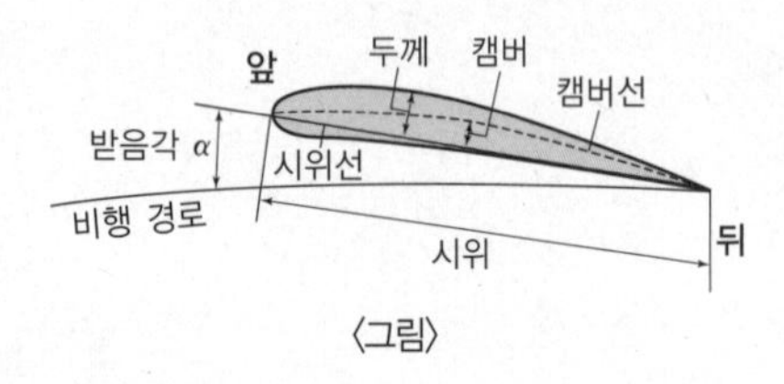

〈그림〉

[A] 양력은 비행 속도, 받음각, 날개 단면 형상, 공기 밀도, 날개 면적 등에 의해 달라진다. 양력은 비행기 속력의 제곱에 비례한다. 그래서 비행기의 속력이 빨라지면 비행기는 점점 더 높이 올라간다. 받음각은 〈그림〉처럼 날개의 앞과 뒤를 연결한 직선인 시위선과 비행 경로가 이루는 각으로, 기수를 올리면 커지고 기수를 내리면 작아진다. 캠버선은 날개의 윗면과 아랫면 사이의 중간 지점을 연결한 가상의 선으로, 캠버는 캠버선과 시위선 사이의 거리이다. 받음각이 클수록 양력은 커지고, 같은 받음각이라도 캠버가 크면 양력이 커진다. 그러나 받음각이 지나치게 클 경우에는 날개 위를 흐르는 공기가 부드럽게 흐르지 못하고 불규칙하게 흐트러지면서 급격히 증가하던 양력이 갑자기 사라지는 현상이 나타난다. 이런 현상을 실속이라고 한다.

또 양력은 공기 밀도가 높을수록 잘 발생한다. 밀도란 단위 부피당 질량을 나타내는데, 온도가 높으면 공기가 팽창되어 밀도가 낮고, 고도가 높을수록 공기가 희박해지므로 밀도가 낮아진다. 원래 비행기가 이륙할 때에는 양력을 발생시키기 위해 하늘 위를 비행할 때보다도 더 많은 추력이 필요한데, 이륙 장소가 온도가 높고 고도도 높은 곳이라면 양력을 크게 하기 위해 더 빨리 달려야 한다. 날개 면적도 양력의 발생과 관련이 있다. 날개 면적이 클수록 공기를 더 많이 받기 때문에 양력이 커진다. 이처럼 날개가 크면 느린 속력에서도 날 수 있으므로, 저속 비행기일수록 무게에 비해 날개가 커야 한다.

항력은 비행기가 날아가는 것을 방해하는 힘으로, 비행기에서 발생하는 항력은 발생 원인에 따라 유도 항력, 형태 항력, 표면 마찰 항력, 유해 항력으로 구분된다. 이 중에 유도 항력은 속도가 느릴 때 중요하게 작용하고, 나머지 항력들은 속도가 빠를 때 작용한다. 먼저 유도 항력은 비행기가 날아갈 때 날개의 윗면과 아랫면에서 발생한 압력의 차이로 발생한다. 날개 끝에서는 압력이 높은 아랫면의 공기가 압력이 낮은 윗면으로 돌아가면서 소용돌이가 발생하고, 이것이 비행기가 잘 날아가지 못하게 하는 항력으로 작용한다. 같은 면적을 가진 날개일지라도 종횡비가 크면 유도 항력이 작아진다. 종횡비란 날개의 길이를 시위로 나눈 값이다. 형태 항력은 날개의 모양으로 인해 발생하는 항력이다. 급격한 변화가 있는 모양의 물체는 주위를 흐르던 유체가 물체로부터 갑자기 이탈하면서 불규칙한 소용돌이를 일으키지만, 유선형의 물체는 주위를 흐르는 유체가 부드럽게 밀려났다 합쳐지기 때문에 큰 항력이 생기지 않는다. 이 때문에 비행기의 날개를 가급적이면 유선형으로 만든다. 또 물체의 표면이 거칠수록 항력이 강해지는데, 이를 표면 마찰 항력이라고 한다. 일반적으로 비행기의 표면을 매끄럽게 하여 표면 마찰 항력을 줄인다. 마지막으로 유해 항력은 비행기에 부착된 물체나 날개와 몸체 사이의 형태에 의해 발생한다. 여러 물체가 가까이 있을수록 그 주변을 흐르는 공기끼리 충돌하여 항력이 커지므로, 유해 항력을 줄이려면 비행기 외부에 돌출물을 없애고 간섭하는 부품 간의 간격과 각도를 크게 해야 한다.

유도 항력은 비행 속력의 제곱에 반비례하고, 나머지 세 항력은 비행 속력의 제곱만큼 증가한다. 그렇기 때문에 유도 항력과 나머지 세 항력들을 합친 전체 항력이 가장 작아지는 값에 비행 속력을 맞추어 비행하면 양력을 항력으로 나눈 값인 양항비가 커져서 필요한 추력이 최소가 되어 연료 소비가 가장 적어진다.

중력은 무게, 중량이라고 하는데, 비행기 자체의 무게가 기본이고, 거기에 추가되는 연료, 사람, 짐, 장비, 무기 등에 따라 달라진다. 따라서 비행기는 동일한 속도로 비행할 때 되도록 많은 짐이나 사람을 싣기 위해 가볍고 강한 재료를 사용해 튼튼한 구조를 갖도록 만든다. 추력은 비행기를 전진하도록 하는 힘으로, 추력을 발생시키는 동력은 엔진이다. 이처럼 중력과 추력은 비행기의 재료나 구조, 엔진 성능과 관련되어 있다.

138

윗글을 읽고 해결할 수 있는 의문이 아닌 것은?

① 비행기의 날개를 유선형으로 만드는 이유는 무엇일까?
② 비행기에 작용하는 네 가지 힘의 작용 방향은 무엇일까?
③ 비행기를 원하는 방향으로 회전시키기 위한 방법은 무엇일까?
④ 비행기가 이륙할 때 많은 추력을 필요로 하는 이유는 무엇일까?
⑤ 비행기에 작용하는 중력과 추력에 영향을 주는 요소는 무엇일까?

139

윗글을 읽고 추론할 수 있는 내용으로 적절하지 않은 것은?

① 등속 수평 비행을 하는 비행기는 중력과 양력이 평형을 이루고, 항력과 추력이 평형을 이룬다.
② 저속 비행기의 경우에 이륙을 용이하게 하려면 무게에 비해 날개의 크기를 크게 제작해야 한다.
③ 비행기 날개의 윗면을 볼록하게 만드는 것은 날개 윗면을 지나는 공기 속도를 높이기 위해서이다.
④ 동일한 추력으로 나는 비행기라면 적도의 산 위를 날 때가 북극의 해수면을 날 때보다 양력이 크다.
⑤ 비행기의 받음각을 작게 하여 일정한 고도를 유지한 채 날도록 하면 받음각이 큰 경우보다 동일한 추력으로도 더 빨리 날 수 있다.

140

[A]를 고려할 때 〈보기〉의 ㉠~㉢에 들어갈 적절한 말끼리 짝지어진 것은?

보기

비행기가 비행 중에 돌풍을 만나게 되면 갑자기 받음각이 (㉠) 실속하게 된다. 그런데 이 상태에서 받음각을 그대로 유지하면 양력이 사라져 비행기가 추락할 수 있으므로 비행기의 안정성을 회복하려면 기수를 (㉡)야만 한다. 그리고 돌풍이 자주 발생하는 곳을 운행해야 할 항공기라면 날개의 캠버를 (㉢) 제작해야 갑작스러운 돌풍에도 빠르게 안정성을 회복할 수 있다.

	㉠	㉡	㉢
①	커져	내려	작게
②	커져	올려	크게
③	커져	내려	크게
④	작아져	올려	작게
⑤	작아져	내려	작게

141

〈보기〉는 비행기에서 발생하는 '항력'을 도식화한 그림이다. 이를 바탕으로 윗글을 이해할 때 적절하지 않은 것은?

보기

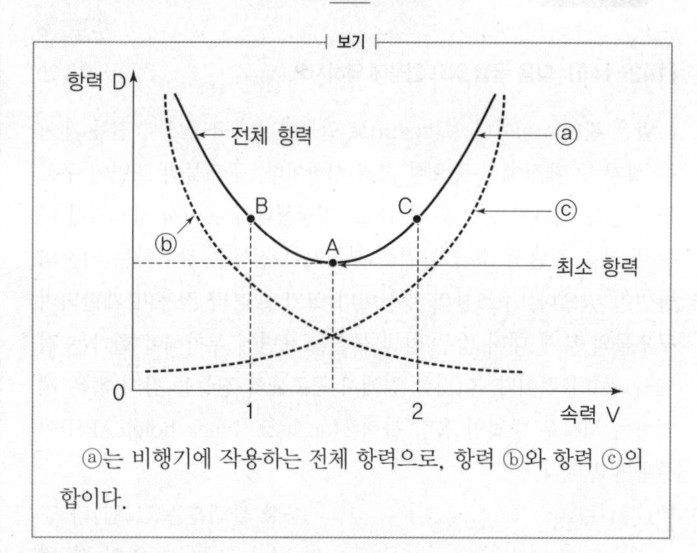

ⓐ는 비행기에 작용하는 전체 항력으로, 항력 ⓑ와 항력 ⓒ의 합이다.

① 동일한 비행기라면 점 A 상태로 비행할 때보다 점 B 상태로 비행할 때 더 많은 추력이 필요하겠군.
② 모든 조건이 동일하고 날개의 종횡비만 다른 비행기들 중, 종횡비가 큰 비행기일수록 점 A가 아래로 이동하겠군.
③ 점 A 상태로 비행하던 전투기가 점 C 상태로 비행한다면 유도 항력이 나머지 항력들의 합보다 더 작게 발생하겠군.
④ 점 A 상태로 계속 비행하던 수송기가 낙하산으로 짐을 투하했다면 동일한 추력으로 비행할 경우 양항비가 커지겠군.
⑤ 날개가 아래위로 쌍을 지어 달려 있는 쌍엽기가 모든 조건이 동일하고 두 날개의 거리만 다른 경우, 두 날개가 먼 쌍엽기일수록 점 A가 위로 이동하겠군.

목표 시간	6분 40초		
시작	분 초	종료	분 초
소요 시간	분 초		

E 수록

[142-145] 다음 글을 읽고 물음에 답하시오. 18, 20

얇은 판(plate)이나 보(beam)로 만들어진 구조물에서 진동 제어는 설계 및 제작에서 중요한 고려 사항이다. 구조물의 표면에 구조물의 진동 에너지를 탄성 에너지로 저장했다가 흩어서 사라지게 하는 두꺼운 점탄성 소산* 물질을 부착하여 진동을 감쇠하는 기존의 방법이 있으나, 구조물의 형상이나 크기에 따라 적용이 제한되며 구조물의 무게 대비 많은 양의 물질을 표면에 부착해야 한다는 점에서 비효율적이다. 이러한 점에서 구조물의 진동을 감쇠 혹은 제어하는 새로운 방법인 음향 블랙홀(acoustic black hole; ABH)이 주목받고 있다.

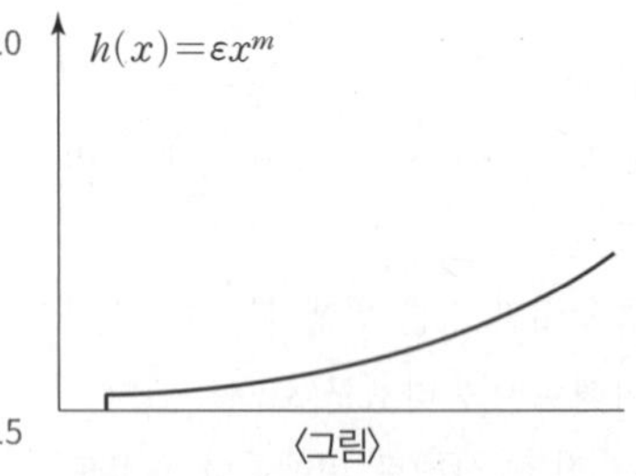

〈그림〉

음향 블랙홀은 〈그림〉과 같이 $h(x)=\varepsilon x^m(m\geq 2)$인 멱 법칙을 따라 두께가 달라져서 끝단 두께가 0이 되는 쐐기 형상의 구조물이다. 구조물의 진동을 일으키는 에너지는 종파, 전단파 및 굽힘파 등이 있으나, 대부분의 진동 에너지는 굽힘파에 의해 전달된다. 판이나 보의 한쪽 끝에 음향 블랙홀을 구현하면 구조물에 진동이나 소음을 유발하는 굽힘파를 흡수하여 진동을 감쇠시키는 기능을 한다. 이론적으로 음향 블랙홀 내부에 굽힘파가 입사하면 음향 블랙홀 내부에서 굽힘파의 속도가 무한히 느려져 음향 블랙홀의 끝단에 도달하지 못하게 된다. 이러한 음향 블랙홀의 특성으로 인하여 음향 블랙홀을 구조물의 끝에 구현하면 진동을 일으키는 굽힘파의 파동 에너지가 음향 블랙홀로 전달되고, 결과적으로 음향 블랙홀의 내부에서 완전 흡수되어 구조물의 진동이 효과적으로 감쇠될 수 있다. 다만 끝단 두께가 0인 구조물은 물리적으로 불가능하므로, 음향 블랙홀의 이상적인 진동 감쇠 성능은 완전하게 구현될 수 없다는 현실적인 한계가 있다. 그러나 음향 블랙홀에 입사한 굽힘파가 진행하는 방향의 끝단에 파동 에너지가 집중되므로, 음향 블랙홀의 끝단에 소량의 점탄성 소산 물질을 부착하면 파동 에너지를 흡수 및 소산하여 음향 블랙홀의 진동 감쇠 성능을 향상시킬 수 있다.

이러한 이유로 음향 블랙홀의 끝단 두께를 최대한 0에 가깝게 제작하는 것을 전제로 하여, 음향 블랙홀은 기하학적 형상, 즉 곡률* 관점에서 바닥 면의 곡률이 0인 ㉠<u>직선형 음향 블랙홀</u>과 바닥 면의 곡률이 0이 아닌 곡선형 음향 블랙홀로 구분할 수 있다. 그리고 곡선형 음향 블랙홀은 곡률의 변화가 없이 일정한 ㉡<u>원호(arc) 형태의 음향 블랙홀</u>과 바닥 면의 길이 방향으로 곡률이 변하는 ㉢<u>아르키메데스 나선* 형 음향 블랙홀</u>로 나뉜다. 굽힘파가 이동하는 경로인 음향 블랙홀의 길이가 증가하면 그만큼 진동 에너지가 감소하며 끝단으로부터의 반사 또한 적어질 수 있다. 진동 감쇠 성능만 고려한다면 음향 블랙홀의 길이를 늘리는 것이 효과적이지만 공간 효율성이 낮아 구조물에 실제로 적용하기는 어려우므로, 음향 블랙홀을 곡선형으로 만들어 공간 효율성을 높이는 것이다. 특히, 1,000㎐ 미만의 굽힘파와 달리 1,000㎐ 이상의 굽힘파는 곡률의 영향을 거의 받지 않고 전파되기 때문에, 곡선형 음향 블랙홀은 1,000㎐ 이상의 주파수에 대해 직선형 음향 블랙홀과 유사한 정도의 진동 감쇠 성능을 보여 준다.

[A]<u>음향 블랙홀은 기존과는 전혀 다른 원리로 진동을 감쇠시킬 수 있다는 점에서 기존의 진동 감쇠 방법의 한계를 극복할 수 있는 돌파구로 주목받고 있다.</u> 특히, 현재의 음향 블랙홀은 직선형 음향 블랙홀이나 곡선형 음향 블랙홀 모두 한쪽 방향으로 전달되는 진동을 감쇠하는 방법이라는 한계가 있지만, 멱 법칙을 따르는 구멍 형태의 음향 블랙홀을 통해 모든 방향으로부터의 진동을 감쇠할 수 있는 방법이 연구되고 있어, 앞으로는 구조물 내부의 진동을 보다 쉽게 제어할 수 있게 될 것으로 기대된다.

* 소산: 흩어져 사라짐.
* 곡률: 곡선이나 곡면의 각 점에서의 구부러진 정도를 표시하는 값. 평면에서는 무한대이고, 구나 원에서는 그 반지름과 같다.
* 아르키메데스 나선: 중심으로부터의 거리가 회전각에 비례하여 커지는 소용돌이와 같은 곡선.

142

윗글을 통해 확인할 수 있는 내용이 <u>아닌</u> 것은?

① 음향 블랙홀이 여러 형태로 제작되는 이유
② 구조물의 진동을 감쇠하기 위한 기존의 방법
③ 음향 블랙홀이 진동을 감쇠시킬 수 있는 원리
④ 구조물의 끝단 두께를 0에 가깝게 만드는 방법
⑤ 구조물의 진동을 일으키는 에너지가 전달되는 형태

143

〈보기〉는 '음향 블랙홀'을 구조화한 것이다. 윗글을 바탕으로 〈보기〉를 이해한 내용으로 적절하지 <u>않은</u> 것은?

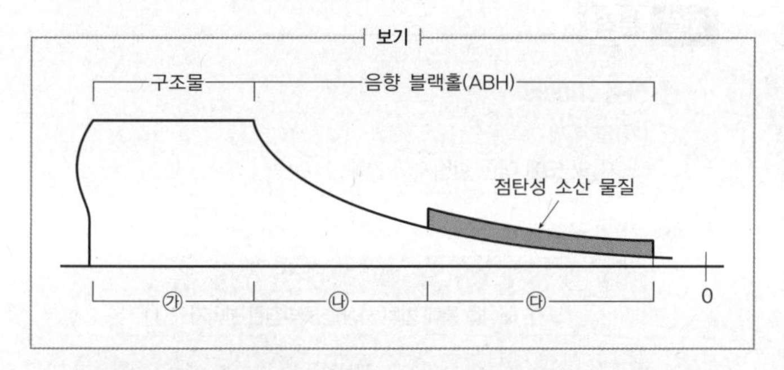

① ㉮에서 발생한 진동은 주로 굽힘파의 형태로 ㉯와 ㉰에 전달될 것이다.
② 굽힘파는 ㉯에서 ㉰로 감속 진행하며 속도가 느려질 것이다.
③ ㉮에서 ㉰로 진행하는 굽힘파는 ㉰의 끝단에 도달하여 완전히 소멸될 것이다.
④ 이론적으로 ㉮의 파동 에너지는 ㉯와 ㉰의 내부에서 완전히 흡수될 수 있을 것이다.
⑤ ㉰의 소산 물질은 현실적인 한계를 고려하여 기존의 진동 감쇠 방법을 적용한 것이다.

144

㉠~㉢에 대한 설명으로 적절하지 <u>않은</u> 것은?

① ㉠은 ㉡, ㉢과 달리 바닥 면의 곡률이 0이라는 점에서 차이가 있다.
② ㉡과 ㉢은 1,000㎐ 미만의 파동에 대한 진동 감쇠 성능이 서로 다르다.
③ ㉡, ㉢은 ㉠에 비해 공간 효율성이 높아 실제로 활용하기에 유리하다.
④ ㉡, ㉢은 ㉠과 달리 이론적으로 기대되는 진동 감쇠 성능을 구현한다.
⑤ ㉠, ㉡, ㉢은 모두 특정 방향에서 전달되는 진동만을 감쇠하는 기능을 한다.

145

[A]의 이유로 가장 적절한 것은?

① 음향 블랙홀은 기존의 진동 감쇠 방식에 비해 구조물에 추가로 부가하는 무게 부담이 크기 때문에
② 음향 블랙홀은 기존의 진동 감쇠 방식과 달리 진동을 일으키는 에너지의 진행 방향을 바꿀 수 있기 때문에
③ 음향 블랙홀은 기존의 진동 감쇠 방식과 달리 구조물의 내부에서 진동 에너지를 흡수하는 방식이기 때문에
④ 음향 블랙홀은 기존의 진동 감쇠 방식에 비해 진동을 일으키는 에너지가 되는 파장을 모두 반사하기 때문에
⑤ 음향 블랙홀은 기존의 진동 감쇠 방식과 달리 구조물의 진동 에너지를 탄성 에너지로 저장하여 감쇠하는 방식이기 때문에

대표 기출 주제 통합 ❶

[1~6] 다음 글을 읽고 물음에 답하시오. [2024학년도 수능 12~17번]

(가)

1 『한비자』는 중국 전국 시대의 한비자가 제시한 사상이 ⓐ담긴 저작이다. 여러 나라가 패권을 다투던 혼란기를 맞아 엄격한 법치를 통해 부국강병을 꾀한 한비자는 『노자』에 대한 해석을 통해 자신의 법치 사상을 뒷받침했고, 이러한 면모는 『한비자』의 「해로」, 「유로」 등에서 확인할 수 있다.

(법가의 법치 사상 / 한비자 사상의 핵심 / 한비자가 「노자」의 도를 연구한 이유 / 解老: 노자를 풀이함. / 喩老: 노자를 비유함.)

▶ 1문단: 『노자』 해석으로 법치 사상을 뒷받침한 한비자

2 『노자』에서 '도(道)'는 만물 생성의 근원으로 묘사된다. 도를 천지 만물의 존재와 본질의 근거라고 본 한비자의 이해도 이와 다르지 않다. 그는 자연과 인간 사회의 모든 현상은 도의 영향을 받지 않을 수 없다고 보고, 인간 사회의 일은 도에 따라 제대로 행했는가의 여부에 따라 그 성패가 드러나는 것이라고 이해했다.

(도에 대한 노자의 이해 / 도에 대한 한비자의 이해 ① / 인간 사회의 성패를 좌우하는 기준)

▶ 2문단: 도를 천지 만물의 존재와 본질의 근거로 본 한비자

3 한비자는 『노자』에 제시된 영구불변하는 도의 항상성에 대해 도가 천지와 더불어 영원히 존재한다는 것을 의미하는 것이지, 도가 모습과 이치를 일정하게 유지하는 것은 아니라고 이해했다. 그리고 도는 형체가 없을 뿐 아니라 일정하게 고정되어 있지 않기 때문에 때와 상황에 따라 유연하게 변화하는 것이라고 파악했다. 도가 가변성을 가지고 있어야 도가 일정한 곳에만 있지 않게 되고, 그래야만 도가 모든 사물의 존재와 본질의 근거가 될 수 있다고 파악한 것이다. 그는 도가 가변적이기 때문에 통치술도 고정되어서는 안 된다고 주장했다.

(한비자가 이해한 도의 항상성 / 도의 형체와 이치는 때와 상황에 따라 변화한다고 봄. / 한비자가 이해한 도의 가변성 / 도가 천지 만물의 존재와 본질의 근거가 되는 전제 조건)

▶ 3문단: 도의 항상성과 가변성에 대한 한비자의 견해

4 한편, 한비자는 도를 구체적인 사물과 사건에 내재한 개별 법칙의 통합으로 보고, 『노자』의 도에 시비 판단의 근거라는 새로운 의미를 부여했다. 항상 존재하는 도는 개별 법칙을 포괄하기 때문에 다양한 개별 사건의 시비를 판단하는 기준이 될 수 있고, 이러한 도에 근거해서 입법해야 다양한 사건을 판단할 수 있다고 본 것이다. 이러한 이해를 바탕으로 그는 만족을 모르는 인간의 욕망을 사회 혼란의 원인으로 지목한 『노자』의 견해에 동의하면서도, 『노자』에서처럼 욕망을 없애야 한다고 주장하지 않고 인간은 욕망을 필연적으로 가질 수밖에 없음을 지적하며 욕망을 제어하기 위해 법이 필요하다고 강조했다.

(도에 대한 한비자의 이해 ② / 한비자가 도에 부여한 새로운 의미 / 도의 항상성 / 「노자」의 도를 이용하여 법치 사상을 뒷받침함. / 욕망에 대한 「노자」와 한비자의 공통적인 관점 / 사회 안정을 위한 「노자」의 주장 → 무위(無爲) / 욕망을 없애는 것은 불가능하다는 관점 / 사회 안정을 위한 한비자의 주장 → 법치)

▶ 4문단: 도를 시비 판단의 근거로 보고 법치를 주장한 한비자

(나)

1 유학자들은 도를 인간 삶의 올바른 길을 의미하는 것이라고 보았다. 중국 송나라 이후, 유학자들은 이러한 유학의 도를 기반으로 현상 세계 너머의 근원으로서 도가의 도에 주목하여 『노자』 주석을 전개했다.

(유학의 도 - 현상 세계의 규범인 '인의예지'로 구체화 / '도가의 도'의 의미)

▶ 1문단: 유학의 도를 기반으로 「노자」 주석을 전개한 유학자들

문제로 Pick 학습법

특정 대상에 대한 하나의 견해가 제시될 경우에는 그것을 제대로 이해했는지 확인하는 문제가 출제된다.

2 (가)에 제시된 한비자의 견해로 적절하지 않은 것은?
① 사건의 시비에 따라 달라지는 도에 근거하여 법이 제정되어야 한다. (×)

지문 분석

꼭꼭 check!

(가)의 주제
「노자」의 도에 대한 한비자의 견해

(가)의 구조

화제 제시
「노자」 해석을 통해 법치 사상을 뒷받침한 한비자 – 1

구체화 1
「노자」의 도에 대한 한비자의 견해 – 2

구체화 2
도의 항상성과 가변성에 대한 한비자의 견해 – 3

구체화 3
도를 시비 판단의 근거로 보고 법치를 주장한 한비자의 견해 – 4

독해 Guide!

- (가)의 전개 방식
  1문단에서 한비자와 「노자」의 관계를 제시하고, 2~4문단에서 「노자」의 도에 대한 한비자의 견해를 비교, 대조를 통해 구체적으로 설명하고 있다.

- 한비자의 「노자」 해석 의도

시대적 배경	전국 시대의 혼란기
⇩	
「노자」 해석	법치 사상 뒷받침 → 엄격한 법치를 통한 부국강병

- 도에 대한 「노자」와 한비자의 견해

	「노자」	한비자
도의 개념	만물 생성의 근원	• 천지 만물의 존재와 본질의 근거 • 시비 판단의 근거 → 도에 근거한 입법 필요
도의 성질	도는 영구불변함(항상성).	• 항상성: 도는 천지와 더불어 영원히 존재함. • 가변성: 도는 때와 상황에 따라 변화함. → 통치술도 고정되어서는 안 됨.

- 욕망에 대한 「노자」와 한비자의 견해

	「노자」	한비자
공통점	인간의 욕망은 사회 혼란의 원인임.	
차이점	사회 안정을 위해 욕망을 없애야 함.	• 인간은 욕망을 필연적으로 가질 수밖에 없음. • 도에 근거한 입법으로 인간의 욕망을 제어해야 함.

2 혼란기를 거친 송나라 초기에 중앙집권화가 추진된 이후 정치적 갈등이 드러나면서 개혁의 분위기가 조성됐다. 이러한 분위기하에서 유학자이자 개혁 사상가인 왕안석은 『노자주』를 저술했다. 그는 『노자』의 도를 만물의 물질적 근원인 '기(氣)'라고 파악하고, 현상 세계에 앞서 존재하는 기의 작용에 의해 사물이 형성된다고 보았다. 그는 기가 시시각각 변화하듯 현상 세계도 변화한다고 이해했다. 인위적인 것을 제거해야만 도가 드러나고 인간 사회가 안정된다는 『노자』를 비판한 그는 자연과 달리 인간 사회의 안정을 위해서는 제도와 규범의 제정과 같은 인간의 적극적인 개입이 필요하다고 주장했다. 지혜와 덕이 뛰어난 사람이 제정한 사회 제도와 규범도 현실 사회의 변화에 따라 새롭게 해야 한다고 주장한 것이다. 『노자』의 이상 정치가 실현되려면 유학 이념이 실질적 수단으로 사용되어야 한다고 주장하는 등 왕안석은 『노자』를 유학의 실천적 측면과 결부하여 이해했다.

(◯: 통시적 전개 / 『노자』의 도에 대한 왕안석의 관점 / 도는 만물에 앞서 존재하며, 만물을 생성함. / 욕망을 실현하기 위한 인간의 행위 / 『노자』에서 가만히 두어도 스스로 위대한 일을 이룬다고 본 대상 / 사회 안정을 위한 인위적 개입 / 성인(聖人) / 유학의 도는 현실의 삶을 전제로 하므로 『노자』의 도를 실현하기 위한 수단이 될 수 있음.)

▶ 2문단: 『노자』의 도에 대한 송나라 왕안석의 견해

3 송 이후 원나라에 이르러 성행하던 도교는 유학과 불교 등을 받아들여 체계화되었지만, 오징에게는 주술적인 종교에 불과했다. ㉠ 유학자의 입장에서 그는 잘못된 가르침을 펴는 도교에 사람들이 빠지는 것을 경계했다. 그는 도교의 시조로 간주된 『노자』의 가르침이 공자의 학문과 크게 다르지 않음을 밝히고자 『도덕진경주』를 저술했다. 그는 도와 유학 이념을 관련짓는 구절을 추가하는 등 『노자』의 일부 내용을 바꾸고 기존 구성 체제를 재편했다. 『노자』의 도를 근원적인 불변하는 도로 본 그는 모든 이치를 내재한 도가 현실화하여 천지 만물이 생성된다고 이해했다. 이런 관점에서 그는 유학의 인의예지가 도의 쇠퇴 때문에 나타난 것이라는 『노자』와 달리 도가 현실화하여 드러난 것으로 해석하고, 인간이 마땅히 따라야 할 사회 규범과 사회 질서 체계도 도가 현실화한 결과로 파악했다.

(당대의 도교에 대한 오징의 인식 ← 『노자』의 도를 부정한 것은 아님. / 유학자인 오징이 『노자』를 주석한 목적 / 『노자』의 도에 대한 오징의 관점 / 유학 덕목에 대한 『노자』의 관점 / 유학 덕목에 대한 오징의 관점 / 도가 현실화한 인의예지를 기반으로 만들어진 제도)

▶ 3문단: 『노자』의 도에 대한 원나라 오징의 견해

4 원이 쇠퇴하고 명나라가 들어선 이후 유학과 도가 등 여러 사상이 합류하는 사조가 무르익는 가운데, 유학자인 설혜는 자신의 ㉡ 학문적 소신에 따라 『노자』를 주석한 『노자집해』를 저술했다. 그는 공자도 존중했던 스승이 『노자』이므로 『노자』 사상에 대한 오해를 불식해야 한다고 보았다. 그는 기존의 주석서가 『노자』의 진정한 의미를 제대로 밝히지 못했기 때문에 유학자들이 『노자』 사상을 이단으로 치부했다고 파악한 것이다. 다양한 경전을 인용하여 『노자』를 해석하면서 그는 『노자』의 도를 인간의 도덕 본성과 그것의 근거인 천명으로 이해하고, 본성과 천명의 이치를 탐구한다는 점에서 『노자』 사상과 유학이 다르지 않다고 보았다. 또한 그는 『노자』에서 인의 등을 비판한 것은 도덕을 근본으로 삼게 하기 위한 충고라고 파악했다.

(설혜가 『노자집해』를 통해 밝히려 한 내용 / 『노자』의 도에 대한 설혜의 관점 / 유학과 『노자』 사상의 공통점 / 유학의 인의 등은 인위적인 것이므로 무위를 주장한 『노자』의 관점에서는 비판의 대상이 됨.)

▶ 4문단: 『노자』의 도에 대한 명나라 설혜의 견해

지문 분석

꼭꼭 check!

✓ (나)의 주제

유학의 도를 기반으로 『노자』를 해석한 왕안석, 오징, 설혜의 견해

✓ (나)의 구조

화제 제시
유학의 도를 기반으로 『노자』 주석을 전개한 유학자들 – 1
구체화 1
『노자』에 대한 송나라 왕안석의 견해 – 2
구체화 2
『노자』에 대한 원나라 오징의 견해 – 3
구체화 3
『노자』에 대한 명나라 설혜의 견해 – 4

독해 Guide!

- (나)의 전개 방식

1문단에서 '『노자』에 대한 유학자들의 주석'이라는 화제를 제시한 뒤, 2문단에서 송나라 왕안석의 견해를, 3문단에서 원나라 오징의 견해를, 4문단에서 명나라 설혜의 견해를 각각 소개하고 있다. 즉 시간의 흐름에 따른 통시적 전개를 통해 『노자』에 대한 여러 유학자들의 견해를 제시하고 있다.

- 왕안석, 오징, 설혜의 견해 비교

구분	왕안석	오징	설혜
시기	송나라 초기	원나라	명나라
저서	『노자주』	『도덕진경주』	『노자집해』
시대적 배경	개혁 분위기 조성	도교가 체계화되고 성행함.	여러 사상이 합류하는 사조 형성
『노자』 접근 방향	『노자』 비판, 유학의 실천적 측면과 결부	『노자』의 일부 내용과 체제를 바꿈.	다양한 경전을 인용해 『노자』 해석
『노자』의 도에 대한 견해	만물의 물질적 근원인 기	근원적인 불변하는 도	인간의 도덕 본성과 그 근거인 천명
천지 만물	기의 작용으로 형성	도가 현실화하여 생성	·
『노자』와 유학의 관계	유학 이념이 『노자』의 이상 정치의 실현 수단	『노자』의 가르침이 공자의 학문과 다르지 않음.	『노자』 사상과 유학이 다르지 않음.
기타	사회 안정을 위해 인위적 개입 필요	유학 덕목은 도가 현실화한 결과	『노자』의 인의 비판을 긍정적으로 수용

문제로 Pick 학습법

동일한 대상에 대한 여러 학자들의 견해를 각각 소개하는 경우, 그것들을 비교하는 문제가 출제된다.

4 (나)의 왕안석과 오징의 입장에서 다음의 ㄱ~ㄹ에 대해 판단한 것으로 가장 적절한 것은?

대표 기출 주제 통합 ❶

1 (가), (나)에 대한 설명으로 가장 적절한 것은?

① (가)는 『한비자』의 철학사적 의의를 설명하고 『한비자』와 『노자』의 사회적 파급력을 비교하고 있다.
② (가)는 한비자가 추구한 이상적인 사회를 소개하고 그 실현을 위해 『노자』를 수용한 입장의 한계를 설명하고 있다.
③ (나)는 특정 개념을 중심으로 『노자』에 대한 여러 학자의 견해를 시간의 흐름에 따라 제시하고 있다.
④ (나)는 여러 유학자가 『노자』를 해석한 의도를 각각 제시하고 그 차이로 인해 발생한 학자 간의 이견을 절충하고 있다.
⑤ (가)와 (나)는 모두, 『노자』에 대해 다양한 시각에서 제시된 비판이 심화되는 과정을 구체적 사례와 함께 설명하고 있다.

2 (가)에 제시된 한비자의 견해로 적절하지 않은 것은?

① 사건의 시비에 따라 달라지는 도에 근거하여 법이 제정되어야 한다.
② 인간은 무엇을 가지거나 누리고자 하는 마음에서 벗어날 수 없다.
③ 도는 고정된 모습 없이 때와 형편에 따라 변화하며 영원히 존재한다.
④ 인간 사회의 흥망성쇠는 사람이 도에 따라 올바르게 행하였는가의 여부에 좌우되는 것이다.
⑤ 도는 만물의 근원이면서 동시에 현실 사회의 개별 사물과 사건에 내재한 법칙을 포괄하는 것이다.

핵심 기출 유형

유형 글의 전개 방식 파악

• 이 유형은?

글의 내용 전개 방식을 파악하는 유형으로, 부분적인 설명 방식을 묻는 형식을 포괄한다. 최근에는 '○○의 의의'나 '○○의 발전 과정' 등과 같은 중심 화제를 함께 제시하여 전개 방식과 내용에 대한 이해를 동시에 확인하는 경우가 많다. 또한 주제 통합 영역에서는 (가)와 (나)의 전개 방식을 비교하는 방식으로 출제되기도 한다. 이 유형을 해결하기 위해서는 '통시적'이나 '공시적', 분류, 분석, 구분 등과 같이 전개 방식이나 설명 방식과 관련된 주요 용어의 의미를 정확하게 알고 있어야 한다.

대표 발문

▶ 윗글의 내용 전개 방식으로 가장 적절한 것은?
▶ (가)와 (나)에 대한 설명으로 가장 적절한 것은?

해결 Tip

지문을 꼼꼼히 읽으면서 중심 화제를 정리하고, 그것을 풀어 나가는 방식을 파악한다. 이때 문제를 먼저 훑어보고 전개 방식이나 설명 방식에 관한 것이 있다면 이를 고려하여 독해하는 것이 효율적이다.

개별 선지를 중심 화제나 전개 방식 등 의미 요소별로 나눈 뒤, 각각의 적절성 여부를 판단한다.

3 ㉠과 ㉡에 대한 이해로 가장 적절한 것은?

① ㉠은 유학 덕목의 등장을 긍정적으로 평가한 『노자』의 견해를 수용하는, ㉡은 유학 덕목에 대한 『노자』의 비판에 담긴 긍정적 의도를 밝히려는 것으로 표출되었다.
② ㉠은 유학에 유입되고 있는 주술성을 제거하는, ㉡은 노자 사상이 탐구하는 대상에 대한 이해를 근거로 노자 사상과 유학의 공통점을 제시하려는 것으로 표출되었다.
③ ㉠은 유학의 가르침을 차용한 종교가 사람들을 현혹하는 상황에 대응하는, ㉡은 『노자』를 해석한 경전들을 참고하여 유학 이론의 독창성을 밝히려는 것으로 표출되었다.
④ ㉠은 유학을 노자 사상과 연관 지어 유교적 사회 질서의 정당성을 확인하는, ㉡은 유학에서 이단으로 치부하는 사상의 진의를 밝혀 오해를 바로잡으려는 것으로 표출되었다.
⑤ ㉠은 특정 종교에서 추앙하는 사상가와 유학 이론의 관련성을 제시하는, ㉡은 유학의 사상적 우위를 입증하여 다른 학문을 통합할 수 있는 근거를 제시하려는 것으로 표출되었다.

4 (나)의 왕안석과 오징의 입장에서 다음의 ㄱ~ㄹ에 대해 판단한 것으로 가장 적절한 것은?

ㄱ. 도는 만물을 통해 드러나는 것이지 만물에 앞서서 존재하는 것은 아니다.
ㄴ. 인간 사회의 규범은 이치를 내재한 근원적 존재인 도가 현실에 드러난 것이다.
ㄷ. 도는 현상 세계의 너머에만 머물러 있지 않고 세상일과 유기적으로 관련되는 것이다.
ㄹ. 도가 변화하듯이 현상 세계가 변하니, 현실 사회의 변화에 따라 인간 사회의 규범도 변해야 한다.

① 왕안석은 ㄱ에 동의하지 않고 ㄴ에 동의하겠군.
② 왕안석은 ㄴ과 ㄹ에 동의하겠군.
③ 왕안석은 ㄷ에 동의하고 ㄹ에 동의하지 않겠군.
④ 오징은 ㄱ과 ㄹ에 동의하지 않겠군.
⑤ 오징은 ㄴ에 동의하고 ㄷ에 동의하지 않겠군.

핵심 기출 유형

유형 관점의 파악

• 이 유형은?

지문에 여러 학자의 견해가 제시되었을 때, 특정 학자를 지정하여 그 견해를 정확히 파악하고 있는지 묻는 유형이다. 이 문항의 경우, 발문에 제시된 두 학자의 기본적인 입장이나 의도를 파악하는 것뿐만 아니라, 그러한 입장이나 의도가 저술한 책에서 어떻게 표출되었는지까지 판단해야 한다.

대표 발문

▶ (가)의 '박제가'와 '이덕무'에 대한 이해로 적절하지 않은 것은?
▶ ㉯를 반박하기 위한 '이수광'의 말로 가장 적절한 것은?

해결 Tip

발문에 제시된 ㉠과 ㉡의 내용, 즉 두 학자(오징과 설혜)의 입장이 제시된 부분을 지문에서 찾아 정리한다.

↓

㉠, ㉡을 바탕으로 저술된 저서의 내용이 제시된 부분을 각각 지문에서 찾아 정리한다.

↓

앞에서 정리한 내용과 각 선지의 내용을 대조하여 선지의 적절성 여부를 판단한다.

5 〈보기〉를 참고할 때, (가), (나)의 사상가에 대한 왕부지의 평가로 적절하지 않은 것은? [3점]

보기

청나라 초기의 유학자 왕부지는 『노자』의 본래 뜻을 드러내어 노자 사상을 비판하고자 『노자연』을 저술했다. 노자 사상의 비현실성을 드러내어 유학의 실용적 가치를 부각하고자 했던 그는 기존의 『노자』 주석서가 노자 사상이 아닌 사상을 기준으로 삼았기 때문에 『노자』뿐만 아니라 주석자의 사상마저 왜곡했다고 비판했다. 『노자』에서 아무런 행동을 하지 않아도 천하가 다스려진다고 한 것 등을 비판한 그는, 『노자』에서처럼 단순히 인간의 이기적 욕망을 없애는 것이 아니라 사회 질서 유지를 위해 유학 규범을 활용해야 한다고 강조했다.

① 왕부지는 인간의 욕망에 대한 『노자』의 대응 방식을 부정적으로 보았으므로, (가)의 한비자가 『노자』와 달리 사회에 대한 인위적 개입이 필요하다고 한 것에 대해서는 수긍하겠군.
② 왕부지는 『노자』에 제시된 소극적인 삶의 태도를 부정적으로 보았으므로, (나)의 왕안석이 사회 제도에 대한 『노자』의 견해를 비판하며 유학 이념의 활용을 주장한 것은 긍정하겠군.
③ 왕부지는 『노자』의 본래 뜻을 파악해야 한다고 보았으므로, (나)의 오징이 『노자』를 주석하면서 자신의 이해에 따라 원문의 구성과 내용을 수정한 것이 잘못이라고 보겠군.
④ 왕부지는 주석자가 유학을 기준으로 『노자』를 이해하면 주석자의 사상도 왜곡된다고 보았으므로, (나)의 오징이 유학의 인의예지를 『노자』의 도가 현실화한 것으로 본 것을 비판하겠군.
⑤ 왕부지는 『노자』에 담긴 비현실성을 드러내야 한다고 보았으므로, (나)의 설혜가 기존의 『노자』 주석서들을 비판하며 드러낸 학문적 입장이 유학의 실용적 가치를 부각한다고 보겠군.

6 ⓐ와 문맥상 의미가 가장 가까운 것은?

① 과일이 접시에 예쁘게 담겨 있다.
② 상자에 탁구공이 가득 담겨 있다.
③ 시원한 계곡물에 수박이 담겨 있다.
④ 화폭에 봄 경치가 그대로 담겨 있다.
⑤ 매실이 설탕물에 한 달째 담겨 있다.

핵심 기출 유형

유형 관점의 적용

• 이 유형은?

주로 인문 영역이나 사회 영역, 혹은 주제 통합 영역에서 동일한 대상에 대한 서로 다른 이론들을 소개할 경우에 자주 출제되는 유형으로, 지문에서 설명된 이론들과 관련이 있는 새로운 이론을 〈보기〉를 통해 제시하고는 서로 비교하도록 하는 형식을 취하는 경우가 많다. 〈보기〉로 제시되는 새로운 정보를 정확하게 이해해야 하고, 그것과 관련된 지문의 정보를 찾아 비교하면서 적절성을 파악하는 과정을 거쳐야 하므로 적지 않은 시간을 투자해야 하는 까다로운 유형이다.

대표 발문

▶ [A]와 〈보기〉를 비교한 내용으로 가장 적절한 것은?
▶ 윗글의 '최한기'와 〈보기〉의 '데카르트'를 비교하여 이해한 내용으로 적절하지 않은 것은?

해결 Tip

발문에서 비교 대상으로 제시된 내용을 찾아 정리한다. 이때 선지들을 훑어보고 대략적으로라도 정리의 기준을 정하는 것이 효율적이다.

↓

지문의 내용을 정리한 기준에 맞추어서 〈보기〉의 내용 역시 정리한다.

↓

개별 선지의 내용을 의미 요소별로 나눈 뒤에, 지문과 〈보기〉를 정리한 내용을 바탕으로 각각의 적절성을 판단한다.

대표 기출 주제 통합 ❷

[1~6] 다음 글을 읽고 물음에 답하시오. [2022학년도 수능 4~9번]

(가)

[1] ㉠ 정립 – 반정립 – 종합. 변증법의 논리적 구조를 일컫는 말이다. 변증법에 따라 철학적 논증을 수행한 인물로는 단연 헤겔이 거명된다. 변증법은 대등한 위상을 지니는 세 범주의 병렬이 아니라, 대립적인 두 범주가 조화로운 통일을 이루어 가는 수렴적 상향성을 구조적 특징으로 한다. 헤겔에게서 변증법은 논증의 방식임을 넘어, 논증 대상 자체의 존재 방식이기도 하다. 즉 세계의 근원적 질서인 '이념'의 내적 구조도, 이념이 시 · 공간적 현실로서 드러나는 방식도 변증법적이기에, 이념과 현실은 하나의 체계를 이루며, 이 두 차원의 원리를 밝히는 철학적 논증도 변증법적 체계성을 ⓐ 지녀야 한다.

(정반합: 하나의 주장[正] → 모순되는 다른 주장[反] 등장 → 대립하며 더 높은 주장으로 통합[合] / '정립'과 '반정립' / '종합' / 두 범주가 합하여 더 나은 상태로 나아가는 특징 / 논증 대상 자체가 스스로 보다 나은 방향으로 나아감. / '정립 – 반정립 – 종합'의 단계를 거쳐 완성됨. / 현실 세계가 '정립 – 반정립 – 종합'의 단계를 반복하며 발전함.)

▶ 1문단: 변증법의 논리적 구조

[2] 헤겔은 미학도 철저히 변증법적으로 구성된 체계 안에서 다루고자 한다. 그에게서 미학의 대상인 예술은 종교, 철학과 마찬가지로 '절대정신'의 한 형태이다. 절대정신은 절대적 진리인 '이념'을 인식하는 인간 정신의 영역을 ⓑ 가리킨다. 예술 · 종교 · 철학은 절대적 진리를 동일한 내용으로 하며, 다만 인식 형식의 차이에 따라 구분된다. 절대정신의 세 형태에 각각 대응하는 형식은 직관 · 표상 · 사유이다. '직관'은 주어진 물질적 대상을 감각적으로 지각하는 지성이고, '표상'은 물질적 대상의 유무와 무관하게 내면에서 심상을 떠올리는 지성이며, '사유'는 대상을 개념을 통해 파악하는 순수한 논리적 지성이다. 이에 세 형태는 각각 '직관하는 절대정신', '표상하는 절대정신', '사유하는 절대정신'으로 규정된다. 헤겔에 따르면 직관의 외면성과 표상의 내면성은 사유에서 종합되고, 이에 맞춰 예술의 객관성과 종교의 주관성은 철학에서 종합된다.

(중심 화제 / 예술 · 종교 · 철학의 본질적 공통점 / 예술 · 종교 · 철학 / 감각적 경험 / 감각적 지각 → 객관성 / 내면적 심상 → 주관성 / '정립'과 '반정립'의 '종합'에 해당 / '정립'과 '반정립'에 해당)

▶ 2문단: 헤겔 미학에서 절대정신의 형태와 인식 형식

[3] 형식 간의 차이로 인해 내용의 인식 수준에는 중대한 차이가 발생한다. 헤겔에게서 절대정신의 내용인 절대적 진리는 본질적으로 논리적이고 이성적인 것이다. 이러한 내용을 예술은 직관하고 종교는 표상하며 철학은 사유하기에, 이 세 형태 간에는 단계적 등급이 매겨진다. 즉 예술은 초보 단계의, 종교는 성장 단계의, 철학은 완숙 단계의 절대정신이다. 이에 따라 ㉡ 예술 – 종교 – 철학 순의 진행에서 명실상부한 절대정신은 최고의 지성에 의거하는 것, 즉 철학뿐이며, 예술이 절대정신으로 기능할 수 있는 것은 인류의 보편적 지성이 미발달된 머나먼 과거로 한정된다.

(직관 · 표상 · 사유 / 절대적 진리 / 단계가 진행될수록 절대적 진리를 인식하는 수준이 높아짐. / 논리적이고 이성적인 지성이 발달하지 못해 감각적 지각의 영향력이 강한 시기)

▶ 3문단: '예술 – 철학 – 종교'의 단계적 등급

문제로 Pick 학습법

밀접한 관련성을 지닌 추상적 개념들이 대등하게 나열되면, 그것을 구체적 사례에 적용하는 문제가 출제된다.

3 (가)에 따라 [직관 · 표상 · 사유]의 개념을 적용한 것으로 적절하지 않은 것은?

지문 분석

꼭꼭 check!

(가)의 주제
변증법적 체계에 따른 헤겔 미학에서 예술의 위상

(가)의 구조

도입
변증법의 논리적 구조 – [1]
전개
헤겔 미학에서 절대정신의 형태와 인식 형식 – [2]
부연
헤겔 미학에서 '예술 – 철학 – 종교' 순의 단계적 등급 – [3]

독해 Guide!

• 변증법의 논리적 구조 및 특징

논리적 구조	정립(正) – 반정립(反) – 종합(合)
특징	• 수렴적 상향성: 대립적인 두 범주가 조화로운 통일을 이루어 감. • 헤겔에게는 논증의 방식이자 논증 대상 자체의 존재 방식임. • 이념 및 이념이 현실로 드러나는 방식 모두 변증법적 → 이념과 현실의 원리를 밝히는 철학적 논증도 변증법적 체계성을 지녀야 함.

• '헤겔 미학'에서 절대정신의 형태와 인식 형식

철학 체계	정립	반정립	종합
절대정신의 형태	예술	종교	철학
성격	객관성	주관성	객관성+주관성
인식 형식	직관	표상	사유
성격	외면성	내면성	외면성+내면성
헤겔의 규정	직관하는 절대정신	표상하는 절대정신	사유하는 절대정신

• 직관 · 표상 · 사유

직관	물질적 대상을 감각적으로 지각하는 지성
표상	내면에서 심상을 떠올리는 지성
사유	개념을 통해 대상을 파악하는 순수한 논리적 지성(최고의 지성)

• 절대정신의 단계적 등급

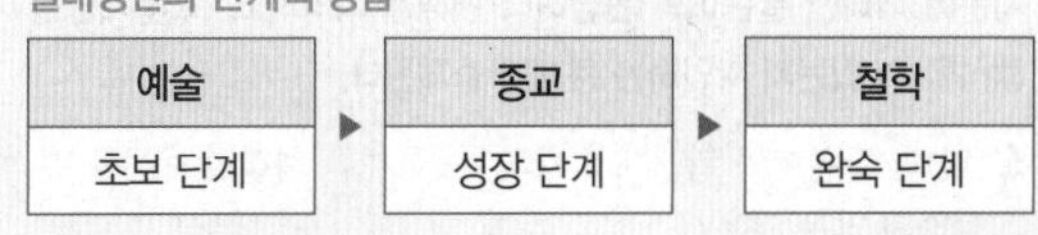

(나)

1 변증법의 매력은 '종합'에 있다. 종합의 범주는 두 대립적 범주('정립'과 '반정립') 중 하나의 일방적 승리로 ⓒ 끝나도 안 되고, 두 범주의 고유한 본질적 규정이 소멸되는 중화 상태로 나타나도 안 된다. 종합은 양자의 본질적 규정이 유기적 조화를 이루어 질적으로 고양된 최상의 범주가 생성됨으로써 성립하는 것이다.
'정립'과 '반정립'의 본질적 규정이 조화를 이루어 질적으로 향상되어야 함.
▶ 1문단: 변증법 구조에서 '종합'의 의미

2 헤겔이 강조한 변증법의 탁월성도 바로 이것이다. 그러기에 변증법의 원칙에 최적화된 엄밀하고도 정합적인 학문 체계를 조탁하는 것이 바로 그의 철학적 기획이 아니었던가. 그런데 그가 내놓은 성과물들은 과연 그 기획을 어떤 흠결도 없이 완수한 것으로 평가될 수 있을까? 미학에 관한 한 '그렇다'는 답변은 쉽지 않을 것이다. 지성의 형식을 직관 – 표상 – 사유 순으로 구성하고 이에 맞춰 절대정신을 예술 – 종교 – 철학 순으로 편성한 전략은 외관상으로는 변증법 모델에 따른 전형적 구성으로 보인다. 그러나 실질적 내용을 ⓓ 보면 직관으로부터 사유에 이르는 과정에서는 외면성이 점차 지워지고 내면성이 점증적으로 강화 · 완성되고 있음이, 예술로부터 철학에 이르는 과정에서는 객관성이 점차 지워지고 주관성이 점증적으로 강화 · 완성되고 있음이 확연히 드러날 뿐, 진정한 변증법적 종합은 ⓔ 이루어지지 않는다. 직관의 외면성 및 예술의 객관성의 본질은 무엇보다도 감각적 지각성인데, 이러한 핵심 요소가 그가 말하는 종합의 단계에서는 완전히 소거되고 만다.
'정립'과 '반정립'의 본질적 규정이 조화를 이루어 최상의 범주인 '종합'이 성립함. / △: 역접 / 형식적 측면에서는 변증법의 체계에 정합함. / 감각적 지각성이 점차 약화됨. / 예술의 객관성이 점차 약화되고 종교와 철학의 주관성이 점차 강화됨. / ┌ ┘: '철학'에서 '직관'이나 '예술'의 본질이 소멸됨. / 감각적 지각성
▶ 2문단: 헤겔의 미학 체계에 대한 분석

3 변증법에 충실하려면 헤겔은 철학에서 성취된 완전한 주관성이 재객관화되는 단계의 절대정신을 추가했어야 할 것이다. 예술은 '철학 이후'의 자리를 차지할 수 있는 유력한 후보이다. 실제로 많은 예술 작품은 '사유'를 매개로 해서만 설명되지 않는가. 게다가 이는 누구보다도 풍부한 예술적 체험을 한 헤겔 스스로가 잘 알고 있지 않은가. 이 때문에 방법과 철학 체계 간의 이러한 불일치는 더욱 아쉬움을 준다.
┌ ┘: 글쓴이의 주장(헤겔 미학 체계에 대한 비판) / └ 예술의 객관성, 즉 감각적 지각성이 소멸하였기에 주관성만 남음. / 주장의 실현 방안(예술의 위상 재논의) / 예술의 본질은 철학적 사유를 통해 제대로 인식할 수 있음. / 헤겔의 미학 체계가 변증법과 부합하지 않음.
▶ 3문단: 헤겔의 미학 체계 비판

문제로 Pick 학습법

지문에 나타난 글쓴이의 관점이나 견해를 파악하고 특정 개념을 기준으로 이를 해석할 수 있는지 확인하는 문제가 출제된다.

4 (나)의 글쓴이의 관점에서 ㉠과 ㉡에 대한 헤겔의 이론을 분석한 것으로 적절하지 않은 것은?

지문 분석

꼭꼭 check!

(나)의 주제
헤겔 미학의 철학 체계와 방법 간의 불일치 비판

(나)의 구조

전제
변증법 구조에서 '종합'의 의미 – 1

문제 제기
헤겔의 미학 체계에 대한 분석 – 2

비판
헤겔의 미학 체계 비판 – 3

독해 Guide!

• 변증법 구조에서 '종합'의 의미

변증법의 '종합'	두 대립적 범주의 본질적 규정이 유기적 조화를 이루어 질적으로 고양된 범주가 생성되는 것 종합 정립 ⟷ 반정립

• 헤겔 미학에 대한 글쓴이의 관점

표면적 전략	실질적 내용
• 지성의 형식: '직관 – 표상 – 사유'의 구조 • 절대정신: '예술 – 종교 – 철학'의 구조	• '직관 – 표상 – 사유': 외면성이 점차 지워지고 내면성이 점증적으로 강화 · 완성 • '예술 – 종교 – 철학': 객관성이 점차 지워지고 주관성이 점증적으로 강화 · 완성
외관상 변증법 모델에 따른 전형적 구성으로 보임.	진정한 변증법적 종합이 이루어지지 않음(감각적 지각성이 '종합' 단계에서 완전히 소거).

방법과 철학 체계 간의 불일치

• 헤겔 미학에 대한 비판

비판	철학에서 성취된 완전한 주관성이 재객관화되는 단계의 절대정신을 추가했어야 함.

⇩

보완 방안	예술은 '철학 이후'의 자리를 차지할 유력 후보
근거	'사유'를 매개로 해서만 설명되는 예술 작품이 많음.

대표 기출 주제 통합 ❷

1 (가)와 (나)에 대한 설명으로 가장 적절한 것은?

① (가)와 (나)는 모두 특정한 철학적 방법에 기반한 체계를 바탕으로 예술의 상대적 위상을 제시하고 있다.
② (가)와 (나)는 모두 특정한 철학적 방법에 대한 상반된 평가를 바탕으로 더 설득력 있는 미학 이론을 모색하고 있다.
③ (가)와 달리 (나)는 특정한 철학적 방법의 시대적 한계를 지적하고 이에 맞서는 혁신적 방법을 제안하고 있다.
④ (가)와 달리 (나)는 특정한 철학적 방법에서 파생된 미학 이론을 바탕으로 예술 장르를 범주적으로 유형화하고 있다.
⑤ (나)와 달리 (가)는 특정한 철학적 방법의 통시적인 변화 과정을 적용하여 철학사를 단계적으로 설명하고 있다.

2 (가)에서 알 수 있는 헤겔의 생각으로 적절하지 않은 것은?

① 예술 · 종교 · 철학 간에는 인식 내용의 동일성과 인식 형식의 상이성이 존재한다.
② 세계의 근원적 질서와 시 · 공간적 현실은 하나의 변증법적 체계를 이룬다.
③ 절대정신의 세 가지 형태는 지성의 세 가지 형식이 인식하는 대상이다.
④ 변증법은 철학적 논증의 방법이자 논증 대상의 존재 방식이다.
⑤ 절대정신의 내용은 본질적으로 논리적이고 이성적인 것이다.

핵심 기출 유형

유형 글의 전개 방식 파악

• 이 유형은?

(가), (나)의 내용 전개 방식을 비교하는 유형이다. 주제 통합 영역에서는 지문이 (가)와 (나)로 나뉘어 제시되는데, 두 글은 관련성이 있기 마련이다. 특정 대상에 대해 상반되는 관점이 제시되거나, 동시대 다른 문화권의 이론이 제시되는 등이 대표적인 사례이다. 따라서 (가)와 (나)의 관련성을 먼저 파악하고, 이를 중심으로 각각의 내용 전개를 살펴보는 것이 효과적이다. 이때 '(가)와 (나)는 모두', '(가)는 (나)와 달리' 등으로 제시될 경우에는 반드시 (가), (나) 각각의 전개 방식 및 중심 화제를 파악한 후, 이를 비교해야 한다.

대표 발문

▸ (가), (나)에 대한 설명으로 가장 적절한 것은?
▸ (가)와 (나)의 차이점을 중심으로 두 글을 비교하며 읽는 방법으로 가장 적절한 것은?

해결 Tip

(가)와 (나)의 중심 화제를 정리하고, 전개 방식을 파악한다.

↓

중심 화제에 대한 태도를 중심으로 (가)와 (나)의 관련성을 파악한다.

↓

선지 내용에 따라 (가)와 (나)를 비교하며 적절성을 판단한다.

3 (가)에 따라 직관 · 표상 · 사유의 개념을 적용한 것으로 적절하지 않은 것은?

① 먼 타향에서 밤하늘의 별들을 바라보는 것은 직관을 통해, 같은 곳에서 고향의 하늘을 상기하는 것은 표상을 통해 이루어지겠군.
② 타임머신을 타고 미래로 가는 자신의 모습을 상상하는 것과, 그 후 판타지 영화의 장면을 떠올려 보는 것은 모두 표상을 통해 이루어지겠군.
③ 초현실적 세계가 묘사된 그림을 보는 것은 직관을 통해, 그 작품을 상상력 개념에 의거한 이론에 따라 분석하는 것은 사유를 통해 이루어지겠군.
④ 예술의 새로운 개념을 설정하는 것은 사유를 통해, 이를 바탕으로 새로운 감각을 일깨우는 작품의 창작을 기획하는 것은 직관을 통해 이루어지겠군.
⑤ 도덕적 배려의 대상을 생물학적 상이성 개념에 따라 규정하는 것과, 이에 맞서 감수성 소유 여부를 새로운 기준으로 제시하는 것은 모두 사유를 통해 이루어지겠군.

4 (나)의 글쓴이의 관점에서 ㉠과 ㉡에 대한 헤겔의 이론을 분석한 것으로 적절하지 않은 것은?

① ㉠과 ㉡ 모두에서 첫 번째와 두 번째의 범주는 서로 대립한다.
② ㉠과 ㉡ 모두에서 두 번째와 세 번째 범주 간에는 수준상의 차이가 존재한다.
③ ㉠과 달리 ㉡에서는 범주 간 이행에서 첫 번째 범주의 특성이 갈수록 강해진다.
④ ㉡과 달리 ㉠에서는 세 번째 범주에서 첫 번째와 두 번째 범주의 조화로운 통일이 이루어진다.
⑤ ㉡과 달리 ㉠에서는 범주 간 이행에서 수렴적 상향성이 드러난다.

핵심 기출 유형

유형 구체적 사례에의 적용

• 이 유형은?

지문에 제시된 복수의 개념에 해당하는 사례들을 선지로 제시하고, 각각의 개념과 사례를 바르게 연결할 수 있는지 묻는 유형이다. 구체적 사례는 대개 <보기>로 제시되는 경우가 많은데, 이 문항과 같이 선지로 제시되기도 한다. 지문에 제시된 개념들 각각의 의미를 정확히 파악하고, 특히 개념들 간의 차이점에 유의하여 선지의 사례를 구분하는 것이 이 문항을 해결하는 데 실마리가 될 수 있다.

대표 발문

▶ 미국을 포함한 세 국가가 존재하고 각각 다른 통화를 사용할 때, ㉠~㉢에 대한 설명으로 적절한 것은?
▶ ㉠에 해당하는 사례로 가장 적절한 것은?

해결 Tip

지문에서 발문의 해당 개념들에 대해 설명하고 있는 부분을 찾아 각 개념들의 의미를 정리한다.

↓

세 개념들 간의 차이점을 중심으로, 선지의 사례들이 어떤 개념에 해당하는지 연결한다.

↓

선지의 개념과 사례 간 연결의 적절성을 최종적으로 판단한다.

5 〈보기〉는 헤겔과 (나)의 글쓴이가 나누는 가상의 대화의 일부이다. ㉮에 들어갈 내용으로 가장 적절한 것은? [3점]

보기

헤겔: 괴테와 실러의 문학 작품을 읽을 때 놓치지 않아야 할 점이 있네. 이 두 천재도 인생의 완숙기에 이르러서야 비로소 최고의 지성적 통찰을 진정한 예술미로 승화시킬 수 있었네. 그에 비해 초기의 작품들은 미적으로 세련되지 못해 결코 수준급이라 할 수 없었는데, 이는 그들이 아직 지적으로 미성숙했기 때문이었네.

(나)의 글쓴이: 방금 그 말씀과 선생님의 기본 논증 방법을 연결하면 [㉮]는 말이 됩니다.

① 이론에서는 대립적 범주들의 종합을 이루어야 하는 세 번째 단계가 현실에서는 그 범주들을 중화한다

② 이론에서는 외면성에 대응하는 예술이 현실에서는 내면성을 바탕으로 하는 절대정신일 수 있다

③ 이론에서는 반정립 단계에 위치하는 예술이 현실에서는 정립 단계에 있는 것으로 나타난다

④ 이론에서는 객관성을 본질로 하는 예술이 현실에서는 객관성이 사라진 주관성을 지닌다

⑤ 이론에서는 절대정신으로 규정되는 예술이 현실에서는 진리의 인식을 수행할 수 없다

6 문맥상 ⓐ~ⓔ와 바꾸어 쓰기에 가장 적절한 것은?

① ⓐ: 소지(所持)하여야

② ⓑ: 포착(捕捉)한다

③ ⓒ: 귀결(歸結)되어도

④ ⓓ: 간주(看做)하면

⑤ ⓔ: 결성(結成)되지

유형 관점의 적용

• **이 유형은?**

지문에서 제시된 특정 관점이나 이론을 바탕으로 다른 관점이나 이론을 비판한 내용의 적절성 또는 비판 과정의 논리적 타당성을 파악할 능력이 있는지는 확인하는 유형이다. 비판의 기준이 되는 관점이나 이론은 〈보기〉로 제시되거나 (가), (나) 중 한 지문으로 지정되는 경우가 많다. 따라서 주제 통합 영역에서는 (가), (나)로 제시되는 두 지문의 내용상 공통점과 차이점을 파악하면서 지문을 읽어야 한다.

대표 발문

▸ (나)의 필자의 관점에서 ㉠을 평가한 내용으로 가장 적절한 것은?

▸ (가)의 '아도르노'의 관점을 바탕으로 할 때, ㉡에 대해 반박할 수 있는 말로 가장 적절한 것은?

해결 Tip

(나)에 제시된 글쓴이의 관점을, 비판적 인식을 중심으로 파악한다.

↓

〈보기〉에 제시된 헤겔의 말을 (나)의 글쓴이의 관점과 대응시킨다.

↓

앞에서 대응시킨 내용을 바탕으로 각 선지의 적절성을 판단한다.

주제 통합

적중 예상

인문 01

목표 시간	10분 00초
시작 분 초	종료 분 초
소요 시간	분 초

E 수록

[146-151] 다음 글을 읽고 물음에 답하시오. 14, 16, 23

㉮ 순자에 의하면 인간의 본성이란 타고난 그대로를 말하는 것으로서, 배워서 되는 것도 아니고 인위적으로 조작할 수 있는 것도 아니다. 인간은 본성적으로 욕망을 지니고 있고, 그 욕망을 추구하지 않을 수 없으며, 따라서 나면서부터 이익을 추구하는 이기적 존재라는 것이다. 그렇기 때문에 인간에게 본성적으로 존재하는 물질적 욕구를 없앨 수 없고, 없애려고 하거나 줄이려고 하는 것이 바람직하지 않다고 보았다. 결국 인간이 욕망을 추구하는 것은 인정의 피치 못할 자연스러운 현상이므로, 욕망을 다 채우지는 못하더라도 가능한 한 최대의 욕망을 채우게 하는 것이 바람직하다고 순자는 생각하였다.

이처럼 순자는 인간의 타고난 모습을 현미경을 들여다보듯이 관찰하여 인간을 욕구적 존재로 파악함으로써, 인간의 욕망 충족을 기본적으로 긍정하고 있다. 이는 춥고 배고프고 피곤에 지친 상황에서까지 욕망을 부도덕한 것으로 부정하면서 개인의 도덕적 삶과 질서 ⓐ잡힌 사회를 역설하는 이상에 치우친 사상과 근본적으로 다른 것이라고 할 수 있다. 왜냐하면 인간의 욕망 충족을 부정하게 되면 안으로 참고 극기하는 내면적 행위가 유발되고, 욕망을 긍정하게 되면 생산을 늘리는 것과 같은 외면적 노력이 뒤따를 것이기 때문이다. 이런 점에서 볼 때, 순자가 인간을 욕구적 존재로 파악한 것은 중요한 의미를 지닌다. 인간의 욕망 추구 및 이익 추구를 인간의 본성적 차원에서 긍정함으로써, 많은 재화와 이익의 생산을 정당화하는 이론적 토대를 마련한 것으로 평가할 수 있기 때문이다. 그러나 순자가 인간의 타고난 그대로의 성품인 욕망 추구나 이익 추구를 무조건적으로, 또 무제한적으로 인정한 것은 아니다. 인간의 욕망은 끝이 없는 것이어서 그것을 무조건적으로 추구하게 되면 개인적으로도 불행해질 뿐만 아니라 사회적으로도 서로 싸우고 빼앗고 하는 무질서한 상태가 초래되어 바람직하지 못하다는 것이다. 그래서 순자는 욕망의 본질과 도리를 잘 헤아려 합리적으로 그것을 추구하도록 가르치고 있다. 그것이 바로 '예'이다. 이 예는 일차적으로는 인간의 욕망 추구를 규제하는 것이지만, 궁극적으로는 인간의 여러 욕망을 길러 주는 것이기도 하다. 순자가 말하는 예란 물욕을 끝까지 추구하면서도 물욕의 노예가 되거나 물질이 탕진되지 않도록 하여, 물질과 욕망 모두를 육성하기 위하여 시작된 것이다. 결국 예로써 절제함으로써 결과적으로 보다 더 많은 욕망을 충족할 수 있다고 말하는 셈이다.

순자는 이와 같은 생각을 인간의 가치를 평가하는 데도 적용한다. 그는 인간의 가치가 태어난 그대로의 선천적인 것에 의해서가 아니라, 후천적 노력에 의해서 정해진다고 말한다. 즉 이익과 욕망을 추구하는 본성은 동일하지만, 그것을 무절제하게 추구하느냐 아니면 절제를 가하여 합리적으로 추구하느냐에 따라서 인간적 가치가 달라진다는 것이다. 그러므로 인간의 인위적 노력 내지는 노동이 무엇보다도 중요한 의미를 지닌다. 순자는 일을 가까이 하지 않고 나태하거나 염치없이 일하지 않고 음식을 먹으면서 '군자는 진실로 힘쓰지 않는다.'라고 말하는 사람들을 맹렬히 비난한다. 이처럼 순자가 노동을 강조하고 중요시한 까닭은 인간의 욕구를 충족시키기 위해서는 부족한 재화를 생산해야 하며 물질 생산을 위해서는 노동이 필수 요건이기 때문이다.

㉯ ㉠베버는 금욕적 프로테스탄티즘의 한 종파인 칼뱅주의의 예정설과 소명으로서의 직업 윤리가 자본주의 정신 형성에 중요한 역할을 했다고 주장했다. 그런데 소명 개념은 고대에도, 가톨릭 신학에도 존재하지 않았다. 그것은 종교 개혁을 통해서 도입된 것이었다. 종교 개혁 시기에 신의 부름, 즉 소명이라는 개념을 최초로 사용한 인물은 루터였다. 하지만 베버는 루터주의를 자본주의 정신의 원천으로 간주하지 않았다. 루터주의는 가톨릭과 마찬가지로 물질 추구를 신에 대한 모독이라고 생각했기 때문이다. 베버에 따르면 현실에서 소명으로서의 직업 개념을 확고하게 정립한 프로테스탄티즘 종파는 칼뱅주의이다.

종교 개혁 시기 제네바의 신학자 칼뱅의 교리에 따르면 인간의 구원은 신에 의해 예정되어 있다. 예정설에 따르면 소수의 인간만이 영원한 은총을 받도록 신에게 선택되었다. 따라서 인간 스스로는 운명을 선택할 수 없고, 선행을 해도 그 운명을 바꿀 수 없다. 따라서 자신이 선택받았는지 여부를 알 수 없는 개신교도들은 지금까지 겪지 못한 고립감을 경험하게 되었다. '나는 과연 신에게 선택받은 존재인가?'라는 그들의 물음에 대해 칼뱅주의에서는 다음과 같은 신앙생활에서의 권고가 특징적으로 나타났다. 첫째, 자기 확신의 결여는 신앙의 불완전함을 의미하며 은총을 받을 수 없다는 증거가 되기 때문에 자신을 신에게 선택받은 존재로 생각해야 하고 모든 의심을 제거하는 것이 의무화되었다. 둘째, 자기 확신에 도달하기 위한 가장 탁월한 수단으로 직업 노동이 강조되었다. 즉 오직 직업 노동만이 종교적 회의를 떨쳐 버리고 구원에 대한 확신을 준다는 것이다.

그렇다면 프로테스탄트는 과연 어떻게 살아야 하는가? 무엇보다도 현세적 직업은 신에 의해 예정된 구원을 확신할 수 있는 유일한 길이므로 자신의 직업에 성실히 임해야 한다. 즉 근면히 노동해야 한다. 또한 신으로부터 선택받은 프로테스탄트는 세속적인 쾌락을 멀리하는 금욕적인 생활 태도를 지녀야 한다. 이런 삶의 방식을 지니는 프로테스탄트는 각자 자신의 직업에 헌신함으로써 금전을 획득하고 자본을 축적하게 된다. 근면한 노동으로 획득한 금전의 축적은 하나님의 소명에 충실했다는 증표로서 도덕적으로 인정받는다. 부가 사치와 방탕 혹은 탐닉의 삶을 유지하기 위하여 이용되는 경우에만 부의 축적은 지탄받는다. 소명으로서의 직업에 충실한 프로테스탄트가 금욕적으로 생활하고 성실하게 자신의 직업을 수행한 결과 물질적인 이윤을 얻었다면 그러한 이윤은 직업 노동의 열매이자 신의 축복이다. 이런 방식으로 프로테스탄티즘은 영리 추구를 종교적으로 장려했다. 이제 영리 활동은 부당 이득 행위라는 종

교적 오명으로부터 해방되었을 뿐만 아니라 도덕적으로도 권장되
40 었다.
이처럼 근대 자본주의로 들어서면서 프로테스탄티즘, 특히 칼뱅주의의 소명 의식은 금욕적인 생활과 성실한 직업 수행 의무를 하나의 규범으로 만들었으며, 나아가 기업가는 물론 노동자에 이르기까지 경제적으로 합리적인 생활 태도를 갖게 했다. 독실한 프로테
45 스탄트는 세속적 직업에 성실하게 임하면서도 금욕적 생활방식을 지속적으로 유지하고 향락적 소비 및 낭비를 피하며 저축을 함으로써 자본을 축적하게 되었다. 이렇게 축적된 자본은 생산에 재투자되었다. 결국 현세적 금욕을 강조하는 프로테스탄티즘의 윤리는 근대적인 경제인을 길러 냈으며 근대 자본주의 정신, 즉 베버의 표현
50 에 따르면 '직업을 통해 체계적이고 합리적으로 정당한 이윤을 추구하려는 정신'의 강력한 지렛대가 되었다.

146

(가)와 (나)에 대한 설명으로 가장 적절한 것은?

① (가)는 순자 사상의 형성 과정을 시대적 상황과 결부하여 통시적으로 고찰하고 있다.
② (가)는 인간의 본성에 대한 순자의 관점을 설명하고 그 관점의 한계를 지적하고 있다.
③ (나)는 루터주의와 다른 칼뱅주의의 교리를 설명하고 이것이 자본주의 정신의 형성에 미친 영향을 밝히고 있다.
④ (나)는 이윤 추구에 대한 칼뱅주의와 자본주의의 차이점을 설명하면서 바람직한 직업 윤리의 필요성을 밝히고 있다.
⑤ (가)와 (나)는 모두 인간의 본성이 직업 윤리의 형성에 끼친 영향을 각각 순자와 칼뱅의 견해를 들어 설명하고 있다.

147

(가)의 '순자'와 (나)의 '칼뱅'의 공통된 견해로 가장 적절한 것은?

① 이윤을 추구하는 인간의 행위는 도덕적으로 정당하다.
② 자신의 직분에 충실하면 인간은 자신의 운명을 바꿀 수 있다.
③ 사치와 낭비에 빠지지 않으려면 종교적 생활 태도가 필요하다.
④ 노동은 인간을 고립감에서 벗어나 자기 확신에 이르게 해 준다.
⑤ 인간은 욕구적 존재로서 욕망을 최대로 채우는 것이 바람직하다.

148

(가)와 (나)를 읽은 독자가 〈보기〉에 대해 보일 수 있는 반응으로 가장 적절한 것은?

보기

항산(恒産)*이 없어도 항심(恒心)*이 있는 것은 오직 사(士)만이 그럴 수 있다. 백성 같으면 항산이 없으면 그로 인해 항심도 없게 되니, 만일 항심이 없으면 방탕해지고 간사해져 멈추지 못할 것이다. 그리하여서 죄에 빠지고 난 뒤에 쫓아가 형벌을 가한다면 이는 백성을 그물질하는 짓이다. 어찌 인(仁)한 사람이 지위에 있으면서 백성을 그물질하고 괜찮다고 여길 수 있겠는가? 이러하므로 명철한 군주는 백성의 생업을 마련해 주어 반드시 위로는 부모를 섬길 수 있게 하고 아래로는 처자를 돌볼 수 있게 하여 풍년에는 늘 배부르고 흉년에는 죽음을 면하게 해 준다. 그러한 뒤에 그들을 인도하여 선(善)으로 나아가게 한다.

– 맹자, 《양해왕 상》

* 항산: 살아갈 수 있는 일정한 재산이나 생업.
* 항심: 늘 지니고 있는 떳떳한 마음.

① (가)의 순자는 인간의 욕망 추구를 무조건적으로 인정했지만, 〈보기〉의 맹자는 백성을 선으로 이끌어야 할 구제의 대상으로 파악하였군.
② (가)의 순자는 인간의 욕망을 규제하는 방법으로 '예'를 제시했지만, 〈보기〉의 맹자는 백성의 방탕함과 간사함을 방지하는 유일한 방법으로 '항심'을 제시하였군.
③ (나)의 칼뱅의 관점에서 신으로부터 선택받은 프로테스탄트는 〈보기〉에서 맹자가 말한 '사(士)'에 해당하겠군.
④ (나)의 칼뱅은 인간의 도덕적 삶이 개인의 노력에 달려 있다고 보았지만, 〈보기〉의 맹자는 백성의 도덕적 삶이 군주에게 달려 있다고 생각하였군.
⑤ (나)의 칼뱅은 인간이 소명 의식에 따라 직업에 성실히 임해야 한다고 본 반면, 〈보기〉의 맹자는 형벌을 받지 않기 위해 생업에 임해야 한다고 보았군.

149

(가)에 나타난 인간의 본성에 대한 순자의 관점과 가장 거리가 먼 것은?

① 도덕적 삶의 원천은 인간의 타고난 본성이며 이는 관례의 영향 속에서, 즉 교육을 통해서 실현된다.
② 배고프면 배불리 먹고 싶고, 추우면 따뜻하게 입고 싶고, 고단하면 쉬고 싶은, 그것이 인간의 본성이다.
③ 사람은 태어나면서부터 감각적 욕망을 가지고 있는데, 이러한 본성을 그대로 따르면 음란하게 되고 예의와 규범이 없어진다.
④ 인성은 기타 생물의 본성과 결코 차별이 없고, 본성의 동작은 본능의 지배를 받다가 점차 이성과 지성 및 도덕성의 지배를 받게 된다.
⑤ 사람은 반드시 스승이 있어 바로잡히고 예의를 얻어야 다스려질 것이니, 만일 스승이 없으면 편벽된 데로 기울어져 부정해질 것이요, 예의가 없으면 난폭해져서 다스리지 못할 것이다.

150

㉠의 이유로 가장 적절한 것은?

① 소명으로서의 직업 윤리로 인해 물질 추구가 신에 대한 모독이라는 생각에서 벗어날 수 있었기 때문이다.
② 정당한 이윤을 추구하는 근대 자본주의가 형성되면서 소명으로서의 직업 윤리가 새롭게 생겨났기 때문이다.
③ 예정설과 소명 의식이 개인으로 하여금 성실히 직업을 수행하게 하여 자본을 축적할 수 있게 해 주었기 때문이다.
④ 예정설과 소명 의식이 금욕적인 생활 태도로 이어져 신의 영원한 은총을 받는 선택받은 존재가 되도록 해 주었기 때문이다.
⑤ 자신의 직업에 성실히 임하는 소명으로서의 직업 윤리로 인해 종교적 회의를 떨쳐 버리고 구원에 대한 확신을 가질 수 있었기 때문이다.

151

밑줄 친 부분의 문맥적 의미가 ⓐ와 가장 유사한 것은?

① 경쟁 회사에 약점이 잡히면 매출에 큰 타격을 입게 된다.
② 일의 균형이 제대로 잡히지 않으면 그 일은 성공할 수 없다.
③ 방송국 카메라에 잡힌 장면은 온 국민을 놀라게 만들었다.
④ 소방대원들이 긴급하게 출동하여 산불이 비교적 초기에 잡혔다.
⑤ 내일은 그동안 연구해 왔던 사업의 최종적인 계획이 잡히는 날이다.

적중 예상

주제 통합

인문 02

목표 시간	10분 00초		
시작	분 초	종료	분 초
소요 시간	분 초		

E 수록

[152-157] 다음 글을 읽고 물음에 답하시오. 19, 22

㉮ 사람들은 흔히 어떤 행동이나 선택 결과에 대해 "만약 ~했다면(하지 않았다면), ~했을 텐데(하지 않았을 텐데)"와 같은 생각을 하게 되는데, 이를 심리학에서는 사후 가정 사고라 한다. 즉, 사후 가정 사고는 어떤 사건을 경험한 후, 과거에 일어날 수도 있었지만 결국 일어나지 않았던 가상의 사건에 대한 생각을 의미한다. 이러한 사고들은 대개 조건문의 형태와 가정의 의미를 ⓐ내포하고 있다. 즉, 조건 부분과 결과 부분에 현실의 사실을 실제로 일어나지 않았던 가상의 상황으로 전환시키는 과정을 포함한다.

사후 가정 사고는 구조에 따라 추가형 사후 가정 사고와 삭제형 사후 가정 사고로, 방향에 따라 상향적 사후 가정 사고와 하향적 사후 가정 사고로 나눌 수 있다. 추가형 사후 가정 사고와 삭제형 사후 가정 사고로 구분하는 것은 사후 가정 사고의 조건 부분의 전환 구조에 초점을 맞추어 구분하는 것으로, 전자는 과거 또는 현재에 일어나지 않았던 사건이나 행위를 마치 실제 일어났던 것처럼 추가하여 전환시키는 반면, 후자는 과거 또는 현재에 일어난 사건이나 행위를 일어나지 않았던 것처럼 삭제하여 전환시킨다. 한편 상향적 사후 가정 사고와 하향적 사후 가정 사고로 구분하는 것은 사후 가정 사고의 결과 부분의 전환 방향에 초점을 맞추어 구분하는 것으로, 전자는 일어난 사건보다 더 나은 대안적 사건을, 후자는 더 나쁜 대안적 사건을 결과로 가상하는 것이다.

사후 가정 사고의 활성화에는 다양한 요인들이 ⓑ관여한다. 사람들은 긍정적 사건보다 부정적 사건을 경험한 후 더 많은 사후 가정 사고를 하는 경향이 있는데, 이는 부정적 감정의 경험이 매개 변인의 역할을 하기 때문이다. 사건의 긍정성, 부정성은 사후 가정 사고의 방향에도 영향을 미치는데, 일반적으로 상향적 사후 가정 사고는 부정적 사건을 경험했을 때, 하향적 사후 가정 사고는 긍정적 사건을 경험했을 때 더 많이 형성된다.

사후 가정 사고가 형성될 때 이미 일어난 사건의 전환이 포함되므로 일어난 사건의 전환성은 사후 가정 사고의 내용을 결정하는 중요한 요인이 된다. 이때 전환성에 가장 큰 영향을 주는 요인은 정상성과 비정상성의 여부로, 비정상적이고 예외적인 사건이 정상적이고 일상적인 사건보다 더 전환성이 높아 사후 가정 사고가 더 활성화된다. 정상성에 대한 판단은 문화에 따라 영향을 받는데, 개인주의 문화에서는 개인의 과거 행동과의 일치성이 정상성 판단의 중요한 기준이 되며, 집단주의 문화에서는 자신에게 의미 있는 준거 집단의 행동과의 일치성이 판단의 기준이 된다.

그렇다면 사후 가정 사고는 기능적 측면에서 어떤 역할을 할까? 첫째, 사후 가정 사고는 대비 효과에 의한 감정 상승의 기능을 한다. 이는 주로 하향적 사후 가정 사고에서 나타나는 것으로 슬픔, 후회 등의 나쁜 감정을 완화하고 기쁨, 만족 등의 좋은 감정을 증대시키는 결과를 낳는다. 둘째, 사후 가정 사고는 미래를 준비하는 기능을 한다. 이는 주로 상향적 사후 가정 사고에서 나타나는 것으로, 상향적 사후 가정 사고는 부정적 감정을 경험하게 하지만 이러한 감정은 더 나은 상황이나 결과를 가져올 수 있는 조건 또는 원인들에 대한 이해를 돕는 기능을 한다. 즉 Ⓐ실패한 의사 결정에 대한 사후 가정 사고는 어떤 이유로 그와 같은 일이 발생했는지를 면밀히 파악할 수 있게 하여 이후 유사한 과업을 수행할 때 더욱 긍정적인 성과를 기대할 수 있게 한다는 것이다.

㉯ 대부분의 의사 결정 연구는 주어진 대안 중에 의사 결정자가 어떤 대안을 선택하는지를 이해하는 데 초점을 맞추어 왔다. 즉, 의사 결정자의 성향, 속성의 수, 시간 압박과 같은 변수를 조작하여 사람들이 어떤 선택 전략을 사용하는지, 그 전략의 사용이 상황에 따라 어떻게 변화하는지 등이 주로 연구되었다.

그러나 실제 의사 결정 상황을 살펴보면 의사 결정자가 행동 자체를 포기하는 무행동이 자주 나타난다. 이에 대해 심리학자 루스는 기존의 연구에서 ⓒ간과되었던 감정적 측면에 주목하여 이를 설명했다. 그에 의하면 사람들은 선택 행동 이후에 나타나는 후회를 회피하기 위해서 행동을 선택하지 않을 가능성이 크다는 것이다. 후회란 잘못된 의사 결정을 했다고 느낄 때 지각되는 불쾌한 감정이다. 그리고 이러한 후회는 선택 행동과 선택하지 않은 대안 행동과의 비교에서 자신이 한 의사 결정이 잘못된 것임을 지각하는 경우에 발생한다. 이러한 측면에서 선택 행동 그 자체가 잘못된 의사 결정이라고 느끼거나 이로 인한 불쾌한 감정을 ⓓ예견하는 경우 사람들은 행동을 포기한다는 것이다.

이에 대해 카네만과 트버츠키는 행동과 무행동 중 어떤 경우에 후회가 더 큰지를 연구했다. 예를 들어 A주식을 소유한 철수는 작년에 B주식으로 바꿀 것을 고려하였으나, 결국 A주식을 그대로 소유했다. 만일 철수가 B주식으로 바꿨다면 천만 원을 벌었을 것이다. 반면 B주식을 소유한 영희는 작년에 A주식으로 바꿔 천만 원을 손해 보았다. 이때 누가 더 후회할 것인가? 사람들은 자신의 행동, 무행동에 대해 더 설득력이 높은 경우에 후회를 적게 한다. 그런데 사람들은 현재 상태를 유지하고자 하는 기본적인 편향이 있는데, 이를 무행동 편향이라 한다. 따라서 행동을 하지 않는 상황은 행동을 하는 상황보다 더 규범적이므로 영희의 후회가 더 클 것이다. 이를 ㉠행동 효과라 한다.

반면에 질렌버그의 연구에 의하면 행동을 할 것인지 아닌지를 선택하는 순간에 사람들은 이전의 결과를 살펴본다. 만약 무행동으로 인한 이전의 결과가 부정적으로 나타나는 경우 사람들은 무행동보다 행동을 규범적이라 인식한다. 이런 경우 무행동으로 인해 발생하는 후회가 행동으로 인해 발생하는 후회보다 큰데, 이를 ㉡무행동 효과라 한다. 한편, 후회의 정도는 사람의 성향에 따라 달라진다는 시각도 있다. 부정적 결과에 대한 위험을 ⓔ감수하려는 사람들은 무행동으로 인한 후회가 행동으로 인한 후회보다 더 큰 반면, 위험 회피 성향을 지닌 사람들은 행동으로 인한 후회가 무행동으로 인한 후회보다 더 크다는 것이다.

152

다음은 (가), (나)를 읽고 학생이 작성한 활동지의 일부이다. a~c에 대한 평가를 바르게 짝지은 것은?

공통점	• 구체적인 사례를 제시하여 설명하고자 하는 개념에 대한 독자의 이해를 도움. ………………………… a
차이점	• (가)는 (나)와 달리 일정한 기준에 따라 대상을 분류한 후 각각의 특징을 설명함. ……………………… b • (나)는 (가)와 달리 학자들의 연구 결과를 소개하여 제시된 내용에 대한 독자의 신뢰를 높임. ………… c

	a	b	c
①	적절	적절	적절
②	적절	적절	부적절
③	적절	부적절	적절
④	부적절	적절	적절
⑤	부적절	부적절	부적절

153

(가)를 참고할 때, 〈보기〉의 ㉮~㉰에 들어갈 말로 적절한 것은?

보기

히긴스는 조절 초점 이론에서 인간의 동기는 특정 순간에 그 사람의 마음속에 존재하여 주의가 집중되고 있는 기준점에 따라서 향상 동기와 예방 동기로 나뉜다고 주장했다. 향상 동기는 만족스럽거나 바라는 결과를 얻으려 하기 때문에 현재의 상황을 향상시키려는 목표를 지닌 상태이고, 예방 동기는 불만족스럽거나 원치 않는 결과가 일어나는 것을 막으려 하기 때문에 현재의 상황을 유지하려는 목표를 지닌 상태이다. 따라서 (㉮)를 내포한 상황에서의 실패는 결과가 없다는 것을 의미하며, 그 결과가 있는 상태를 추구하므로 상대적으로 (㉯)에 민감하여 (㉰)를 하게 된다.

	㉮	㉯	㉰
①	향상 동기	일어난 조건들	삭제형 사후 가정 사고
②	향상 동기	일어나지 않은 조건들	추가형 사후 가정 사고
③	향상 동기	일어나지 않은 조건들	삭제형 사후 가정 사고
④	예방 동기	일어나지 않은 조건들	추가형 사후 가정 사고
⑤	예방 동기	일어난 조건들	삭제형 사후 가정 사고

154

Ⓐ에 대한 설명으로 적절하지 않은 것은?

① 상향적 사후 가정 사고를 활성화시킬 가능성이 높다.
② 슬픔, 후회 등의 부정적 감정을 야기할 개연성이 높다.
③ 실패의 정도가 클수록 결과 부분의 전환성 역시 커진다.
④ 미래에 발생할 수 있는 유사한 상황에 대해 준비하도록 한다.
⑤ 조건 부분의 구조로 볼 때, 추가형 사후 가정 사고에 한정된다.

155

㉠과 ㉡의 공통점으로 가장 적절한 것은?

① 행동으로 인해 발생하는 후회가 무행동으로 인해 발생하는 후회보다 크다고 본다.
② 발생할 수 있는 위험을 대하는 사람들의 성향에 따라 행동과 무행동이 결정된다고 본다.
③ 의사 결정자가 주어진 대안 중에 어떤 대안을 선택하는지를 밝히는 것을 목적으로 한다.
④ 잘못된 의사 결정을 했을 때 유발되는 불쾌한 감정을 미리 방지하기 위한 심리적 기제이다.
⑤ 행동과 무행동 중에서 어느 쪽을 규범적으로 인식하는지에 따라 후회의 정도가 달라진다고 본다.

156

(가)와 (나)를 바탕으로 할 때, 〈보기〉에 대한 반응으로 적절하지 않은 것은?

보기

올림픽 체조 경기에서 A 선수는 최고난도의 연기를 선택할지 말지를 고민하다가 지난 대회에서 최고난도를 선택하지 않아 금메달을 따지 못했던 일을 떠올리고는 금메달을 따기 위해 최고난도를 선택했다. 하지만 연기를 하는 과정에서 실수를 하여 은메달에 머물렀다. 한편 A 선수의 실수를 본 B 선수는 난도가 낮은 연기를 선택하였고 안정적인 연기를 하여 동메달을 획득했다. 수상 인터뷰에서 A 선수는 만족스럽지 못한 표정으로 아쉬움을 토로한 반면, B 선수는 실수를 하지 않은 것에 안도하며 만족스런 표정으로 활짝 웃었다.

① A가 동메달을 수상한 B보다 만족도가 낮은 것은 상향적 사후 가정 사고를 했기 때문이겠군.
② A와 B의 수상 인터뷰 태도를 비교해 볼 때, 객관적인 결과와 주관적인 만족도는 서로 일치하지 않을 수도 있겠군.
③ A가 위험을 회피하는 성향을 지닌 사람이라면 최고난도의 연기를 선택한 것으로 인한 후회가 최고난도 연기를 선택하지 않은 것으로 인한 후회보다 더 크겠군.
④ A가 위험을 감수하면서까지 최고난도의 연기를 한 이유는 무행동 편향에 따라 최고난도 연기를 선택하는 것이 그렇지 않은 것보다 규범적이라고 느꼈기 때문이겠군.
⑤ B가 만족스런 표정을 지은 것은 하향적 사후 가정 사고를 통해 자신이 난도가 낮은 연기를 안정적으로 한 현실의 사건과 고난도 연기를 선택하여 실수하는 가정의 사건을 비교했기 때문이라고 볼 수 있겠군.

157

문맥을 고려할 때, 밑줄 친 말이 ⓐ~ⓔ의 동음이의어인 것은?

① ⓐ: 그의 주장은 몇 가지 모순을 내포(內包)하고 있다.
② ⓑ: 이 일에 관여(關與)한 사람만 해도 백 명이 넘는다.
③ ⓒ: 그 사건의 진실한 내막은 간과(看過)되고 말았다.
④ ⓓ: 그 사람은 자신의 죽음을 예견(豫見)한 듯했다.
⑤ ⓔ: 이 사전은 저명한 학자가 감수(監修)하였다.

적중 예상

주제 통합

인문 03

목표 시간	10분 00초		
시작	분 초	종료	분 초
소요 시간	분 초		

E 수록 20, 22

[158-163] 다음 글을 읽고 물음에 답하시오.

(가) 역사학자 카는 그의 저서 『역사란 무엇인가』에서 '역사는 진보하는가?'라는 주제에 대해 자신의 입장을 분명히 제시했다. 카는 세계 대전의 참극과 냉전 체제의 갈등을 지켜보면서도 미래를 낙관적으로 ⓐ전망한 학자였다. 그는 인간의 잠재력이 역사를 지속적으로 발전시킬 것이라고 단언했다.

카에 따르면 ㉠역사의 진보에 대한 믿음은 역사의 필연적인 진행 과정에 대한 믿음이 아니라 인간 잠재력의 지속적인 발전에 대한 믿음이다. 그렇다면 인간이 지닌 잠재력의 무한한 발전은 어디에서 확인할 수 있는가? 카는 그것을 과학 기술의 발전에서 찾았다. 카는 진보의 동력인 과학 기술이 인류 문명의 발전뿐 아니라 서구 중심의 세계 질서에도 구조적인 변화를 일으킬 것이라고 전망했다.

그는 과학 기술의 부작용과 위험성에 대한 우려를 인정하면서도 과학 기술의 발전을 결코 막을 수는 없다고 보았다. 그러면서 과학 기술과 문명의 발전에 따르는 여러 위험과 부작용 때문에 역사를 되돌려 비합리주의를 숭배하거나 이성의 역할을 부정하면 안 되고, 오히려 이성의 역할을 더 철저하게 인식하여 올바른 방향으로 교정해 가야 한다고 했다.

그러나 젠킨스와 같은 포스트모던 역사학자들은 카의 이러한 생각에 문제의식을 느끼고 있었다. 젠킨스에 따르면 진보라는 거대 담론 아래에서는 수많은 역사적 사건들이 하나의 거대한 역사로 통합되어 왜곡된다. 즉 진보라는 미래의 지향점과 가치에 ⓑ부합하지 않는 모든 역사적 사건들은 정당한 평가에서 제외된다는 것이다. 또한 카는 효율성을 역사 발전의 기준으로 보았는데, 그것이 누구의 입장에서의 효율성인지에 대해서는 고민이 부족했다는 것이다. 다양한 이해관계 속에서 갈등하고 긴장하는 인간 사회를 종합적으로 고려하기보다 특정 사회만을 효율성의 준거점으로 보았다는 것이다. 이러한 이유를 들어 젠킨스는 진보를 포스트모던 시대에 더 이상 ⓒ견지하기 어려운 이데올로기로 보았다. 이에 따라 역사의 흐름을 진보의 나침반에 맞춘 카의 역사 담론은 타격을 받게 되었다.

(나) 진보 사상은 인류의 역사가 더 나은 상태를 향해 나아간다고 믿는 일련의 관념을 의미한다. 고대에는 인류 역사의 진보에 대한 믿음이 존재하지 않았다. 고대인들은 행복한 시대 뒤에는 반드시 고통의 시대가 뒤따른다는 순환론적 세계관을 갖고 있었고 역사적 경험도 제한되어 있었다. 중세인들에게도 진보 사상은 나타나지 않았다. 중세인들은 인간의 역사를 신(神) 의지의 전개 과정으로 보면서 그 종점에는 내세에서 성취되는 구원의 세계가 있을 뿐이라고 생각했다. 이로써 중세인들은 고대의 순환론에서 ⓓ탈피해 역사가 하나의 목적을 향해 나아간다는 직선적 세계관을 갖게 되었지만, 역사를 진행하는 힘을 신적인 것으로 보았으며 지상에서는 더 나은 상태를 기대하지 않았다는 점에서 진보 사상과는 거리가 멀었다.

인간 잠재력에 의한 진보 사상이 본격적으로 등장하게 된 것은 18세기부터였다. 여기에는 이성을 근거로 미래의 완성을 전망한 계몽주의가 중요한 역할을 하였다. 18세기의 진보주의자들은 신에 의해 세계가 창조되었다는 사실은 인정하면서도 세계는 그 자체의 법칙에 따라 움직인다고 보았으며, 그 운동의 방향은 항상 더 완전한 상태를 향한다고 생각했다. 또한 인간은 이성의 힘을 통해 본능과 야만적인 상태에서 벗어나 자유와 도덕성을 추구해 갈 것이라는 생각을 바탕으로 진보에 대한 믿음을 강화하였다.

[A] 이러한 진보에 대한 믿음을 바탕으로 형성된 근대 역사학의 중심에는 역사주의가 있다. 역사주의는 역사가 진보하며 그 진보에는 시간이 필요하다는 것을 핵심 내용으로 한다. 진보주의적 사유에 따르면 시간은 역사적 진보로 채워지기를 기다리는 '동질적이고 비어 있는 시간'으로 규정된다. 이로써 일부의 역사주의자들은 전근대와 근대를 진보라는 개념으로 연속시키면서 비서구를 전근대로 서구를 근대로 간주하는 사유를 낳았다. 단선적인 시간 위에서 동일한 역사적 진보 과정을 밟는다는 사고를 바탕으로 형성된 이와 같은 사유는 서구 사회가 비서구 사회를 도와 역사 발전 단계를 진전시킬 사명을 갖는다는 제국주의 논리를 탄생시켰다. 스탈린이 정리한 역사 발전 5단계 도식은 유럽 밖의 지역에서는 잘 들어맞지 않는 것이었음에도 불구하고 이러한 사고는 식민 지배의 과정에서 과학적인 지식의 형태로 식민지 국가에 빠르게 유포되었다.

그러나 현대에 와서 이러한 역사주의적 사유 방식에 대해서는 근원적인 성찰의 필요성이 제기되었다. 근대적 시간으로 포섭할 수 없는 이질성이 존재한다는 사실과 그 이질성의 가치가 새롭게 인식되는 가운데 식민지 지배에 따른 비서구인들의 정신적 상흔이 새롭게 조명되기 시작한 것이다. 이와 함께 지식의 누적과 기술의 향상이 자연의 지배와 전쟁의 확산을 가져왔으며, 산업의 발달과 경제적 풍요가 인간성 상실을 야기하는 상황에 대한 문제의식도 심화되었다. 이로써 ㉡진보 사상에 대한 의구심은 증폭되었고, 진보 사상에 대한 학문적 논리화 과정은 큰 난관에 ⓔ봉착하게 되었다. 결국 진보 사상은 몇몇 영역에서 전진적 현상들을 근거로 주장되거나 신념화될 수는 있었지만, 역사 일반에서 입증되는 객관적인 기준을 제시할 수는 없다는 결론에 이르게 된 것이다.

정답과 해설 p.086

158

(가)와 (나)의 서술 방식으로 가장 적절한 것은?

① (가)와 (나) 모두 특정 관점에 영향을 준 시대적 배경을 인과적으로 설명하고 있다.
② (가)와 (나) 모두 다양한 견해가 특정한 관점으로 수렴되어 가는 과정을 제시하고 있다.
③ (가)는 (나)와 달리 특정 관점에 대한 두 가지 견해의 공통점을 분석하고 있다.
④ (나)는 (가)와 달리 특정 관점의 역사적 전개 과정을 통시적으로 서술하고 있다.
⑤ (가)는 특정 관점의 형성 과정을, (나)는 특정 관점의 발전 과정을 언급하고 있다.

159

(가)의 '카'와 '젠킨스'에 대한 이해로 적절하지 않은 것은?

① 카는 역사를 지속적으로 발전시키는 힘의 근원이 인간의 잠재력에 있다고 보았다.
② 카는 과학 기술의 부작용과 위험성이 있더라도 이성의 역할을 부정해서는 안 된다고 생각했다.
③ 젠킨스는 카가 진보의 준거로 삼은 효율성이 사회 구성원의 입장에 따라 다르게 평가될 수 있다고 보았다.
④ 젠킨스는 진보의 가치에 부합하지 않는 역사적 사건들이 정당한 평가를 받지 못하는 것을 문제로 인식했다.
⑤ 젠킨스는 카와 달리 포스트모던 시대에는 역사에 대한 해석이 거대 담론 속에서 이루어져야 한다고 생각했다.

160

(나)의 내용과 일치하지 않는 것은?

① 고대인들은 제한된 역사적 경험 속에서 역사는 순환한다고 생각하였다.
② 중세에는 내세에서 성취되는 구원의 세계가 역사의 종착점으로 인식되었다.
③ 18세기의 진보주의자들은 이성에 의해 인간이 자유와 도덕성을 추구해 갈 것이라고 하였다.
④ 역사주의적 사유는 모든 인간의 역사가 진보의 시간으로 채워질 것이라는 믿음 위에서 형성되었다.
⑤ 서구인들은 비서구의 근대화가 지체된 원인이 서구와 다르게 형성된 역사의 운동 방향에 있다고 보았다.

161

(가)와 (나)를 참고하여, ㉠과 ㉡을 이해한 내용으로 가장 적절한 것은?

① ㉠은 냉전 체제의 갈등을 야기한 반면, ㉡은 냉전 체제의 확산을 막는 데 기여하였다.
② ㉠은 신 중심의 역사 담론을 수용한 반면, ㉡은 과학 중심의 역사 담론을 문제로 인식하였다.
③ ㉠은 학문적 논리화의 토대 위에서 형성된 반면, ㉡은 진보 사상의 학문적 논리화를 차단하였다.
④ ㉠은 인류 사회 전체의 이익에 기여한 반면, ㉡은 비서구 사회의 피해를 줄이기 위해 제기되었다.
⑤ ㉠은 서구 중심 사유의 극복 가능성을 전망한 반면, ㉡은 서구 중심 사유에 대한 성찰에서 비롯되었다.

주제 통합

162

[A]를 참고할 때, 〈보기〉의 ㉮의 이유로 가장 적절한 것은?

> 보기
>
> 역사학자 백남운은 '역사 발전 5단계론'을 우리 역사에도 그대로 적용하여 일제가 주장한 '조선 특수 사회론'에 맞서고자 하였다. 조선 특수 사회론은 조선이 자기 힘으로는 중세 봉건제를 극복하고 근대 자본주의로 이행할 수 없는 사회이기 때문에 외부에서 새로운 문명을 이식해 주어야 한다는 것이 골자였다. 이에 백남운은 우리의 역사도 보편적 역사 법칙을 따라 발전해 온 정상적인 사회였음을 밝히면서 조선 중기 이후 이미 자본주의로 이행할 싹이 자라고 있었다고 주장하였다. 이것은 우리 민족이 식민 지배에서 벗어날 자격이 있다는 희망을 주었으나, ㉮ 역사주의적 사유를 벗어나지 못한 한계가 있었다.

① 조선 역사의 이행 과정을 근대적 시간에 포섭할 수 없는 것으로 간주했기 때문이다.

② 조선 역사가 진보하기 위해서는 충분한 시간이 필요하다는 점을 간과했기 때문이다.

③ 식민 지배로 인한 조선 민족의 정신적 상흔을 보편적 역사의 일부로 받아들였기 때문이다.

④ 조선이 가야 할 역사적 미래가 유럽 사회의 발전 모델과 같을 것이라고 보았기 때문이다.

⑤ 조선에 대한 식민 지배를 극복하기 위해 조선의 역사 발전을 너무 낙관적으로 전망했기 때문이다.

163

문맥상 ⓐ~ⓔ와 바꿔 쓰기에 적절하지 않은 것은?

① ⓐ: 내다본

② ⓑ: 들어맞지

③ ⓒ: 받아들이기

④ ⓓ: 벗어나

⑤ ⓔ: 부딪히게

인문 04

목표 시간	10분 00초		
시작	분 초	종료	분 초
소요 시간	분 초		

E 수록

[164-169] 다음 글을 읽고 물음에 답하시오. 21

㉮ 서양의 자연 과학을 받아들이기 전까지 동양 전통 사상의 핵심은 음양오행론이었다. 음양오행론은 모든 자연 현상을 음양이라는 두 가지 범주와 오행이라는 다섯 가지 범주에 ⓐ따라 해석하고 예측하는 이론이다. 역사적 기원이 명백하지 않은 음양론과 달리, 전국 시대에 추연이라는 사상가에 의해 체계화된 오행론은 속성이 다른 다섯 가지 요소, 즉 나무[木], 불[火], 흙[土], 쇠[金], 물[水]로 자연 현상뿐만 아니라 사회 현상도 설명한다.

추연은 고대 중국인의 농사 경험을 바탕으로 나무, 불, 흙, 쇠, 물의 다섯 가지 요소들의 상관관계를 한쪽이 다른 한쪽을 억제하면서 연결되어 있다는 '오행상극설'로 설명하였다. 즉 나무는 흙을 억제하고[木克土], 쇠는 나무를 억제하고[金克木], 불은 쇠를 억제하고[火克金], 물은 불을 억제하고[水克火], 흙은 물을 억제한다[土克水]는 것이다. 추연은 이러한 상극 관계를 통해 자연 현상뿐만 아니라 역사의 흐름 또한 설명하였다. 그는 오행은 자신과 상극 관계에 있는 요소가 오면 자리를 ⓑ내줄 수밖에 없다는 오행상극설을 바탕으로, 하(夏)나라 우왕에서 은(殷)나라 탕왕으로 이어지는 역사의 흐름을 '금극목(金克木)'으로 보았으며, 은나라 탕왕에 이어 주(周)나라 문왕이 등극하는 과정을 '화극금(火克金)'으로 설명하였다. 이는 당시 ㉠쇠락하는 주나라를 이을 새로운 통일 국가를 열망했던 전국 시대의 군주들에게 큰 호응을 받았다. 실제로 전국 시대를 통일한 진(秦)나라의 진시황이 물의 덕을 내세우고 물을 상징하는 색과 숫자를 숭상한 것도 이러한 이유에서였다.

이후 서한 시대에 ⓒ이르면 오행이라는 다섯 가지 요소를 갈등이 아닌, 서로 생성하고 도와주는 관계로 주장하는 ㉮'오행상생설'이 새로운 오행론으로 등장하였다. 즉 나무는 불을 생기게 하고[木生火], 불은 흙을 생기게 하며[火生土], 흙은 쇠를 생기게 하고[土生金], 쇠는 물을 생기게 하고[金生水], 물은 나무를 생기게 한다[水生木]는 것이다. 이러한 오행상생설이 등장하면서 오행론은 사물이나 사태의 변화, 생성을 설명하는 논리뿐만 아니라 우주 전체를 마치 유기체인 것처럼 파악할 수 있게 해 주는 일종의 기능적 구조론, 즉 유기체론으로 발전할 수 있게 되었다.

㉯ 고대 중국인들은 기(氣)에는 두 가지 성질이 있는데, 하나는 맑고 밝은 것으로 하늘을 만들고, 다른 하나는 무겁고 탁한 것으로 땅을 만든다고 보았다. 그들은 전자를 양(陽)이라 하고 후자를 음(陰)이라 하며, '하늘, 남성, 불' 등은 양에 해당하고, '땅, 여성, 물' 등은 음에 해당한다고 보았다. 『주역』은 이러한 음양론을 바탕으로 인간의 길흉화복을 점친 점서이다. 이 책에서는 음의 기운을 음효(陰爻)인 '--'로, 양의 기운을 양효(陽爻)인 '—'로 나타내었다. 음효나 양효를 세 번 반복하여 만든 여덟 개의 기호를 8괘(八卦)라고 하는데, '☰[건(乾)]'은 하늘, '☷[곤(坤)]'은 땅, '☳[진(震)]'은 우레나 천둥, '☶[간(艮)]'은 산, '☲[이(離)]'는 불, '☵[감(坎)]'은 물, '☱[태(兌)]'는 연못, '☴[손(巽)]'은 바람을 상징한다. 이 중에 건괘와 곤괘를 제외한 나머지 여섯 괘들은 음과 양이 섞여 있기 때문에 안정보다는 변화와 운동의 잠재력이 내재되어 있다.

이 8괘를 〈그림〉과 같이 두 개씩 세로로 나란히 세워 괘를 만들면 64개의 괘가 나온다. 이때 8괘를 소성괘, 이것이 중첩된 형태인 64괘를 대성괘라 한다. 대성괘에서 위쪽 괘는 현재를 나타내고, 아래쪽 괘는 미래를 예측하므로 현실성과 잠재성을 축으로 하는 사건의 변화를 나타낸다고 볼 수 있다. 〈그림〉은 64괘 중에서 가장 추운 겨울인 동지를 상징하는 복(復)괘로, 위쪽 괘는 음효로만 이루어진 곤괘이고, 아래쪽 괘는 두 개의 음효와 하나의 양효로 이루어진 진괘이다. 이는 비록 현재는 대지가 꽁꽁 얼어붙어 음의 기운으로 가득 차 있지만, 대지 깊은 곳에서부터 양의 기운이 서서히 올라오면서 앞으로 봄이 올 것임을 예측하고 있다. 고대 중국인들은 이런 방식으로 64괘를 통해 우주의 삼라만상을 설명하고 예측하려 하였다.

〈그림〉

이후 서한 시대에 이르러 동중서는 음양론을 발전시킨 ㉯음양 내재론을 통해 음과 양이 모든 사물과 사태에 내재한다고 주장하면서, 음양 내재론을 음양의 단순한 사물 분류법을 ⓓ넘어 모든 사물과 사태 그리고 그것들의 변화와 운동에 관여하는 내재적 원리로 이론화하였다. 음양 내재론은 일종의 유기체론으로, 인간과 하늘 모두 음과 양의 계기가 있어 인간에 내재한 음은 하늘에 내재하는 음에 영향을 주고, 하늘에 내재한 음도 인간에 내재한 음에 영향을 주며, 양 또한 이와 마찬가지라고 하였다. 그래서 인간이 음에 해당하는 비가 오게 하려면 그것을 유발할 수 있는 음의 행위, 가령 여인이 냇가에서 물을 뿌리며 '비요! 비요!' 하며 외쳐야 하고, 비가 그치게 하려면 반대로 양의 행위를 함으로써 비가 함축하는 음의 힘을 상쇄해야 한다고 보았다.

이와 같은 동중서의 음양 내재론은, 자연은 거역할 수 없는 힘을 가진 대상이고 인간은 그러한 자연의 변화를 예측하고 그것에 적응하는 수동적 존재로 간주한 『주역』과 달리, 인간의 능동성을 강조하였다는 점에서 의미가 있다. 그러나 모든 것이 모든 것에 영향을 미친다는 동중서의 유기체론은 이후 서양 과학이 들어오면서 과학적으로 입증이 불가능한 관념에 지나지 않는다는 비판을 ⓔ받게 되었다.

164

(가)와 (나)의 내용 전개 방식으로 가장 적절한 것은?

① (가)는 (나)와 달리 특정 사상가의 이론을 바탕으로 그의 핵심 주장을 제시하고 있다.
② (나)는 (가)와 달리 시간의 흐름에 따라 특정 이론이 형성되어 발전되어 온 과정을 제시하고 있다.
③ (가)와 (나) 모두 동양 전통 사상과 서양의 자연 과학을 구체적인 사례를 바탕으로 비교 · 분석하고 있다.
④ (가)와 (나) 모두 기존 이론과 이와 관련된 새로운 이론을 제시한 뒤, 새로운 이론의 의의에 대해 평가하고 있다.
⑤ (가)는 특정 이론이 다른 이론에 미친 영향을, (나)는 상반된 이론이 절충되는 과정을 중심으로 논지를 전개하고 있다.

165

㉮와 ㉯에 대한 설명으로 적절하지 않은 것은?

① ㉮는 오행이라는 다섯 가지 범주에 따라, ㉯는 음양이라는 두 가지 범주에 따라 자연 현상을 이해하였다.
② ㉮는 사물이나 사태가 일방향적으로 영향을 준다고 주장한 반면, ㉯는 쌍방향적으로 영향을 준다고 주장하였다.
③ ㉮는 ㉯와 달리 사물이나 사태가 변화하는 내재적인 원리를 설명하였다.
④ ㉯는 ㉮와 달리 인간의 기로써 자연의 기를 상쇄할 수도 있다고 보았다.
⑤ ㉮와 ㉯ 모두 자연은 구성 요소들이 관계를 맺으며 연결되어 있는 하나의 거대한 유기체라고 보았다.

166

㉠의 이유를 추론한 내용으로 가장 적절한 것은?

① 오행상극설을 통해 새로운 통일 국가의 흥망성쇠를 예측할 수 있었기 때문에
② 오행상극설을 이용하여 전국 시대의 국가적 혼란을 설명할 수 있었기 때문에
③ 오행상극설을 통해 새롭게 등장할 통일 국가의 정통성을 부여할 수 있었기 때문에
④ 오행상극설을 바탕으로 새로운 통일 국가의 이상적인 모습을 설계할 수 있었기 때문에
⑤ 오행상극설을 바탕으로 시운이 다한 국가를 재건할 수 있는 방안을 마련할 수 있었기 때문에

167

(가)와 〈보기 1〉을 참고할 때, 〈보기 2〉의 Ⓐ, Ⓑ에 들어갈 내용으로 적절한 것만을 골라 묶은 것은?

보기 1

동양 의학에서는 오행의 개념을 바탕으로 인체에서 일어나는 생리 현상과 각종 병리 현상을 설명하였다. 특히 오장육부의 오장을 오행과 연결하여 사고하였는데, 간장이나 담낭에 해당하는 간(肝)은 목(木), 소화 기관에 해당하는 비(脾)는 토(土), 호흡 기관에 해당하는 폐(肺)는 금(金), 신장이나 방광에 해당하는 신(腎)은 수(水), 심장에 해당하는 심(心)은 화(火)로 보았다.

보기 2

소화 기관이 활발해지면 (Ⓐ)의 활동은 제약을 받지만 (Ⓑ)의 활동은 활발해진다.

	Ⓐ	Ⓑ
①	간장, 담낭	심장
②	간장, 담낭	호흡 기관
③	신장, 방광	호흡 기관
④	신장, 방광	심장
⑤	심장	신장, 방광

168

(나)를 바탕으로 〈보기〉에 대해 이해한 내용으로 적절하지 않은 것은?

보기

다음은 24절기를 『주역』의 64괘로 나타낸 것이다. 각 절기에 해당하는 괘의 모습을 보면, 음력 11월부터 양의 기운이 아래로부터 차츰 일기 시작하다가 4월에 양의 기운이 절정에 이르는 모습을, 반대로 5월부터 음의 기운이 드리우기 시작하여 10월까지 음의 기운이 점점 커지는 모습을 확인할 수 있다.

음력(月)	1	2	3	4	5	6
괘						
24절기	우수 입춘	춘분 경칩	청명 곡우	소만 입하	망종 하지	소서 대서
음력(月)	7	8	9	10	11	12
괘						
24절기	입추 처서	백로 추분	한로 상강	소설 입동	동지 대설	대한 소한

① 24절기에 따라 양기나 음기가 차오르는 모습을 시각적으로 나타내기 위해서 8괘 중 이(離)괘와 감(坎)괘는 사용하지 않았군.
② 음력 1월을 나타내는 괘는 곤괘와 건괘가 합쳐진 것으로, 땅 위에는 아직 추운 기운이 있지만 땅속에는 양의 기운이 가득 차 있음을 나타내고 있군.
③ 음력 4월을 나타내는 괘는 양효로만 구성되고, 음력 10월을 나타내는 괘는 음효로만 구성된 것으로 보아, 각각 양의 기운과 음의 기운이 가장 절정인 절기임을 나타내고 있군.
④ 음력 5월을 나타내는 괘는 위쪽은 건괘, 아래쪽은 손괘로 구성된 것으로, 땅 위의 양기가 강해지면서 땅 아래 음기가 줄어드는 모습을 나타내고 있군.
⑤ 음력 9월을 나타내는 괘에서 현재에 해당하는 괘는 간괘이고 미래에 해당하는 괘는 곤괘로, 앞으로 날씨가 점차 추워질 것임을 예측할 수 있군.

169

문맥상 ⓐ~ⓔ의 단어와 가장 가까운 의미로 쓰인 것은?

① ⓐ: 아이들은 해안을 따라서 올라갔다.
② ⓑ: 가난한 이웃을 위해 곳간의 쌀을 내주었다.
③ ⓒ: 우리는 춥고 배고파서 죽을 지경에 이르렀다.
④ ⓓ: 그의 운동 실력은 아마추어 수준을 넘지 못하였다.
⑤ ⓔ: 피부가 하얀 누나는 밝은 색의 옷이 잘 받는다.

적중 예상

주제 통합

예술 01

목표 시간	10분 00초		
시작	분 초	종료	분 초
소요 시간	분 초		

E 수록

[170-175] 다음 글을 읽고 물음에 답하시오. 16, 17, 22

㉮ 신 중심의 세계관이 공고하게 자리 잡고 있던 중세 시대에는 인간 중심의 문화와 예술의 발전을 기대하기 어려웠다. 이후 14세기 르네상스 시대에 이르러서 신 중심의 사고에서 벗어나 인간에 대한 ㉠자각을 바탕으로 미술에 혁명적인 변화가 일어나기 시작했다. 그 변화 중 하나가 바로 이 시기에 원근법이 발명된 것이다. 그림을 그릴 때 의미적 중요도에 따라 대상의 크기와 위치를 달리하는 중세 시대의 보편적 방식이 개념적 배치였다면, 과학적 투시에 따른 원근법은 시각을 중시하는 사실적인 배치였다.

원근법은 대상을 전체 공간과 관련하여 파악하고 그것을 시각적으로 표현하기 위해 고안된 것으로 2차원의 평면에 3차원의 세계를 담아내는 기법이다. 원근법에는 선 원근법과 공기 원근법이 있는데, 선 원근법은 투과하여 보고 그리는 화법이라는 측면에서 ⓐ투시도법이라고도 불린다. 고정된 한 지점에서 한 방향을 바라볼 때 대상의 형태와 위치를 선에 의해 투과하여 보면 평면 위에 환영적 공간감을 주는 시각적 효과를 실현할 수 있다. 투시도법은 소실점이라고 불리는 점의 개수가 몇 개냐에 따라 1점, 2점, 3점 투시로 나눌 수 있는데, 소실점은 선 원근법에서 모든 물체의 연장선을 그었을 때 선과 선이 하나로 만나는 점을 말한다.

그렇다면 소실점의 개수에 따라 투시도법이 화면에 어떻게 구현되는지 살펴보자. 1점 투시는 대상을 정면에서 볼 때 생기는 투시로, 길게 뻗은 길이나 건축물을 표현하기에 적합하다. 1점 투시를 적용한 작품은 감상자를 기준으로 1개의 소실점을 향해 시선이 집중되는 효과가 있다. 2점 투시는 대상의 모서리를 중심으로 볼 때 생기는 투시로, 감상자를 기준으로 왼쪽과 오른쪽에 두 개의 소실점이 있고 소실점과 소실점 사이의 모서리가 화면에 ㉡돌출된 것처럼 보여 웅장한 느낌을 준다. 3점 투시는 대상을 위에서 내려다보거나 아래에서 올려다보는 투시로, 감상자를 기준으로 전자는 왼쪽과 오른쪽, 아래쪽에 소실점이, 후자는 왼쪽과 오른쪽, 위쪽에 소실점이 있다. 위에서 아래를 내려다보는 3점 투시는 대상의 깊이감을, 그와 반대되는 방향의 3점 투시는 대상의 위압감을 표현한다.

르네상스 초기인 14세기에는 원근법이 절대적인 법칙으로 간주되었다. 비례와 닮음비를 적용한 원근법의 공식은 공간을 수학적 도형으로 이해하는 기하학적 사실주의를 추구하도록 했다. 하지만 원근법의 법칙에 지나치게 ㉢경도되면서 오히려 현실과는 동떨어진 어색함이 작품에 묻어 나오기도 했다. 원근법이 완벽하게 시현된 우첼로의 〈산 로마노 전투〉는 급박한 전투 상황을 묘사한 그림임에도 불구하고 창들이 열을 맞추어 서 있고 말은 얼어붙은 듯이 정지된 느낌을 준다. 15~16세기에 들어서면서부터 원근법의 법칙에 기반하되 인간이 가진 시각에 의존한 표현이 나타나기 시작했다. 이는 공기 원근법을 확립시킨 레오나르도 다빈치의 미술적 업적을 통해 살펴볼 수 있다. 다빈치는 우리의 눈과 바라보는 대상 사이에는 눈에 보이지 않는 대기가 존재하고 있는데, 눈과 대상이 가까울 때는 대기층의 영향을 거의 받지 않지만 눈과 대상이 멀어질수록 두꺼워지는 대기층의 영향을 받는다는 사실을 발견했다. 그래서 그는 이 원리를 자신의 작품에 적용하여 가까운 곳은 선명하게 표현하고 먼 곳은 흐릿하게 표현했는데, 이것이 공기 원근법이다.

㉯ 르네상스 이래 화가들은 자신의 그림이 실제 세상의 모습을 그대로 담아낸 것처럼 보이기를 바랐으며 이를 구현하는 수단으로 선 원근법을 택했다. 선 원근법은 두 가지 전제가 필요한데, 첫째는 카메라 렌즈처럼 항상 한쪽 눈으로만 대상을 봐야 한다는 것이다. 즉 Ⓐ두 눈을 다 뜨고 본 세상을 선 원근법으로 표현하는 것이 불가능하다는 것이다. 둘째는 한번 시선을 고정하면 그 시선을 고칠 수 없다는 것이다. 하지만 인간은 끊임없이 움직이고 두리번거리면서 보기 때문에 선 원근법으로 그려진 풍경은 실재가 아니라 환영에 불과하다. 이와 같은 선 원근법의 문제를 인식하여 새롭게 등장한 미술 양식이 입체주의이다. 입체주의는 환영이 아닌 실재를 그리고자 했는데, 그 대표적인 화가가 세잔과 피카소이다.

세잔은 하나의 눈이 아니라 두 개의 눈으로 보는 세계가 진실이라고 믿었기 때문에 두 눈으로 보는 세계를 평면에 그리고자 했다. 다중 시점으로 그려진 세잔의 〈사과와 오렌지〉는 기하학적 원근법의 관점에서 보면 과일들이 곧 쏟아져 내릴 듯 불안하다. 이는 여러 시점에서 바라본 대상을 한 평면에 옮겼기 때문이다. 세잔은 그럴듯하게 ㉣조작된 이미지가 아니라 인간이 시각 정보를 취하는 방식으로 대상을 그렸다. 세잔은 한 걸음 더 나아가 사물의 본질은 눈에 보이는 외관이 아니라 본질적이고 변화하지 않는 구조, 즉 기하학적 구조에 있다면서 자연의 모든 형상을 원통과 구, 원추 같은 기하학적 형태로 환원할 것을 주장했다.

세잔이 죽은 지 1년 후 파리에서 열린 세잔의 대규모 회고전은 피카소와 브라크에게 커다란 영향을 끼쳤으며, 피카소와 브라크는 즉각 세잔의 발상을 도입해 초기 ⓑ입체주의 회화를 발전시켰다. 이들은 초기 정물화에 동시적인 시점의 결합 가능성을 지속적으로 실험했다. 그리고 사물의 형태를 파편화될 때까지 왜곡했으며, 화가가 그림을 그리는 동안 정물의 주위를 걸어 다니며 여러 각도에서 세부 사항을 관찰한 것 같은 인상을 만들어 냈다. 그 결과 이들의 그림에는 2차원 평면에서는 볼 수 없는, 시간과 공간에 따른 움직임이 만들어졌다.

입체주의가 발전하면서, 피카소는 회화 표면의 평면성에 관심을 집중하여 새로운 방식의 표현을 시도했다. 그는 그림 위에 글자나 단어를 그려 넣거나, 물감에 풀과 모래를 혼합해 독특한 질감을 만들어 내기도 했다. 1911년경 그는 벽지나 신문과 같은 실제 세계의 재료를 직접 정물화에 사용하기 시작했다. 과거의 정물화가들은 가능한 한 환영적인 기법으로 대상을 재현하려 했으나, 피카소는 단순히 신문 조각을 대상의 형태처럼 오려 그림의 표면 위에 붙였다. 이는 미술의 문맥에 일상적인 사물이 ㉤도입되는 최초의 순간이었다.

170

(가), (나)에 대한 설명으로 가장 적절한 것은?

① (가)는 원근법을 구분하고 그것을 근거로 하여 르네상스 회화의 형식을 분류하고 있다.
② (가)는 원근법의 개념을 설명한 뒤 구체적인 작품과 관련지어 그 의의를 소개하고 있다.
③ (나)는 선 원근법이 입체주의 회화에 미친 영향을 분석하여 서로 간의 차이를 밝히고 있다.
④ (나)는 입체주의 회화의 등장 배경을 제시하고 그것의 변화 양상을 통시적으로 고찰하고 있다.
⑤ (가)와 (나)는 원근법의 문제점을 언급하며 이를 대체할 수 있는 미술 기법의 특징을 분석하고 있다.

171

(가)와 (나)에 대한 이해로 적절하지 않은 것은?

① 대상의 위압감을 표현하는 3점 투시법에서 소실점은 왼쪽과 오른쪽, 위쪽에 하나씩 총 3개가 있다.
② 피카소와 브라크는 세잔의 화법에 영향을 받아 2차원 평면 위에 동시적인 시점이 결합된 작품을 구현하려 했다.
③ 피카소가 실제 세계의 재료를 정물화에 활용한 것은 시간과 공간에 따라 달라지는 대상의 모습을 나타내기 위해서였다.
④ 공기 원근법은 대상이 눈으로부터 멀어질수록 대기층의 영향을 받기 때문에 흐릿하게 보인다는 사실을 반영한 기법이다.
⑤ 르네상스 이전 시기에는 대상의 중요도에 따라 크기와 위치가 화면에 배열되는 개념적 배치가 일반적인 방식으로 활용되었다.

172

(가)와 (나)를 참고할 때, 〈보기〉에 대한 반응으로 적절하지 않은 것은?

보기

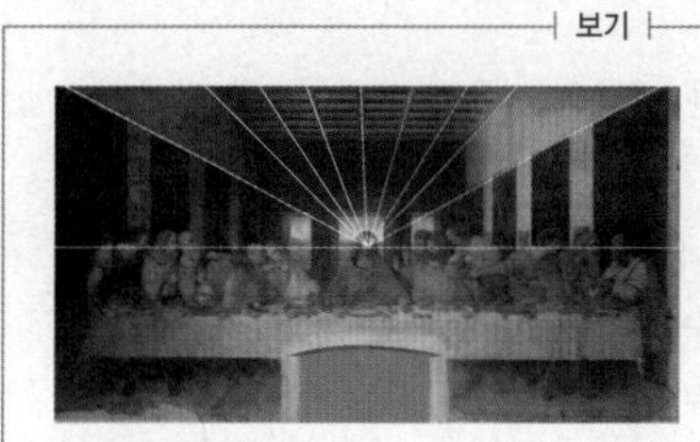

레오나르도 다빈치의 ㉮〈최후의 만찬〉을 보면 대각선 구도의 선이 중앙에 자리한 예수의 오른쪽 눈동자로 모인다. 또한 창밖으로 보이는 풍경은 흐릿하게 처리하여 신비로운 분위기를 자아낸다.

좌우 대칭이 맞지 않는, 왜곡된 형태의 병과 사과 바구니, 구겨진 테이블을 나타낸 세잔의 ㉯〈병과 사과 바구니가 있는 정물〉에서 사과는 구의 형태를, 병은 원뿔과 원기둥을 합친 형태를 취한다. 바구니에 담긴 사과는 위에서 내려다본 모습이며, 탁자 오른쪽에 놓인 사과는 밑에서 올려다본 모습이다.

① ㉮에서는 예수의 오른쪽 눈동자로 설정되어 있는 한 개의 소실점에 관람자의 시선이 집중되겠군.
② ㉮에서 인물 뒤의 창밖의 풍경을 흐릿하게 처리한 것은 인간이 가진 시각에 의존한 표현으로 공기 원근법을 적용한 것이겠군.
③ ㉯에서 대상들이 좌우 대칭이 맞지 않는 왜곡된 형태로 보이는 것은 카메라 렌즈가 시각 정보를 취하는 방식으로 대상을 그렸기 때문이겠군.
④ ㉯에서 사과의 모습을 구의 형태로, 물병의 모습을 원뿔과 원기둥을 합친 형태로 그린 것은 대상의 본질을 기하학적 형태로 파악했기 때문이겠군.
⑤ ㉯에서 위에서 내려다본 사과와 아래에서 올려다본 사과의 모습을 한 화면에 그린 것은 여러 시점에서 바라본 대상의 모습을 한 평면에 옮기려 한 의도가 구현된 것이겠군.

173

윗글의 ⓐ, ⓑ와 〈보기〉의 ⓒ를 비교하여 이해한 내용으로 적절한 것은?

> 보기
>
> 동양의 산수화가가 지닌 생각은 다음과 같은 말에 집약되어 있다.
>
> "산은 가까이에서 보면 이와 같고, 멀리 몇 리 밖에서 보면 또 이와 같으며, 멀리 수십 리 밖에서 보면 또 이와 같아 매번 멀어질수록 매번 다르니, 소위 산의 모습이 걸음걸음마다 바뀐다는 것이다."
>
> 이처럼 동양의 미술은 멀리서는 사물의 전체적인 모습을, 가까이에 가서는 사물의 자세한 형태를 관찰한 후 수집한 정보를 하나로 모아 화면을 구성하는데, 이를 ⓒ산점 투시라 한다. 그래서 동양화를 보면 먼 산의 그림에서도 뚜렷하게 산길이 표현되어 있다.

① ⓐ와 ⓑ는 모두 3차원의 세계를 2차원의 평면에 나타낼 수 있도록 분해한 뒤 이를 재조합하여 표현한다.
② ⓑ와 ⓒ는 모두 단일한 시간과 공간을 기준으로 하여 대상을 파악한다.
③ ⓐ와 달리 ⓑ, ⓒ는 대상의 실재를 구현하기 위해서는 하나의 시점에서 벗어나야 한다고 본다.
④ ⓑ와 달리 ⓐ, ⓒ는 외부 대상으로부터 받은 화가의 주관적 감정을 표현하는 것을 중요하게 여긴다.
⑤ ⓒ와 달리 ⓐ, ⓑ는 가까이 있는 대상은 크게, 멀리 있는 대상은 작게 표현하는 방식을 사용한다.

174

Ⓐ의 이유로 가장 적절한 것은?

① 양쪽의 눈으로 대상을 바라볼 때는 고정된 시선을 다른 방향으로 수정할 수 없기 때문에
② 한쪽 눈으로 대상을 볼 때와 양쪽 눈으로 대상을 볼 때의 소실점의 개수가 다르기 때문에
③ 한쪽 눈으로 대상을 볼 때와 달리 양쪽 눈으로 대상을 보면 입체감을 느낄 수 있기 때문에
④ 선 원근법에서 소실점은 하나의 시선으로 대상을 포착하는 과정에서 만들어지는 것이기 때문에
⑤ 양쪽 눈으로 대상으로 바라보면 시간의 흐름과 공간의 이동에 따라 대상의 모습이 달라지기 때문에

175

㉠~㉤의 사전적 의미로 적절하지 않은 것은?

① ㉠: 자기의 입장이나 능력 따위를 스스로 깨달음.
② ㉡: 쑥 내밀거나 불거져 있음.
③ ㉢: 온 마음을 기울여 사모하거나 열중함.
④ ㉣: 작업 따위를 잘 처리하여 행함.
⑤ ㉤: 기술, 방법, 물자 따위를 끌어 들임.

적중 예상

주제 통합

예술 02

목표 시간	10분 00초
시작 분 초	종료 분 초
소요 시간	분 초

E 수록

[176-181] 다음 글을 읽고 물음에 답하시오. 17, 22

(가) ㉠보링거는 심리학을 바탕으로 조형 예술의 근원을 ⓐ표명한 미술 이론가로, 인간의 근원적 심리 욕구로서 예술 의욕이 있으며, 예술 의욕은 두 가지 심리적 충동인 감정 이입 충동과 추상 충동으로 나누어진다고 주장하였다. 그는 감정 이입 충동은 미적 체험의 과정에서 유기적인 아름다움에서 만족을 발견하는 것으로, 추상 충동은 삶에서 조화를 이루지 못하는 비유기적인 것으로부터 오는 것으로 보았다. 그는 예술 의욕이 감정 이입 충동에 의해 표현될 때는 사실적 재현을 중시하는 고전주의와 같은 자연주의 미술 양식이 나타나게 되어 예술이 세계와 조화를 이루게 된다고 생각했다. 그러나 예술 의욕이 추상 충동에 의해 표현될 때는 예술이 세계와 대립하게 되는데, 이는 사실적 재현이 아닌 추상적인 미술 양식이 성립하기 때문이라고 보았다.

보링거는 [추상 충동]을 원시 민족이나 고대 동방 문화에 내재한 조형 원리의 근원이라고 생각하였다. 그는 인간이 미지의 것에 직면하여 갖게 되는 정신적 공포가 최초의 신과 최초의 예술을 만들었고, 추상 충동이란 원시 예술의 성립 과정에서 나타나는 인간과 자연의 투쟁에 의해 야기된 공포 감정이라고 보았다. 결국 추상 충동은 외부와의 이원적 대립 상태가 야기하는 불안에서 벗어나려는 인간의 욕구이며 정신적 활동이라는 것이다. 그리고 그는 예술의 전개가 그러한 투쟁에서의 승리와 패배, 파기와 화해 등의 점철이라고 생각하였다. 이렇게 보링거는 추상 충동이 추상 미술의 발생 근거일 뿐 아니라 미술사의 근원이라고 보며, 미술 양식의 변화를 추상 충동과 감정 이입 충동의 부단한 대결 과정으로 파악하였다.

또한 보링거는 추상 충동이 인간 내면에서 일어나는 욕구의 충동을 표현해 주는 것으로, 충동의 대상이 꼭 필요한 것이 아니며, 인간의 잠재적인 감정을 말한다고 보았다. 그는 추상 충동에서는 자신의 내부에 ⓑ잠재하고 있는 고유의 감정이 순수하게 선과 형태, 색채 등으로 표현될 수 있다고 생각했는데, 이를 가장 잘 보여 주는 대표적인 예로 원시 민족이나 고대 동방 문화에서 확인할 수 있는 조형 예술을 들었다.

한편 보링거는 추상 충동이 감정 이입 충동보다 본능적인 예술 의욕이라고 보았다. 따라서 자연주의 미술 양식이 나타나는 시기는 사실적 묘사에 역점을 둔다는 점에서 본능적인 예술 의욕이 약화된 시기라고 주장하면서, 추상 충동이 미술의 근원이 되었던 원시 민족이나 고대 동방 문화의 미술이 그리스나 로마 미술과 같은 자연주의 미술보다 우위에 있다고 하였다.

이러한 보링거의 견해는 서양과 그 이외의 미술이라는 일률적인 미적 가치를 바탕으로 미술 양식사를 이분법적으로 바라본 기존의 틀에서 벗어나, 미술사의 발전이 원래 어떤 특정 전형이 있는 것이 아니라 변화하는 것으로 보았다는 점에서 그 의의가 있다. 또한 보링거는 추상 충동을 통해 나타나는 추상의 개념을 미술사로 끌어들임으로써 현대 추상 회화의 문을 열었다는 평가를 받고 있다.

(나) 보링거에 의해 추상 미술에 대한 개념이 도입된 이후, 20세기 초는 추상 미술에 대한 다양한 견해들이 등장하였다. ㉡오스본은 이러한 추상에 관한 다양한 논의를 정리하여 미술에서의 '추상'을 크게 '도상적(iconic) 추상'과 '비도상적(non-iconic) 추상'의 두 영역으로 구분하였다. 도상적 추상은 시각적 대상의 세부적 특수성이나 총체를 묘사하는 방식으로, 재현적 추상 또는 반추상이라고도 한다. 이와 달리 비도상적 추상은 작품 자체뿐 아니라 그것의 어떤 부분도 시각 세계의 사물을 묘사하거나 상징하지 않는 추상의 방식으로, 비재현적 추상 또는 완전 추상이라고도 한다.

오스본은 어떤 미술 작품이 도상적 추상과 비도상적 추상 중 어느 쪽에 해당하는지의 구분은 작가가 작품을 통해 전달하려고 하는 정보들의 관계에 따라 결정된다고 보았다. 그는 이러한 자신의 생각을 당시에 유행하던 정보 이론의 용어인 '의미론적 정보', '구문론적 정보', '표현적 정보'를 ⓒ차용하여 뒷받침하였다. 먼저 의미론적 정보란 미술 작품이 세계의 어느 부분을 묘사할 때 혹은 사회적 조건이나 특수한 문화 가치 등의 일반적 특성을 그릴 때 담게 되는 주제나 제재에 대한 정보를 의미한다. 이때 예술 작품의 대상이 이 세상에 실재하느냐의 여부는 중요하지 않다. 그리고 구문론적 정보는 미술 작품 자체에 대한 정보로 작품 자체의 속성, 구조, 부분들 사이의 관계, 재료 등에 대한 정보를 의미한다. 마지막으로 표현적 정보는 작품이나 묘사하는 대상에서 유발되는 감정적 요인 및 그에 부수되는 특성들에 대한 정보를 말한다.

오스본은 20세기 이전의 미술가들은 의미론적 정보와 구문론적 정보의 상호 작용을 통해 미술 작품을 창작했다고 보았다. 즉, 의미론적 정보인 주제나 제재가 구문론적 정보인 형식적 구조에 영향을 미치고, 형식적 요인이 작품의 의미에 영향을 줄 수 있기에 미술가는 두 정보 가운데 어느 한쪽을 더 우세하게 할 수도, 또 균형을 이루게 할 수도 있다는 것이다. 그리고 의미론적 정보와 구문론적 정보가 균형을 이룰 때 대상에 대한 사실적 재현을 통해 작가의 의도를 ⓓ전달하는 자연주의 미술이 등장하게 된다고 보았다.

또한 그는 미술가란 표현을 위해 동기를 부여받을 수 있고 또 회화적 구조에 대한 관심으로 주제를 선정할 수도 있으며, 주제와 관련하여 특정한 형식의 국면에 집중할 수도 있는 존재라고 생각했다. 이 때문에 미술 작품의 형식적 속성은 미술가가 무엇을, 그리고 무엇을 어떻게 재현할 것인가에도 영향을 미친다고 보았다. 그런데 회화적 구조에 대한 미술가의 형식적 고려는 대상을 재현하는 방식을 수정하고 왜곡하는 단계에 이를 수도 있는데, 바로 이 지점이 추상이 ⓔ성립하는 계기라고 보았다. 예술가는 주제의 부각, 시각적 은유, 표현 등의 목적을 위해 추상에 다가가게 된다는 것이다. 그리고 이러한 과정을 거쳐 나타나는 추상을 도상적 추상이라 불렀다.

그런데 오스본은 미술가가 추상에 다가설 때, 미술 작품의 표현적 정보는 작품의 완성에서 결정적인 역할을 담당한다고 생각하였다. 그리고 추상 미술에서는 의미론적 정보보다 구문론적 정보와

주제 통합

표현적 정보가 더 중요한 역할을 담당하는 조형 방식이 된다고 주
45 장하였다. 그는 20세기에 들어서면서 의미론적인 정보를 전혀 갖고 있지 않은 미술 작품들이 등장하게 된 것도 바로 이런 이유 때문이라고 보았는데, 이러한 경향을 갖는 추상 미술을 비도상적 추상이라고 불렀다. 오스본의 비도상적 추상에 대한 고찰은 미술 작품의 내용보다는 작품의 형식 또는 표현을 더 중요하게 바라보는 이
50 론적 근거를 마련하였다는 점에서 현대 미술에 새로운 전환을 가져왔다는 평가를 받고 있다.

176

(가)와 (나)에 대한 설명으로 가장 적절한 것은?

① (가)는 보링거가 제시한 두 가지 개념의 공통점과 차이점을 구체적 작품을 통해 소개하고 있다.
② (가)는 기존 통념과의 비교를 통해 보링거의 견해를 소개하고 그 의의와 한계를 조명하고 있다.
③ (나)는 오스본의 견해가 변화해 온 과정을 통시적으로 제시하며 그 이론이 변하게 된 원인을 밝히고 있다.
④ (가)는 보링거의 견해를, (나)는 오스본의 견해를 소개하고 각각의 견해가 미술사에 미친 영향을 설명하고 있다.
⑤ (가)는 당대의 현실에 대한 보링거의 견해를, (나)는 과거의 현실에 대한 오스본의 견해를 제시하며 견해의 등장 배경을 규명하고 있다.

177

추상 충동에 대한 이해로 가장 적절한 것은?

① 사실적 재현을 중시하는 미술 양식의 근원이 되는 예술 의욕이다.
② 현대 추상 회화 이전의 작품에서 그 존재를 확인할 수 없는 미술 개념이다.
③ 원시 민족의 미술과 고대 동방 문화의 미술을 구별하는 차별적인 양식이다.
④ 예술이 세계와 대립하지 않고 조화를 이룰 수 있도록 이끄는 심리 욕구이다.
⑤ 인간이 미지의 대상을 마주했을 때 느끼는 불안에서 벗어나게 하는 정신 활동이다.

178

(나)를 통해 확인할 수 있는 '오스본'의 견해와 일치하지 않는 것은?

① 도상적 추상과 비도상적 추상 모두 구문론적 정보와 관련이 있다.
② 미술가는 미술 작품의 주제와 형식, 회화적 구조 등을 스스로 선택할 수 있는 존재이다.
③ 관객은 작품의 주제나 제재와 관련된 정보를 파악할 수 있을 때 작품에서 감동을 느끼게 된다.
④ 20세기 이전에 창작된 미술 작품에서는 의미론적 정보와 구문론적 정보를 모두 확인할 수 있다.
⑤ 비재현적 추상과 완전 추상의 등장은 미술 작품의 형식과 표현이 미술 작품의 내용보다 중요한 위상을 차지하였음을 의미한다.

179

㉠과 ㉡에 대한 이해로 적절하지 않은 것은?

① ㉠과 ㉡은 모두 20세기 이전에도 추상 미술이 존재하였음을 인정하였다.
② ㉠과 ㉡은 모두 미술 이외의 영역을 활용하여 자신의 이론을 전개하였다.
③ ㉠은 ㉡과 달리 자연주의 미술을 본능적인 예술 의욕이 약화된 양식으로 평가하였다.
④ ㉠은 추상 미술과 관련된 다양한 견해의 등장을 촉발하였고, ㉡은 추상의 개념을 분류하는 준거를 제시하였다.
⑤ ㉠은 예술과 세계의 관계가, ㉡은 작품의 회화적 구조에 대한 미술가의 관심이 추상 미술이 등장하게 된 원인이라고 생각하였다.

180

(가)와 (나)를 읽은 학생이 〈보기〉의 Ⓐ와 Ⓑ에 대해 보인 반응으로 적절하지 않은 것은?

보기

• Ⓐ〈비의 신 틀라록〉은 14~15세기에 제작된 것으로 추정되는 아즈텍 문명의 조각상이다. 아즈텍 문명이 위치한 열대 지방에서 가뭄은 생존을 위협하는 요소였다. 가뭄의 이유를 몰랐던 당시 사람들은 비를 관장하는 신을 무서운 뱀의 형태로 변형하여 표현함으로써 비에 대한 두려움을 나타냄과 동시에 가뭄이 해소되기를 바라는 심정을 드러내었다.

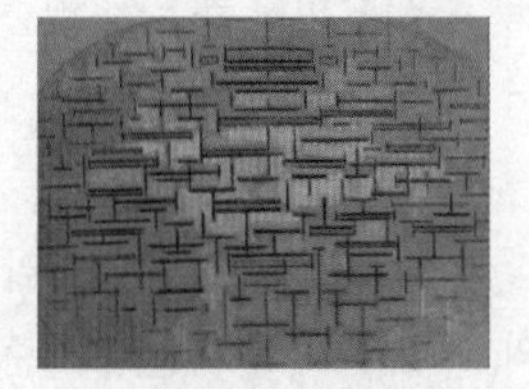

• Ⓑ〈구성 10번〉은 현대 미술의 대표적인 추상 화가로 손꼽히는 몬드리안의 작품으로, 나무의 형태를 수평과 수직의 선만으로 단순화하여 제시하고 있다. 여기에는 단순히 나무의 형체를 감상하는 것이 아니라, 사물의 본질을 파악하라는 작가의 의도가 담겨 있다.

① Ⓐ는 실제로 존재하지 않는 신의 모습을 통해 자신들의 소망을 드러냈다는 점에서 추상 충동에 의해 예술 의욕을 표현한 미술 작품에 해당하겠군.
② Ⓐ는 자신들이 알지 못하는 대상에 대한 두려움을 표현하며 가뭄에서 벗어나려고 했다는 점에서 추상 충동에 의해 창작된 미술 작품에 해당하겠군.
③ Ⓐ는 비의 신의 모습을 무서운 뱀의 형태로 변형하여 표현했다는 점에서 대상에 대한 사실적 재현을 통해 작가의 의도를 드러내는 자연주의 미술과는 관련이 없겠군.
④ Ⓑ는 나무의 형태를 순수한 선만을 사용하여 표현했다는 점에서 추상 충동으로 미지의 대상에 대한 인간의 잠재적인 감정을 전달하는 미술 작품에 해당하겠군.
⑤ Ⓑ는 사물의 본질을 파악하라는 의도를 드러내기 위해 수평과 수직의 선만으로 나무를 단순화하여 그려 냈다는 점에서 미술가의 의도가 작품의 형식을 결정하는 미술 작품에 해당하겠군.

181

문맥상 ⓐ~ⓔ와 바꿔 쓰기에 가장 적절한 것은?

① ⓐ: 살려 낸 ② ⓑ: 숨어
③ ⓒ: 바꾸어 ④ ⓓ: 건네주는
⑤ ⓔ: 보여 주는

적중 예상

주제 통합

인문+예술 01

목표 시간	10분 00초
시작 분 초	종료 분 초
소요 시간	분 초

E 수록

[182-187] 다음 글을 읽고 물음에 답하시오. 22, 23

㉮ '미의식'이란 아름다움에 대하여 느끼고 판단하는 의식을 말한다. 이는 미를 향유하거나 창작할 때 나타나는 정신으로서, 철학에서는 미적 가치에 대한 체험을 의미한다. 일반적으로 미란 자연미와 예술미로 ⓐ나뉘는데, 아름다움에 대한 가치는 시대에 따라 변해 왔다. 고대나 중세에는 미란 자연미로서, 초감각적인 미의 이념이 자연과 예술 작품에 나타난다고 보았다. 이때 미의식은 주로 미적 관조나 미적 향유에 집중되는데, 미의식을 미적 판단과 관련지어 개념적으로 정리한 사람이 칸트이다.

칸트는 우선 미적 판단은 개념에 기반하는 논리적인 것이 아니라 감성적이고 주관적인 것이라고 생각했다. 즉 내가 만족을 느끼는지의 여부가 미적 판단의 기준이라는 것이다. 그런데 칸트는 주관적인 미적 판단이 동시에 보편적이라고 주장했다. 어떻게 이것이 가능할 수 있을까? 질문에 대한 대답으로 칸트는 아름다움의 기준은 '무관심성'이라 말했다. 무관심성은 대상이 지닌 미(美)에만 관심을 가질 뿐, 그 이외의 것에는 관심을 가지지 않는다는 의미로, 여기서 미는 대상 자체의 형식에 근거하여 도출된다. 예를 들어 특정한 회화 작품을 감상할 때, 작품에 가장 ⓑ들어맞는 형식, 즉 색채, 구성 등의 예술적인 면에만 관심을 가지면서 감상할 뿐, 저 그림을 소유하고 싶다든지 가격이 얼마일 것 같다든지 하는 등의 관심을 가지지 않을 때 비로소 아름다움에 대해 판단할 수 있다는 것이다. 각 개인이 특정 대상에 대하여 목적적, 도구적 관점이 아닌 무관심적 태도로 미적 경험을 한다면 모두가 주관적이면서도 동일한 미적 판단을 할 수 있을 것이기에 미적 판단의 관점에서 보편성을 획득할 것이라는 주장이다.

이러한 보편성은 인식 판단에서의 논리적이고 객관적인 보편성과는 다른 주관적 보편성이다. 칸트는 미적 판단의 주관적 보편성이라는 특성에 기초해 미의 논쟁 가능성과 논의 불가능성을 언급했다. 보편성에 대한 기대와 희망이 있으므로 논쟁을 하게 되지만, 주관성으로 인해 하나의 결론에 ⓒ이를 수 있는 논의는 애초에 불가능하다는 것이다.

칸트에게 가장 순수한 미적 판단의 기준은 앞서 언급한 무관심성이다. 그는 미적 판단이 대상의 형식에 초점을 맞추어 무관심적으로 이루어지는 유형의 미를 '자유미'로, 지식이나 내용 등에 기초하여 경험되는 유형의 미를 '부용미'로 나누었다. 특정 목적에 집중되지 않는 무관심적인 상황에서, 아무것도 의미하지 않는 순수 형식의 아름다움이 가장 자유로우며, 자연에서 경험하는 아름다움이 이러한 자유미의 대표적인 예에 해당한다는 것이 칸트의 주장이다. 자유미에 비해 부용미를 상대적으로 부수적인 것으로 취급한 그는, 부용미만 가질 뿐이며 순수하지 않은 예술미보다는 자유미를 가진 자연미가 더 아름답다고 주장했다.

하지만 칸트가 모든 자연미가 자유미이고, 예술미는 항상 부수적인 부용미만 가진다고 생각한 것은 아니고, 부수적인 자연미도 있고 자유로운 예술미도 있다는 것을 인정했다. 또한 이것은 미적 대상을 대하는 사람의 자세에 따라서도 변화될 수 있다고 보았다. 대상을 무관심적으로 감상하느냐, 목적을 가진 것으로 대하느냐에 따라 미적 경험이 달라진다는 것이다.

㉯ ㉠예술에 대한 헤겔의 관점은 플라톤 미학의 재해석이라고 할 수 있는데, 예술은 이데아를 드러내기보다는 환영을 불러일으킨다는 부정적 가능성에 플라톤이 주의를 기울였다면, 헤겔은 예술적 가상*은 진리, 곧 이데아가 현현(顯現)되는 기회라는 긍정성에 주목하였다.

헤겔은, 예술은 정신적인 것의 감각적 표현이라고 정의하는데, 이는 예술의 핵심은 단순히 자연이나 사물의 외양을 모방하는 것이 아니라 그 안에 있는 정신적인 것을 표현하는 것에 있다고 보는 것이다. 이러한 관점에 ⓓ따르면 풍경화에서 중요한 것은 자연에서 느끼는 정서를 표현하는 것이며, 초상화에서 중요한 것은 외모가 아니라 대상 인물의 정신적인 특징을 드러내는 것이다. 그러므로 예술 창작은 자연이나 사물이라는 감각적 대상에서 정신적인 것을 뽑아내고 그렇게 추출된 정서나 관념을 다시 작품 속에 감각적으로 표현하는 과정이라고 할 수 있다.

헤겔은 이러한 정신화의 과정을 통해 감각적으로 경험할 수 있도록 만들어진 예술 작품은 정신성이 없는 자연보다 우월하다는 논리를 펼치며 예술미보다 자연미가 우월하다는 관점을 거부한다. 헤겔은 또한 인간이 예술 작품을 만드는 이유는 단순한 유희적 활동을 하기 위해서가 아니라 인간이 대자 존재(對自存在)이기 때문이라고 주장한다. 인간은 대자, 즉 스스로를 의식하고 질문하고 반성하는 존재이기 때문에 예술 창작과 같은 활동을 통해 자기 존재에 대한 탐구를 표현한다는 것이다.

헤겔은 예술의 핵심이 정신성임을 강조하면서도, 한편으로는 예술이 감각에 의존하여 정신적인 것을 환기시킬 뿐 정신적인 내용 자체를 완전히 보여 주지는 못하는 한계가 있음을 지적하였다. 정신적인 내용 자체는 순수한 사유, 즉 철학에 의해 가능한 것이며, 예술은 감각적인 것과 순수한 사유의 중간에 위치하는 매개체라고 본 것이다. 그리고 예술과 철학 사이에는 종교가 존재하는데, 종교도 예술처럼 정신적인 것을 감각적으로 보여 주는 것이지만, 예술이 철학에 이르는 것보다 종교가 좀 더 직접적으로 철학에 이른다고 주장한다. 이를 요약하면 이들 사이에 '예술-종교-철학'의 위계가 ⓔ만들어지는 것과 철학에 의해 정신이 온전히 나타나게 되면 예술과 종교는 정신의 현현(顯現)이라는 역할이 끝나게 된다는 것을 확인할 수 있다. 이것이 바로 헤겔이 말한 예술의 종말로, 이는 예술이 없어지는 것이 아니라, 정신을 감각적으로 표현하는 역할에서 벗어나게 된다는 것을 의미한다.

* 예술적 가상: 예술이 표현하려고 하는 정신을 감각적으로 형상화한 것.

182

(가)와 (나)에 대한 설명으로 가장 적절한 것은?

① (가)는 미적 판단의 기준에 대한 특정 학자의 견해를 제시하면서 그 기준에 의해 분류된 미를 비교하여 설명하고 있다.
② (나)는 예술과 예술 창작에 대한 특정 학자의 인식 변화의 과정을 철학적 개념과 관련지어 서술하고 있다.
③ (가)와 (나)는 모두 미에 대한 특정 학자의 인식이 후세 예술가의 작품 활동에 미친 영향을 통시적으로 고찰하고 있다.
④ (가)와 (나)는 모두 예술의 역할과 예술이 차지하는 위상에 대한 특정 학자의 주장을 제시한 후 그 주장이 가진 한계를 언급하고 있다.
⑤ (가)는 예술 작품의 창작 과정에서 예술가가 취해야 할 태도를, (나)는 예술 작품의 감상 과정에서 수용자가 취해야 할 태도를 제시하고 있다.

183

(가)의 내용에 대한 이해로 적절하지 않은 것은?

① 미적 대상을 대하는 감상자의 자세에 따라 예술 작품에서 자유미를 발견할 수도 있다.
② 무관심성은 대상 자체의 형식에 근거하여 아름다움의 여부에 대한 판단을 내리는 것이다.
③ 무관심성이 미적 판단의 기준이 된다면 주관적인 미적 판단은 보편성을 획득할 수 있다.
④ 미적 판단의 주관적 보편성으로 인해 부용미의 대상을 감상할 때에 자유미가 느껴지는 것이다.
⑤ 미의 논쟁 가능성은 미적 판단의 보편성으로 인해, 논의 불가능성은 미적 판단의 주관성으로 인해 발생한다.

184

(가)와 (나)를 바탕으로 할 때, 〈보기〉에 대해 보인 반응으로 적절하지 않은 것은?

보기

반딧불이로 유명한 지역으로 여행을 떠난 영희는 여행 프로그램을 이용하여 반딧불이 체험을 하게 되었다. 보름달이 밝은 밤, 강물에 뜬 배에 올라 바라본 반딧불이의 화려한 군무는 그 자체로 아름다운 색깔과 형태를 띠었으며, 강물과 어우러져 아름다운 야경을 만들어 냈다. 같은 배에 탄 다른 관광객들도 모두 반딧불이의 군무를 아름답다고 생각했다. 반딧불이 군무의 아름다운 모습에 영감을 받은 영희는 여행에서 돌아온 후 이를 추상화로 그렸다.

① 칸트는 반딧불이의 군무를 목적적 · 도구적 관점을 배제하고 순수 형식의 아름다움으로 인식할 때 자유미를 느낄 수 있다고 보겠군.
② 칸트는 영희가 반딧불이의 군무가 만들어 내는 색깔과 형태만으로도 아름다움을 느낀 것은 무관심성이 미적 판단의 기준으로 작용했기 때문이라고 보겠군.
③ 칸트는 영희를 포함해 같은 배에 탄 모든 관광객들이 반딧불이의 군무를 바라보며 아름다움을 느낀 것을 미적 판단의 주관적 보편성이 획득된 것으로 보겠군.
④ 헤겔은 반딧불이의 군무가 강물과 어우러져 아름다운 야경을 형성하는 것을 이데아가 현현된 예술의 발현으로 보겠군.
⑤ 헤겔은 영희가 반딧불이의 군무에 영감을 받아 그림을 그린 것을 감각적 대상으로부터 정신적인 것을 추출하여 이를 다시 작품 속에 감각적으로 표현한 것이라고 보겠군.

185

윗글과 관련한 자료를 수집하는 과정에서 〈보기〉를 탐색하였다고 할 때, 이를 윗글에 활용할 수 있는 방안으로 가장 적절한 것은?

> 보기
>
> 중국 북송의 화가 곽희는 다음과 같이 말했다.
> "세상 사람들은 내가 붓을 쉽게 놀려 그림을 그리는 것으로 아는데, 사실 그림 그리는 것이 쉽지 않은 일이라는 것을 그들은 모른다. 사람은 모름지기 인위적인 허울을 벗고 본연의 자세로 마음속을 너그럽고 유쾌하게 그리고 의사(意思)가 사리에 맞도록 수양해야 한다. 그러면 여유 있고 침착한 마음이 생겨 곧 사람이 웃고 우는 모습이 마음 안에서 움직이고 마음 밖에서 나타나는 여러 가지 사물의 뾰족함, 기울어짐, 옆으로 누움의 모양들도 자연스럽게 마음속에 터득되어 저절로 표상이 떠올라 그림으로 나타난다."

① (가)에서 자연미가 부수적일 수도 있고 예술미가 자유로울 수도 있다는 칸트의 견해를 지지하는 자료로 활용한다.
② (가)에서 미적 판단에서의 보편성은 인식 판단에서의 보편성과 다르다는 칸트의 견해를 반박하는 자료로 활용한다.
③ (나)에서 정신화의 과정을 통해 만들어지는 예술 작품은 자연미가 예술미보다 뛰어나다는 헤겔의 견해를 반박하는 자료로 활용한다.
④ (나)에서 예술이 감각에 의존하여 정신적인 것을 환기시키는 것에 그치는 한계가 있다는 헤겔의 견해를 지지하는 자료로 활용한다.
⑤ (나)에서 예술의 핵심이 대상을 모방하는 데 있는 것이 아니라 그 안에 담겨 있는 정신적인 것을 표현하는 데 있다는 헤겔의 견해를 지지하는 자료로 활용한다.

186

(나)를 참고할 때, ㉠에 해당하지 않는 것은?

① 예술은 정신 속에 담겨 있는 진리를 드러내 줄 수 있는 수단으로서 긍정적인 측면이 있다.
② 예술은 종교와 마찬가지로 감각적인 외부 대상과 순수한 사유의 중간에 위치하여 양자를 매개한다.
③ 유희적 활동을 넘어 자기 존재에 대한 탐구를 표현하는 활동일 경우에 예술은 더 큰 의미를 지닌다.
④ 예술 창작을 할 때 대상 속에 내재된 본질을 이끌어 내어 이를 작품 속에 감각적으로 형상화하는 것이 중요하다.
⑤ 정신적인 것을 환기하는 예술의 역할이 실행될 경우 정신적인 것을 온전히 나타내는 철학의 역할은 축소될 것이다.

187

문맥상 ⓐ~ⓔ와 바꾸어 쓰기에 적절하지 않은 것은?

① ⓐ: 구분(區分)되는데
② ⓑ: 부합(符合)하는
③ ⓒ: 도달(到達)할
④ ⓓ: 의(依)하면
⑤ ⓔ: 구성(構成)되는

적중 예상

주제 통합

인문+예술 02

목표 시간	10분 00초		
시작	분 초	종료	분 초
소요 시간	분 초		

E 수록

[188-193] 다음 글을 읽고 물음에 답하시오. 16, 22

㉮ 고대 그리스인들은 우주가 대립적인 것들 간의 질서와 조화로 이루어져 있기 때문에 전체적으로 볼 때 아름답다고 생각했다. 자연 철학자인 ㉠헤라클레이토스는 만물은 모두 변화하며 언제나 그대로 있는 것은 아무것도 없는데, 그 속에 존재하는 대립적인 것들의 조화가 미라고 생각했다. 그는 또한 보이는 조화보다는 보이지 않는 숨겨진 조화가 더 중요하다고 보았다. 아름다운 것은 토대를 갖는데, 그 토대는 수적 관계가 아니라 물질의 질적 속성에 있다고 본 것이다. 그는 숨겨진 조화를 내면적 절대미라고 생각했고, 이와 같은 미를 선이나 정의와 동등한 위치에 놓았다.

미의 토대가 수적 관계에 있는 것이 아니라고 본 헤라클레이토스와 달리 ㉡피타고라스학파는 수를 세계의 본질이라고 믿었고, 이를 통해 우주의 형식적 질서 및 완전성을 추구했다. 그들에게 아름다움의 원리는 조화로운 세계의 법칙을 이루고 있는 질서와 비례였는데, 피타고라스학파는 이를 '심메트리아(symmetria)'라는 용어로 ⓐ칭했다. 심메트리아는 보통 '균제'로 번역되지만 잘 균형 잡힌 부분들의 상호 관계를 의미하기 때문에 실제로는 균제와 비례를 포괄하는 개념으로 이해할 수 있다. 이 심메트리아는 조형 예술의 아름다움을 만들어 내는 창작 원리로서 많은 예술가들이 적극 활용했다.

피타고라스학파의 영향을 받은 ㉢플라톤 또한 감각적인 미의 본질이 비례에 있다고 생각했다. 그래서 아름다운 자연 대상은 으레 적절한 비례를 갖추고 있게 마련이라는 주장을 펼쳤다. 비례는 대개 수를 기초로 이루어지기 때문에 플라톤은 이상적인 비례를 갖춘 사각형이나 정삼각형 등의 도형을 아름다움의 예로 들었다. 이러한 비례의 미에서는 기하학이 미학의 근본 토대가 된다. 플라톤은 형식의 미를 논할 때도 기하학적 미를 염두에 두고 이야기했으며, 기하학적 미는 그 본성이 절대적으로 아름답다고 생각했다. 기하학적 미는 끊임없이 변화하는 사물의 외관을 있는 그대로 재현하는 것이 아니라 추상적인 형식의 미를 이루는데, 플라톤은 이러한 미가 언제나 그 자체로 아름답다고 생각했다.

피타고라스학파와 플라톤의 견해를 수용한 ㉣아리스토텔레스 또한 미가 비례에 있다고 보았다. 비례는 질서와 같은 의미로 이해되는데, 이러한 미는 수학적 질서를 기초로 삼아 이루어진다. 아리스토텔레스는 미를 지각하는 데에 심리적인 부분이 작용한다고 보았다는 점에서 미의 주관적인 조건을 고려했으나, 질서와 비례를 강조하였기에 미의 객관적인 조건을 중요시하는 미학적 전통을 유지하였다.

미에 대한 철학자들의 탐구는 실제로 작품을 만드는 예술가의 활동에도 영향을 미쳤다. 그리스 고전기에 활약했던 조각가 ㉤폴리클레이토스는 '카논'을 엄격하게 ⓑ준수하여 조각품을 제작했다. 여기서 카논은 기준이라는 뜻을 가진 말로 조각에서는 전체와 부분, 그리고 부분과 다른 부분들 사이의 조화로운 균형 관계를 의미하는 것으로 이해되었다. 인체를 대상으로 조각을 하는 경우 인체를 구성하는 사지와 다른 부분들이 유기적으로 연관되어 있어서 이를 분수로 표시되는 비례 관계로 설정할 수 있다는 것인데, 예를 들어 얼굴은 신장의 1/10이고 발바닥 길이는 신장의 1/6, 어깨 넓이는 신장의 1/4이 되는 것이 균제를 획득한다는 것이다.

㉯ 건축은 그 시대의 문화적 흐름을 투영해 주는 기능적, 미적인 요소가 어우러진 응용 예술로 고대 그리스 건축물들 역시 당대 그리스 사람들의 예술에 대한 관점을 반영한다. 모든 그리스 건축물 가운데 가장 특징적인 것은 신전이다. 신전은 고대 그리스인들이 ⓒ숭상했던 신상들을 모시는 곳으로 그들은 신전을 신이 주거하는 공간이라 인식하였을 뿐 이곳에서 제례 의식을 행하지 않았다. 따라서 제례 의식을 행하는 종교적 건물이 내부 공간에 중점을 두는 것과는 달리 신전은 외형적 모습의 아름다움을 중요시했다. 구조적으로 볼 때 수평의 보와 수직의 기둥에 의해 만들어진 신전은 각 부분이 유기적 통일을 유지하고 아름다운 비례를 가지고 있어서 일종의 조소적 성격을 보이고 있다.

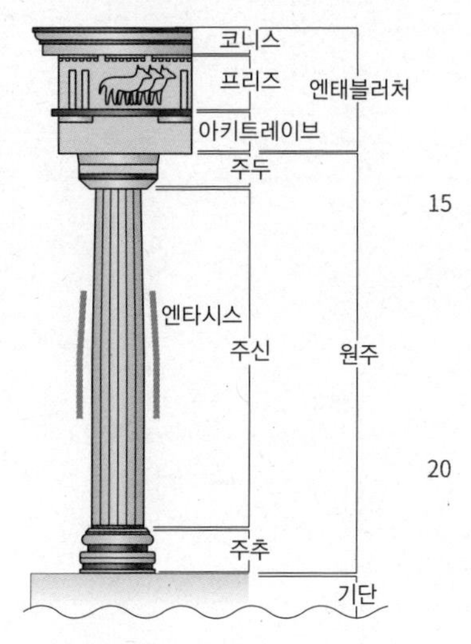

그렇다면 고대 그리스 신전은 어떤 구조로 이루어져 있을까? 신전은 오른쪽 그림과 같이 기단과 원주, 엔태블러처의 세 부분으로 크게 나뉘는데, 기단은 원주로부터 전달되는 건물의 하중을 받아 지반에 골고루 전달하도록 돌로 단단하게 만들어 놓은 곳이고, 원주는 기둥을 받치는 돌인 주추, 기둥 몸체인 주신, 기둥과 엔태블러처를 연결하는 주두로 이뤄진 부분이며, 엔태블러처는 원주 위에 얹히는 상부 구조로 아키트레이브, 프리즈, 코니스 등으로 구성된다. 그리스 신전의 가장 중요한 부분은 원주와 엔태블러처인데, 이를 주범 양식이라고 부른다. 주범 양식은 원주와 엔태블러처의 형태에 따라 도리스식, 이오니아식, 코린트식으로 구별한다.

먼저 도리스식은 그리스 본토에 분포한 도리스 사원의 건축 구조에서 ⓓ유래한 것으로 주신이 다른 양식보다 굵고 주추가 없으며 기단은 1단으로 되어 있다는 특징이 있다. 특히 도리스식 주신은 하단에서 전체 높이의 3분의 1까지는 같은 굵기로 직선의 형태를 취하고 중간 지점의 3분의 1은 볼록한 유선형의 곡선을 이루며 최상부 3분의 1은 급격히 오므라지게 하는 Ⓐ엔타시스 양식을 취한다. 또한 주두 위의 프리즈에는 주로 부조 작품이 배치되어 있다. 로마의 건축가 비트로비우스는 도리스식에 대해서 기둥의 높이는 대략 기둥 직경의 6배가 되도록 만들어서 인간 신체의 강함과 우아함을 나타내는 비례를 나타냈다고 말했다. 이는 도리스식이 간소하지만 힘찬 모습을 특징적으로 가지고 있다는 것을 의미한다.

40 이오니아식은 도리스식보다 더욱 화려했다. 이오니아식은 기단을 3단으로 쌓았으며, 도리스식과 달리 날씬하고 긴 주신은 최소한 두 개의 볼록면 부분과 한 개의 오목면 부분으로 이루어진 주추 위에 놓여 있다. 이오니아식 주두는 좌우 끝이 안으로 굽어져 들어간 소용돌이 형태를 취한다. 그리고 그 위에는 흔히 세 개의 수평 띠로
45 ⓔ분할되는 아키트레이브가 있는데, 이 삼중 분할은 신전의 토대가 되는 3단 기단을 반영한다. 아키트레이브 위 프리즈는 분할되지 않으며 연속적인 띠를 이룬 화려한 부조로 장식되는 경우가 많다. 맨 꼭대기의 코니스는 도리스식보다 더 호화로우며, 부조로 된 단편적인 문양들로 띠를 두르고 있다. 마지막으로 코린트식은 나중에 발
50 달했는데, 이 양식은 전반적으로 이오니아 양식과 비슷하지만 더 화려하다는 특징을 가진다. 이 화려한 양식은 그 뒤 로마인들이 선호해 여러 신전과 기념관을 장식하는 방식으로 전승되었다.

188

(가)와 (나)에 대한 설명으로 가장 적절한 것은?

① (가)는 미를 바라보는 철학자들의 상반된 견해를 제시한 후 이를 절충한 다른 견해를 소개하고 있다.
② (가)는 고대 그리스인들의 미에 대한 관점의 변화 양상을 통시적으로 고찰한 후 현대 예술에 미친 영향을 분석하고 있다.
③ (나)는 고대 그리스의 신전 건축 양식을 후대의 건축물과 비교하여 그 차이점을 설명하고 있다.
④ (나)는 고대 그리스의 대표적 건축물인 신전을 일정한 기준에 따라 분류한 후 그 특징을 살펴보고 있다.
⑤ (가)와 (나)는 모두 고대 그리스의 역사적 상황이 예술 전반에 걸쳐 미친 영향을 구체적인 사례를 동원하여 설명하고 있다.

189

다음은 (가)와 (나)를 읽은 학생이 작성한 학습지이다. 학습지에 ✔ 표시한 내용이 적절하지 않은 것은?

구분	내용	옳은 것에 ✔ 표시를 하시오.	
(가)	심메트리아는 균제와 비례를 포괄하는 개념으로 사용되었다.	예☑ 아니요☐	①
	플라톤은 기하학적 미는 추상적인 형식의 미로 언제나 그 자체로 아름답다고 생각했다.	예☑ 아니요☐	②
(나)	그리스의 신전은 제례 의식을 위해 외형적 아름다움을 잘 표현하는 것에 중점을 두었다.	예☑ 아니요☐	③
	그리스 신전은 구조적으로 볼 때 크게 기단, 주신, 엔태블러처로 나눌 수 있다.	예☐ 아니요☑	④
	코린트식 신전의 화려함은 이오니아 양식에 영향을 미쳤다.	예☐ 아니요☑	⑤

190

(가)의 ㉠~㉤에 대한 이해로 적절하지 않은 것은?

① ㉠은 ㉡과 달리 눈에 보이지 않는 조화가 미의 근본을 이룬다고 생각했다.
② 수학적 질서를 바탕으로 한 균제가 미의 본질이라 본 ㉡의 견해는 ㉢과 ㉣에 의해 수용되었다.
③ ㉢과 ㉣은 대상의 외적 모습을 수적 비례에 의거하여 있는 그대로 재현하는 것이 미를 구현하는 것이라 인식했다.
④ ㉣은 미를 지각하는 데에 객관적 조건뿐만 아니라 주관적 조건까지 고려의 대상으로 포괄했다.
⑤ ㉤이 엄격하게 카논을 준수한 것은 ㉡이 주창한 심메트리아를 자신의 조각품에 구현한 것이다.

191

(나)를 바탕으로 할 때, 〈보기〉의 '파르테논 신전'에 대한 이해로 적절하지 않은 것은?

| 보기 |

파르테논 신전은 3단의 기단 위에 주추 없이 바로 주신을 올렸다. 이 3단의 기단은 가장자리가 중앙보다 아주 약간 낮게 되어 있는데 이는 인간의 착시 현상을 보정하여 평평하게 보이게 하는 효과가 있다. 그리고 신전 전면부의 가로와 세로, 기둥과 기둥 사이의 간격 등이 9 : 4의 비율을 취했다. 신전의 서쪽 끝 안쪽에는 후실이 있는데, 이 후실에 있는 4개의 기둥은 바깥쪽 기둥보다 날렵하며, 기둥 위 아키트레이브는 삼중 분할되어 있으며 코니스는 화려한 부조로 장식되어 있다.

① 기단이 3단으로 되어 있는 것은 이오니아식을 반영한 것이라고 할 수 있다.
② 주추 없이 기단 위에 바로 주신이 올라가 있는 것은 도리스식의 특징을 보여 준다.
③ 기단의 가장자리가 중앙보다 약간 낮게 되어 있는 것은 간소하지만 힘찬 모습을 가진 도리스식 신전의 특징을 보여 준다.
④ 가로와 세로, 기둥과 기둥 사이의 간격이 9 : 4의 비율을 취한 것은 각 부분이 아름다운 비례와 유기적 통일을 유지하고 있음을 보여 준다.
⑤ 날렵한 기둥, 삼중 분할된 아키트레이브와 화려한 부조로 장식된 코니스를 가진 후실의 기둥은 이오니아식 주범 양식의 특징이 반영된 것이다.

192

(가)와 (나)를 참고할 때, Ⓐ에 대한 반응으로 가장 적절한 것은?

① 기둥의 높이를 기둥 직경의 6배가 되도록 만든 것은 기하학을 바탕으로 감각적 미를 구현하려 한 것으로 볼 수 있겠군.
② 기둥 전체를 세 부분으로 나눈 것은 원주 위에 얹히는 상부 구조의 하중을 기단에 골고루 분산시키기 위한 것으로 볼 수 있겠군.
③ 기둥의 중간 지점을 유선형의 곡선으로 만든 것은 전체와 부분, 그리고 부분과 다른 부분들 사이의 균형을 이루기 위한 것으로 볼 수 있겠군.
④ 전체 높이의 3분의 1 지점까지 같은 굵기로 직선 형태를 취한 것은 미의 토대가 물질의 질적 속성에 있다는 생각에 영향을 받은 것으로 볼 수 있겠군.
⑤ 딱딱함을 나타내는 직선과 부드러움을 나타내는 곡선을 함께 사용한 것은 대립적인 것들의 질서와 조화를 추구하는 고대 그리스인들의 사상을 반영한 것으로 볼 수 있겠군.

193

문맥상 ⓐ~ⓔ와 바꿔 쓰기에 적절하지 않은 것은?

① ⓐ: 불렀다
② ⓑ: 지켜
③ ⓒ: 우러러보았던
④ ⓓ: 본뜬
⑤ ⓔ: 나뉘는

주제 통합

적중 예상

사회 01

목표 시간	10분 00초		
시작	분 초	종료	분 초
소요 시간	분 초		

E 수록

[194-199] 다음 글을 읽고 물음에 답하시오. 21, 23

㉮ 기업의 투자는 기업이 어떤 자본재*를 구입해 생산 과정에 투입하는 것을 말한다. 기업은 그 자본재를 통해 얻을 수 있는 편익과 그것을 위해 지불해야 하는 비용을 비교하여 투자 여부를 결정한다. 그런데 비용과 편익은 서로 다른 시점에 발생하기 때문에 비용과 편익을 모두 현재 가치로 환산해서 평가해야 한다. 그 이유는 현재의 1원과 미래의 1원이 같지 않기 때문이다.

미래에 발생할 비용과 편익을 현재 가치로 환산하려면 먼저 할인을 해야 한다. 예컨대 현재 가지고 있는 10억 원을 어딘가에 투자하거나 저축하면 1년 후에는 r의 수익률 또는 이자율이 붙어 10억×(1+r)로 커질 수 있다. 그러므로 이 수익률 또는 이자율을 기간당 할인율(r)로 삼아 할인을 해 주어야 비용과 편익의 현재 가치를 평가할 수 있는 것이다. 예를 들어 1년 후에 예상되는 수익 10억 원의 현재 가치는 $\frac{10}{1+r}$억 원인 것이다. 이에 따라 할인율이 10%일 때 n년 후에 발생하는 10억 원의 수익을 현재 가치로 따지면 $\frac{10}{(1+0.1)^n}$억 원에 해당한다고 할 수 있다. 따라서 기업이 투자 여부를 결정하기 위해서는 서로 다른 시기에 발생할 것으로 예상되는 투자의 비용과 수익을 모두 현재 가치로 환산한 다음 비교해야 한다.

이를 위해 크게 두 가지 방법이 주로 사용된다. 그중 하나인 ㉠현재 가치법은 예상되는 투자 수익의 흐름을 현재 가치로 바꾸어 투자 비용의 현재 가치와 비교하는 것이다. 기간당 할인율이 r로 정해져 있을 때 일정한 투자(C)에 대한 예상 손익(R_n)의 흐름을 현재 가치로 나타내면, $\frac{R_1}{1+r}+\frac{R_2}{(1+r)^2}+\cdots+\frac{R_n}{(1+r)^n}$과 같다. 만약 이 총수익의 현재 가치가 투자 비용(C)의 현재 가치보다 더 크다면 투자를 해야 하고, 그렇지 않다면 투자를 하지 말아야 한다. 일반적으로 ㉮시장 이자율의 감소가 투자 수요의 증가로 이어진다고 보는 이론적 근거가 바로 여기에 있다.

투자 여부를 결정하는 또 하나의 방법은 ㉡내부 수익률법이다. 내부 수익률은 투자 비용과 투자의 예상 수익이 같아져 투자의 현재 가치가 0이 되는 수익률을 말한다. 내부 수익률은 $C=\frac{R_1}{1+p}+\frac{R_2}{(1+p)^2}+\cdots+\frac{R_n}{(1+p)^n}$과 같은 방정식을 통해 구할 수 있다. 이때 C는 투자 비용이고, R_n은 n기의 예상 손익이며 p가 바로 내부 수익률이다. 이때 p가 C의 기회비용보다 클 경우에는 투자를 하고, 그렇지 않을 경우에는 투자를 하지 말아야 한다는 것이 내부 수익률법의 골자이다. 투자와 관련된 기회비용은 그 투자 비용을 다른 곳에 투자했을 때 얻을 수 있는 수익률을 의미하며, 그것은 곧 시장 이자율을 의미한다고 볼 수 있다. 그런데 이 방정식은 p의 n차 방정식으로 볼 수 있으므로, p에 대한 n개의 해가 나올 수 있다. 따라서 이 중 어느 것을 내부 수익률로 보느냐에 따라 현재 가치법과는 다른 결과가 도출될 수 있다.

㉯ 일반적으로 할인율은 해당 사업에서 요구되는 최소 수익률로 볼 수 있다. 할인율이 높을수록 미래에 발생하는 편익의 가치는 낮게 평가된다. 할인의 요소는 물가 상승, 투자 기회, 불확실성, 정부 정책 등 다양하지만, 일반적으로 할인율은 주로 시장 이자율로 정해지는 경우가 많다. 시장 이자율을, 미래의 금액을 현재 가치로 환산하는 기준이 되는 할인율에 적용하는 것이다. 그렇지만 공공사업의 타당성 평가에 사용되는 사회적 할인율에 시장 이자율을 그대로 적용하는 것에 대해서는 이견이 있다.

사회적 할인율은 현재 세대와 미래 세대 사이의 자원 분배에 관한 사회적 합의를 경제학적으로 표현한 것이다. 사회적 할인율이 어떠한 수준에서 결정되느냐에 따라 공공사업에 대한 현재 세대의 선택은 크게 달라질 수 있다. 기후 변화 정책처럼 비용과 편익이 장기간에 걸쳐 발생하는 경우 할인율의 작은 차이가 전혀 다른 결과를 가져올 수 있기 때문이다. 미국의 경제학자 노드 하우스는 사회적 할인율을 5%로 상정하여 온실가스 1단위 배출로 인한 총 사회적 비용이 현재 가치로 8달러라고 하였다. 반면 영국의 경제학자 스턴은 사회적 할인율을 1.44%로 상정하여 온실가스 1단위 배출로 인한 총 사회적 비용이 현재 가치로 85달러라고 하였다. 즉 누구의 기준을 ⓐ따르느냐에 따라 기후 변화 관련 정책 여부를 결정하는 데 큰 차이가 생기게 되는 것이다.

미래 세대의 효용을 할인하는 것은 세대 간 공평이라는 관점에서 볼 때 옳지 않으며, 미래 세대 편익에 대한 사회적 할인율은 0을 적용하는 것이 윤리적으로 가장 정당하다는 주장도 있다. 그렇지만 할인율이 해당 사업에 대한 최소 수익률이라는 점을 상기한다면, 이 주장이 경제학적으로는 결코 옳은 주장이 될 수 없다. 만약 시장 이자율이 4%이고 공공사업 투자 수익의 할인율이 0%라면 공공사업에 투자하기보다 당연히 4%의 수익률을 가져다주는 사업에 투자하고, 여기서 나온 수익을 다음 세대에 상속하는 것이 더 바람직하기 때문이다.

그렇다고 일반적인 할인율과 마찬가지로 사회적 할인율에 민간 자본의 수익률이나 시장 이자율을 그대로 적용하면 또 다른 문제가 생기게 된다. 단기적으로 실현되는 이익을 추구하는 자본 시장의 논리에 따라 결정된 민간 자본의 수익률이나 시장 이자율을 그대로 사회적 할인율에 적용한다면, 편익이 장기간에 걸쳐 서서히 나타나는 공공사업의 경우 상대적으로 높은 할인율을 적용해야 한다. 그렇게 되면 미래 세대의 이익이 저평가될 우려가 있다. 그러므로 사회적 할인율은 미래 세대를 배려하는 공익적 차원에서 민간 자본의 수익률이나 시장 이자율보다 상대적으로 더 낮은 수준에서 결정되는 것이 바람직하다.

* 자본재: 소비재의 생산에 이바지하는 물건 중 토지를 제외한 것.

194

(가)와 (나)에 대한 설명으로 가장 적절한 것은?

① (가)는 투자의 개념을 정의하고, 시장에서 투자가 이루어지는 전 과정을 소개하고 있다.
② (가)는 투자 여부를 결정하기 위해 필요한 과정을 제시하고, 이와 관련된 구체적인 방법들을 소개하고 있다.
③ (나)는 할인율과 시장 이자율의 관련성을 설명하고, 사회적 할인율이 시장 이자율에 미치는 영향을 소개하고 있다.
④ (나)는 사회적 할인율에 시장 이자율을 적용해야 하는 이유를 제시하고, 사회적 할인율에 대한 다양한 견해를 소개하고 있다.
⑤ (가)와 (나)는 모두 할인율을 결정하는 다양한 방법을 제시하고, 그것을 통해 투자 여부가 결정되는 절차를 소개하고 있다.

195

㉠과 ㉡에 대한 설명으로 적절하지 않은 것은?

① ㉠에 따르면 동일한 수익이 발생하더라도 더 먼 미래에 발생할수록 수익의 현재 가치는 더 낮아진다.
② ㉡에 따르면 내부 수익률의 변화가 없을 때 시장 이자율이 커지면 투자가 이루어질 가능성은 줄어든다.
③ ㉠은 ㉡과 달리 투자 비용이 각 기간의 예상 수익을 모두 합산한 금액보다 적을 때 투자한다는 원칙에 따른다.
④ ㉡은 ㉠과 달리 동일한 계산식에서 투자 여부와 관련하여 다양한 결론이 도출될 수 있다.
⑤ ㉠과 ㉡은 투자 여부와 관련하여 항상 같은 결론을 도출하지는 않는다.

196

㉮에 대해 설명한 내용으로 가장 적절한 것은?

① 이자율의 감소가 할인율을 높여 투자 비용의 현재 가치를 낮추는 효과가 있다.
② 이자율의 감소가 할인율을 높여 미래 수익의 현재 가치를 높이는 효과가 있다.
③ 이자율의 감소가 할인율을 낮추어 투자의 기회비용의 현재 가치를 높이는 효과가 있다.
④ 이자율의 감소가 할인율을 낮추어 미래 수익의 현재 가치를 높이는 효과가 있다.
⑤ 이자율의 감소가 할인율을 낮추어 투자 비용과 미래 수익의 현재 가치를 함께 낮추는 효과가 있다.

197

(나)에서 알 수 있는 내용으로 가장 적절한 것은?

① 수익을 요구하는 사업의 경우 할인율이 수익률을 상회하는 것이 일반적이다.
② 시장 이자율의 상승과 달리 물가의 상승은 미래 수익의 현재 가치를 높이는 역할을 한다.
③ 사회적 할인율이 커질수록 현재 세대에서 미래 세대로 자원이 분배되는 효과가 커지게 된다.
④ 편익이 장기간에 걸쳐 서서히 나타나는 사업일수록 할인율이 낮게 책정되는 것이 일반적이다.
⑤ 공공사업에서 미래 세대의 이익이 저평가되는 것을 막으려면 사회적 할인율은 시장 이자율보다 더 낮게 책정되어야 한다.

198

윗글을 읽은 학생이 〈보기〉의 Ⓐ와 Ⓑ에 대해 보인 반응으로 적절하지 않은 것은?

보기

정부가 탄소 저감을 위해 스마트 그린 도시 조성 방안을 발표하였다. 이를 두고 미래 세대의 장기적 이익을 위해 꼭 필요한 공공 정책이라며 Ⓐ찬성하는 의견과 막대한 재정 투입을 우려하며 Ⓑ반대하는 의견이 팽팽하게 맞서고 있다. 이에 대해 정부는 공공사업의 투자 여부를 두고 더욱 신중하게 '비용 –편익 분석'을 하기로 했다.

① Ⓐ는 이 사업이 미래 세대의 장기적 이익을 고려해야 하는 사업이라는 점에서, 자본 시장의 논리를 그대로 따르는 것에 대해서는 부정적이겠군.
② Ⓑ가 내부 수익률법을 판단 기준으로 삼아 반대하는 것이라면, 이 사업의 내부 수익률이 투자금의 기회비용보다 더 작다고 판단한 것이겠군.
③ 현재 가치법을 이용하여 이 사업의 투자 여부를 판단하고자 한다면, Ⓐ는 미래에 얻게 될 편익에 대한 할인율을 Ⓑ보다는 더 낮게 책정하려고 하겠군.
④ 내부 수익률법을 이용하여 이 사업의 타당성을 평가하고자 한다면, 여러 개의 내부 수익률 중에서 Ⓐ는 가장 높은 수준의 것을, Ⓑ는 가장 낮은 수준의 것을 더 선호하겠군.
⑤ Ⓑ가 막대한 재정 투입에 대한 우려를 표명한 것은, 투자 비용을 다른 곳에 투자했을 때 얻을 수 있는 수익률을 낮게 책정하여 Ⓐ보다 투자 금액의 기회비용을 낮게 평가했기 때문이겠군.

199

ⓐ와 문맥적 의미가 가장 유사한 것은?

① 우리는 법에 따라 일을 처리했을 뿐이다.
② 그녀는 누구보다 나를 잘 따르는 후배이다.
③ 이 강을 따라 내려가면 마을이 나올 것이다.
④ 그 누구도 선생님의 말솜씨를 따를 수 없다.
⑤ 아버지를 따라 처음으로 오페라 구경을 갔다.

적중 예상

주제 통합

사회 02

목표 시간	10분 00초		
시작	분 초	종료	분 초
소요 시간	분 초		

E 수록

[200-205] 다음 글을 읽고 물음에 답하시오. 21, 24

가 외환 위기 직후인 1998년 금융 기관들은 부실 채권, 즉 대출 원금이나 이자를 제대로 받지 못하게 된 대출 채권이 증가하였다. ㉮부실 채권의 증가는 금융 기관의 재무 건전성을 약화시켰는데, 이로 인해 금융 기관이 신규 대출을 제한하여 기업은 자금의 조달이 어려워졌다. 이러한 문제에 대한 대책으로 정부는 자산 유동화 제도를 도입하였고, 이 제도에 관한 법률인 '자산 유동화법'을 제정하여 제도 시행의 법적 근거를 마련하였다.

자산 유동화 제도는 금융 기관을 포함한 기업이 ⓐ부실한 자산 또는 현금화에 시간이 걸리는 자산을 다른 기업에 넘긴 다음, 자산을 인수한 기업이 유가 증권*을 발행하여 현금화하는 제도이다. 이 제도를 이해하기 위해서는 자산 보유자, 유동화 자산, 자산 유동화 증권, 유동화 전문 회사에 대해 알아야 한다. '자산 보유자'는 자산을 유동화하려는 기업으로, 자산 유동화법에서는 금융 기관, 공기업, 금융감독위원회가 인정하는 법인으로 그 자격을 한정하고 있다. '유동화 자산'은 유동화 대상이 되는 자산을 의미하며, 모든 자산은 유동화 자산이 될 수 있다. 유동화 자산을 기초로 발생하는 유가 증권을 '자산 유동화 증권(ABS)'이라고 하는데, ⓑ기초 자산에 따라 기업의 대출 채권을 기초로 발행한 CLO, 부동산 담보 대출 채권을 기초로 한 MBS 등으로 구분되며, 발행된 ABS는 이를 발행한 기업의 자산이 된다.

'유동화 전문 회사(SPC)'는 사원이 존재하지 않는 서류상의 회사로, 권리 능력이 부여된 법인이다. 이때 권리 능력은 권리와 의무의 주체가 될 수 있는 법률적인 자격을 의미한다. SPC는 자산 보유자와의 유동화 자산 양도 계약과 같은 일반 업무는 업무 수탁자에게, 발행된 ABS 등 자산에 대한 관리는 자산 관리자에게, ABS의 발행·판매는 증권사에 각각 위임하지만, 법률적으로는 SPC가 이러한 업무를 수행한 것으로 간주한다.

자산 유동화법은 강제성은 없지만, 따를 경우 절차상의 편의나 조세 감면 등의 혜택을 받을 수 있는 지원법적 성격을 가지며, 자산 보유자가 SPC에 채권을 양도할 때 법적 절차를 간소하게 하는 장점이 있다. 민법에서는 채권자가 채권을 제3자에게 양도할 때, 양도인이 채무자에게 그 사실을 통지하거나 채무자가 이를 승낙해야 하는 요건, 즉 '제3자에 대한 대항 요건'을 갖추도록 규정하고 있다. 그러나 자산 유동화법에서는 자산 보유자나 SPC가 ⓒ해당 사실을 공고하거나 금융감독위원회에 등록하면, 제3자에 대한 대항 요건을 충족한 것으로 본다.

* 유가 증권: 회사채, 수익 증권 등 법률상 재산권을 표시한 증권.

나 자산 유동화법 제2조에서는 자산 유동화 제도의 개념을 그 실행 방식에 따라 네 가지 항목으로 정의하고 있다. 이 조항에 근거하여 자산 유동화 제도의 실행 방식을 크게 '매매형 유동화 방식'과 '신탁형 유동화 방식'으로 나누어 볼 수 있다.

㉠매매형 유동화 방식은 유동화 전문 회사(SPC)를 통한 방식으로, 자산 보유자가 유동화 자산을 SPC에 양도한 다음 SPC가 자산 유동화 증권을 발행하여 유동화가 이루어진다. 이 방식에서는 전체 과정을 '주관 회사'가 총괄한다. 일반적으로 증권사가 주관 회사가 되며 주관 회사는 자산 유동화 계획 수립, SPC 설립, SPC의 업무를 위임할 회사 소개, ABS 발행 및 판매를 담당한다. 이 방식에서 발행하는 ABS는 대부분 회사채*이다.

신탁형 유동화 방식은 신탁을 이용한 자산 유동화 방식으로, 신탁 회사가 자산 보유자로부터 유동화 자산을 양도받아 이를 증권화하는 경우까지 그 개념이 확대된다. 신탁이란 일정한 목적에 따라 재산의 관리와 처분을 남에게 맡기는 것으로, ⓓ신탁을 설정하는 자를 위탁자, 신탁을 인수하는 자를 수탁자라고 하며 수탁자는 신탁 회사를 의미한다. 이 방식은 다시 '신탁 방식', '양도 방식', '재유동화 방식'으로 세분되는데, ㉡신탁 방식은 자산 보유자가 신탁 회사에 유동화 자산을 신탁하고 신탁 회사가 이를 기초로 ABS를 발행하여 유동화가 이루어진다. 신탁 회사는 직접 ABS를 발행하고 투자자들에게 판매하며, 이때 발행되는 ABS는 대부분 수익 증권*이다. ㉢양도 방식은 신탁 회사가 자산 보유자로부터 유동화 자산을 양도받아 이를 기초로 ABS를 발행하는 방식인데, 실제로는 거의 이루어지지 않는다.

㉣재유동화 방식은 두 단계에 걸쳐 이루어지는데, 먼저 신탁 방식으로 1단계 유동화가 된 다음 ㉯매매형 유동화 방식으로 2단계 유동화가 이루어진다. 2단계 유동화는 신탁 회사가 SPC를 설립하고 이미 발행된 ABS를 SPC에 양도한 다음 SPC가 새로운 ABS를 발행함으로써 이루어진다. 2단계 유동화 과정에서는 신탁 회사가 ⓔ주관 회사의 역할을 맡게 되는데, SPC의 일반 업무 및 자산 관리 업무를 위임받아 수행한다.

* 회사채: 발행한 기업으로부터 증권에 표시된 금액과 이자를 만기일에 받을 수 있는 권리를 표시한 유가 증권.
* 수익 증권: 신탁 자산의 운용으로 발생하는 이익을 받을 수 있는 권리를 표시한 유가 증권.

200

(가)와 (나)에 대한 설명으로 가장 적절한 것은?

① (가)와 (나) 모두 특정 제도의 개념을 다른 대상에 빗대어 설명하고 있다.

② (가)와 (나) 모두 특정 제도가 형성되는 과정을 통시적으로 서술하고 있다.

③ (가)는 (나)와 달리 특정 제도의 도입 배경과 함께 장단점을 제시하고 있다.

④ (나)는 (가)와 달리 법률적 정의에 근거하여 특정 제도의 실행 방식을 구분하고 있다.

⑤ (가)는 다른 법률과의 비교를, (나)는 하위 법률 간의 대조를 통해 특정 제도의 특징을 밝히고 있다.

201

(가)와 (나)를 바탕으로 〈보기〉를 이해한 내용으로 적절하지 않은 것은?

보기

금융 회사인 A사는 증권사인 B사에 부동산을 담보로 한 대출금에 대한 채권을 활용한 자산 유동화를 의뢰하였다. 이에 B사는 자산 유동화법을 준수하는 자산 유동화 계획을 세운 다음, A사와 협의하여 자산 유동화를 진행하였다. 이후 B사는 명목상 회사인 C사를 설립하였고, C사의 일반 업무는 D사가 수행하였다. B사는 투자자들에게 C사의 자산을 기초로 한 자산 유동화 증권을 판매하였다.

① A사가 현금화한 자산의 유형을 기준으로 볼 때 C사가 발행한 증권은 MBS에 해당한다.

② A사는 법에 규정된 자산 보유자에 해당하며, 자산 유동화를 통해 재무 건전성을 높이려 하고 있다.

③ B사가 양도 계약을 금융감독위원회에 등록하면 양도 계약에서 제3자에 대한 대항 요건을 갖춘 것으로 인정받는다.

④ 자산 유동화법이 아닌 민법에 따라 자산 유동화를 진행한다면, A사는 채무자에게 C사에 채권을 양도한 것을 통지해야 한다.

⑤ 유동화 자산에 대한 양도 계약을 맺을 때, 계약에 관한 실무는 D사가 맡아 진행하지만, 법적으로는 C사가 해당 실무를 수행한다고 본다.

202

㉠~㉣에 대해 이해한 내용으로 가장 적절한 것은?

① ㉠과 ㉡에서 ABS를 발행하는 주체는 동일하다.

② ㉠과 ㉣에서 주관 회사가 맡은 업무는 동일하지 않다.

③ ㉡과 ㉢에서 유동화 자산의 수탁자는 신탁 회사이다.

④ ㉡과 ㉣에서 신탁 회사는 자산 보유자가 될 수 없다.

⑤ ㉢과 ㉣에서 신탁 회사는 유동화 자산을 양도한다.

203

(나)와 〈보기〉를 바탕으로, ㉮의 상황에서 금융 기관이 자산 유동화를 할 때 발행할 수 있는 ABS에 대해 판단한 것으로 가장 적절한 것은?

보기

금융 분야에서, 채무가 회수되었을 때 상대적으로 먼저 수익을 지급받는, 즉 우선적으로 지급받는 수익을 보장하는 증권을 선순위 증권이라 한다. 그리고 채무가 회수되어 선순위 투자자에게 수익을 지급한 이후, 추가로 회수된 채무가 있으면 지급받는 수익을 보장하는 증권을 후순위 증권이라고 한다. 채무에 대한 권리인 채권을 기초로 한 ABS를 발행할 때에는, 선순위 증권과 후순위 증권으로 나누어 발행한다. 이때 투자자들의 심리와 유동화 자산의 성격을 고려하여 ABS의 유형을 결정한다.

① SPC가 부실 채권을 양도받아 발행한 ABS의 경우, 선순위 증권이면서 수익 증권일 것이다.
② SPC가 부실 채권을 양도받아 발행한 ABS의 경우, 선순위 증권이면서 회사채일 것이다.
③ SPC가 부실 채권을 신탁받아 발행한 ABS의 경우, 후순위 증권이면서 수익 증권일 것이다.
④ 신탁 회사가 부실 채권을 신탁받아 발행한 ABS의 경우, 선순위 증권이면서 회사채일 것이다.
⑤ 신탁 회사가 부실 채권을 양도받아 발행한 ABS의 경우, 후순위 증권이면서 수익 증권일 것이다.

204

(가)와 (나)를 모두 참고할 때, ㉯가 진행되기 위한 전제 조건을 추론한 것으로 가장 적절한 것은?

① 이미 발행된 ABS는 신탁 회사의 유동화 자산이 된다.
② 유동화 자산은 신탁할 때와 달리 양도에는 제한이 없다.
③ 신탁 회사는 SPC를 설립해 기존의 ABS를 재발행할 수 있다.
④ 신탁 회사는 ABS를 발행하는 데 필요한 법적 절차가 간소하다.
⑤ 신탁 회사는 자산의 신탁을 설정하여 자산을 유동화할 수 있다.

205

문맥상 ⓐ~ⓔ와 바꿔 쓰기에 적절하지 않은 것은?

① ⓐ: 유동화 자산을
② ⓑ: 유동화 자산의 종류에 따라
③ ⓒ: 자산 보유자가 SPC에 채권을 양도한 사실을
④ ⓓ: 자신의 재산 관리와 처분을 남에게 맡기는 자를
⑤ ⓔ: 자산의 신탁 과정을 총괄하는데

주제 통합

적중 예상

주제 통합

인문+사회 01

목표 시간	10분 00초		
시작	분 초	종료	분 초
소요 시간	분 초		

E 수록

[206-211] 다음 글을 읽고 물음에 답하시오. 15, 19, 23, 24

(가) 1651년 『리바이어던』을 출간하면서 홉스는 사회 계약론을 통해 사회의 기본 구조를 만드는 사고 실험을 시도하였다. 홉스는 국가 성립 이전의 ㉠자연 상태를 '만인의 만인에 대한 투쟁'이 ⓐ이어지는 가혹한 환경으로 보았다. 그에 의하면 재화의 한정성 때문에 자연 상태에서의 인간은 누구나 상대방에 대한 적대감을 품고 자기 보존을 추구하게 되며, 그 결과 모든 개인은 불안과 공포에 시달리게 된다. 그래서 인간은 자신의 생명을 보존하기 위해 자신의 힘을 자유롭게 사용할 수 있는 권리인 '자연권'을 행사하게 된다. 이로 인해 자연 상태에서 만인은 항구적인 전쟁 상태에 놓이게 되어 자신의 생명을 보존하기 어려운 역설적인 상황을 초래하게 된다.

홉스는 자기 보존에 대한 인간의 관심에 주목하여 '자연법'을 구상하였다. 자연법은 인간의 이성에 의해 발견된 보편타당한 일반 법칙으로 크게 3가지 명령으로 대표된다. 그 명령은 평화를 추구하고 그것을 따르는 것이며(제1의 법), 자신이 타인에게 허락한 만큼의 권리와 자유에 자신도 만족해야 한다는 것이고(제2의 법), 인간은 자신들이 맺은 신약(信約)을 이행해야 한다는 것(제3의 법)이다.

홉스는 이와 같은 구상을 바탕으로 모든 사람이 자신의 자연권을 양도하는 계약을 자발적으로 맺어 절대적인 국가 권력을 탄생시키는 것만이 자연 상태의 공포에서 벗어나는 길이라고 주장했다. 그는 평화와 안전을 지켜 주는 절대 권력자를 국가로 보고, 이런 의미에서 국가를 구약 성경에 나오는 막강한 힘을 가진 바다 괴물 '리바이어던'이라고 ⓑ불렀다.

홉스는 국가의 형태 중 가장 뛰어난 것은 군주제라고 생각하고 절대 왕정을 지지했다. 왜냐하면 군주제만이 불안과 공포의 자연 상태를 극복하기 위해 일관되고 강력한 의사를 관철할 수 있다고 보았기 때문이다. 그리고 그는 군주의 통치권은 절대적이어야 하며 어떠한 시민의 저항도 용납하지 않아야 한다고 생각했다. 군주의 권력은 사회 구성원이 이루어 낸 합의의 산물이므로, 군주의 권한에 저항하는 것은 곧 자신의 이성에 대항하는 것이며 자연 상태로의 회귀를 의미하기 때문이다. 이러한 홉스의 주장은 절대 왕정의 악정(惡政)을 사실상 묵인하고 방조했다는 비판을 받기도 한다. 그러나 인간의 안전에 대한 갈망과 통치 권력의 정당성 문제를 명쾌하게 설파한 그의 이론이 이후 전개된 시민 사회의 성립과 정치사상의 발전에 큰 물꼬를 터놓았다는 점은 부인하기 어렵다.

(나) '인간은 본래 자유인으로 태어났다. 그런데 그는 어디서나 쇠사슬에 묶여 있다.'라는 말로 시작하는 루소의 『사회 계약론』은 1762년에 출간되었다. 루소에 따르면, 풍족한 삶이 보장되던 ㉡자연 상태에서 인간은 누구나 평화롭고 평등한 개인적인 삶을 누릴 수 있었다. 그런데 자연 환경의 변화로 인해 척박한 세상과 맞닥뜨리게 되면서 인간은 다른 인간들과의 협동을 통해 자신의 생존을 모색하게 된다. 그로부터 언어와 기술 문명이 발달하고 마침내 인간은 자연을 지배할 수 있게 된다. 그러나 이러한 성취는 인간 사회의 불평등이라는 부작용을 낳는다. 사유 재산의 관념이 생기고 능력의 차이가 사회적 불평등으로 이어졌기 때문이었다. 인간이 자연과의 투쟁에서 이기기 위해 사회를 형성했지만, 결국 그 투쟁은 끝나지 않고 인간과 인간 사이의 투쟁으로 변형되었을 뿐이다. 이로써 자연 상태에서는 선한 존재였던 인간이 사회 상태에서는 서로를 위협하고 투쟁하는 존재가 되어 버린 것이다.

이에 따라 루소는 성숙한 인간 사회의 건설을 위해 사회 계약의 필요성을 제기했다. 인간이 필연적으로 사회를 이루고 살아가야 한다면 모든 사회 구성원이 동의하는 방식과 조건에 따라 사회 계약을 맺음으로써 공동의 힘으로 구성원의 안전을 ⓒ지켜야 한다는 것이다. 이때 사회 계약은 '일반 의지'의 지도에 따라야 한다고 하였다. 일반 의지는 공동체에 의해 취해진 결정들의 총체, 즉 공동 자아의 의지로 공동의 이익만을 추구하는 의지이다. 사적 이익을 추구하는 개인의 '특수 의지'나 특수 의지의 총합에 불과한 '전체 의지'와는 달리, 일반 의지는 공공의 선만을 추구하는 것으로 항상 올바른 것이다. 루소는 이러한 일반 의지를 기반으로 정부를 구성하고 통치자를 뽑아 개인적 이익 추구의 권리와 능력 등을 모두 통치자에게 양도하여 공동의 힘을 형성하는 것이 사회 계약의 핵심이라고 하였다. 개인은 일반 의지에 복종함으로써 자연 상태에서 ⓓ벗어나 정치 사회에 합류할 수 있게 되며 비로소 잃어버린 자유를 되찾게 되는 것이다. 한편 루소는 통치자가 일반 의지에 반하는 행위를 하였을 때 계약 파기의 가능성을 열어 두었으며, 일반 의지를 ⓔ따르지 않는 인민의 교화를 위한 종교와 교육의 역할도 강조하였다.

루소의 사회 계약론은 다른 사회 계약론과 마찬가지로 사고 실험에 그쳤을 뿐 실제 현실에 구현된 적은 없다. 또한 지나치게 이상적인 가정에 기반한다는 점에서 실현 가능성에도 의문을 갖게 한다. 그럼에도 불구하고 사회 계약을 통해 사회의 기본 구조를 만들려고 한 시도는 역사적으로 큰 의의를 지닌다. 왜냐하면 이것은 사회 계약을 통해 인간 사회가 더 이상 자연이나 신에 의해 운명 지어진 존재가 아님을 분명히 한 것이기 때문이다.

206

(가)와 (나)의 서술 방식으로 가장 적절한 것은?

① (가)는 특정 이론이 인접 분야의 발전에 미친 영향을 인과적으로 제시하고 있다.
② (나)는 특정 이론에 대한 전문가들의 의견을 이용하여 특정 이론을 다각적으로 해석하고 있다.
③ (가)는 특정 이론이 탄생하게 된 역사적 배경을, (나)는 특정 이론에 영향을 받은 사회 현상을 제시하고 있다.
④ (가)와 (나) 모두 특정 이론의 한계와 의의를 언급하여 특정 이론에 대한 평가를 제시하고 있다.
⑤ (가)와 (나) 모두 당시 사회의 일반적 인식을 제시한 뒤 그것과 다른 특정 이론을 부각하고 있다.

207

(가)와 (나)를 참고할 때, '홉스'와 '루소'에 대해 이해한 내용으로 적절하지 않은 것은?

① 홉스는 자연법이 이성에 의해 발견된 것이라고 보았다.
② 루소는 인간 사회의 불평등을 인간의 협동 과정에서 발생한 부산물로 보았다.
③ 홉스와 달리 루소는 공동체의 이익에 반하는 사회 계약의 파기 가능성을 열어 두었다.
④ 루소와 달리 홉스는 현실에 적용된 사회 계약의 경험을 통해 자신이 주장한 이론의 정당성을 입증하였다.
⑤ 홉스는 사회 계약을 통해 자연 상태를, 루소는 사회 계약을 통해 불평등한 사회 상태를 극복할 수 있다고 보았다.

208

(가)와 (나)를 참고하여 ㉠과 ㉡을 이해한 내용으로 가장 적절한 것은?

① ㉠에서의 자연권은 자연법을 통해 더욱 강화된다.
② ㉡이 척박하게 변화하여도 인간은 일관되게 행동한다.
③ ㉡과 달리 ㉠에서는 인간이 항구적인 전쟁 상태를 경험하게 된다.
④ ㉠과 달리 ㉡은 인간이 공동체의 이익을 추구하는 이타적 존재임을 입증한다.
⑤ ㉠과 ㉡ 모두에서 인간은 서로 위협하는 상태를 벗어나기 위해 협력을 기반으로 하는 공동의 힘을 형성하여 대응한다.

209

〈보기〉는 선악에 대한 두 사람의 견해이다. (가)와 (나)를 읽고 〈보기〉에 대해 보인 반응으로 적절하지 않은 것은?

> 보기
>
> ㅇ갑: 선악은 인간의 의식과 욕구에 의존하는 상대적인 개념이다. 이러한 상대성으로 인해 야기되는 충돌과 사회 혼란을 방지하기 위해서는 사회 계약에 의해 성립된 절대 권력이 선악을 판단해 주어야 한다. 즉, 절대 권력을 가진 입법자가 규정한 모든 것은 선이고 그가 금지한 모든 것은 악인 것이다.
>
> ㅇ을: 아름다움이 예술 작품에 내재해 있는 것과는 달리 선함은 인간의 행위에 내재해 있지는 않다. 모든 사람들이 어떤 행위를 유익한 것이라고 느낄 때 그 행위가 비로소 선이 될 수 있는 것이다. 그러나 다수의 대중이 판단한 선이 일반 의지에 부합하더라도 입법자가 규정한 선과 충돌할 가능성을 배제할 수는 없다.

① '갑'이 입법자가 내린 결정이 선악의 판단 기준이 되어야 한다고 본 것은, 사회 계약에 의해 형성된 권력을 '리바이어던'이라고 불렀던 홉스의 견해와 유사한 것이겠군.
② '갑'이 선악의 상대성으로 인해 충돌과 혼란이 야기될 수 있다고 본 것은, 단일한 권력의 지배를 받기 전까지 평화와 안전을 보장할 수 없다고 한 홉스의 생각과 비슷한 점이 있겠군.
③ '을'이 예술의 아름다움과 달리 선함은 인간의 행위에 내재되어 있지 않다고 본 것은, 인간을 본래 선한 존재였으나 환경에 의해 악한 존재가 되었다고 본 루소의 견해와 통하는 것이겠군.
④ '을'이 모든 사람들이 유익한 것으로 느끼는 것들을 선으로 간주한 것은, 루소가 말한 일반 의지와 전체 의지를 구분하지 못한 것이겠군.
⑤ '을'이 일반 의지에 부합하는 선도 경우에 따라 입법자가 규정한 선과 충돌할 수도 있다고 본 것은, 통치자가 일반 의지를 위반할 수도 있다고 본 루소의 생각과 통하는 것이겠군.

210

〈보기〉에 제시된 선생님의 안내에 따라, (가)를 바탕으로 [자료]의 ㉮, ㉯, ㉰를 이해한 내용으로 적절하지 않은 것은?

보기

선생님: 홉스는 '만인에 대한 만인의 투쟁' 상태가 국가 성립 이후에도 지속될 수 있다고 보았습니다. 국제 사회 전체를 통제할 수 없는 상태에서는 자연권이 국가 단위로 확대되어 국가 간 전쟁의 가능성을 배제할 수 없다는 것입니다. 그래서 많은 국제 정치 학자들은 사회 계약론에 담긴 합의에 기초하여 새로운 국제 권력 모델을 고민하게 되었습니다. 이러한 관점에서 다음 [자료]를 보기 바랍니다.

[자료]

냉전 시대를 거치면서 세계 각국은 군사적인 우위를 차지하기 위한 ㉮ 핵무기 보유 경쟁에 몰두하였다. 이로 인해 핵전쟁의 위험이 더욱 커지자 세계의 여러 나라가 자발적으로 모여 ㉯ '핵 확산 금지 조약'을 맺게 되었다. 그러나 이 조약은 기존의 핵보유국에는 핵무기 보유 권한을 인정해 주고 핵무기를 보유하지 않은 나라에는 계속 핵무기를 보유할 수 없도록 제한하여 ㉰ 공평하지 않다는 지적이 있었다.

① 냉전 시대에 세계 각국이 ㉮에 몰두한 것은, '자연권' 행사가 국가 단위로 확대된 것에 해당한다고 볼 수 있습니다.
② ㉯는 국제 사회 전체를 통제할 수 없는 상태에서 벗어나기 위해 여러 국가가 계약을 맺어 형성한 새로운 국제 권력 모델의 하나로 볼 수 있습니다.
③ 자국의 안전을 지키기 위한 ㉮가 오히려 자국의 안전을 더 위협하게 되었다는 판단 때문에 ㉯가 맺어졌다고 유추할 수 있습니다.
④ ㉯가 자발적 합의에 의한 '사회 계약'으로 발전한 것이라 하더라도 ㉮에 대한 권력 행사를 제한적으로만 해야 합니다.
⑤ 홉스의 자연법 중 '제2의 법'이 담고 있는 정신에 비추어 보면, ㉯에 대해 ㉰와 같은 비판을 할 수 있습니다.

211

문맥상 ⓐ~ⓔ의 단어와 가장 가까운 의미로 쓰인 것은?

① ⓐ: 이 길은 남해로 가는 고속도로와 이어진다.
② ⓑ: 한 나라가 너무 부강해지면 전쟁을 부르게 된다.
③ ⓒ: 그는 어려운 상황에서도 약속을 지키기 위해 노력했다.
④ ⓓ: 다른 나라의 경제적 지배로부터 하루빨리 벗어나야 한다.
⑤ ⓔ: 아이는 선생님의 동작을 그대로 따라서 하느라 분주했다.

적중 예상

주제 통합

인문+사회 02

목표 시간	10분 00초		
시작	분 초	종료	분 초
소요 시간	분 초		

E 수록

[212-217] 다음 글을 읽고 물음에 답하시오. 17, 22

(가) 명예에 관한 죄는 공연히 사실을 적시하여 사람의 명예를 훼손하거나 사람을 모욕하는 것을 내용으로 하는 범죄로, 명예 훼손죄와 모욕죄가 있다. 명예는 사람의 인격적 가치와 그에 적합한 사회적 평가를 의미한다. 우리나라에서는 이러한 법익을 침해하는 행위를 제한하기 위해 ㉠명예 훼손죄와 ㉡모욕죄에 관한 법률을 두고 있다.

명예 훼손죄가 성립하려면 공연성, 사실의 적시, 고의성이라는 범죄의 구성 요건을 갖추어야 한다. '공연성'은 '불특정 또는 다수인이 인식할 수 있는 상태'를 의미한다. 여기서 '불특정'이란 특수한 관계, 즉 부모, 형제, 친구 등과 같이 한정된 범위에 속하는 사람이 아니라는 것을 의미한다. 또한 '다수인'은 단순히 복수의 사람을 뜻하는 것이 아니라 상당한 여러 명이어야 함을 뜻한다. '인식할 수 있는 상태'에 대해서는 판례와 학계의 입장이 대립하고 있다. 대법원에서는 특정한 한 사람에게만 사실을 적시한 경우라 하더라도 그 사람에 의해 그 사실이 불특정 또는 다수인에게 전파될 가능성이 있을 때는 공연성을 인정한다고 보는 '전파 가능성설'의 입장을 취해 왔지만, 학계에서는 불특정 또는 다수인이 직접 인식할 수 있는 상태에서 사실을 적시한 경우에만 공연성을 인정해야 한다는 '직접 인식 가능성설'을 지지하는 입장이 주류를 이루고 있다.

'사실의 적시'는 사람의 사회적 가치 내지 평가를 저하시키는 데 충분한 사실을 제시하는 것을 말한다. 여기서 '사실'이란 현실적으로 발생하고 명백한 증거로 증명될 수 있는 것으로, 가치 판단의 대상과는 구별된다. 적시된 사실은 그것이 사회적으로 널리 알려진 것인지 그렇지 않은 것인지는 따지지 않으며, 어떠한 방법으로 적시했는지도 문제 삼지 않는다. 다만 행위자가 허위 사실임을 알고도 사실인 것처럼 적시한 경우에는 더 중한 처벌을 받게 된다. 그리고 '고의성'은 행위자가 명예를 훼손한다는 인식과 의사가 있었는가와 관련이 있다. 고의성은 행위자의 주관적인 심리 상태와 관련이 있으므로 간접적으로 판단할 수밖에 없다. 통상적으로는 적시한 사실의 전파 가능성을 인식하고 그 가능성을 용인했다는 객관적 정황 등이 그 고의성을 판단하는 기준이 된다. 또 반드시 의도한 것은 아니지만 자기의 행위로 말미암아 어떤 범죄 결과가 일어날 수 있음을 알면서도 그 행위를 행하는 심리적 태도인 미필적 고의에 대해서도 고의성을 인정한다.

모욕죄에 있어서도 공연성과 고의성이 범죄의 구성 요건이 된다는 것은 명예 훼손죄와 동일하다. 그렇지만, 모욕죄의 구성 요건에서 사실의 적시는 제외된다. 따라서 구체적인 사실의 적시가 없다고 하더라도 사람의 사회적 가치와 평가를 훼손할 만한 표현을 사용하면 모욕죄가 성립할 수 있다.

그런데 이와 같이 범죄 구성 요건을 갖춘다고 하더라도 검찰이 무조건 이 범죄에 대한 수사와 기소를 할 수 있는 것은 아니다. 명예 훼손죄는 반의사 불벌죄로 피해자의 고소가 없어도 수사와 기소가 가능하지만, 피해자가 가해자의 처벌을 원하지 않는다는 의사 표시를 하는 경우에는 그 절차가 종결된다. 반면, 모욕죄는 친고죄여서 아무리 범죄 구성 요건을 갖추고 있다고 하더라도 피해자의 고소가 없을 경우에는 수사와 기소를 모두 할 수 없다.

(나) 보호 법익은 형법이 보호할 가치가 있는 이익 또는 가치를 말한다. 즉 법의 규정을 통해 보호되는 추상적이고 관념적인 대상이라고 할 수 있다. 법이 보호해야 할 여러 가치와 이익 중에서 명예에 관한 죄, 즉 명예 훼손죄와 모욕죄의 보호 법익은 당연히 '명예'이다.

그런데 '명예'의 의미를 어떻게 파악할 것인가는 법률적으로 중요한 문제가 된다. 명예는 내적 명예, 외적 명예, 명예 감정 등과 같이 세 가지로 나뉜다. '내적 명예'는 사람이 가지는 인격의 내부적 가치 그 자체를 말하는 것으로, 이것은 타인에 의해 침해되거나 훼손될 수 없는 절대적 가치이다. 따라서 형법이 보호할 수도 없고 보호할 필요도 없는 것이다. '외적 명예'는 사람의 인격적 가치에 대한 사회적 평가로서의 명예이다. 이것은 내적 명예와 달리 과대평가되거나 과소평가될 수 있고 타인에 의해 침해되거나 훼손될 수도 있다. 따라서 이것은 형법의 보호 대상이 된다. '명예 감정'은 자신의 인격적 가치에 대한 개인의 주관적 감정 내지 개인적 평가로, 이것을 형법이 보호해야 할 법익으로 ⓐ보아야 할 것인가에 대해서는 논란이 있다.

우선 명예 훼손죄에 있어서는 외적 명예만을 보호 법익으로 보아야 한다는 입장이 압도적으로 우세하며, 이는 여러 판례에 의해 뒷받침된다. 그렇지만 모욕죄의 경우에는 외적 명예와 명예 감정을 모두 보호 법익에 포함해야 한다는 주장이 있다. 그렇지만 현행 형법은 모욕죄의 구성 요건으로 공연성을 요구하고 있으며, 다수의 판례에서 명예 감정이 없는 국가에 대한 모욕죄는 물론이고 정신병자나 유아 또는 법인에 대한 모욕죄의 성립도 인정하고 있다. 이러한 점을 종합적으로 고려할 때, 모욕죄의 보호 법익을 명예 감정까지 확대하는 것에 대해 반대가 많다는 것을 알 수 있다.

212

다음은 (가)와 (나)를 읽은 학생이 작성한 학습 활동지의 일부이다. ㄱ~ㅁ에 들어갈 내용으로 적절하지 않은 것은?

학습 항목	학습 내용	
	(가)	(나)
도입 문단의 내용 제시 방식 파악하기	ㄱ	ㄴ
⋮	⋮	⋮
글의 내용 전개 방식 이해하기	ㄷ	ㄹ
특정 개념과 관련하여 두 글을 통합적으로 이해하기	ㅁ	

① ㄱ: 명예에 관한 죄의 개념과 종류를 밝힌 후에 그와 관련된 법이 필요한 이유를 제시하였음.
② ㄴ: 명예에 관한 죄의 보호 법익인 '명예'를 화제로 제시하기 위해 '보호 법익'이라는 용어의 개념을 먼저 밝혔음.
③ ㄷ: '명예'에 관한 죄를 구성하는 요건의 법률적 의미를 밝힌 후 그 요건들을 적용할 때 각각 고려할 점을 추가적으로 제시하였음.
④ ㄹ: '명예'의 종류를 나눈 후에 각각의 장단점을 비교하면서 그것들을 보호 법익으로 하는 법의 한계를 제시하였음.
⑤ ㅁ: '명예'에 관한 두 가지 법의 공통점과 차이점을 다양한 측면에서 비교해 보도록 하였음.

213

(가)와 (나)에 대한 이해로 적절하지 않은 것은?

① '보호 법익'의 개념에 따르면 보호 법익은 구체성을 띠어야 한다.
② 사회적으로 널리 알려진 사실을 적시한 경우에도 '명예 훼손죄'로 처벌받을 수 있다.
③ 어떤 결과를 의도한 것이 아닌 행위에 대해서도 '고의성'이 있었다고 판단될 수 있다.
④ 정신병자나 유아의 '모욕죄'를 인정한 법원의 판례는 '모욕죄'의 보호 법익을 축소해야 한다는 주장의 근거가 된다.
⑤ 전파 가능성설에 따르면 명예 훼손적 표현을 들은 사람이 한 명인 경우에도 '불특정 또는 다수인이 인식할 수 있는 상태'로 인정될 수 있다.

214

㉠과 ㉡에 대한 설명으로 가장 적절한 것은?

① ㉠의 고의성은 자신의 심리 상태에 대한 가해자의 진술을 통해 파악한다.
② ㉡은 명예 감정이 없는 대상에 대해서는 성립하지 않는다.
③ ㉠과 달리 ㉡은 입증이 가능한 사실을 표현한 경우에만 성립한다.
④ ㉡과 달리 ㉠에 대한 기소 여부는 피해자의 의사에 영향을 받는다.
⑤ ㉠과 ㉡의 죄가 구성되기 위해 공통적으로 요구되는 요소는 두 개이다.

215

(가)를 읽은 독자가 〈보기〉에 대해 보인 반응으로 적절하지 않은 것은?

보기

A는 개인 블로그의 비공개 대화방에서 B와 일대일로 대화하던 중 C가 정신병을 앓고 있다는 허위 사실을 말하였다. 이 일로 인해 A가 C의 명예를 훼손했다는 이유로 기소되었다. 이 사안에 대해 대법원의 판결 내용을 요약하면 다음과 같다.

> A의 발언은 C에 대한 사회적 평가를 침해하는 구체적인 내용을 담고 있고, 대화가 이루어진 곳이 아무리 개인 블로그의 비밀 대화방이라 하더라도 공연성을 충분히 인정할 수 있으며, A는 자신의 말이 전파될 가능성과 그 영향에 대해 충분히 알고 있으면서도 이를 용인했다고 볼 수 있으므로 명예 훼손죄가 성립한다. 더군다나 C가 정신병을 앓고 있지 않다는 사실을 A가 잘 알고 있었다는 점에서 가중 처벌이 불가피하다.

① 재판부는 B에 의해 A가 말한 내용이 불특정 또는 다수인에게 전파될 가능성이 충분하다고 판단한 것이겠군.
② 재판부는 A의 행위로 인해 C가 사회에서 당연히 누려야 할 사회적 가치와 평가가 훼손되었다고 판단한 것이겠군.
③ 만약에 B가 A의 처벌을 원하지 않는다는 의견을 법원에 제출했다면 재판부는 이와 같은 판결을 내릴 수 없었겠군.
④ 재판부는 A가 허위 사실을 적시한 당시의 정황을 통해 볼 때 A의 고의성을 간접적으로 파악할 수 있다고 본 것이겠군.
⑤ 재판부는 A가 자신이 적시한 내용이 허위임을 알고도 사실인 것처럼 적시하였기 때문에 가중 처벌이 불가피하다고 판단한 것이겠군.

216

(나)를 참고할 때, 〈보기〉에 나타난 '법학자 A'의 견해로 가장 적절한 것은?

보기

최근 유명 연예인들이 자신의 인터넷 기사에 대한 악성 댓글의 영향을 받아 극단적인 선택을 하는 사건이 많아지자, 인터넷상의 명예 훼손 행위를 통상의 명예 훼손 행위보다 가중해서 처벌하자는 목소리가 높아지고 있다. 이에 대해 법학자 A는 다음과 같이 주장하였다.

악성 댓글 피해자 인격의 내부적 가치는 그 무엇으로도 훼손될 수 없는 것이기 때문에 법적 고려의 대상이 되지 않는다. 반면에 그 사람의 인격적 가치에 대한 사회적 평가는 훼손될 수 있는데, 이것은 인터넷 기사가 사회적으로 영향을 준 것이지 악성 댓글이 영향을 준 것으로 보기 어렵다. 따라서 악성 댓글에 의해 훼손된 것은 그 대상자의 명예 감정이라고 할 수 있는데, 이것은 그 특성상 피해자가 자신에 대한 악성 댓글을 찾아다니며 스스로 수집하고 읽으려는 노력이 동반되어야 가능한 것이다. 따라서 스스로의 노력을 통해 자신의 명예 감정 훼손을 자초한 피해자의 명예 감정을 국가가 보호해야 할 법익으로 보는 것은 타당하지 않다.

① 악성 댓글은 피해자의 외적 명예보다 내적 명예에 더 큰 영향을 미친다.
② 악성 댓글로 인해 훼손되는 내적 명예는 국가가 보호해야 할 보호 법익의 하나이다.
③ 악성 댓글로 인한 명예 감정의 훼손 정도는 피해자의 행동 여하에 따라 달라질 수 있다.
④ 악성 댓글로 인한 명예 훼손죄를 가중 처벌할 경우 가장 크게 보호되는 법익은 외적 명예이다.
⑤ 악성 댓글로 인한 명예 감정의 훼손 정도는 인터넷 기사로 인한 외적 명예의 훼손 정도와 일치한다.

217

ⓐ와 문맥상 의미가 가장 가까운 것은?

① 소년은 혼자 집을 보다가 잠이 들었다.
② 그는 연극을 보는 재미에 빠져 살았다.
③ 손해를 보면서 물건을 팔 사람은 없을 것이다.
④ 오늘 안에 끝장을 보기 위해 토론을 계속했다.
⑤ 그는 상대를 만만하게 보는 나쁜 습관이 있다.

SPEED CHECK

Ⅰ 인문 · 예술

001 ④ 002 ⑤ 003 ③ 004 ③ 005 ⑤
006 ③ 007 ⑤ 008 ④ 009 ④ 010 ②
011 ④ 012 ⑤ 013 ④ 014 ② 015 ⑤
016 ⑤ 017 ② 018 ⑤ 019 ② 020 ④
021 ④ 022 ① 023 ② 024 ② 025 ③
026 ⑤ 027 ② 028 ④ 029 ③ 030 ②
031 ⑤ 032 ② 033 ③ 034 ④ 035 ④
036 ② 037 ④ 038 ④ 039 ④ 040 ①
041 ④ 042 ③ 043 ① 044 ④ 045 ⑤
046 ⑤ 047 ⑤

Ⅱ 사회 · 문화

048 ② 049 ④ 050 ④ 051 ② 052 ②
053 ④ 054 ④ 055 ④ 056 ① 057 ③
058 ④ 059 ③ 060 ⑤ 061 ③ 062 ③
063 ④ 064 ④ 065 ③ 066 ⑤ 067 ⑤
068 ④ 069 ③ 070 ⑤ 071 ③ 072 ⑤
073 ⑤ 074 ⑤ 075 ⑤ 076 ④ 077 ④
078 ⑤ 079 ④ 080 ③ 081 ⑤ 082 ⑤
083 ⑤ 084 ④ 085 ② 086 ④ 087 ③
088 ④ 089 ⑤ 090 ③ 091 ④ 092 ①
093 ③ 094 ② 095 ⑤ 096 ② 097 ⑤
098 ③

Ⅲ 과학 · 기술

099 ④ 100 ⑤ 101 ⑤ 102 ④ 103 ⑤
104 ③ 105 ⑤ 106 ⑤ 107 ⑤ 108 ④
109 ⑤ 110 ② 111 ④ 112 ⑤ 113 ④
114 ② 115 ⑤ 116 ⑤ 117 ① 118 ⑤
119 ⑤ 120 ④ 121 ⑤ 122 ① 123 ④
124 ⑤ 125 ④ 126 ④ 127 ⑤ 128 ⑤
129 ④ 130 ⑤ 131 ⑤ 132 ⑤ 133 ①
134 ② 135 ④ 136 ③ 137 ③ 138 ③
139 ④ 140 ① 141 ⑤ 142 ④ 143 ③
144 ④ 145 ③

Ⅳ 주제 통합

146 ③ 147 ① 148 ④ 149 ① 150 ③
151 ② 152 ④ 153 ② 154 ⑤ 155 ⑤
156 ④ 157 ⑤ 158 ④ 159 ⑤ 160 ⑤
161 ⑤ 162 ④ 163 ③ 164 ④ 165 ③
166 ③ 167 ③ 168 ④ 169 ④ 170 ④
171 ③ 172 ③ 173 ③ 174 ④ 175 ④
176 ④ 177 ⑤ 178 ③ 179 ⑤ 180 ④
181 ② 182 ① 183 ④ 184 ④ 185 ⑤
186 ⑤ 187 ⑤ 188 ④ 189 ③ 190 ③
191 ③ 192 ⑤ 193 ④ 194 ② 195 ③
196 ④ 197 ⑤ 198 ⑤ 199 ① 200 ④
201 ③ 202 ② 203 ② 204 ① 205 ⑤
206 ④ 207 ④ 208 ③ 209 ③ 210 ④
211 ④ 212 ④ 213 ① 214 ⑤ 215 ③
216 ③ 217 ⑤

MEMO

MEMO

메가스터디 N제

메가스터디 N제

국어영역 독서

수능 완벽 대비 예상 문제집

정답과 해설

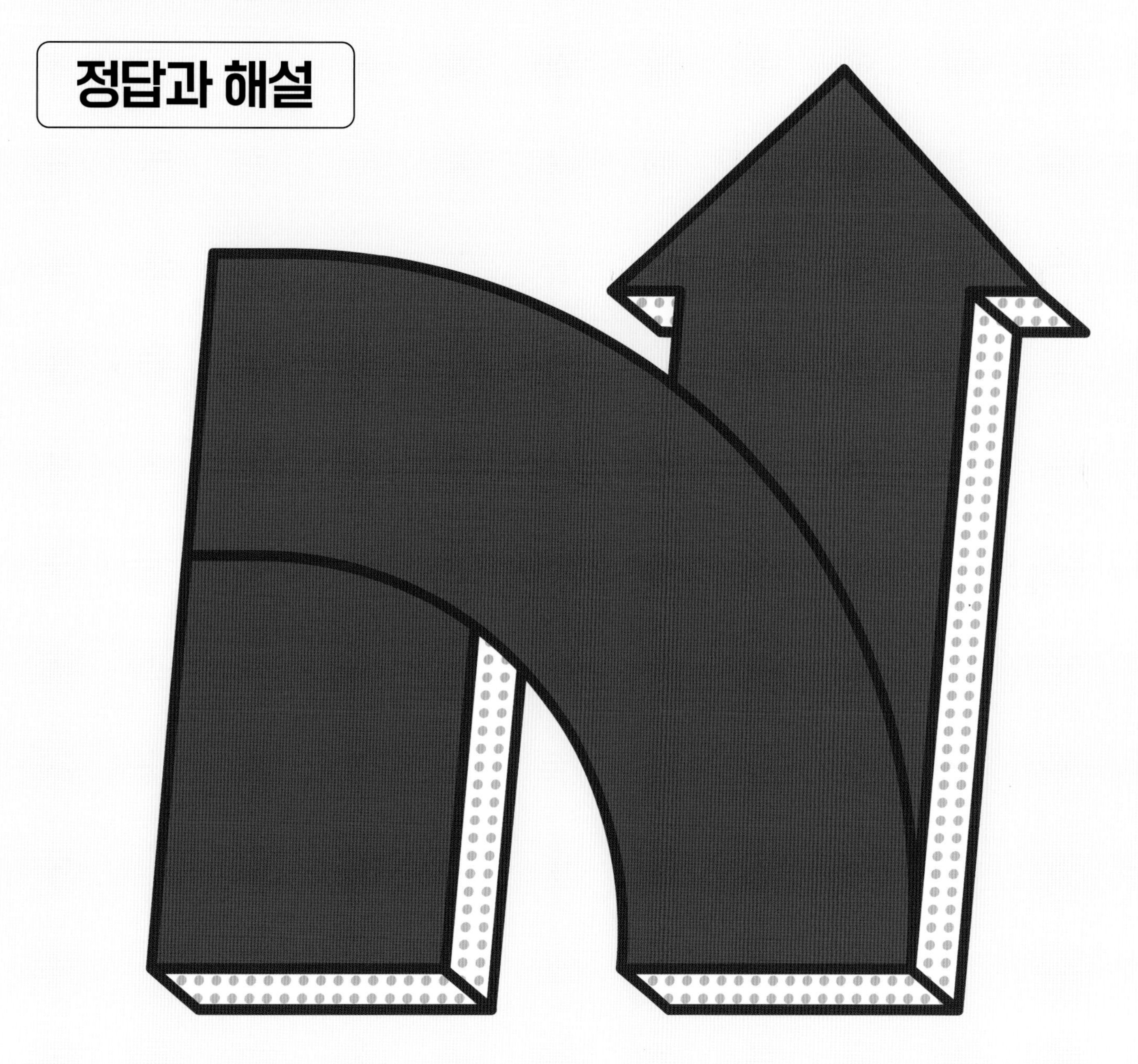

217제

메가스터디BOOKS

메가스터디 N제

국어영역 독서

217제

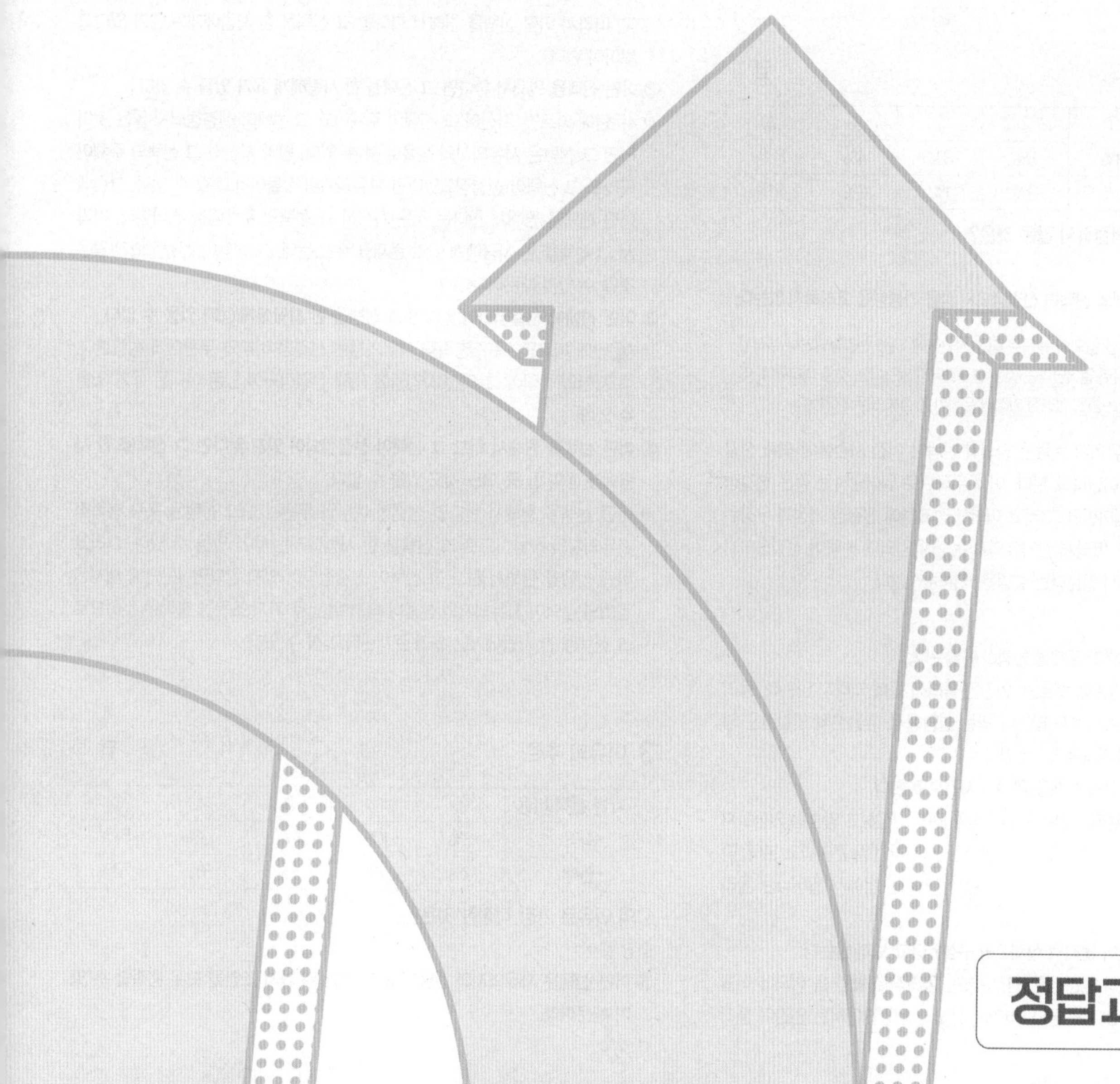

정답과 해설

Ⅰ. 인문 · 예술

대표 기출 인문 · 예술 ❶

본문 008쪽

[1~4] 반자유의지 논증과 이에 대한 비판적 입장

1 ⑤ 2 ④ 3 ⑤ 4 ④

해제 이 글은 유물론적 인간관을 가정할 때 인간의 자유의지 존재 여부에 대한 두 가지 입장을 소개하고 있다. 먼저 반자유의지 논증은 선결정 가정과 무작위 가정을 모두 고려하여 인간에게는 자유의지가 없다는 결론을 도출한다. 하지만 이에 비판적인 한 입장은 '반자유의지 논증의 선결정 가정을 고려할 때의 결론'은 받아들여야 하지만, '무작위 가정을 고려할 때의 결론'은 받아들일 필요가 없다고 주장하며, 최종적으로 자유의지가 없다는 반자유의지 논증의 결론도 받아들일 필요가 없다고 본다.

주제 반자유의지 논증의 내용 및 이를 비판하는 입장의 주장과 근거

1 세부 정보 파악 답 ⑤

선지별 선택 비율	①	②	③	④	⑤
화작	1%	6%	3%	4%	83%
언매	1%	3%	1%	2%	91%

윗글에 대한 설명으로 적절하지 않은 것은?

정답 풀이

⑤ 반자유의지 논증은 임의의 선택이 선결정되지 않을 가능성을 고려하지 않는다.

지문 근거 [2문단] 우선 임의의 선택은 이전 사건들에 의해 선결정되거나 무작위로 일어난다. 여기서 무작위로 일어난다는 것은 선결정되지 않는다는 것을 의미한다. 이러한 전제하에 반자유의지 논증은 선결정 가정과 무작위 가정을 모두 고려한다.

··· 2문단에 따르면, 반자유의지 논증은 임의의 선택이 이전 사건들에 의해 선결정되거나 무작위로 일어난다고 본다. 이때 무작위로 일어난다는 것은 선결정되지 않는다는 것을 의미한다. 그리고 이러한 전제하에 선결정 가정과 무작위 가정을 모두 고려한다. 따라서 반자유의지 논증이 임의의 선택이 선결정되지 않을 가능성을 고려하지 않는다는 설명은 적절하지 않다.

오답 풀이

① 유물론적 인간관은 영혼의 존재를 인정하지 않는다.

··· 1문단의 '유물론적 인간관에 따르면, 인간은 물리적 몸에 지나지 않는다. 물리적 몸 이외에 영혼은 존재하지 않는다.'라는 설명에서, 유물론적 인간관은 영혼의 존재를 인정하지 않음을 알 수 있다.

② 유물론적 인간관은 인간의 선택을 물리적 사건으로 본다.

··· 1문단에 따르면, 유물론적 인간관은 물리적인 몸만 인정하고 영혼은 인정하지 않으며, '인간의 결정은 단지 뇌에서 일어나는 신경 사건'일 뿐이라고 본다. 따라서 유물론적 인간관에서는 인간의 선택을 물리적인 몸에서 일어나는 물리적 사건으로 본다.

③ 종교적 인간관은 인간이 물리적 실체로만 구성된다고 보지 않는다.

··· 1문단에 따르면, 종교적 인간관은 '인간에게는 물리적 실체인 몸 이외에 비물리적 실체인 영혼이 있다'고 본다. 따라서 종교적 인간관에서는 인간이 물리적 실체로만 구성된 것으로 여기지 않는다.

④ 종교적 인간관은 인간의 선택에서 비물리적 실체가 하는 역할을 인정한다.

··· 1문단에 따르면, 종교적 인간관은 비물리적 실체인 영혼을 인간이 어떤 것을 결정하는 원천으로 본다. 따라서 종교적 인간관에서는 인간의 선택에서 비물리적 실체가 하는 역할을 인정한다.

2 정보 간의 관계 파악 답 ④

선지별 선택 비율	①	②	③	④	⑤
화작	2%	9%	10%	74%	2%
언매	1%	6%	5%	85%	1%

ⓐ, ⓑ를 이해한 내용으로 적절한 것은?

정답 풀이

④ 어떤 선택이 선결정되어 있다면 그 선택을 한 사람에게 ⓑ가 있을 수 없다.

··· ⓑ는 자신이 선택의 주체여야 하고, 그 선택이 이전 사건들에 의해 선결정되지 않아야 한다는 두 조건을 충족하는 자유의지이다. 따라서 어떤 선택이 선결정되어 있다면 그 선택을 한 사람에게는 ⓑ가 있을 수 없다.

오답 풀이

① 어떤 선택을 원해서 한다면 그 선택을 한 사람에게 ⓐ가 있을 수 없다.

··· 4문단에 따르면, '내가 자유롭게 선택했다'는 말이 단지 '내가 하고자 원했던 것을 했다'는 욕구 충족적 자유의지를 의미한다면, 자신의 선택이 그 이전 사건들에 의해 선결정되어 있든 그렇지 않든 그것은 자유의지의 산물일 수 있다. 따라서 어떤 선택을 원해서 한다면 그 선택을 한 사람에게는 ⓐ가 있다고 보아야 한다.

② 어떤 선택을 원해서 한다면 그 선택을 한 사람에게 ⓑ가 있을 수 없다.

··· 4문단에 따르면, 자신이 그 선택의 주체이고 그 선택이 선결정되지 않은 것이라면 그 선택은 자유의지의 산물로 볼 수 있다. 만약 자신이 그 선택의 주체이더라도 그 선택이 선결정되었다면 자유의지의 산물이라고 할 수 없다. 그런데 어떤 선택을 원해서 한다는 것은 자신이 그 선택의 주체임을 의미한다. 따라서 그 선택을 한 사람에게 ⓑ가 존재할 수 있는데, 그 선택이 선결정되지 않은 것일 수 있기 때문이다.

③ 어떤 선택이 선결정되어 있다면 그 선택을 한 사람에게 ⓐ가 있을 수 없다.

··· 4문단에 따르면, 욕구 충족적 자유의지는 선결정 여부와 무관하게 성립한다. 즉 자신의 선택이 그 이전 사건들에 의해 선결정되어 있든 아니든 ⓐ가 있을 수 있다.

⑤ 어떤 선택을 원해서 하고 그 선택이 선결정되어 있지 않다면 그 선택을 한 사람에게 ⓐ와 ⓑ 중 어느 것도 있을 수 없다.

··· 어떤 선택을 원해서 한다면 선결정 여부와 무관하게 그 선택은 욕구 충족적 자유의지의 산물이므로 그 선택을 한 사람에게는 ⓐ가 있을 수 있다. 그리고 어떤 선택을 원해서 하고 그 선택이 선결정되어 있지 않다면 4문단에 제시된 임의의 선택이 자유의지의 산물이 되기 위한 두 가지 조건을 충족한 것이므로 그 선택을 한 사람에게는 ⓑ가 존재한다고 할 수 있다.

3 이유의 추론 답 ⑤

선지별 선택 비율	①	②	③	④	⑤
화작	3%	10%	14%	13%	57%
언매	2%	7%	7%	8%	73%

ⓒ의 이유로 가장 적절한 것은?

정답 풀이

⑤ 어떤 선택은 자유의지의 산물이 되기 위한 두 가지 조건을 모두 충족할 수 있기 때문이다.

지문 근거 [2문단] 여기서 무작위로 일어난다는 것은 선결정되지 않는다는 것을 의미한다.
[4문단] 임의의 선택이 나의 자유의지의 산물이 되기 위해서는 다음 두 가지 조건을 모두 충족해야 한다. 첫째, 내가 그 선택의 주체여야 한다. 둘째, 나의 선택은 그 이전 사건들에 의해 선결정되지 않아야 한다.
[5문단] 어떤 선택이 무작위로 일어난 것이라고 하더라도 그 선택의 주체는 나일 수 있다.

··· ㉡은 반자유의지 논증을 비판하는 입장의 결론이다. 이 입장은 '반자유의지 논증의 선결정 가정을 고려할 때의 결론'은 받아들이지만, '반자유의지 논증의 무작위 가정을 고려할 때의 결론'은 받아들이지 않는다. 5문단을 고려할 때, 어떤 선택이 무작위로 일어난 것일 때, 그 선택을 한 사람이 선택의 주체일 수 있다. 4문단에 따르면, 어떤 선택이 자유의지의 산물이 되기 위해서는 자신이 그 선택의 주체가 되어야 한다는 것과 그 선택이 이전의 사건들에 의해 선결정되지 않아야 한다는 두 가지 조건을 모두 충족해야 한다. 또한 2문단에 따르면, 어떤 선택이 무작위로 일어난다는 것은 선결정되지 않았음을 의미한다. 즉 어떤 선택이 무작위로 일어난 것이라는 의미는 그 선택이 선결정되지 않았으며, 그 선택의 주체가 자신일 가능성이 있다는 것이다. 따라서 무작위로 일어난 어떤 선택은 자유의지의 산물이 되기 위한 두 가지 조건을 모두 충족할 수 있으므로, '반자유의지 논증의 무작위 가정을 고려할 때의 결론'은 받아들일 필요가 없다는 결론을 이끌어 낼 수 있다.

오답 풀이

① 비물리적 실체인 영혼은 존재하지 않기 때문이다.

지문 근거 [1문단] 유물론적 인간관에 따르면, 인간은 물리적 몸에 지나지 않는다. 물리적 몸 이외에 영혼은 존재하지 않는다. 따라서 인간의 결정은 단지 뇌에서 일어나는 신경 사건이다. ~ 유물론적 인간관을 가정할 때, 인간은 자유롭게 선택할 수 있을까? 즉 인간에게 자유의지가 있을까?
[5문단] 유물론적 인간관에 따르면 '갑이 딸기 우유를 선택했다'는 것은 '선택 시점에 갑의 뇌에서 신경 사건이 발생했다'는 것을 의미한다. 갑의 이러한 신경 사건이 이전 사건들에 의해 선결정되지 않은 것으로 가정해 보자. 이러한 가정 아래에서도 갑은 그 선택의 주체일 수 있다.

··· 1문단에 따르면, 비물리적 실체인 영혼이 존재하지 않는다고 보는 것은 유물론적 인간관의 입장이다. ㉡은 반자유의지 논증을 비판하는 한 입장의 주장인데, 반자유의지 논증이나 그것을 비판하는 입장 모두 유물론적 인간관에 바탕을 두고 있다. 이는 1문단의 '유물론적 인간관을 가정할 때, 인간은 자유롭게 선택할 수 있을까? 즉 인간에게 자유의지가 있을까?'라는 논의의 중심이 되는 질문과, 유물론적 인간관에 따른 5문단의 가정을 통해 알 수 있다. 따라서 비물리적 실체인 영혼은 존재하지 않는다는 것을 근거로 ㉡과 같은 결론을 이끌어 낼 수는 없다.

② 어떤 선택은 무작위로 일어난 것이 아니기 때문이다.

지문 근거 [2문단] 반자유의지 논증은 갑에게 자유의지가 없다고 결론 내린다. 우선 임의의 선택은 이전 사건들에 의해 선결정되거나 무작위로 일어난다. 여기서 무작위로 일어난다는 것은 선결정되지 않는다는 것을 의미한다.

··· ㉡은 임의의 선택이 자신의 자유의지에 따른 산물이 될 수 있다는 것을 전제로 한다. 그리고 4문단에서 어떤 선택이 자유의지의 산물이 되기 위해서는 자신이 그 선택의 주체가 되어야 한다는 것과 그 선택이 이전의 사건들에 의해 선결정되지 않아야 한다는 두 가지 조건을 모두 충족해야 한다고 제시하였다. 그런데 2문단에 따르면, 어떤 선택이 무작위로 일어난 것이 아니라는 것은 결국 선결정되었다는 의미이다. 따라서 어떤 선택은 무작위로 일어난 것이 아니기 때문에 '반자유의지 논증의 무작위 가정을 고려할 때의 결론', 즉 인간에게는 자유의지가 없다는 주장을 받아들일 필요가 없다고 하는 것은 적절하지 않다. 어떤 선택은 무작위로 일어난 것이 아니라는 것, 즉 선결정되었다는 것은 임의의 선택이 자유의지의 산물이 되기 위한 두 번째 조건에 위배되기 때문이다.

③ 어떤 선택은 선결정되어 있지만 욕구 충족적 자유의지의 산물이기 때문이다.

지문 근거 [4문단] 만약 '내가 자유롭게 선택했다'는 말이 단지 '내가 하고자 원했던 것을 했다'는 욕구 충족적 자유의지를 의미한다면, 나의 선택이 그 이전 사건들에 의해 선결정되어 있든 그렇지 않든 그것은 내 자유의지의 산물일 수 있다. 그러나 이러한 자유의지는 여기서 염두에 두는 두 가지 조건을 모두 충족하는 자유의지와 다르다.

··· 4문단에 따르면, 어떤 선택이 자유의지의 산물이 되기 위해서는 자신이 그 선택의 주체가 되어야 한다는 것과 그 선택이 이전의 사건들에 의해 선결정되지 않아야 한다는 두 가지 조건을 모두 충족해야 한다. 따라서 어떤 선택이 선결정되어 있으면 두 번째 조건에 위배된다. 그리고 욕구 충족적 자유의지는 선결정 여부와 무관하며, ㉡의 '반자유의지 논증의 무작위 가정을 고려할 때의 결론'에서 언급하는 자유의지와도 다르다. 따라서 선결정된 어떤 선택이 욕구 충족적 자유의지의 산물이라는 것을 근거로 ㉡과 같은 결론을 이끌어 내는 것은 적절하지 않다.

④ 반자유의지 논증의 선결정 가정을 고려할 때의 결론이 받아들여져야 하기 때문이다.

지문 근거 [2문단] 첫 번째로 임의의 선택이 그 이전 사건들에 의해 선결정된다고 가정해 보자. 반자유의지 논증에서는 이 경우 우리에게 자유의지가 없다고 결론 내린다. ~ 두 번째로 임의의 선택이 무작위로 일어난 것이라 가정해 보자. 반자유의지 논증에서는 이 경우에도 우리에게 자유의지가 없다고 결론 내린다.

··· 2문단에 따르면, 반자유의지 논증은 선결정 가정과 무작위 가정을 모두 고려하며 각각 인간에게 자유의지가 없다는 결론을 내린다. 그런데 ㉡은 반자유의지 논증을 비판하는 입장에서 '반자유의지 논증의 무작위 가정을 고려할 때의 결론'을 받아들일 필요가 없음을 주장하는 것이다. 4문단에 따르면, 반자유의지 논증을 비판하는 입장에서도 '반자유주의 논증의 선결정 가정을 고려할 때의 결론'은 받아들여야 한다고 본다. 그러나 '반자유의지 논증의 선결정 가정을 고려할 때의 결론'을 받아들여야 하기 때문에 '반자유의지 논증의 무작위 가정을 고려할 때의 결론'은 받아들일 필요가 없다는 주장을 한 것은 아니다. 무작위로 일어난 선택의 경우, 자유의지의 산물이 되기 위한 두 가지 조건(자신이 그 선택의 주체, 그 선택이 선결정되지 않은 것)을 충족할 수 있기 때문에 '자유의지가 없다'는 결론을 받아들일 필요가 없다는 것이다.

4 구체적 사례에의 적용

답 ④

선지별 선택 비율	①	②	③	④	⑤
화작	9%	11%	13%	59%	5%
언매	8%	8%	10%	68%	4%

윗글의 ㉠에 입각하여 학생이 <보기>와 같은 탐구 활동을 한다고 할 때, [A]에 들어갈 내용으로 적절한 것은? [3점]

보기

자유의지와 관련된 H의 가설과 실험을 보고, 반자유의지 논증에 대해 논의해 보자.

• H의 가설
인간이 결정을 내릴 때 발생하는 신경 사건이 있기 전에 그가 어떤 선택을 할지 알게 해 주는 다른 신경 사건이 그의 뇌에서 매번 발생한다.

• H의 실험
피실험자의 왼손과 오른손에 각각 버튼 하나가 주어진다. 피실험자는 두 버튼 중 어떤 버튼을 누를지 특정 시점에 결정한다. 그 결정의 시점과 그 이전에 발생하는 뇌의 신경 사건을 동일한 피실험자에게서 100차례 관측한다.

○ 논의: [A]

정답 풀이

④ H의 가설이 실험 결과에 의해 입증되지 않는다면, 무작위 가정을 고려할 때의 결론을 받아들여야 하는 것은 아니다.

지문 근거 [3문단] 반자유의지 논증을 비판하는 한 입장에 따르면 반자유의지 논증의 선결정 가정을 고려할 때의 결론은 받아들여야 하지만, 무작위 가정을 고려할 때의 결론은 받아들일 필요가 없다.
[4문단] 임의의 선택이 나의 자유의지의 산물이 되기 위해서는 다음 두 가지 조건을 모두 충족해야 한다. 첫째, 내가 그 선택의 주체여야 한다. 둘째, 나의 선택은 그 이전 사건들에 의해 선결정되지 않아야 한다. 그런데 어떤 선택이 그 이전 사건들에 의해 선결정되어 있다면, 이것은 자유의지를 위한 둘째 조건과 충돌한다. 따라서 반자유의지 논증의 선결정 가정을 고려할 때의 결론인 우리에게 자유의지가 없다는 점을 받아들여야 한다.
[5문단] 어떤 선택이 무작위로 일어난 것이라고 하더라도 그 선택의 주체는 나일 수 있다. ~ 결국 반자유의지 논증의 무작위 가정을 고려할 때의 결론은 받아들일 필요가 없다.

…→ 〈보기〉에서 H의 가설과 실험은 유물론적 관점에서 인간의 선택이 선결정되는지를 알아보려는 것이다. H의 가설에서 '그가 어떤 선택을 할지 알게 해 주는 다른 신경 사건'이란 선결정 사건을 의미하고, 이것이 입증되지 않는다는 것은 인간의 선택이 선결정되지 않음을 시사한다. ㉠은 반자유의지 논증의 선결정 가정의 결론, 즉 인간의 선택이 선결정된다면 자유의지는 없다는 결론에 대해 받아들여야 한다는 입장이지만, 선결정 가정이 참이 아니라면 이를 받아들일 필요가 없게 된다. 그리고 반자유의지 논증의 무작위 가정의 결론에 대해 ㉠은 임의의 선택이 자유의지의 산물이 되는 조건 2가지를 모두 충족할 수도 있다는 점을 들어 받아들일 필요가 없다고 본다. 따라서 H의 가설이 실험 결과에 의해 입증되지 않는 경우, 무작위 가정을 고려할 때의 결론을 받아들일 필요가 없다는 ㉠의 결론은 변화가 없다.

오답 풀이

① H의 가설이 실험 결과에 의해 입증된다면, 선결정 가정을 고려할 때의 결론을 거부해야 한다.

지문 근거 [2문단] 임의의 선택이 그 이전 사건들에 의해 선결정된다고 가정해 보자. 반자유의지 논증에서는 이 경우 우리에게 자유의지가 없다고 결론 내린다.
[4문단] 어떤 선택이 그 이전 사건들에 의해 선결정되어 있다면, 이것은 자유의지를 위한 둘째 조건과 충돌한다. 따라서 반자유의지 논증의 선결정 가정을 고려할 때의 결론인 우리에게 자유의지가 없다는 점을 받아들여야 한다.

…→ H의 가설과 실험은 반자유의지 논증의 선결정 가정을 확인하는 것이므로 H의 가설이 실험 결과에 의해 입증된다면 그것은 반자유의지 논증의 선결정 가정이 참임을 의미한다. 또한 3, 4문단에 따르면, ㉠은 '반자유의지 논증의 선결정 가정을 고려할 때의 결론'은 받아들여야 한다고 본다. 따라서 H의 가설이 실험 결과에 의해 입증된다면, ㉠에 입각할 때 선결정 가정을 고려할 때의 결론을 수용해야 한다.

② H의 가설이 실험 결과에 의해 입증된다면, 무작위 가정은 참일 수밖에 없다.

지문 근거 [2문단] 임의의 선택은 이전 사건들에 의해 선결정되거나 무작위로 일어난다. 여기서 무작위로 일어난다는 것은 선결정되지 않는다는 것을 의미한다.

…→ H의 가설이 실험 결과에 의해 입증된다면 그것은 반자유의지 논증의 선결정 가정이 참임을 의미한다. 무작위 가정은 인간의 선택이 무작위로 일어난다는 가정으로, 여기서 무작위로 일어난다는 것은 선결정되지 않는다는 의미라고 하였다. 따라서 인간의 선택이 선결정된다는 것을 뒷받침하는 H의 실험 결과를 통해 무작위 가정이 참일 수밖에 없다고 말하는 것은 적절하지 않다. 또한 이는 '반자유의지 논증의 무작위 가정을 고려할 때의 결론'은 받아들일 필요가 없다는 ㉠의 입장과도 상충된다.

③ H의 가설이 실험 결과에 의해 입증되지 않는다면, 선결정 가정은 참일 수밖에 없다.

…→ H의 가설과 실험은 반자유의지 논증의 선결정 가정을 확인하는 것이므로 H의 가설이 실험 결과에 의해 입증되지 않는다는 것은 반자유의지 논증의 선결정 가정이 참이 아님을 시사한다. 따라서 H의 가설이 실험 결과에 의해 입증되지 않는데, 선결정 가정이 참일 수밖에 없다고 보는 것은 적절하지 않다.

⑤ H의 가설의 실험 결과에 의한 입증 여부와 상관없이, 반자유의지 논증의 결론을 받아들여야 한다.

…→ 3문단에 따르면 ㉠은 '반자유의지 논증의 무작위 가정을 고려할 때의 결론'을 받아들일 필요가 없으므로 반자유의지 논증의 결론도 받아들일 필요가 없다고 주장한다. 따라서 ㉠에 입각할 때, 반자유의지 논증의 결론을 받아들여야 한다는 결론은 적절하지 않다. 또한 H의 가설과 실험은 유물론적 인간관에 입각하여 인간의 선택의 선결정 여부를 확인하려 하는 것이므로 반자유의지 논증 및 ㉠과 무관하지 않다. 따라서 H의 가설의 실험 결과에 의한 입증 여부를 무시할 수 없다.

[1~6] 서양 의학의 영향을 받은 조선 학자들의 인체관

1 ② 2 ④ 3 ③ 4 ③ 5 ② 6 ⑤

해제 이 글은 서양 의학의 영향을 받은 이익과 최한기의 인체관을 소개하고 있다. 17세기 초부터 유입된 서양의 과학 지식은 조선 지식인들에게 지적 충격을 주며 많은 영향을 미쳤으나 유독 서양 의학의 영향력은 미미했다. 그런 와중에 18세기의 실학자 이익은 아담 샬이 쓴 『주제군징』을 접하고 몸의 운동을 뇌가 주관한다는 견해를 수용하면서도, 지각 활동은 심장이 주관한다는 전통적인 심주지각설을 고수하였다. 한편 19세기의 실학자 최한기는 홉슨의 책들을 접하고는 자신의 몸기계 개념을 보다 분명하게 정립하였다. 그는 창조주를 기계적 신체 운동의 최초 원인으로 상정한 홉슨의 견해를 부정하고 신기를 신체 운동의 최초 원인으로 상정하였다. 그리고 전통적인 심주지각설과 달리 '심'을 심장이 아닌 '신기'로 파악하고, 신기가 지각 활동을 주관한다고 보았다. 최한기의 이런 인체관은 서양 의학과 신기 개념을 접합하여 인체 운동을 설명한 것으로, 서양 의학을 맹신하지 않고 주체적으로 받아들였다는 점에서 의의가 있다.

주제 서양 의학의 영향을 받은 이익의 인체관과 최한기의 인체관

1 글의 전개 방식 파악 답 ②

선지별 선택 비율	①	②	③	④	⑤
	6%	82%	2%	3%	5%

윗글의 전개 방식으로 가장 적절한 것은?

정답 풀이

② 서학의 수용으로 일어난 인체관의 변화를 조선 시대 학자들의 견해를 통해 제시하고 있다.

⋯▸ 1문단에서 서양 의학이 조선 지식인들에게 끼친 영향이 미미했음을 제시한 다음, 2문단에서 서양 의학을 일부 수용한 이익의 인체관을 설명하고 있다. 이익은 아담 샬이 쓴 책을 통해 뇌가 몸의 운동을 주관한다는 이론을 수용했으나 전통적인 심주지각설을 고수하였다. 그리고 3~6문단에서 서양 의학 이론을 수용한 최한기의 인체관을 집중적으로 설명하고 있다. 최한기는 인체를 일종의 기계로 파악한 홉슨의 이론을 수용하여 '몸기계' 개념을 핵심으로 하는 인체관을 정립하면서도, 홉슨의 뇌주지각설을 부정하고 종래의 심주지각설을 선택하였다. 하지만 심장을 '심'으로 본 기존의 심주지각설과 달리 '신기'를 '심'으로 보았다. 마지막으로 7문단에서는 최한기의 인체관이 서양 의학을 주체적으로 수용했다는 점에서 의의가 있음을 밝히고 있다. 따라서 전체적으로 이 글은 서양 의학을 수용하면서 나타난 조선 학자들의 인체관 변화를 이익과 최한기의 견해를 통해 제시하고 있다고 할 수 있다.

오답 풀이

① 조선에서 인체관이 분화하는 과정을 서양과 대조하여 단계적으로 서술하고 있다.

⋯▸ 이익과 최한기의 인체관 개념에서 서양 의학과 대조되는 조선 학자들의 인체관이 드러나기는 하지만, 조선에서 인체관이 분화하는 과정을 단계적으로 서술하고 있지는 않다.

③ 인체관과 관련된 유학자들의 주장이 지닌 문제점을 열거하여 역사적인 시각에서 비판하고 있다.

⋯▸ 서양 의학의 영향을 받은 이익과 최한기의 인체관을 통시적으로 설명하고 있을 뿐이지, 인체관과 관련된 유학자들의 주장이 지닌 문제점을 지적하고 있지 않으며 그에 대한 비판도 하고 있지 않다.

④ 우리나라 근대의 인체관 가운데 서로 충돌되는 견해를 절충하여 새로운 결론을 도출하고 있다.

⋯▸ 이익의 심주지각설은 심장을 '심'으로 보는 데 비해 최한기의 심주지각설은 신기를 '심'으로 본다는 점에서 두 사람의 견해가 충돌한다고 볼 수는 있다. 하지만 이를 절충하거나 새로운 결론을 도출하고 있지 않다.

⑤ 동양과 서양의 지식인들이 서로 영향을 주고받으며 인체관을 정립하는 과정을 인과적으로 설명하고 있다.

⋯▸ 조선 학자인 이익과 최한기 등 동양의 지식인들이 서양 지식인들의 영향을 받은 것이지, 동양과 서양의 지식인들이 서로 영향을 주고받았다고 볼 수 없다.

2 세부 정보 파악 답 ④

선지별 선택 비율	①	②	③	④	⑤
	5%	5%	8%	75%	4%

윗글에 대한 이해로 적절하지 않은 것은?

정답 풀이

④ 아담 샬과 홉슨은 각자가 활동했던 당시에 유력했던 기계론적 의학 이론을 동양에 소개하였다.

지문 근거 [2문단] 『주제군징』에는 당대 서양 의학의 대변동을 이끈 근대 해부학 및 생리학의 성과나 그에 따른 기계론적 인체관은 담기지 않았다. 대신 기독교를 효과적으로 전파하기 위해 신의 존재를 증명하려 했던 로마 시대의 생리설, 중세의 해부 지식 등이 실려 있었다.

⋯▸ 3~4문단에 따르면, 최한기는 당대 서양에서 주류를 이루던 최신 의학 성과를 담은 홉슨의 저서 『전체신론』 등을 접한 뒤 인체를 복잡한 장치와 작동으로 이루어진 것으로 본 '몸기계' 개념을 본격적으로 사용했다. 그러나 최한기는 인체가 외부 동력에 의해 기계적으로 운동한다고 본 홉슨과 달리, 그 자체가 생명력을 가진다고 보았다. 이런 점으로 볼 때, 의료 선교사였던 홉슨은 그의 저서 『전체신론』을 통해 당시 서양에서 유력했던 기계론적 의학 이론을 동양에 소개했다고 볼 수 있다. 그러나 2문단에 따르면, 아담 샬이 쓴 『주제군징』에는 당대 서양 의학의 대변동을 이끈 근대 해부학 및 생리학의 성과나 그에 따른 기계론적 인체관은 담기지 않았다. 따라서 아담 샬이 자신이 활동했던 당시에 유력했던 기계론적 의학 이론을 동양에 소개한 것은 아니다.

오답 풀이

① 최한기는 홉슨의 저서를 접하기 전부터 인체를 일종의 기계로 파악하였다.

지문 근거 [4문단] 최한기의 인체관을 함축하는 개념 중 하나는 '몸기계'였다. 그는 이 개념을 본격적으로 사용하기에 앞서 인체를 형체와 내부 장기로 구성된 일종의 기계로 파악하고 있었다. 이러한 생각은 『전체신론』 등 홉슨의 저서를 접한 후 더 분명해져서 인체를 복잡한 장치와 그 작동으로 이루어진 몸기계로 형상화하면서도, 인체가 외부 동력에 의한 기계적 인과 관계에 지배되는 것이 아니라 그 자체가 생명력을 가지고 자발적인 운동을 한다고 보았다.

⋯▸ 4문단에 따르면, 최한기는 홉슨의 『전체신론』을 접하기 전에도 인체를 형체와 내부 장기로 구성된 일종의 기계로 파악하고 있었다.

② 아담 샬과 달리 이익은 심장을 중심으로 인간의 지각 활동을 이해하였다.

지문 근거 [2문단] 뇌가 몸의 운동과 지각 활동을 주관한다는 아담 샬의 설명에 대해, 이익은 몸의 운동을 뇌가 주관한다는 것은 긍정하였지만, 지각 활동은 심장이 주관한다는 전통적인 심주지각설을 고수하였다.

⋯▸ 2문단에 따르면, 아담 샬은 뇌가 인간의 지각 활동을 주관한다고 보았지만, 이익은 심장이 지각 활동을 주관한다고 보았다.

③ 이익과 홉슨은 신체의 동작을 뇌가 주관한다는 것에서 공통적인 견해를 보였다.

지문 근거 [2문단] 뇌가 몸의 운동과 지각 활동을 주관한다는 아담 샬의 설명에 대해, 이익은 몸의 운동을 뇌가 주관한다는 것은 긍정하였지만, 지각 활동은 심장이 주관한다는 전통적인 심주지각설을 고수하였다.
[5문단] 뇌가 운동뿐만 아니라 지각을 주관한다는 홉슨의 뇌주지각설에 관심을 기울이면서도, 뇌주지각설은 완전한 체계를 이루기에 불충분하다고 보았다.

⋯› 2문단에서 이익은 뇌가 몸의 운동을 주관하다는 아담 샬의 설명을 긍정했다고 하였으며, 5문단에서 홉슨은 뇌가 인체의 운동과 지각을 모두 주관한다는 뇌주지각설을 주장했음을 설명하고 있다. 따라서 이익과 홉슨은 모두 뇌가 신체의 동작을 주관한다고 보았다.

⑤ 『주제군징』과 『전체신론』에는 기독교적인 세계관이 투영된 서양 의학 이론이 포함되어 있었다.

지문 근거 [2문단] 『주제군징』에는 당대 서양 의학의 대변동을 이끈 근대 해부학 및 생리학의 성과나 그에 따른 기계론적 인체관은 담기지 않았다. 대신 기독교를 효과적으로 전파하기 위해 신의 존재를 증명하려 했던 로마 시대의 생리설, 중세의 해부 지식 등이 실려 있었다.
[4문단] 의료 선교사인 홉슨은 창조주와 같은 질적으로 다른 존재를 상정하였다. 기독교적 세계관을 부정했던 최한기는 인체를 구성하는 신기를 신체 운동의 원인으로 규정하여 이 문제를 해결하려 하였다.
[5문단] 뇌가 지각을 주관하는 과정을 창조주의 섭리로 보고 지각 작용과 기독교적 영혼 사이의 연관성을 부각하려 한 『전체신론』

⋯› 2문단에서 『주제군징』에는 기독교를 효과적으로 전파하기에 적합한 로마 시대의 생리설과 중세의 해부 지식 등이 담겨 있었다고 했다. 또한 4, 5문단에서 『전체신론』에서는 기독교적 세계관에 입각하여 창조주와 같은 존재를 상정하였고 지각 작용과 기독교적 영혼 사이의 연관성을 부각하려 하였다고 설명하고 있다. 이를 종합하면, 『주제군징』과 『전체신론』에 수록된 서양 의학 이론에는 기독교적인 세계관이 투영되어 있다고 볼 수 있다.

3 이유의 추론 답 ③

선지별 선택 비율	①	②	③	④	⑤
	6%	4%	80%	4%	4%

윗글을 참고할 때, ㉠의 이유로 적절하지 않은 것은?

정답 풀이

③ 당대 의원들이 서양 의학의 한계를 지적했기 때문이다.

⋯› 3문단에 따르면, 당대 의원들은 서양 의학에 별다른 관심을 두지 않았다. 이는 당시에 전해진 서양 의학 지식이 내용적으로 부족했던 데다가 윤리적 문제와 정치적 제약 등이 결부되어 있었기 때문이다. 서양 의학의 한계를 지적하기 위해서는 서양 의학에 대한 연구가 선행되어야 하는데, 이런 점을 고려할 때 당대 의원들이 서양 의학에 관심을 지니고 연구하여 그 한계를 지적했다고 볼 수 없다.

오답 풀이

① 조선에서 서양 학문을 정책적으로 배척했기 때문이다.

⋯› 3문단의 '서학에 대한 조정의 금지 조치도 걸림돌이었다.'에서 알 수 있다. '서학'은 서양 학문을 의미하고, '조정의 금지 조치'는 정책적 배척에 해당한다.

② 전래된 서양 의학이 내용 면에서 불충분했기 때문이다.

⋯› 3문단의 '당시에 전해진 서양 의학 지식은 내용 면에서도 부족'에서 알 수 있다.

④ 서양 해부학이 조선의 윤리 의식에 위배되었기 때문이다.

⋯› 3문단의 '서양 해부학이 야기하는 윤리적 문제도 서양 의학의 영향력을 제한하는 요인으로 작용'에서 알 수 있다.

⑤ 서양 의학이 천문 지식에 비해 충격적이지 않았기 때문이다.

⋯› 3문단의 '당시에 전해진 서양 의학 지식은 ~ 지구가 둥글다거나 움직인다는 주장만큼 충격적이지는 않았다.'에서 알 수 있다. '지구가 둥글다거나 움직인다는 주장'은 천문 지식에 해당한다.

4 관점의 적용 답 ③

선지별 선택 비율	①	②	③	④	⑤
	7%	7%	74%	6%	3%

〈보기〉는 인체에 관한 조선 시대 학자들의 견해이다. 윗글에 제시된 '최한기'의 견해와 부합하는 것을 〈보기〉에서 고른 것은?

보기

ㄱ. 심장은 오장(五臟)의 하나이지만 한 몸의 군주가 되어 지각이 거기에서 나온다.
ㄴ. 귀에 쏠린 신기가 눈에 쏠린 신기와 통하여, 보고 들음을 합하여 하나로 만들 수 있다.
ㄷ. 인간의 신기는 온몸의 기관이 갖추어짐에 따라 생기고, 지각 작용에 익숙해져 변화에 대응하는 것이다.
ㄹ. 신기는 대소(大小)로 구분되어 있는 것이니, 한 몸에 퍼지는 신기가 있고 심장에서 운용하는 신기가 있다.

정답 풀이

③ ㄴ, ㄷ

지문 근거 [6문단] 기존의 심주지각설이 '심'을 심장으로 보았던 것과 달리 그는 신기의 '심'으로 파악하였다. 그에 따르면, 신기는 신체와 함께 생성되고 소멸되는 것으로, 뇌나 심장 같은 인체 기관이 아니라 몸을 구성하면서 형체가 없이 몸속을 두루 돌아다니는 것이다. 신기는 유동적인 성질을 지녔는데 그 중심이 '심'이다. 신기는 상황에 따라 인체의 특정 부분에 더 높은 밀도로 몰린다. 그래서 특수한 경우에는 다른 곳으로 중심이 이동하는데, 신기가 균형을 이루어야 생명 활동과 지각이 제대로 이루어질 수 있다. 그는 경험 이전에 아무런 지각 내용을 내포하지 않고 있는 신기가 감각 기관을 통한 지각 활동에 의해 외부 세계의 정보를 받아들여 기억으로 저장한다고 파악하였다. 신기는 한 몸을 주관하며 그 자체가 하나로 통합되어 있기 때문에 감각을 통합할 수 있으며, 지각 내용의 종합과 확장, 곧 스스로의 사유를 통해 지각 내용을 조정하고, 그러한 작용에 적응하여 온갖 세계의 변화에 대응할 수 있다고 보았다.

⋯› ㄴ. 6문단에 따르면, 최한기가 파악한 신기는 '상황에 따라 인체의 특정 부분에 더 높은 밀도로 몰'리며, '감각 기관을 통한 지각 활동에 의해 외부 세계의 정보를 받아들'인다. 그리고 '그 자체가 하나로 통합되어 있기 때문에 감각을 통합할 수 있'다. 이러한 최한기의 견해에 따르면, 상황에 따라 귀에 몰린 신기는 청각을 통해 외부 세계의 정보를 받아들이고, 눈에 몰린 신기는 시각을 통해 외부 세계의 정보를 받아들일 수 있다. 그리고 보고 들은 정보를 하나로 통합할 수 있다.
ㄷ. 6문단에 따르면, 최한기는 신기가 '신체와 함께 생성되고 소멸'되며, '스스로의 사유를 통해 지각 내용을 조정하고, 그러한 작용에 적응하여 온갖 세계의 변화에 대응할 수 있다'고 보았다. 따라서 신기가 온몸의 기관이 갖추어짐에 따라 생기고, 지각 작용에 익숙해져 변화에 대응한다는 것은 최한기의 견해에 부합한다.

오답 풀이

① ㄱ, ㄴ

② ㄱ, ㄷ

⋯› ㄱ. 6문단에서 최한기는 지각을 주관하는 '심'을 심장이 아니라 '신기'로 보았음을 알 수 있다. 참고로 2문단의 '이익은 몸의 운동을 뇌가 주관한다는 것은 긍정하였지만, 지각 활동은 심장이 주관한다는 전통적인 심주지각설을 고수하였다.'에서 심장이 한 몸의 군주가 되어 지각을 주관한다는 것은 최한기가 아니라 이익의 견해임을 알 수 있다.

④ ㄴ, ㄹ

⑤ ㄷ, ㄹ

⋯› ㄹ. 6문단에 따르면, 신기는 '하나로 통합되어 있'으며, '형체가 없이 몸속을 두루 돌아다니다'가 '상황에 따라 특정 부분에 더 높은 밀도로 몰'리는 것이다. 따라서 신기가 대소(大小)로 구분되며, 한 몸에 퍼지는 신기와 심장에서 운용하는 신기가 따로 있다고 보는 것은 최한기의 견해에 부합하지 않는다.

5 관점의 적용 답 ②

선지별 선택 비율	①	②	③	④	⑤
	5%	60%	7%	10%	16%

윗글의 '최한기'와 〈보기〉의 '데카르트'를 비교하여 이해한 내용으로 적절하지 않은 것은? [3점]

보기

서양 근세의 철학자 데카르트는 물질과 정신을 구분하여, 물질은 공간을 차지한다는 특징을 갖는 반면 정신은 사유라는 특징을 갖는다고 보았다. 물질의 기계적 운동을 옹호했던 그는 정신이 깃든 곳은 물질의 하나인 두뇌이지만 정신과 물질은 서로 독립적이라고 주장하였다. 그러나 정신과 물질이 영향을 주고받음을 설명할 수 없다는 비판을 받았다.

정답 풀이

② 데카르트와 최한기는 모두 인간의 사고 작용이 일어나는 곳은 두뇌라고 보았겠군.

⋯› 〈보기〉에 따르면 데카르트는 사유를 담당하는 정신이 두뇌에 깃든다고 보았다. 이는 인간의 사고 작용이 두뇌에서 일어난다고 본 것이다. 그러나 5문단과 6문단에 따르면, 최한기는 두뇌가 신체의 운동과 지각을 모두 주관한다는 뇌주지각설을 부정하고, 신기가 지각을 주관한다는 심주지각설을 주장했다. 이는 인간의 사고 작용이 두뇌가 아니라 신기에 의해 일어난다고 본 것이다. 그리고 신기는 특별한 형체 없이 몸속을 두루 돌아다닌다고 여겼으므로, 데카르트와 달리 최한기는 두뇌가 인간의 사고 작용이 일어나는 곳이라고 보지 않았음을 알 수 있다.

오답 풀이

① 데카르트의 '정신'과 달리 최한기의 '신기'는 신체와 독립적이지 않겠군.

⋯› 데카르트는 정신을 물질, 즉 신체와 독립적인 것으로 파악했다. 그러나 6문단에 따르면 최한기는 신기가 신체와 함께 생성되고 소멸되며, 신체를 구성한다고 보았다. 이는 최한기가 신체와 신기를 독립적인 것으로 여기지 않았음을 의미한다.

③ 데카르트의 '정신'과 최한기의 '신기'는 모두 그 자체로는 형체를 갖지 않는 것이겠군.

⋯› 데카르트는 정신이 물질의 하나인 두뇌에 깃들어 있다고 보았다. 물질은 공간을 차지하는 특징을 갖는다고 본 점을 고려할 때, 공간을 차지하지 못하는 정신은 형체가 없다고 이해할 수 있다. 그리고 6문단에 따르면 최한기는 신기가 형체를 지니지 않은 채 몸속을 두루 돌아다닌다고 보았다.

④ 데카르트와 달리 최한기는 인간의 사고가 신체와 영향을 주고받음을 설명할 수 없다는 비판을 받지는 않겠군.

⋯› 데카르트는 신체(물질)와 정신을 서로 독립적인 것으로 상정함으로써 정신과 물질이 영향을 주고받음을 설명할 수 없다는 비판을 받았다. 이와 달리 최한기는 신기가 신체를 구성하면서 감각 기관을 통한 지각 활동에 의해 외부 정보를 받아들이고, 스스로의 사유를 통해 이를 종합하고 확장함으로써 세계의 변화에 대응한다고 주장하였다. 이는 신체와 인간의 사고가 영향을 주고받는 관계에 있다고 인식한 것이므로, 데카르트와 같은 비판을 받지 않을 것임을 알 수 있다.

⑤ 데카르트의 견해에서도 최한기에서처럼 기계적 운동의 최초 원인을 상정하면 무한 소급의 문제를 해결할 수 있겠군.

⋯› 4문단에 따르면, '무한 소급의 문제'는 기계적 운동의 인과 관계를 설명하는 과정에서 원인을 따져 가는 과정이 꼬리에 꼬리를 물고 이어지는 상황을 의미한다. 이 문제는 결국 최초의 원인을 제시해야만 해결할 수 있다. 최한기는 인체를 기계적 운동을 하는 존재로 형상화하고, '신기'를 기계적 운동의 최초 원인으로 상정하여 무한 소급의 문제를 해결하였다. 데카르트 또한 물질의 기계적 운동을 옹호했으므로 필연적으로 무한 소급의 문제를 겪을 수밖에 없으며, 이를 해결하기 위해서는 최한기처럼 기계적 운동의 최초 원인을 상정해야 한다.

6 어휘의 의미 파악 답 ⑤

선지별 선택 비율	①	②	③	④	⑤
	3%	3%	3%	2%	86%

문맥상 ⓐ~ⓔ와 바꿔 쓰기에 적절하지 않은 것은?

정답 풀이

⑤ ⓔ: 가리지

⋯› 문맥상 ⓔ의 '맹신(盲信)하다'는 '옳고 그름을 가리지 않고 덮어놓고 믿다.'라는 의미이다. 그런데 ⑤의 '가리다'는 '여럿 가운데서 하나를 구별하여 고르다.'라는 의미이므로, ⓔ와 바꿔 쓰기에 적절하지 않다.

오답 풀이

① ⓐ: 들어오기

⋯› 문맥상 ⓐ의 '유입(流入)되다'는 '문화, 지식, 사상 따위가 들어오게 되다.'라는 의미로 사용되었다. 따라서 '들어오다'로 바꿔 쓸 수 있다.

② ⓑ: 드러내었다

⋯› 문맥상 ⓑ의 '제시(提示)하다'는 '어떠한 의사를 말이나 글로 나타내어 보이게 하다.'라는 의미로 사용되었다. 따라서 '드러내다'로 바꿔 쓸 수 있다.

③ ⓒ: 퍼뜨리기

⋯› 문맥상 ⓒ의 '전파(傳播)하다'는 '전하여 널리 퍼뜨리다.'라는 의미로 사용되었다. 따라서 '퍼뜨리다'로 바꿔 쓸 수 있다.

④ ⓓ: 실린

⋯› 문맥상 ⓓ의 '수록(收錄)되다'는 '모아져 기록되다.'라는 의미로 사용되었다. 따라서 '글, 그림, 사진 따위가 책이나 신문 따위의 출판물에 나오게 되다.'라는 의미의 '실리다'로 바꿔 쓸 수 있다.

적중 예상 | 인문·예술 동양 철학 01

본문 016쪽

[001~005] 〈조선 후기 주자학적 자연관의 변화〉

001 ④ 002 ⑤ 003 ③ 004 ③ 005 ⑤

E 지문 선정 포인트

동양 철학에서 주자학은 모의고사에 자주 출제되는 분야로, 이(理)를 우주 생성의 근원으로 본다. 성호 이익은 조선 후기의 대표적인 성리학자이자 실학자인데, 그의 실학사상은 존재의 이(理)와 당위의 이(李)가 동일한 이일(理一)의 주자학적 인식에서 벗어나 실증적인 차원에서 이치를 탐구할 수 있게 하였다는 점에서 주목할 만하다.

〈조선 후기 주자학적 자연관의 변화〉

해제 이 글은 중세 사회를 지배했던 주자학의 자연 인식과 그 한계를 제시하고 그것으로부터 벗어난 성호 이익의 실학사상을 설명하고 있다. 주자학에서는 이(理)를 우주 생성의 근원으로 설정하였다. 그러면서 존재의 이(理), 즉 물리(物理)와 당위의 이(理), 즉 도리(道理)를 동일한 것으로 보는 유기체적 자연관에 근거하여 중세 사회의 봉건적 통치 질서를 합리화하였는데, 이러한 주자학적 자연관은 인간과 자연을 분리하지 못했다는 점에서 전근대적인 한계를 지니게 된다. 성호 이익은 이러한 주자학적 자연관의 유기체적 구조를 깨뜨리고 근대적 자연 인식의 틀을 확보하였다. 이익의 실학사상은 주자학의 격물치지론을 변화시켜 개별 사물의 이치를 분별하는 것을 강조하였다. 전통 학문과 사상을 계승 · 발전시키면서 새롭게 도입된 서양 과학을 탐구한 이익의 실학사상은 시대적 변화로 인해 파생되는 문제를 능동적으로 해결하였다는 점에서 의의를 지닌다고 평가받고 있다.

주제 주자학적 자연 인식의 한계를 벗어난 이익의 실학사상

구성

1문단	주자학의 유기체적 자연관의 특징
2문단	주자학의 자연 인식의 한계
3문단	주자학의 이(理)의 내용을 변화시킨 이익의 실학사상
4문단	주자학의 격물치지론을 변화시킨 이익의 실학사상
5문단	이익의 실학사상의 성과 및 의의

001 내용 전개 방식 파악 답 ④

정답 풀이

이 글은 1, 2문단에서 자연을 인간 · 사회와 동일한 구조 속에서 파악하는 주자학의 유기체적 자연관의 특징과 그 한계를 설명한 다음, 3~5문단에서 자연을 인간 · 사회와 분리함으로써 개별 사물들의 이치와 자연법칙들을 탐구할 수 있게 된 성호 이익의 실학사상을 설명하고 있다.

오답 풀이

① 이 글에 주자학의 자연 인식과 이익의 자연 인식의 차이점은 드러나지만, 둘 사이의 공통점은 언급되지 않았다.

② 주자학의 세계관과 자연관은 1, 2문단에서 설명되고 있으나, 이익의 실학사상이 성립된 배경은 이 글에 구체적으로 제시되지 않았다. 또한 이 글에서 주자학의 자연관과 이익의 실학사상의 성립 배경을 통시적으로 고찰하고 있지도 않다.

③ 5문단을 통해 주자학과 서양 과학이 이익의 실학사상에 영향을 끼쳤다는 것은 알 수 있지만, 이익의 실학사상에 주자학이 끼친 영향과 서양 과학이 끼친 영향을 대조하는 내용은 이 글에 나타나 있지 않다.

⑤ 3~5문단에 따르면, 이익의 실학사상은 주자학의 유기체적 자연관을 철저하게 계승한 것이 아니라 그것을 깨뜨린 결과로 나온 것이다.

002 세부 정보의 파악 답 ⑤

정답 풀이

3문단에서 근대적인 자연 인식으로 전진하기 위해서는 주자학적 자연관의 유기체적 구조를 깨뜨려야 하는데, 그렇게 한 것이 성호 이익의 실학사상이라고 하였다. 그리고 4문단에서 이익은 개별 사물의 이치를 강조하였다고 하였고, 5문단에서는 기존의 자연 인식(주자학적 자연 인식)이 유기체적 자연관의 틀 속에서 천인합일의 관점을 증명하기 위해 수행된 반면, 이익의 실학사상은 천인분이의 관점에 입각하여 개개 사물의 각각의 이치를 탐구하였다고 하였다. 이를 종합해 보면, 개별 사물의 각각의 이치를 탐구하는 근대적인 자연 인식을 위해서는 유기체적 자연관인 천인합일의 관점에서 벗어나야 함을 알 수 있다. 즉 천인합일의 관점에서는 개별 사물의 각각의 이치를 탐구하기가 쉬운 것이 아니라 오히려 어렵다고 판단할 수 있다.

오답 풀이

① 1문단에서 주자학의 자연 인식인 유기체적 자연관은 '인간과 사회와 자연을 동일한 구조 속에서 파악하는 논리'라고 하였다. 이는 인간과 자연을 동일한 관점으로 탐구한다는 것이다.

② 1문단에서 주자학은 우주 생성의 근원으로 '이'를 설정하였고, 이는 '영원불변한 절대적인 법칙으로서 인간과 사회를 규정한다'고 하였다.

③ 2문단을 보면, 주자는 '이'에는 '존재의 이(= 자연 세계의 생생지이 = 자연학의 이)'와 '당위의 이(= 인간 세계의 도덕적 원리 = 윤리학의 이)'가 있는데, 자연학과 인간학이 유기적인 체계로 연결될 때 '자연학의 이'는 '윤리학의 이'와 동일한 '이일'로 자리하게 된다고 하였다. 이를 통해 이일은 자연학의 이(존재의 이)와 윤리학의 이(당위의 이)가 동일하다고 여기는 것임을 알 수 있다.

④ 1문단을 보면, 주자학의 세계관은 이기론을 중심으로 구성된 것임을 알 수 있으며, 주자학에서 '이는 천지 만물이 생기기 전부터 존재하였고, 천지 만물이 소멸된 뒤에도 사라지지 않는 절대적 실재'라고 여겼다는 것을 알 수 있다.

003 핵심 개념의 이해 답 ③

정답 풀이

1문단에서 주자학은 '중세 사회의 봉건적 통치 질서를 합리화하였'고, '주자학에서 이의 절대성, 자연법칙적인 필연성을 강조하는 것은 결국 상하 관계로 유지되는 봉건적인 모든 제도와 질서를 자연법칙적인 필연성으로 합리화하려는 데 그 본질이 있었다'고 하였으므로, 주자학(㉠)이 합리화하는 사회 체제가 '상하 관계의 수직적 신분 사회'라는 이해는 적절하다. 그러나 이익의 실학사상(㉡)이 수평적인 평등 사회를 합리화하였는지는 이 글로 알 수 없다.

오답 풀이

① 3문단을 보면, 주자학은 자연과 인간 · 사회를 하나의 이법으로 묶는 이일을 강조하며 자연이 도덕적 의미와 연결되어 있다고 보았음을 알 수 있다. 그리고 이익의 실학사상은 그러한 주자학적 자연관의 유기체적 구조를 깨뜨려 새로운 자연 인식의 틀을 확보하였는데, 자연과 인간 · 사회를 하나의 이법으로 묶는 연결 고리를 끊어 버림으로써 '이' 역시 도덕적 차원에서 벗어날 수 있게 되었다고 하였다. 따라서 자연을 보는 관점이 주자학(㉠)은 '도덕적 의미를 담은 자연', 이익의 실학사상(㉡)은 '도덕적 의미에서 벗어난 자연'이었다는 것은 적절하다.

② 4문단에서 '주자학의 유기체적 자연관에 따르면 격물치지를 통해 파악하고자

한 것은 자연 세계의 원리 법칙이라기보다는 인간 사회의 윤리 · 도덕 · 수양의 원칙'이라고 하였고, 이익은 '개별 사물의 고유한 이치만을 인정하였으므로 격물이란 당연히 각각의 사물이 지니고 있는 개별적인 이치를 분별하는 것'이라고 하였다. 따라서 격물치지의 목적을 주자학(㉠)은 '인간 사회의 도덕적 원칙 파악', 이익의 실학사상(㉡)은 인간 사회와 분리한 '자연 세계의 원리와 법칙 파악'으로 보았다는 것은 적절하다.

④ 2문단에 따르면, 주자는 이에는 '존재의 이(= 자연 세계의 생생지이 = 자연학의 이)'와 '당위의 이(= 인간 세계의 도덕적 원리 = 윤리학의 이)'가 있으며, 유기체적 자연의 관점에서 당위의 이를 가지고 자연의 존재까지도 보려고 하였다. 반면 4문단에 따르면, 이익의 실학사상에서는 인간과 자연을 분리하여 개별 사물의 고유한 이치만을 인정하였으므로, 당위의 이와 존재의 이는 별개라고 보았을 것이다. 따라서 '이'에 대해 주자학(㉠)은 '당위의 이로 존재의 이를 설명함.', 이익의 실학사상(㉡)은 '당위의 이와 존재의 이를 별개로 봄.'으로 인식한다고 이해하는 것은 적절하다.

⑤ 1, 2문단에 따르면, 주자학의 유기체적 자연관은 '인간과 사회와 자연을 동일한 구조 속에서 파악하는 논리'로, 자연학과 인간학이 유기적인 체계로 연결될 때 자연학의 이는 윤리학의 이와 동일한 '이일'로 자리하게 되어 주자학의 이는 물리임과 동시에 도리이고 자연임과 동시에 당연이다. 반면 4문단에 따르면, 이익의 실학사상은 '이일의 통일성을 부정하고 개별 사물의 고유한 이치만을 인정'하였다. 따라서 물리에 대해 주자학(㉠)은 '모든 사물은 인간과 동일한 이치를 지님.', 이익의 실학사상(㉡)은 '각각의 사물은 개별적 이치를 지님.'으로 인식한다고 이해하는 것은 적절하다.

004 구체적 사례에의 적용 답 ③

정답 풀이

〈보기 1〉에서 동중서는 재이와 같은 자연 현상이 발생하는 이유를 군주의 학정 때문이라고 하여 자연 현상을 인간의 비도덕적 행위와 관련짓고 있다. 그런데 1~3문단에 따르면, 주자학의 자연 인식인 유기체적 자연관은 인간과 사회와 자연을 동일한 구조 속에서 파악하는 논리로, 자연과 인간 · 사회를 하나의 이법으로 묶어서 본다. 따라서 자연 현상인 재이를 인간의 비도덕적인 행위와 결부한 동중서는 자연과 인간을 통일적 관점에서 보는 주자학의 유기체적 자연관을 지닌 것으로 볼 수 있다(ㄱ). 한편 〈보기 1〉에서 동중서는 재이를 군주의 도덕적인 행위와 결부하고 있다. 그런데 3~5문단에 따르면, 성호 이익은 천인분이의 관점에서 인간과 자연을 분리하여 자연의 개별적인 법칙을 탐구하였다. 따라서 이익은 재이가 순수한 자연 현상의 하나일 뿐이라고 보며, 재이를 군주의 도덕적인 행위와 결부시킨 동중서의 견해를 비판할 것이다(ㄹ).

오답 풀이

ㄴ. 〈보기 1〉에서 동중서는 군주의 학정의 결과 재이가 발생한다고 보았다. 군주의 학정은 도덕 규범과 관련된 것이고 재이는 자연법칙에 따른 현상이다. 이는 2문단에서 언급한 '물리와 자연법칙이 도리와 도덕 규범에 완전히 종속되어' 있다는 인식을 보여 주는 것이라 할 수 있다. 따라서 동중서가 도덕 규범보다 자연법칙이 우위에 있다고 여겼다는 반응은 적절하지 않다.

ㄷ. 〈보기 1〉에서 동중서가 군주를 만물의 으뜸으로 본 것은 맞지만, 이것이 군주를 영원불변의 절대적 법칙으로 여겼다는 의미는 아니다. 주자학에서 말하는 영원불변의 절대적 법칙은 '이'를 가리킨다. '이'는 천지 만물이 생기기 전부터 존재하였고 천지 만물이 소멸된 뒤에도 사라지지 않는 절대적 실재로, 개별적 존재인 군주가 '이'가 될 수는 없다.

005 단어의 의미 파악 답 ⑤

정답 풀이

ⓐ와 ⑤에서 '보다'는 모두 '대상을 평가하다.'라는 뜻으로 쓰였다.

오답 풀이

① '상대편의 형편 따위를 헤아리다.'라는 뜻으로 쓰였다.

② '어떤 일을 당하거나 겪거나 얻어 가지다.'라는 뜻으로 쓰였다.

③ '기회, 때, 시기 따위를 살피다.'라는 뜻으로 쓰였다.

④ '짐이 워낙 무겁다 보니'에서의 '보다'는 형용사 '무겁다' 뒤에서 '-다 보니' 구성으로 쓰인 보조 용언으로, 앞말이 뜻하는 상태가 뒷말의 이유나 원인이 됨을 나타낸다.

인문·예술
동양 철학 02

본문 018쪽

[006~010] 〈퇴계 이황과 다산 정약용의 사상적 차이〉

006 ③ 007 ⑤ 008 ④ 009 ④ 010 ②

E 지문 선정 포인트

철학 분야에서 여러 학자들의 이론을 제시하고 그 이론의 발전 과정이나 각 이론의 차이를 분석하는 글은 자주 출제된다. 퇴계 이황과 다산 정약용은 조선 시대의 대표적인 사상가로, 성리학과 실학이라는 조선 시대 철학의 중요한 두 축을 담당하는 대표적인 인물들이라는 점에서 정리해 둘 필요가 있다.

〈퇴계 이황과 다산 정약용의 사상적 차이〉

해제 이 글은 퇴계 이황과 다산 정약용의 사상적 차이를 비교하고 있다. 퇴계 이황은 이를 중시하고 기를 천하게 여기는 '이귀기천'을 주장하였고, 진리란 선험적으로 우리 마음속에 있다고 보았다. 또한 그는 윤리 법칙의 절대성을 주장하면서, 도덕적 의무를 강조하였다. 이에 반해 다산 정약용은 기를 독립적으로 존재하는 실체로, 이를 기에 의존해서 존재하는 속성으로 보아 '물심이원론'을 주장하였으며, 진리란 실생활에 실용적인 도움을 줄 수 있는 것이어야 한다고 생각하였다. 그리고 윤리의 본질을 사회적 관계 속에서의 실천과 관련 있다고 보았다. 이와 같은 퇴계 이황과 다산 정약용의 사상적 차이는 그들이 살았던 역사적 상황을 반영하고 있다.

주제 퇴계 이황과 다산 정약용의 사상적 차이 및 역사적 상황과의 상관관계

구성

1문단	퇴계 이황과 다산 정약용의 사상에 대한 비교 연구
2문단	퇴계 이황의 '이귀기천'
3문단	다산 정약용의 '물심이원론'
4문단	퇴계 이황이 주장하는 존재론적 진리
5문단	다산 정약용이 중시한 실용적 지식
6문단	퇴계 이황의 절대론적 윤리 사상
7문단	다산 정약용의 실천 윤리 사상
8문단	역사적 상황과 유학 사상의 관계

006 내용 전개 방식 파악 답 ③

정답 풀이

이 글은 퇴계 이황의 사상과 다산 정약용의 사상을, 이(理)와 기(氣)를 바라보는 관점, 진리를 바라보는 관점, 윤리에 대한 입장으로 나누어서 비교하여 설명하고 있다.

오답 풀이

① 마지막 문단에서 퇴계와 다산의 사상적 차이를 역사적 상황과 관련하여 설명하고 있을 뿐, 현대적 관점에서 두 이론의 역사적 의의를 재평가하는 내용은 나타나 있지 않다.

② 이 글에 구체적인 예를 제시하고 있는 부분은 없으며, 두 이론의 차이점을 중심으로 서술하고 있다.

④ 두 이론의 특징을 비교하고 있을 뿐, 두 이론이 시간의 흐름에 따라 변천한 과정을 설명하고 있지 않다.

⑤ 두 이론의 특징을 비교하고 있을 뿐 장단점을 비교하고 있지 않으며, 두 이론을 통합한 이론을 제시하고 있지도 않다.

007 핵심 내용 비교 답 ⑤

정답 풀이

3문단에서 '이는 홀로 존재할 수 없고 반드시 기에 의존해서만 현상 속에 존재할 수 있'다고 한 것을 통해 다산이 현상 속에 이와 기가 모두 존재한다고 보았음을 알 수 있다. 그리고 2문단에서 '이와 기는 현상 속에서 분리되는 것은 아니'라고 한 것을 통해 퇴계도 다산과 마찬가지로 현상 속에 이와 기가 모두 존재하고 있다고 보았음을 알 수 있다.

오답 풀이

① '진리는 대상을 객관화하여 실증적으로 탐구하여 얻어진 지식(5문단)'이라고 본 다산과 달리, 퇴계는 '진리란 선험적으로 이미 우리 마음에 갖추어져 있는 것(4문단)'이라고 보았다.

② '보편적 이에 비해 기적인 구체적 개별 사물을 존재론적으로 더 우위로 인식(3문단)'한 다산과 달리, 퇴계는 '존재론적으로 이는 기를 주재하는 우월한 존재(2문단)'라고 보았다.

③ '이는 독립적 실체로서 그 어떤 존재에 의해서도 지배받지 않는 최고 존재(2문단)'로 본 퇴계와 달리, 다산은 '이는 홀로 존재할 수 없고 반드시 기에 의존해서만 현상 속에 존재할 수 있'다고 보았다(3문단).

④ '퇴계에게 진리는 ~ 주객이 나누어지기 이전에 주객이 공유하고 있는 존재론적 진리(4문단)'인 반면, 다산은 '진리는 대상을 지배하고 장악하는 데 실용적 도움을 줄 수 있는 도구로서의 진리', '진리는 대상을 객관화하여 실증적으로 탐구하여 얻어진 지식(5문단)'이라고 보았다.

008 관점 간 비교 이해 답 ④

정답 풀이

〈보기〉에서 하늘에 떠 있는 달은 초월적인 태극, 즉 '이(理)'에 해당하고, 천 개의 강은 다양한 만물, 즉 '기(氣)'에 해당한다. 따라서 하늘에 떠 있는 달이 천 개의 강을 동일하게 비추는 것은 이가 기에 의해 실현되는 것을 의미할 뿐, 기에 의해 이의 실재가 가려진 것을 나타내는 것은 아니다. 한편, (개별적 존재인 기의 특성에 따라 이가 실현되는 데에 차이가 생겨) 기에 의해 이의 실재가 가려지는 것은 강의 모양에 따라 달의 모습이 달라지는 것을 통해 비유되었다.

오답 풀이

① 〈보기〉의 '천 개의 강'은 다양한 만물을 의미하므로, 이것은 [A]의 개별적 존재인 '기(氣)'를 비유한 것이다.

② 〈보기〉의 '태극'은 만물을 낳는 근본적인 이치이므로, 이것은 [A]의 '형상 있는 모든 것을 가능하게 하는 참된 존재'이고, '기의 운동을 주재하는 능동적 존재'이며, '그 어떤 존재에 의해서도 지배받지 않는 최고 존재'인 보편자로서의 '이(理)'에 해당한다.

③ 〈보기〉의 '강 속에 비친 달그림자'는 내재적인 태극, 즉 '다양한 만물들 속에서 다양하게 실현된 이치'이다. [A]에서 '보편자로서 이는 기를 통해 실현되'고, '이와 기는 현상 속에서 분리되는 것은 아니'라고 하였다. 따라서 '강 속에 비친 달그림자'는 만물들 속에 태극이 내재하는 것처럼 이와 기가 따로 떨어질 수 없는 관계라는 것을 비유적으로 나타내고 있다.

⑤ 〈보기〉에서 강의 모양에 따라 달의 모습이 달라지는 것은 개별적 존재인 기의 특성에 따라 이가 실현되는 데에 차이가 생기는 것을 비유적으로 나타내는 것이다.

009 외적 준거에 따른 이해 답 ④

정답 풀이

〈보기〉에서 스토아 학파의 '아페테이아'는 쾌락이나 고통과 같은 일체의 파토스를 극복하고 완전히 자유로운 무감정의 경지라고 하였고, [B]에서 '명경지수'는 맑은 거울과 고요한 물처럼 욕심에 의해서 마음이 불순해지지 않는 상태를 의미한다고 하였다. 따라서 둘 다 외적 자극에 동요되지 않는 마음의 평온 상태를 의미한다고 할 수 있다.

오답 풀이

① 〈보기〉에서 스토아 학파는 '당위적 의무'를 중시한다고 하면서 의무론적 윤리설에 해당한다고 하였다. 그리고 [B]에서 퇴계는 '인간은 도덕적 의무를 올바르게 인식하고 실천하는 것이 중요하다.'라고 하여 행위를 하게 된 동기(도덕적 의무)를 중시하는 의무론적 윤리설의 입장을 보이고 있다.

② 〈보기〉에서 스토아 학파는 '쾌락이나 고통과 같은 일체의 파토스를 극복'해야 한다고 하였고, [B]에서 퇴계는 '도덕적 의무를 올바르게 실천하기 위해서는 도덕적 이성에 의해 일체의 욕망이 철저하게 통제되어야 한다'고 하였다.

③ [B]에서 다산은 '행위의 결과가 사회적으로 효용이 있어야' 한다고 하였다. 이를 통해 다산의 윤리관이 행위의 결과를 중시하는 목적론적 윤리설에 가깝다는 것을 알 수 있다.

⑤ [B]에서 '그는(다산은) 행위의 결과가 ~ 가능한 많은 사람에게 많은 혜택을 가져올수록 그것은 더욱더 바람직한 인(仁)이라고 생각했다.'라고 하였다. 이를 통해 다산의 윤리관이 최대 다수의 최대 행복을 주장하는 공리주의적 입장과 유사하다는 것을 알 수 있다.

010 세부 내용 추론 답 ②

정답 풀이

3문단에서 '다산은 물질세계를 정신세계에 종속적인 것으로 보지 않고 그 나름의 고유한 실체성을 지닌 것으로 객관적으로 인식하였다.'라고 하였다. 이를 통해 다산의 ㉮ '물심이원론'은 물질을 정신과 독립적으로 존재하는 대상으로 보았으며, 고유한 실체로 인식하였음을 알 수 있다.

오답 풀이

①, ④ 물질이 정신과 독립적으로 존재하며 고유한 실체성을 갖고 있다고만 했을 뿐, 정신과 물질이 끊임없는 상호 작용을 하는지(①), 정신과 물질의 두 세계가 하나의 원리에 의해서 작동되는지(④)는 이 글에 나타나 있지 않다.

③ 물질이 정신과 독립적으로 존재하며 고유한 실체성을 갖고 있다는 것은, 정신이 존재한다는 것을 전제로 한 것이므로 세계가 물질로만 구성되어 있다는 것은 적절하지 않다.

⑤ 물질은 정신과 독립적으로 존재하며 고유한 실체성을 갖고 있으므로, 물질과 정신을 구분할 수 있다.

인문·예술 서양 철학 01

본문 020쪽

[011~015] 〈보편 논쟁과 중세 건축 양식〉

011 ④ 012 ⑤ 013 ④ 014 ② 015 ⑤

E 지문 선정 포인트

E교재에서도 자주 다루어지고 있고, 평가원 모의고사에 출제되기도 했던 형이상학적 근본 물음과 관련한 실재론과 유명론의 대립은 정리해 둘 필요가 있다. '보편은 실재성을 가지고 개별적 사물에 앞서 존재한다'는 실재론의 주장과 '보편은 단순한 명사에 불과하고 다만 개별적 사물만이 실재한다'는 유명론의 주장이 대립하는 것이다. 이 두 개념은 다양한 인문 제재의 기초 배경지식이 되므로 꼼꼼하게 읽어 두도록 하자.

〈보편 논쟁과 중세 건축 양식〉

해제 이 글은 중세 시기에 있었던 실재론과 유명론 사이의 보편 논쟁과 그러한 철학적 사상에 영향을 받은 건축 양식에 대해 설명하고 있다. 플라톤의 영향을 받은 실재론은 보편 개념이 실제로 존재한다고 주장하였고, 아리스토텔레스 철학의 영향을 받은 유명론은 보편 개념이 우리의 지적 능력 속에만 존재하는 명목적인 것이라고 주장하였다. 이러한 논쟁과 아리스토텔레스 철학에 대한 깊은 연구를 바탕으로 유명론과 관련하여 중용적 실재론의 성격을 띠는 토마스 아퀴나스의 철학이 등장하였다. 토마스 아퀴나스는 보편 개념을 세 가지로 나누어 추상적인 개념으로서의 보편은 개별 뒤에 존재하지만 형상으로서의 보편과 신의 관념으로서의 보편은 실재한다고 주장하였다. 이러한 철학적 흐름은 중세의 성당 건축 양식에도 반영되었는데, 플라톤의 영향을 받은 기독교적 세계관이 드러나는 건축 양식이 로마네스크 양식이고, 토마스 아퀴나스로 대표되는 스콜라 철학의 세계관이 투영된 건축 양식이 고딕 양식이다.

주제 중세의 보편 논쟁과 건축 양식

구성

1문단	보편의 개념과 보편 논쟁
2문단	실재론의 입장인 플라톤 철학에 영향을 받은 중세의 아우구스티누스 철학
3문단	아리스토텔레스 철학에 대한 연구와 유명론의 등장
4문단	토마스 아퀴나스 철학의 등장 배경과 성격
5문단	아리스토텔레스의 개념으로 살펴본 자연계
6문단	토마스 아퀴나스의 보편 개념
7문단	플라톤 철학에 영향을 받은 기독교적 세계관에 기반한 로마네스크 양식
8문단	토마스 아퀴나스의 문제의식과 고딕 건축 양식의 특징
9문단	형상과 질료의 관점에서 본 고딕 성당

011 내용 전개 방식 파악 답 ④

정답 풀이

3문단을 보면, 플라톤식 논리를 빌린 신학으로는 점점 감당하기 어려운 문제들이 나타나게 되었을 때 이와 관련한 이론적 틀을 아리스토텔레스의 철학이 제공하였고, 이를 통해 유명론이 대두되며 실재론과 유명론의 갈등이 시작되었다고 하였다. 그리고 4문단에서 중세 후기로 들어서며 아리스토텔레스의 철학에 대한 깊이 있는 연구가 진행되고 유명론에 대한 새로운 주장들이 나타났다고 하였다. 이러한 내용은 중세에 아리스토텔레스가 주목받게 된 배경과 철학의 흐름을 보여주고 있는 것으로, 아리스토텔레스 철학의 영향력이 확대된 배경을 심층적으로 고찰하는 내용은 나타나 있지 않다.

오답 풀이

① 1문단에서 보편이란 '우주나 존재의 모든 개별적인 것들의 공통적인 속성이나 사항'이라고 그 개념을 밝힌 뒤, 그 보편이 실제로 존재하는 것인지 사유로만 존재하는 것인지에 대한 논쟁이 중세 철학사에서 매우 중요한 논쟁이었다고 하며 보편 논쟁이라는 중심 화제를 이끌어 내고 있다.

② 2문단에서 플라톤의 철학에 대해 구체적으로 설명한 뒤, 아우구스티누스의 철학은 플라톤 철학에서 언급한 이데아의 자리에 신의 개념을 대신 갖다 놓은 것이라고 하며 그 특징을 제시하고 있다.

③ 3문단에서 아리스토텔레스 철학 때문에 '유명론'과 같은 새로운 조류가 형성되었음을 설명하였고, 4문단에서 중세 후기에는 토마스 아퀴나스의 '중용적 실재론'과 같이 유명론에 대한 새로운 주장들이 나타났다고 예를 들어 아리스토텔레스 철학이 중세 후기 철학에 미친 영향을 설명하고 있다.

⑤ 8, 9문단에서 고딕 성당을 통해 드러나는 토마스 아퀴나스 철학의 특징을, 플라톤 철학에 영향을 받은 기독교 세계관에 기반한 로마네스크 양식이나 로마 시대의 건축과 대조하여 설명하고 있다.

012 세부 내용 추론 답 ⑤

정답 풀이

3문단에서 아리스토텔레스의 철학 때문에 새로운 조류가 만들어지면서 유명론이 대두되었다고 하였고, 4문단에서 신의 존재를 위협할 수 있는 유명론이 억압을 받았다고 하였다. 그 이유를 2, 3문단을 통해 추론해 볼 수 있다. 유명론에서는 실재론에서 신으로 표현될 수 있는 보편자를 인간의 지적 능력 속에서만 존재하는 명목적인 것이라고 보는데, 이에 따르면 유명론은 신 역시 실존하는 것이 아니라 이름만 존재하는 것이라고 볼 수 있는 가능성을 제공하기 때문이다.

오답 풀이

① 3문단에서 알 수 있듯이, 플라톤과 아리스토텔레스의 관점의 차이는 이데아가 사물과 분리되어 외부에 따로 실재하는지, 개별 사물 속에 존재하는지에 있다. 그런데 아리스토텔레스가 이데아를 완전하고 완벽한 세계로 보았던 플라톤과 다른 생각을 가졌다는 내용은 이 글에서 확인할 수 없다.

② 3문단에서 아리스토텔레스는 보편 개념이 실존을 소유하는 것은 분명하지만 그것이 각 개인의 내면과 정신 안에 존재한다고 보았다고 하였다. 따라서 보편 개념이 실재하지 않는다고 본 것은 아니다.

③ 5문단을 통해 볼 때, 아리스토텔레스는 질료와 형상이 결합하여 사물을 이루며 둘 중 하나가 없으면 사물을 이룰 수 없다고 보았다는 것을 알 수 있다.

④ 7문단을 통해 볼 때, 플라톤의 실재론에 영향을 받은 기독교 세계관에서는 기독교의 이데아, 즉 신을 인지하는 것은 오로지 신앙뿐이며, 인간의 감각은 하찮은 것, 신앙을 방해하는 것으로 여겼다는 것을 알 수 있다.

013 핵심 정보 파악 답 ④

정답 풀이

토마스 아퀴나스의 철학이 유명론과 관련하여 중용적 실재론이라 불린다는 것은 그의 철학이 기본적으로 실재론적 성격을 띠지만 유명론과 유사한 측면도 가지고 있음을 의미한다. 6문단에 따르면 토마스 아퀴나스는 형상으로서의 보편은 개별 속에, 추상적 개념으로서의 보편은 개별 뒤에, 신의 관념으로서의 보편은 개별보다 먼저 존재한다고 하면서 단지 이름일 뿐인 보편자가 있음을 인정하지만, 또 그것을 제외하면 보편자는 실재한다고 주장하였다. 즉 추상적 개념으로서의 보편은 개별이 존재한 뒤에 존재하므로, '개별자만이 현실적이고 보편은 개별 뒤에 존재하는 것으로서 우리의 지적 능력 속에서만 존재하는 명목적인 것'이라고 보는 유명론과 유사성을 보이지만 형상으로서의 보편과 신의 관념으로서의 보편에 대해서는 실재론적인 입장을 보이고 있는 것이다.

오답 풀이

① 6문단에서 알 수 있듯이, 토마스 아퀴나스는 개별보다 먼저 존재하는 보편과 개별 뒤에 존재하는 보편, 개별 속에 존재하는 보편 세 가지가 있다고 본 것이지, 보편이 개별보다 먼저 존재한다는 것과 보편이 개별 뒤에 존재한다는 것을 통합하여 보편이 개별 속에 존재한다는 주장을 한 것이 아니다.

② 8문단을 통해 볼 때, 현실과 자연 속에서 신의 존재를 증명하려 한 토마스 아퀴나스가 천상의 세계가 현실 속에 존재한다고 본 것은 맞다. 하지만 이는 천상의 세계라고 할 수 있는 이데아의 세계가 그 세계의 그림자인 현실 세계를 초월하여 있다고 보는 실재론과는 관련이 없다. 또한 7문단에서 알 수 있듯이, 천상계에 신앙을 통해 도달할 수 있다고 본 것은 플라톤 철학에 영향을 받은 기독교 세계관으로, 이는 유명론이 아니라 실재론에 해당한다.

③ 6문단에서 알 수 있듯이, 토마스 아퀴나스가 형상이 모든 개체 속에 존재하고 있다고 본 것은 맞지만 그러한 형상이 사람들이 가진 공통된 속성을 추출해 낸 것이라고 하지는 않았다. 그는 추상적인 개념으로서의 보편이 여러 사람들이 가진 공통된 속성을 추출해 낸 것이라고 보았다.

⑤ 6문단을 보면 토마스 아퀴나스는 신이 갖는 관념이 모든 개별적인 사물이 존재하기 전에 존재한다고 주장하였는데, 이는 실재론의 성격을 갖는다. 하지만 그러한 관념조차 불완전하고 완벽하지 못할 수 있음을 지적하지는 않았다.

014 반응의 적절성 평가 답 ②

정답 풀이

8문단을 통해 볼 때, 토마스 아퀴나스는 현실과 자연 속에서 신의 존재를 증명하려는 문제의식을 가지고 있었다. 그런데 〈보기〉의 안셀무스는 개념 정의에서 신의 존재를 끄집어냈다고 하였으므로, 토마스 아퀴나스로부터 신의 존재를 실제적이고 자연적인 상태에서 증명한 것이 아니라는 비판을 받을 수 있다.

오답 풀이

① 안셀무스는 개념상의 논리적인 방법을 통해 신의 존재를 증명하고 있는데, 이를 위해서는 인간의 이성이 사용되어야 한다. 따라서 안셀무스가 인간의 이성을 신뢰하지 않고 있다고 볼 수 없다.

③ 안셀무스가 신의 완전성을 증명하려 노력했다는 점에서 신의 무한한 가능성을 제한하고 있다고 볼 수 없다. 또한 8문단을 보면 토마스 아퀴나스는 인간의 이성과 감각을 통해 천상의 세계를 인식할 수 있어야 한다고 주장했으므로, 인간의 지적 능력을 믿는 것을 비판적으로 본 것이 아니라 인간의 지적 능력을 긍정적으로 본 것이다.

④ 안셀무스가 신의 존재를 개념 정의에서 도출한 것은 맞지만, 이는 신의 실재함을 증명하려 한 것이지 신이 실재하지 않는다는 유명론적 주장을 드러내고자 한 것은 아니다.

⑤ 토마스 아퀴나스의 관점에서 안셀무스의 증명은 현실과 자연 속에서 이성과 감각을 통해 신의 존재를 증명한 것이 아니라 직관적인 확인일 뿐이다. 하지만 그것은 구체적인 영역에서 관념적인 영역으로 부당하게 이행한 것이 아니라 개념이라는 관념적인 영역에서 실존이라는 구체적인 영역으로 부당하게 이행한 것이라고 할 수 있다.

015 구체적 사례에의 적용 답 ⑤

정답 풀이

(다)는 창문에 무늬가 없고 장식이 거의 없으며 소박한 분위기로 보아 로마네스

크 양식 성당의 내부를, (라)는 스테인드글라스가 활용된 창이 있는 고딕 양식 성당의 내부 구조를 보여 준다. 그런데 7문단을 보면 로마네스크 양식에서는 감각은 신앙을 방해하고 빛은 사람을 현혹하여 진실을 보지 못하게 한다고 여겨 빛을 최소화하고 각종 장식을 적게 하였다고 하였다. 따라서 (다)가 창문 유리에 장식을 되도록 하지 않았다는 설명은 맞지만, 투명한 빛을 통해 왜곡되지 않는 진리와 신앙에 대한 추구를 보여 주려 했다는 이해는 적절하지 않다.

오답 풀이

① (가)는 높은 첨탑과 건물의 외벽에 비스듬하게 아치형으로 생긴 공중 부벽이 덧대어져 있는 것으로 보아 고딕 양식 성당의 외부 모습에 해당하며, (라)는 화려한 스테인드글라스 창이 있는 것으로 보아 고딕 양식 성당의 내부 모습에 해당한다. 8문단을 통해 볼 때, 고딕 성당은 천상의 세계를 현실 세계에서 감각을 통해 인식할 수 있도록 스테인드글라스를 활용하여 화려하면서도 신비로운 분위기를 만들어 냈으며 외관도 화려하게 꾸몄다는 것을 알 수 있다.

② 9문단에서 알 수 있듯이, (가)의 고딕 양식에서 공중 부벽을 사용한 수직적 구조는 돌의 특성을 무시한 건축 구조로서 돌이라는 질료보다는 고딕 성당을 짓는 목적과 실현이라는 전체적인 계획 속에서 형상을 중시한 것이고, (라)의 스테인드글라스를 통한 빛의 변형은 빛이 단순한 질료가 아니라 진리의 빛, 즉 형상으로 바뀌는 것을 표현한 것이다.

③ (나)는 창문이 작고 건물이 견고한 것으로 보아 로마네스크 양식 성당의 외관으로, 9문단에 따르면 로마네스크 양식은 건축물의 견고함에 치중하여 무게에 초점을 두고 있다고 하였다. 반면 (가)와 같은 고딕 양식의 경우 무게를 분산하는 방향으로 나가는 경쾌한 건축 방식을 보이는데, 이는 공중 부벽 등을 통해 가능하다. 그런데 이는 재료의 특성을 무시하는 건축 구조라고 하였으므로 돌이 지닌 무게감을 무시하는, 즉 돌의 특성을 최소화한 것이라고 할 수 있다.

④ 7, 8문단을 통해 볼 때, 고딕 양식은 로마네스크 양식에 비해 창이 큰데, 로마네스크 양식에서는 빛을 사람을 현혹하여 진실을 보지 못하게 하는 감각의 상징물로 보아 빛이 많이 들어오지 못하게 창문을 작게 만들었다고 하였다. 반면, 고딕 양식에서는 천상의 세계가 현실 속에 존재하며, 현실 세계에 있는 성당에서 감각을 통해 천상계를 인식할 수 있도록 하기 위해 빛이 환하게 들어오도록 창문을 크게 만들었다고 하였다.

적중 예상 인문·예술 서양 철학 02 본문 023쪽

[016~019] 〈비트겐슈타인의 분석 철학적 접근의 전개 양상〉

016 ⑤　017 ②　018 ⑤　019 ②

E 지문 선정 포인트

논리학, 수학 철학, 심리 철학, 언어 철학을 다뤘던 비트겐슈타인은 현대 분석 철학의 대표적 철학자이다. 그림과 언어의 구조는 정확하게 일치하기 때문에 세계는 하나의 그림이며, 이 그림은 정확하게 언어로 나타낼 수 있다는 비트겐슈타인의 '그림 이론'은 수능에도 고난도로 출제된 적이 있으므로 알아 두도록 한다.

〈비트겐슈타인의 분석 철학적 접근의 전개 양상〉

해제 이 글은 러셀의 철학을 계승한 비트겐슈타인의 분석 철학적 접근의 전개 양상을 설명하고 있다. 분석 철학은 철학 자체보다는 언어와 언어로 표현된 개념 분석에 집중한 철학 부류로, 언어와 세계의 관계성에 주목한 언어관과 일상생활에서의 사용을 중심으로 언어의 의미를 밝히려는 언어관의 두 측면으로 나뉜다. 이러한 두 언어관 모두의 측면에서 접근한 철학자가 바로 비트겐슈타인으로, 그는 생애 전기의 『논고』를 통해 전자의 언어관에, 후기의 『탐구』를 통해 후자의 언어관에 영향을 끼쳤다. 『논고』에서 비트겐슈타인은 '명제 진리 함수론'을 주장한다. 이 이론은 명제들의 진리치가 명제에 대응하는 사실 혹은 세계의 존재 여부에 따라 결정된다는 점, 요소 명제들의 사실 증명에 의해 복합 명제의 진리치가 결정된다는 점을 핵심으로 한다. 그리고 복합 명제는 요소 명제들의 진리 함수가 된다고 보았기에 '명제 진리 함수론'이라고 한다. 이러한 비트겐슈타인의 접근 방식은 후기의 『탐구』를 통해 변화하게 되는데, 전기의 접근 방식이 언어에 대한 선험적이고 본질주의적인 접근이었다면 후기의 접근 방식은 언어의 실제적 사용에 대한 고려의 필요성을 바탕으로 한 것이었다. 비트겐슈타인은 언어 사용의 방법을 '언어 놀이'라고 하였다. 이 언어 놀이는 언어를 구성하는 각 단어들이 다양한 맥락에서 다양한 의미를 산출한다고 보는 '놀이'로서의 측면, 말의 의미가 경험을 통해 생성되고 습득되는 과정을 거친다는 '과정'으로서의 측면, 그리고 언어 놀이가 삶의 형태의 일부이며 이에 참여하는 것이 더 바람직하다는 '활동'으로서의 측면으로 구분될 수 있다고 하였다.

주제 비트겐슈타인의 분석 철학적 접근의 전개 양상

구성

1문단	분석 철학의 두 방향과 이에 영향을 미친 비트겐슈타인
2문단	비트겐슈타인의 분석 철학적 접근 ①: 『논고』의 명제 진리 함수론
3문단	명제 진리 함수론에 따른 명제의 세 유형
4문단	언어의 실제적 사용을 고려하는 차원으로서의 접근 방식의 변화
5문단	비트겐슈타인의 분석 철학적 접근 ②: 『탐구』의 언어 놀이 이론
6문단	언어 활용으로서의 언어 놀이의 측면 ①, ②: '놀이'와 '과정'으로서의 언어 놀이
7문단	언어 활용으로서의 언어 놀이의 측면 ③: '활동'으로서의 언어 놀이

016 중심 화제 파악 답 ⑤

정답 풀이

이 글에서는 분석 철학의 두 갈래를 제시한 후, 이에 영향을 미친 철학자로 비트겐슈타인을 들면서 선험적이고 본질주의적인 방법을 바탕으로 한 『논고』에서의 분석 철학적 특징으로부터 언어 사용의 실제적인 국면을 중요하게 고려한 『탐구』로의 변화 양상을 설명하고 있다.

오답 풀이

① 이 글은 『논고』와 『탐구』를 통해 비트겐슈타인의 분석 철학적 특징을 소개하고 있을 뿐, 그것의 효용성이나 사회적 의미에 대해 설명하고 있지 않다.

② 이 글에서는 분석 철학이 언어와 언어로 표현된 개념 분석에 집중하고 있음을 제시하면서 분석 철학이 지닌 목적을 설명했다고 볼 수는 있으나, 그 의의나 『논고』와 『탐구』의 공통점을 다루지는 않았다.

③ 이 글은 비트겐슈타인의 분석 철학의 특징을 설명하고 있지만, 이러한 철학적 사상이 어떻게 변용되었는지를 언급하고 있지는 않다. 또한 『논고』와 『탐구』를 둘러싼 논쟁의 내용도 제시되어 있지 않다.

④ 이 글에서는 『논고』에 따르는 분석 철학적 접근이 본질주의적 경향을 띠고 있음을 밝히고 있으나 『탐구』에는 이러한 특징이 반영되지 않았다.

017 세부 정보 파악 답 ②

정답 풀이

2문단에 따르면, 비트겐슈타인의 '명제 진리 함수론'은 명제들의 진리치는 다른 명제(세부 명제)에 의해 결정됨을 주요한 내용으로 하고 있다. 따라서 ㉠은 명제 간의 관계에 의해 특정 명제의 진리치가 결정됨을 제시하고 있다고 할 수 있다. ㉡과 ㉢은 모두 '언어 놀이'의 세 측면에 포함되는 것으로, 6문단에서 ㉡은 언어가 다양한 맥락에서 다양한 의미를 산출함을 의미한다고 하였다. 그리고 ㉢을 설명하며 '언어를 통해 서로가 의미를 주고받을 수 있는 것은 그 언어를 배우고 습득한 과정 속에 있는 사람들의 삶의 형태가 같기 때문에 가능하다'고 하였다. 이에 비추어 볼 때, ㉡과 ㉢을 통해 언어의 사용 맥락이나 삶의 형태가 언어의 의미를 결정하는 데 영향을 준다는 것을 확인할 수 있다.

오답 풀이

① ㉠은 1문단에 제시된 분석 철학의 두 갈래 중 언어를 세계와의 관계에 비추어 보는 언어관과 관련된다. 2문단에서 명제들의 진리치가 사실 혹은 세계에 의해 결정된다고 보았다는 것도 이를 뒷받침한다. 언어의 사용을 중심으로 그 의미를 밝히고자 하는 접근은 ㉠이 아니라, ㉡, ㉢과 관련된다. 또한 언어가 사실과 맺는 관계에 비추어 보아야 한다는 것은 반대로 ㉠에 해당하는 내용이다.

③ ㉢과 관련하여 6문단의 '언어를 습득하며 다음 과정으로 나아가기 위해서는 새로운 경험과 훈련이 필요하며 이러한 경험과 훈련이 중첩되어 나갈 때 완전한 언어 습득이 가능하다고 보았다.'에 비추어 볼 때, 훈련과 반복은 언어의 과정적 절차나 완전한 언어 습득을 위해 필요함을 알 수 있다. 그러나 ㉡은 6문단에 제시된 바와 같이 단어의 본래적 의미를 발견하는 것이 아니라 맥락을 통해 의미가 만들어지는 것으로서의 특징을 갖는다.

④ ㉠과 관련하여 4문단에서는 '명제 진리 함수론'을 담고 있는 『논고』가 선험적이고 본질주의적으로 접근하고 있음을 밝히고 있다. 그러나 ㉡과 ㉢은 4문단에 따르면 선험적 접근과 다른 방식을 통해 얻어진 언어 분석의 과정에 해당한다고 했고, 6문단에서 경험적인 방법을 통해 언어가 습득되고 의미를 주고받는 행위가 가능함을 밝히고 있을 뿐 선험적 방법과 경험적 방법의 조화를 통해 언어를 이해하고 있다는 설명은 제시되어 있지 않다.

⑤ ㉠과 관련하여 2문단에서는 언어를 명제들의 총체로 보았음을 기본 전제로 삼고 있었다는 내용이 제시되어 있다. 그러나 ㉡과 ㉢에 대해 개별 명제들이 지닌 의미의 고유성을 이해하는 것과 관련된 내용은 제시되어 있지 않다.

018 관점의 비판적 이해 답 ⑤

정답 풀이

ㄴ. 3문단에 제시된 '명제 진리 함수론'에 따르면 동어 반복이나 모순의 관계에 있는 명제는 명제 진리 함수론이 적용되는 두 극단의 경우에 해당하는데, 이들은 요소 명제가 참이면 언제나 전체 명제가 참, 요소 명제가 거짓이면 언제나 전체 명제가 거짓이 된다. 즉 명제의 진리치가 이에 대응하는 세계와의 비교가 아니라 단지 내적인 논리 규칙에 따라 결정된다는 것이다. 따라서 동어 반복이나 모순 관계에 있는 명제는, 명제들의 진리치가 사실 혹은 세계의 존재 여부에 의해 결정된다는 명제 진리 함수론의 기본 원리를 따르지 않는 명제에 해당하지만, 비트겐슈타인은 이들 명제를 명제 진리 함수론이 적용되는 경우의 하나라고 보았다. 따라서 이에 대한 비판적 의문을 제기할 수 있다.

ㄷ. 5문단에 제시된 언어 놀이의 특성에 따르면 언어는 놀이와 같이 규칙을 가지고 있다고 했고, 7문단에서 이러한 언어 활동의 규칙은 그 언어를 배우고 습득하는 과정 속에 있는 사람들의 삶의 형태를 따라 이루어진다고 했다. 또한 6문단에서 언어를 통해 서로가 의미를 주고받을 수 있는 것은 사람들의 삶의 형태가 같기 때문에 가능하다고 밝히고 있다. 이처럼 삶의 형태가 언어 활동의 규칙을 결정하는 요인이 된다는 점에서 서로 다른 삶의 형태를 지닌 사람들은 서로 다른 언어 활동의 규칙을 가진다고 이해할 수 있다. 이는 서로 다른 삶의 형태를 지닌 사람들 사이의 언어 활동에는 공유되는 규칙이 존재하지 않는다는 의미가 될 수도 있다. 그런데 다른 삶의 형태를 가진 사람들과도 언어 활동을 통해 서로가 의미를 주고받을 수 있으므로 비판적 의문을 제기할 수 있다.

ㄹ. 7문단에 제시된 '활동'으로서의 언어 놀이에 참여한다는 것은 다른 사람과 의사소통하며 언어의 의미를 주고받는 활동에 해당한다. 따라서 다른 사람과의 의사소통이 전제되므로, 개인 혼자만의 언어 사용은 언어 활동에 포함될 수 없다. 그러므로 이에 대한 의문을 제기할 수 있다.

오답 풀이

ㄱ. 2문단에 제시된 『논고』의 '명제 진리 함수론'에 따르면 명제들의 진리치를 결정하기 위해서는 더 작은 세부 명제 중에서도 최소 단위의 명제인 요소 명제의 진리치를 기준으로 삼아야 함을 알 수 있다. 그러나 요소 명제는 복합 명제들의 구성 요소라는 관계를 가지고 있는 것이지 요소 명제가 세부 분석이 요구되는 복합 명제로 이루어진 것은 아니며, 오히려 반대의 관계를 가진다. 따라서 ㄱ은 복합 명제와 요소 명제에 대한 비트겐슈타인의 견해를 제대로 이해하지 못한 의문 제기에 해당한다.

019 관점 간 공통점과 차이점 파악 답 ②

정답 풀이

[자료 1]에 따르면, 프레게는 어떤 명제의 진리치가 명제가 지시하는 대상이 존재하느냐에 따라 결정된다고 보았다. 따라서 명제가 지시하는 대상이 존재하지 않는 형이상학적 명제들에 대해 프레게는 거짓이라고 볼 것이다. 한편 일상의 명제들을 요소 명제들로 분석해야 한다고 본 비트겐슈타인의 전기 이론에서는, 3문단에서 보듯 명제들의 세 유형 중 형이상학적 명제는 명제가 지시하는 대상의 존재 여부를 확인할 수 없으므로 참이나 거짓의 진리치 자체를 가질 수 없는 '가명제'로 보았다고 하였다. 따라서 비트겐슈타인이 형이상학적 명제들의 진리치를 거짓으로 보았을 것이라는 설명은 적절하지 않다.

오답 풀이

① [자료 1]에 따르면, 프레게는 함수 개념을 도입하여 문장 전체의 정의 역시 개념 단어들이 가지는 정의들의 논리적 결합으로 내려질 수 있다고 보았다. 이는 요소 명제들을 변수로 하여 복합 명제의 진리치가 결정되며 따라서 복합 명제는 요소 명제들의 진리 함수가 된다고 본 비트겐슈타인의 전기 이론과 유사한 측면이 있다. 이들은 모두 분석 대상이 되는 단어와 문장, 요소 명제와

복합 명제 간의 영향 관계에 기반을 둔 설명이라는 점에서 공통점이 있다.

③ [자료 2]에 따르면, 러셀은 원시 관념(원자적 명제)의 진리치는 원시 관념에 일대일로 대응하는 원자적 사실에 의해 결정된다고 주장했다. 그러나 비트겐슈타인의 후기 이론에서는 6문단에 제시된 바와 같이 다양한 맥락을 통해 단어의 의미가 생성된다고 보았고, 단어가 지시하는 것 자체도 이미 존재하여 고정된 것이 아니라 다양성을 가질 수 있다고 보았다. 따라서 원시 관념과 원자적 사실을 일대일로 본 러셀과 문맥에 따라 하나의 언어에 다양한 의미가 산출될 수 있다고 본 비트겐슈타인의 후기 이론에는 차이가 있다고 볼 수 있다.

④ [자료 2]에 따르면, 러셀은 더 이상 분석을 할 수 없는 관념을 원시 관념이라고 설정하였다. 이는 2문단에 제시된 바와 같이 비트겐슈타인의 전기 이론에서 명제들의 최소 단위인 요소 명제를 설정한 것과 대응된다. 따라서 이들 모두 분석의 기본 요소로서 원시 관념과 요소 명제를 설정했다는 점에서 공통점이 있다고 이해할 수 있다.

⑤ [자료 2]에 따르면, 러셀은 언어적 표현이 원자적 명제로 분석되고, 이를 통해 원자적 사실이 진술된다고 보았다. 그리고 복합 관념은 원시 관념에 대응하는 원자적 사실에 의해 진리치가 결정된다고 하였다. 이는 언어적 표현이 이를 구성하는 내적 요소에 의해 의미가 부여되는 것이다. 그러나 7문단에서 확인할 수 있듯이, 비트겐슈타인의 후기 이론에서는 생활 양식이라는 외부 요인에 따라 언어적 표현이 같을지라도 의미하는 바가 달라질 수 있음을 지적하고 있다. 따라서 러셀과 비트겐슈타인의 후기 이론 간에는 외부 요인의 영향에 대한 견해 차이가 있다고 볼 수 있다.

본문 026쪽

[020~023] 〈롤스의 정의 담론〉

020 ④ 021 ④ 022 ① 023 ②

E 지문 선정 포인트

로크, 루소, 그리고 칸트의 사회 계약 이론을 추상화함으로써 일반화된 정의관을 제시하고자 한 롤스의 '정의론'은 모의고사와 E교재의 주요 제재로 다루어지고 있다. 롤스는 윤리 과목에서도 중요하게 다루어지는 학자로, 롤스가 주장한 분배 정의의 원칙인 차등의 원칙을 정리해 두도록 하자.

〈롤스의 정의 담론〉

해제 이 글은 롤스가 주장한, 정치적 장에서 요구되는 중첩적 합의 및 공적 이성과 정치적 장에서 마련된 정의의 원칙 중 하나인 차등의 원칙에 대해 설명하고 있는 글이다. 롤스는 사회 운영 원리를 합의하는 정치적 장에서는 개인들이 자신의 신념을 주장하지 않아야 하며, 서로 다른 개인들이 공존하기 위한 공정한 협력의 조건을 마련해야 한다고 강조한다. 이를 위해 모든 신념들이 인정할 수 있는 '중첩적 합의'의 영역 안에서 정의의 원칙이 마련되며, 그중 하나가 '차등의 원칙'임을 제시하였다. 또한 롤스는 개인에게 '공적 이성'이라는 협력의 태도가 있어야만 사회 운영 원리에 대한 합의가 가능하다는 것을 강조하였다.

주제 정치적 장에서 요구되는 바와 정의의 원칙

구성

1문단	정치적 장에서 요구되는 중첩적 합의를 통한 정의의 원칙 마련
2문단	사회적 자원의 분배와 관련된 사회 구성원들 사이의 갈등
3문단	차등의 원칙을 통한 안정적 분배
4문단	정치적 장에서 요구되는 공적 이성

020 핵심 개념의 이해 답 ④

정답 풀이

마지막 문단에서 '공적 이성이 다루는 문제는 공공선이나 구성원 간의 공정성과 같은 사회의 근본적 문제에 해당하는 것이며, 정치적 장에서 사회 전반에 적용되는 원칙을 정하거나 분배의 원리를 정하는 것에는 공적 이성이 반드시 필요하다.'고 하였다. 즉 공적 이성은 공정한 협력의 조건을 설정하고 유지할 때 발휘되는 것이므로 공적 이성이 존재하지 않는다면 개인들은 합의에 도달할 수가 없고 이 합의에 의해 마련되는 사회 운영 원리나 법도 존재하기 어려운 것이다. 따라서 공적 이성이 존재하지 않는 사회에서는 개인들의 합의에 기반한 법과 제도가 성립되지 못한다고 할 수 있다.

오답 풀이

① 1문단에 따르면, 모든 신념들이 인정할 수 있는 영역인 중첩적 합의의 결과로 정의의 원칙이 마련되고 그중 하나가 차등의 원칙이다. 따라서 차등의 원칙을 실현하면 중첩적 합의에 도달할 수 있는 것이 아니라, 중첩적 합의를 통해 차등의 원칙이 도출될 수 있는 것이다.

② 2문단에 따르면, 사회적 자원의 분배는 항상 구성원들 간 갈등의 근원이 된다. 그리고 3문단에 따르면, 롤스는 사회적 자원의 분배가 기본적으로 평등해야 한다고 믿지만 분배의 개선을 위해서는 불평등을 허용할 수 있다고 하였다. 롤스가 사회적 자원의 생산을 늘리기 위해 요구되는 불평등을 허용할 수 있다

고 한 것은 아니다.

③ 3문단에 따르면, 롤스는 사회적 자원의 분배가 기본적으로 평등해야 한다고 믿지만 최소 수혜자의 몫을 개선하는 데 도움이 된다면 불평등을 허용할 수 있다고 본다. 롤스가 사회적 자원의 분배가 불평등하게 될 수밖에 없다는 것을 인정하는 것은 아니다.

⑤ 마지막 문단에 따르면, 공적 이성이란 사회가 구성원들 간의 협력을 통해 유지된다는 것을 인정하여 공정한 협력의 조건을 설정하고 유지하는 상황에서 발휘하는 개인의 판단 도구이다. 즉 롤스는 공적 이성을 통해 공정한 협력이 이루어지고 유지될 수 있다고 보는 것이다. 따라서 사회가 구성원들 간의 협력을 통해 유지되는 것은 어렵기 때문에 사회 제도가 강제성을 띠어야 한다는 것은 롤스의 견해에 해당하지 않는다.

021 세부 정보 파악 답 ④

정답 풀이

1문단에 따르면, '정치적 장에서는 개인들의 다양한 신념이 공존할 수 있는 바탕이 마련되어야' 하며 '그러한 바탕의 기본은 개인들이 종교적, 도덕적, 철학적 이유로 가지고 있는 자신의 신념을 정치적 장에서는 주장하지 않는 것'이다. 따라서 정치적 장에서 사회적으로 서로 다른 개인들의 상이한 신념을 합치시켜야 하는 것은 아니며, 이를 위한 근거를 마련해야 하는 것도 아니다.

오답 풀이

① 마지막 문단에서 '정치적 장에서 사회 전반에 적용되는 원칙을 정하거나 분배의 원리를 정하는 것에는 공적 이성이 반드시 필요하다.'라고 하였다. 이를 통해 정치적 장에서는 사회 구성원들의 합의에 의해 사회 전반에 적용되는 원칙이나 분배의 원리 등을 결정한다는 것을 알 수 있다.

② 마지막 문단에서 공적 이성은 '정치적 장에서 정치적인 것을 합의하고 유지하며 나아가 올바르게 수정하기 위해 요구되는 사회적 협력의 태도'라고 하였다. 이를 통해 정치적 장에서 정치적인 것에 대해 합의하기도 하고 이를 수정하기도 한다는 것을 알 수 있다.

③ 1문단에서 '정치적 장에서 해야 할 일은 서로 다른 개인들이 공존하기 위한 공정한 협력의 조건을 마련하는 것'이며 '합의의 결과로 사람들은 정의의 원칙을 마련하게 될 것'이라고 하였다. 이를 통해 정치적 장에서 사회의 구성원들이 공존할 수 있도록 하는 정의의 원칙을 마련한다는 것을 알 수 있다.

⑤ 1문단에서 '정치적 장에서 사회적 협력을 위해 누구에게도 치우치지 않는, 불편부당한 협력 조건에 대해 합의'해야 한다고 하였다. 이를 통해 정치적 장에서 사회 구성원 누구에게도 유리하거나 불리하지 않은 협력의 조건에 대해 합의한다는 것을 알 수 있다.

022 이유의 추론 답 ①

정답 풀이

㉠에서 언급한 '한 집안의 가장, 어떤 단체의 지도자, 한 조직의 일원'은 특정 집단이나 조직, 단체의 이익과 결부되어 있다. 롤스는 공정한 협력의 조건, 즉 누구에게도 치우치지 않는 불편부당한 협력 조건에 대해 합의해야 한다고 하였다. 그리고 공적 이성은 이를 위한 사회적 협력의 태도를 말한다고 하였다. 따라서 롤스는 특정 집단이나 조직, 단체의 이익과 결부되어 있는 것은 공정성을 해칠 수 있으므로 공적 이성이 아니라고 본 것이다.

오답 풀이

② 1문단을 보면, 롤스는 중첩적 합의를 통해 정의의 원칙을 마련한다고 보았는데, 중첩적 합의란 '모든 신념들이 인정할 수 있는 영역'을 말한다. 따라서 모든 개인이 공통적으로 지지할 수 있는 판단이나 의견이 존재하지 않는다고 보는 것은 롤스의 견해와 거리가 멀다.

③ 1문단을 보면, '정치적 장에서 사회적 협력을 위해 누구에게도 치우치지 않는, 불편부당한 협력 조건에 대해 합의하고, 그것에 근거하여 사회의 헌법과 법률을 정하고 준수하는 것'이 정치적인 것이라고 하였다. 그런데 정치적 장에서는 개인들이 종교적, 도덕적, 철학적 이유로 가지고 있는 자신의 신념을 주장해서는 안 된다고 하였으므로, 이를 고려해야 한다는 것은 롤스의 견해에 해당하지 않는다.

④ 한 개인에게 부과된 사회적 역할이 하나라도 집안의 가장이라거나 단체의 지도자로서 사용되는 이성이라면 이는 공적 이성이 아니라 비공적 이성에 해당한다.

⑤ 3문단으로 보아 차등의 원칙은 개인들이 기본적인 삶의 질을 유지할 수 있도록 하기 위해 마련된 것으로, 개인이 당면한 문제와 개인의 삶의 질을 고려한 것이라고 볼 수 있다. 또한 한 조직의 일원으로서 사용되는 이성이 정치적인 것에 도움이 되지 않는 이유가 개인이 당면한 문제와 개인의 삶의 질을 고려하는 것이 불가능하다는 인식 때문은 아니다.

023 구체적 사례에의 적용 답 ②

정답 풀이

2문단을 보면 롤스는 '생산을 두고는 사회적 구성원들이 갈등할 이유가 없다.', '사회적 자원의 분배는 항상 구성원들 간 갈등의 근원이 된다.'라고 하였다. 그리고 3문단을 보면 롤스는 차등의 원칙을 통해 '사회에서 자원의 분배를 가장 적게 받고 있는 최소 수혜자의 몫을 개선하는 데 도움이 된다면 불평등이 허용되어도 좋다'고 하였다. 이에 따르면 롤스는 최저 임금 제도에 대해 타당성을 지닌 제도라고 평가할 것이지만, 그 이유를 사회적 자원의 생산과 관련 있는 것으로 보지는 않을 것이다. 롤스의 견해에 따르면 최저 임금 제도는 사회적 자원의 분배에 대한 사회 구성원들의 갈등을 해소하기 위한 방법이라고 할 수 있다.

오답 풀이

① 1문단에 따르면, 롤스는 '정치적 장에서 사회적 협력을 위해 누구에게도 치우치지 않는, 불편부당한 협력 조건에 대해 합의하고, 그것에 근거하여 사회의 헌법과 법률을 정하고 준수하는 것'이 '정치적인 것'이라고 하였다. 따라서 롤스의 입장에서 최저 임금 제도의 법규화는 노동자에게 최소한의 삶의 질을 보장해 주어야 한다는 것에 대한 사회 구성원들의 합의에 근거한 것이라고 말할 수 있다.

③ 3문단에 따르면, 롤스는 '사회에서 자원의 분배를 가장 적게 받고 있는 최소 수혜자의 몫을 개선하는 데 도움이 된다면 불평등이 허용되어도 좋다'고 보았다. 최저 임금 제도는 최대 수혜자의 몫을 줄이더라도 노동자에게 최저 임금을 보장하도록 하는 것이므로, '차등의 원칙에 의해 사회를 구성하는 모든 개인들이 기본적인 삶의 질을 유지할 수 있도록 하는 안정적 분배'의 방식이라고 볼 수 있다. 따라서 롤스는 이 제도에 대해 가치가 있다고 평가할 것이다.

④ 마지막 문단에서 '롤스에 따르면, 공적 이성이 다루는 문제는 공공선이나 구성원 간의 공정성과 같은 사회의 근본적 문제에 해당하는 것'이라고 하였다. 그리고 1문단에서 개인적 신념을 정치적 장에서 주장하지 않아야 하며, '중첩적 합의'에 대해 '모든 신념들이 인정할 수 있는 영역'이라고 하면서 이를 통해 '정의의 원칙을 마련하게 될 것'이라고 하였다. 따라서 롤스는 (나)에서 언급한, 다양한 신념과 가치를 두루 인정하는 가치 다원주의를 지지할 것이며, 공공선의 실현과 공정한 운영을 위해서 모든 신념들이 공통적으로 지지할 수 있는 중첩적 합의를 통해 정의의 원칙을 마련해야 한다고 할 것이다.

⑤ 마지막 문단의 내용으로 보아 (나)에서 서구 사회의 종교 전쟁을 일으킨 원인이 되는 것은 '상이하고 다양하며 때로는 다른 개인들과 화해할 수 없는 종교적, 도덕적, 철학적 신념'에 해당하며, 이는 공적 이성이 아닌 비공적 이성에 해당한다. 따라서 롤스는 서로 다른 신념을 소유한 개인들이 비공적 이성을 통해 사회 운영 원리를 판단하여 갈등했기 때문에 극심한 종교 전쟁이 일어났다고 판단할 수 있다.

적중 예상 | 인문·예술 심리학

본문 028쪽

[024~028] 〈융의 분석 심리학과 분석적 심리 치료〉

024 ② 025 ③ 026 ⑤ 027 ② 028 ④

E 지문 선정 포인트

인간의 마음이 어떻게 작동하는지 이해하는 한 가지 방법이라고 할 수 있는 정신 분석학은 프로이트로부터 시작되었으나, 융은 프로이트의 무의식 개념을 확장해 집단적 관점에서 바라보는 분석 심리학을 창시하게 된다. 프로이트와 융 모두 정신 분석과 관련한 대표 학자로 인문 영역에서 자주 다루고 있으므로, 두 사람의 이론의 특징을 비교하여 이해해 두도록 한다.

〈융의 분석 심리학과 분석적 심리 치료〉

해제 이 글은 프로이트의 심리학으로부터 융의 분석 심리학이 나오게 된 배경과 융의 심리학 이론의 핵심 개념을 설명하고 있다. 융의 분석 심리학은 프로이트의 심리학과 달리 인간을 성욕과 같은 본능적 욕구에 종속적인 존재로 보지 않으며, 미래를 지향하는 존재로 본다. 융은 인간의 정신 구조를 의식, 개인 무의식, 집단 무의식으로 나누고, 이 중 집단 무의식은 본능과 원형으로 구성된다고 보았다. 융은 자기를 의식의 영역으로 확대하여 자기와 자아가 밀착되어 모든 정신 구조에 대한 의식이 확대되는 것을 가장 이상적인 상태로 여겼다. 이와 같은 분석 심리학의 이론에 근거하여 분석적 심리 치료에서는 내담자의 무의식을 의식화함으로써 분열된 마음을 통합하고 전체성을 회복하여 자기를 실현하도록 돕는다.

주제 융의 분석 심리학의 핵심 개념 및 이를 이용한 심리 치료의 특징

구성

1문단	융이 분석 심리학을 창시하게 된 배경
2문단	자신과 타인을 구분하는 의식의 의미
3문단	개인 무의식과 집단 무의식의 의미
4문단	아니마와 아니무스의 특징
5문단	개인 무의식과 그림자의 관계
6문단	개성화에 따른 자기의 실현
7문단	분석적 심리 치료의 특징

024 세부 정보 파악 답 ②

정답 풀이

3문단에서 집단 무의식은 '개인에게 존재하는 인류 보편적인 심리적 성향과 구조'로, '개인 무의식과 달리 특정 개인의 경험이나 인식 내용을 담고 있지 않'다고 하였다. 따라서 집단 무의식이 개인 무의식이나 심리적 갈등에 영향을 받는다는 진술은 적절하지 않다.

오답 풀이

① 1문단의 '융은 의식이나 원형, 집단 무의식, 아니마와 아니무스, 그림자와 같은 독창적인 개념을 바탕으로 인간의 심층적 무의식 세계를 설명하는 분석 심리학을 창시하였다.'를 통해 확인할 수 있다.

③ 7문단에서 융의 분석 심리학에 바탕을 둔 심리 치료는 자기를 실현하도록 돕는다고 하였고, 1문단에서 융의 분석 심리학은 인간의 심층적 무의식 세계를 설명해 준다고 하였다. 따라서 융의 분석 심리학은 심리 치료뿐 아니라 인간의 정신세계에 대한 이해를 돕는다고 할 수 있다.

④ 7문단에 따르면, 분석적 심리 치료에서는 내담자의 무의식을 의식화함으로써 분열된 마음을 통합하고 전체성을 회복하여 자기실현을 돕는다고 하였는데, 이때 내담자의 무의식을 탐색하기 위해 꿈을 분석하는 방법을 사용한다고 하였다.

⑤ 6문단의 '개성화가 일어나지 않은 미숙한 사람들의 경우에는 ~ 자아와 자기의 관계가 밀착되어 모든 정신 구조에 대한 의식이 확대된다.'와 '융은 이러한 자기의 실현이 인간 삶의 궁극적 목표라고 보았다.'를 통해 확인할 수 있다.

025 관점 간 비교 이해 답 ③

정답 풀이

1문단의 '융은 인간을 과거의 원인에 의해 행동하는 존재가 아니라 무의식의 발현을 통해 미래로 향해 나아가는 존재로 보았다.'를 보면 ㉡(융)은 무의식의 발현을 통해 개인이 성장한다고 보았음을 확인할 수 있다. 그러나 ㉠(프로이트)은 '인간을 성욕과 같은 본능적 욕구에 의해 떠밀려 가는 존재라고' 보았고, 7문단에서 '융은 프로이트와 마찬가지로 인간의 무의식을 이해하기 위해 꿈을 중요시했'다는 내용을 통해 무의식의 억제를 통해 개인이 성장한다고 주장하지는 않았을 것임을 알 수 있다.

오답 풀이

① 7문단의 '융은 프로이트와 마찬가지로 인간의 무의식을 이해하기 위해 꿈을 중요시했지만'에서 확인할 수 있다.

② 5문단의 '그림자는 개인이 의식적으로 받아들이기 힘든 성적이고 공격적인 충동을 포함한다. 그림자는 프로이트가 말하는 원초적 자아와 유사'하다는 내용을 통해 확인할 수 있다.

④ 7문단의 '프로이트는 꿈 분석을 통해서 억압된 성욕과 무의식적 갈등을 발견하고자 한 반면, 융은 꿈을 통해서 마음 깊은 곳으로부터 들려오는 지혜로운 영혼의 메세지를 발견하고자 했다.'에서 확인할 수 있다.

⑤ 1문단의 '프로이트는 인간을 성욕과 같은 본능적 욕구에 의해 떠밀려 가는 존재'로 보았으나, 융은 '인간을 과거의 원인에 의해 행동하는 존재가 아니라 무의식의 발현을 통해 미래로 향해 나아가는 존재'로 보았다는 내용을 통해 확인할 수 있다.

026 구체적 자료에의 적용 답 ⑤

정답 풀이

3문단에 의하면 '콤플렉스'는 심리적 갈등이나 미해결된 도덕적 문제, 불쾌감을 주는 생각 등이 특정 주제를 중심으로 연합된 심리적 복합체로, 개인 무의식에 해당한다는 것을 확인할 수 있다. ㅁ은 〈그림〉에서 집단 무의식을 구성하고 있으므로 ㅁ이 심리적 복합체에 해당하는 '콤플렉스'라는 설명은 적절하지 않다. 3문단의 '집단 무의식을 구성하는 주된 내용은 본능과 원형이다.'라는 내용을 통해 ㅁ은 본능이나 원형에 해당한다고 할 수 있다.

오답 풀이

① ㄱ은 〈그림〉에서 의식에 위치하고 있다. 2문단의 '의식의 중심에는 자아가 존재한다.'라는 내용을 통해 ㄱ이 '자아'라는 것을 알 수 있다. '개인이 유일하게 직접 알 수 있는 부분'인 의식에 존재하는 '자아'는 개인의 정체성과 자기 가치감을 추구하며 자신과 타인을 구분하는 기능을 한다.

② ㄴ은 〈그림〉에서 개인 무의식에 위치하고 있다. 5문단의 '그림자는 ~ 집단 무의식에 포함되지 않고 개인 무의식을 구성하는 핵심이 된다.'라는 내용을 통해 ㄴ이 '그림자'라는 것을 알 수 있다. '그림자'를 적절히 표현하는 것은 창조력, 영감의 원천이 될 수 있으나, 이를 과도하게 억압하면, 불안과 긴장 상태에 빠질 수 있다.

③ ㄷ은 〈그림〉에서 집단 무의식에 위치하고 있다. 4문단의 '아니마와 아니무스는 집단 무의식의 가장 바깥쪽에 위치'한다는 내용을 통해 ㄷ이 '아니마'나 '아니무스'라는 것을 알 수 있다. 융은 조화로운 성격을 지닐 수 있도록 남성은 '아니마'를, 여성은 '아니무스'를 의식으로 이끌어 내어 표현해야 한다고 생각하였다.

④ ㄹ은 〈그림〉에서 집단 무의식의 가장 안쪽에 위치하고 있다. 6문단의 '자기는 의식과 무의식을 포함한 성격 전체의 중심으로'와 '자기가 집단 무의식의 중심에 묻혀 있어'를 통해 ㄹ이 '자기'에 해당함을 알 수 있다. '자기'는 성격을 구성하고 통합하는 에너지를 제공하는 일을 한다.

027 구체적 사례에의 적용 답 ②

정답 풀이

〈보기〉에 따르면, 내담자는 '미술 치료의 기법'을 통해서 억압되어 있던 감정이나 기억 등을 의식의 층위로 표출하게 된다. 이는 7문단에서 언급한 '무의식을 의식화함으로써 분열된 마음을 통합하고 전체성을 회복'하는 과정이라 볼 수 있다. 즉 융은 무의식의 안에 있는 자기를 의식의 영역으로까지 확대하여 자신의 정신 구조 전체를 인식하는 것을 자기실현으로 보았는데, 이러한 융의 이론을 바탕으로 한 '미술 치료의 기법'은 무의식의 내용을 의식으로 가져옴으로써 자기의 의식을 확대해 가는 방법에 해당한다.

오답 풀이

① 〈보기〉의 '미술 치료의 기법'은 미래에 대한 상상이 아닌 내담자가 꿈에서 본 이미지나 환상 속의 이미지를 그림으로 표현하는 것을 통해 심리적 문제나 장애를 치료하는 방법이다.

③ 〈보기〉의 '미술 치료의 기법'은 고통스러운 기억이나 감정을 회피하는 것이 아니라, 기억 등을 의식의 층위로 표출하여 무의식과 능동적인 대화를 하는 방법에 해당한다.

④ 〈보기〉의 '미술 치료의 기법'은 아니마 혹은 아니무스를 이용하는 것이 아니라, 자기의 확대를 통해 무의식 속에 있는 아니마 혹은 아니무스, 또는 콤플렉스 등에 대해 의식함으로써 자기를 실현하는 과정에 해당한다.

⑤ 〈보기〉의 '미술 치료의 기법'을 통해 그림자를 적절하게 표현함으로써 예술적인 측면에서 창의력과 활력, 영감 등을 발휘할 수 있지만, '미술 치료 기법'은 심리 치료의 방법이지, 창의력과 영감을 키우기 위한 방법이 아니다. '미술 치료의 기법'은 자신의 무의식과 능동적으로 대화함으로써 무의식을 의식의 영역으로 확대시켜 치료적인 효과를 얻기 위한 방법이라고 할 수 있다.

028 어휘의 문맥적 의미 파악 답 ④

정답 풀이

ⓐ의 '빠지다'는 '곤란한 처지에 놓이다.'의 의미를 지니므로, '도탄에 빠지다'의 '빠지다'가 이와 문맥적으로 비슷하다.

오답 풀이

① '물이 빠지다'의 '빠지다'는 '때, 빛깔 따위가 씻기거나 없어지다.'의 의미이다.

② '넋이 빠지다'의 '빠지다'는 '정신이나 기운이 줄거나 없어지다.'의 의미이다.

③ '웅덩이에 빠지다'의 '빠지다'는 '물이나 구덩이 따위 속으로 떨어져 잠기거나 잠겨 들어가다.'의 의미이다.

⑤ '주색에 빠지다'의 '빠지다'는 '무엇에 정신이 아주 쏠리어 헤어나지 못하다.'의 의미이다.

적중 예상 인문·예술 논리학 01

본문 030쪽

[029~033] 〈정언 삼단 논법〉

029 ③ 030 ② 031 ⑤ 032 ② 033 ③

E 지문 선정 포인트

정언 삼단 논법은 아리스토텔레스가 그 이론적 기초를 완성한 논리학의 전형적인 추론법이다. 인문 영역에서 논리학은 모의고사에 종종 출제되는 분야로, 학생들이 이해하기 까다로운 개념들이 지문에 제시된다. 이러한 논리학 기본 개념들을 미리 익혀 두면 실전에서 낯선 논리학 지문을 접했을 때 내용 파악 문제, 추론 문제 등을 해결하는 데 도움이 될 것이다.

〈정언 삼단 논법〉

해제 이 글은 정언 삼단 논법이 타당한 논증 형식이 되기 위한 조건을, 주연과 관련해서 설명하고 있는 글이다. 주연이란 어떤 개념을 포함하는 명제가 그 개념의 외연 전부에 대하여 무엇인가를 주장하고 있을 때 그 개념의 상태를 의미하는데, 전칭 명제의 주어 개념은 주연되는 반면 특칭 명제의 주어 개념은 주연되지 않는다. 또한 긍정 명제의 술어 개념은 주연되지 않는 반면 부정 명제의 술어 개념은 주연된다. 이와 같은 주연의 개념을 바탕으로 할 때, 중명사는 대전제와 소전제에서 적어도 한 번 주연되어야 타당한 논증 형식이 될 수 있다. 또한 전제에서 주연되지 않은 대명사나 소명사가 결론에서 주연될 경우 일반화의 오류에 빠지게 되므로 타당한 논증 형식이 되기 위해서는 이를 피해야 한다.

주제 고전 논리학에서 주연의 개념 및 타당한 논증 형식이 되기 위한 조건

구성

1문단	정언 명제와 정언 삼단 논법의 개념
2문단	정언 삼단 논법의 형식 및 명사의 개념
3문단	정언 삼단 논법의 종류 및 타당한 논증 형식
4문단	주연의 개념 및 구체적인 사례
5문단	타당한 논증 형식이 되기 위한 두 가지 조건

029 세부 정보 파악 답 ③

정답 풀이

3문단에서 '정언 삼단 논법은 ~ 연역 논증이므로, 타당한 형식이 되기 위해서는 P, S, M에 어떤 명사를 대입해도 논리적 오류가 없어야 하기 때문이다.'라고 하였다. 따라서 논리적으로 타당한 정언 삼단 논법은 명사들 간의 논리적 오류가 없어야 한다는 것이 아니라 어떤 명사가 오더라도 전제와 결론이 논리적으로 타당해야 한다는 것임을 알 수 있다.

오답 풀이

① 2문단에 의하면, 정언 삼단 논법에서 대전제에는 대명사와 중명사가 나오고, 결론의 주어로는 소명사가 나온다. 따라서 대전제에 나오는 주사나 빈사는 대명사 또는 중명사가 되므로, 결론의 주어 자리에 나타날 수 없다.

② 3문단의 의하면, '정언 삼단 논법은 전제가 참이면 필연적으로 결론이 참인 연역 논증'에 해당한다.

④ 3문단에 의하면, '정언 삼단 논법은 대전제, 소전제, 결론이 어떠한 정언 명제로 이루어졌는지에 따라 64개의 유형'으로 나뉜다. 2문단에서 예로 든 정언

삼단 논법은 AEO 유형에 해당한다. 그런데 이러한 중언 삼단 논법은 '다시 중명사가 놓이는 위치에 따라 1격에서 4격'의 4가지로 구분된다.

⑤ 1문단에 의하면, '정언 명제란 술어가 다른 제한 조건 없이 주어의 전체나 부분을 긍정 또는 부정하는 명제'이고, 그런 정언 명제로 전제와 결론이 구성된 논증을 정언 삼단 논법이라 한다.

030 구체적 사례에의 적용 답 ②

정답 풀이

②의 중명사는 '어머니'로, 대전제의 '어머니'는 무엇이 생겨나게 된 근본을 비유적으로 뜻하지만, 소전제의 '어머니'는 자녀를 둔 여자를 뜻한다. 따라서 중명사의 의미가 각각 다른 의미로 사용되었으므로 의미상 네 종류의 명사가 되어 오류가 발생하게 된다.

오답 풀이

① 중명사 '시간'은 대전제와 소전제에서 모두 '어떤 시각에서 어떤 시각까지의 사이'라는 의미로 사용되었다.

③ 대전제의 '인간'은 인간 전체의 종을 의미하는 반면, 소전제의 '인간'은 일정한 자격이나 품격 등을 갖춘 이를 의미한다. 따라서 대전제와 소전제의 '인간'은 다른 의미로 사용되었으나 이는 중명사에 해당하지 않는다. 특히 소전제는 정언 명제가 아니므로 ㉮에 해당하지 않는다.

④ 중명사 '식물'은 대전제와 소전제에서 모두 생물계의 두 갈래 가운데 하나로서, 일반적으로 엽록소를 가지고 있는 생물을 의미하는 말로 사용되었다.

⑤ '남자', '채식주의자', '인간', '동물'로 네 종류의 명사가 쓰인 오류에 해당하기는 하지만, 중명사가 없으므로 ㉮에 해당하지 않는다.

031 추론의 적절성 판단 답 ⑤

정답 풀이

주연이란 어떤 개념을 포함한 명제가 그 개념의 외연 전부에 대하여 무엇인가를 주장하고 있을 때 그 개념의 상태를 말한다. 따라서 전칭 명제의 주사는 주연되고 특칭 명제의 주사는 주연되지 않는다. 또한 긍정 명제의 빈사는 주연되지 않는 반면, 부정 명제의 빈사는 주연된다. '어떤 포유류는 동물이 아니다.'는 특칭 부정 명제로, '어떤 포유류'는 '포유류'라는 개념의 외연 일부에 해당하므로 주사는 주연되지 않는다. 그러나 '동물'이라는 개념의 외연 전부가 '어떤 포유류'에 해당하지 않으므로, 즉 모든 동물이 '어떤 포유류'가 아니므로 빈사는 주연된다. 이와 달리 '어떤 포유류도 동물이 아니다.'는 전칭 부정 명제로, '어떤 포유류도'는 '모든 포유류', 즉 '포유류'라는 개념의 외연 전부를 가리키므로 주사는 주연되어 있다. 또한 '동물'이라는 개념의 외연 전부도 '포유류'에 해당하지 않으므로 빈사도 주연되어 있다.

오답 풀이

① '모든 포유류는 동물이다.'는 전칭 긍정 명제로 '모든 포유류'는 '포유류'라는 개념의 외연 전부를 가리키므로 주사는 주연된다. 그러나 '동물'이라는 개념의 외연 전부가 '포유류'인 것은 아니므로 빈사는 주연되지 않는다. '어떤 포유류도 동물이 아니다.'는 전칭 부정 명제로 주사와 빈사 모두 주연된다.

② '모든 포유류는 동물이다.'는 전칭 긍정 명제로 주사는 주연되고, 빈사는 주연되지 않는다. 이와 달리 '어떤 포유류는 동물이다.'는 특칭 긍정 명제로, '어떤 포유류'는 '포유류'라는 개념의 외연 일부에 해당하므로 주사는 주연되지 않는다. 그리고 '동물'이라는 개념의 외연 전부가 '어떤 포유류'가 아니므로 빈사도 주연되지 않는다.

③ '어떤 포유류는 동물이 아니다.'는 특칭 부정 명제로 주사는 주연되지 않지만, 빈사는 주연된다. '어떤 포유류는 동물이다.'는 특칭 긍정 명제로 주사와 빈사 모두 주연되지 않는다.

④ '모든 포유류는 동물이다.'는 전칭 긍정 명제로 주사는 주연되고, 빈사는 주연되지 않는다. 이와 달리 '어떤 포유류도 동물이 아니다.'는 전칭 부정 명제로 주사와 빈사 모두 주연된다.

032 글 내용에 따른 자료 분석 답 ②

정답 풀이

소전제인 '어떤 백합은 식물이다.'는 주사와 빈사 모두 주연되지 않는다. 대전제에 '모든 식물은 한해살이이다.'를 넣으면 주사는 주연되고, 빈사는 주연되지 않는다. 이 경우 중명사인 '식물'이 대전제에서 주연되므로 ㉠을 충족한다. 또한 결론에 '어떤 백합은 한해살이이다.'를 넣으면 주사와 빈사 모두 주연되지 않으므로 ㉡을 충족한다. 따라서 두 가지 조건을 모두 충족하므로 타당한 정언 삼단 논법 논증 형식이 된다.

오답 풀이

①, ④ 대전제에 '모든 식물은 한해살이이다.'를 넣으면 주사는 주연되지만 빈사는 주연되지 않는다. 이 경우 중명사는 '식물'이 되므로 ㉠을 충족한다. 그러나 결론에 '모든 백합은 한해살이이다.'를 넣으면 주사는 주연되고 빈사는 주연되지 않는데, 소명사인 '백합'이 소전제에서는 주연되지 않는 반면 결론에서는 주연되고 있으므로 ㉡을 충족하지 못해 타당한 논증 형식이 아니다.

③ 대전제에 '어떤 식물은 한해살이이다.'를 넣으면 주사와 빈사 모두 주연되지 않는다. 이 경우 중명사는 '식물'이므로 ㉠의 조건을 충족하지 못한다. 결론에 '어떤 백합은 한해살이이다.'를 넣으면 주사와 빈사 모두 주연되지 않으므로 ㉡은 충족한다.

⑤ 대전제에 '어떤 식물은 한해살이이다.'를 넣으면 주사와 빈사 모두 주연되지 않는다. 이 경우 중명사는 '식물'이므로 ㉠의 조건을 충족하지 못한다. 또한 결론에 '모든 백합은 한해살이이다.'를 넣으면 주사는 주연되고 빈사는 주연되지 않는데 소명사인 '백합'이 소전제에서는 주연되지 않았으므로 ㉡의 조건도 충족하지 못한다.

033 구절의 문맥적 의미 파악 답 ③

정답 풀이

정언 삼단 논법을 '중명사가 놓이는 위치에 따라' 1격에서 4격으로 나눌 수 있다고 하였다. 2문단에서 중명사는 '결론에는 없으면서 대전제와 소전제를 연결'해 준다고 하였다. 따라서 중명사는 대전제와 소전제에 모두 쓰이므로 '중명사가 대전제에 놓이느냐, 소전제에 놓이느냐에 따라'는 ⓒ와 바꿔 쓸 수 없다. 정언 삼단 논법을 중명사가 놓이는 위치에 따라 1격에서 4격, 즉 4가지로 나누려면 대전제와 소전제에서 각각 주사에 놓이느냐, 빈사에 놓이느냐에 따라 격이 달라져야 한다.

오답 풀이

① '규정하다'는 '내용이나 성격, 의미 따위를 밝혀 정하다.'의 의미이다. 따라서 ⓐ는 '주사의 내용이나 성격, 의미를 밝혀 정하는'으로 바꿔 쓸 수 있다.

② 1문단에서 정언 명제는 A, E, I, O로 구분된다고 하였다. 대전제, 소전제, 결론 자리에 A, E, I, O 명제 중 어떤 것이 오느냐에 따라 대전제가 4가지 경우, 소전제가 4가지 경우, 결론이 4가지 경우가 존재하므로 64개의 유형이 나타날 수 있다. 따라서 ⓑ는 'A, E, I, O 명제 중 어떤 것으로'와 바꿔 쓸 수 있다.

④ 정언 삼단 논법 64개의 유형을 중명사가 놓이는 위치에 따라 1격에서 4격으로 나눈다는 의미이므로 ⓓ는 '64개의 유형을 각각 4가지 격으로 나누면'으로 바꿔 쓸 수 있다.

⑤ 대전제에서 중명사가 가리키는 대상과 소전제에서 중명사가 가리키는 대상이 같지 않으면 이 둘을 관련 지어 타당한 결론을 도출할 수 없다는 의미이므로, ⓔ는 '대전제에 쓰인 중명사와 소전제에 쓰인 중명사를 관련 지어'로 바꿔 쓸 수 있다.

인문·예술
논리학 02

본문 032쪽

[034~038] 〈유비 논증과 논리적 유비에 의한 논박〉

034 ④ 035 ④ 036 ② 037 ④ 038 ④

E 지문 선정 포인트

유비 논증은 평가원 모의고사의 인문 제재로 출제된 적이 있는데, 그중 오답률이 60%가 넘는 문항도 있었다. 그만큼 유비 논증은 이해가 쉽지 않은 개념이지만, E교재에 논증과 관련한 제재가 자주 선정되고 있으므로 수능에 출제될 확률이 있다고 볼 수 있다. 유비 논증의 특징과 이를 활용한 논박에 대한 글을 읽고 유비 논증의 개념을 정확하게 파악해 두도록 한다.

〈유비 논증과 논리적 유비에 의한 논박〉

해제 이 글은 유비 논증의 특징과 논리적 유비에 의해 상대방의 주장을 논박하는 방식에 대해 설명하고 있는 글이다. 유비 논증은 귀납 논증의 한 유형으로, 전제의 참이 결론을 확률적으로 뒷받침하는 논증에 해당한다. 이는 전제에서 비교되는 대상이 공유하는 준거 속성을 근거로, 결론에서 귀속 속성을 가질 것이라고 주장하는 논증 형식이다. 유비 논증은 전제가 결론을 어느 정도의 확률로 입증하느냐에 따라 강한 논증과 약한 논증으로 구분된다. 이와 같은 유비 논증을 이용하면 상대방의 주장을 논리적으로 반박할 수 있는데, 이를 논리적 유비에 의한 논박이라 한다. 유비 논증은 지식을 확장시켜 주는 유용함이 있는 반면에 전제가 결론을 필연적으로 뒷받침하지 않는다는 점에서 논리적 한계가 있다.

주제 유비 논증의 특징 및 논리적 유비에 의한 논박

구성

1문단	유비 논증의 개념
2문단	유비 논증의 특성과 성립
3문단	유비 논증의 평가 요소
4문단	유비 논증의 문제점
5문단	논리적 유비에 의한 논박
6문단	유비 논증에 대한 평가

034 내용 전개 방식 파악 답 ④

정답 풀이

5문단에서는 '논리적 유비에 의한 논박'을 사용해서 연역 논증이 아닌 주장들을 논박하는 방식에 대해 예를 통해 설명하고 있다. 그러나 이는 유비 논증을 반박하는 원리에 해당하지 않으며, 이 글에서 유비 논증을 반박하는 원리를 예를 통해 설명하는 부분은 없다.

오답 풀이

① 1문단의 '이는 X와 Y가 공통적인 특성을 가졌을 때, X에게서 발견되는 추가적인 특성이 Y에게도 발견될 것이라고 추론하는 논증 방식이다.'에서 유비 논증의 개념을 정의의 방식을 사용하여 설명하고 있다.

② 2문단에서 유비 논증은 전제가 결론을 확률적으로 뒷받침하는 귀납 논증이라며 그 특성을 제시하고, 비교 대상이 둘 이상일 경우 성립한다고 설명하였다.

③ 4문단의 '그러므로 서로 다른 대상인 X, Y를 비교할 때 어떤 속성을 의도적으로 선별하여 강조할 것인가에 따라 두 대상은 서로 비슷하다고 말할 수도 있지만 그렇지 않다고 말할 수도 있다.'에서 유비 논증이 거짓일 가능성이 높은 이유에 대해서 제시하고 있다.

⑤ 6문단에서 '새로운 정보를 도출한다는 점에서 지식을 확장시켜 주는 유용함'과 '전제가 결론을 필연적으로 뒷받침하지 않는다는 점에서 논리적 한계'를 함께 제시함으로써 유비 논증의 유용함과 논리적 한계에 대해 평가하고 있다.

035 핵심 정보 파악 답 ④

정답 풀이

4문단의 '그러나 유비 논증에서 비교되는 두 대상은 동일한 대상이 아니라 서로 다른 대상이다. 그러므로 서로 다른 대상인 X, Y를 비교할 때 어떤 속성을 의도적으로 선별하여 강조할 것인가에 따라 두 대상은 서로 비슷하다고 말할 수도 있지만 그렇지 않다고 말할 수도 있다.'라는 내용을 통해 유비 논증의 전제에서 비교하는 대상들은 공통점이 있지만 차이점도 존재한다는 것을 확인할 수 있다.

오답 풀이

① 1문단의 '유비 논증은 전제의 참이 결론의 참을 반드시 도출하는 연역 논증과 달리, 전제의 참이 결론을 확률적으로 뒷받침하는 귀납 논증 중 하나이다.'라는 내용을 통해 유비 논증은 귀납 논증의 하나로, 전제가 참이더라도 결론이 거짓일 수 있음을 알 수 있다.

② 2문단의 "X, Y가 공유하는 속성인 'a, b, …'를 준거 속성"이라 한다는 내용을 통해서 전제의 비교 대상들이 공유하는 속성은 귀속 속성이 아닌 준거 속성이라는 것을 알 수 있다.

③ 2문단의 '비교 대상이 셋 이상일 경우에도 유비 논증은 성립된다.'라는 내용을 통해서 유비 논증은 전제에서 비교하는 대상이 둘이어야만 하는 것이 아니라 둘 이상이면 성립이 가능하다는 것을 알 수 있다.

⑤ 2문단을 통해 전제에서 비교 대상이 공유하는 속성을 준거 속성이라 하고 결론에서 다른 대상이 가질 것이라고 주장되는 속성을 귀속 속성이라 함을 알 수 있다. 유비 논증은 귀납 논증의 하나이므로 전제의 준거 속성에서 귀속 속성이 확률적으로 도출되는 것이지 논리적으로 도출되는 것은 아니다.

036 구체적 사례에의 적용 답 ②

정답 풀이

[A]에서 '결론에서 언급하는 속성과 무관한 유사성의 수는 유비 논증의 강화와 무관하다.'라는 내용을 봤을 때, 흰쥐가 자는 환경과 인간이 자는 환경은 수면 시간이 비만에 미치는 영향과는 관련이 없는 속성에 해당하므로 실험의 환경이 같다고 하더라도 논증은 강화되지 않는다는 것을 알 수 있다.

오답 풀이

① [A]의 '전제에서 다루는 대상의 수가 많을수록 강한 논증이 된다.'를 통해 알 수 있듯 실험에 사용된 흰쥐를 육십 마리에서 이십 마리로 줄이면 전제에서 다루는 대상의 수가 줄어드는 것이므로 논증이 약화된다.

③ [A]의 '전제에 포함된 사례가 다양할수록 강한 논증이 된다.'에 따라 실험에 사용된 동물을 흰쥐 이외에 토끼, 개, 돼지로 확대하면 논증이 강화된다.

④ [A]의 '비교되는 대상들이 공유하는 속성의 수가 증가할수록 강한 논증이 된다.'를 바탕으로 할 때 실험에 사용된 동물이 인간과 유사한 속성이 더욱 많은 원숭이라면 논증이 강화된다.

⑤ 활동량이 비만에 영향을 미치는 정도는 비만과 인과적으로 관련성이 있다. [A]의 '전제에서 대상들 간의 차이점이 결과와 인과적으로 연관되어 있을 경우 유비 논증은 약화된다.'에 따라 흰쥐의 활동량이 비만에 영향을 미치는 정도와 인간의 활동량이 비만에 영향을 미치는 정도가 다르다면 논증이 약화된다.

037 구체적 사례에의 적용 답 ④

정답 풀이

〈보기〉의 주장은 교통 혼잡이 있다고 새로운 고속 도로를 건립하면 교통량의 증가를 유발하여 교통 혼잡이 더 심해지게 된다는 것이다. 논리적 유비에 의한 논박은, 논박하려는 논증과 본질적으로 동일한 형식을 가지지만 논리적으로 명백한 결점을 가지고 있는 다른 논증을 제시하는 것이다. ④에서 '교통 혼잡'은 '여자 화장실의 줄이 긺', '새로운 고속 도로 건립'은 '여자 화장실의 개수 늘림', '교통량의 증가 유발'은 '이용객이 늚', '교통 혼잡이 더 심해짐'은 '줄이 더 길어지게 됨'에 대응된다. 그런데 교통량이나 화장실 이용객이 폭발적으로 늘어날 특별한 이유가 없다면 여자 화장실의 개수를 늘렸을 때 여자 화장실의 줄이 더 길어진다는 것은 논리적으로 적절하지 않으므로 이는 동일한 형식을 가지지만 명백하게 결점을 가지고 있는 다른 논증이라 할 수 있다.

038 어휘의 문맥적 의미 파악 답 ④

정답 풀이

ⓓ의 '무관하다'는 '관계나 상관이 없다.'는 의미이고, ④에서 '선생님과 아무리 무관하게 지낸다 해도 그런 언행은 삼가야 한다.'의 '무관하다'는 '서로 허물없이 가깝다.'의 뜻이다.

오답 풀이

① ⓐ와 ①의 '도출하다'는 '판단이나 결론 따위를 이끌어 내다.'의 뜻이다.
② ⓑ와 ②의 '해당하다'는 '어떤 범위나 조건 따위에 바로 들어맞다.'의 뜻이다.
③ ⓒ와 ③의 '성립되다'는 '일이나 관계 따위가 제대로 이루어지다.'의 뜻이다.
⑤ ⓔ와 ⑤의 '논박하다'는 '어떤 주장이나 의견에 대하여 그 잘못된 점을 조리 있게 공격하여 말하다.'의 뜻이다.

인문·예술 논리학 03

본문 034쪽

[039~042] 〈통계적 삼단 논법과 가추법〉

039 ④ 040 ① 041 ④ 042 ③

E 지문 선정 포인트

연역법과 귀납법은 오랜 세월 동안 효과적인 논증 방법으로 활용되어 온 대표적인 논증 방법이다. 한편, 통계적 삼단 논법과 가추법은 원리는 귀납법이지만 형식은 연역법을 취하고 있다. 이렇게 다양한 논증 방식이 섞여 제시되었을 경우, 각 논증 방식을 실제 사례에 적용하는 문항이 출제될 가능성이 크다. 연역법과 귀납법, 통계적 삼단 논법과 가추법의 개념을 바탕으로 각 논증 방법의 공통점과 차이점을 파악하는 연습을 해 두도록 하자.

〈통계적 삼단 논법과 가추법〉

해제 이 글은 연역법과 귀납법의 특징을 바탕으로 통계적 삼단 논법과 가추법의 개념과 특성을 설명한 글이다. 연역법과 귀납법은 오랜 세월 효과적인 논증 방법으로 사용되어 왔는데, 일정한 한계가 존재한다. 통계적 삼단 논법과 가추법은 원리는 귀납법이지만 형식은 연역법을 취하고 있는 논증 방법이다. 통계적 삼단 논법은 전체 집합에 대한 통계적 정보를 서술하는 전제로부터 그 전체 집합의 일부나 하나의 원소에 대한 결론을 도출해 내는 논증 방법이다. 통계적 삼단 논법은 전체 집합 중 결론에서 거론되는 속성을 지닌 구성 원소의 비율이 긍정문일 때는 100에 가까울수록, 부정문일 때는 0에 가까울수록 개연성이 강한 논증이라 할 수 있다. 퍼스가 제시한 가추법은 어떤 현상이 발견될 때 이를 설명하기 위해 가설을 세우고, 이를 바탕으로 사례에 대한 짐작을 통해 그 현상의 근거나 원리를 찾는 논증 방법이다. 가추법은 전제가 참이라도 결과가 참임을 보장하지는 않지만, 과학적 창의성의 발휘가 가능하므로 과학의 발전에 기여할 수 있다.

주제 통계적 삼단 논법과 가추법의 개념과 특성

구성

1문단	귀납법과 연역법의 특징을 지닌 통계적 삼단 논법과 가추법
2문단	통계적 삼단 논법의 개념과 귀납법 · 연역법과의 관련성
3문단	통계적 삼단 논법의 기본 형식과 개연성이 강한 논증의 요건
4문단	가추법의 제안 배경과 개념
5문단	가추법의 기본 모형과 귀납법 · 연역법과의 관련성
6문단	가추법이 과학 발전에 기여할 수 있는 이유

039 세부 정보 파악 답 ④

정답 풀이

6문단을 보면 퍼스는 가추법을 통해 가설이 '그럴 수도 있음'을 제시한다고 하였다. '실제로 그러함'을 보여 주는 방법은 귀납법이고, '틀림없이 그러함'을 증명하는 방법은 연역법이다.

오답 풀이

① 1문단에서 연역법은 논증의 결과가 언제나 대전제에 해당하는 규칙 속에 이미 들어 있으므로 전제를 설명할 뿐, 그 이상의 새로운 지식을 확보하지 못한다고 하였다. 반면에 귀납법은 전제를 바탕으로 새로운 지식을 얻어 낼 수 있다고 하였다.
② 2문단에서 통계적 삼단 논법은 연역법과 마찬가지로 두 전제와 결론으로 구

성되어 있다고 하였다.

③ 1문단에서 통계적 삼단 논법과 가추법 모두 결과의 개연성을 보장하는, 즉 결과가 참임을 확률적으로만 보장하는 귀납법에 해당한다고 하였다.

⑤ 5문단에서 가추법을 과학적 논리로 만드는 요건은 가설을 전제로 수용할 만한 타당한 이유가 있는가라고 하였다.

040 추론의 적절성 판단 답 ①

정답 풀이

〈보기 1〉에서 '△△시에 있는 모든 대학교의 1학년생 전원'은 집합 F에 해당하고, '83'은 X에 해당한다. 그리고 '고등학교에서 철학을 배운 학생'은 G에, '길동이'는 a에 해당한다. 따라서 〈보기 1〉은 통계적 삼단 논법에 따른 논증에 해당한다. [A]에서 전체 집합 중 결론에서 거론되는 속성을 지닌 구성 원소의 비율이 100에 가까울수록 개연성이 강한 논증이라고 하였다.

㉮: 〈보기 2〉의 첫 번째 내용은 결론이 긍정문 형식으로, X가 100에 더 가까워진 경우이므로 〈보기 1〉보다 개연성이 강해졌다고 할 수 있다.

㉯: [A]에서 X는 집합 F의 내포가 증가할수록, 외연이 감소할수록 커진다고 하였다. 〈보기 2〉의 두 번째 내용은 집합의 원소가 되기 위한 조건인 내포가 △△시에 있는 대학교의 모든 재학생이므로 〈보기 1〉보다 감소하고, 집합에 속하는 원소(외연)가 되는 학생 수가 증가했으므로 〈보기 1〉보다 X가 작아진다. 따라서 결론이 참일 확률이 낮아졌다고 할 수 있다.

㉰: [A]에서 결론이 부정문일 때는 X가 0에 가까울수록 개연성이 강한 논증이라고 하였다. 〈보기 2〉의 세 번째 내용은 결론이 부정문이고, 〈보기 1〉과 비교하기 위해서 전제를 뒤집어 표현하면 89%가 고등학교에서 철학을 배운 학생임을 알 수 있다. 따라서 〈보기 1〉에서 X인 83이 〈보기 2〉의 세 번째 내용에서 X인 89보다 0에 가까우므로 〈보기 2〉의 세 번째 내용은 〈보기 1〉보다 개연성이 약한 논증이다.

041 구체적 사례에의 적용 답 ④

정답 풀이

1문단에서 '연역법은 대전제에 해당하는 규칙과 소전제에 해당하는 사례를 통해 결론에 해당하는 결과를 도출해 내는 논증 방법'이라고 하였으므로, 연역법에 의한 논증의 경우 Ⓐ는 대전제, Ⓒ는 소전제, Ⓑ는 결론에 해당한다. 연역법은 전제가 참이면 틀림없이 참인 결론을 얻을 수 있다. 따라서 연역법에 따르면 전제인 Ⓐ와 Ⓒ가 참이면 결과인 Ⓑ는 언제나 참이다.

오답 풀이

① 5문단에서 '가추법은 이미 알려진 결과를 바탕으로 알려지지 않은 규칙과 사례들을 발견하는 귀납적 추리 과정'이라고 하였다. 이를 참고하여 〈보기〉를 가추법에 의한 논증에 적용하면, 관찰된 결과인 Ⓑ는 소전제, 이를 설명하기 위해 세운 가설에 해당하는 Ⓐ는 대전제, 이를 바탕으로 사례에 대해 짐작하는 Ⓒ는 결론이라고 할 수 있다. 5문단에서 '과학자는 창의성을 발휘하여 C가 발생한 원인을 설명할 수 있는 가설 H를 찾아'낸다고 하였으므로 〈보기〉의 Ⓐ를 찾아낼 때 창의성의 발휘가 요구된다고 할 수 있다.

② 귀납법에서 이미 알고 있는 것은 사례와 결과이고, 가추법에서 이미 알고 있는 것은 결과이다. 가추법에서는 '논증의 소전제에 해당하는 어떤 현상(결과)이 발견되었을 때', 이를 설명하기 위해 대전제에 해당하는 가설(규칙)을 세우고 이를 바탕으로 결론에 해당하는 '사례'에 대한 짐작을 통해 그 현상의 근거나 원리를 찾는다고 하였다. 따라서 가추법은 Ⓑ를 활용하여 결론을 도출한다.

③ 연역법에서 결론을 도출하기 위해 활용하는 전제는 규칙과 사례이다. 따라서 Ⓒ는 연역법에서는 전제로 활용된다.

⑤ 귀납법에서는 사례와 결과를 바탕으로 새롭게 규칙을 도출한다. 따라서 새롭게 발견한 지식에 해당하는 것은 규칙으로, Ⓐ가 이에 해당한다.

042 사례의 적절성 판단 답 ③

정답 풀이

식당 앞에 줄이 늘어서는 현상을 보고 그 식당이 음식을 잘하는 집이라고 예측하는 것은 가추법에 의한 추론이다. 그런데 줄을 선 이유가 음식을 잘해서가 아니라 할인 행사를 했기 때문이라는 점이 밝혀졌다. 따라서 이 사례는 가추법에 의한 예측이 맞지 않은 경우, 일상생활에서 가추법을 활용할 때 오류가 발생한 경우이다.

오답 풀이

① 예측이 맞지 않은 결과가 발생한 사례지만 사실이나 현상의 관찰을 바탕으로 하여 결과의 이유를 예측한 경우가 아니므로 가추법에 의한 오류가 아니다.

② 통계적 삼단 논법에 의한 논증에 해당하는 사례로, 통계에서 벗어난 결과로 인해 발생한 오류에 해당한다.

④ 알고 있는 사례를 바탕으로 규칙을 파악한 경우이므로 귀납법에 의한 오류에 해당한다.

⑤ 이 경우는 'p가 거짓이라는 아무런 증거가 없다. 그러므로 p는 참이다.'라는 무지에 호소하는 오류에 해당하는 사례로, 가추법에 의한 오류에 해당하지 않는다.

[043~047] 〈아도르노의 현대 예술에 대한 분석〉

043 ① 044 ④ 045 ⑤ 046 ⑤ 047 ⑤

E 지문 선정 포인트

아도르노는 최근 모의고사에 출제된 적 있는 독일의 철학자로, 철학, 사회학, 미학 등 광범위한 영역에 걸쳐 연구 활동을 해 왔고, 현대 문화 산업과 자본주의에 대한 비판으로 인문 · 예술 영역에서 두루 엮여 출제될 수 있는 학자이다. 따라서 현대 문화 산업과 예술에 대한 아도르노의 관점을 잘 읽어 두도록 한다.

〈아도르노의 현대 예술에 대한 분석〉

해제 이 글은 현대 예술에 대한 아도르노의 해석을 보여 주고 있다. 아도르노는 형식주의적 관점에서 현대 예술이 파편화된 형식을 통해 자본주의 사회의 모습과 그 속에서 고통받는 인간의 모습을 보여 준다고 파악하였다. 또한 현대 예술의 형식적 혁신은 곧 사회를 비판하고자 하는 노력이라고 설명하였다. 그러나 이러한 현대 예술의 경향은 추상성, 역사적 시각의 결여, 현실의 저항에 대한 외면 등의 한계 역시 지니고 있다.

주제 현대 예술에 대한 아도르노의 관점

구성

1문단	현대 예술에 대한 아도르노의 관점
2문단	불구화한 형식을 통해 현대 사회를 드러내는 현대 예술
3문단	아름다움을 버리고 새로움을 추구하는 현대 예술의 경향
4문단	현대 예술의 형식적 실험과 사회에 대한 저항
5문단	현대 예술의 형식 혁신에 내포된 의도
6문단	현대 예술의 저항이 갖는 한계

043 내용 전개 방식 파악 답 ①

정답 풀이
이 글에 따르면 아도르노는 현대 예술이 추한 형식을 통해 부정적인 현대 사회를 드러내며 현대 사회와의 소통을 거부하기 위해 끊임없이 새로운 형식을 만들어 낸다고 분석하였다. 즉 이 글은 현대 예술에 대한 아도르노의 관점을 '형식'이라는 요소를 중심으로 설명하고 있다고 볼 수 있다.

오답 풀이
② 현대 예술에서 나타나는 현상이나 현대 예술의 한계를 극복하기 위한 해결책을 제시하고 있지는 않다.
③ 입체주의 형식이나 몽타주의 기법 같은 현대 예술의 파편화된 형식을 언급만 했을 뿐, 이것들을 비교하여 공통점과 차이점을 서술하지는 않았다.
④ 자료를 활용하여 현대 예술에 대한 이론을 정립하고 있지 않다.
⑤ 통념이라고 할 만한 내용은 나타나 있지 않다.

044 관점의 비교 답 ④

정답 풀이
헤겔은 자연을 있는 그대로 표현하기보다 인간의 정신을 통해 가공하여 재구성한 예술을 가치 있다고 보았다. 한편 아도르노는 추상과 파편화된 형식을 통해 사회와의 불화 및 자연과의 화해를 추구하는 현대 예술이 인간 사회의 불구적 상태를 고발하고 그에 저항하는 역할을 한다는 점에서 의의가 있다고 보았다. 또한 잃어버린 자연과의 유대를 회복하기 위해서는 '계몽'을 계몽해야 하며 이성이 새로이 어리석어져야 하는데 현대 예술이 이를 반영하고 있다고 하였다. 따라서 아도르노는 인간 정신의 개입을 통해 자연을 가공한 예술은 인간 사회의 현실을 드러내어 고발하는 역할을 할 수 없다고 비판할 것이다.

오답 풀이
① 아도르노는 자연과 인간 정신의 관계를 문제 삼은 것이 아니라, 현대 예술이 인간 사회를 어떻게 보여 주는가에 관심이 있었다.
② 아도르노는 자연과의 유대를 잃어버린 것을 반성하고 자연과 다시 화해하기 위해 '새로움'을 추구해야 한다고 보았지 자연을 있는 그대로 모방해야 한다고 본 것이 아니므로, 헤겔의 예술관에서 예술이 '자연을 있는 그대로 반영하지 못하는 것'을 비판하는 것은 적절하지 않다.
③ 인간과 자연을 미메시스적 관계로 파악하는 것은 현대 예술 이전의 관점이라고 할 수 있다.
⑤ 헤겔이 긍정한 예술은 자연을 인간의 정신을 통해 가공한 것으로, 절대적으로 존재하지 않는 것을 표현했다거나 그것에 대한 기대를 드러냈다고 할 수 없다.

045 핵심 개념의 이해 답 ⑤

정답 풀이
3문단에서 '계몽'을 통해 인간은 자연의 지배를 벗어났으나, 합리적 의식을 얻은 대가로 자연과의 유대를 잃어버리고 말았다고 했다. 때문에 인간이 자연과 다시 화해하기 위해서는 계몽을 계몽하고 이성은 '새로이' 어리석어져야 한다고 했으며, 그 일이 지금 현대 예술에서 일어나고 있다고 했다. 즉 현대 예술은 자연과 화해하기 위해 새로운 예술을 추구하고 있는 것이다. 자연에 대한 합리적인 접근은 자연을 숭배의 대상으로 보는 것에 대한 비판적 접근을 말하는 것으로, 인간 사회에 대한 계몽 의지와 통하지만 현대 예술의 경향과는 거리가 멀다. 오히려 현대 예술이 새로움을 추구함으로써 비판하고자 하는 현상이라고 할 수 있다.

오답 풀이
① 1문단에서 현대 예술이 파편화된 형식을 통해 인간이 당하는 고통을 나타낸다고 설명하였다.
② 2문단에서 현대 예술은 불구화한 형식을 통해 스스로 추해짐으로써 현대 사회의 상태를 고발하는 것이라고 설명하였다.
③ 4문단에서 사회와의 소통을 거부하기 위해 현대 예술은 새로운 형식, 새로운 예술 언어를 만들어 낸다고 하였다.
④ 5문단에서 끝없는 형식의 혁신 속에서 현대 예술이 난해해지는 것은 더 높은 차원에서 사회와 다시 화해하기 위한 제스처라고 하였다.

046 정보 간 관계 파악 답 ⑤

정답 풀이
ⓐ는 예술이 현대 사회의 부정적인 면모를 미메시스(모방)함으로써 현대 사회에 대한 비판적 태도를 드러냈음을 나타낸 것이고, ⓑ는 인간이 자연을 미메시스함으로써 자연에 대한 숭배를 표현했음을 나타낸 것이다. 따라서 ⓐ는 미메시스 대상인 현대 사회에 대한 부정적 인식을, ⓑ는 미메시스 대상인 자연에 대한 긍정적 인식을 전제로 하는 태도라고 할 수 있다.

오답 풀이
① ⓐ는 현대 예술의 속성으로, 현대 예술은 '형식의 실험을 통해 끝없이 기존의 코드를 깨고, 아무도 이해하지 못할 새로운 형식, 새로운 예술 언어를 만들어 낸다.'라고 하였다. 따라서 형식의 혁신을 추구하는 것은 ⓐ에만 해당하는 태도이다.

② ⓐ와 ⓑ 모두 인간을 최우선 가치로 인식하는 태도와는 상관이 없다.
③ 현대 예술의 '새로움' 추구는 자연과 화해하는 길이라고 하였으므로, ⓐ는 자연과의 유대감을 중시하는 태도로 볼 수도 있다. 그러나 ⓑ는 합리적 의식이 없던 때의 일이므로 인간의 합리적 의식을 중시하는 태도라고 할 수 없다.
④ 현대 예술은 인간이 자연과 다시 화해하는 것을 지향한다. 따라서 ⓐ는 자연과의 소통을 거부하는 태도라 하기 어렵다.

047 어휘의 문맥적 의미 파악 답 ⑤

정답 풀이
㉮와 ⑤의 '보다'는 모두 '대상을 평가하다.'의 의미로 사용되었다.

오답 풀이
① '의사가 환자를 진찰하다.'의 의미로 사용되었다.
② '책이나 신문 따위를 읽다.'의 의미로 사용되었다.
③ '어떤 일을 당하거나 겪거나 얻어 가지다.'의 의미로 사용되었다.
④ '물건을 팔거나 사다.'의 의미로 사용되었다.

사람이나 주위 환경 따위에 휘둘리지 말고 삶의 주체로 서라.
그러면 어느 곳이든 내가 서 있는 곳이 참된 삶의 자리가 될 것이다.
삶은 결국 자신과의 싸움이다. 나의 주인은 오직 나뿐이다.

- 박수밀, 《오우아: 나는 나를 벗 삼는다》 중에서

Ⅱ. 사회 · 문화

대표 기출 사회 · 문화 ❶

본문 038쪽

[1~4] 경마식 보도의 특성과 보완 방법

1 ⑤ 2 ③ 3 ② 4 ②

해제 이 글은 선거 방송에서 경마식 보도가 지닌 문제점을 제시하고, 그것을 보완할 수 있는 방안을 두 가지 측면에서 소개하고 있다. 경마식 보도는 유권자들의 흥미를 자극하여 선거에 관심을 갖도록 하는 효과가 있지만 선거의 공정성을 저해할 가능성이 있다. 이 때문에 「공직선거법」 규정과 언론 단체의 보도 준칙 등을 통해 선거 결과에 영향을 끼칠 수 있는 여론조사 결과에 대한 보도를 제한하고 있다. 또한 선거 방송 토론회를 통해 유권자들이 후보자들의 정책과 자질 등을 직접 비교해 볼 수 있도록 하고 있다. 하지만 선거 방송 토론회에는 현실적인 여건상 군소 후보자들의 토론 참여가 제한될 수밖에 없다는 한계가 있다.

주제 선거 방송에서 경마식 보도가 지닌 문제점과 그에 대한 보완 방안들

1 세부 정보 파악 답 ⑤

선지별 선택 비율	①	②	③	④	⑤
화작	2%	2%	3%	5%	85%
언매	1%	1%	1%	3%	91%

㉠에 대한 설명으로 가장 적절한 것은?

정답 풀이

⑤ 정치에 관심이 없던 유권자들이 선거에 관심을 갖도록 북돋운다.

지문 근거 [1문단] 경마식 보도는 선거와 정치에 무관심한 유권자들의 선거 참여, 정치 참여를 독려하는 장점이 있다.

⋯› 1문단에 따르면, 경마식 보도는 마치 경마 중계를 하듯 후보자들의 지지율 변화나 득표율 예측 등을 집중적으로 보도하는 선거 방송을 말한다. 이런 흥미 중심의 보도는 정치에 관심이 없던 유권자들이 선거에 관심을 갖도록 북돋우는 효과가 있다고 하였다.

오답 풀이

① 선거 기간의 후반기에 비해 전반기에 더 많다.

⋯› 1문단에 따르면, 경마식 보도는 선거일이 가까워질수록 증가한다. 따라서 선거 기간의 전반기에 비해 후반기에 더 많이 나타날 것임을 알 수 있다.

② 시청자와 방송사의 상반된 이해관계가 반영된다.

⋯› 1문단에 따르면, 경마식 보도는 새롭고 재미있는 정보를 원하는 시청자들의 요구에 부응하고, 방송사로서도 매일 새로운 뉴스를 제공하는 방편이 될 수 있다. 따라서 시청자와 방송사 모두에게 이익이 되는 이해관계가 반영되는 것이지, 둘의 '상반된 이해관계'가 반영되는 것이 아니다.

③ 당선자 예측과 관련된 정보의 전파에 초점을 맞추지 않는다.

⋯› 1문단에 따르면, 경마식 보도는 선거의 주요 의제보다는 경쟁 결과에 초점을 맞추는 선거 방송이다. 이때 '경쟁 결과'는 '당선자 예측'을 의미한다. 따라서 당선자 예측과 관련된 정보의 전파에 초점을 맞춘다고 볼 수 있다.

④ 선거의 핵심 의제에 관한 후보자의 입장을 다룬 보도를 중시한다.

⋯› 1문단에 따르면, 경마식 보도는 선거의 주요 의제를 도외시하고 시청자들의 흥미를 돋우는 데 치중한다. 따라서 선거의 핵심 의제에 관한 후보자의 입장보다는 지지율 변화나 득표율 예측같이 시청자의 흥미를 자극할 수 있는 내용을 중시한다고 볼 수 있다.

2 내용의 추론 답 ③

선지별 선택 비율	①	②	③	④	⑤
화작	5%	17%	40%	18%	18%
언매	3%	11%	57%	12%	14%

윗글에서 알 수 있는 내용으로 적절하지 않은 것은?

정답 풀이

③ 국민의 알 권리와 언론의 자유가 서로 충돌하는지의 문제를 헌법재판소에서 논의한 적이 있다.

지문 근거 [2문단] 이러한 규정이 국민의 알 권리와 언론의 자유를 침해하는지에 대해 헌법재판소는 신뢰할 수 있는 여론조사 결과라 하더라도 선거일에 임박해 보도하면 선거에 영향을 끼칠 수 있다며 합헌 결정을 내렸다.

⋯› 2문단에 따르면, 헌법재판소는 선거일 6일 전부터 투표 마감 시각까지 당선인을 예상케 하는 여론조사 결과의 보도를 금지한 「공직선거법」 규정이 국민의 알 권리와 언론의 자유를 침해하는지 심의하여 해당 규정이 합헌이라는 결정을 내렸다. 즉 헌법재판소가 국민의 알 권리와 언론의 자유가 '서로 충돌하는지'를 논의한 것은 아니다.

오답 풀이

① 신뢰할 수 있는 여론조사의 결과를 보도하더라도 선거의 공정성을 위협할 수 있다.

⋯› 2문단에 따르면, 신뢰할 수 있는 여론조사 결과라 하더라도 그것을 선거일에 임박해 보도하면 선거에 영향을 끼칠 수 있다. 이처럼 특정 여론조사 결과의 보도가 선거에 영향을 미치게 되면 선거의 공정성이 저해될 수 있다.

② 정당의 추천을 받지 못해도 선거 방송의 초청 대상 후보자 토론회에 참여할 수 있다.

지문 근거 [3문단] 「공직선거법」의 선거 방송 토론회 규정은 5인 이상의 국회의원을 가진 정당이나 직전 선거에서 3% 이상 득표한 정당이 추천한 후보자, 또는 언론기관의 여론조사 결과 평균 지지율이 5% 이상인 후보자 등을 초청 기준으로 제시하고 있다.

⋯› 3문단에 따르면, 정당의 추천을 받지 못한 후보자라도 언론기관의 여론조사 결과 평균 지지율이 5% 이상이면 초청 대상 후보자 토론회에 참여할 수 있다.

④ 선거일에 당선인 예측 선거 여론조사를 실시하고 투표 마감 시각 이후에 그 결과를 보도할 수 있다.

지문 근거 [2문단] 「공직선거법」의 규정에 따르면, 당선인을 예상케 하는 여론조사를 실시하는 것은 언제든지 가능하지만, 그 결과의 보도는 선거일 6일 전부터 투표 마감 시각까지 금지된다.

⋯› 2문단에 제시된 「공직선거법」의 규정에 따르면 아직 투표가 마감되지 않은 선거일에 당선인 예측 선거 여론조사를 실시한 뒤에, 그 결과를 투표 마감 시각 이후에 보도하는 것은 가능하다.

⑤ 「공직선거법」에는 선거 운동의 기회가 모든 후보자에게 균등하게 배분되지 못하도록 할 가능성이 있는 규정이 있다.

지문 근거 [3문단] 「공직선거법」의 선거 방송 토론회 규정은 5인 이상의 국회의원을 가진 정당이나 직전 선거에서 3% 이상 득표한 정당이 추천한 후보자, 또는 언론기관의 여론조사 결과 평균 지지율이 5% 이상인 후보자 등을 초청 기준으로 제시하고 있다.

[4문단] 소수 의견은 이 규정이 가장 효과적인 선거 운동의 기회를 일부 후보자에게서 박탈하며, ~ 초청 대상 후보자 토론회에 참여한 후보자와 그렇지 못한 후보자를 차별적으로 인식하게 만든다고 지적하였다.

···▸ 3문단에 따르면, 「공직선거법」의 선거 방송 토론회 규정은 토론 참여자의 수와 제한적인 토론 시간 등 현실적인 이유로 토론회에 초청할 수 있는 후보자를 한정하고 있다. 즉 모든 후보자를 선거 방송 토론회에 초청하지는 않는 것이다. 4문단에 따르면, 이렇게 토론회에 초청할 수 있는 후보자를 제한하는 규정은 선거 운동의 기회를 일부 후보자에게서 박탈하는 것이라고 주장하는 견해가 있다.

3 관점의 파악 답 ②

선지별 선택 비율	①	②	③	④	⑤
화작	6%	55%	8%	15%	12%
언매	3%	69%	4%	12%	9%

㉡과 관련하여 ⓐ와 ⓑ의 입장에 대한 반응으로 가장 적절한 것은? [3점]

정답 풀이

② 주요 후보자의 정책이 가진 치명적 허점을 지적하고 좋은 대안을 제시해 유명해진 정치 신인이 선거 방송 초청 대상 후보자 토론회에 초청받지 못한다면 ⓐ의 입장은 약화되겠군.

지문 근거 [4문단] 다수 의견은 ~ 초청 대상 후보자 수가 너무 많으면 제한된 시간 안에 심층적인 토론이 이루어지기 어렵고, 유권자들도 관심이 큰 후보자들의 정책 및 자질을 직접 비교하기 어렵다는 점을 지적하며, 이 규정은 합리적 제한이라고 보았다.

···▸ 4문단에 따르면, ⓐ는 후보자들 간의 심층적인 토론을 통해 유권자들이 관심이 큰 후보자들의 정책 및 자질을 직접 비교할 수 있도록 하기 위해 선거 방송 토론회에 초청할 후보자를 한정해야 한다고 본다. 그런데 주요 후보자의 정책이 가진 치명적 허점을 지적하고 좋은 대안을 제시해 유명해진 정치 신인, 즉 유권자들의 관심이 큰 후보자가 「공직선거법」의 선거 방송 토론회 규정 때문에 초청 대상 후보자 토론회에 초청받지 못한다면 ⓐ의 입장이 약화될 것이다. 유권자가 관심이 큰 후보자들의 정책 및 자질을 비교할 기회를 박탈하는 결과가 될 수 있기 때문이다.

오답 풀이

① 선거 방송 초청 대상 후보자 토론회에서 후보자들이 심층적인 토론을 하지 못한 원인이 시간의 제한이나 참여한 후보자의 수와 관계가 없다면 ⓐ의 입장은 강화되겠군.

···▸ 4문단에 따르면, ⓐ는 토론할 후보자 수가 너무 많으면 제한된 시간 내에 심층적인 토론이 이루어지기 어렵다고 본다. 즉 ⓐ는 토론에 참여할 후보자 수가 많다는 것과 토론 시간이 제한되어 있다는 것을 문제 삼는다. 따라서 토론회에서 후보자들이 심층적인 토론을 하지 못한 원인이 시간의 제한이나 참여한 후보자의 수와 관계가 없다면 ⓐ의 입장은 약화될 것이다.

③ 선거 방송 초청 대상 후보자 토론회에 참여할 적정 토론자의 수를 제한하는 기준이 국민의 합의에 의해 결정되었기 때문에 자의적인 것이 아니라고 한다면 ⓑ의 입장은 강화되겠군.

···▸ 4문단에 따르면, ⓑ는 토론회에 초청할 후보자를 제한하는 「공직선거법」의 선거 방송 토론회 규정이 초청 대상 후보자 토론회에 참여한 후보자와 그렇지 못한 후보자를 차별적으로 인식하게 만든다고 지적하며, 이 규정을 소수 정당이나 정치 신인 등에 대한 자의적이고 차별적인 침해라고 본다. 따라서 토론회에 참여할 적정 토론자의 수를 제한하는 기준이 국민의 합의에 의해 결정되었기 때문에 자의적인 것이 아니라고 한다면 ⓑ의 입장은 약화될 것이다. 국민의 합의에 따른 규정이라면 자의적으로 후보자 수를 제한하는 것이 아니기 때문이다.

④ 어떤 후보자가 지지율이 낮은 후보자 간의 별도 토론회에서 뛰어난 정치 역량을 보여 주었음에도 그 토론회에 참여했다는 이유만으로 지지율이 떨어진다면 ⓑ의 입장은 약화되겠군.

지문 근거 [4문단] 소수 의견은 이 규정이 가장 효과적인 선거 운동의 기회를 일부 후보자에게서 박탈하며, 유권자에게도 모든 후보자를 동시에 비교하지 못하게 하고, 초청 대상 후보자 토론회에 참여한 후보자와 그렇지 못한 후보자를 차별적으로 인식하게 만든다고 지적하였다.

···▸ 4문단에 따르면, ⓑ는 토론회에 초청할 후보자를 제한하는 「공직선거법」의 선거 방송 토론회 규정이 초청 대상 후보자 토론회에 참여한 후보자와 그렇지 못한 후보자를 차별적으로 인식하게 만든다고 지적한다. 이를 고려할 때 어떤 후보자가 지지율이 낮은 후보자 간의 별도 토론회에서 뛰어난 정치 역량을 보여 주었음에도 그 토론회에 참여했다는 이유만으로 지지율이 떨어진다면 ⓑ의 입장은 강화될 것이다. 별도 토론회에 참여한 것이 유권자들에게 차별적으로 인식되었기 때문이다.

⑤ 유권자들이 뛰어난 역량을 가진 소수 정당 후보자를 주요 후보자들과 동시에 비교할 수 있는 가장 효율적인 방법이 선거 방송 초청 대상 후보자 토론회라면 ⓑ의 입장은 약화되겠군.

···▸ 4문단에 따르면, ⓑ는 토론회에 초청할 후보자를 제한하는 「공직선거법」의 선거 방송 토론회 규정이 가장 효과적인 선거 운동의 기회를 일부 후보자에게서 박탈하며, 유권자들이 모든 후보자를 동시에 비교하지 못하게 한다고 본다. 이를 고려할 때, 유권자들이 뛰어난 역량을 가진 소수 정당 후보자를 주요 후보자들과 동시에 비교할 수 있는 가장 효율적인 방법이 선거 방송 초청 대상 후보자 토론회라면 ⓑ의 입장은 강화될 것이다.

4 구체적 사례에의 적용 답 ②

선지별 선택 비율	①	②	③	④	⑤
화작	12%	43%	9%	26%	7%
언매	9%	53%	5%	23%	6%

㉮~㉰에 따라 〈보기〉에 대한 언론 보도를 평가한 내용으로 적절하지 않은 것은?

보기

다음은 ○○방송사의 의뢰로 △△여론조사 기관에서 세 차례 실시한 당선인 예측 여론조사 결과의 일부이다. (세 조사 모두 신뢰 수준 95%, 오차 범위 8.8%P임.)

구분		1차 조사	2차 조사	3차 조사
조사일		선거일 15일 전	선거일 10일 전	선거일 5일 전
조사 결과	A 후보	42%	38%	39%
	B 후보	32%	37%	38%
	C 후보	18%	17%	17%

정답 풀이

② 2차 조사 결과를 선거일 9일 전에 "A 후보는 B 후보에 조금 앞서고, C 후보는 3위"라고 보도하는 것은 ㉯에 위배되지만, ㉰에 위배되지 않겠군.

지문 근거 [2문단] 「선거방송심의에 관한 특별규정」은 ~ 여론조사 결과가 오차 범위 내에 있을 때에 이를 밝히지 않은 채로 서열이나 우열을 나타내는 보도도 금지하고 있다. 언론 단체의 「선거여론조사보도준칙」은 ~ 지지율 차이가 오차 범위 내에 있을 때 "경합"이라는 표현은 무방하지만 서열화하거나 "오차 범위 내에서 앞섰다."라는 표현처럼 우열을 나타내어 보도할 수 없다는 것이다.

···▸ 2차 조사 결과를 보면, A 후보는 오차 범위 내(1%P)에서 B 후보를 앞서고, C 후보는 오차 범위 밖에서 B 후보에 뒤지고 있다. 그런데 이 조사 결과를 선거일 9일 전에 "A 후보는 B 후보에 조금 앞서고, C 후보는 3위"라고 보도하는 것은, 여론조사 결과가 오차 범위 내에 있을 때에 이를 밝히지 않은 채로 서열이나 우열을 나타내는 보도를 금지하는 ㉯에 위배된다. "A 후보는 B 후보에 조금 앞서고, C 후보는 3위"라는 표현은 오차 범위를 밝히지 않은 채 서열화

한 것이기 때문이다. 또한 지지율 차이가 오차 범위 내에 있을 때 서열화하거나 우열을 나타내는 보도를 금지한 ㉰에도 위배된다.

오답 풀이

① 1차 조사 결과를 선거일 14일 전에 "A 후보, 10%P 이상의 차이로 B 후보와 C 후보에 우세"라고 보도하는 것은 ㉯와 ㉰ 중 어느 것에도 위배되지 않겠군.

⋯→ 1차 조사 결과를 보면, A 후보가 1위, B 후보가 2위, C 후보가 3위를 차지하고 있는데, 세 후보 간의 지지율 격차는 모두 오차 범위를 넘는다. 따라서 이 조사 결과를 선거일 14일 전에 "A 후보, 10%P 이상의 차이로 B 후보와 C 후보에 우세"라고 보도하는 것은, 여론조사 결과가 오차 범위 내에 있을 때에 이를 밝히지 않은 채로 서열이나 우열을 나타내는 보도를 금지하는 ㉯에 위배되지 않으며, 지지율 차이가 오차 범위 내에 있을 때 서열화하거나 우열을 나타내는 보도를 금지하는 ㉰에도 위배되지 않는다.

③ 3차 조사 결과를 선거일 4일 전에 "A 후보는 오차 범위 내에서 1위"라고 보도하는 것은 ㉮와 ㉰에 모두 위배되겠군.

지문 근거 [2문단] 「공직선거법」의 규정에 따르면, 당선인을 예상케 하는 여론조사를 실시하는 것은 언제든지 가능하지만, 그 결과의 보도는 선거일 6일 전부터 투표 마감 시각까지 금지된다.

⋯→ 3차 조사 결과를 보면, A 후보는 오차 범위 내(1%P)에서 B 후보를 앞서고, C 후보는 오차 범위 밖에서 B 후보에 뒤지고 있다. 이 조사 결과를 선거일 4일 전에 보도하는 것은, 선거일 6일 전부터 투표 마감 시각까지 당선인을 예상케 하는 여론조사의 결과를 보도하는 것을 금지하는 ㉮에 위배된다. 또한 이 조사 결과를 "A 후보는 오차 범위 내에서 1위"라고 보도하는 것은, 지지율 차이가 오차 범위 내에 있을 때 "오차 범위 내에서 앞섰다."라는 표현처럼 우열을 나타내는 보도를 금지하는 ㉰에 위배된다.

④ 1차 조사 결과를 선거일 14일 전에 "A 후보 1위, B 후보 2위, C 후보 3위"라고 보도하는 것은 ㉯에 위배되지 않고, 2차 조사 결과를 선거일 9일 전에 같은 표현으로 보도하는 것은 ㉰에 위배되겠군.

⋯→ 1차 조사 결과를 보면 A 후보가 1위, B 후보가 2위, C 후보가 3위를 차지하고 있는데, 세 후보 간의 지지율 격차는 모두 오차 범위를 넘는다. 따라서 이 조사 결과를 선거일 14일 전에 "A 후보 1위, B 후보 2위, C 후보 3위"라고 보도하는 것은, 여론조사 결과가 오차 범위 내에 있을 때에 이를 밝히지 않은 채로 서열이나 우열을 나타내는 보도를 금지하는 ㉯에 위배되지 않는다. 그리고 2차 조사 결과를 보면, A 후보는 오차 범위 내(1%P)에서 B 후보를 앞서고, C 후보는 오차 범위 밖에서 B 후보에 뒤지고 있다. 그런데 이 조사 결과를 선거일 9일 전에 "A 후보 1위, B 후보 2위, C 후보 3위"라고 보도하는 것은, 지지율 차이가 오차 범위 내에 있을 때 서열화하거나 우열을 나타내는 보도를 금지하는 ㉰에 위배된다. A 후보와 B 후보의 지지율 차이가 오차 범위 내인데도 서열화했기 때문이다.

⑤ 2차 조사 결과를 선거일 9일 전에 "B 후보, A 후보와 오차 범위 내 경합"이라고 보도하는 것은 ㉰에 위배되지 않고, 3차 조사 결과를 선거일 4일 전에 같은 표현으로 보도하는 것은 ㉮에 위배되겠군.

⋯→ 2차 조사 결과를 보면, A 후보는 오차 범위 내(1%P)에서 B 후보를 앞서고, C 후보는 오차 범위 밖에서 B 후보에 뒤지고 있다. 이 조사 결과를 선거일 9일 전에 "B 후보, A 후보와 오차 범위 내 경합"이라고 보도하는 것은, 지지율 차이가 오차 범위 내에 있을 때 "경합"이라는 표현을 허용하는 ㉰에 위배되지 않는다. 그리고 3차 조사 결과를 보면, A 후보는 오차 범위 내(1%P)에서 B 후보를 앞서고, C 후보는 오차 범위 밖에서 B 후보에 뒤지고 있다. 그런데 이 조사 결과를 선거일 4일 전에 같은 표현으로 보도하는 것은, 선거일 6일 전부터 투표 마감 시각까지 당선인을 예상케 하는 여론조사의 결과를 보도하는 것을 금지하는 ㉮에 위배된다. 조사 결과에 대한 표현과 무관하게 여론조사 결과를 보도하는 시기가 ㉮를 위반했기 때문이다.

대표 기출 사회 · 문화 ❷

본문 042쪽

[1~4] 브레턴우즈 체제와 트리핀 딜레마

1 ② 2 ⑤ 3 ⑤ 4 ④

해제 이 글은 브레턴우즈 체제에서 달러화가 지닌 구조적 모순과 그것이 실제로 일어난 상황을 설명하고 있다. 금 본위 체제를 이은 브레턴우즈 체제에서 달러화는 국제 유동성 역할을 한 기축 통화였고, 다른 나라 통화의 가치는 달러화를 기준으로 고정되었다. 하지만 이 체제에서 달러화는 '트리핀 딜레마'라는 심각한 문제를 지니고 있었다. 즉 세계 경제의 활성화를 위해 국제 유동성을 확보하려면 달러화의 신뢰도가 떨어지고, 달러화의 신뢰도를 높이려면 국제 유동성 공급이 감소하여 세계 경제가 위축되는 것이다. 이는 각각 미국의 경상 수지가 적자를 지속하는 상황, 적자를 허용하지 않는 상황과 직접적으로 관련되어 있다. 결국 1970년대 초반 미국의 경상 수지 적자가 누적되면서 브레턴우즈 체제는 붕괴되고 만다. 그러나 그 이후에도 달러화는 외환 거래의 효율성 때문에 기축 통화의 역할을 계속하였다.

주제 브레턴우즈 체제에서 달러화가 지닌 딜레마와 기축 통화의 필요성

1 세부 정보 파악 답 ②

선지별 선택 비율	①	②	③	④	⑤
화작	5%	57%	11%	9%	16%
언매	4%	68%	8%	5%	12%

윗글을 통해 답을 찾을 수 없는 질문은?

정답 풀이

② 브레턴우즈 체제 붕괴 이후의 세계 경제 위축에 대해 트리핀은 어떤 전망을 했는가?

지문 근거 [1문단] 기축 통화는 국제 거래에 결제 수단으로 통용되고 환율 결정에 기준이 되는 통화이다. 1960년 트리핀 교수는 브레턴우즈 체제에서의 기축 통화인 달러화의 구조적 모순을 지적했다. ~ 그는 "미국이 경상 수지 적자를 허용하지 않아 국제 유동성 공급이 중단되면 세계 경제는 크게 위축될 것"이라면서도 "반면 적자 상태가 지속돼 달러화가 과잉 공급되면 준비 자산으로서의 신뢰도가 저하되고 고정 환율 제도도 붕괴될 것"이라고 말했다.

⋯→ 2문단에 따르면, 브레턴우즈 체제는 '금 환 본위제'로서 달러화가 기축 통화로 통용되었던 체제이다. 1문단에 따르면, 트리핀 교수는 브레턴우즈 체제에서 발생할 수 있는 달러화의 구조적 모순, 즉 국제 유동성 확보와 달러화의 신뢰도 유지라는 딜레마를 지적하였다. 그러나 브레턴우즈 체제 붕괴 이후의 세계 경제에 대한 트리핀 교수의 전망은 언급되고 있지 않다.

오답 풀이

① 브레턴우즈 체제 붕괴 이후에도 달러화가 기축 통화로서 역할을 할 수 있었던 이유는 무엇인가?

지문 근거 [4문단] 그러나 붕괴 이후에도 달러화의 기축 통화 역할은 계속되었다. 그 이유로 규모의 경제를 생각할 수 있다. 세계의 모든 국가에서 어떠한 기축 통화도 없이 각각 다른 통화가 사용되는 경우 두 국가를 짝짓는 경우의 수만큼 환율의 가짓수가 생긴다. 그러나 하나의 기축 통화를 중심으로 외환 거래를 하면 비용을 절감하고 규모의 경제를 달성할 수 있다.

⋯→ 4문단에서 브레턴우즈 체제의 붕괴 이후에도 달러화가 기축 통화의 역할을 계속할 수 있었던 이유는 규모의 경제 때문이라고 하였다. 즉 기축 통화를 사

용하지 않으면 환율의 가짓수가 너무 많아져 나라 간 교역의 효율성이 떨어지지만, 기축 통화를 중심으로 외환 거래를 하면 비용을 절감하고 규모의 경제를 달성할 수 있다.

③ 브레턴우즈 체제에서 미국 중앙은행은 어떤 의무를 수행해야 했는가?

지문 근거 [2문단] 브레턴우즈 체제에서는 국제 유동성으로 달러화가 추가되어 '금 환 본위제'가 되었다. 1944년에 성립된 이 체제는 미국의 중앙은행에 '금 태환 조항'에 따라 금 1온스와 35달러를 언제나 맞교환해 주어야 한다는 의무를 지게 했다.

··· 2문단에 따르면, 브레턴우즈 체제가 되면서 미국 중앙은행은 금 1온스와 35달러를 언제나 맞교환해 주어야 하는 의무를 수행해야 했다.

④ 브레턴우즈 체제에서 국제 유동성의 역할을 한 것은 무엇인가?

지문 근거 [2문단] 국제 유동성이란 국제적으로 보편적인 통용력을 갖는 지불 수단을 말하는데, 금 본위 체제에서는 금이 국제 유동성의 역할을 했으며, 각 국가의 통화 가치는 정해진 양의 금의 가치에 고정되었다. 이에 따라 국가 간 통화의 교환 비율인 환율은 자동적으로 결정되었다. 이후 브레턴우즈 체제에서는 국제 유동성으로 달러화가 추가되어 '금 환 본위제'가 되었다.

··· 2문단에 따르면, 국제 유동성이란 국제적으로 보편적인 통용력을 갖는 지불 수단으로, '금 환 본위제'였던 브레턴우즈 체제에서는 금과 달러화가 국제 유동성의 역할을 하였다.

⑤ 브레턴우즈 체제에서 달러화 신뢰도 하락의 원인은 무엇인가?

지문 근거 [1문단] 그는 "미국이 경상 수지 적자를 허용하지 않아 국제 유동성 공급이 중단되면 세계 경제는 크게 위축될 것"이라면서도 "반면 적자 상태가 지속돼 달러화가 과잉 공급되면 준비 자산으로서의 신뢰도가 저하되고 고정 환율 제도도 붕괴될 것"이라고 말했다.
[3문단] 1970년대 초에 미국은 경상 수지 적자가 누적되기 시작하고 달러화가 과잉 공급되어 미국의 금 준비량이 급감했다. 이에 따라 미국은 달러화의 금 태환 의무를 더 이상 감당할 수 없는 상황에 도달했다.

··· 브레턴우즈 체제에서는 달러화가 기축 통화인데, 1문단에서 트리핀 교수는 미국의 경상 수지 적자 상태가 지속되면 세계 시장에 달러화가 과잉 공급되어 달러화의 신뢰도가 하락하게 된다고 하였다. 이는 1970년대 초 미국의 경상 수지 적자가 계속되어 달러화가 과잉 공급되면서 미국이 달러화의 금 태환 의무를 감당할 수 없는 상황에까지 도달하였다는 3문단의 내용을 통해서도 확인할 수 있다.

2 내용의 추론

답 ⑤

선지별 선택 비율	①	②	③	④	⑤
화작	14%	24%	17%	11%	31%
언매	15%	23%	14%	6%	39%

윗글을 바탕으로 추론한 내용으로 적절하지 않은 것은?

정답 풀이

⑤ 브레턴우즈 체제에서 마르크화가 달러화에 대해 평가 절상되면, 같은 금액의 마르크화로 구입 가능한 금의 양은 감소한다.

지문 근거 [2문단] 브레턴우즈 체제에서는 국제 유동성으로 달러화가 추가되어 '금 환 본위제'가 되었다. 1944년에 성립된 이 체제는 미국의 중앙은행에 '금 태환 조항'에 따라 금 1온스와 35달러를 언제나 맞교환해 주어야 한다는 의무를 지게 했다.
[3문단] 이를 해결할 수 있는 방법은 달러화의 가치를 내리는 평가 절하, 또는 달러화에 대한 여타국 통화의 환율을 하락시켜 그 가치를 올리는 평가 절상이었다.

··· 달러화가 국제 유동성 역할을 하는 브레턴우즈 체제에서 미국은 금 1온스와 35달러를 언제나 맞교환해 주어야 하고(2문단), 미국이 자국의 경상 수지 적자로 금 태환 의무를 더 이상 감당할 수 없는 문제를 해결하기 위해서는 달러화의 가치를 내리는 평가 절하를 하거나, 달러화에 대한 타국 통화의 환율을 하락시켜 그 가치를 올리는 평가 절상이 필요하다(3문단). 여기에서 평가 절상은 환율 하락을 의미함을 알 수 있다. 즉 마르크화가 달러화에 대해 평가 절상된다는 것은 달러화에 대한 마르크화의 환율이 하락한다는 의미이다. 이렇게 되면 금 1온스를 살 수 있는 35달러에 해당하는 마르크화의 금액이 이전보다 적어지게 된다. 따라서 동일한 금액의 마르크화로 구입할 수 있는 금의 양은 이전보다 증가한다. 예를 들어 1달러에 2마르크였던 환율이 1달러에 1마르크로 하락하면 이는 마르크화의 평가 절상이 이루어진 것이다. 그러면 마르크화의 평가 절상이 이루어지기 전에는 70마르크가 있어야 금 1온스와 바꿀 수 있었지만 평가 절상 후에는 35마르크만 있으면 금 1온스와 바꿀 수 있는 것이다. 따라서 같은 금액의 마르크화로 구입 가능한 금의 양은 증가한다.

오답 풀이

① 닉슨 쇼크가 단행된 이후 달러화의 고평가 문제를 해결할 수 있는 달러화의 평가 절하가 가능해졌다.

지문 근거 [3문단] 하지만 브레턴우즈 체제하에서 달러화의 평가 절하는 규정상 불가능했고, 당시 대규모 대미 무역 흑자 상태였던 독일, 일본 등 주요국들은 평가 절상에 나서려고 하지 않았다. ~ 미국은 결국 1971년 달러화의 금 태환 정지를 선언한 닉슨 쇼크를 단행했고, 브레턴우즈 체제는 붕괴되었다.

··· 3문단에 따르면, 1970년대 초 미국의 경상 수지 적자로 인해 달러화가 과잉 공급되면서 미국은 달러화의 금 태환 의무를 감당할 수 없는 상황에 이르렀다. 이처럼 달러화의 공급이 늘어나면 그만큼 가치가 떨어져 환율이 변동해야 하는데, 브레턴우즈 체제에서는 ±1% 내에서의 환율 변동만을 허용하였기에 달러화가 실제 가치보다 고평가되는 문제가 발생한 것이다. 이를 해결하기 위해서는 달러화의 가치를 낮추는 평가 절하가 필요하였지만, 브레턴우즈 체제에서는 규정상 이것이 불가능하였다. 결국에는 금 태환 정지를 선언한 닉슨 쇼크가 단행되었고, 그 결과 달러화를 기축 통화로 삼는 브레턴우즈 체제가 붕괴되었다. 즉 닉슨 쇼크를 단행함으로써 달러화의 고평가 문제를 해결할 수 있는 달러화의 평가 절하가 가능해졌다고 볼 수 있다.

② 브레턴우즈 체제에서 마르크화와 엔화의 투기적 수요가 증가한 것은 이들 통화의 평가 절상을 예상했기 때문이다.

지문 근거 [3문단] 당시 대규모 대미 무역 흑자 상태였던 독일, 일본 등 주요국들은 평가 절상에 나서려고 하지 않았다. 이 상황이 유지되기 어려울 것이라는 전망으로 독일의 마르크화와 일본의 엔화에 대한 투기적 수요가 증가했고, 결국 환율의 변동 압력은 더욱 커질 수밖에 없었다.

··· 3문단에 따르면, 미국의 경상 수지 적자가 지속되면서 금 태환 의무를 감당하기 어려운 상황이 되었지만, 브레턴우즈 체제에서 달러화를 평가 절하하는 것은 불가능하였다. 따라서 이 문제를 해결하려면 당시 대미 무역에서 큰 흑자를 보던 독일(마르크화)과 일본(엔화) 같은 나라의 통화를 평가 절상해야 하지만, 독일과 일본 등 주요국들은 평가 절상에 나서려고 하지 않았다. 그러나 '이 상황이 유지되기 어려울 것이라는 전망으로' 독일의 마르크화와 일본의 엔화에 대한 투기적 수요가 증가하였다. 즉 현재는 독일과 일본이 자국 통화를 평가 절상하려 하지 않지만, 결국에는 독일의 마르크화와 일본의 엔화가 평가 절상될 것이라는 기대로 이들 통화에 대한 투기적 수요가 증가한 것이다. 평가 절상은 해당 통화의 가치가 높아지는 것이므로, 마르크화나 엔화를 구입한 뒤에 그 통화가 평가 절상되면 평가 절상된 만큼 이익을 얻을 수 있다. 달러화의 금 태환 의무가 있는 브레턴우즈 체제에서는 해당 통화가 평가 절상된 만큼 더 많은 금으로 바꿀 수 있는 것이다.

③ 금의 생산량 증가를 통한 국제 유동성 공급량의 증가는 트리핀 딜레마 상황을 완화하는 한 가지 방법이 될 수 있다.

지문 근거 [2문단] 트리핀 딜레마는 국제 유동성 확보와 달러화의 신뢰도 간의 문제이다. ~ 브레턴우즈 체제에서는 국제 유동성으로 달러화가 추가되어 '금 환 본위제'가 되었다.
[3문단] 1970년대 초에 미국은 경상 수지 적자가 누적되기 시작하고 달러화가 과잉 공급되어 미국의 금 준비량이 급감했다. 이에 따라 미국은 달러화의 금 태환 의무를 더 이상 감당할 수 없는 상황에 도달했다.

⋯→ 1, 2문단에 따르면, 트리핀 딜레마란 브레턴우즈 체제에서는 국제 유동성 확보와 달러화의 신뢰도가 반비례한다는 것이다. 즉 세계 경제를 활성화하기 위해 국제 유동성을 확보하려면 달러화의 신뢰도가 떨어지고, 달러화의 신뢰도를 유지하려면 국제 유동성을 확보하기 어려워진다. 그런데 3문단에 따르면, 달러화의 과잉 공급으로 인해 달러화의 신뢰도가 떨어지는 것은 결국 달러화와 맞교환해 주기 위해 준비해 둔 금이 과잉 공급된 달러화에 미치지 못하기 때문이다. 따라서 금의 생산량을 늘려 국제 유동성 공급량을 높이면 트리핀 딜레마 상황을 완화할 수 있다. 브레턴우즈 체제에서는 금과 달러화 모두 국제 유동성이므로 금의 공급량을 늘리면 국제 유동성을 확보하면서도 달러화의 신뢰도를 유지할 수 있다.

④ 트리핀 딜레마는 달러화를 통한 국제 유동성 공급을 중단할 수도 없고 공급량을 무한정 늘릴 수도 없는 상황을 말한다.

지문 근거 [1문단] 그는 "미국이 경상 수지 적자를 허용하지 않아 국제 유동성 공급이 중단되면 세계 경제는 크게 위축될 것"이라면서도 "반면 적자 상태가 지속돼 달러화가 과잉 공급되면 준비 자산으로서의 신뢰도가 저하되고 고정 환율 제도도 붕괴될 것"이라고 말했다.

⋯→ 2문단에 따르면, 트리핀 딜레마는 국제 유동성 확보와 달러화의 신뢰도 간의 문제이다. 그런데 1문단을 참고할 때, 이는 브레턴우즈 체제에서 국제 유동성을 확보하기 위해 달러화의 공급량을 늘리면 달러화의 신뢰도가 떨어지고, 달러화의 신뢰도를 유지하기 위해 달러화의 공급량을 줄이면 국제 유동성을 확보하기 어려워져 세계 경제가 위축될 수 있다는 것을 의미한다. 결국 트리핀 딜레마는 달러화를 통한 국제 유동성 공급을 중단할 수도 없고 공급량을 무한정 늘릴 수도 없는 상황을 말한다고 할 수 있다.

3 구체적 사례에의 적용 답 ⑤

선지별 선택 비율	①	②	③	④	⑤
화작	5%	15%	15%	19%	43%
언매	6%	11%	9%	15%	57%

미국을 포함한 세 국가가 존재하고 각각 다른 통화를 사용할 때, ㉠~㉢에 대한 설명으로 적절한 것은?

정답 풀이

⑤ ㉡에서 교차 환율의 가짓수는 ㉢에서 생기는 환율의 가짓수보다 적다.

지문 근거 [2문단] 브레턴우즈 체제에서는 국제 유동성으로 달러화가 추가되어 '금 환 본위제'가 되었다. 1944년에 성립된 이 체제는 미국의 중앙은행에 '금 태환 조항'에 따라 금 1온스와 35달러를 언제나 맞교환해 주어야 한다는 의무를 지게 했다. 다른 국가들은 달러화에 대한 자국 통화의 가치를 고정했고, 달러화로만 금을 매입할 수 있었다. 환율은 경상 수지의 구조적 불균형이 있는 예외적인 경우를 제외하면 ±1% 내에서의 변동만을 허용했다. 이에 따라 기축 통화인 달러화를 제외한 다른 통화들 간 환율인 교차 환율은 자동적으로 결정되었다.
[4문단] 세계의 모든 국가에서 어떠한 기축 통화도 없이 각각 다른 통화가 사용되는 경우 두 국가를 짝짓는 경우의 수만큼 환율의 가짓수가 생긴다.

⋯→ 2문단에 따르면, 교차 환율은 기축 통화를 제외한 다른 통화들 간 환율을 말한다. 그리고 ㉡'브레턴우즈 체제'에서는 미국의 달러화가 기축 통화이다. 발문에서 '미국을 포함한 세 국가가 존재하고 각각 다른 통화를 사용'한다고 가정하였으므로, 세 국가 중에서 미국을 제외하면 두 국가만 남는다. 따라서 교차 환율의 가짓수는 1이다. 한편 ㉢'어떠한 기축 통화도 없이 각각 다른 통화가 사용되는 경우'에서의 환율의 가짓수는 전체 국가를 대상으로 하여 두 국가씩 짝짓는 경우의 수만큼 생기므로 3이다. 예를 들어 미국(달러화), 독일(마르크화), 일본(엔화)의 세 국가가 있다고 가정할 때, ㉡에서 교차 환율은 미국의 달러화를 제외해야 하므로 독일의 마르크화와 일본의 엔화 간의 환율뿐이다. 그러나 ㉢에서는 '달러화(미국) : 마르크화(독일)', '달러화(미국) : 엔화(일본)', '마르크화(독일) : 엔화(일본)'와 같이 총 세 가지 경우의 환율이 형성된다. 즉 ㉡에서 교차 환율의 가짓수는 1이므로 ㉢에서 생기는 환율의 가짓수인 3보다 적다.

오답 풀이

① ㉠에서 자동적으로 결정되는 환율의 가짓수는 금에 자국 통화의 가치를 고정한 국가 수보다 하나 적다.

지문 근거 [2문단] 국제 유동성이란 국제적으로 보편적인 통용력을 갖는 지불 수단을 말하는데, 금 본위 체제에서는 금이 국제 유동성의 역할을 했으며, 각 국가의 통화 가치는 정해진 양의 금의 가치에 고정되었다.

⋯→ 2문단에 따르면, ㉠'금 본위 체제'에서는 각국의 통화 가치가 정해진 양의 금의 가치에 고정되고, 각국의 환율도 이에 따라 자동적으로 결정된다. 발문에서 각각 다른 통화를 사용하는 세 국가가 존재한다고 하였으므로 ㉠에서 자동적으로 결정되는 환율의 가짓수는 3이다. 따라서 자동적으로 결정되는 환율의 가짓수와, 금에 자국 통화의 가치를 고정한 국가 수는 둘 다 3으로 동일하다.

② ㉡이 붕괴된 이후에도 여전히 달러화가 기축 통화라면 ㉡에 비해 교차 환율의 가짓수는 적어진다.

⋯→ 2문단에 따르면, 교차 환율은 기축 통화를 제외한 다른 통화들 간 환율을 말한다. ㉡에서는 미국의 달러화가 기축 통화이므로, 미국을 포함한 세 국가가 존재하는 상황 속 ㉡에서 교차 환율의 가짓수는 1이다. 세 국가 중에서 달러화를 사용하는 미국을 제외하면 두 국가만 남기 때문이다. 한편 ㉡이 붕괴된 이후에도 여전히 달러화가 기축 통화라면 교차 환율의 가짓수는 ㉡에서와 동일하게 1이다. 세 국가 중에서 기축 통화인 달러화를 사용하는 미국을 제외해야 하기 때문이다.

③ ㉢에서 국가 수가 하나씩 증가할 때마다 환율의 전체 가짓수도 하나씩 증가한다.

⋯→ 4문단에 따르면, ㉢'어떠한 기축 통화도 없이 각각 다른 통화가 사용되는 경우'에서의 환율의 가짓수는 세계의 모든 국가를 대상으로 두 국가를 짝짓는 경우의 수만큼 생긴다. 발문에서 각각 다른 통화를 사용하는 세 국가만 존재한다고 가정하고 있으므로 환율의 전체 가짓수는 3이다. 그런데 한 국가가 늘어나서 네 국가가 되면 환율의 전체 가짓수는 6이 되고, 다섯 국가가 되면 환율의 전체 가짓수는 10이 된다. 따라서 ㉢에서 국가 수가 하나씩 증가할 때마다 환율의 전체 가짓수도 하나씩 증가한다는 이해는 적절하지 않다. 예를 들어 '미국, 독일, 일본'만 있다면 환율이 형성되는 경우는 '미국 : 독일', '미국 : 일본', '독일 : 일본'의 세 가지이고, '미국, 독일, 일본, 한국'이 있다면 환율이 형성되는 경우가 '미국 : 독일', '미국 : 일본', '미국 : 한국', '독일 : 일본', '독일 : 한국', '일본 : 한국' 등 여섯 가지이다.

④ ㉠에서 ㉡으로 바뀌면 자동적으로 결정되는 환율의 가짓수가 많아진다.

⋯→ 2문단에 따르면, ㉠과 ㉡ 모두 각국의 환율은 자동적으로 결정된다. 다만 ㉠에서는 통화가 다른 모든 국가들 간의 환율이 정해진 양의 금의 가치에 고정되고, ㉡에서는 통화가 다른 모든 국가들 중 미국을 제외한 국가들 간의 환율이 달러화를 기준으로 고정된다는 점이 다르다. 발문에서 '미국을 포함한 세 국가가 존재하고 각각 다른 통화를 사용'한다고 가정하였으므로, 자동적으로 결정되는 환율의 가짓수가 ㉠에서는 3이 되고, ㉡에서는 1이 된다. 즉 ㉠에서 ㉡으로 바뀌면 자동적으로 결정되는 환율의 가짓수가 적어진다. 예를 들어 미국(달러화), 독일(마르크화), 일본(엔화)의 세 국가가 있다고 가정할 때, ㉠에서는 환율이 자동적으로 형성되는 경우가 '미국 : 독일', '미국 : 일본', '독일 : 일본' 등 세 가지이지만, ㉡에서는 미국을 제외해야 하므로 '독일 : 일본' 간에만 환율이 형성된다.

4 구체적 사례에의 적용 답 ④

선지별 선택 비율	①	②	③	④	⑤
화작	9%	24%	19%	31%	14%
언매	11%	23%	16%	34%	13%

윗글을 참고할 때, 〈보기〉에 대한 반응으로 가장 적절한 것은? [3점]

보기

브레턴우즈 체제가 붕괴된 이후 두 차례의 석유 가격 급등을 겪으면서 기축 통화국인 A국의 금리는 인상되었고 통화 공급은 감소했다. 여기에 A국 정부의 소득세 감면과 군비 증대는 A국의 금리를 인상시켰으며, 높은 금리로 인해 대량으로 외국 자본이 유입되었다. A국은 이로 인한 상황을 해소하기 위한 국제적 합의를 주도하여, 서로 교역을 하며 각각 다른 통화를 사용하는 세 국가 A, B, C는 외환 시장에 대한 개입을 합의했다. 이로 인해 A국 통화에 대한 B국 통화와 C국 통화의 환율은 각각 50%, 30% 하락했다.

정답 풀이

④ 다른 모든 조건이 변하지 않았다면, 국제적 합의로 인해 A국 통화에 대한 B국과 C국 통화의 환율이 하락하여, B국에 대한 C국의 경상 수지는 개선되었겠군.

⋯› 세 국가 A, B, C가 외환 시장에 개입한 결과, 기축 통화인 A국 통화에 대한 B국 통화와 C국 통화의 환율은 각각 50%, 30% 하락하였다. 그런데 3문단의 '달러화에 대한 여타국 통화의 환율을 하락시켜 그 가치를 올리는 평가 절상'이라는 설명에서, '환율 하락'은 해당 국가의 통화 가치가 높아지는 '평가 절상'을 의미한다는 것을 알 수 있다. 따라서 A국 통화에 대한 B국과 C국 통화의 환율이 하락한 것은 B국과 C국의 통화가 평가 절상되었으며, 특히 환율 하락율이 더 큰 B국 통화의 가치 상승률이 C국의 그것보다 높아졌음을 의미한다. 즉 B국 통화의 가치가 C국 통화의 가치보다 높아진 것이다. 예를 들어 A국, B국, C국 통화 간의 환율이 '100 : 200 : 200'이었다고 가정하면, 각 국의 외환 시장 개입 결과 '100 : 100 : 140'이 된 것이다. 이때 기축 통화국인 A국을 제외하면, B국 통화에 대한 C국 통화의 환율은 '100 : 140'이 된다. 본래 두 나라의 환율은 '200(100) : 200(100)'이었으므로 이는 결과적으로 B국 통화에 대한 C국 통화의 환율이 상승한 것이다. 환율이 상승하면 이전과 동일한 제품을 더 싸게 수출할 수 있다(본래 100의 가격으로 수출하던 것을 약 71.4의 가격으로 수출). 반대로 수입을 할 경우에는 이전과 동일한 제품을 더 비싸게 수입해야 한다(본래 100의 가격으로 수입하던 것을 140의 가격으로 수입). 그 결과 C국 입장에서 B국에 대한 수출은 증가하고 수입은 감소하여 B국에 대한 C국의 경상 수지가 개선된다.

오답 풀이

① A국의 금리 인상과 통화 공급 감소로 인해 A국 통화의 신뢰도가 낮아진 것은 외국 자본이 대량으로 유입되었기 때문이겠군.

⋯› 1문단에 따르면, 적자 상태가 지속돼 달러화가 과잉 공급되면 달러화의 신뢰도가 저하된다. 이를 〈보기〉에 적용하면, 기축 통화인 A국 통화의 신뢰도가 낮아지려면 A국 통화의 공급량이 적정 수준보다 증가해야 한다. 따라서 A국의 통화 공급 감소로 인해 A국 통화의 신뢰도가 낮아졌다는 이해는 적절하지 않다. 또한 외국 자본이 A국에 대량으로 유입된 것은 A국의 금리가 높아졌기 때문이며, 외국 자본의 대량 유입과 A국 통화의 신뢰도 하락은 직접적인 인과 관계가 성립되지 않는다.

② 국제적 합의로 인한 A국 통화에 대한 B국 통화의 환율 하락으로 국제 유동성 공급량이 증가하여 A국 통화의 가치가 상승했겠군.

⋯› 〈보기〉에 따르면, 국제적 합의로 인해 A국 통화에 대한 B국 통화의 환율이 50% 하락하였다. 이는 3문단의 '달러화에 대한 여타국 통화의 환율을 하락시켜 그 가치를 올리는 평가 절상'이라는 내용을 고려할 때, B국 통화의 가치가 국제적 합의 이전보다 오른 것을 의미하고, A국 통화의 가치가 이전보다 낮아진 것을 의미한다. 한편 1문단과 3문단에 따르면, 국제 유동성 공급량이 증가하는 경우는 기축 통화국의 경상 수지가 지속적으로 적자를 볼 때이며, 국제 유동성 공급량이 증가하면 기축 통화의 가치는 하락한다.

③ 다른 모든 조건이 변하지 않았다면, 국제적 합의로 인해 A국 통화에 대한 B국 통화의 환율과 B국 통화에 대한 C국 통화의 환율은 모두 하락했겠군.

⋯› 〈보기〉를 보면, 국제적 합의로 인해 A국 통화에 대한 B국 통화와 C국 통화의 환율은 각각 50%, 30% 하락하였고, B국 통화에 대한 C국 통화의 환율 변동은 직접적으로 제시되지 않았다. 그러나 A국 통화가 기축 통화이고, 이에 대한 C국 통화의 하락율이 B국 통화의 하락율보다 낮다는 점을 고려할 때, B국 통화에 대한 C국 통화의 환율은 국제적 합의 이전보다 상승했을 것이다. 환율 하락은 자국 통화의 가치가 상대적으로 더 높아지는 평가 절상을 의미하므로, A국 통화에 대한 환율 하락 폭이 더 큰 B국 통화의 가치가 C국 통화의 가치보다 더 높아진 것이다.

⑤ 다른 모든 조건이 변하지 않았다면, A국의 소득세 감면과 군비 증대로 A국의 경상 수지가 악화되며, 그 완화 방안 중 하나는 A국 통화에 대한 B국 통화의 환율을 상승시키는 것이겠군.

⋯› 〈보기〉에 따르면, A국의 소득세 감면과 군비 증대는 A국의 금리 인상이라는 결과를 초래한다. 그러나 그로 인해 경상 수지가 악화되었는지 여부는 알 수 없다. 1문단에 따르면, 경상 수지는 한 국가의 재화와 서비스의 수출입 간 차이인데, 소득세 감면이나 군비 증대는 교역과 직접적인 관련이 없기 때문이다. 또한 경상 수지 악화 상황, 즉 적자 상황을 완화하기 위해서는 수출을 늘려야 한다. 그런데 A국 통화에 대한 B국 통화의 환율을 상승시키면 B국은 동일한 상품을 더 저렴하게 A국에 수출할 수 있게 되고, 그 결과 A국에 대한 B국의 수출이 증가한다. 반대로 A국은 수입이 늘어나게 되어 A국의 경상 수지는 더욱 악화된다. 따라서 A국 통화에 대한 B국 통화의 환율을 상승시키는 것은 A국의 경상 수지 악화를 완화하는 방안이 될 수 없다.

사회·문화
경제 01

본문 046쪽

[048~051] 〈독점 경쟁 시장〉

048 ② 049 ④ 050 ④ 051 ②

E 지문 선정 포인트

독점 경쟁 시장과 완전 경쟁 시장은 경제 분야에서 꾸준히 출제되어 온 주요 제재로, 평가원 모의평가에서 '광고'와 엮여 출제되기도 하였다. 경제 지문은 그래프가 제시되거나 구체적 사례에 적용하는 문항이 함께 출제되기 때문에 학생들이 어렵게 느끼는 분야이다. 독점 경쟁 시장과 완전 경쟁 시장의 개념과 특징, 차이점을 잘 알아 두도록 하자.

〈독점 경쟁 시장〉

해제 이 글은 완전 경쟁 시장과 독점 시장의 특성을 모두 지닌 독점 경쟁 시장의 특징을 설명하고 있다. 먼저 완전 경쟁 시장의 특징을 설명하고 이어서 독점 시장의 특징을 설명한 후, 이 두 시장의 특성을 모두 보이는 독점 경쟁 시장을 소개하였다. 그다음 독점 경쟁 시장을 단기 균형 상태일 때와 장기 균형 상태일 때로 나누어 그 특징을 설명하고, 독점 경쟁 시장이 갖는 장점과 단점을 제시하며 글을 마무리하고 있다.

주제 완전 경쟁 시장과 독점 시장의 특성을 모두 보이는 독점 경쟁 시장

구성

1문단	비현실적인 시장인 완전 경쟁 시장
2문단	하나의 공급자가 시장 지배력을 갖는 독점 시장
3문단	완전 경쟁 시장과 독점 시장의 특성을 모두 보이는 독점 경쟁 시장
4문단	독점 경쟁 시장에서의 단기 균형
5문단	독점 경쟁 시장에서의 장기 균형
6문단	독점 경쟁 시장의 장점과 단점

048 세부 정보 파악 답 ②

정답 풀이

6문단에서 모든 상품이 동질적이라면 가격이 좋은 경쟁 수단이 되겠지만, 차별화가 이루어져 있으면 가격 아닌 다른 수단에 의해 경쟁을 하게 된다고 하였다. 따라서 상품의 차별화를 통해 경쟁 시장에 진입한 공급자는 가격을 낮추는 방식으로 수요를 창출하는 것이 아니라, 차별화된 상품에 대해 비가격 경쟁을 하게 되는 것이다.

오답 풀이

① 2문단에서 초기 투자 비용이 소요되고 수익성도 보장할 수 없지만 공익을 위해 필요한 경우에 정부가 공급자를 지정하여 독점을 허용하기도 한다고 하였다. 따라서 정부가 공급자를 지정하여 이 공급자에게 시장 지배력을 전적으로 부여하는 경우도 있음을 알 수 있다.

③ 3문단에서 독점 경쟁 시장에서 공급자는 상품 차별화를 통해 자신의 상품에 대해 어느 정도의 독점력을 보유하고 있는데, 이 공급자가 상품을 차별화하는 방식은 상품을 만들 때 독특한 재료를 사용한다거나 겉모양의 디자인을 달리하는 것이 대표적이라고 하였다. 따라서 독특한 재료를 사용하여 상품을 만든 기업은 자신의 상품에 대해 어느 정도의 독점력을 보유할 수 있음을 알 수 있다.

④ 4문단에서 시장이 독점 시장이었다면 장기적으로도 기업의 이윤은 항상 양의 값을 갖겠지만 독점 경쟁 시장에서는 다른 기업들이 이 시장으로 진입해 들어오기 시작하기 때문에 상황이 다르다고 하였다. 즉 독점 경쟁 시장 단기 균형 상태에서 이윤을 낸 기업이 장기 균형 상태에서도 같은 이윤을 낸다고 보장할 수 없는 것이다.

⑤ 2문단에서 독점 시장은 진입 장벽이 존재하기 때문에 형성되는데, 한 기업의 평균 비용이 월등히 낮아 가격 경쟁력이 압도적인 우위에 있는 경우가 이에 해당한다고 하였다. 따라서 생산비 절감으로 가격 경쟁력에서 압도적 우위를 차지한 기업은 다른 경쟁사가 시장에 들어올 수 없는 진입 장벽을 만들어 낼 수 있으므로, 이로 인해 독점 시장이 형성될 수 있음을 알 수 있다.

049 개념 간의 특징 비교 답 ④

정답 풀이

5문단의 내용을 바탕으로 할 때, 독점 경쟁 시장(ⓒ)에서 기업의 진입이 더 이상 일어나지 않으면 이 시장은 장기 균형 상태에 도달하게 된다고 하였다. 그리고 장기 균형 상태에서 모든 기업의 이윤이 0으로 떨어진다는 점에서 보면, 이 시장은 완전 경쟁 시장(㉠)과 같다고 하였다. 따라서 ⓒ이 장기 균형 상태에 도달하면 ㉠이 된다고 할 수 있다.

오답 풀이

① 1문단에서 완전 경쟁 시장(㉠)은 비현실적인 시장이라고 하였고, 2문단에서 독점 시장(ⓒ)은 공기업에 의해 공급되는 전기, 수도 등의 예를 찾아볼 수 있다고 하였다. 따라서 ⓒ보다 ㉠이 현실에서 찾아보기 힘든 시장 형태이다.

② 1문단에서 완전 경쟁 시장(㉠)은 자원 배분이 가장 효율적으로 이루어진다고 하였다.

③ 2문단에서 독점 시장(ⓒ)은 하나의 공급자가 제품 가격에 영향을 줄 수 있는 시장 지배력을 갖지만, 6문단에서 독점 경쟁 시장(ⓒ)에서는 가격 이외의 요소들에 의한 경쟁, 즉 비가격 경쟁이 흔히 일어난다고 하였다.

⑤ 3문단에서 독점 경쟁 시장(ⓒ)에서는 다수의 공급자가 서로 조금씩 다른 상품을 만들어 팔기 때문에 자신의 상품에 대해 어느 정도의 독점력을 보유하고 있다고 하였다.

050 세부 내용 추론 답 ④

정답 풀이

1문단에서 완전 경쟁 시장은 공급자와 수요자가 매우 많고 공급되는 제품의 질이 동일한 시장이라고 하였다. 그래서 완전 경쟁 시장에서 공급자가 가격을 결정하여 제품을 팔 경우에 소비자는 다른 기업의 제품으로 바꾸어 살 수 있다. 따라서 완전 경쟁 시장에서 공급자는 함부로 가격을 올릴 수 없고 시장에서 결정된 가격을 그대로 받아들이게 된다. 따라서 개별 기업의 수요 곡선은 우하향하는 모양이 아니라, 시장 가격 수준에서 그은 수평선의 모양으로 나타난다.

오답 풀이

① 완전 경쟁 시장에서는 소비자 역시 상품에 대한 정보를 가지고 있다. 완전 경쟁 시장에서는 가격이 조금이라도 비싸지면 수요자가 다른 곳에서 같은 제품을 구매할 수 있기 때문이다.

② 완전 경쟁 시장에서 공급되는 제품의 질은 동일하다고 하였다.

③ 완전 경쟁 시장에서 수요자가 많은 것은 맞지만, 공급자가 상품 생산에 따른 손실을 입지 않는 것은 아니다. 공급자가 생산한 상품을 소비자의 수요에 따라 정해진 가격보다 조금이라도 비싸게 판매하면 수요자는 다른 곳에서 상품을 구매할 수 있기 때문이다.

⑤ 완전 경쟁 시장에서 개별 기업이 특정한 제품을 일정량 이상 생산하고 있더라도 상품 생산으로 이익이 발생하면 새롭게 진입하는 기업이 있을 수 있다.

051 구체적 사례에의 적용 답 ②

정답 풀이

B, C 기업의 시장 점유율이 감소하면 B 기업과 C 기업은 자신이 생산할 수 있는 시설 규모보다 적은 양을 생산하게 된다. B 기업과 C 기업의 일부 시설은 유휴 시설이 되는 것이다. 그런데 6문단에서 기업이 갖고 있는 평균 비용 곡선이 최저점에 도달하는 생산 수준이 그 기업의 시설 규모라고 할 때, 장기 균형 상태에서 기업은 이 시설 규모보다 적은 양을 생산하게 된다고 하였다. 따라서 B 기업과 C 기업은 평균 비용 곡선이 최저점에 도달한 지점의 생산 수준보다 낮은 수준으로 비누를 생산하게 될 것이다.

오답 풀이

① 4문단에서 독점 경쟁 시장에서 생산량은 개별 기업의 한계 수입 곡선과 한계 비용 곡선이 교차하는 생산 수준에서 이루어진다고 하였다. A 기업의 시장 점유율이 8% 증가하였다는 것은 생산량이 늘어난 것이므로, A 기업의 한계 수입 곡선과 한계 비용 곡선이 교차하는 지점이 위쪽으로 이동하였다는 뜻이다.

③ A, B, C 세 기업의 2019~2022년 시장 점유율은 변동이 없었으므로, 이때의 각 기업에서는 초과 이윤이 발생하지 않았음을 의미한다. 즉 A 기업, B 기업, C 기업 모두 초과 이윤이 0이었음을 알 수 있다.

④ 독점 경쟁 시장에서 차별화된 상품들이 각자 독자적인 시장을 형성하게 되면 개별 기업의 수요 곡선은 우하향하는 모양을 갖는다고 하였다. 또한 5문단에서 개별 기업이 차지할 수 있는 시장의 몫이 점차 작아지면 개별 기업의 수요 곡선은 점차 아래쪽으로 이동해 간다고 하였다. 따라서 A 기업의 수요 곡선보다 아래쪽에 B 기업과 C 기업의 수요 곡선이 위치할 것임을 알 수 있다.

⑤ 6문단에서 독점 경쟁 시장에서는 가격 이외의 요소들에 의한 비가격 경쟁이 흔히 일어난다고 하였다. 또한 가격보다는 다른 요소에 의한 경쟁이 더 큰 영향을 미친다고 하였다. 이를 참고할 때, A 기업과 B 기업, C 기업의 상품은 차별화되어 있으므로, A 기업은 가격뿐만 아니라 다른 비가격 경쟁의 요소 등 경쟁력에서 우위를 차지하는 데 도움이 되는 요소를 활용하여 시장 점유율을 높였을 것이라고 추측할 수 있다.

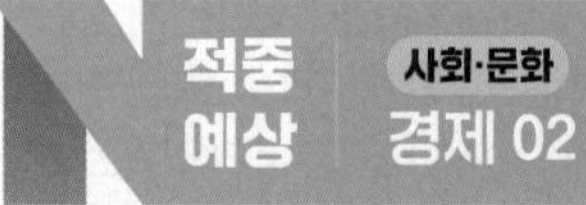

적중 예상 | 사회·문화 경제 02

본문 048쪽

[052~056] 〈채권에 대한 이해〉

052 ② 053 ④ 054 ④ 055 ④ 056 ①

E 지문 선정 포인트

'채권'은 수능에 출제된 적이 있고, 평가원 모의고사와 E교재에도 자주 등장하는 경제 분야의 주요 제재라 할 수 있다. 몇 차례 출제된 단골 제재의 개념은 지문에서 설명이 간결하게 제시되는 경우가 있으므로, 이러한 주요 제재의 개념을 미리 확실하게 학습해 두는 것이 필요하다. 이러한 기초 배경지식을 바탕으로 독해 시간을 줄여 나가는 연습을 해 보자.

〈채권에 대한 이해〉

해제 채권의 개념 및 종류에 대해 소개하고 있는 글이다. 채권은 국가, 지방 자치 단체, 은행, 회사 따위가 사업에 필요한 자금을 차입하기 위하여 발행하는 유가 증권으로, 고정 이자부 금융 상품에 해당한다. 채권에는 이자 지급 방식과 만기에 따라 액면 금액, 만기, 액면 이자율, 이자 지급 기간 등이 기재되어 있는 이표채와 이표가 없는 무이표채, 별도의 만기가 없으며 지속적으로 이자만 받는 영구채가 있다. 한편, 채권은 액면 이자율과 시장 이자율의 관계에 따라 거래되는 가격이 달라지는데, 액면 이자율과 시장 이자율이 같은 액면 상태, 시장 이자율이 액면 이자율보다 낮아 액면 금액보다 채권 가격이 높게 거래되는 할증 상태, 반대로 시장 이자율이 액면 이자율보다 높아 액면 금액보다 채권 가격이 낮게 거래되는 할인 상태가 있다.

주제 채권의 개념과 종류 및 채권 가격이 형성되는 원리

구성

1문단	채권의 개념 및 종류
2문단	채권의 기본적인 개념들
3문단	이표채의 개념 및 특징
4문단	무이표채의 개념 및 특징
5문단	영구채의 개념 및 특징
6문단	채권의 액면 이자율과 시장 이자율의 관계에 따른 채권 가격
7문단	채권 가격에 영향을 미치는 채권의 만기

052 내용 전개 방식 파악 답 ②

정답 풀이

이 글은 채권의 종류 및 채권의 가격이 결정되는 방식에 대해 설명하는 글로, 일의 과정과 절차를 순서에 따라 설명하고 있지 않다.

오답 풀이

① 1문단의 '채권은 발행 주체에 따라 국채, 회사채, 지방채, 특수채 등으로 나눌 수 있다.', 3문단의 '채권은 이자 지급 방식과 만기에 따라 이표채, 무이표채, 영구채로 구분한다.' 등에서 대상을 기준에 따라 구분하여 설명하고 있다.

③ 3문단의 '만일 액면 금액이 1억 원이고 3년 만기, 액면 이자율이 10%, 분기마다 이자를 지급하는 이표채가 있다고 가정해 보자.', 4문단의 '예를 들어, 액면 금액 1억 원의 무이표채가 3년 만기, 할인율 10%로 발행된다면 ~', 5문단의 '예를 들어, 액면 금액이 1억 원인 영구채가 액면 이자율 5%로 발행되었다고 하자.' 등에서 구체적인 상황을 가정하여 설명함으로써 독자의 이해를 돕고 있다.

④ '채권은 국가, 지방 자치 단체, 은행, 회사 따위가 사업에 필요한 자금을 차입하기 위하여 발행하는 유가 증권이다.'(1문단), '만기는 채권 효력이 만료되는 날로서, 원금과 이자를 지급받는 날이다.', '액면 금액은 채권을 최초 발행할 당시 채권 표면에 기재되어 있는 금액으로 만기 시 상환받는 금액을 말한다.'(2문단), '이표채는 액면 금액, 만기, 액면 이자율, 이자 지급 기간 등이 기재되어 있는 채권으로, 채권에서 정하고 있는 매 기간마다 액면 이자를 지급받고 만기 시 원금을 상환받는 채권이다.'(3문단) 등에서 대상의 개념을 풀어서 설명하고 있다.

⑤ 2문단의 '채권은 일정 기간마다 액면 이자율만큼 액면 이자를 지급해야 한다. 이는 정기 예금의 금리와 유사하다.'에서 공통점을, '다만 정기 예금은 만기 시 원금과 함께 이자를 지급하지만, 채권은 해당 채권에서 정하는 기간에 맞춰 액면 이자를 지급한다.'에서 차이점을 들어 설명 대상인 채권의 특징을 부각하고 있으므로 비교와 대조의 방식을 사용하여 설명하고 있다.

053 세부 정보 파악 답 ④

정답 풀이

2문단에서 '액면 금액은 채권을 최초 발행할 당시 채권 표면에 기재되어 있는 금액으로 만기 시 상환받는 금액을 말한다.'라고 하였다. 즉 액면 금액은 정하는 기간에 맞추어 나누어 상환받는 금액이 아니라 만기 시 상환받는 금액이다.

오답 풀이

① 1문단의 '채권은 발행 주체에 따라 국채, 회사채, 지방채, 특수채 등으로 나눌 수 있다.'에서 채권의 종류는 발행 주체에 따라 다양함을 알 수 있다.

② 1문단의 '채권은 발행할 때 이자가 확정되어 있으므로 정기적으로 이자를 지급하는 고정 이자부 금융 상품에 해당한다.'에서 채권은 이자가 확정되어 있는 금융 상품임을 알 수 있다.

③ 6문단의 '채권 가격은 시장 이자율에 따라 액면 금액과 같거나 액면 금액보다 높아지거나 낮아질 수 있다.'에서 채권은 액면 금액보다 높거나 낮은 가격에 거래될 수 있음을 알 수 있다.

⑤ 2문단의 '액면 이자는 액면 금액에 액면 이자율을 곱하여 산정한 금액'에서 채권의 액면 이자는 액면 금액에 액면 이자율을 곱한 금액임을 알 수 있다.

054 구체적 사례에의 적용 답 ④

정답 풀이

××× 회사채의 액면 금액은 1만 원이지만 수민이가 ××× 회사채를 매수한 시점에 채권 시장에서 거래된 가격은 8,000원이므로, 수민이는 80만 원으로 ××× 회사채 100개를 살 수 있다. 만기가 되면 수민이는 ××× 회사채 100개의 액면 금액 100만 원을 상환받을 수 있다. 또한 액면 이자율이 6%이므로 100개의 회사채, 즉 100만 원에 해당하는 연간 이자는 60,000원이고, 그 $\frac{1}{4}$에 해당하는 금액 15,000원을 분기 이자로 지급받을 수 있다. 따라서 수민이는 만기 시 ××× 회사채의 액면 금액 100만 원과 마지막 분기 이자 15,000원을 합산한 1,015,000원을 상환받는다.

오답 풀이

① 6문단에서 '시장 이자율이 채권의 액면 이자율보다 높은 경우 액면 금액보다 채권 가격이 낮게 형성되는데 이를 할인 상태라고 한다.'라고 하였다. 수민이가 ××× 회사채를 매수한 시점에 채권 시장에서 거래된 가격은 8,000원이고 액면 금액은 10,000원이므로, ××× 회사채는 액면 금액보다 채권 가격이 낮게 형성된 할인 상태이다. 따라서 ××× 회사채의 액면 이자율이 시장 이자율보다 낮다는 것을 짐작할 수 있다.

② ××× 회사채의 액면 금액은 1만 원이지만 수민이가 ××× 회사채를 매수한 시점에 채권 시장에서 거래된 가격은 8,000원이므로, 수민이는 80만 원으로 ××× 회사채 100개를 살 수 있다. 액면 이자율이 6%이므로 100개의 회사채, 즉 100만 원에 해당하는 연간 이자는 60,000원이고, 그 $\frac{1}{4}$에 해당하는 분기 이자는 15,000원이다. ××× 회사채의 이자는 '분기 지급'이므로 수민이는 ××× 회사채를 10개월간 보유하면서 분기마다 15,000원씩, 세 차례에 걸쳐 이자 45,000원을 지급받았음을 짐작할 수 있다.

③ 6문단에서 '시장 이자율이 채권의 액면 이자율보다 낮은 경우 액면 금액보다 채권 가격이 높게 형성되는데, 이를 할증 상태라고 한다.'라고 하였다. 따라서 시장 이자율이 ××× 회사채의 액면 이자율 6%보다 낮아진다면, ××× 회사채의 가격은 액면가 1만 원보다 높게 형성될 것이다.

⑤ 수민이는 80만 원으로 8,000원인 ××× 회사채 100개를 샀다. 그런데 이를 9,000원에 매도한다면 90만 원을 받게 된다. 따라서 수민이는 10만 원의 매매 차익을 얻을 수 있다.

055 핵심 개념 간 비교 이해 답 ④

정답 풀이

6문단에서 '채권 가격은 시장 이자율에 따라 액면 금액과 같거나 액면 금액보다 높아지거나 낮아질 수 있다.'라고 하였는데, ㉠'이표채'와 ㉡'무이표채', ㉢'영구채'는 모두 채권에 해당한다. 따라서 시장 이자율은 ㉢뿐만 아니라, ㉠, ㉡의 가격에도 영향을 미친다는 것을 알 수 있다.

오답 풀이

① 3문단에서 ㉠은 '액면 금액, 만기, 액면 이자율, 이자 지급 기간 등이 기재되어 있는 채권'이라고 하였고, 4문단에서 ㉡은 '만기가 되어 채권 발행 기관에 (무이표채를) 제시하면 액면 금액인 1억 원을 받는다.'라고 하였으므로 ㉠, ㉡은 채권 발행 시 만기가 정해져 있음을 알 수 있다. 그러나 5문단에서 ㉢은 '별도의 만기가 없으며 지속적으로 이자만 받는 채권'이라고 하였으므로 만기가 정해져 있지 않음을 알 수 있다.

② 3문단에서 ㉠은 '액면 금액, 만기, 액면 이자율, 이자 지급 기간 등이 기재되어 있는 채권'이라고 하였고, 5문단에서 ㉢은 '액면 금액이 1억 원인 영구채가 액면 이자율 5%로 발행되었다고' 가정하고 있으므로 ㉠, ㉢은 액면 이자율이 제시되어 있음을 알 수 있다. 그러나 4문단에서 ㉡은 '이표가 없는 대신 최초 발행 시 할인되어 발행된다.', '액면 금액 1억 원의 무이표채가 3년 만기, 할인율 10%로 발행된다면'이라고 하였으므로 액면 이자율 대신 할인율이 제시되어 있음을 알 수 있다.

③ 4문단의 '할인이란 쉽게 이해하면 선이자를 떼고 발행되는 것이라고 보면 된다.'를 통해 ㉡의 할인율은 ㉠의 이자율과 비슷한 기능을 함을 알 수 있다.

⑤ 1문단에서 '채권은 발행할 때 이자가 확정되어 있으므로 정기적으로 이자를 지급하는 고정 이자부 금융 상품에 해당한다.'라고 하였으며, ㉠, ㉡, ㉢은 채권의 종류이므로, 모두 고정 이자부 금융 상품에 해당한다.

056 시각 자료 이해 답 ①

정답 풀이

6문단에서 '시장 이자율이 상승하면 채권 가격은 하락하고 시장 이자율이 하락하면 채권 가격은 상승하는 역의 관계가 성립된다.'라고 하였으므로 채권 가격과 시장 이자율은 반비례 관계에 있다. 그리고 7문단에서 '시장 이자율이 액면 이자율보다 낮을 경우, 10년 만기 채권의 가격은 5년 만기 채권에 비해 급격히 오르게 된다. 반면, 시장 이자율이 액면 이자율보다 높을 경우, 10년 만기 채권의 가격은 5년 만기 채권에 비해 훨씬 크게 하락한다.'라고 하였으므로 10년 만기 채권 그래프가 5년 만기 채권 그래프보다 기울기가 더 가파를 것이다. 이와 같은 양상을 나타내는 그래프는 ①이다. ③은 시장 이자율이 액면 이자율보다 높은 부분에서 오히려 5년 만기 채권 그래프의 기울기가 더 가파르므로 적절하지 않다.

[057~061] 〈환율에 따른 물가와 국민 소득의 변동 양상〉

057 ③　058 ④　059 ③　060 ⑤　061 ③

E 지문 선정 포인트

총수요와 총공급은 경제의 대표 개념 중 하나로, E교재에서 다양한 경제 상황과 엮여 꾸준히 지문으로 제시되고 있다. '환율'은 총수요와 총공급에 영향을 미치는데, 이러한 환율 변동과 경상수지에 관한 문제는 모의평가에도 출제된 적이 있다. 총수요와 총공급의 변화와 국가의 금융 정책, 재정 정책과 환율, 물가 등의 연관성을 따져 보는 연습을 해 보자.

〈환율에 따른 물가와 국민 소득의 변동 양상〉

해제 환율의 변화에 따른 물가와 국민 소득의 관계, 그리고 이를 유도하기 위한 정책의 효과에 대해 설명한 글이다. 환율의 변화는 총수요와 총공급에 영향을 주어 물가와 국민 소득의 변화를 유발하는데, 개방 경제에서는 단기적으로 이자율이 환율에 가장 큰 영향을 준다. 이에 변동 환율제에서는 이자율에 영향을 주어 총수요와 총공급에 영향을 미칠 수 있는 금융 정책과 재정 정책을 사용한다. 정부가 중앙은행을 통해 화폐의 공급을 증가하면 시장에 통화량이 늘어나 소비 및 투자 지출 등이 증가하여 총수요가 커지고 이로 인해 물가와 국민 소득 모두 증가한다. 그런데 개방 경제에서는 통화량이 늘면 이자율이 떨어지고 이에 따라 국내 자본이 해외로 유출되어 폐쇄 경제에서의 균형점보다 국민 소득과 물가가 더 높은 수준에서 형성되어 경기가 부양된다. 또한 정부가 재정을 확대해 정부 지출이 증가하면 일단은 물가와 국민 소득 모두 증가하지만, 개방 경제에서는 정부 지출의 증가는 국내 이자율의 상승으로 이어져 외환 공급이 늘어난다. 이는 환율 하락으로 이어져 재정 정책의 경제 팽창 효과를 상쇄한다.

주제 개방 경제에서의 환율 변화가 물가와 국민 소득에 미치는 영향

구성

1문단	총수요와 총공급에 영향을 주는 환율의 변화
2문단	총수요 및 총공급의 변화에 따른 물가와 국민 소득의 관계
3문단	이자율의 변동에 따른 환율의 변화
4문단	금융 정책에 따른 물가 및 국민 소득의 변동 효과
5문단	재정 정책에 따른 물가 및 국민 소득의 변동 효과

057 세부 정보 파악 답 ③

정답 풀이

5문단에 따르면, 개방 경제에서는 정부 지출의 증가가 화폐 수요의 증가로 이어져 국내 이자율의 상승을 가져온다. 그렇지만 이자율 상승을 일으키는 정부 지출의 수준이 어떻게 설정되는지에 대한 정보는 이 글에 제시되어 있지 않다.

오답 풀이

① 1문단에서 총수요가 소비 지출, 투자 지출, 정부 지출, 그리고 순수출로 구성된다는 것을 확인할 수 있다.

② 1문단에서 환율이 오르면 수입 원자재와 중간재의 가격이 상승하여 생산 비용이 상승하고 이에 따라 상품의 생산량이 줄어들어 총공급이 감소한다고 하였다. 이를 통해 환율 상승이 공급 감소로 이어지는 과정을 확인할 수 있다.

④ 3문단에 따르면, 개방 경제에서 국내 이자율이 올라가면 이자율 차액을 노린 해외 자본이 국내로 유입되어 외화 공급량이 늘어나기 때문에 외화의 가치인 환율이 내려가게 된다. 이를 통해 개방 경제에서 국내 이자율 상승이 환율 하락을 일으키는 이유는 이자율 차액을 노린 해외 자본이 국내로 유입되어 외화 공급량이 늘어나기 때문임을 확인할 수 있다.

⑤ 3문단에서 변동 환율제에서는 정부의 금융 정책과 재정 정책이 이자율에 영향을 주어 총수요와 총공급에 영향을 미칠 수 있음을 확인할 수 있다.

058 핵심 정보 파악 답 ④

정답 풀이

1문단의 '총공급은 국가 경제에서 재화와 서비스에 대한 공급의 총합이다.'에서 알 수 있듯이, ④에서의 '재화와 서비스에 대한 공급의 총합'은 총공급에 해당한다. 그런데 수요 팽창 효과는 총공급 곡선보다 총수요 곡선이 더 큰 폭으로 이동할 경우 더 커지는 것이므로, 총공급이 커진다고 해서 수요 팽창 효과가 커지는 것은 아니다.

오답 풀이

① 3문단의 '해외 자본이 국내로 유입되어 외화 공급량이 늘어나고, 이에 따라 외화의 가치인 환율이 내려'간다는 내용과 1문단의 '환율이 오르면 ~ 총수출이 늘어나 결국 총수요가 증가한다.(→ 환율이 내려가면 총수출이 줄어 결국 총수요가 감소함.)'에서 알 수 있듯이, 외환이 시장에 많이 유입될수록 환율의 하락이 발생하고, 이로 인해 순수출이 감소하면 총수요도 감소한다. 총수요가 감소하면 수요 팽창 효과는 당연히 감소한다.

② 2문단과 〈그림〉에 따르면, 총공급 곡선보다 총수요 곡선이 더 큰 폭으로 이동해야 균형점이 기존의 위치보다 더 오른쪽으로 이동하여 국민 소득이 상승할 수 있음을 알 수 있다. 이는 다르게 표현하면 공급 감소 효과보다 수요 증가 효과가 커지면 국민 소득이 증가한다는 것이다.

③ 5문단에 따르면, 정부가 재정을 확대하면 화폐 수요의 증가로 이어져 국내 이자율의 상승을 가져온다. 이에 따라 해외 자본이 국내로 유입되어 외환 공급이 늘어나게 되면 총수요 곡선은 다시 왼쪽으로, 총공급 곡선은 오른쪽으로 이동하게 된다. 즉 수요 팽창 효과가 감소하는 것이다.

⑤ 4문단에서 '총공급 곡선의 이동 폭보다 총수요 곡선의 이동 폭이 상대적으로 더 커지'면 개방 경제에서의 균형점은 폐쇄 경제에서의 균형점보다 국민 소득과 물가가 더 높은 수준에서 형성된다고 하였다. 따라서 총공급 곡선보다 총수요 곡선이 더 큰 폭으로 이동하는 수요 팽창 효과가 더 커질수록 개방 경제에서의 균형점이 폐쇄 경제에서의 균형점보다 높은 곳에서 형성될 것임을 알 수 있다.

059 추론의 적절성 판단 답 ③

정답 풀이

3문단에 따르면, 개방 경제에서는 단기적으로 환율에 가장 큰 영향을 주는 변수가 이자율이다. 〈보기〉는 이를 근거로 변동 환율제를 채택한 국가에서 침체된 경기의 부양을 위해 어떤 정책을 쓰는 것이 더 효과적인지를 판단하는 것이 과제이다. 이를 위해서는 먼저 제시된 가설을 검증해야 한다. 4, 5문단에 따르면, 통화량이 늘어나면 국내 이자율이 떨어지고 정부 지출이 증가하면 국내 이자율이 상승한다. 따라서 통화량이 늘어나는 확장적 금융 정책은 이자율을 떨어뜨리고, 정부 지출이 증가하는 확장적 재정 정책은 이자율을 오르게 한다고 볼 수 있다. 즉 〈보기〉의 가설은 참임을 알 수 있다. 개방 경제에서는 이자율이 내리면 환율이 상승하여 총공급은 감소하고 총수요는 증가함으로써 균형점이 이동하여 국민 소득과 물가가 더 높은 수준에서 형성되나, 이자율이 오르면 환율이 하락하면서 반대의 결과를 가져온다. 그런데 4문단의 마지막 문장에서 알 수 있듯이, 경기가 부양

되기 위해서는 국민 소득과 물가가 더 높은 수준에서 형성되어야 하므로, 확장적 금융 정책이 확장적 재정 정책보다 경기 부양 효과가 더 크다는 판단을 내릴 수 있다.

오답 풀이

① 4문단에 따르면, 개방 경제에서 확장적 금융 정책을 사용하면 총수요 곡선은 폐쇄 경제일 때보다 더 오른쪽으로 이동하게 된다. 이렇게 되면 총공급 곡선의 이동 폭보다 총수요 곡선의 이동 폭이 상대적으로 더 커지기 때문에 개방 경제에서의 균형점은 폐쇄 경제에서의 균형점보다 국민 소득과 물가가 더 높은 수준에서 형성된다. 따라서 물가 인상의 폭이 완화된다고 보기 어렵다.

② 재정 정책은 중앙 정부의 조세 정책을 통해 이루어지는 것이므로, 재정 정책을 사용하면 중앙은행의 역할이 더 커진다고 보기 어렵다. 확장적 금융 정책은 정부가 중앙은행을 통해 화폐의 공급을 증가시키는 것이므로 중앙은행의 역할이 커지는 것은 금융 정책에 의해서이다.

④ 3문단의 '개방 경제는 나라와 나라 사이에서 상품이나 서비스뿐 아니라 자본도 자유롭게 이동할 수 있다.'에서 보듯, 국가 간 자본의 이동은 개방 경제일 때 원활하게 이루어지는 것이다. 국가 간 자본의 이동의 용이성이 금융 정책과 재정 정책에 따라 달라진다고 보기 어렵다.

⑤ 5문단에 따르면, 개방 경제에서는 정부 지출의 증가는 화폐 수요의 증가로 이어져 국내 이자율의 상승을 가져온다. 이에 따라 해외 자본이 국내로 유입되어 외환 공급이 늘어난다. 이렇게 되면 환율이 하락하여 원자재 수입에 의존하는 제품의 생산 비용도 하락하게 된다.

060 구체적 사례에의 적용 답 ⑤

정답 풀이

3문단의 '국내 이자율이 올라가면 이자율 차액을 노린 해외 자본이 국내로 유입되어 외화 공급량이 늘어나고, 이에 따라 외화의 가치인 환율이 내려가게 된다. 반대로 국내 이자율이 떨어지게 되면 국내 자본이 해외로 유출되어 환율이 올라가는 결과가 나타난다.'에 따르면, A국에서 B국으로 자본이 유출되고 있는 것은 A국보다 B국의 이자율이 더 높아 이자 수익에 대한 기대감이 더 크기 때문이다. 따라서 A국의 자본이 B국으로 이동하는 것을 막으려면 A국의 이자율을 B국보다 더 높은 수준으로 유지해야 한다. 그런데 4문단에 따르면, 통화량을 늘리는 정책을 쓰게 되면 이자율이 떨어지게 된다. 따라서 A국에서 이자율을 높이기 위해서는 통화량을 늘리는 것이 아니라 반대로 통화량을 줄이는 정책을 써야 한다.

오답 풀이

① B국의 그래프를 보면, 통화량이 고정된 상태에서 화폐 수요가 증가함(MD1 → MD2)으로써 균형 이자율이 r0에서 r1로 상승하게 된 것이다.

② B국의 경우, A국의 대규모 자본이 B국으로 유입됨으로써 B국 화폐의 환율이 하락하게 된다. 이로써 수출은 감소하고 수입은 증가하여 무역 수지의 적자가 확대될 수 있다. 따라서 확대된 무역 수지의 적자를 줄이려면 통화량을 늘려 이자율을 내림으로써 환율이 적정 수준으로 향상되도록 하는 것이 효과적이다.

③ 3문단의 '국내 이자율이 올라가면 이자율 차액을 노린 해외 자본이 국내로 유입'된다는 내용과 〈보기〉의 그래프를 참고할 때, A국의 대규모 자본이 B국으로 이동한 것은 B국의 이자율(r1)이 A국의 이자율(r0)보다 높아 A국보다 B국에서 이자 수익을 더 많이 얻을 수 있기 때문이다.

④ 3문단에서 국내 이자율이 오르면 외화 공급량이 증가해 환율이 내려간다고 했는데, 1문단에서 환율이 오르면 수입 원자재와 중간재의 가격이 상승한다고 했으므로, 환율이 내려가면 반대로 수입 자재의 가격이 내려갈 것임을 알 수 있다. 따라서 B국으로 이동한 A국의 자본은 B국의 외화 공급량 증가에 영향을 주어 환율을 하락시킨다. 이로 인해 B국이 A국에서 수입하는 제품의 가격은 하락하게 된다.

061 구절의 문맥적 의미 파악 답 ③

정답 풀이

정부가 재정을 확대해 정부 지출이 증가하면 총수요가 증가해 총수요 곡선이 오른쪽으로 이동하여 물가와 국민 소득이 증가한다. 그런데 개방 경제에서는 정부 지출의 증가가 국내 이자율의 상승으로 이어지고, 이로 인해 해외 자본이 국내로 유입되어 외환 공급이 늘어나 환율이 하락하면 총수요가 감소해 총수요 곡선은 다시 왼쪽으로, 총공급은 증가해 총공급 곡선은 오른쪽으로 이동하여 새로운 균형점을 형성하게 된다. 이를 종합해 보면, 정부의 확장적 재정 정책으로 총수요 곡선이 오른쪽으로 이동해 물가와 국민 소득을 모두 증가시켰으나, 개방 경제에서는 화폐 수요, 이자율, 해외 자본 유입 등의 여러 영향으로 총수요 곡선이 '다시 왼쪽으로' 이동하고 총공급 곡선이 오른쪽으로 이동하면 물가와 국민 소득의 수준이 낮아질 것임을 알 수 있다. 따라서 ⓐ는 국민 소득과 물가가 더 낮아지는 수준으로 균형점이 이동한다는 것을 의미한다.

오답 풀이

① ⓐ를 통해 물가의 변동 폭이 더욱 커진 것인지는 판단할 수 없다.

② ⓐ는 국민 소득이 감소할 것이라는 의미로 해석될 수 있다.

④ ⓐ에서 총공급 곡선이 오른쪽으로 이동한다는 것은 공급의 축소가 아니라 공급의 확대를 의미한다. 재정 지출을 늘리는 정부의 정책으로 인한 효과가 개방 경제에서는 결국 ⓐ(앞서 오른쪽으로 이동했던 총수요 곡선이 다시 왼쪽으로 이동하고, 총공급 곡선은 오른쪽으로 이동하여 전보다 국민 소득과 물가가 더 낮은 수준에서 균형점이 형성됨.)로 이어져 앞서 총수요의 확대에 따른 경제 팽창 효과가 상쇄되는 것이다. 따라서 ⓐ를 공급의 축소에 따른 효과가 상쇄되는 수준이라는 의미로 해석하는 것은 적절하지 않다.

⑤ ⓐ를 통해 총수요 곡선과 총공급 곡선의 변동 폭이 같아지는 것인지는 판단할 수 없다.

적중 예상 | 사회·문화 경제 04

본문 052쪽

[062~066] 〈공공재 운용에 관한 경제학적 논의〉

062 ③ 063 ④ 064 ④ 065 ③ 066 ⑤

E 지문 선정 포인트

'공공재'는 비경합성과 비배제성을 특징으로 하는 재화, 또는 서비스로 이러한 개념들은 경제 지문 독해의 주요한 배경지식이 되므로 기억해 두도록 한다. 또한 공공재는 E교재에 종종 제시되었지만, 아직 출제된 적이 없다. 이 지문은 공공재 운용에 관한 여러 경제학자들의 연구를 소개하고 있는 글로, 각 경제학자들의 이론을 정확하게 파악하고 비교할 수 있어야 한다.

〈공공재 운용에 관한 경제학적 논의〉

해제 공공재의 운용에 관한 다양한 경제학적 연구에 대해 설명하고 있는 글이다. 공공재는 비경합성과 비배제성을 특징으로 하는 것으로, 사적재와 구분된다. 공공재와 관련하여 순수 공공재, 준공공재, 클럽재라는 개념도 존재한다. 뷰캐넌은 클럽재의 개념을 소개하고 공공재의 운용을 위해 최적 인원수와 최적 규모를 파악하는 것이 중요하다는 점을 역설하였으며, 애로는 공공재 운용을 위해 필요한 다양한 조건들과 '불가능성 정리'를 제시하였다. 또 보웬은 공공재의 양에 따른 개인의 선호를 분석함으로써 공공재의 최적 규모를 파악하는 모형을 제시하였다. 이러한 다양한 논의들은 공공재 운용과 관련한 정책적 의사 결정, 정치적 의사 결정에도 영향을 주었다.

주제 공공재의 운용과 관련한 다양한 논의

구성

1문단	공공재의 개념과 특징
2문단	공공재와 관련한 뷰캐넌의 연구
3문단	공공재와 관련한 애로의 연구
4문단	공공재와 관련한 보웬의 연구
5문단	공공재와 관련한 새뮤얼슨의 연구 및 다양한 논의의 효용과 영향

062 내용 전개 방식 파악 답 ③

정답 풀이

이 글에서는 공공재와 관련하여 뷰캐넌, 애로, 보웬, 새뮤얼슨 등의 연구 내용을 제시하고 있다. 그러나 이러한 학자들의 다양한 주장을 각각 소개하고 있을 뿐, 대조적 관점의 이론들이라고 보기 어려우며 이론들 간의 쟁점이 되는 부분을 다루지도 않았다.

오답 풀이

① 1문단에서 글의 핵심이 되는 용어인 공공재의 개념과 비경합성, 비배제성 등의 개념을 정의하고 있다.

② 2문단에서 클럽재에 대한 이해를 돕기 위해 테니스 클럽의 비유적 상황을 제시하고 있다.

④ 공공재의 특성인 비경합성과 비배제성을 바탕으로, 이와 반대되는 특성을 가진 사적재, 비배제성이나 비경합성 중 하나의 특성만 보이는 준공공재, 비경합성과 비배제성을 모두 갖춘 순수 공공재, 그리고 뷰캐넌이 제시한 개념인 클럽재 등을 설명하고 있다.

⑤ 5문단에서 공공재와 관련된 학자들의 다양한 논의가 정부의 합리적 선택을 유도하고 정책적 의사 결정, 정치적 의사 결정에도 영향을 주었다고 밝히고 있다.

063 구체적 사례에의 적용 답 ④

정답 풀이

일정 규모의 공간에 적정 인원수가 넘어서게 되면 불편이 발생하게 되는데, 이때 일정 규모의 공간은 클럽재로 볼 수 있다. 무료 공연장은 일정 정도의 인원수를 넘어서면, 즉 적정 수준을 넘어 1인이 추가될 때마다 불편이 야기되므로 클럽재라고 할 수 있다. 이러한 무료 공연장은 인원이 추가되는 것을 배제할 수는 없지만 그로 인해 경합이 일어나게 되므로 배제 불가능, 경합에 해당한다. 따라서 무료 공연장은 '유형 3'이 아니라 '유형 2'가 된다.

오답 풀이

① 배제 가능하고 경합이 필요한 것(유형 1)은 모든 사람들이 동시에 소비할 수 없는 사적재에 해당한다.

② 이용에 따른 대가를 치르지 않고, 즉 무료로 이용할 수 있다는 것은 배제가 불가능하다는 것을 의미한다. 그런데 한 사람의 소비가 다른 소비에 영향을 주는 것은 경합을 필요로 하는 것이므로 교통량이 많은 도로는 경합성을 가진다. 따라서 무료이지만 교통량이 많은 도로는 '배제 불가능+경합'의 특성을 가지므로 '유형 2'에 해당한다.

③ 요금을 지불해야 한다는 것은 배제가 가능하다는 것이며, 도로가 한산하다는 것은 요금을 지불하고 난 뒤에 경합이 필요하지 않다는 것으로, 비경합성을 가진다는 것이다. 그러므로 한산한 유료 도로는 '배제 가능+비경합'의 '유형 3'에 해당한다.

⑤ 국가의 안보와 관련된 국방 서비스는 배제가 불가능하고 경합도 필요하지 않다. 즉 누구나 동시에 소비할 수 있는 비배제성과 비경합성을 갖춘 공공재로 순수 공공재에 해당한다.

064 자료 이해 및 생략된 내용 추론 답 ④

정답 풀이

ㄴ. 개인의 공공재에 대한 선호가 높을수록 공공재의 공급이 많아지기를 바랄 것이다. 따라서 공공재에 대한 선호가 높은 개인이 공공재의 공급을 위해 비용을 더 부담하려고 할 것이므로, 개인의 공공재 선호가 증가하면 이 개인의 공공재 비용 부담 비율도 증가할 것임을 추론할 수 있다. 이를 〈그림〉을 통해 이해해 보면, 예를 들어 개인 A의 선호가 증가하면 DA는 오른쪽으로 이동하게 되고 L점도 오른쪽의 위쪽 방향으로 이동하게 되므로 개인 A의 공공재 비용 부담 비율은 증가하게 된다.

ㄹ. 무임승차자는 공공재 운용을 위한 비용을 지불하지 않으나, 이와 상관없이 공공재 운용을 위해 필요한 비용은 일정하다. 따라서 무임승차가 발생하면 공공재에 대한 선호가 높은 개인의 공공재 비용 부담 비율은 증가할 수밖에 없다.

오답 풀이

ㄱ. 〈그림〉의 그래프를 보면, 공공재의 최적 규모 Z*는 개인 A의 선호 DA와 개인 B의 선호 DB가 만나는 지점에서 형성된다. 그런데 개인들의 공공재 비용 부담 비율의 총합이 1이므로 개인의 선호에 따라 그 비율이 다르며 동일한 비율을 이루는 것은 아니다. 따라서 동일한 비용 부담 비율이 되는 지점에서 공공재의 최적 규모가 형성된다고 이해하는 것은 적절하지 않다.

ㄷ. 무임승차의 문제가 발생하더라도 공공재를 운용하는 데 필요한 비용은 일정하므로 각 개인의 공공재 비용 부담 비율의 총합은 1이 되어야 한다.

065 구체적 사례에의 적용 답 ③

정답 풀이

제주도와 경주 두 지역만을 비교하면 A그룹은 제주도가 경주보다 선호도가 높으므로 제주도를, B그룹은 경주가 제주도보다 선호도가 높으므로 경주를, C그룹도 경주가 제주도보다 선호도가 높으므로 경주를 선택하게 된다. 따라서 B그룹과 C그룹이 선택한 경주가 제주도보다 선호도가 높으므로 학교에서는 경주를 수학 여행지로 결정하게 된다. 이는 개인의 우선순위가 제주도보다 경주가 앞서기 때문에 학교(사회 전체)의 우선순위도 경주로 나타난 것이므로, 파레토의 원리에 맞다. 그런데 이 방법은 울릉도를 원하는 학생들의 선호가 전혀 반영되지 않은 선택이 되므로, '의사 결정을 할 때 모든 정책 대안을 비교해야 하고 개개인의 모든 선호들을 충분히 고려'해야 하는 비제한성의 원리는 충족되지 않은 것이 된다.

오답 풀이

① 제주도와 경주를 먼저 비교하면 A그룹은 제주도, B그룹은 경주, C그룹은 경주를 선호하므로 여기서는 경주가 선택된다. 이렇게 선택된 경주와 울릉도를 비교하면 A그룹은 울릉도, B그룹은 울릉도, C그룹은 경주를 선호하므로 최종적으로 울릉도가 수학 여행지로 결정된다. 그리고 이행성의 원리는 'A를 B보다 선호하고 C보다 B를 선호한다면 A를 C보다 선호해야 한다'는 원리이다. 그런데 두 지역을 먼저 비교하고, 여기서 선택된 지역을 나머지 지역과 비교하는 것은 두 가지 지역만을 비교하는 방식이므로, ①의 방법은 A, B, C의 대안을 모두 비교하여 선호 순위를 결정하는 이행성의 원리를 충족하지 못한 것이 된다.

② 울릉도와 경주를 먼저 비교하면 A그룹은 울릉도, B그룹은 울릉도, C그룹은 경주가 되어 울릉도를 선택하게 된다. 여기서 선택된 울릉도와 제주도를 비교하면 A그룹은 제주도, B그룹은 울릉도, C그룹은 제주도를 선호하므로 최종적으로 제주도가 선택된다. 이와 같은 방식으로 제주도와 울릉도를 먼저 비교하면 A그룹은 제주도, B그룹은 울릉도, C그룹은 제주도를 선호하므로 제주도를 선택하게 된다. 여기서 선택된 제주도와 경주를 비교하면 A그룹은 제주도, B그룹은 경주, C그룹은 경주를 선호하므로 최종적으로 경주가 선택된다. 이처럼 어느 두 지역을 먼저 비교하느냐에 따라 최종 결과가 달라지는 것은 A, B, C의 대안을 모두 비교하여 선호 순위의 관계를 살펴보아야 하는 이행성의 원리가 충족되지 않았기 때문이다. 비독재성의 원리는 한 사람의 의사가 사회 전체의 의사가 되어서는 안 되는 것이므로, 비독재성의 원리가 충족되지 않았다는 것은 한 사람의 의사가 사회 전체의 의사가 되었다는, 즉 한 사람의 의사로 수학 여행지를 결정한 경우를 의미한다. ②의 경우는 한 사람이 수학 여행지를 결정한 것은 아니므로 비독재성의 원리가 충족되지 않았다고 보는 것은 적절하지 않다.

④ A그룹, B그룹, C그룹의 선호 순위에 따라 후보 여행지에 각각 3점, 2점, 1점의 점수를 부여하면 경주, 울릉도, 제주도가 각각 1순위 1회, 2순위 1회, 3순위 1회이므로 모든 지역이 6점이 된다. 모든 지역의 점수가 같기 때문에 가장 높은 점수가 부여된 지역을 수학 여행지로 결정하는 것은 불가능하다.

⑤ 경주와 제주도 중 하나만을 선택한다면 A그룹은 제주도, B그룹은 경주, C그룹은 경주가 되므로 경주가 수학 여행지로 선택된다. 그런데 울릉도가 추가됨으로써 경주와 제주도가 아닌 울릉도가 수학 여행지로 결정될 가능성이 발생하였으므로, 울릉도가 후보지로 추가되었어도 경주와 제주도 중 하나가 수학 여행지로 결정될 가능성이 크다는 이해는 적절하지 않다. 또 울릉도가 경주와 제주도의 비교에 영향을 주고 있으므로 독립성의 원리를 충족하지 못하고 있음을 알 수 있다.

066 어휘의 문맥적 의미 파악 답 ⑤

정답 풀이

ⓔ는 '어떤 것을 소재나 대상으로 삼다.'라는 뜻이므로, '사무나 사건 따위를 절차에 따라 정리하여 치르거나 마무리를 짓다.'라는 의미의 '처리하다'와 바꾸어 쓰는 것은 적절하지 않다.

오답 풀이

① ⓐ는 '어떤 의미를 가지다.'라는 뜻이므로, '의미하다'와 바꾸어 쓸 수 있다.

② ⓑ는 '무엇이라고 가리켜 말하거나 이름을 붙이다.'라는 의미를 지니므로, '무엇이라고 일컫다.'라는 뜻의 '칭하다'와 바꾸어 쓸 수 있다.

③ ⓒ는 '어떤 행동이나 감정 또는 상태를 일어나게 하다.'라는 의미를 지니므로, '일의 결과로서 어떤 현상을 생겨나게 하다.'라는 뜻의 '초래하다'와 바꾸어 쓸 수 있다.

④ ⓓ는 '어떤 일이 일어나다.'라는 의미를 지니므로, '어떤 일이나 사물이 생겨나다.'라는 뜻의 '발생하다'와 바꾸어 쓸 수 있다.

적중 예상 | 사회·문화 법률 01

본문 054쪽

[067~071] 〈행정법의 일반 원칙〉

067 ⑤ 068 ④ 069 ③ 070 ⑤ 071 ③

E 지문 선정 포인트

경제와 더불어 법 역시 사회 영역의 주요 출제 분야인데, 다양한 법의 종류와 특징, 이슈가 되고 있는 법제화에 대한 내용 등이 다루어진다. 특히 '행정법'은 평가원 모의고사에 출제된 적이 있는 제재로, 행정 분야와도 관련이 있고 EBS 교재에서도 다루어진 만큼 낯선 법 용어와 개념들을 확실히 익혀 두는 것이 필요하다.

〈행정법의 일반 원칙〉

해제 행정법의 일반 원칙의 종류와 각 원칙의 인정 요건을 소개한 글이다. 행정법의 일반 원칙 중 행정의 자기 구속 원칙은 행정 기관이 스스로 만든 관행으로부터 벗어날 수 없다는 것으로, 헌법상 평등권에 근거한다. 비례 원칙은 행정 수단은 행정 목적에 적합하고 국민에게 가장 적은 침해를 주는 수단이어야 하며, 그러한 수단을 사용하였을 때의 공익적 효과와 사익의 침해를 비교해야 한다는 것으로, 헌법상 기본권 제한 규정에 근거한다. 신뢰 보호 원칙은 행정 기관의 행위에 대한 국민의 정당한 신뢰는 보호해야 한다는 것으로, 헌법상 법치 국가 원리의 구성 요소인 법적 안정성에 근거한다. 신뢰 보호 원칙이 행정의 법률 적합성 원칙과 충돌하는 경우에는 공익과 사익의 크기를 비교·평가하여 위법성을 판단한다.

주제 행정법의 일반 원칙의 종류와 인정 요건

구성

1문단	성문법주의 원칙과 행정법의 일반 원칙
2문단	행정법의 일반 원칙 1 – 행정의 자기 구속 원칙
3문단	행정법의 일반 원칙 2 – 비례 원칙
4문단	행정법의 일반 원칙 3 – 신뢰 보호 원칙
5문단	신뢰 보호 원칙의 한계

067 세부 정보 파악 답 ⑤

정답 풀이

5문단에 따르면, 행정 기관의 선행 조치에 따른 후행 행정 작용이 법률에 위반되는 경우, 즉 행정의 법률 적합성 원칙과 신뢰 보호 원칙이 충돌하는 경우에는 상당성의 원칙을 적용하여 공익과 사익의 크기를 비교·평가해 위법성 여부가 결정된다. 법률 적합성 원칙에 따라 위법성 여부가 결정되는 것이 아니다.

오답 풀이

① 1문단에 따르면, 행정법은 국민을 구속하는 법규는 문서상으로 확정되어야 한다는 성문법주의를 원칙으로 하고 있으며, 성문법주의는 국민의 법적 안정성과 예측 가능성을 위해 인정된다.

② 1문단에서 행정법의 일반 원칙으로는 행정의 자기 구속 원칙, 비례 원칙, 신뢰 보호 원칙이 있다고 하였다. 그중 행정의 자기 구속 원칙은 헌법 제11조 제1항의 평등권에 근거하고(2문단), 비례 원칙은 기본권 제한의 한계를 규정한 헌법 제37조 제2항에 근거하며(3문단), 신뢰 보호 원칙은 헌법상 법치 국가 원리의 구성 요소인 법적 안정성(4문단)에 근거한다고 하였다. 이를 통해 행정법의 일반 원칙들은 헌법상의 원칙이 행정법의 영역에서 구체화된 것으로 볼 수 있다.

③ 2문단에 따르면, 헌법상 평등권에 근거한 행정의 자기 구속 원칙에 따라 내규에 의한 행정 관행에 행정 기관 스스로 구속된다. 따라서 행정 기관 내부의 업무 처리 규정인 내규는 행정의 자기 구속 원칙을 통해 법규처럼 기능할 수 있다.

④ 1문단에 따르면, 성문법 외에 행정법의 일반 원칙도 국민을 구속하는 법규로서 그 지위가 인정되었으며, 이를 위반한 행정 작용은 위법하게 된다.

068 핵심 정보 추론 답 ④

정답 풀이

비례 원칙의 하위 원칙은 적합성의 원칙, 필요성의 원칙, 상당성의 원칙이다. 이 세 가지 하위 원칙의 규정 내용을 보면, 적합한 수단(적합성의 원칙에 따른 수단) 중에서 필요한 수단만을, 또 필요한 수단(필요성의 원칙에 따른 수단) 중에서 상당성의 원칙에 부합하는 수단만을 행정 목적을 실현하는 수단으로 선택해야 한다. 곧, 선행 원칙이 충족된 경우에만 후행 원칙도 충족될 수 있다는 점에서 연속적인 단계 구조를 이루고 있다고 볼 수 있다.

오답 풀이

① 비례 원칙은 국가 안전 보장·질서 유지 또는 공공복리를 위하여 필요한 경우에 한하여 국민의 자유와 권리가 제한될 수 있는데, 그렇게 제한하는 경우에도 자유와 권리의 본질적인 내용을 침해할 수 없다는 헌법 제37조 제2항에 근거한 원칙이다. 곧, 국가 안전 보장·질서 유지 또는 공공복리를 위하여 필요한 경우라고 하더라도 행정 목적과 이를 실현하는 수단 사이에는 합리적인 비례 관계가 존재해야 한다는 원칙이므로, 국가 안전과 질서 유지에 한해 적용되지 않는 원칙이라는 이해는 적절하지 않다.

② 비례 원칙은 행정 목적과 이를 실현하는 수단 사이에는 합리적인 비례 관계가 존재해야 한다는 원칙으로, 국민에게 가장 적은 침해를 주는 적합한 수단일지라도 행정 목적에 의하여 추구되는 공익이 국민의 사익 침해보다 커야 한다고 본다. 따라서 행정 목적에 의하여 추구되는 공익을 국민의 사익 침해 여부보다 더 중요하게 여긴다고 볼 수 없다.

③ 비례 원칙에 따라 행정 기관은 행정 목적을 실현하기 위한 여러 수단 중에서 국민에게 가장 적은 침해를 주며, 그러한 수단이 달성하려는 공익이 침해받는 사익보다 큰 수단만을 사용할 수 있다. 따라서 행정 기관은 임의의 수단이 아닌, 비례 원칙에 의해 적합하고 필요하며 상당성의 원칙에 부합하는 수단이라는 범위 안에서만 선택의 재량권을 지닌다.

⑤ 적합성의 원칙은 수단이 행정 목적을 실현하기에 적합해야 한다는 원칙이며, 필요성의 원칙은 수단이 국민의 사익 침해에 미치는 효과가 작아야 한다는 원칙이므로, 적합성과 필요성의 원칙에 대한 이해는 적절하다. 그러나 상당성의 원칙은 행정 수단이 미치는 공익과 사익의 크기를 비교해야 한다는 원칙일 뿐, 목적과 수단의 인과 관계를 따지는 원칙이 아니므로 적절하지 않은 이해이다.

069 구체적 상황에의 적용 답 ③

정답 풀이

2문단에 따르면, ㉠ '행정의 자기 구속 원칙'은 헌법상 평등권에 근거해 행정 기관이 스스로 만든 관행에 구속된다는 원칙이다. 그런데 △△시청은 대형 마트 상인에 대한 소상공인 지원금 지급 관행을 만든 행정 기관이 아니므로 그러한 관행(○○시청의 관행)에 구속되지 않는다. 또한 △△시청에는 대형 마트 상인에 대한 소상공인 지원금 지급 관행이 없다. 따라서 △△시청의 소상공인 지원금 지급 거부는 행정의 자기 구속 원칙(㉠)을 위반하지 않았다.

오답 풀이

① △△시청은 A가 소상공인이 아니라고 판단하여 소상공인 지원금을 지급하지 않은 것이 아니라, 내부 회의를 거쳐 소상공인 지원금을 대형 마트가 아닌 시장의 소상공인에게만 지급하기로 결정하여(내규로 정하여) 지원금을 지급하

사회·문화

지 않은 것이다. 행정 기관인 △△시청은 자신들만의 내규를 정하여 그에 따른 것이므로, △△시청의 소상공인 지원금 지급 거부는 행정의 자기 구속 원칙(㉠)을 위반하지 않았다.

② △△시청은 소상공인 지원금 지급에 대해 A와 △△시의 다른 상인을 차별적으로 대우하지 않았다. 따라서 헌법상 평등권이 침해되지 않았으므로, △△시청의 소상공인 지원금 지급 거부는 행정의 자기 구속 원칙(㉠)을 위반하지 않았다.

④ △△시청은 아무런 선행 조치를 취하지 않았으므로, A의 신뢰의 대상이 된 행정 기관의 행위 자체가 존재하지 않는다. 따라서 △△시청의 소상공인 지원금 지급 거부는 신뢰 보호 원칙(㉡)을 위반하지 않았다.

⑤ B에 대한 ○○시청의 소상공인 지원금 지급에 대해 A가 지원금을 받을 수 있다는 신뢰를 형성하였다고 하더라도 이는 A의 잘못된 판단일 뿐 정당한 신뢰가 아니므로 그러한 신뢰에 보호 가치가 있다고 할 수는 없다. 따라서 △△시청의 소상공인 지원금 지급 거부는 신뢰 보호 원칙(㉡)을 위반하지 않았다.

070 구체적 사례에의 적용 답 ⑤

정답 풀이

〈보기〉에서 갑은 건축법상 건축 한계선에 제한이 있다는 사실을 알고도 설계 도면을 조작하여 건축 허가를 신청하였다. 이는 곧 갑이 자신의 신청에 따른 관할 구청의 건축 허가가 법률에 위반된다는 사실을 인지하고 있는 것이므로, 건축 허가가 적법하기 때문에 계속 존속할 것이라는 신뢰를 형성하였다고 볼 수 없다. 따라서 사실을 조작한 부정한 신청에 근거하여 이루어진 행정 기관의 선행 조치에 대한 신뢰는 정당하지 않은 신뢰로서 보호 가치가 없다고 판단했기 때문에 법원이 갑의 행정 소송을 기각하였을 것으로 판단할 수 있다.

오답 풀이

① 갑이 설계도 조작이라는 위법한 행위를 하여 건축 허가를 받아 공사를 진행한 것이고, 이후 갑이 제출한 설계 도면에 하자가 있음을 알게 된 구청이 건축 허가를 취소한 것이므로, 행정 기관의 실수로 갑의 신뢰가 깨졌다고 볼 수 없다. 설계도를 조작한 갑은 처음부터 건축 허가가 법률에 위반된다는 사실을 인지하고 있었을 것이므로, 신뢰를 형성했다고 볼 수도 없고 신뢰가 깨졌다고 볼 수도 없다.

② 선행 조치인 건축 허가가 법률에 위반되기 때문에 후행 행정 작용인 건축 허가 취소가 행해진 것이므로, 선행 조치와 후행 행정 작용 사이에 인과 관계가 있다고 보아야 한다.

③ 법원이 상당성의 원칙에 따라 건축 허가 취소의 위법성을 판단했다면, 건축 허가를 취소함으로써 갑이 입게 될 피해와 위법한 건축 허가를 취소함으로써 실현된 공익의 크기를 비교하였을 것이다.

④ 신뢰 보호 원칙을 인정하기 위해서는 선행 조치에 따른 국민의 처리 행위가 존재해야 하는데, [A]에서 건축 허가를 믿고 갑이 건축에 착수한 경우도 이에 해당한다. 따라서 아직 건축물이 완성된 상태가 아니지만 선행 조치에 따른 갑의 처리 행위는 존재한다고 보아야 한다.

071 구절의 문맥적 의미 이해 답 ③

정답 풀이

상당성의 원칙은 행정 목적에 의하여 추구되는 공익이 국민의 사익 침해보다 커야 한다는 원칙으로, 공익과 사익의 크기를 비교 · 평가하여 결정하는 것이다. 개인의 신뢰 보호 원칙이 행정의 법률 적합성 원칙과 충돌하는 경우에 이 상당성의 원칙을 적용한다는 것은, 행정의 법률 적합성 원칙을 우선으로 할 때의 공익의 크기와 개인의 신뢰 보호 원칙을 우선으로 할 때의 사익의 크기를 비교하여 판단한다는 것이다. 이는 '행정 작용이 법률에 적합함으로써 얻게 될 공익'과 '법률에 위반된 행정 작용이 침해할 사익'을 비교하는 것이 아니므로, ③은 ⓐ와 바꿔 쓰기에 적절하지 않다.

적중 예상 사회·문화 법률 02

본문 056쪽

[072~075] 〈물권 행위의 개념과 성격〉

072 ⑤ 073 ⑤ 074 ⑤ 075 ⑤

E 지문 선정 포인트

재산권에서 채권은 특정인에게 어떤 급부를 청구할 수 있는 권리를 말하고, 물권은 특정한 물건을 직접 지배하여 이익을 얻을 수 있는 권리를 말한다. E교재에 자주 등장하는 개념인 채권 행위와 함께 물권 행위의 성격과 특징을 이해하고, 세부 법 조항에 적용하는 연습을 해 보자.

〈물권 행위의 개념과 성격〉

해제 이 글은 채권 행위와 물권 행위를 비교하여 물권 행위의 특징 및 성격을 살펴보고 있다. 물권 행위의 효력 발휘와 관련한 의사주의와 형식주의의 입장, 채권 행위와 물권 행위의 관계에 대한 견해, 채권 행위의 실효가 물권 행위에 미치는 영향에 대한 관점 등을 설명하고, 우리 민법 조항을 통해 이를 구체적으로 확인할 수 있게 하고 있다. 판례를 통해 우리나라는 물권 행위의 독자성을 인정하지 않으며, 물권 행위가 유인성을 지닌다고 보는 입장을 취하고 있음을 확인할 수 있다.

주제 채권 행위와 대비되는 물권 행위의 성격 및 특징

구성

1문단	물권 행위와 채권 행위의 차이점 및 관계
2문단	물권 변동의 효력 및 물권 행위의 성격에 대한 견해들
3문단	우리나라 민법 제548조 제1항을 통해 살펴보는 물권 행위
4문단	제3자의 권리를 보호하는 우리나라 민법 제548조 제1항 단서

072 세부 정보 파악 답 ⑤

정답 풀이

3문단을 통해 민법 제548조 제1항에서 계약 불이행 등의 사유로 당사자 일방이 계약을 해제한 때에는 각 당사자가 그 상대방에 대하여 원상회복의 의무가 있다고 규정하고 있음을 확인할 수 있다. 또한 판례는 계약 해제 전 그 계약에 따라 이미 소유권의 변동이 있었던 경우, 당연히 그 계약이 없었던 원상태로 복귀한다고 판시하고 있다고 했으므로, 이미 소유권이 변동된 경우라도 계약 불이행을 사유로 계약의 해제를 주장할 수 있다.

오답 풀이

① 2문단에서 형식주의는 등기나 인도 등의 공시 방법을 갖추어야 물권 변동이 일어난다고 보는 입장임을 확인할 수 있다. 따라서 등기나 인도는 물권 변동을 공시하는 방법에 해당한다.

② 1문단에서 '물권 행위는 물권 변동을 일으키고 이행의 문제를 남기지 않는다는 점에서 채권을 발생시키고 이행의 문제를 남기는 채권 행위와 다르다'고 하였다.

③ 3문단에서 '채권적 청구권은 일정한 법률 요건 또는 법률 사실에서 생기는 권리의 발생, 변경, 소멸을 당사자 사이에서만 주장할 수 있'다는 내용을 확인할 수 있다.

④ 1문단에서 '채권 행위는 당사자 간 채권과 채무를 발생시키는 법률 행위로, 당사자의 의사 표시에 의하여 성립한다'고 하였다.

073 세부 정보 추론 답 ⑤

정답 풀이

형식주의는 등기나 인도 등의 공시 방법을 갖추어야 비로소 물권 변동이 일어난다고 보는 입장이다. 그러나 이는 물권 행위에 대한 것이지 채권 행위에 대한 것이 아니다. 따라서 등기나 인도의 절차가 수반되지 않으면 당사자 간 채권과 채무를 발생시키는 계약, 즉 채권 계약의 효력이 발휘되지 않는다는 것은 이 글에서 설명하고 있는 형식주의의 개념에 부합하지 않는다.

오답 풀이

① 2문단에 따르면 유인성은 무인성과 반대되는 개념으로 물권 행위의 유인성에 따르면 채권 행위가 실효되면 물권 행위도 실효된다. 이때 물권 행위는 독자성을 지니지 않는 것이다. 따라서 물권 행위의 독자성을 부정하는 학설의 입장에서는 물권 행위가 유인성을 띠게 된다는 것을 알 수 있다.

② 1문단에 따르면 채권 행위와 물권 행위는 서로 구별되는 것이지만 논리적으로는 채권 행위가 물권 행위에 대한 원인 행위가 되는 것이 일반적이라고 하였다. 채권 행위가 물권 행위의 원인 행위가 된다는 것은 채권 행위가 선행 행위로서 행하여지고 물권 행위가 후행 행위로서 행하여진다는 것을 의미한다.

③ 2문단에 따르면 물권 행위가 관념상 채권 행위와 구별되는 독자의 행위로서 존재하느냐의 문제를 물권 행위의 독자성이라 한다. 우리나라에서는 물권 행위의 독자성을 부정하는 견해가 다수설이라고 하였다. 또한 3문단에 제시된 민법 제548조 제1항과 관련한 판례에서 계약 해제에 따라 그 계약의 이행에 따라 변동이 생겼던 소유권, 즉 물권은 당연히 계약 전 원상태로 복귀한다고 하였다. 즉 물권 행위의 독자성을 인정하지 않고 있음을 확인할 수 있다.

④ 3문단에 따르면 우리나라 민법 제548조 제1항에서는 계약 불이행 등의 사유로 당사자 일방이 계약을 해제한 때, 각 당사자는 그 상대방에 대하여 원상회복의 의무가 있다고 규정하고 있다. 이에 의거하여 계약에 따라 이미 소유권 변동이 있었던 경우라도 계약 전 원상태로 소유권이 복귀하여야 한다고 판시가 이루어졌음을 알 수 있다.

074 핵심 정보 파악 답 ⑤

정답 풀이

물권 행위의 유인성에 따르면 채권 행위가 실효됨에 따라 물권 행위도 실효된다. 이처럼 물권 행위가 실효되면 원소유자에게 소유권이 돌아가게 되어 선의의 제3자는 이로 인해 피해를 볼 수 있다. 4문단에서 알 수 있듯이 ㉠은 계약 해제로 인한 원상회복 의무로 손해를 입을 수 있는 제3자의 권리를 보호하기 위한 규정이므로, ㉠을 통해 물권 행위의 유인성을 인정함으로써 발생할 수 있는 피해자를 보호할 수 있다.

오답 풀이

① 원상회복 청구권이 물권적 청구권의 성격을 띠기는 하지만 이는 단서인 ㉠과는 직접적 관련이 없다.

② ㉠은 계약 해제로 인한 원상회복 의무로 제3자의 권리를 해하지 못한다는 규정이다. 이때 계약 행위를 한 당사자는 원소유자와 계약의 상대방, 제3자가 모두 포함되는데, ㉠은 제3자의 권리를 보호하는 내용이므로 이에 대해 계약 해제의 책임을 계약 행위를 한 당사자가 지도록 하는 것이라 이해하는 것은 적절하지 않다.

③ 2문단에 따르면 물권 행위가 원인 행위인 채권 행위와는 구별되는 독자의 행위라는 것은 물권 행위의 독자성을 인정하는 것인데, 민법 제548조 제1항 관련 판례로 보아 우리나라에서 물권 행위의 독자성은 인정되지 않음을 알 수 있다. 그러나 ㉠은 그 결과로 발생할 수 있는 선의의 제3자를 보호하는 것일 뿐, ㉠이 물권 행위의 독자성을 부정하는 견해를 드러내는 것이라 보기 어렵다.

④ 물권 변동의 효력이 계약 행위 당사자 간의 의사 표시만으로 발생한다고 보는 것은 의사주의의 입장으로 ㉠과는 관련이 없다.

075 구체적 사례에의 적용 답 ⑤

정답 풀이

'상황 3'에서 병이 선의를 가진 사람이 아니라는 것을 갑이 입증하지 못한다면 제3자의 권리를 보호하는 민법 제548조 제1항 단서에 따라 부동산의 소유권은 병이 가지게 된다. 그리고 갑은 이로 인해 입은 손실을 보상받기 위해 을에게 손해배상 책임을 물을 수 있다. 따라서 갑이 손실을 보상받을 수 없다는 내용은 적절하지 않다.

오답 풀이

① 채권 행위는 당사자 간 채권과 채무를 발생시키는 법률 행위인데, 갑과 을의 매매 계약은 갑에게 부동산 소유권을 이전할 채무를, 을에게 매매 대금을 지급할 채무를 남기므로 채권 행위로 볼 수 있다.

② 소유권의 이전은 물권의 득실 변경에 해당하므로 이는 물권 행위로 볼 수 있다.

③ 2문단에 따르면 우리나라에서는 물권 행위의 독자성과 무인성이 인정되지 않는다. 이에 따라 '상황 2'에서 을의 계약 불이행을 사유로 갑의 계약 해제 요청이 받아들여지게 되면 원상회복의 의무에 따라 부동산 소유권은 다시 갑에게로 돌아가게 된다.

④ '상황 3'에서 병이 을과 공모한 것이 입증되었다면 갑은 원상회복 청구권을 요청하여 부동산의 소유권을 돌려받을 수 있게 된다. 이때 원상회복 청구권은 소유권에 기초한 물권적 청구권의 성격을 띠기 때문에 물권의 변동으로 인해 생기는 법률 효과를 누구에게나 주장할 수 있다.

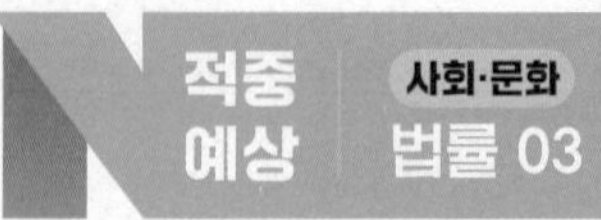

사회·문화
법률 03

본문 058쪽

[076~079] 〈제삼자를 위한 계약〉

076 ④ 077 ④ 078 ⑤ 079 ④

E 지문 선정 포인트

'계약'과 관련한 제재는 수능과 평가원 모의고사에 몇 차례에 출제된 적이 있다. E교재에서는 계약 중에서도 '제삼자를 위한 계약'을 지문으로 구성하였는데, 제삼자가 채권을 취득하게 하는 계약이라는 점에서 까다롭게 느껴질 수 있다. 또한 법 지문은 낯선 용어가 많이 제시되기 때문에 요약자, 낙약자, 수익자, 급부 등 E교재에 수록된 용어를 활용하여 지문을 구성하였다.

〈제삼자를 위한 계약〉

해제 계약의 한 종류인 '제삼자를 위한 계약'의 개념과 특징에 대해 설명하고 있는 글이다. 제삼자를 위한 계약은 제삼자로 하여금 계약 당사자의 한쪽에 대하여 채권을 취득하게 하는 경우를 이르는 것으로, 급양 기능과 급부 단축 기능의 추구를 목적으로 한다. 이러한 제삼자를 위한 계약에는 청약의 주체인 요약자, 승낙의 주체인 낙약자, 그리고 계약에 따라 이익을 얻는 수익자가 존재한다. 요약자는 낙약자로 하여금 수익자에게 채무 부담을 약속하게 하는 계약 당사자이다. 낙약자는 제삼자에 대해 채무를 지는 계약 당사자로 수익자의 계약 이익의 취득 여부에 대한 확답을 수익자에게 통지할 수 있다. 수익자는 낙약자와 계약 관계는 존재하지 않지만 계약의 이익에 대한 의사를 표시함으로써 권리를 가지는 자이다. 제삼자를 위한 계약은 요약자와 낙약자 사이에는 보상 관계가, 요약자와 수익자 사이에는 대가 관계가 존재한다. 보상 관계는 수익자가 권리를 취득하는 기초인 동시에 낙약자가 수익자에게 직접 급부하게 하는 출연 의무를 지게 한다. 대가 관계는 수익자가 채권을 적법하게 취득하게 하는 원인이지만 이 관계는 계약 당사자인 요약자와 낙약자 사이의 관계가 아니므로 대가 관계의 흠결이나 하자는 계약의 성립이나 효력에 영향을 주지 않는다.

주제 제삼자를 위한 계약의 개념과 특징

구성

1문단	제삼자를 위한 계약의 개념과 목적
2문단	제삼자를 위한 계약에서의 요약자, 낙약자, 수익자의 개념과 특징
3문단	제삼자를 위한 계약에서의 보상 관계
4문단	제삼자를 위한 계약에서의 대가 관계

076 내용 전개 방식 파악 답 ④

정답 풀이

1문단에서는 '제삼자로 하여금 계약 당사자 가운데 하나인 승낙의 주체에 대하여 채권을 취득하게 하는 경우'를 제삼자를 위한 계약의 개념으로 제시하고 있다. 이를 바탕으로 2문단에서는 제삼자를 위한 계약의 계약 당사자 및 제삼자를 요약자, 낙약자, 수익자로 대응하여 그 관계에 대해 밝히고 있으며, 3문단과 4문단에서는 사례를 통해 그 특징을 구체적으로 설명하고 있다.

오답 풀이

① 1문단에서 제삼자를 위한 계약은 '급양 기능'과 '급부 단축 기능' 추구를 목적으로 한다고 하면서 각각의 목적이 경제적 도움의 제공이나 지급 절차 간소화라는 유용성을 지닐 수 있음을 밝히고 있다. 하지만 이 글에 제삼자를 위한 계약의 한계는 제시되어 있지 않으며, 한계를 보완하는 방법에 대해서도 언급하지 않았다.

② 2~4문단에서 제삼자를 위한 계약의 성립이나 효력 등에 대하여 언급하고 있으나 효력에 대한 논쟁 요소를 제시하지 않았고 논쟁 요소를 순차적으로 분석하지도 않았다.

③ 1문단에서 제삼자를 위한 계약의 사례를, 3~4문단에서 제삼자를 위한 계약 관계의 사례를 제시하고 있다. 하지만 이들 사례 간의 공통점과 차이점을 설명하고 있지는 않다.

⑤ 2문단에서 제삼자의 권리 및 제삼자와 채무자 사이의 관계에 대한 민법 규정을 소개하고 있을 뿐, 이러한 법적 근거가 변화되어 온 과정이나 그 의미에 대해서는 밝히고 있지 않다.

077 세부 정보 파악 답 ④

정답 풀이

2문단에서 요약자와 낙약자는 계약 당사자이고 수익자는 제삼자로 '계약 당사자가 아니므로 계약 취소나 해제의 권리는 없'다고 하였다. 따라서 수익자는 요약자와 낙약자 간에 체결된 계약을 취소할 수는 없다. 또한 '민법 규정에 따르면, 제삼자의 권리는 제삼자가 낙약자에 대하여 계약의 이익을 받겠다는 의사를 표시한 때에 생기고, 그 제삼자는 낙약자에게 급부 이행을 청구할 수 있다.'라고 했으므로 채무자인 낙약자에 대해 제삼자인 수익자는 급부 이행을 청구할 수 있는 권리를 가진다고 볼 수 있다.

오답 풀이

① 2문단에 따르면, 제삼자인 수익자가 권리를 취득하는 경우 권리에 대한 취득 조건이나 이익 취득의 즉시성 여부는 체결된 계약과 그 계약의 해석에 의해 결정된다고 하였다. 따라서 이익을 얻기 위한 요건을 수익자의 의사에 따라 변경할 수 없다.

② 2문단에서 수익자는 '태아나 법인'도 가능하다고 하였다. 따라서 제삼자를 위한 계약에서 수익자가 태아인 경우 권리 발생의 요건을 충족하지 못하는 것은 아니다. 또한 수익자가 태아인 경우 재산상 이익이 요약자에게 귀속된다는 별도의 내용도 제시되어 있지 않다.

③ 2문단에서 '민법에서는 채무자가 일정 기간을 정해 이익의 취득 여부에 대한 확답을 제삼자에게 최고할 수 있고, 그 기간 내에 제삼자의 확답을 받지 못한 때에는 제삼자가 계약의 이익을 받는 것을 거절한 것으로 본다.'라고 하였다. 따라서 채무자인 낙약자는 수익자에게 이익 취득 여부를 위한 확답을 요구할 수 있으며 이때 확답 기간은 낙약자가 정하기 때문에 제삼자인 수익자가 확답 가능한 기간을 정해 응할 수 있다는 것은 적절하지 않다.

⑤ 2문단에서 요약자는 '계약 당사자이므로 권리 능력이 있어야' 한다고 했고, 낙약자는 '권리 능력이 있는 한 자연인이나 법인 모두 무방'하다고 했으므로, 요약자나 낙약자는 모두 권리 능력이 있다고 볼 수 있다. 그러나 제삼자를 위한 계약에서 요약자는 '낙약자로 하여금 제삼자에게 지불할 채무 부담을 약속하게 하는 사람'이라고 했으므로 '낙약자뿐'이 아니라 '요약자뿐'이라고 해야 적절하다.

078 세부 정보 이해 답 ⑤

정답 풀이

4문단에서 '계약이 적법하게 해제된 경우 을은 병에게 급부한 것이 있더라도 병을 상대로 계약 해제에 따른 원상회복을 이유로 반환을 청구하지 못한다.'라고 하였으므로, 병에게 계약에서의 원상회복 의무가 있다는 설명은 적절하지 않다.

오답 풀이

① 4문단에서 '대가 관계는 갑과 병 사이에 존재할 뿐, 계약 자체와는 전혀 관계

가 없'으며, '대가 관계의 흠결 및 하자는 계약 성립 및 효력에 영향이 없'다고 하였기 때문에 갑과 병 사이에 대가 관계가 없더라도 계약은 유효함을 알 수 있다. 즉 대가 관계의 성립 여부와 관계없이 계약 자체의 효력은 유지된다고 이해할 수 있다.

② ㉠의 '병과 체결한 별도의 계약에 따라 금전적 채무를 지고 있던 갑이 을에게 부동산을 매각하고 매매 대금은 을이 병에게 지급하는 계약을 체결'했다는 것으로 보아, 갑은 을과의 계약을 체결하기 전부터 병과의 별도의 계약에 따라 금전적 채무를 부담해야 하는 상황이었음을 알 수 있다.

③ 3문단을 통해 갑과 을의 매매 계약은 보상 관계임을 확인할 수 있다. '보상 관계는 병이 권리를 취득하는 기초이므로 그것이 무효라면 병은 채권을 취득하지 못한다.'라고 하였으므로 병이 을로부터 매매 대금을 지급받는 권리를 취득하기 위해서는 갑과 을 사이의 보상 관계가 유효해야 한다고 이해할 수 있다.

④ 4문단에서 '대가 관계는 갑 자신이 받을 수 있는 이익을 채무자인 을로 하여금 병에게 변제하게 해 갑이 병에게 가지고 있던 채무를 없애는 효과를 가지게 한다.'라고 하였다. 이는 을이 갑 대신 병에게 매매 대금을 지급함으로써 갑이 병에게 지급해야 할 금전적 채무를 상쇄시켜 병에 대한 갑의 채무가 변제되는 것이라고 이해할 수 있다.

079 구체적 사례에의 적용 답 ④

정답 풀이

〈보기〉의 [자료 2]에 따르면, '타인을 위한 보험 계약'은 '보험 계약자가 자기 명의로 계약을 체결하고 그 효과를 별도의 수익자에게 미치게 하는' 것이다. 그런데 특수 계약설은 '타인을 위한 보험 계약'에서의 수익자의 의사 표시 요건을 문제 삼아 '타인을 위한 보험 계약'을 제삼자를 위한 계약으로 볼 수 없음을 주장하고 있다. 1, 2문단에 따르면, 제삼자를 위한 계약은 계약 당사자가 아닌 자(수익자)에게 채권을 취득하게 하는 계약이므로, 청약을 하는 자와 수익을 얻는 자가 다르다는 점은 타인을 위한 보험 계약과 제삼자를 위한 계약 둘 모두에 해당한다. 특수 계약설에서 타인을 위한 보험 계약을 제삼자를 위한 계약으로 인정하지 않는 근거는 수익자의 의사 표시 요건이다.

오답 풀이

① [자료 1]의 계약에서 A가 요약자, B가 낙약자, C가 수익자로, 제삼자를 위한 계약이 체결된 경우라고 할 수 있다. 그리고 3문단에서 설명하는 보상 관계에 따라 낙약자 B는 수익자 C에게 직접 급부해야 할 채무를 변제하기 위한 출연 의무를 지게 된다. 따라서 요약자 A가 C에게 변제해야 할 채무를, B가 대신하여 C에게 매매 대금으로 지급해야 할 의무가 있다. 그러나 [자료 1]에서 B는 채무를 불이행했을 뿐만 아니라 그에 따라 계약이 해제되었으므로, 계약에 따라 토지의 매매에 따른 대금은 C에게 지급되지 못하였음을 알 수 있다. 따라서 C에 대한 A의 채무는 변제되지 못했으므로 여전히 존재한다.

② [자료 1]에서 B는 C에게 매매 대금을 지급하는 조건으로 A와 매매 계약을 하였으므로, A와 B는 계약 당사자에 해당하고, C는 제삼자에 해당한다. 2문단에서 제삼자를 위한 계약에서 수익자는 계약 당사자가 아니므로 계약 취소나 해제의 권리가 없다고 하였으므로, A와 B 사이의 계약 해제는 계약 당사자만 가능함을 알 수 있다. 또 4문단에서 갑과 병, 즉 요약자와 수익자 간 관계는 계약 자체와 관계가 없다고 하였으므로, 계약의 유효 여부는 요약자와 낙약자인 A와 B 사이에서 이루어짐을 알 수 있다. 따라서 [자료 1]에서 계약 당사자인 B는 또 다른 계약 당사자인 A와만 계약의 해제가 가능하다.

③ [자료 1]에서 C는 토지에 대한 매매 대금을 지급받기로 한 계약상 수익자로 3문단의 병에 대응됨을 알 수 있다. 4문단에서 대가 관계는 요약자인 갑과 수익자인 병과의 관계를 말한다고 했으므로 [자료 1]에서는 A와 C 사이에 대가 관계가 이루어진다. 3문단에 따르면 을, 즉 낙약자의 채무 불이행을 이유로 계약이 해제된 경우 의사 표시를 한 수익자는 손해 배상을 청구할 수 있다고 하였다. 그러나 [자료 1]에서 수익자인 C는 B의 최고에 대해 정해진 기간 내에 의사 표시를 하지 않았다. 이는 손해 배상 청구 가능의 요건을 충족하지 못한 상황에 해당하므로 C는 손해를 입었더라도 B에게 손해 배상을 청구할 수 없다.

⑤ [자료 2]에서 '타인을 위한 보험 계약'을 제삼자를 위한 계약으로 볼 수 있는지와 관련하여, 통설은 제삼자가 수익에 대한 의사 표시를 하지 않는 것을 문제 삼을 필요가 없으므로 제삼자를 위한 계약으로 본다고 하였다. 그러나 특수 계약설은 '타인을 위한 보험 계약'이 제삼자의 수익에 대한 의사 표시를 필요로 하지 않음을 근거로 이를 상법상 특수한 보험 계약으로 본다고 하였다. 즉 특수 계약설에서는 타인을 위한 보험 계약을 상법상 특수한 보험 계약이라고 보는 필수적인 요건으로 제삼자가 수익에 대한 의사 표시를 하지 않는 점을 들고 있는 것이다.

본문 060쪽

[080~083] 〈민사 소송상 사실 관계의 확정 절차〉

080 ③　081 ⑤　082 ⑤　083 ⑤

E 지문 선정 포인트

수능에서 법 지문은 어려운 용어와 개념, 구체적 사례나 법 조항에 적용하는 문항 때문에 경제 지문만큼 까다롭게 출제될 수 있다. 따라서 자주 출제되는 법률 개념은 미리 학습해 두는 것이 도움이 된다. '소송'은 E교재에서 자주 다루어지는 법 제재로, 민사 소송의 절차와 과정을 알아 두고, 구체적 사례에 적용하는 훈련을 해 보자.

〈민사 소송상 사실 관계의 확정 절차〉

해제 민사 소송에서 법 적용을 위한 사실 관계의 확정 절차 과정에 대해 다루고 있는 글이다. 법률 관계를 미리 구체적으로 정해 둘 수 없기 때문에 법관에 의한 법 적용은 재판의 결과에 중요한 영향을 미친다. 법 적용을 위해 법관은 법률 문제와 사실 문제를 해결해야 하는데, 민사 소송 절차에서는 법률 문제보다는 사실 문제가 크게 부각되기 때문에 법관은 증거 조사와 평가를 통해 사실 관계를 확정해야 한다. 청구가 구색을 갖추지 못한 경우 법원은 원고의 소송을 기각하지만, 청구가 구색을 갖춘 경우 증거 조사와 평가를 통해 증거 능력을 평가하고 증거에 대한 증명력 판단을 통해 사실 관계를 확정한다.

주제 민사 소송에서 법 적용을 위한 사실 관계의 확정 절차 과정

구성

1문단	법관에 의한 법 적용이 재판의 결과에 중요한 영향을 미치는 원인
2문단	법 적용의 개념 및 민사 소송에서의 사실 문제 해결의 중요성
3문단	증거 조사, 평가를 하지 않고 사실 관계로 확정되는 경우
4문단	'엄격한 증명'의 개념과 증거 능력을 가진 증거의 판단 방법
5문단	자유 심증주의의 개념과 자유 심증주의의 적용에 제약을 받는 경우

080 세부 정보 파악　　답 ③

정답 풀이

4문단에 따르면, '엄격한 증명'은 다투어지거나 판결에 중요한 영향을 미치는 사실을 법이 규정하는 증거 절차에 따른 증거 조사를 통해 증거 능력 여부를 평가하는 것이다. 그리고 증거의 증거 능력 유무는 법률에 정해져 있으며, 원칙적으로 법관의 자유로운 판단을 허용하지 않는다고 하였다. 곧, 원칙적으로 엄격한 증명을 할 때 법관의 판단은 허용되지 않으므로, 엄격한 증명을 할 때 법관의 판단을 허용하는 이유는 이 글을 통해 확인할 수 없다.

오답 풀이

① 1문단에 법률 요건과 법률 효과로 이루어진 법률 관계가 나타나 있다.

② 2문단을 통해 청구가 구색을 갖추지 못해 소송이 기각되면 동일한 사건에 대하여 또 다른 소송이 제기될 때 발생하는 비효율적인 상황을 막기 위해 법원은 원고에게 소송과 관련된 사항에 대하여 설명할 수 있는 기회를 주고 입증을 촉구하는 석명권을 행사한다는 점을 확인할 수 있다.

④ 3문단을 통해 현저한 사실이거나 다투어지지 않는 사실 또는 자백한 사실, 변론의 전취지만으로 법관이 확신에 도달한 사실, 반대 사실의 증명이 없는 법적 추정 사실 및 확정 책임을 지는 당사자가 법원의 석명 요구에도 불구하고 자신이 제출한 사실 주장에 대해 아무런 증명 신청을 하지 않은 경우에는 검증(증거 조사, 평가) 없이 한다는 점을 확인할 수 있다.

⑤ 1문단을 통해 모든 법률 관계를 미리 구체적으로 정해 둘 수 없다는 한계로 인해 법률 요건이나 법률 효과가 불확실한 개념으로 정의되어 있고, 이러한 경우 법관에 의한 법 적용이 재판의 결과에 중요한 영향을 미치게 된다는 점을 확인할 수 있다.

081 세부 정보 추론　　답 ⑤

정답 풀이

3문단에서 '법원은 당사자들이 주장하는 사실 중 판결에 영향을 줄 수 있는 사실에 대해서만 관련 증거를 조사하고 평가하여 사실 관계를 확정'한다고 하였다. 즉 법원은 원고와 피고, 곧 당사자들이 주장하는 모든 사실에 대해 증거 조사와 평가를 하는 것이 아니라, 당사자들이 주장하는 사실 중에서 판결에 영향을 줄 수 있는 사실에 대해서만 관련 증거를 조사하고 평가하는 것이다.

오답 풀이

① 5문단의 '형사 소송법에서는 피고인의 자백이 그에게 불이익한 유일의 증거일 경우, 법관이 그 자백으로 인하여 아무리 충분한 유죄의 심증을 얻었다고 하더라도 그 자백 이외의 보강 증거 없이는 유죄 판결을 할 수 없도록 하고 있다.'라는 내용을 통해 형사 소송 시에 자유 심증주의의 적용에 제약을 받는다는 점을 알 수 있다.

② 4문단의 '증거의 증거 능력의 유무는 법률에 정해져 있으며, 원칙적으로 법관의 자유로운 판단을 허용하지 않는다.'라는 내용을 통해 법원은 증거의 증거 능력의 유무에 대한 판단을 법률에 따라야 한다는 점을 알 수 있다.

③ 2문단을 통해 원고의 청구가 구색을 갖추지 못한 경우, 법원은 소송에 소요되는 시간이나 비용을 고려하여 증거 조사를 실시하지 않고 청구를 기각할 수 있다는 점을 알 수 있다.

④ 2문단을 통해 소송장에 기입된 내용이 불충분하여 청구가 구색을 갖추지 못해 소송이 기각된 경우에 법원은 석명권을 행사하여 원고의 소송 행위에 개입할 수 있다는 점을 알 수 있다.

082 정보 간 비교 이해　　답 ⑤

정답 풀이

4문단에서 어떤 증거가 증거 능력을 갖추고 있다고 판단되면 그 증거는 재판장에서 증거로 제출하는 것이 허용되지만, 증거 능력이 없는 증거는 사실 인정의 자료로서 채용할 수 없을 뿐만 아니라 재판장에서 증거로서 제출하는 것도 허용되지 않는다는 것을 알 수 있다. 따라서 ㉠'증거 능력'의 유무는 증거로서의 활용 여부와 관련된다고 볼 수 있다. 한편, 5문단에서 증명력이란 증거의 실질적인 가치, 즉 그 증거가 사실의 인정에 쓸모가 있음을 의미하며, 증명력의 판단은 법관이 증거 조사의 결과를 신뢰할 것인가 아닌가를 결정하는 것이라고 하였으므로, ㉡'증명력'의 유무는 증거 조사의 결과에 대한 신뢰 여부와 관련된다고 볼 수 있다.

오답 풀이

① ㉡이 있는 증거라 하더라도 ㉠이 부인되는 증거는 사실 인정의 자료로 사용될 수 없다. 따라서 ㉠의 유무는 ㉡의 판단 여부와는 관련이 없다.

② ㉠의 유무와 활용은 법률에 의해 정해져 있다.

③ ㉡의 활용은 법관의 자유로운 판단에 맡겨져 있으나, ㉠의 유무와 활용은 법률에 의해 정해져 있다.

④ ㉠은 엄격한 증명의 과정을 통해 유무가 결정되지만, ㉡은 법관의 판단에 의해 유무가 결정된다.

083 구체적 사례에의 적용 답 ⑤

정답 풀이

민법 제603조 제1항의 경우, '차주는 약정 시기에(약정 시기가 되면)'가 법률 요건이고, '차용물과 같은 종류, 품질 및 수량의 물건을 반환하여야 한다.'가 법률 효과에 해당한다. 따라서 물건을 반환하는 것이 아니라 물건에 대한 '손해 배상을 청구'한 ㉰의 소송은 민법 제603조 제1항의 법률 효과에 해당하지 않는다. 참고로, '노트북 컴퓨터를 반환하는 것'을 요구한 ㉯의 소송은 민법 제603조 제1항의 법률 효과에 해당한다.

오답 풀이

① ㉯의 소송에서 갑이 소송을 제기한 날짜는 대여 기간인 1년이 지난 시점이고 이 시점에 을이 갑의 노트북 컴퓨터를 갖고 있으므로, ㉯의 소송은 모순이 없다고 할 수 있다. 따라서 ㉯의 소송에 대해 법원은 구색을 갖추었다고 판단할 것이다.

② 원고의 청구가 구색을 갖춘 경우, 법원은 당사자들이 주장하는 사실 중 판결에 영향을 줄 수 있는 사실들에 대해서만 관련 증거를 조사하고 평가하여 사실 관계를 확정한다고 하였다. 따라서 ㉯의 소송에서 갑이 대여 사실을 증명하기 위해 계약서를 제출하면 법원은 이에 대해 증거 조사를 실시할 것이다.

③ 확정 책임을 지는 당사자가 법원의 석명 요구에도 불구하고 자신이 제출한 사실 주장에 대해 아무런 증명 신청을 하지 않은 경우 검증이 필요 없어 사실이 확정될 수 있다고 하였다. 따라서 ㉯의 소송에 대해 을이 이의를 제기하지 않을 경우, 을이 노트북 컴퓨터를 빌린 사실은 사실 관계로 확정될 것이다.

④ ㉰의 소송은 '물건'과 '반환 시기', '손해 배상'에 관한 정보가 충분히 기술되어 있지 않다는 점에서 소송장에 기입된 내용이 불충분한 경우에 해당한다. 이 경우 법원은 ㉰의 소송에 대해 석명권을 행사하여 소송장을 보완하도록 할 수 있다.

적중 예상 | 사회·문화 경제+법률

본문 062쪽

[084~088] 〈조세 원칙론의 변화와 현대 조세법의 기본 원칙〉

084 ④ 085 ② 086 ④ 087 ③ 088 ④

E 지문 선정 포인트

'조세'는 평가원 모의고사에 출제된 적 있을 뿐만 아니라, E교재에 수록된 내용인 조세의 개념과 목표, 시장에 미치는 영향, 조세법 등은 경제 지문뿐만 아니라 법 지문으로도 충분히 출제될 수 있는 제재이다. 이 지문을 통해 조세의 개념을 이해하고, 여러 학자들의 다양한 조세 원칙을 비교하며 현대 조세법의 규정까지 파악해 두도록 하자.

〈조세 원칙론의 변화와 현대 조세법의 기본 원칙〉

해제 조세 원칙에서 가장 중시되는 것이 공평성의 원칙인데, 이를 바탕으로 자본주의의 발전, 변화에 따른 조세 원칙에 대해 설명한 글이다. 자본주의의 발흥 시기의 애덤 스미스는 조세는 국가로부터 얻은 수익에 비례하여 납부하고 소득에 관계없이 세율이 같은 것이 공평하다고 보았다. 독점 자본주의 시기에 바그너는 조세가 소득의 재분배에 기여하는 것을 공평하다고 보아서 최소 소득에 대한 면세나 고소득자에 대한 누진세 등을 주장하였다. 현대 자본주의 시기의 머스그레이브는 조세가 경제의 안정과 성장을 위한 기능적 역할을 해야 한다고 주장하였다. 그런데 이러한 조세는 수요와 공급의 균형 상태를 깨뜨려 경제적 손실을 발생시킨다. 조세로 인해 거래량이 줄어들기 때문이다. 한편 조세 원칙을 세우기 위해서는 공평성도 고려하고 효율성도 고려해야 하는데 이러한 논의를 바탕으로 현대 조세법이 만들어졌다. 현대 조세법의 기본 원칙은 일반적으로 조세 공평주의와 조세 법률주의로 볼 수 있다.

주제 조세 원칙론의 변화와 조세의 효율성 및 현대 조세법의 기본 원칙

구성

1문단	조세의 개념과 조세 원칙론
2문단	애덤 스미스, 바그너, 머스그레이브의 조세 원칙
3문단	조세로 인한 경제적 효율성의 손실
4문단	현대 조세법의 조세 공평주의
5문단	현대 조세법의 조세 법률주의

084 세부 정보 파악 답 ④

정답 풀이

1문단에서 조세 원칙론에서는 공평성에 대한 다양한 견해가 제시되었다고 하였는데, 3문단에서 '조세 원칙을 세울 때는 효율성도 고려해야 한다.'라고 하였으므로 조세 원칙을 세울 때는 공평성뿐만 아니라 효율성의 측면도 고려해야 한다는 진술은 적절하다.

오답 풀이

① 1문단을 보면, 조세 원칙론은 '자본주의의 발전에 따라 조세의 공평성에 대한 논의가 많은 변화를 겪었다.'라고 진술되어 있으므로 조세 원칙에 대한 논의가 사회 · 경제적 변화에 영향을 받지 않는다는 진술은 적절하지 않다.

② 4문단을 보면, "현대 조세법의 전반을 지배하는 기본 원칙은 일반적으로 '조세 공평주의'와 '조세 법률주의'로 볼 수 있"다고 하였으므로 현대 조세법의 제정이 조세 법률주의만을 따르고 있다는 진술은 적절하지 않다.

③ 1문단과 5문단을 보면, 조세는 강제적으로 징수되는 것이라고 제시되어 있다. 따라서 조세 징수에 강제성을 띠지 않는다는 진술은 적절하지 않다.
⑤ 4문단에서 '우리나라를 비롯한 현대 자본주의 국가에서는 수직적 공평을 더 중요한 원칙'으로 삼는데, 이는 '소득이 많을수록 소득에 대한 세액의 세율이 더 높아지게 된다.'라고 하였으므로 세율이 더 낮아진다는 진술은 적절하지 않다.

085 관점 간 비교 이해 답 ②

정답 풀이
2문단을 보면, 애덤 스미스(㉠)는 '국가가 시장에 간섭하는 것을 최소화'해야 한다고 주장하고 있다. 따라서 정부의 시장 개입에 소극적이라 할 수 있다. 반면 머스그레이브(㉢)는 '조세가 경제의 안정과 성장을 위한 정책 기능을 수행해야 한다'고 하였고, 이 시기의 '현대 자본주의는 정부가 경제 활동에 개입하는 양상이 두드러졌다'고 하였으므로 정부가 시장에 개입하는 것에 찬성하는 것으로 볼 수 있다. 따라서 ㉢은 정부의 시장 개입에 적극적인 입장이라 할 수 있다.

오답 풀이
① 2문단에서 ㉠의 시대는 자본주의가 발흥하는 시기로 '시장 기능을 중시하는 시대적 상황을 배경'으로 하고 있다고 제시되어 있다. ㉡은 독점 자본주의 시대로, 이전의 시대와 다른 양상을 띠고는 있으나 역시 자본주의 시대이다. 자본주의는 시장 기능을 중시하는 체제이므로 ㉡의 시대가 시장 기능을 인정하지 않는다는 이해는 적절하지 않다.
③ 2문단을 보면 '소득이 많고 적음에 관계없이 세율이 같아야 한다.'고 주장한 것은 ㉠이고, '경제적 능력에 따른 과세 및 고소득자에 대한 누진세 과세'를 주장한 것은 ㉡이므로 ③의 이해는 적절하지 않다.
④ 2문단을 보면 ㉡은 '소득이 조세에 의해 재분배되어야' 한다고 주장하였다. 그리고 ㉢은 '조세가 경제의 안정과 성장을 위한 정책 기능을 수행해야 한다'고 주장하였다. 따라서 ㉢이 조세가 경제 정책의 수단이 되는 것을 반대하였다는 이해는 적절하지 않다.
⑤ 2문단을 보면, ㉠은 '국민은 각자 국가로부터 얻은 수익에 비례하여 조세를 납부'해야 한다고 하였다. 그러나 ㉡은 고소득자에 대한 누진세 과세를 주장하고, ㉢도 조세를 통한 경제의 안전과 성장을 위한 정책 기능을 수행해야 한다고 하고 있으므로, ㉡과 ㉢은 국가로부터 얻게 되는 수익에 따른 비례세적인 공평성의 원칙을 주장한 것으로 볼 수 없다.

086 구체적 사례에의 적용 답 ④

정답 풀이
3문단에 '조세가 누구에게 부과되는지와 무관하게 조세는 나누어 부담하게 된다.'라고 제시되어 있으므로 판매자에게 조세가 부과되었지만 결과적으로 조세는 소비자가 부담한다는 내용은 적절하지 않다. 〈보기〉의 그래프를 보더라도 조세로 인해 소비자와 판매자의 이익이 모두 감소하고 있다.

오답 풀이
① 3문단에 '조세가 판매자에게 부과되면 공급 곡선이 조세만큼 위로 이동한다.' 고 제시되어 있는데, 〈보기〉의 그래프를 보면 공급 곡선이 위로 이동한 것이므로 이는 판매자에게 조세가 부과된 것이다.
② 3문단에 조세의 정의가 제시되어 있고, 〈보기〉의 그래프를 보면 조세 부과로 인해 새로운 균형점이 생기는데, 거래량이 90일 때 소비자는 3,200원의 돈을 내게 된다. 하지만 세금으로 인해 판매자는 2,800원의 돈을 받게 되는데 이 간격이 세금이다.
③ 3문단에 '소비자가 내는 가격과 판매자가 받는 가격 사이에 간격이 생긴다는 사실이다. 이 간격이 조세이며 여기에 거래량을 곱한 것이 조세 수입'이라고 제시되어 있다. 따라서 거래량 90과 판매자가 받는 2,800원과 소비자가 내는 3,200원의 차액인 400을 곱한 부분인 a+b가 조세 수입이 된다.
⑤ 3문단에서 '조세로 인해 시장에서 거래량은 감소한다. 이 실현되지 못한 거래가 경제적 손실'이 된다고 하였는데, 원래 균형점에서는 거래량이 100이다. 하지만 세금이 부과되면 거래량이 90으로 줄어들게 된다. 따라서 줄어든 거래량 만큼인 c+d가 경제적 손실이다.

087 세부 정보 추론 답 ③

정답 풀이
3문단을 보면, '시장은 완전 경쟁적이고 외부 효과가 없다면 수요량과 공급량이 일치하여 균형 상태를 이루게 된다.'라고 되어 있고, 조세로 인해 경제적 손실이 발생하면 시장에서 거래량이 감소한다고 하였다. 따라서 수요량이 증가되어 완전 경쟁적인 시장이 형성될 수 있다는 진술은 적절하지 않다.

오답 풀이
① 3문단에서 '조세가 시장의 효율성을 떨어뜨'리고, 이로 인해 '시장 규모가 축소되고 경제적 손실이 발생'한다고 하였다. 따라서 조세 부과로 인해 경제적 손실이 발생하여 시장의 효율성이 떨어진다는 진술은 적절하다.
② 5문단에서 '법에 의해 조세가 올바로 집행될 때 소득 재분배의 효과도 생'긴다고 하였고, 2문단에서 바그너도 조세로 소득이 재분배되어야 한다고 하였으므로, 조세 부과로 인해 사회적으로 소득이 재분배되는 효과를 기대할 수 있다는 진술은 타당하다.
④ 3문단의 '세금을 부과하면 정부로 이전되는 세금 외에도 사회적 비용이 발생하는데, 이는 조세 부담을 회피하기 위한 행동에서 비롯된 것으로 사회적 손실로 증발해 버린다.'를 통해 확인할 수 있다.
⑤ 1문단의 '조세란 국가가 국방, 교육, 보건, 공공재의 공급 등에 필요한 경비를 충당하기 위해 국민으로부터 징수하는 화폐 또는 현물을 말한다.'에서 조세를 통해 재원 마련이 가능함을 알 수 있다.

088 구체적 사례에의 적용 답 ④

정답 풀이
5문단을 보면, '과세 요건 법정주의'는 '과세 요건과 조세의 부과 및 징수 절차를 법률로 정하는' 것이다. 〈보기〉의 내용을 보면 '선발된 관원이 1차 답험을 하고 이 결과를 수령이 검사하도록 하였다.'라고 제시되어 있다. 따라서 '조세를 부과하는 사람이나 절차를 정해 놓지 않았'다는 이해는 적절하지 않으며, '과세 요건 법정주의'에 어긋나는 것으로도 볼 수 없다.

오답 풀이
① 5문단을 보면, 조세 법률주의는 '모든 국민은 법률이 정하는 바에 의하여 납세의무를 진다.'는 규정과 '조세의 종목과 세율은 법률로 정한다.'는 규정과 관련된다고 하였다. 즉 조세를 법률로 정하는 것인데, 조선 시대의 과전법은 법률이므로 조세 법률주의를 따른 것으로 볼 수 있다.
② 조세 공평주의는 '조세 부담이 공평하게 분배되어야' 한다는 규정이며, 수평적 공평은 '동일한 상황에 있는 납세 의무자는 동일하게 과세를 받아야 한다'는 것이다. 한편, 〈보기〉의 공법은 '토지의 등급에 따라 조세를 일정하게 고정시키는 정액세'이며, 관원의 자의대로 세금이 달라지지 않는 것이므로 조세 공평주의, 그중에서도 수평적 공평과 관련된다고 할 수 있다.
③ '과세 요건 명확주의'는 '(과세 요건의) 내용이 상세하고 명확한 성문법으로 규정되어야 한다'는 것이다. 〈보기〉를 보면, 공법이 〈경국대전〉에 명시되었다고 하였으므로 '과세 요건 명확주의'에 부합된다고 할 수 있다.
⑤ '합법성의 원칙'은 '법에 따라 조세를 징수해야 하며 임의로 조세를 감면해서는 안 된다.'는 것이다. 〈보기〉를 보면, 답험 손실법의 실행에서는 손실을 판단하는 관원이 임의대로 조세를 낮추거나 높이는 경우가 있었으므로 답험 손실법은 합법성의 원칙에 어긋나는 것으로 볼 수 있다.

사회·문화
정치

본문 065쪽

[089~093] 〈정치 자금법의 변화와 정당 민주주의의 발전〉

089 ⑤ 090 ③ 091 ④ 092 ① 093 ③

E 지문 선정 포인트

2024 수능에서는 '경마식 보도의 특성과 보완 방법'에 관한 지문이 출제되었는데, '선거'와 관련한 지문들이 다시 출제되기 시작했다는 점에서 눈여겨보아야 한다. 정치와 언론 분야에서는 투표나 선거와 관련된 제재가 언제든 출제될 수 있으므로, 현대 민주주의에서의 정당 정치와 관련한 지문을 읽어 보면서 국고 보조금인 선거 보조금에 대한 내용까지 알아 두도록 하자.

〈정치 자금법의 변화와 정당 민주주의의 발전〉

해제 정치 자금법의 변화와 정치적 효과를 현대 민주주의 정당 정치와 연결하여 설명하고 있는 글이다. '정치 자금에 관한 법률'은 민주 정치의 발전에 기여하고자 정치인에 대한 기업인들의 음성적인 기부 행위를 양성화하려는 취지에서 1965년 처음 제정되었다. 이 법률이 1980년 전면 개정을 거쳐 후원회 제도, 국고 보조금 제도, 회계 보고 제도 등이 신설되면서 오늘날의 국고 보조금과 관련된 법률의 기초가 되었다. 국고 보조금은 정당의 일상적인 경비를 지원하는 경상 보조금과 선거 비용을 지원하는 선거 보조금으로 나뉘어 지급되며, 국민의 세금으로 조성되는 국고 보조금의 불법적인 사용을 방지하기 위해 회계 보고 제도를 적용하고 있다.

주제 현대 민주주의에서의 정당 정치와 국고 보조금

구성

1문단	정치 자금법의 입법 취지와 초창기의 정치 자금법
2문단	정치 자금법 중 국고 보조금 제도의 신설
3문단	정당 중심의 현대의 대의 민주주의
4문단	정당의 경제 활동을 금지하는 이유 ①
5문단	정당의 경제 활동을 금지하는 이유 ②
6문단	경상 보조금과 선거 보조금으로 지급되는 국고 보조금

089 세부 정보 파악 답 ⑤

정답 풀이

1문단에서 '정치 자금법의 입법 취지는 적정한 정치 자금의 제공과 그것의 수입 및 지출에 대해서 투명성을 제고시키고 정치 자금과 관련된 부정을 방지하여 민주 정치의 발전에 기여하는 것이다.'라고 하였다. 그리고 초창기 우리나라 정치 자금법의 '입법 취지는 정치 자금의 투명화를 위해 주로 정치인에게 정치 자금을 음성적으로 제공하던 기업인들의 기부 행위를 양성화하려는 것이었다.'라고 하였다. 이를 통해 알 수 있듯이, 정치 자금에 관한 법률은 정치 자금의 투명화를 위한 것이지, 다양한 형태의 정치 자금 기부를 장려하려는 취지에서 제정된 것이 아니다.

오답 풀이

① 3문단의 '현대 민주주의는 시간적, 공간적 한계 등으로 인해 직접 민주주의를 대신해 국민의 대표자를 뽑아 그들에게 권한을 위임하여 통치하게 하는 간접 민주주의 형태로서의 대의 민주주의 체제를 취하고 있다.'라는 진술과 일치한다.

② 4문단의 '현대 정치는 타 정당과의 치열한 경쟁, 매스 미디어 비용의 상승 등으로 인해 정치 자금이 기하급수적으로 늘고 있다.'라는 진술과 일치한다.

③ 마지막 문단의 '정치 자금법에 의해 규율되는 경상 보조금은 정당의 사무실 유지를 위한 임대료나 전기 요금 및 인건비와 같은 항목에 지출'된다는 진술과 일치한다.

④ 마지막 문단에서 국고 보조금은 '경상 보조금과, 2년마다 있는 전국 단위의 선거를 위한 선거 보조금으로 구분되어 지급된다.'라고 하였다. 그리고 '공직 선거법에 의해 규율되는 선거 보조금은 후보자 공천 심사나 정강 정책 홍보를 위한 현수막 제작과 같은 항목에 지출된다.'라고 하였다. 이를 통해 공천 심사와 같이 전국 단위의 선거를 위한 선거 보조금은 공직 선거법에 의해 규율된다는 것을 알 수 있다.

090 세부 정보 이해 답 ③

정답 풀이

㉢에서 '국민의 의사를 국정에 반영하기 위해 조직된 정당은 국민의 안전과 자유, 평등, 인권 등과 같은 민주주의의 가치와 원리를 실현하는 핵심적인 역할을 담당하고 있다.'라고 하였다. 이는 정당이 국민의 의사를 국정에 반영하기 위해 조직된 것이며 민주주의의 가치와 원리를 실현해야 한다는 것이다. 민주주의의 가치와 원리에서 벗어나는 활동이 용인된다는 의미가 아니다.

오답 풀이

① ㉠에서 정치 자금법의 입법 취지를 설명하며 정치 자금의 '수입 및 지출에 대해서 투명성을 제고시키고 정치 자금과 관련된 부정을 방지하여 민주 정치의 발전에 기여'하기 위한 것이라고 하였으므로, 정치 자금의 수입과 지출이 투명하지 않다면 민주주의의 발전에 방해가 될 수 있다고 볼 수 있다.

② 우리나라의 정치 자금법은 1965년에 처음 제정되었다고 한 후 1980년 12월 후원회 제도, 국고 보조금 제도, 회계 보고 제도 등이 신설되어 오늘날의 형태를 갖추기 시작했다고 하였다. 그리고 국고 보조금 제도는 특히 정당의 운영을 원활하게 하기 위한 의도를 반영하여 신설되었다고 하였다. 따라서 오늘날의 국고 보조금 제도는 정당의 운영을 원활하게 하기 위해 1980년 12월에 신설된 제도를 기초로 만들어졌다고 볼 수 있다.

④ 선거에서 후보자가 정책 개발을 통한 경쟁보다 선거 자금 확보에 더 많은 관심을 기울이게 되면 결국 돈에 매수돼 대중의 의견을 정치에 반영할 동기가 없어지게 되는데, 이는 대의 민주주의의 원칙을 훼손하는 것이라고 볼 수 있다.

⑤ 정당에 지급된 국고 보조금의 수입과 지출은 회계 보고 제도를 통해 일반 국민들에게 공개되는데 이것은 국가 보조금의 불법적인 사용을 방지하기 위해서이다. 따라서 국고 보조금의 사용이 불투명하거나 불법적이었다면 관련 법에 따라 합당한 조치가 취해질 것이라고 볼 수 있다.

091 반응의 적절성 평가 답 ④

정답 풀이

ㄱ. 3문단에서 정당은 민주주의의 가치와 원리를 실현하는 핵심적인 역할을 담당한다고 하며, 현대의 대의 민주주의는 정당을 중심으로 운영되는 정당 민주주의적 성격을 띤다고 하였다. 따라서 현대 대의 민주주의의 핵심인 정당의 정치 행태가 정치 체계를 발전시키는지, 공공의 문제 해결을 위해 노력하는지에 관심을 기울일 필요가 있다.

ㄷ. 1문단에서 정치 자금법의 입법 취지를 설명하며 정치 자금의 수입과 지출에 대해서 투명성을 제고시키는 것이 민주 정치의 발전에 기여한다고 하였다. 그리고 마지막 문단에서 국고 보조금 중 매년 정당의 일상적인 운영을 위한 경상 보조금이 지급되며 정당에 지급된 국고 보조금은 회계 보고 제도를 통해 일반 국민에게 공개된다고 하였다. 따라서 매년 지급된 경상 보조금이 투명하

게 쓰이고 있는지 정당의 회계 내역에 관심을 가지는 것은 민주 정치 발전을 위해 필요한 일이라고 할 수 있다.

ㄹ. 마지막 문단에서 선거 보조금은 전국 단위의 선거가 있는 2년마다 지급된다고 하였고, 후보자 공천 심사나 정강 정책 홍보를 위한 현수막 제작과 같은 항목에 지출된다고 하였다. 따라서 선거 보조금이 쓰이는 정당의 후보자 공천 심사 과정이나 정강 정책을 홍보하는 인쇄물에 관심을 가진다는 것은 국고 보조금 중 선거 보조금이 제대로 쓰이고 있는지 감시하는 기능을 하므로 필요한 일이다.

오답 풀이

ㄴ. 4문단에서 정당은 공익을 추구하기 때문에 이익 집단과 달리 경제 활동을 통해 자금을 조달할 수 없다고 하였다. 그러나 현대 정치에서 정치 자금은 기하급수적으로 늘고 있고 자금 조달 능력에 의해 당선이 좌우되면 참정권을 위배하는 것이 된다고 하였다. 따라서 정치 자금을 근절하게 되면 오히려 정당의 정치 활동이 제대로 이루어질 수 없게 된다. 그러므로 자신의 정치 이념과 부합되는 정당의 정치 활동이 활발해질 수 있도록 하기 위해서는 정치 자금을 출연하여 정당의 활동이 위축되지 않도록 해야겠다고 생각하는 것이 적절하다.

092 추론의 적절성 판단 답 ①

정답 풀이

국민의 세금으로 조성되는 국고 보조금을 경상 보조금의 명목으로 매년 지급하고, 선거 보조금의 명목으로 2년마다 지급하는 이유는 4문단과 5문단의 내용을 통해 짐작할 수 있다. 곧, 4문단에서 '자금 조달과 사용 능력에 의해 당선이 좌우된다면 헌법이 보장한 참정권을 위배하는 것이며 선거 과정의 공평한 경쟁 구조를 와해시킬 위험이 있'다고 하였고, 5문단에서는 후보자가 선거 자금 확보에만 관심을 기울이게 되면 '대의제의 기본 원칙인 국민 주권주의를 침해하는 것'이라고 하였다. 결국 돈 때문에 정당이 제 기능을 다하지 못한다면 참정권과 선거 과정의 공평한 경쟁 구조, 대의제의 기본 원칙인 국민 주권주의를 침해할 수 있기 때문에 세금으로 조성되는 국고 보조금을 정당에 지급하는 것이다.

오답 풀이

② 현대의 민주주의가 직접 민주주의를 대신해 간접 민주주의를 채택하고 있는 것은 맞지만, 국민의 세금으로 국고 보조금을 지급하는 것이 국민의 대표자를 뽑는 국민의 정치적 능력을 신장시키기 위한 것은 아니다.

③ 사회가 발전함에 따라 매스 미디어 비용이 상승한 것은 맞지만, 매스 미디어 비용이 상승했다고 해서 민주주의에 대한 혐오감을 갖게 되는 것은 아니다.

④ 정당의 자금 조달 능력과 사용 능력 간의 균형을 맞추기 위해 국고 보조금을 지급하는 것이 아니다.

⑤ 대의제의 기본 원칙을 수호한다는 취지는 적절하다고 할 수 있지만, 선거에 더 많은 관심을 기울이게 하기 위해 국고 보조금을 지급하는 것은 아니다.

093 어휘의 사전적 의미 파악 답 ③

정답 풀이

ⓒ '추구(追求)'의 사전적 의미는 '목적을 이룰 때까지 뒤좇아 구함.'이다. '잘못한 일에 대하여 엄하게 따져서 밝힘.'의 뜻을 가진 단어는 '추궁(追窮)'이다.

오답 풀이

① ⓐ '양성화(陽性化)'는 '사물 현상을 드러나게 함.'을 의미한다.

② ⓑ '조달(調達)'은 '자금이나 물자 따위를 대어 줌.'을 의미한다.

④ ⓓ '침해(侵害)'는 '침범하여 해를 끼침.'을 의미한다.

⑤ ⓔ '규율(規律)'은 '질서나 제도를 좇아 다스림.'을 의미한다.

N 적중 예상 사회·문화 지리

본문 068쪽

[094~098] 〈공간에 대한 르페브르와 하비의 논의〉

094 ② 095 ⑤ 096 ② 097 ⑤ 098 ③

E 지문 선정 포인트

교통 및 통신 기술의 발달로 현대 사회에서 '공간'의 의미가 새롭게 대두되고 있다. '공간'은 EBS교재에서 도시에서의 공간, 건축에서의 공간 등 다양한 지문으로 제시되었고, 여러 학자들의 논의가 이루어져 왔다. 이처럼 '공간'에 대한 사회 제재는 인문이나 예술 영역과도 엮어 출제될 가능성이 있으므로 다양한 지문을 통해 독해 연습을 해 두는 것이 필요하다.

〈공간에 대한 르페브르와 하비의 논의〉

해제 현대 사회에서 공간의 의미가 중요하게 대두되고 있음을 이야기하면서 공간과 관련된 사회학적 연구를 한 르페브르와 하비의 관점을 소개한 글이다. 르페브르는 기존의 공간에 대한 논의를 비판하면서 공간을 세 가지로 유형화하였다. 이는 물질적 공간, 공간의 재현, 재현의 공간으로 경험된 공간, 개념화된 공간, 체험된 공간이라고도 불린다. 르페브르의 공간에 대한 논의를 발전시킨 하비는 르페브르가 제시한 세 가지 유형을 다시 절대적 공간, 상대적 공간, 관계적 공간으로 구분하여 공간을 아홉 가지로 유형화하였다. 이를 통해 하비는 공간이 고정적인 실체가 아니라 다원적 특성을 가지고 다양하게 규정됨을 강조한다. 하비는 공간에 대한 논의를 세계화의 문제와도 연결 지어 공간과 관련하여 어떠한 인간 실천이 필요한가를 연구해야 한다고 역설하였다.

주제 공간에 대한 르페브르와 하비의 논의

구성

1문단	현대 사회에서 공간에 대한 연구의 중요성
2문단	공간에 대한 르페브르의 관점
3문단	공간에 대한 하비의 관점
4문단	공간에 대한 논의를 세계화와 연결한 하비
5문단	현대 사회의 공간 이해에서 중요한 인간 실천

094 세부 정보 파악 답 ②

정답 풀이

현대 사회에서의 공간에 대한 사회학적 연구의 중요성, 세계화와 관련한 현대 사회의 공간 구성의 문제에 대해서는 언급하고 있지만 현대 사회의 공간 구성에 적용되어 있는 규범에 대한 내용은 나타나 있지 않다.

오답 풀이

① 4문단의 '경제나 정치, 문화가 지구적 규모로 확대되고 보다 치밀하게 되는 과정이라고 볼 때, 세계화는 근본적으로 공간적 현상이라고 할 수 있'다는 내용에서 알 수 있다.

③ 2문단의 '르페브르는 공간에 대한 기존의 논의가 공간을 파편화하여 이해하는 양상을 보였다고 지적하며'라는 내용을 통해 알 수 있다.

④ 4문단의 '공간을 표시하는 지도 그리기는 모든 지식 구성의 근본적 전제가 되는 것으로, 권력을 내포한다'는 내용을 통해 알 수 있다.

⑤ 1문단에서 교통 및 통신 기술의 발달, 공간적 상호 관계의 복잡화, 치밀화에 따라 공간과 관련된 사회학적 연구가 중요한 의미를 가지게 되었다고 하였다.

095 핵심 정보 파악 답 ⑤

정답 풀이

3문단을 보면 '어느 지역의 지하철 노선도를 만들 때 공간적 거리 이동을 위해 소요되는 시간 단축 효과, 즉 시공간적 압축을 고려한다면, 여기서 공간은 개념화된 공간이자 상대적 공간으로 분류된다.'라고 하였으므로 공간적 거리 이동을 위해 소요되는 시간을 단축할 수 있는 측면에서 인식되는 공간은 재현의 공간이 아니라 개념화된 공간이자 상대적 공간에 해당한다.

오답 풀이

① 2문단의 '인간의 인지 능력에 의해 ~ 공간은 도면상에 사물을 위치시키는 개념화된 공간으로 재현된다. 행정 구역도와 같은 것은 개념화된 공간을 도면으로 나타낸 것이다.'를 보면 토지를 세분화하여 구분하고 땅의 경계를 그어 놓은 지도인 지적도의 공간은 개념화된 공간에 해당한다고 할 수 있다.

② 낯선 사람들이 모여 편안하게 대화를 할 수 있도록 유도하는 것은 곧 사회적 상호 작용을 유발하는 것이므로, 이러한 공간은 3문단에 제시된 관계적 공간에 해당한다고 할 수 있다.

③ 2문단에서 체험된 공간을 설명하면서 '개인에 따라 다양한 감정과 사고를 유발하며, 공간의 의미는 달라지게 된다.'고 하였으므로 누군가가 어떤 공간에서 긴장감과 불안감을 느낄 때 그 공간은 체험된 공간에 해당한다고 할 수 있다.

④ 2문단을 보면, '물질적 공간은 경험된 공간이라고도 표현'되며 '지표상의 거리, 면적뿐만 아니라 벽, 다리, 문 등에 의해 인식되는 공간'이라고 하였다. 따라서 벽과 창문에 의해 교실을 인식한다면 교실은 경험된 공간에 해당한다고 할 수 있다.

096 관점의 파악 답 ②

정답 풀이

4문단의 '세계화에 의해 생산과 소비가 공간에 따라 분리되어, 세계 전체는 ~ 격차를 벌려 나가고 있다'로 보아, 하비는 세계화로 인해 공간이 지니는 가치가 달라지며 가치의 격차가 커진다고 보았음을 알 수 있다. 또한 공간이 가지는 가치의 격차에 의해 공간적 조정이 어려워져 한계에 도달한다고 보고 있으므로, 세계화의 가속으로 공간적 가치의 격차가 감소된다는 설명은 적절하지 않다.

오답 풀이

① 2문단을 통해 르페브르가 '인간의 인지 능력에 의해 공간은 사물, 사건과 분리되어 인식'된다고 하였음을 확인할 수 있다.

③ 4문단에서 하비는 지도 그리기가 권력을 내포하며, '어떠한 이념이나 권력에 의해 개념화된 공간이 공간에 대한 인식을 왜곡할 수 있다'고 보았다고 하였다.

④ 2문단에서 르페브르가 '공간을 사회 속에서 이해해야 한다고 보았다'는 내용을 확인할 수 있으며, 3문단에서 하비가 '공간의 개념은 사회적 상호 관계 속에서 다양하게 규정될 수 있다'고 보았음을 확인할 수 있다.

⑤ 2문단에서 르페브르의 견해를 설명하며 '공간 역시 개인에 따라 다양한 감정과 사고를 유발하며, 공간의 의미는 달라지게 된다.'라고 하였다. 그리고 3문단에서 하비의 견해를 설명하며 '공간의 개념은 사회적 상호 관계 속에서 다양하게 규정'되며, '공간은 그 속에서 이루어지는 인간 실천에 의해 규정'된다고 하였다.

097 구체적 사례에의 적용 답 ⑤

정답 풀이

5문단을 보면, 하비는 공간에 대한 논의를 진행하면서 '공간은 무엇인가?'라는 질문을 무의미한 것으로 보았다고 하였다. 3문단에 따르면 하비는 공간을 인간 실천에 따라 다원적으로 이해되는 것으로 보았고, 5문단에 제시된 것과 같이 공간에 대한 논의가 '어떠한 인간 실천이 공간의 상이한 개념을 창출하는가?', '공간에 대한 어떠한 인간 실천이 인간의 미래를 위해 필요한 것인가?'라는 문제로 귀결되어야 한다고 본 것이다. 이러한 하비의 시각에 따르면, 도시 공간과 관련된 문제 상황의 해결을 위해서 중요한 것은 공간의 유형과 개념을 규정하는 것이 아니라, 어떠한 인간 실천이 바람직하고 필요한 것인지를 따지는 것이라고 할 수 있다.

오답 풀이

① 하비는 공간에 대한 논의를 세계화와 관련지었는데, 세계화에 따라 발생하는 문제 상황이 도시 내, 국가 내에서도 적용될 수 있다고 보았다. 또한 하비는 세계화에 의해 경제적 측면뿐만 아니라 문화적, 환경적인 측면에서의 격차가 벌어지고 있다고 보았으므로, 도시 내부에서 발생하는 주거 문제는 경제적인 데에 국한되지 않고 문화적, 환경적인 데로 확대될 수 있다고 볼 것이다.

② 도시 공간의 주택을 공급에 비해 수요가 많은 재화라고 한 것은 주택을 고정적 공간으로 이해한 것이 아니라 공급과 수요, 즉 사회적 상호 관계 속에서 이해한 것이다. 이는 공간의 개념이 사회적 상호 관계 속에서 다양하게 규정될 수 있다고 한 하비의 관점에 해당한다.

③ 하비는 순수한 토지와 시설과 설비가 들어선 토지가 가지는 가치의 격차는 필연적일 수밖에 없고 이에 따라 가치가 높은 토지에는 자본이 집중된다고 하였다. 따라서 하비의 관점에서 고급 주택이 많이 지어진 공간에는 자본 집중이 가속화될 것이고, 도시 내부의 공간 가치의 편중 역시 심해질 것이라고 예상할 수 있다.

④ 하비는 특정 공간에 자본 집중이 가속화되어 공간적 조정이 한계를 맞게 되는 것을 문제 상황으로 여기고 이것이 심각한 위기를 불러올 수 있다고 보았다. 따라서 하비는 도시 공간의 구성이 자본주의적 원리에 따라 이루어지는 것이라고 할지라도 도시 공간의 편중 문제를 해결 과제로 인식하여 도시 재편이 필요하다고 볼 것이다.

098 어휘의 문맥적 의미 파악 답 ③

정답 풀이

ⓐ와 ③에서 '펼치다'는 '생각 따위를 전개하거나 발전시키다.'라는 뜻으로 사용되었다.

오답 풀이

① '접히거나 개킨 것 따위를 넓찍하게 펴다.'라는 뜻으로 사용되었다.

② '꿈, 계획 따위를 이루기 위해 행동하다.'라는 뜻으로 사용되었다.

④ '펴서 드러내다.'라는 뜻으로 사용되었다.

⑤ '보고 듣거나 감상할 수 있도록 사람들 앞에 주의를 끌 만한 상태로 나타내다.'라는 뜻으로 사용되었다.

Ⅲ. 과학 · 기술

대표 기출 과학 · 기술 ❶

본문 070쪽

[1~4] 전통적 PCR와 실시간 PCR

1 ① **2** ② **3** ④ **4** ②

해제 이 글은 DNA를 증폭하는 PCR의 원리와 특징을 설명하고 있다. PCR는 이중 가닥 DNA인 주형 DNA를 단일 가닥으로 분리한 뒤, 프라이머와 DNA 중합 효소를 활용하여 DNA를 복제한 후 새로운 이중 가닥 DNA를 생성하는 과정을 거친다. 이렇게 한 사이클이 끝나면 검출하고자 하는 표적 DNA가 2배로 늘어난다. 전통적인 PCR는 PCR의 최종 산물에 형광 물질을 결합시켜 표적 DNA의 증폭 여부를 확인하지만, 실시간 PCR는 사이클마다 발색 반응이 일어나도록 하여 실시간으로 표적 DNA의 증폭 여부를 확인할 수 있다. 또한 실시간 PCR는 Ct값을 이용해 시료에 포함된 표적 DNA의 농도도 알 수 있다. 이를 위해서는 PCR 과정에 '이중 가닥 DNA 특이 염료'나 '형광 표식 탐침' 같은 발색 물질이 추가로 필요하다.

주제 전통적 PCR와 실시간 PCR의 원리 및 특징

1 내용의 추론 답 ①

선지별 선택 비율	①	②	③	④	⑤
화작	53%	9%	13%	17%	5%
언매	64%	7%	9%	13%	4%

윗글에서 알 수 있는 내용으로 적절하지 않은 것은?

정답 풀이

① 2종의 프라이머 각각의 염기 서열과 정확히 일치하는 염기 서열을 주형 DNA에서 찾을 수 없다.

지문 근거 [1문단] 주형 DNA란 ~ PCR에서 DNA 증폭의 바탕이 되는 이중 가닥 DNA를 말하며, 주형 DNA에서 증폭하고자 하는 부위를 표적 DNA라 한다. 프라이머는 표적 DNA의 일부분과 동일한 염기 서열로 이루어진 짧은 단일 가닥 DNA로, 2종의 프라이머가 표적 DNA의 시작과 끝에 각각 결합한다.

⋯→ 1문단에 따르면, 프라이머는 표적 DNA의 일부분과 동일한 염기 서열로 이루어진 짧은 단일 가닥 DNA로, PCR 과정에서 2종의 프라이머가 표적 DNA의 시작과 끝에 각각 결합한다. 그리고 표적 DNA는 주형 DNA에 포함되어 있다. 이를 종합하면 주형 DNA에는 프라이머와 동일한 염기 서열이 존재함을 알 수 있다. 따라서 2종의 프라이머 각각의 염기 서열과 정확히 일치하는 염기 서열을 주형 DNA에서 찾을 수 없다는 진술은 적절하지 않다.

오답 풀이

② PCR에서 표적 DNA 양이 초기 양을 기준으로 처음의 2배가 되는 시간과 4배에서 8배가 되는 시간은 같다.

지문 근거 [2문단] 일정한 시간 동안 진행되는 이러한 DNA 복제 과정이 한 사이클을 이루며, 사이클마다 표적 DNA의 양은 2배씩 증가한다.

⋯→ 2문단에 따르면, PCR 과정에서 일정한 시간 동안 진행되는 DNA 복제 과정 한 사이클이 끝날 때마다 표적 DNA의 양은 2배씩 증가한다. 즉 표적 DNA의 양이 2배씩 증가하는 시간은 동일하다. 따라서 PCR에서 표적 DNA 양이 초기 양을 기준으로 처음의 2배가 되는 시간과, 4배에서 8배가 되는 시간은 같다.

③ 전통적인 PCR는 표적 DNA 농도를 아는 표준 시료가 있어도 미지 시료의 표적 DNA 농도를 PCR 과정 중에 알 수 없다.

지문 근거 [2문단] 전통적인 PCR는 PCR의 최종 산물에 형광 물질을 결합시켜 발색을 통해 표적 DNA의 증폭 여부를 확인한다.

⋯→ 2문단에 따르면, 전통적인 PCR는 PCR의 최종 산물에 형광 물질을 결합시켜 표적 DNA의 증폭 여부를 확인한다. 따라서 PCR 과정 중에는 표적 DNA의 증폭 여부를 확인할 수 없으므로, 표적 DNA 농도를 아는 표준 시료가 있어도 미지 시료의 표적 DNA 농도는 확인할 수 없다.

④ 실시간 PCR는 가열 과정을 거쳐야 시료에 포함된 표적 DNA의 양을 증폭할 수 있다.

지문 근거 [2문단] PCR 과정은 우선 열을 가해 이중 가닥의 DNA를 2개의 단일 가닥으로 분리하는 것으로 시작한다.
[3문단] 실시간 PCR는 전통적인 PCR와 동일하게 PCR를 실시

⋯→ 2문단에 따르면, 전통적인 PCR 과정은 우선 열을 가해 이중 가닥의 DNA를 2개의 단일 가닥으로 분리하는 것으로 시작한다. 그리고 3문단에 따르면, 실시간 PCR는 전통적인 PCR와 동일한 과정으로 PCR를 실시한다. 따라서 실시간 PCR도 가열 과정을 거쳐야 시료에 포함된 표적 DNA의 양을 증폭할 수 있다.

⑤ 실시간 PCR를 실시할 때에 표적 DNA의 증폭이 일어나려면 DNA 중합 효소와 프라이머가 필요하다.

지문 근거 [1문단] 주형 DNA에서 증폭하고자 하는 부위를 표적 DNA라 한다. 프라이머는 표적 DNA의 일부분과 동일한 염기 서열로 이루어진 짧은 단일 가닥 DNA로, 2종의 프라이머가 표적 DNA의 시작과 끝에 각각 결합한다. DNA 중합 효소는 DNA를 복제하는데, 단일 가닥 DNA의 각 염기 서열에 대응하는 뉴클레오타이드를 순서대로 결합시켜 이중 가닥 DNA를 생성한다.
[2문단] 각각의 단일 가닥 DNA에 프라이머가 결합하면, DNA 중합 효소에 의해 복제되어 2개의 이중 가닥 DNA가 생긴다. 일정한 시간 동안 진행되는 이러한 DNA 복제 과정이 한 사이클을 이루며, 사이클마다 표적 DNA의 양은 2배씩 증가한다.
[3문단] 실시간 PCR는 전통적인 PCR와 동일하게 PCR를 실시

⋯→ 1, 2문단에 따르면, 프라이머가 표적 DNA에 결합하면 이것이 DNA 중합 효소에 의해 복제되면서 표적 DNA가 증폭된다. 그리고 3문단에서 실시간 PCR는 전통적인 PCR와 동일하게 PCR를 실시한다고 하였다. 따라서 실시간 PCR를 실시할 때에 표적 DNA의 증폭이 일어나려면 DNA 중합 효소와 프라이머가 필요하다.

2 정보 간의 관계 파악 답 ②

선지별 선택 비율	①	②	③	④	⑤
화작	16%	45%	11%	13%	12%
언매	15%	52%	9%	11%	11%

㉠과 ㉡에 대한 설명으로 가장 적절한 것은?

정답 풀이

② ㉠은 ㉡과 달리 표적 DNA에 붙은 채 발색 반응이 일어난다.

지문 근거 [3문단] 이중 가닥 DNA 특이 염료는 이중 가닥 DNA에 결합하여 발색하는 형광 물질로, 새로 생성된 이중 가닥 표적 DNA에 결합하여 발색하므로 표적 DNA의 증폭을 알 수 있게 한다.
[4문단] PCR 과정에서 이중 가닥 DNA가 단일 가닥으로 되면, 형광 표식 탐침은 프라이머와 마찬가지로 표적 DNA에 결합한다. 이후 DNA 중합 효소에 의해 이중 가닥 DNA가 형성되는 과정 중에 탐침은 표적 DNA와의 결합이 끊어지고 분해된다. 탐침이 분해되어 형광 물질과 소광 물질의 분리가 일어나면 비로소 형광 물질이 발색되며, 이로써 표적 DNA가 증폭되었음을 알 수 있다.

…› 3문단에 따르면, ㉠'이중 가닥 DNA 특이 염료'는 DNA가 복제되는 한 사이클이 끝나 새로 생성된 이중 가닥 표적 DNA에 결합하여 발색이 된다. 이와 달리 4문단에 따르면, ㉡'형광 표식 탐침'은 이중 가닥 DNA가 단일 가닥으로 될 때 표적 DNA에 결합한 뒤, 새로운 이중 가닥 DNA가 형성되는 과정 중에 표적 DNA와의 결합이 끊어지고 분해된다. 그리고 형광 표식 탐침이 분해되면서 이를 구성하는 형광 물질과 소광 물질의 분리가 일어날 때 발색이 된다. 따라서 ㉠은 ㉡과 달리 표적 DNA에 붙은 채 발색 반응이 일어난다.

오답 풀이

① ㉠은 ㉡과 달리 프라이머와 결합하여 이합체를 이룬다.

지문 근거 [1문단] 프라이머는 표적 DNA의 일부분과 동일한 염기 서열로 이루어진 짧은 단일 가닥 DNA
[3문단] 이중 가닥 DNA 특이 염료는 이중 가닥 DNA에 결합하여 발색하는 형광 물질로, 새로 생성된 이중 가닥 표적 DNA에 결합하여 발색하므로 표적 DNA의 증폭을 알 수 있게 한다. 다만, 이중 가닥 DNA 특이 염료는 모든 이중 가닥 DNA에 결합할 수 있기 때문에 2개의 프라이머끼리 결합하여 이중 가닥의 이합체를 형성한 경우에는 이와 결합하여 의도치 않은 발색이 일어난다.
[4문단] 형광 표식 탐침은 형광 물질과 이 형광 물질을 억제하는 소광 물질이 붙어 있는 단일 가닥 DNA 단편으로, 표적 DNA에서 프라이머가 결합하지 않는 부위에 특이적으로 결합하도록 설계된다.

…› 3문단에 따르면, ㉠은 이중 가닥 DNA에 결합하는데 프라이머는 단일 가닥 DNA이므로 ㉠이 프라이머와 결합하지는 않는다. 그리고 이합체는 2개의 프라이머끼리 결합하여 이루어지므로 ㉠과 프라이머가 결합하여 이합체를 이루는 것은 아니다. 한편 4문단에 따르면, ㉡은 표적 DNA에서 프라이머가 결합하지 않는 부위에 특이적으로 결합한다고 하였으므로, ㉡ 역시 프라이머와 결합하지 않는다.

③ ㉡은 ㉠과 달리 형광 물질과 결합하여 이합체를 이룬다.

…› 3문단에 따르면, 이합체는 2개의 프라이머끼리 결합하여 이루어진다. 따라서 ㉡이 형광 물질과 결합하여 이합체를 이룬다는 진술은 적절하지 않다. 한편 ㉠은 그 자체가 이중 가닥 DNA에 결합하여 발색하는 형광 물질이므로 형광 물질과 결합할 필요가 없다.

④ ㉡은 ㉠과 달리 한 사이클의 시작 시점에 발색 반응이 일어난다.

…› 4문단에 따르면, ㉡은 PCR 과정에서 이중 가닥 DNA가 단일 가닥으로 되면 표적 DNA에 결합한 뒤 DNA 중합 효소에 의해 새로운 이중 가닥 DNA가 형성되는 과정 중에 표적 DNA와의 결합이 끊어지고 분해된다. 이때 형광 물질과 소광 물질의 분리가 일어나면서 형광 물질이 발색된다. 따라서 ㉡은 한 사이클이 끝나는 시점에서 발색 반응이 일어난다. 한편 3문단에 따르면, ㉠은 DNA를 복제하는 한 사이클이 끝나 새로 생성된 이중 가닥 표적 DNA에 결합하여 발색한다. 즉 한 사이클이 끝난 시점에 발색 반응이 일어난다.

⑤ ㉠과 ㉡은 모두 이중 가닥 표적 DNA에 결합하는 물질이다.

…› 3문단에 따르면, ㉠은 새로 생성된 이중 가닥 표적 DNA에 결합하여 발색한다. 반면 4문단에 따르면, ㉡은 이중 가닥 DNA가 단일 가닥으로 되면 표적 DNA에 결합한다. 따라서 ㉠은 이중 가닥 표적 DNA에 결합하지만, ㉡은 단일 가닥 표적 DNA에 결합한다.

3 내용의 추론 답 ④

선지별 선택 비율	①	②	③	④	⑤
화작	14%	13%	11%	43%	16%
언매	15%	11%	8%	49%	15%

어느 바이러스 감염증의 진단 검사에 PCR를 이용하려고 한다. 윗글을 읽고 이해한 반응으로 가장 적절한 것은?

정답 풀이

④ 실시간 PCR로 진단 검사를 할 때, 표적 DNA의 염기 서열이 알려져 있어야 감염 여부를 분석할 수 있겠군.

지문 근거 [1문단] 염기 서열을 아는 DNA가 한 분자라도 있으면 이를 다량으로 증폭할 수 있는 길을 열었기 때문이다.
[3문단] 실시간 PCR는 전통적인 PCR와 동일하게 PCR를 실시하지만, 사이클마다 발색 반응이 일어나도록 하여 누적되는 발색을 통해 표적 DNA의 증폭을 실시간으로 확인할 수 있다.
[5문단] 실시간 PCR에서 발색도는 증폭된 이중 가닥 표적 DNA의 양에 비례하며, 일정 수준의 발색도에 도달하는 데 필요한 사이클은 표적 DNA의 초기 양에 따라 달라진다.

…› 1문단에 따르면, 전통적인 PCR를 하기 위해서는 염기 서열을 아는 DNA가 한 분자라도 있어야 한다. 그리고 3문단에 따르면, 실시간 PCR는 전통적인 PCR와 동일한 과정을 거쳐 표적 DNA를 증폭한다. 또한 이렇게 증폭한 표적 DNA가 일정한 발색도에 도달하는지 여부를 통해 바이러스 감염 여부를 진단한다. 따라서 실시간 PCR로 진단 검사를 할 때, 표적 DNA의 염기 서열이 알려져 있어야 감염 여부를 분석할 수 있다.

오답 풀이

① 전통적인 PCR로 진단 검사를 할 때, 시료에 바이러스의 양이 적은 감염 초기에는 감염 여부를 진단할 수 없겠군.

지문 근거 [1문단] 염기 서열을 아는 DNA가 한 분자라도 있으면 이를 다량으로 증폭할 수 있는 길을 열었기 때문이다.
[2문단] 전통적인 PCR는 PCR의 최종 산물에 형광 물질을 결합시켜 발색을 통해 표적 DNA의 증폭 여부를 확인한다.

…› 1문단에 따르면, PCR는 염기 서열을 아는 DNA가 한 분자만이라도 있으면 이를 증폭할 수 있다. 그리고 2문단에 따르면, PCR의 최종 산물에 형광 물질을 결합시켜 발색을 통해 표적 DNA의 증폭 여부를 확인함으로써 감염 여부를 진단한다. 따라서 바이러스의 양이 적은 감염 초기라고 하더라도 적절한 시료가 한 분자만이라도 있으면 전통적인 PCR로 이를 증폭하여 감염 여부를 진단할 수 있다.

② 전통적인 PCR로 진단 검사를 할 때, DNA 증폭 여부 확인에 발색 물질이 필요 없으니 비용이 상대적으로 싸겠군.

지문 근거 [2문단] 전통적인 PCR는 PCR의 최종 산물에 형광 물질을 결합시켜 발색을 통해 표적 DNA의 증폭 여부를 확인한다.
[3문단] 실시간 PCR에서는 PCR 과정에 발색 물질이 추가로 필요한데, '이중 가닥 DNA 특이 염료' 또는 '형광 표식 탐침'이 이에 이용된다.

…› 2문단에 따르면, 전통적인 PCR는 PCR의 최종 산물에 형광 물질을 결합시켜 발색을 통해 표적 DNA의 증폭 여부를 확인한다. 그리고 이 표적 DNA의 증폭 여부를 통해 바이러스의 감염 여부를 진단한다. 따라서 전통적인 PCR로 진단 검사를 할 때, DNA 증폭 여부를 확인하기 위해서는 발색 물질이 필요하다. 다만 PCR 과정에 발색 물질이 추가로 필요한 실시간 PCR보다는 비용이 상대적으로 적게 들 것이다.

③ 전통적인 PCR로 진단 검사를 할 때, 실시간 증폭 여부를 확인할 필요가 없어 진단에 걸리는 시간을 줄일 수 있겠군.

지문 근거 [6문단] 특히 실시간 PCR를 이용하면 바이러스의 감염 여부를 초기에 정확하고 빠르게 진단할 수 있다.

…› 5문단에서 PCR를 통한 감염 진단은 증폭된 표적 DNA가 표적 DNA를 검출했다고 판단할 수 있는 수준에 도달했을 때 이루어진다는 것을 알 수 있다. 그런데 전통적인 PCR는 DNA가 더 이상 증폭되지 않을 정도가 되어서 PCR를 종료한 이후에야 형광 물질을 표적 DNA에 결합시켜 감염 여부에 대한 진단을 할 수 있다. 이와 달리 실시간 PCR는 표적 DNA의 증폭을 실시간으로 확인할 수 있으므로 전통적인 PCR로 진단 검사를 할 때보다 진단에 걸리는 시간을 줄일 수 있다. 이는 실시간 PCR를 이용하면 바이러스의 감염 여부를 초기에 정확하고 빠르게 진단할 수 있다고 한 6문단의 내용을 통해서도 알 수 있다.

⑤ 실시간 PCR로 진단 검사를 할 때, 감염 여부는 PCR가 끝난 후에야 알 수 있지만 실시간 증폭은 확인할 수 있겠군.

지문 근거 [3문단] 실시간 PCR는 전통적인 PCR와 동일하게 PCR를 실시하지만, 사이클마다 발색 반응이 일어나도록 하여 누적되는 발색을 통해 표적 DNA의 증폭을 실시간으로 확인할 수 있다.

⋯▸ 3문단에 따르면, 실시간 PCR는 표적 DNA의 증폭을 실시간으로 확인할 수 있다. 그리고 표적 DNA가 일정 수준의 발색도를 보일 만큼 증폭되면 감염 여부를 진단할 수 있으므로, 실시간 PCR로 진단 검사를 하면 감염 여부를 PCR 과정에서 실시간으로 확인할 수 있다. PCR가 끝난 후에야 감염 여부를 알 수 있는 방법은 전통적인 PCR이다.

4 구체적 사례에의 적용 답 ②

선지별 선택 비율	①	②	③	④	⑤
화작	19%	26%	25%	12%	15%
언매	18%	33%	23%	11%	13%

[A]를 바탕으로 〈보기 1〉의 실험 상황을 가정하고 〈보기 2〉와 같이 예상 결과를 추론하였다. ㉮~㉰에 들어갈 말로 적절한 것은? [3점]

보기 1

표적 DNA의 농도를 알지 못하는 ⓐ 미지 시료와, 이와 동일한 표적 DNA를 포함하지만 그 농도를 알고 있는 ⓑ 표준 시료가 있다. 각 시료의 DNA를 주형 DNA로 하여 같은 양의 시료로 동일한 조건에서 실시간 PCR를 실시한다.

보기 2

만약 ⓐ가 ⓑ보다 표적 DNA의 초기 농도가 높다면,

⬇

표적 DNA가 증폭되는 동안, 사이클이 진행됨에 따라 시간당 시료의 표적 DNA의 증가량은 ⓐ가 (㉮).

⬇

실시간 PCR의 Ct값에서의 발색도는 ⓐ가 (㉯).

⬇

따라서 실시간 PCR의 Ct값은 ⓐ가 (㉰).

정답 풀이

	㉮	㉯	㉰
②	ⓑ보다 많겠군	ⓑ와 같겠군	ⓑ보다 작겠군

지문 근거 [2문단] 일정한 시간 동안 진행되는 이러한 DNA 복제 과정이 한 사이클을 이루며, 사이클마다 표적 DNA의 양은 2배씩 증가한다.
[A] 실시간 PCR에서 발색도는 증폭된 이중 가닥 표적 DNA의 양에 비례하며, 일정 수준의 발색도에 도달하는 데 필요한 사이클은 표적 DNA의 초기 양에 따라 달라진다. 사이클의 진행에 따른 발색도의 변화가 연속적인 선으로 표시되며, 표적 DNA를 검출했다고 판단하는 발색도에 도달하는 데 소요된 사이클을 Ct값이라 한다. 표적 DNA의 농도를 알지 못하는 미지 시료의 Ct값과 표적 DNA의 농도를 알고 있는 표준 시료의 Ct값을 비교하면 미지 시료에 포함된 표적 DNA의 농도를 계산할 수 있다.

⋯▸ ㉮: 2문단에 따르면, DNA 복제 과정의 한 사이클이 끝날 때마다 표적 DNA의 양은 2배씩 증가한다. 따라서 표적 DNA의 농도가 높을수록 사이클이 진행됨에 따라 증폭되는 양이 더 많아질 것이다. 〈보기 2〉에서 ⓐ가 ⓑ보다 표적 DNA의 초기 농도가 더 높다면, 표적 DNA가 증폭되는 동안 사이클이 진행됨에 따라 시간당 시료의 표적 DNA의 증가량은 ⓐ가 ⓑ보다 많아질 것이다. 예를 들어 ⓐ의 표적 DNA 초기 농도가 3이고 ⓑ의 초기 농도가 2라면, 복제 과정에서 한 사이클이 지나면 ⓐ의 표적 DNA 양은 6(= 3×2), ⓑ의 표적 DNA 양은 4(=2×2)가 되고, 사이클이 진행됨에 따라 이 차이는 계속 커진다.

㉯: Ct값은 표적 DNA를 검출했다고 판단하는 발색도에 도달하는 데 소요된 사이클을 말한다. 그런데 ⓐ와 ⓑ는 표적 DNA가 동일하므로 Ct값에서의 기준 발색도도 동일하다. 즉 ⓐ와 ⓑ의 표적 DNA의 초기 농도와 무관하게 표적 DNA가 일정한 양으로 증폭되면 Ct값에서의 발색도에 이르게 된다. 다만 ⓐ와 ⓑ는 그 발색도에 이르기까지 소요되는 사이클 횟수가 다를 뿐이다.

㉰: ⓐ가 ⓑ보다 표적 DNA의 초기 농도가 더 높으므로 사이클이 진행됨에 따라 증가되는 표적 DNA의 양은 ⓐ가 ⓑ보다 많을 것이다. 따라서 일정한 발색도를 나타낼 때까지 표적 DNA가 증폭되는 데 소요되는 사이클의 횟수, 즉 Ct 값은 ⓐ가 ⓑ보다 작을 것이다.

오답 풀이

	㉮	㉯	㉰
①	ⓑ보다 많겠군	ⓑ보다 높겠군	ⓑ보다 크겠군
③	ⓑ와 같겠군	ⓑ보다 높겠군	ⓑ보다 작겠군
④	ⓑ와 같겠군	ⓑ와 같겠군	ⓑ보다 작겠군
⑤	ⓑ와 같겠군	ⓑ보다 높겠군	ⓑ보다 크겠군

대표 기출 과학 · 기술 ❷

본문 074쪽

[1~4] 3D 합성 영상의 생성, 출력 과정

1 ② 2 ② 3 ④ 4 ④

해제 이 글은 3D 합성 영상 제작 과정에 필요한 모델링과 렌더링에 대해 설명하고 있다. 모델링은 3차원 가상 공간에서 물체의 모양과 크기, 공간적인 위치, 표면 특성 등과 관련된 고유의 값을 설정하거나 수정하는 단계이고, 렌더링은 모델링의 데이터를 활용하여 관찰 시점을 기준으로 2차원의 화면을 생성하는 단계이다. 모델링과 렌더링을 거치면 하나의 프레임이 생성되는데, 이 프레임들을 순서대로 표시하면 동영상이 된다. 이때 그래픽처리장치(GPU)를 활용하여 컴퓨터의 중앙처리장치(CPU)를 보완한다.

주제 3D 합성 영상의 생성, 출력을 위한 모델링과 렌더링 방법

1 세부 정보 파악 답 ②

선지별 선택 비율	①	②	③	④	⑤
	7%	55%	18%	7%	11%

윗글에 대한 이해로 적절하지 않은 것은?

정답 풀이

② 렌더링에서 사용되는 물체 고유의 표면 특성은 화솟값에 의해 결정된다.

지문 근거 [2문단] 모델링은 3차원 가상 공간에서 물체의 모양과 크기, 공간적인 위치, 표면 특성 등과 관련된 고유의 값을 설정하거나 수정하는 단계이다. ~ 물체 표면을 구성하는 각 삼각형 면에는 고유의 색과 질감 등을 나타내는 표면 특성이 하나씩 지정된다.
[3문단] 렌더링 단계에서는 ~ 표면 특성을 나타내는 값을 바탕으로, 다른 물체에 가려짐이나 조명에 의해 물체 표면에 생기는 명암, 그림자 등을 고려하여 화솟값을 정해 줌으로써 물체의 입체감을 구현한다.

⋯› 2문단의 '모델링은 3차원 가상 공간에서 물체의 모양과 크기, 공간적인 위치, 표면 특성 등과 관련된 고유의 값을 설정하거나 수정하는 단계이다.'와 '물체 표면을 구성하는 각 삼각형 면에는 고유의 색과 질감 등을 나타내는 표면 특성이 하나씩 지정된다.'를 통해 물체 고유의 표면 특성은 렌더링 단계에서 지정되는 화솟값이 아니라 모델링 단계에서 물체 표면을 구성하는 각 삼각형 면에 지정되는 고유한 값에 의해 결정된다는 것을 알 수 있다. 그리고 3문단의 '표면 특성을 나타내는 값을 바탕으로, 다른 물체에 가려짐이나 조명에 의해 물체 표면에 생기는 명암, 그림자 등을 고려하여 화솟값을 정해 줌으로써 물체의 입체감을 구현한다.'를 통해 화솟값은 렌더링 단계에서 정해지며 모델링 단계에서 지정된 표면 특성을 나타내는 고유한 값을 바탕으로 한다는 것을 알 수 있다.

오답 풀이

① 자연 영상은 모델링과 렌더링 단계를 거치지 않고 생성된다.

지문 근거 [1문단] 실물을 촬영하여 얻은 자연 영상을 그대로 화면에 표시할 때와 달리 3D 합성 영상을 생성, 출력하기 위해서는 모델링과 렌더링을 거쳐야 한다.

⋯› 1문단의 '실물을 촬영하여 얻은 자연 영상을 그대로 화면에 표시할 때와 달리 3D 합성 영상을 생성, 출력하기 위해서는 모델링과 렌더링을 거쳐야 한다.'에서 자연 영상은 모델링과 렌더링 단계를 거치지 않고 생성된다는 것을 알 수 있다.

③ 물체의 원근감과 입체감은 관찰 시점을 기준으로 구현한다.

지문 근거 [3문단] 공간에서의 입체에 대한 정보인 이 데이터를 활용하여, 물체를 어디에서 바라보는가를 나타내는 관찰 시점을 기준으로 2차원의 화면을 생성하는 것이 렌더링이다. ~ 렌더링 단계에서는 화면 안에서 동일 물체라도 멀리 있는 경우는 작게, 가까이 있는 경우는 크게 보이는 원리를 활용하여 화솟값을 지정함으로써 물체의 원근감을 구현한다. 표면 특성을 나타내는 값을 바탕으로, 다른 물체에 가려짐이나 조명에 의해 물체 표면에 생기는 명암, 그림자 등을 고려하여 화솟값을 정해 줌으로써 물체의 입체감을 구현한다.

⋯› 3문단에 따르면, 물체를 어디에서 바라보는가를 나타내는 관찰 시점을 기준으로 2차원의 화면을 생성하는 것이 렌더링인데, 렌더링 단계에서는 화솟값을 지정함으로써 물체의 원근감과 입체감을 구현한다는 것을 알 수 있다.

④ 3D 영상을 재현하는 화면의 해상도가 높을수록 연산 양이 많아진다.

⋯› 4문단의 '이때 정점의 개수가 많을수록, 해상도가 높아 출력 화소의 수가 많을수록 연산 양이 많아져 연산 시간이 길어진다.'에서 3D 영상을 재현하는 화면의 해상도가 높을수록 연산 양이 많아진다는 것을 알 수 있다.

⑤ 병목 현상은 연산할 데이터의 양이 처리 능력을 초과할 때 발생한다.

지문 근거 [4문단] 컴퓨터의 중앙처리장치(CPU)는 데이터 연산을 하나씩 순서대로 수행하기 때문에 과도한 양의 데이터가 집중되면 미처 연산되지 못한 데이터가 차례를 기다리는 병목 현상이 생겨 프레임이 완성되는 데 오랜 시간이 걸린다.

⋯› 4문단의 '컴퓨터의 중앙처리장치(CPU)는 데이터 연산을 하나씩 순서대로 수행하기 때문에 과도한 양의 데이터가 집중되면 미처 연산되지 못한 데이터가 차례를 기다리는 병목 현상이 생겨 프레임이 완성되는 데 오랜 시간이 걸린다.'에서 병목 현상은 연산할 데이터의 양이 CPU의 처리 능력을 초과할 때 발생한다는 것을 알 수 있다.

2 핵심 정보 파악 답 ②

선지별 선택 비율	①	②	③	④	⑤
	3%	80%	7%	6%	2%

모델링에 대한 설명으로 가장 적절한 것은?

정답 풀이

② 삼각형들을 조합함으로써 물체의 복잡한 곡면을 정교하게 표현할 수 있다.

지문 근거 [2문단] 모델링은 3차원 가상 공간에서 물체의 모양과 크기, 공간적인 위치, 표면 특성 등과 관련된 고유의 값을 설정하거나 수정하는 단계이다. 모양과 크기를 설정할 때 주로 3개의 정점으로 형성되는 삼각형을 활용한다. 작은 삼각형의 조합으로 이루어진 그물과 같은 형태로 물체 표면을 표현하는 방식이다. 이 방법으로 복잡한 굴곡이 있는 표면도 정밀하게 표현할 수 있다.

⋯› 2문단의 '모양과 크기를 설정할 때 주로 3개의 정점으로 형성되는 삼각형을 활용한다. 작은 삼각형의 조합으로 이루어진 그물과 같은 형태로 물체 표면을 표현하는 방식이다. 이 방법으로 복잡한 굴곡이 있는 표면도 정밀하게 표현할 수 있다.'에서 모델링 단계에서는 삼각형들을 조합함으로써 물체의 복잡한 곡면을 정교하게 표현할 수 있다는 것을 확인할 수 있다.

오답 풀이

① 다른 물체에 가려져 보이지 않는 부분에 있는 삼각형의 정점들의 위치는 계산하지 않는다.

⋯› 2문단의 '모델링은 3차원 가상 공간에서 물체의 모양과 크기, 공간적인 위치, 표면 특성 등과 관련된 고유의 값을 설정하거나 수정하는 단계이다. 모양과 크기를 설정할 때 주로 3개의 정점으로 형성되는 삼각형을 활용한다.'에서 모델링 단계에서는 실제 영상에서 보이지 않는 부분에 있는 삼각형의 정점들의 위치도 모두 계산한다는 것을 알 수 있다. 한편 3문단의 '공간에서의 입체에 대한 정보인 이 데이터를 활용하여, 물체를 어디에서 바라보는가를 나타내는 관찰 시점을 기준으로 2차원의 화면을 생성하는 것이 렌더링이다.'에서 렌더링은 2차원의 화면을 생성하므로 다른 물체에 가려져 보이지 않는 부분은 화솟값이 지정되지 않을 것임을 알 수 있다.

③ **하나의 작은 삼각형에 다양한 색상의 표면 특성들을 함께 부여한다.**

··· 2문단의 '물체 표면을 구성하는 각 삼각형 면에는 고유의 색과 질감 등을 나타내는 표면 특성이 하나씩 지정된다.'에서 모델링 단계에서 물체 표면을 구성하는 각 삼각형 면에는 하나의 표면 특성만이 부여된다는 것을 알 수 있다.

④ **공간상에 위치한 정점들을 2차원 평면에 존재하도록 배치한다.**

··· 2문단의 '모델링은 3차원 가상 공간에서 물체의 모양과 크기, 공간적인 위치, 표면 특성 등과 관련된 고유의 값을 설정하거나 수정하는 단계이다.'와 3문단의 '공간에서의 입체에 대한 정보인 이 데이터를 활용하여, 물체를 어디에서 바라보는가를 나타내는 관찰 시점을 기준으로 2차원의 화면을 생성하는 것이 렌더링이다.'에서 공간상에 위치한 정점들을 2차원 평면에 존재하도록 배치하는 것은 모델링이 아니라 렌더링 단계에서 이루어지는 일임을 알 수 있다.

⑤ **다양하게 변할 수 있는 관찰 시점을 순차적으로 저장한다.**

··· 3문단의 '공간에서의 입체에 대한 정보인 이 데이터를 활용하여, 물체를 어디에서 바라보는가를 나타내는 관찰 시점을 기준으로 2차원의 화면을 생성하는 것이 렌더링이다.'에서 관찰 시점은 모델링이 아니라 렌더링 단계에서 고려하는 요소임을 알 수 있다. 그리고 4문단의 '모델링과 렌더링을 반복하여 생성된 프레임들을 순서대로 표시하면 동영상이 된다.'에서 다양하게 변할 수 있는 관찰 시점에 따른 프레임을 순차적으로 표시함으로써 동영상이 구현된다는 것을 알 수 있다.

3 내용의 추론 답 ④

선지별 선택 비율	①	②	③	④	⑤
	5%	10%	15%	44%	23%

㉠에 대한 추론으로 적절한 것은?

정답 풀이

④ **정점 위치를 구하기 위한 각 데이터의 연산을 하나씩 순서대로 처리해야 한다면, 다수의 코어가 작동하는 경우 총 연산 시간은 1개의 코어만 작동하는 경우의 총 연산 시간과 같다.**

지문 근거 [4문단] 그래픽처리장치(GPU)는 연산을 비롯한 데이터 처리를 독립적으로 수행할 수 있는 장치인 코어를 수백에서 수천 개씩 탑재하고 있다. ~ GPU는 동일한 연산을 여러 번 수행해야 하는 경우, 고속으로 출력 영상을 생성할 수 있다. 왜냐하면 GPU는 한 번의 연산에 쓰이는 데이터들을 순차적으로 각 코어에 전송한 후, 전체 코어에 하나의 연산 명령어를 전달하면, 각 코어는 모든 데이터를 동시에 연산하여 연산 시간이 짧아지기 때문이다.

··· 4문단에 따르면, GPU는 연산을 비롯한 데이터 처리를 독립적으로 수행할 수 있는 장치인 코어를 수백에서 수천 개씩 탑재하고 있는 장치로, 동일한 연산을 여러 번 수행해야 하는 경우에 다수의 코어에서 동일한 연산을 동시에 수행함으로써 고속으로 출력 영상을 생성할 수 있다. 그런데 정점 위치를 구하기 위한 각 데이터의 연산을 하나씩 순서대로 처리해야 하는 경우는 여러 번 수행해야 하는 동일한 연산을 '동시에' 수행할 수 없다. 즉 하나의 연산이 먼저 수행되고 난 뒤에 이어서 다른 연산이 하나씩 수행되어야 하므로 다수의 코어가 탑재되어 있더라도 총 연산 시간이 하나의 코어에서 수행될 때와 동일하다.

오답 풀이

① **동일한 개수의 정점 위치를 연산할 때, 동시에 연산을 수행하는 코어의 개수가 많아지면 총 연산 시간이 길어진다.**

··· 4문단에 따르면, GPU는 연산을 비롯한 데이터 처리를 독립적으로 수행할 수 있는 장치인 코어를 수백에서 수천 개씩 탑재하고 있기 때문에, 동일한 연산을 여러 번 수행해야 하는 경우에 그 연산을 다수의 코어에서 동시에 수행함으로써 고속으로 출력 영상을 생성할 수 있다. 동일한 개수의 정점 위치를 연산하는 것은 동일한 연산을 하는 것이므로 동시에 연산을 수행하는 코어의 개수가 많아지면 총 연산 시간이 짧아진다.

② **정점의 위치를 구하기 위한 10개의 연산을 10개의 코어에서 동시에 진행하려면, 10개의 연산 명령어가 필요하다.**

지문 근거 [4문단] GPU는 한 번의 연산에 쓰이는 데이터들을 순차적으로 각 코어에 전송한 후, 전체 코어에 하나의 연산 명령어를 전달

··· 4문단에 따르면, GPU는 동일한 연산을 여러 번 수행해야 하는 경우, 한 번의 연산에 쓰이는 데이터들을 순차적으로 각 코어에 전송한 후에 전체 코어에 하나의 연산 명령어를 전달하면, 각 코어는 모든 데이터를 동시에 연산한다. 따라서 정점의 위치를 구하기 위한 10개의 연산을 10개의 코어에서 동시에 진행하려면, 하나의 연산 명령어만 있으면 된다.

③ **1개의 코어만 작동할 때, 정점의 위치를 구하기 위한 연산 시간은 1개의 코어를 가진 CPU의 연산 시간과 같다.**

지문 근거 [4문단] GPU의 각 코어는 그래픽 연산에 특화된 연산만을 할 수 있고 CPU의 코어에 비해서 저속으로 연산한다. 하지만 GPU는 동일한 연산을 여러 번 수행해야 하는 경우, 고속으로 출력 영상을 생성할 수 있다.

··· 4문단에 따르면, GPU의 각 코어는 그래픽 연산에 특화된 연산만을 할 수 있고 CPU의 코어에 비해서 저속으로 연산한다. 그렇지만 다수의 코어를 탑재하고 있기 때문에 동일한 연산을 여러 번 수행해야 하는 경우에 각각의 연산을 각 코어에서 동시에 수행함으로써 연산 시간을 줄일 수 있는 것이다. 따라서 1개의 코어만 작동하는 GPU는 1개의 코어를 가진 CPU에 비해 동일한 연산을 하는 데 시간이 더 걸린다.

⑤ **정점 위치를 구하기 위해 연산해야 할 10개의 데이터를 10개의 코어에서 처리할 경우, 모든 데이터를 모든 코어에 전송하는 시간은 1개의 데이터를 1개의 코어에 전송하는 시간과 같다.**

지문 근거 [4문단] GPU는 한 번의 연산에 쓰이는 데이터들을 순차적으로 각 코어에 전송한 후, 전체 코어에 하나의 연산 명령어를 전달하면, 각 코어는 모든 데이터를 동시에 연산하여 연산 시간이 짧아지기 때문이다.

··· 4문단에 따르면, GPU는 다수의 코어를 탑재하고 있기 때문에 동일한 연산을 여러 번 수행해야 하는 경우에 각각의 연산을 각 코어에서 동시에 수행함으로써 연산 시간을 줄일 수 있다. 이때 GPU는 한 번의 연산에 쓰이는 데이터들을 순차적으로 각 코어에 전송한다. 따라서 10개의 데이터를 10개의 코어에서 처리할 경우, 모든 데이터를 모든 코어에 전송하는 시간은 1개의 데이터를 1개의 코어에 전송하는 시간보다 더 걸린다.

4 구체적 사례에의 적용 답 ④

선지별 선택 비율	①	②	③	④	⑤
	26%	5%	10%	39%	17%

다음은 3D 애니메이션 제작을 위한 계획의 일부이다. 윗글을 바탕으로 할 때 적절하지 않은 것은? [3점]

	[장면 구상]	[장면 스케치]
장면 1	주인공 '네모'가 얼굴을 정면으로 향한 채 입에 아직 불지 않은 풍선을 물고 있다.	
장면 2	'네모'가 바람을 불어 넣어 풍선이 점점 커진다.	
장면 3	풍선이 더 이상 커지지 않고 모양을 유지한 채, '네모'는 풍선과 함께 하늘로 날아올라 점점 멀어지는 모습이 보인다.	

정답 풀이

④ **장면 3의 모델링 단계에서 풍선에 있는 정점들이 이루는 삼각형들이 작아지겠군.**

지문 근거 [2문단] 물체가 커지거나 작아지는 경우에는 정점 사이의 간격이 넓어지거나 좁아지고, 물체가 회전하거나 이동하는 경우에는 정점들이 간격을 유지하면서 회전축을 중심으로 회전하거나 동일 방향으로 동일 거리만큼 이동한다.
[3문단] 렌더링 단계에서는 화면 안에서 동일 물체라도 멀리 있는 경우는 작게, 가까이 있는 경우는 크게 보이는 원리를 활용하여 화솟값을 지정함으로써 물체의 원근감을 구현한다.

⋯› 장면 3은 풍선과 '네모'가 함께 하늘로 날아올라 점점 멀어지는 모습을 아래에 있는 관찰자의 시점으로 구상한 것이다. 이를 구현하기 위해서는 3차원 공간에서의 물체의 모양이나 크기 등을 설정하는 모델링과, 관찰 시점의 2차원 화면에서 원근감과 입체감을 표현하는 렌더링을 거쳐야 한다. 2문단에 따르면, 모델링 단계에서 물체를 나타내는 삼각형의 정점들은 물체가 커지거나 작아지는 경우에 정점 사이의 간격이 넓어지거나 좁아진다. 그런데 장면 3에서 '풍선이 더 이상 커지지 않고 모양을 유지한 채'라고 설명했으므로 물체인 풍선 자체의 크기나 모양 변화는 없음을 알 수 있다. 따라서 모델링 단계에서 풍선을 표현하는 정점들이 이루는 삼각형의 크기 변화는 없음을 알 수 있다. 그리고 3문단의 '렌더링 단계에서는 화면 안에서 동일 물체라도 멀리 있는 경우는 작게, 가까이 있는 경우는 크게 보이는 원리를 활용하여 화솟값을 지정함으로써 물체의 원근감을 구현한다.'라는 설명을 고려할 때, '하늘로 날아올라 점점 멀어지는 모습이 보인다.'라는 장면에 해당하는 원근감은 렌더링 단계에서 화솟값을 지정함으로써 구현된다는 것을 알 수 있다. 따라서 "풍선이 더 이상 커지지 않고 모양을 유지한 채, '네모'는 풍선과 함께 하늘로 날아올라 점점 멀어지는" 장면을 구현하기 위해서는 모델링 단계에서 풍선에 있는 정점들이 이루는 삼각형들의 크기는 변함이 없고 렌더링 단계에서 원근감에 따른 화솟값 변화만 필요한 것이다.

오답 풀이

① 장면 1의 렌더링 단계에서 풍선에 가려 보이지 않는 입 부분의 삼각형들의 표면 특성은 화솟값을 구하는 데 사용되지 않겠군.

⋯› 3문단에 따르면, 렌더링은 공간에서의 입체에 대한 정보인 모델링 데이터를 활용하여, 물체를 어디에서 바라보는가를 나타내는 관찰 시점을 기준으로 2차원의 화면을 생성하는 단계이다. 그리고 렌더링 단계에서는 화솟값을 통해 해당 물체의 원근감과 입체감을 표현한다. 그런데 장면 1의 렌더링 단계에서 풍선에 가려 보이지 않는 '네모'의 입 부분은 관찰 시점에서는 보이지 않으므로 2차원 화면에서는 나타나지 않는다. 따라서 렌더링 단계에서 풍선에 가려 보이지 않는 입 부분의 삼각형들의 표면 특성, 즉 모델링 단계에서 해당 삼각형들에 지정된 데이터는 화솟값을 구하는 데 사용되지 않는다.

② 장면 2의 모델링 단계에서 풍선에 있는 정점의 개수는 유지되겠군.

지문 근거 [2문단] 모델링은 3차원 가상 공간에서 물체의 모양과 크기, 공간적인 위치, 표면 특성 등과 관련된 고유의 값을 설정하거나 수정하는 단계이다. 모양과 크기를 설정할 때 주로 3개의 정점으로 형성되는 삼각형을 활용한다. 작은 삼각형의 조합으로 이루어진 그물과 같은 형태로 물체 표면을 표현하는 방식이다. ~ 이때 삼각형의 꼭짓점들은 물체의 모양과 크기를 결정하는 정점이 되는데, 이 정점들의 개수는 물체가 변형되어도 변하지 않으며

⋯› 2문단에 따르면, 모델링 단계에서는 물체의 모양과 크기를 설정할 때 주로 3개의 정점으로 형성되는 삼각형을 활용하는데, 이 정점들의 개수는 물체가 변형되어도 변하지 않는다. 따라서 장면 2에서 풍선이 점점 커지더라도 모델링 단계에서 풍선에 있는 정점의 개수는 변하지 않는다. 다만 물체의 크기가 커지는 것을 표현하기 위해 정점 사이의 간격이 점점 넓어질 뿐이다.

③ 장면 2의 모델링 단계에서 풍선에 있는 정점 사이의 거리가 멀어지겠군.

지문 근거 [2문단] 정점들의 상대적 위치는 물체 고유의 모양이 변하지 않는 한 달라지지 않는다. 물체가 커지거나 작아지는 경우에는 정점 사이의 간격이 넓어지거나 좁아지고,

⋯› 2문단에 따르면, 모델링 단계에서 물체가 커지거나 작아지는 경우에는 물체를 표현하는 정점 사이의 간격이 넓어지거나 좁아진다. 장면 2에서는 풍선이 점점 커진다고 설명하였으므로 모델링 단계에서 풍선을 표현하는 정점 사이의 간격이 점점 넓어질 것이다. 여기서 정점 사이의 간격이 넓어진다는 것은 정점 사이의 거리가 멀어짐을 의미한다.

⑤ 장면 3의 렌더링 단계에서 전체 화면에서 화솟값이 부여되는 화소의 개수는 변하지 않겠군.

지문 근거 [3문단] 전체 화면을 잘게 나눈 점이 화소인데, 정해진 개수의 화소로 화면을 표시하고 각 화소별로 밝기나 색상 등을 나타내는 화솟값이 부여된다.

⋯› 3문단에 따르면, 전체 화면을 잘게 나눈 점이 화소인데, 렌더링 단계에서는 정해진 개수의 화소로 화면을 표시한다. 장면 3은 장면 1이나 장면 2와 전체 화면이 동일한 상황이므로 렌더링 단계에서 전체 화면에서 화솟값이 부여되는 화소의 개수는 변하지 않는다. 다만 장면을 구성하는 과정에서 풍선과 '네모'가 점점 멀어지는 것을 표현하기 위해 풍선과 '네모'를 나타내는 일부 화소의 화솟값에 변화를 줌으로써 원근감과 입체감을 구현할 것이다.

적중 예상 | 과학·기술 화학

본문 078쪽

[099~102] 〈방사선 물질의 특성〉

099 ④ 100 ⑤ 101 ⑤ 102 ④

E 지문 선정 포인트

방사성 원소와 방사선은 원자력 발전을 비롯하여 엑스선 촬영 등 다양한 기술에 활용되는 동시에 생체의 기능을 저해하는 특성으로 인하여 위험성을 가지는 화학 물질이다. 따라서 생활에서 활용되는 방사성 원소 및 방사선 기술(원자력 발전 과정 및 핵 재처리 기술)과 더불어 방사성 물질의 특성과 방사선 방출 원리를 알아 두어야 한다.

〈방사선 물질의 특성〉

해제 방사능을 갖는 방사성 물질인 방사성 원소의 특성과 방사성 원소에서 방사선이 방출되는 원리를 설명하고 있는 글이다. 원자핵에는 정전기력(쿨롱의 힘)이 작용하는데 이 힘을 이기는 강한 핵력이 있어 원자핵이 안정된 상태로 유지되는 것이며, 이 강한 핵력이 작용하는 짧은 거리가 유지되기 어려워질 경우 정전기적 반발력에 의해 원자핵이 쪼개지게 되면서 방사능을 띠는 것이라며 정전기력과 강한 핵력의 관계를 중심으로 방사능의 원리를 제시하고 있다. 또 분자나 세포에 해를 주거나 파괴하는 전리 방사선인 알파선, 베타선, 감마선이 방출되는 원리와 그 과정에서 보이는 특징을 비교하여 분석하고 있으며, 방사성 원소의 중요한 화학적 특성으로 반감기를 설명하고 있다.

주제 방사성 물질의 특성과 방사선 방출 원리

구성

1문단	원자핵 속에서 작용하는 정전기력과 강한 핵력
2문단	정전기력과 강한 핵력의 관계를 통해 본 방사능의 원리
3문단	분자나 세포에 해를 주거나 파괴하는 특성을 가진 전리 방사선
4문단	알파선, 베타선, 감마선의 방출 원리와 그 특성
5문단	알파선, 베타선, 감마선의 투과력에 따른 위험도
6문단	방사성 원소의 투과력과 위험성
7문단	방사성 원소의 반감기

099 세부 정보 추론 답 ④

정답 풀이

1문단의 '양(+)전하를 띤 완두콩 크기의 원자핵'에서 원자핵의 양성자는 양전하를 띤다는 것을, 4문단의 '음(−)전하를 띤 전자'에서 전자는 음전하를 띤다는 것을 알 수 있다. 그런데 1문단에서 같은 극성의 전하끼리는 서로 밀어내고 다른 극성의 전하끼리는 서로 잡아당기는 힘이 작용한다고 하였으므로, 양성자와 전자 사이에 서로 밀어내는 반발력이 작용한다는 설명은 적절하지 않다.

오답 풀이

① 1문단의 '원자 번호 6번, 즉 양성자가 6개인 탄소 원자'를 참고하면 원자 번호는 양성자의 수에 따라 결정되는 것임을 알 수 있다. 또한 4문단에서 원자핵에서 전자가 외부로 방출되어도 질량수는 변화가 없다고 하였다. 따라서 전자는 원자 번호나 질량수에 영향을 끼치지 않는다는 것을 알 수 있다.

② 7문단에서 방사성 원소의 반감기는 방사성 원소의 양이 초기 양의 반으로 줄어드는 데 필요한 시간이라고 하였다. 따라서 특정한 원소의 초기 양과 반감기를 알 수 있다면 방사성 치료를 받은 환자가 회복되는 시기를 예상할 수 있다.

③ 6문단에서 방사성 원소가 몸 안으로 들어가면 투과력이 낮아 몸 밖으로 쉽게 나오지 못한다는 내용을 통해 투과력이 높은 방사성 원소는 몸 밖으로 쉽게 나오고 투과력이 낮은 방사성 원소는 쉽게 나오지 못한다는 것을 알 수 있다.

⑤ 2문단에서 원자 번호가 83번을 넘어가면 강한 핵력이 작용하는, 극단적으로 짧은 거리를 유지하기가 어려워진다고 하였다. 이는 다시 말해, 원자 번호가 83번을 넘어가지 않으면 강한 핵력이 작용하는 극단적으로 짧은 거리를 유지할 수 있는 것이다. 하지만 이 경우에도 안정된 원소에 비해 강한 핵력만을 나타내는 중성자 수가 작아서 방사능을 띨 수 있는, 즉 원자핵이 불안정한 동위원소가 존재한다고 하였다.

100 내용들 간 의미 관계 파악 답 ⑤

정답 풀이

4문단에서 '베타선은 알파선보다 입자의 크기가 작고 가벼워 자기장에서 덜 휘어지며 알파선에 비해 물체에 덜 흡수되어 물체를 더 잘 통과한다.'라고 하였다. 즉 베타선이 알파선보다 투과력이 더 좋은 것이다. 또한 감마선은 전자기파 형태로 에너지를 방출하므로 원자핵이나 전자 등 입자의 형태로 방출되는 알파선이나 베타선과 달리 전파처럼 공간을 타고 퍼지면서 물질을 잘 통과해 나가기 때문에 투과력이 더 높다는 것을 알 수 있다. 이를 통해 볼 때 반드시 버리고 가야 하는 것은 가장 투과력이 높아서 몸을 얼마든지 투과할 수 있는 감마선을 방출하는 C원소이고, 플라스틱 상자에 담아 가야 하는 것은 감마선보다 투과력이 낮고 알파선보다는 투과력이 좋은 베타선을 방출하는 B원소이며, 종이에 싸서 가져갈 수 있는 것은 물체를 잘 통과하지 못하는, 즉 투과력이 가장 낮아 쉽게 막을 수 있는 알파선을 방출하는 A원소이다.

101 구체적 사례에의 적용 답 ⑤

정답 풀이

4문단을 보면, 질량수가 큰 불안정한 원자핵들이 질량수가 작은 안정된 원자핵으로 변환되는 과정에서 헬륨 원자핵의 흐름인 알파선이 방출되며, 헬륨 원자핵은 두 개의 양성자와 두 개의 중성자로 이루어져 있다고 하였다. 따라서 ⓐ에서 ⓑ와 ⓒ로 나뉘는 것은 알파선이 방출되는 핵변환이며, ⓑ는 헬륨 원자핵의 흐름인 알파선이고, ⓒ는 알파선이 방출된 뒤의 원자핵이다. 또한 중성자가 양성자보다 지나치게 많아 불안정한 원자핵이 중성자 수를 줄여 안정한 상태로 되기 위해 전자의 흐름, 즉 베타선을 방출한다고 하였으므로, ⓒ가 ⓓ와 전자로 나뉘는 것은 베타선이 방출되는 핵변환에 해당한다. 그리고 알파선과 베타선이 만들어지며 새로 생긴 원자핵이 안정된 상태로 변하면서 감마선을 방출한다고 하였으므로, ⓓ가 ⓔ와 감마선으로 나뉘는 것은 감마선이 방출되는 핵변환이다. 그런데 알파선이 방출될 때는 원자 번호는 2, 질량수는 4만큼 감소하고, 베타선이 방출될 때는 원자 번호는 하나 증가하지만 질량수는 변화가 없으며, 감마선이 방출될 때는 원자 번호나 질량수가 변하지 않는다. 따라서 ⓐ가 ⓒ로 변환되는 과정에서만 질량수가 변하는 것은 맞지만, ⓐ가 ⓔ로 변환되는 과정에서 원자 번호가 지속적으로 변한다는 설명은 적절하지 않다.

오답 풀이

① 4문단에서 알 수 있듯이, 알파선이 방출되는 핵변환은 질량수가 크고 불안정한 원자핵에서 일어난다. 그런데 2문단에서 강한 핵력은 극단적으로 짧은 거리에서만 작용이 가능하고, 이 강한 핵력으로 인해 원소가 안정된 상태로 존재한다고 하였다. 따라서 질량수가 크고 불안정한 원자핵은 강한 핵력이 작용하는 짧은 거리가 유지되지 않는 원자핵이라고 할 수 있다.

② 4문단에서 알 수 있듯이, 질량수가 큰 불안정한 원자핵들이 질량수가 작은 안정된 상태로 변환되는 과정에서 두 개의 양성자와 두 개의 중성자로 이루어진 헬륨 원자핵의 흐름인 알파선을 방출하므로 ⓑ는 알파선으로 방출되는 헬륨

원자핵이며, 또한 원자핵이 중성자 수를 줄여 안정한 상태로 변환될 때 음전하를 띤 전자의 흐름인 베타선을 방출한다고 하였으므로 전자는 베타선에 해당한다. 그런데 '베타선은 알파선보다 입자의 크기가 작고 가벼워 자기장에서 덜 휘어'진다고 하였으므로 알파선, 즉 헬륨 원자핵인 ⓑ는 베타선인 전자보다 무게가 무거워 자기장에서 더 많이 휘어진다고 할 수 있다.

③ ⓑ는 양성자가 두 개, 중성자가 두 개인 것으로 보아 알파선인데, 3문단에서 알파선과 같은 전리 방사선은 분자나 세포에 해를 주거나 이들을 파괴하는 특성을 지닌다는 것을 알 수 있다.

④ 4문단에서 감마선은 알파선이나 베타선이 만들어지며 새로 생긴 원자핵이 불안정한 들뜬 상태에 있을 때 안정된 상태로 변하면서 방출되는 빛이라고 하였다. ⓒ는 중성자 수가 양성자 수에 비해 지나치게 많아 베타선, 즉 전자를 방출하며 ⓓ로 변환되는데, 여기서 감마선이 방출되는 것으로 보아 ⓓ는 불안정한 들뜬 상태에 있다고 할 수 있다.

102 다른 상황에의 적용 답 ④

정답 풀이

2문단에서 알 수 있듯이, 강한 핵력이 유지되지 못하고 정전기적 반발력이 크게 작용하면 원자핵이 자연스럽게 쪼개진다. 1문단의 '탄소 원자핵 속의 양성자 6개는 ~ 정전기력으로 서로를 밀어내고 있는 것'을 통해 정전기적 반발력은 양성자들이 서로 밀어내는 힘이라는 것을 알 수 있다. 이를 통해 볼 때 원자핵이 서로 융합하기 위해서는 양성자 사이의 반발력보다 원자핵을 유지시키려는 강한 핵력이 훨씬 커야 한다는 것을 추론할 수 있다.

오답 풀이

① <보기>에서 질량수 235인 우라늄은 질량수 238인 일반 우라늄 원자에 비해 중성자가 부족하여 불안정한 상태라고 하였다. 2문단에서 알 수 있듯이, 이렇게 중성자 수가 충분히 많지 않아 불안정한 원자핵은 정전기적 반발력에 의해 자연스럽게 쪼개지면서 방사선이 방출될 수 있다. 즉 외부에서 인위적인 힘을 가하지 않아도 핵반응이 나타날 수 있는 것이다.

② 1문단에서 '중성자는 전하가 없어서 강한 핵력만을 나타'낸다고 하였다. 이를 통해 우라늄 원자의 중성자와 열중성자 사이에는, 같은 전하 사이에서 발생하는 반발력을 의미하는 정전기적 반발력은 생길 수 없다는 것을 알 수 있다.

③ 4문단에서 '알파선은 질량수가 큰 불안정한 원자핵들이 질량수가 작은 안정된 원자핵으로 변환되는 과정에서 방출되는 헬륨 원자핵의 흐름이다.'라고 하였다. 즉 알파선 자체가 헬륨 원자핵의 흐름이므로, 헬륨 원자핵이 알파선을 방출하며 질량이 줄어들 것이라는 추론은 적절하지 않다.

⑤ 4문단에서 헬륨 원자핵은 두 개의 양성자와 두 개의 중성자로 이루어져 있다고 하였다. ⓒ을 통해 두 개의 수소에서 한 개의 헬륨 원자핵과 하나의 중성자가 나온다는 것으로 볼 때 동위원소인 두 개의 수소 원자핵에는 양성자는 각각 하나씩, 중성자는 하나의 수소 원자핵에는 한 개, 다른 수소 원자핵에는 두 개가 있어야 한다고 추론할 수 있다.

적중 예상 과학·기술 물리학 01

본문 080쪽

[103~106] <양자점>

103 ⑤ 104 ③ 105 ⑤ 106 ⑤

E 지문 선정 포인트

양자점은 퀀텀닷(quantum dot)이라고도 하는데, 한 가지 재료로 다양한 색을 내는 특성으로 인해 디스플레이뿐만 아니라 태양 전지, 광감지기, 바이오 영상 기술에서도 활용되고 있다. 이렇듯 양자점은 다양한 분야에서 상용화되고 있으므로 양자점의 특징과 이를 활용한 기술에 대해 이해의 폭을 넓혀 두도록 하자.

<양자점>

해제 양자점의 특징과 이를 이용하여 태양 전지의 효율을 높이는 방법에 대해 설명하고 있는 글이다. 양자점은 크기가 몇 나노미터의 아주 작은 반도체 입자이다. 본래 반도체 입자는 그것을 구성하는 물질마다 고유한 밴드 갭 에너지와 엑시톤 결합 에너지를 갖기 때문에 물질에 따라 흡수·방출하는 에너지가 다르다. 이와 달리 양자점은 같은 물질이라도 크기에 따라 밴드 갭 에너지가 달라지기 때문에 이를 이용하면 흡수·방출하는 에너지를 조절할 수 있다. 최근 이러한 양자점의 성질을 이용하여, 양자점의 크기를 조절함으로써 태양 전지의 효율성을 높이는 연구가 진행되고 있다.

주제 양자점의 크기에 따라 흡수·방출 에너지가 변하는 원리와 이를 활용한 태양 전지의 연구

구성

1문단	양자점의 개념
2문단	반도체 입자에서의 에너지 밴드와 밴드 갭 에너지
3문단	반도체 입자에서 에너지가 방출되는 원리
4문단	방출되는 에너지와 빛의 파장과의 관계
5문단	양자점의 크기에 따라 달라지는 방출 에너지와 빛의 파장
6문단	양자점을 이용하여 태양 전지의 효율을 높이는 방법

103 세부 정보 파악 답 ⑤

정답 풀이

4문단에서 '반도체 입자는 그것을 구성하는 물질마다 고유한 밴드 갭 에너지와 엑시톤 결합 에너지를 갖기 때문에 물질에 따라 방출되는 에너지가 다르다.'라고 한 것을 통해 확인할 수 있다.

오답 풀이

① 2문단에서 원자핵 주위의 궤도들은 각각 고정된 크기와 에너지를 갖고 있기 때문에 에너지 궤도라 하고, 여러 개의 원자들로 이루어진 반도체 입자의 경우 에너지 궤도들이 서로 인접하며 서로 영향을 주기 때문에 에너지 궤도들 사이의 간격이 매우 좁아지고, 그 결과 에너지 궤도들이 마치 하나의 띠처럼 보여 이를 에너지 밴드라 한다고 하였다. 즉 에너지 밴드는 원자핵 주위의 궤도들이 인접해서 형성되는 것이지, 궤도들에 전자가 가득 차서 형성되는 것이 아니다.

② 2문단에서 '에너지 평형 상태에서는 ~ 밴드 갭에도 에너지 궤도가 존재하지 않기 때문에 전자가 존재하지 않는다.'라고 하였다.

③ 5문단에서 '양자점은 동일한 물질이라도 크기에 따라 밴드 갭이 달라지기 때문에 크기를 조절하면 방출되는 에너지의 양을 조절할 수 있다.'라고 하였다.

즉 양자점은 에너지 밴드의 수가 아니라 양자점의 크기를 조절하여 방출되는 빛의 파장을 다르게 할 수 있다.

④ 6문단에서 '태양 전지의 효율을 높이기 위해서는 태양광을 최대한 많이 흡수'해야 한다고 하였고 '태양광은 짧은 파장부터 긴 파장까지 넓은 파장대를 갖고 있기 때문에, 기존에는 태양광의 흡수율을 높이기 위해 크고 작은 밴드 갭을 갖는 다양한 반도체 재료를 사용하였다고 하였다. 즉 태양 전지의 효율을 높이기 위해서는 에너지가 큰 파장대의 태양광뿐만 아니라, 모든 파장대의 태양광을 최대한 많이 흡수해야 한다.

104 세부 정보 이해 답 ③

정답 풀이

3문단에서 전도대로 이동한 전자(㉠)와 정공(㉡) 사이에는 정전기적 인력이 작용하여 전자와 정공의 쌍인 엑시톤(㉢)이 형성되고, 이때 엑시톤의 정전기적 인력을 엑시톤 결합 에너지라 한다고 하였으므로, ㉠과 ㉡의 쌍 사이에 작용하는 인력은 엑시톤 결합 에너지이다. 그런데 '반도체 입자가 밴드 갭 에너지 이상의 에너지를 흡수하면 가전자대의 전자가 전도대로 이동하게 된다.'라고 하였고 이 전자가 엑시톤을 형성한다고 하였다. 따라서 반도체 입자가 밴드 갭 에너지보다 큰 에너지를 흡수해야 엑시톤(㉢)이 형성된다.

오답 풀이

① 3문단에서 '전도대로 이동한 전자는 에너지가 높아 불안정'하다고 한 것을 통해 확인할 수 있다.

② 3문단에서 '반도체 입자가 밴드 갭 에너지 이상의 에너지를 흡수하면 가전자대의 전자가 전도대로 이동'하게 되고, '그 결과 가전자대에는 전자가 나간 빈자리인 정공(+)이 생성'된다고 한 것을 통해 확인할 수 있다.

④ ㉢은 전도대로 이동한 전자(㉠)와 정공(㉡)의 쌍이므로 엑시톤이다. 그런데 3문단에서 '엑시톤을 분리하는 데 필요한 에너지는 엑시톤 결합 에너지와 동일하다.'라고 하였으므로 엑시톤 결합 에너지(㉠과 ㉡의 쌍 사이에 작용하는 인력)가 클수록 엑시톤(㉢)을 분리하는 데 필요한 에너지도 커진다는 것을 알 수 있다.

⑤ ㉣은 전도대와 가전자대 사이의 간격이므로 밴드 갭이다. '전자와 정공의 거리를 엑시톤-보어 반경이라 하는데, 엑시톤 결합 에너지로 인해 엑시톤-보어 반경은 밴드 갭보다 거리가 짧아진다.'라고 하였으므로 엑시톤 결합 에너지(㉠과 ㉡의 쌍 사이에 작용하는 인력)에 의해 ㉠과 ㉡ 사이의 거리(전자와 정공의 거리=엑시톤-보어 반경)는 밴드 갭(㉣)보다 가까워진다는 것을 확인할 수 있다.

105 구체적 사례에의 적용 답 ⑤

정답 풀이

3문단에서 '방출되는 에너지의 크기는 밴드 갭 에너지에서 엑시톤을 분리하는 데 필요한 에너지를 뺀 나머지에 해당한다. 엑시톤을 분리하는 데 필요한 에너지는 엑시톤 결합 에너지와 동일하다.'라고 하였으므로, '방출하는 에너지의 크기=밴드 갭 에너지-엑시톤 결합 에너지'이다. 따라서 반도체 입자 A, B, C에서 각각 방출되는 에너지는 다음과 같다.

	A	B	C
밴드 갭 에너지	2.5eV	2.5eV	3.0eV
엑시톤 결합 에너지	0.5eV	0.9eV	0.5eV
방출되는 에너지	2.0eV	1.6eV	2.5eV

또한 4문단에서 '방출되는 에너지는 빛의 파장과 반비례 관계로, 방출되는 에너지가 크면 빛의 파장이 짧고 방출되는 에너지가 작으면 빛의 파장이 길다. 가시광선 스펙트럼에서 보면 빨간색의 파장이 가장 길고 보라색으로 갈수록 파장이 점점 짧아진다.'라고 하였다. 즉 방출되는 에너지가 클수록 빛의 파장이 짧아지고 가시광선 스펙트럼에서 보라색에 가까워지는 것이다. 따라서 A, B, C 중 방출되는 에너지가 가장 큰 C에서 방출되는 빛의 색이 가장 보라색에 가깝다고 추론할 수 있다.

오답 풀이

① 방출되는 에너지가 A는 2.0eV이고 C는 2.5eV이므로, C가 더 크다.

② 방출되는 에너지가 B는 1.6eV이고 C는 2.5eV이므로, C가 더 크다. 빛의 파장은 방출되는 에너지와 반비례 관계에 있으므로, 방출하는 에너지가 더 큰 C가 방출하는 빛의 파장이 더 짧을 것이다.

③ 방출되는 에너지가 C는 2.5eV이고 A는 2.0eV이므로, C가 더 크다. 빛의 파장은 방출되는 에너지와 반비례 관계에 있으므로, 방출되는 에너지가 더 작은 A가 방출되는 빛의 파장이 더 길 것이다.

④ 방출되는 에너지가 작을수록 빛의 파장은 길어지고 가시광선 스펙트럼에서 빨간색에 가까워진다. 따라서 방출되는 에너지가 가장 작은 B에서 방출되는 빛의 색이 가장 빨간색에 가까울 것이다.

106 반응의 적절성 평가 답 ⑤

정답 풀이

5문단에서 '양자점은 동일한 물질이라도 크기에 따라 밴드 갭이 달라지기 때문에 크기를 조절하면 방출되는 에너지의 양을 조절할 수 있다.'라고 하였고, 4문단에서 '방출되는 에너지는 빛의 파장과 반비례 관계'라고 하였다. 그리고 5문단에서 '양자점이 빛을 흡수할 때도 양자점의 크기만 조절하여 흡수하는 에너지의 양을 조절할 수 있다.'라고 하였다. 따라서 양자점 1~3은 크기에 따라 달라지는 밴드 갭을 조절하여 흡수되는 에너지를 조절함으로써 각기 청색, 녹색, 적색의 빛을 흡수한다.

오답 풀이

① 4문단에서 가시광선 스펙트럼에서 보면 빨간색의 파장이 가장 길다고 하였고, 5문단에서 양자점의 크기가 커지면 긴 파장의 빛이 방출된다고 하였다. 따라서 적색 빛의 파장이 가장 길며, 적색 빛을 흡수하는 양자점 3의 크기가 가장 크다.

② 4문단에서 '방출되는 에너지는 빛의 파장과 반비례 관계'이고, 가시광선 스펙트럼에서 보면 '보라색으로 갈수록 파장이 점점 짧아진다.'라고 하였다. 따라서 파장이 가장 짧은 청색 빛을 흡수하는 양자점 1이 가장 큰 에너지를 흡수한다.

③ 6문단에서 크고 작은 밴드 갭을 갖는 다양한 반도체 재료 중 '밴드 갭이 작은 반도체 재료는 전압을 감소시키기 때문에 효율이 높지 않다.'라고 하였다. 반면, 〈보기〉의 고효율 양자점 태양 전지는 높은 전압을 유지하는 동일한 재료로 양자점을 합성했다고 하였다. 따라서 양자점 1~3은 밴드 갭이 가장 작은 양자점이라도 높은 전압을 유지할 것이다.

④ 5문단에서 '양자점은 동일한 물질이라도 크기에 따라 밴드 갭이 달라지기 때문에 크기를 조절하면 방출되는 에너지의 양을 조절할 수 있다.'라고 하였다. 즉 양자점의 크기를 조절하여 밴드 갭을 조절하는 것이지, 엑시톤 결합 에너지를 조절하여 양자점의 크기를 조절하는 것이 아니다.

적중 예상 과학·기술 물리학 02

본문 082쪽

[107~111] 〈상선도〉

107 ⑤ 108 ④ 109 ⑤ 110 ② 111 ④

E 지문 선정 포인트

물질이 온도, 압력 등 상태 변수의 변화에 따라 한 상에서 다른 상으로 변하는 상변화와 이를 그래프로 나타낸 상선도는 열과 일의 전환 및 에너지의 변환 양상을 연구하는 열역학을 이해하는 데 필요한 개념이다. 따라서 열역학 법칙 및 엔트로피의 개념과 더불어 상선도의 개념 과 특징도 기억해 두자.

〈상선도〉

해제 열역학에서 사용하는 상선도의 개념과 특징을 설명하고 있는 글이다. 열역학에서는 계를 이루는 물질의 존재 양상을 상과 상태라는 용어로 구분하여 나타낸다. 이때 어떤 물질이 온도와 압력의 두 가지 상태 변수에 따라 상과 상태가 어떻게 달라지는지를 그래프로 나타낸 것을 '상선도'라 한다. 상선도에 그려진 선을 경계로 물질의 상은 고체, 액체, 기체로 달라지는데, 선상에 있는 점은 서로 다른 두 상이 공존하는(평형을 이루는) 상태이다. 또한 상선도에서 세 선이 만나는 한 점은 세 개의 상이 평형을 이루며 공존하여 삼중점이라 한다. 한편, 상선도에서 선의 기울기는 '물질의 상변화에 따른 엔트로피 변화량'과 '부피 변화량'의 비인데, 특정 물질을 제외한 대부분의 물질은 엔트로피의 변화량이 양의 값(또는 음의 값)이 되는 상변화 시 부피 변화량도 양의 값(또는 음의 값)이 되어 결국 선의 기울기는 양의 값을 갖게 된다.

주제 상선도의 개념과 특징

구성

1문단	열역학과 계의 개념
2문단	상선도의 개념과 상선도의 표현 요소
3문단	상선도의 의미와 해석
4문단	엔트로피의 개념과 상에 따른 엔트로피의 차이
5문단	상선도의 선 기울기의 특징과 그 이유

107 세부 정보 파악 답 ⑤

정답 풀이

2문단에서 계의 '온도, 압력, 부피, 물질의 조성'을 표현할 때는 '상태'라 하며, 이 상태 변수가 변하여 계의 상태가 변화한다고 하였다. 또한 4문단에서 주위에서 계로 열에너지가 전해지면 엔트로피가 증가한다고 하였는데, 이때 계에 열에너지가 전해진다는 것은 계의 온도가 올라가는 것으로, 이는 곧 계의 상태 변화를 의미한다. 따라서 엔트로피의 증가 정도는 계의 온도라는 상태 변수의 변화를 표현할 수 있으므로, 엔트로피로 상태 변화를 표현할 수 없다는 ⑤의 진술은 적절하지 않다. 참고로, 4문단의 마지막 문장에서 '엔트로피는 상의 종류에 따라 단위 질량당 그 크기가 다른데, 모든 물질은 기체, 액체, 고체의 순으로 엔트로피가 크다.'라고 하였으므로, 엔트로피로 상변화를 표현할 수 있다는 진술은 적절하다.

오답 풀이

① 열역학에서는 관찰하고자 하는 특정 영역을 '계'로 설정하는데(1문단), 2문단에서 "계를 이루는 물질의 양상은 '상'과 '상태'라는 용어로 엄격하게 구분하여 표현한다."라고 하였으므로 적절한 진술이다.

② 1문단에서 '열역학은 열기관에 대한 연구를 통해 열을 에너지의 한 형태라고 이해하게 되면서 정립된 물리학의 한 분야'라고 하였으므로 적절한 진술이다.

③ 2문단에서 상태 변수는 계의 '온도, 압력, 부피, 물질의 조성'의 4개인데, '단일 물질로 조성된 계의 상태 변수 중 부피는 압력에 반비례하고 온도에 비례하므로 굳이 나타내지 않아도 알 수 있'어 '상선도는 특정 물질로 조성된 계를 설정한 다음, 온도와 압력의 관계로 물질의 상과 상태를 나타낸다.'라고 하였다. 따라서 단일 물질로 된 계의 상선도는 온도와 압력, 두 가지 상태 변수로 표현할 수 있으므로 적절한 진술이다.

④ 5문단에서 '두 상이 평형 상태일 때 그 두 상의 질량당 에너지의 크기가 동일하다'라고 하였으므로 적절한 진술이다.

108 핵심 정보 파악 답 ④

정답 풀이

㉠ '순수한 에탄올로 이루어진 계의 상선도'인 〈그림〉의 선 OA상에 있는 임의의 상태에서 에탄올은 고체와 기체의 두 상이 평형을 이루며 공존하고 있다. 이때 가로축인 온도만 높이게 되면 앞서의 '임의의 상태'는 오른쪽으로 이동하게 되므로, 에탄올은 기체로만 존재하게 된다. 참고로, 선 OA상에 있는 임의의 상태에서 고체의 에탄올만 존재하게 하려면, 온도를 낮추거나 압력을 높여야 한다.

오답 풀이

① 3문단의 '세 선이 만나는 점 A는 고체, 액체, 기체의 세 상이 평형을 이루며 공존'한다는 진술을 통해 확인할 수 있다.

② 점 C에서 압력만 1MPa로 높이면 점 E 방향으로 상태가 바뀌게 되어 선 AD보다 위쪽의 평면에 있는 상태가 되므로, 에탄올은 액체로만 존재하게 된다.

③ 3문단의 '점 E의 상태에서 온도는 유지한 채 압력을 0.1MPa 미만으로 낮추면 에탄올은 기체가 된다.'와 4문단의 '엔트로피는 상의 종류에 따라 단위 질량당 그 크기가 다른데, 모든 물질은 기체, 액체, 고체의 순으로 엔트로피가 크다.'를 통해, 점 E의 상태에서 압력이 바뀌면 에탄올 분자들의 무질서도(엔트로피)는 달라짐을 알 수 있다. 또한 4문단의 '계를 이루는 물질의 분자의 운동 정도는 주위에서 계로 전해진 열에너지에 비례하여 활발해지고, 분자의 운동이 활발할수록 무질서도, 곧 엔트로피가 커진다.'를 통해, 점 E의 상태에서 온도가 바뀌어도 에탄올 분자들의 무질서도(엔트로피)는 달라짐을 알 수 있다. 따라서 점 E의 상태에서 온도나 압력을 변화시키면 에탄올 분자들의 운동 상태가 달라져 무질서도가 변화한다.

⑤ 3문단의 '선 AD 위의 점 C는 에탄올이 기화되기 시작하여 액체와 기체가 공존하는 상태이다.'를 통해, 점 C를 비롯하여 선 AD상에 있는 모든 임의의 상태에서 에탄올은 액체와 기체의 두 상으로 존재함을 알 수 있다.

109 정보의 추리 답 ⑤

정답 풀이

4문단에서 '계를 이루는 물질의 분자의 운동 정도는 주위에서 계로 전해진 열에너지에 비례하여 활발해지고, 분자의 운동이 활발할수록 무질서도, 곧 엔트로피가 커진다.'라고 하였다. 이를 바탕으로 〈보기〉를 보면, 계가 주위와 열에너지를 교환하는 것은 '계의 온도가 낮아지는 경우'와 '계의 온도가 높아지는 경우'로 나누어 생각해 볼 수 있다. 우선 계의 온도가 '낮아지면(A)', 계의 물질을 이루는 분자들의 운동이 '느려져(B)', 계의 엔트로피는 '감소(C)'하게 된다. 만약 반대로 계의 온도가 '높아지면(A)', 계의 물질을 이루는 분자들의 운동이 '활발해져(B)', 계의 엔트로피는 '증가(C)'하게 된다. 한편 4문단에서 '모든 물질은 기체, 액체, 고체의 순으로 엔트로피가 크'다고 하였으므로, 온도가 지속적으로 상승하여 고체에서 기체로 상변화가 일어난다면 계의 무질서도, 즉 엔트로피는 '증가(D)'하게 된다.

110 구체적 사례에의 적용 답 ②

정답 풀이

〈보기〉에 제시된 '물의 상선도'를 보면, 고체와 액체가 평형을 이루는 선 AB의 기울기가 음의 값을 가지고 있다. 이는 5문단의 '물의 특정한 상변화 시 부피 변화량을 제외하고'에 해당하는 예외적인 특성이다. 즉, 물을 제외한 모든 물질들은 융해, 승화, 기화가 일어날 때 부피가 증가하지만, 물은 이 중 하나의 상변화 시 부피가 감소한다는 것을 의미한다. 이 중 어떤 상변화 시 부피가 감소하는지는 상선도의 선 기울기를 통해 파악할 수 있다. 승화가 일어날 수 있는 선 OA와 기화가 일어날 수 있는 선 AC는 양의 기울기 값을 갖지만, 융해가 일어날 수 있는 선 AB는 음의 기울기 값을 가진다. 따라서 5문단에서 말한 '물의 특정한 상변화'는 융해를 뜻하며, 융해 시에 기울기가 음의 값을 가지는 이유는 부피는 감소(부피 변화량은 음의 값)하지만 엔트로피는 증가(엔트로피의 변화량은 양의 값)하기 때문임을 추론할 수 있다.

오답 풀이

① 물이 승화된다는 것은 고체에서 기체로 변화하는 것이다. 모든 물질은 기체, 액체, 고체의 순으로 엔트로피가 크다고 했으므로(4문단), 고체에서 기체로 변화 시에 엔트로피는 증가하여 양의 값을 가진다. 물의 상선도에서 고체에서 기체로 변화하는 그래프를 나타내는 선 OA가 양의 기울기 값을 가지므로, 부피 역시 증가함을 알 수 있다.

③ 물이 기화된다는 것은 액체에서 기체로 변화하는 것이다. 모든 물질은 기체, 액체, 고체의 순으로 엔트로피가 크다고 했으므로(4문단), 액체에서 기체로 변화 시에 엔트로피는 증가하여 양의 값을 가진다. 물의 상선도에서 액체에서 기체로 변화하는 그래프를 나타내는 선 AC가 양의 기울기 값을 가지므로, 물이 기화될 때 부피 역시 증가함을 알 수 있다.

④ 지문의 〈그림〉에 제시된 에탄올의 상선도에서 선 AB의 기울기가 양의 값을 가지는 데 비해, 〈보기〉에 제시된 물의 상선도에서 선 AB의 기울기는 음의 값을 가진다. 이는 액체에서 고체로 변할 때 부피가 커지고, 반대로 고체에서 액체로 변할 때 부피가 작아지는 물의 독특한 특성 때문에 일어난 현상이다. 따라서 두 상선도에서의 선 AB의 기울기 값이 다른 이유는 물의 특성으로 인한 것이지, 에탄올과 물의 단위 질량당 부피의 크기 차이 때문이 아니다.

⑤ 5문단을 통해서 상선도에서 선의 기울기가 양의 값으로 나타나는 이유는 엔트로피의 변화량과 부피 변화량 사이의 관계가 비례하기 때문임을 알 수 있다. 즉, 상변화 시 엔트로피와 부피는 함께 증가하거나 함께 감소하는 것일 뿐 (단, 물의 융해나 응고 제외), 상변화 시 엔트로피 변화량이 같은 것은 아니다.

111 구절의 문맥적 의미 파악 답 ④

정답 풀이

4문단에서 '계를 이루는 물질의 분자의 운동 정도는 주위에서 계로 전해진 열에너지에 비례하여 활발해지고, 분자의 운동이 활발해질수록 무질서도, 곧 엔트로피가 커진다.'라고 하였으므로, 온도와 엔트로피는 비례 관계에 있음을 알 수 있다. 따라서 온도가 높아져서 상이 바뀌는 경우는 엔트로피가 증가하는 것이므로 (엔트로피의 변화량이 양의 값임.) ④는 ⓐ와 바꿔 쓸 수 없다.

오답 풀이

①, ②, ③ 5문단에서 '기화', '융해', '승화'의 경우 엔트로피의 변화량이 양의 값을 가진다고 하였다. ①, ②, ③은 이러한 '기화', '융화', '승화'의 반대로 상변화가 일어나는 것이기 때문에 엔트로피의 변화량이 음의 값을 가지므로 ⓐ와 바꿔 쓸 수 있다.

⑤ 무질서도는 엔트로피이다. 따라서 무질서도가 감소한다는 것은 엔트로피가 감소한다는 것을 의미하고, 이는 곧 엔트로피의 변화량이 음의 값이라는 뜻이므로 ⓐ와 바꿔 쓸 수 있다.

적중 예상 과학·기술 생명 과학 01

본문 084쪽

[112~115] 〈현대 진화 생물학의 이해〉

112 ⑤ 113 ④ 114 ② 115 ⑤

E 지문 선정 포인트

진화의 메커니즘으로 작용하는 자연 선택 이론은 변이와 함께 다윈의 진화론을 설명하는 개념이므로 배경지식으로 파악해 둘 필요가 있다. 또한 모의고사와 E교재의 주요 제재로 등장하는 경우가 많기 때문에 다윈의 진화론이 가지는 의미 및 자연 선택이 이루어지는 방식에 대해서도 읽어 두도록 하자.

〈현대 진화 생물학의 이해〉

해제 다윈의 진화론이 가지는 역사적 의미를 조명하면서, 진화의 메커니즘으로 잘 알려진 자연 선택에 대해 설명하고 있는 글이다. 다윈은 진화의 메커니즘으로 자연 선택을 제시하면서 자연 선택이 개체 수준에서 이루어지는 것으로 이해하였다. 그러나 현재는 자연 선택이 유전자 수준뿐 아니라 종 수준에서도 이루어지는 것으로 알려져 있다. 이로써 다윈의 이론만으로는 설명할 수 없었던 여러 가지 생명 현상들을 설명할 수 있게 되었다. 생물의 이타적 행동은 유전자 중심의 자연 선택으로, 화석 기록에서 보이는 급격한 종 변화의 흔적 등은 종 중심의 자연 선택으로 설명할 수 있게 된 것이다. 이 글은 이와 같이 다양한 수준에서 이루어지는 진화의 다양한 양상에 대해 언급하면서 진화 생물학이 앞으로 설명해야 할 과제가 많이 남아 있다는 점을 강조하고 있다.

주제 다양한 수준에서 일어나는 진화의 다양한 양상

구성

1문단	인류 지성사에 큰 충격을 안긴 다윈의 진화론
2문단	다윈이 진화의 메커니즘으로 제시한 자연 선택 이론
3문단	생물의 이타적 행동을 유전자의 작용으로 설명한 해밀턴
4문단	자연 선택을 개체가 아닌 유전자 수준에서 보는 입장
5문단	중요한 진화적 요인의 하나인 자연의 개체 선택
6문단	다양한 수준에서 다양한 양상으로 이루어지는 진화

112 세부 정보 파악 답 ⑤

정답 풀이

2문단에 따르면, 생존 경쟁 속에서 환경 적응에 유리한 형질은 계속 누적되어 집단 내 빈도수가 커지고, 그렇지 못한 개체들은 집단 내 빈도수가 점점 작아지게 된다. 그러므로 한 집단 내 존재하는 동일한 종의 상이한 형질은 시간의 경과에 따라 빈도수의 차이가 커지게 된다. 따라서 상이한 두 형질의 비율이 항상 같은 비율로 누적된다는 것은 글의 내용과 일치하지 않는다.

오답 풀이

① 2문단에 따르면, 자연 상태에서는 기하급수적 증가의 원리에 따라 항상 생존 가능한 개체 수보다 더 많은 개체가 탄생하며, 이로써 개체들 사이에서는 생존을 위한 투쟁이 일어나고 각 개체들은 서로 경쟁하게 된다.

② 3문단의 '(해밀턴은) 개체 수준에서 볼 때의 이타적인 행동을 유전자 수준에서 보면 사실상 이기적인 행동에 지나지 않는다고 주장했다.'에서 확인할 수 있다.

③ 2문단에서 '동일한 생물 개체군 사이에서 일부 개체의 형질이 달라지는 변이가 나타나며, 변이 중에서 어떤 것은 유전된다.'라고 하였다. 그러므로 개체의

변이된 형질이라고 해서 모두 다 유전되어 다음 세대로 전달되는 것은 아님을 알 수 있다.

④ 마지막 문단에 의하면, 화석 기록을 보면 페름기 말에는 당시 종의 90% 이상이 사라졌으며 반대로 캄브리아기에는 주요 동물 분류군이 한꺼번에 출현하였다. 화석 기록을 통해 알 수 있는 이러한 진화의 양상은 개체 수준이 아닌 종 수준의 자연 선택이 일어났음을 보여 주는 것이다.

113 개념 간의 관계 파악 답 ④

정답 풀이

4문단에 따르면, 유전자는 자신이 속해 있는 운반자 즉 개체의 형질에 영향을 미침으로써 자신의 복제를 도모한다고 했다. 따라서 유전자에 담긴 유전 정보가 개체에 표현된 형질과는 독립적으로 자연 선택의 대상이 된다는 설명은 적절하지 않다.

오답 풀이

① 4문단에서 '운반자의 적응적 형질을 강화하면 유전자는 다른 경쟁 유전자보다 복제될 기회를 더 많이 가질 수 있'다고 하였다.

② 3문단에 제시된 해밀턴의 주장에 따르면, 사회성 동물의 자기희생 및 이타적 행동도 유전자의 수준에서 보면 복제자인 유전자가 자신의 복사체를 널리 퍼뜨리기 위한 이기적 선택이라고 할 수 있다.

③ 4, 5문단에 따르면, 개체가 환경 적응에 유리한 형질 강화에 실패하여 자연 선택에서 배제되면 유전자도 다음 세대로 전달될 가능성이 줄어들어 위기에 처하게 된다.

⑤ 4문단에 따르면, 유전자는 자신이 속한 개체가 자연 선택되어 유전자가 다음 세대에 계속 전달될 수 있도록 자신이 속해 있는 운반자인 개체의 형질 변이에 영향을 준다.

114 사례의 적절성 판단 답 ②

정답 풀이

㉮는 급격한 환경 변화가 일어나는 특수한 상황에서는 종 수준에서 자연 선택이 이루어질 수 있다는 것이다. 즉, 특정한 종 전체가 자연 선택의 대상이 될 수 있다는 의미이다. ②에서 소행성 충돌로 생태 조건에 급격한 변화가 발생했다는 것은 급격한 환경 변화가 일어난 특수한 상황에 해당하며, 온도나 먹이 변화에 민감하지 않은 생물 종이 온도나 먹이 변화에 민감한 생물 종보다 생존에 더 유리하다는 것은 종 수준에서 자연 선택이 이루어지기도 함을 보여 준다. 따라서 ②는 ㉮의 사례로 적절하다.

오답 풀이

① 지질학적 격변은 급격한 환경 변화로 볼 수 있다. 그러나 한 종으로 구성된 두 개의 집단이 격리되어 두 집단 사이에 유연관계가 점점 약해지게 된다는 것은 두 집단 사이에 상호 작용(교배 등)이 차단되어 유전자의 유연관계가 멀어진 것으로 볼 수 있다. 따라서 이것은 종 수준이 아니라 유전자 수준에서 자연 선택이 이루어진 것이다.

③ 인간 종만이 가지고 있는 고차원적인 문화 활동 또한 유전학적인 설명이 가능하다는 것은, 인간의 문화 활동도 유전자의 진화 결과로 볼 수 있다는 뜻이다. 따라서 이것은 유전자 차원의 자연 선택이 이루어진 예로 볼 수 있다.

④ 화려한 외형을 갖고 화려한 행동을 하는 수컷들의 개체가 많아지게 된 것은 번식의 성공률을 높이기 위해 만들어진 형질이 자연 선택된 것으로 볼 수 있다. 이는 종 수준이 아닌 개체 수준에서 자연 선택이 이루어진 예에 해당한다.

⑤ 무분별한 포획으로 포식자인 생물의 개체 수가 갑자기 크게 줄어든 것은 급격한 환경 변화가 일어난 특수한 상황에 해당한다고 볼 수 있다. 그러나 빨리 헤엄칠 필요가 없어진 환경의 변화에 적응하여 빨리 헤엄치는 데 유리한 체형을 가진 개체의 수가 줄고, 오래 헤엄치는 데 유리한 체형을 가진 개체의 수가 점점 많아졌다는 것은 종 수준이 아닌 개체 수준에서 자연 선택이 이루어진 예에 해당한다.

115 다른 사례에의 적용 답 ⑤

정답 풀이

박물관에 있는 무환자나무 벌레의 부리 표본은 모감주나무 도입 전에 채집한 것이다. 따라서 먹이 환경이 변하기 전이므로 무환자나무 벌레의 부리 길이는 토착 식물인 풍선덩굴 열매를 섭식하기에 편리한 상태, 즉 ⓐ와 같은 상태로 최적화된 것이다. 따라서 당시의 표현형적 형질의 선택 가치가 낮았음을 보여 주는 것이라는 설명은 이 상황에 알맞지 않은 설명이다.

오답 풀이

① 무환자나무 벌레의 부리 길이는 먹이 환경의 변화에 따라 생존에 유익하도록 자연 선택이 작용한 결과이다. 따라서 무환자나무 벌레의 부리 길이는 유전하는 형질이라고 볼 수 있다.

② 모감주나무의 도입으로 먹이 환경이 변화하자 무환자나무 벌레의 부리 길이가 달라지게 되었다. 이것은 먹이 환경의 변화가 무환자나무 벌레의 진화를 일으키는 요인이 되었음을 보여 주는 것이다.

③ 2문단을 통해, 자연 선택은 환경에 적합한 생물종의 형질이 오랜 시간에 걸쳐 누적되면서 이루어진다는 것을 알 수 있다. 따라서 시간이 경과하면서 자연 선택은 무환자나무 벌레와 환경의 적합성을 증가시켰다고 볼 수 있다.

④ 2문단을 통해, 개체의 변이된 형질은 많은 세대를 거치면서 환경 적응에 유리한 형질만 살아남게 된다는 것을 알 수 있다. 따라서 먹이 환경이 다른 두 집단 사이에 나타난 부리 길이의 차이는 여러 세대를 거쳐 누적된 변이의 결과로 볼 수 있다.

적중 예상 과학·기술 생명 과학 02

본문 086쪽

[116~120] 〈망막 신경 조직층의 반응 과정과 원리〉

116 ⑤ 117 ① 118 ⑤ 119 ⑤ 120 ④

E 지문 선정 포인트

우리 몸의 각 부분이 어떻게 작용하는지에 대해서는 모의고사와 E교재의 주요 제재로 종종 다루어져 왔다. 특히 후각의 역할 및 냄새를 맡는 원리는 2015학년도 9월 모의고사에 출제된 적이 있으므로 망막 신경 조직층의 시각 정보 처리 과정과 원리도 꼼꼼하게 살펴보아야 한다.

〈망막 신경 조직층의 반응 과정과 원리〉

해제 망막 신경 조직층의 반응 과정과 원리를 설명하고 있는 글이다. 망막은 크게 신경 세포와 광수용기로 나누어진다. 빛이 망막에 닿으면 투명한 여러 층의 신경 세포를 지나서 간상세포와 원추 세포에 이르게 된다. 간상세포와 원추 세포의 외절 부분 원판막에 있는 로돕신의 작용으로 과분극의 상태가 되면 시신경이 활성화되어 우리의 뇌가 사물을 더 선명하게 지각할 수 있게 된다. 어두운 상태에서는 이와 반대의 작용으로 시신경이 비활성화되어 사물의 식별이 어려워진다. 한편 빛의 색상 차이를 감지할 수 있게 해 주는 것은 원추 세포인데, 빛의 파장에 따라 선택적으로 반응할 수 있는 서로 다른 시각 색소들로 이루어져 있어 색을 구별할 수 있다. 색을 구별하기 위해서는 적어도 두 가지 종류의 원추 세포가 있어야 한다. 한 종류의 원추 세포만 있을 경우 빛의 파장과는 상관없이 반응하는 원추 세포 분자의 개수가 같으면 우리 눈에는 단일한 색으로 지각되기 때문이다.

주제 망막 신경 조직층의 시각 정보 처리 과정

구성

1문단	망막의 구조
2문단	밝은 상태에서의 시각 정보 처리 과정
3문단	어두운 상태에서의 시각 정보 처리 과정
4문단	색 구별을 가능하게 해 주는 원추 세포
5문단	색 구별의 원리

116 세부 정보 파악 답 ⑤

정답 풀이

5문단에서 '한 종류의 원추 세포만 가지고 있을 경우 빛의 파장과는 상관없이 반응하는 원추 세포 분자의 개수가 같으면 우리 눈에는 단일한 색으로 지각'된다고 하였다. 따라서 한 종류의 원추 세포만 가지고 있는 경우 물리적 속성이 다른 두 빛에 대해 원추 세포가 동일한 반응을 보인다면 뇌에서는 같은 색으로 인지된다.

오답 풀이

① 2문단에서 '신경절 세포에서 발생하는 전기 신호의 양이 많아져 시신경이 활성화되어 우리의 뇌가 사물을 더 선명하게 지각하게 된다.'라고 하였다. 따라서 시신경은 신경절 세포에서 발생한 전기 신호의 양에 따라 반응한다고 할 수 있다.

② 2문단에서 '빛이 망막에 닿으면 투명한 여러 층의 신경 세포를 지나서 간상세포와 원추 세포(→ 광수용기)에 이르게 된다. ~ 글루탐산이 감소되면 쌍극 세포가 비활성화되어 ~ 신경절 세포에서 발생하는 전기 신호의 양이 많아져 시신경이 활성화되어 우리의 뇌가 사물을 더 선명하게 지각하게 된다.'라고 하였다. 즉 망막에 들어온 시각 정보는 광수용기와 신경절 세포의 작용을 통해 뇌로 전달된다.

③ 4문단에서 '사람의 원추 세포는 각각 빨간색(L), 초록색(M), 파란색(S)에 민감하게 반응하는 서로 다른 시각 색소들로 이루어져 있다. 이 시각 색소들은 ~ 미세한 구조 차이로 인해 각각 고유의 파장대에서 최적의 흡광도를 갖는다.'라고 하였다. 즉 원추 세포 내에 존재하는 시각 색소는 종류에 따라 빛의 파장에 따른 흡광도가 다르다.

④ 2문단에서 '간상세포와 원추 세포의 외절 부분에 있는 원판막에는 로돕신이라는 시각 색소가 존재하는데, 이 색소는 빛을 받으면 활성화된다. 활성화된 로돕신은 광수용기 내부에 있는 단백질인 cGMP의 가수 분해를 활성화한다. 그래서 밝은 상태에서는 cGMP의 농도가 낮아진다.'라고 하였다. 즉 광수용기의 외절에서 활성화된 로돕신은 광수용기 내부에 있는 단백질인 cGMP의 농도를 낮춘다.

117 시각 정보를 활용한 정보의 추론 답 ①

정답 풀이

2문단에서 '밝은 상태에서는 cGMP의 농도가 낮아진다. 농도가 낮아진 cGMP는 외절 세포막에 있는 Na+ 통로로부터 떨어져 나와 이 통로가 닫히도록 한다. 이렇게 되면 Na+이 세포막 내부로 더 이상 유입되지 못하고 세포막 내부에 있던 K+은 오히려 더 많이 유출되어 세포막 내부에는 음이온이, 외부에는 양이온이 더욱 많은 과분극 상태가 된다.'라고 하였다. 〈보기〉는 갑자기 빛을 비추었을 때 과분극 상태가 되어 막전위의 변화가 커진 것을 보여 주는 그래프이다. 과분극은 Na+이 세포막 내부로 더 이상 유입되지 못할 때 일어나므로, Na+에 대한 세포막의 투과성이 낮아졌을 것이라고 추론할 수 있다.

오답 풀이

②, ③ 과분극은 세포막 외부에 있던 Na+이 세포막 내부로 더 이상 유입되지 못하고 세포막 내부에 있던 K+이 세포막 외부로 유출되어, 세포막 내부에는 음이온이, 외부에는 양이온이 더 많아진 상태이다. 따라서 간상세포 내부에 음이온보다 양이온이 많아졌을 것(②)이라는 추론, K+이 세포막 내부로 유입되었을 것(③)이라는 추론은 적절하지 않다.

④ 과분극은 세포막 내부에는 음이온이 더 많아지고, 외부에는 양이온이 더 많아져 전위차가 커진 상태이므로, 세포막을 경계로 두 전하가 서로 끌어당기는 힘은 점차 강해질 것이다.

⑤ 3문단에서 '어두운 상태에서는 cGMP의 농도가 상대적으로 높아진다. 농도가 높아진 cGMP는 외절 세포막에 있는 Na+ 통로와 결합하여 열린 상태를 유지한다. 그렇게 되면 Na+이 세포막 내부로 더 많이 유입되어 세포가 분극 상태에서 벗어난다. 이를 탈분극이라고 한다.'라고 하였다. 즉 어두운 상태에서는 세포막 내부에 Na+가 유입되어 탈분극이 일어날 뿐, Na+가 과도하게 분포하게 되는 것은 아니다. 이는 〈보기〉의 그래프에서 어두운 상태일 때 막전위가 일정한 것을 통해서도 확인할 수 있다.

118 내용들 간 의미 관계 파악 답 ⑤

정답 풀이

2문단에서 '밝은 상태에서는 ~ 과분극 상태가 되면 시냅스 말단에서 글루탐산의 분비가 감소된다.'라고 하였고, 3문단에서 '어두운 상태에서는 ~ (탈분극이 되면) 시냅스 말단에서 글루탐산의 분비가 촉진된다.'라고 하였다. 따라서 ㉡(어두운 상태)에서 ㉠(밝은 상태)으로 바뀔 때는 분비되는 글루탐산의 양이 적어진다.

오답 풀이

① 3문단에서 '어두운 상태에서는 cGMP의 농도가 상대적으로 높아진다. 농도가

높아진 cGMP는 외절 세포막에 있는 Na+ 통로와 결합하여 열린 상태를 유지한다. 그렇게 되면 Na+이 세포막 내부로 더 많이 유입되어 세포가 분극 상태에서 벗어난다. 이를 탈분극이라고 한다.'라고 하였으므로, ㉡(어두운 상태)에서는 광수용기 세포들이 탈분극된다.

② 2문단에서 '밝은 상태에서는 cGMP의 농도가 낮아진다.'라고 했고, 3문단에서 '어두운 상태에서는 cGMP의 농도가 상대적으로 높아진다.'라고 하였다. 따라서 ㉠(밝은 상태)보다 ㉡(어두운 상태)에서 cGMP의 농도는 더 높아진다.

③ 2문단에서 '이 색소(로돕신)는 빛을 받으면 활성화된다.'라고 하였으므로, ㉡(어두운 상태)보다 ㉠(밝은 상태)에서 로돕신이 더 많이 활성화된다.

④ 2문단에서 '밝은 상태에서는 ~ 신경절 세포에서 발생하는 전기 신호의 양이 많아져 시신경이 활성화되어 우리의 뇌가 사물을 더 선명하게 지각하게 된다.'라고 하였다. 따라서 ㉡(어두운 상태)보다 ㉠(밝은 상태)에서 신경절 세포에서 발생되는 전기 신호의 양이 더 많다.

119 구체적 사례에의 적용 답 ⑤

정답 풀이

5문단에서 '한 종류의 원추 세포만 가지고 있을 경우 빛의 파장과는 상관없이 반응하는 원추 세포 분자의 개수가 같으면 우리 눈에는 단일한 색으로 지각'된다고 하였다. 500nm 파장의 광자 500개를 주었을 때 원추 세포 A는 100%를 흡수하므로 500개의 광자를 흡수한다. 그리고 440nm 파장의 광자와 550nm 파장의 광자를 각각 500개씩 동시에 주었을 때 원추 세포 A는 각각 50%를 흡수하므로 각각 250개의 광자를 흡수하여 500개의 광자를 흡수하게 된다. 따라서 500nm 파장의 광자 500개를 줄 때와, 440nm 파장의 광자와 550nm 파장의 광자를 각각 500개씩 동시에 줄 때 두 빛은 서로 같은 색으로 지각된다.

오답 풀이

① 440nm 파장일 때 원추 세포 B는 흡수율이 0%이므로 반응하지 않는다.

② 500nm 파장의 광자 500개를 주었을 때 원추 세포 A는 100%를 흡수하므로 500개의 광자를 흡수한다.

③ 500nm 파장일 때 원추 세포 A의 흡수율은 100%이고 원추 세포 B의 흡수율은 50%이다. 그리고 550nm 파장일 때 원추 세포 A의 흡수율은 50%이고 원추 세포 B의 흡수율은 100%이다. 따라서 500nm 파장의 빛은 원추 세포 B보다 원추 세포 A가 더 많이 흡수하고, 550nm 파장의 빛은 원추 세포 A보다 원추 세포 B가 더 많이 흡수한다.

④ 마지막 문단에서 '한 종류의 원추 세포만 가지고 있을 경우 빛의 파장과는 상관없이 반응하는 원추 세포 분자의 개수가 같으면 우리 눈에는 단일한 색으로 지각'된다고 하였다. 원추 세포 B는 590nm 파장일 때 흡수율이 50%이고, 550nm 파장일 때 흡수율이 100%이다. 따라서 원추 세포 B만 존재할 경우, 590nm 파장의 광자 수를 550nm 파장의 광자 수보다 2배 더 늘리면 반응하는 원추 세포 분자의 개수가 같아지므로 두 빛은 서로 같은 색으로 지각된다.

120 어휘의 문맥적 의미 파악 답 ④

정답 풀이

ⓓ'촉진된다'는 '다그쳐져 빨리 나아가게 되다.'라는 의미로 사용되었으므로, '일어난다'와 바꾸어 쓰기에 적절하지 않다.

오답 풀이

① ⓐ '유입되지'는 '액체나 기체, 열 따위가 어떤 곳으로 흘러들게 되다.'의 의미로 사용되었으므로 '흘러들게 되지'로 바꾸어 쓸 수 있다.

② ⓑ '감소된다'는 '양이나 수치가 줄어들다.'의 의미로 사용되었으므로 '줄어든다'로 바꾸어 쓸 수 있다.

③ ⓒ '발생하는'은 '어떤 일이나 사물이 생겨나다.'의 의미로 사용되었으므로 '생겨나는'으로 바꾸어 쓸 수 있다.

⑤ ⓔ '감지할'은 '느끼어 알다.'의 의미로 사용되었으므로 '느끼어 알'로 바꾸어 쓸 수 있다.

과학·기술
지구 과학

본문 088쪽

[121~124] 〈강수의 원리와 유형〉

121 ⑤ 122 ① 123 ④ 124 ⑤

E 지문 선정 포인트

강수는 대기 중의 수증기가 응결되어 물방울이나 빙정이 된 후 지표면으로 떨어지는 현상이다. 강수의 형성 원리와 강수의 유형은 기후 및 날씨 변화와 관련하여 배경지식이 될 수 있고, 오늘날 세계 곳곳에서 시행되고 있는 인공 강우와도 연계될 수 있으므로 주목할 만하다. 따라서 강수의 형성 원리와 강수의 유형을 인공 강우의 개념 및 활용 분야와 함께 파악해 두도록 하자.

〈강수의 원리와 유형〉

해제 이 글은 강수의 형성 원리와 상승 기류가 발생하는 원인에 따른 강수의 유형 네 가지에 대해 설명하고 있다. 강수는 대기 중의 수증기가 물방울이나 얼음의 형태로 지표면에 내리는 현상이다. 대기 중 수증기 양이 과포화 상태에 이르렀을 때 대기 중 수증기가 상변화하여 구름 입자를 형성하고, 이것이 발달하여 중력의 영향을 받아 지표면으로 낙하하게 되는데, 지표면 근처의 대기 온도에 따라 눈 또는 비의 형태로 내리게 된다. 강수의 형성에는 상승 기류의 발생이 중요한 요인이 되는데, 이 상승 기류가 발생하는 원인에 따라 강수의 유형을 대류성 강수, 지형성 강수, 수렴성 강수, 전선성 강수로 나눌 수 있다.

주제 강수의 형성 원리와 상승 기류가 발생하는 원인에 따른 강수의 유형

구성

1문단	강수의 개념과 형성 원리
2문단	구름의 형성 원리
3문단	대류성 강수의 원리와 특성
4문단	지형성 강수의 원리와 특성
5문단	수렴성 강수의 원리와 특성
6문단	전선성 강수의 원리와 특성

121 세부 정보 파악 답 ⑤

정답 풀이

1문단에 따르면 가시광선을 산란시키는 것은 각각의 구름 입자가 아니라 구름 입자의 집합체이다. 또한 각각의 구름 입자는 매우 작기 때문에 눈에 보이지 않는다고 하였다.

오답 풀이

① 2문단에서 대기가 상승할수록 대기의 온도는 내려간다는 것을 알 수 있다. 또한 대기의 온도와 대기 중에 최대로 포함될 수 있는 수증기의 양인 포화 수증기량은 비례한다고 하였으므로, 대기가 상승할수록 포화 수증기량은 줄어들게 됨을 알 수 있다.

② 6문단에 따르면 전선은 차가운 공기층과 따뜻한 공기층이 만나 형성되는 것으로, 전선이 형성되면 전선성 강수가 내릴 수 있다.

③ 6문단에서 한랭 전선의 경우, 찬 공기가 따뜻한 공기 밑으로 파고들면서 따뜻한 공기가 강제적으로 상승하여 대류성 강수와 유사한 과정을 겪으며 강수가 내리게 된다고 하였다. 그리고 3문단에서 대류성 강수는 불안정한 대기 상황에서 나타나는 대류 현상이 원인이 되어 발생하는데, 이 역시 가열된 따뜻한 공기층의 상승을 통해 이루어진다고 하였다.

④ 5문단에 따르면 수렴성 강수는 저기압 지역에서 발생한다. 따뜻한 공기가 지속적으로 상승하면 해당 지역은 저기압이 되고, 기압 차이로 인해 고기압에서 저기압으로 바람이 불게 되어 상승 기류가 더욱 지속되면서 더 강력한 저기압이 형성됨에 따라 강한 바람과 함께 많은 비가 내리게 된다. 1문단으로 보아 많은 비가 내리기 위해서는 구름 입자가 많이 생성되어야 함을 알 수 있다.

122 핵심 개념의 이해 답 ①

정답 풀이

2문단에 따르면 물의 상변화가 일어날 때에는 각 상태별 열의 크기 차이로 인해 잠열이 흡수되거나 방출된다. 구름 입자가 생성되는 과정은 기체(수증기)가 액체(구름 방울)나 고체(빙정)로 변하는 과정이고 기체의 열이 가장 크므로 이때 잠열이 외부로 방출된다. 따라서 구름 주변 대기의 온도는 올라가게 될 것임을 알 수 있다.

오답 풀이

② 1문단에 따르면 구름 입자는 물방울이나 빙정의 상태이고, 지표면으로 낙하할 때 지표면 근처의 대기 온도에 따라 눈이나 비의 형태로 내리게 된다. 즉 구름 입자는 지표면으로 낙하하는 과정에서 대기의 온도에 따라 구름 방울이 눈이 되거나 빙정이 비가 되는 등 상변화가 일어날 수도 있다.

③ 1문단에 따르면 구름 입자는 중력을 받아 낙하하고 있지만 상승 기류의 영향으로 공중에 떠 있는 것이다. 따라서 구름 입자의 발달이 지속되면 그 크기와 질량이 늘어남에 따라 중력과 상승 기류 사이의 평형이 깨지고 중력의 영향을 더욱 많이 받게 되어 강수가 내리게 됨을 알 수 있다.

④ 2문단에 따르면 대기의 상승으로 대기의 온도가 낮아지면 공기 중 수증기의 양이 과포화 상태가 되면서 허용량을 초과한 수증기가 응결되거나 승화하여 구름 방울이나 빙정을 형성한다. 따라서 공기 중의 모든 수증기가 구름 입자로 발달하는 것은 아니다.

⑤ 2문단에 따르면 대기 중 수증기의 양이 과포화 상태가 되어 구름 입자가 형성되기 위해서는 포화 수증기압이 낮아져야 한다. 따라서 일정 고도에서 대기 중 수증기의 양이 일정할 때에는 포화 수증기압을 낮추어야 과포화 상태가 되어 구름 입자를 형성할 수 있음을 알 수 있다.

123 이유의 추론 답 ④

정답 풀이

1문단을 통해 강수가 내리기 위해서는 구름 입자가 형성되어야 함을 알 수 있고, 2문단을 통해 구름 입자가 형성되는 과정을 알 수 있다. 2문단에서 구름 입자는 수증기의 상변화에 따른 결과라고 하였으므로 습윤한 공기, 즉 수증기를 품은 공기가 공급되어야 구름 입자가 형성될 수 있음을 알 수 있다. 또한 2문단에 따르면 구름 입자가 생성되기 위해서는 대기의 상승이 필요하다. 대기가 상승하면 대기 온도가 내려가고 포화 수증기량이 낮아져서 과포화 상태가 됨에 따라 허용량을 초과한 수증기가 대기 온도에 따라 응결되거나 승화되어 구름 입자가 형성되기 때문이다. 따라서 ㉠에서 습윤한 공기의 지속적 유입과 상승 기류를 언급한 이유는, 그것이 구름 입자의 형성을 위해 필요한 조건이기 때문임을 알 수 있다.

오답 풀이

① 상승 기류가 발생하는 원인이 다르더라도 상승 기류의 영향으로 구름 입자가 형성되고 발달하여 강수가 내리게 되는 것은 동일하므로, 강수 형성의 여부는 달라지지 않는다.

② 구름 입자가 형성되고 발달하기 위해서는 상승 기류가 나타나면서 대기의 온도가 내려가고 포화 수증기압이 낮아져야 한다.

③ 구름은 공기 중의 수증기가 응결되거나 승화되어 구름 입자를 형성하면서 만들어지는 것이다. ㉠에 제시된 습윤한 공기와 상승 기류는 구름 방울이나 빙

정, 즉 구름 입자가 만들어지기 위한 조건이지, 구름 입자가 유입되기 위한 조건이 아니다.

⑤ 대기의 온도와 포화 수증기량, 포화 수증기압은 비례 관계이므로 대기의 온도가 내려갈수록 포화 수증기량과 포화 수증기압도 내려간다.

124 구체적 사례에의 적용 답 ⑤

정답 풀이

높새바람은 동해에 있던 습윤한 공기가 태백산맥을 타고 올라가면서 발생하는 것으로, 상승 기류에 의해 대기 온도가 낮아지면서 강수가 내리고 공기가 고온 건조한 상태로 변하게 된다. 이는 4문단에 제시된 지형성 강수의 사례로 볼 수 있다. 저기압이 점점 강력해짐에 따라 강한 바람과 함께 비가 내리는 현상은 저기압 지역에서 강력한 저기압의 형성으로 만들어지는 수렴성 강수에 해당한다.

오답 풀이

① 높새바람은 푄 현상에 의한 것으로, 높새바람이 불면 동해 바다에서 온 습윤한 공기가 태백산맥을 넘어가면서 상승 기류가 발생하고 이로 인해 구름 입자가 형성 · 발달하여 태백산맥의 오른쪽인 영동 지방에 '습한 공기가 높은 지형에 의해 강제로 상승하면서 발생하는' 지형성 강수를 내리게 된다.

② 동해에 있던 공기의 습도가 높다는 것은 공기 중 수증기의 양이 많다는 것이므로 구름 입자가 더 많이 형성될 가능성이 높다. 따라서 태백산맥의 오른쪽 지역에 더 많은 비가 내릴 수 있다.

③ 습윤한 공기가 높은 지역을 넘어가며 비를 내리는 과정은 곧 상승 기류로 인해 구름 입자가 형성되고 발달하는 과정이다. 구름 입자가 형성되는 과정에서 수증기가 액체나 고체로 상변화하면 에너지의 차이로 인해 잠열이 방출되므로 주변 공기의 온도는 높아지게 된다.

④ 동해에 있던 습윤한 공기가 태백산맥을 만나 넘어가는 과정에서 상승 기류가 발생한다. 상승 기류가 발생하면 공기의 온도가 내려가고 수증기는 과포화 상태가 되므로 구름 입자가 형성되어 강수가 내리게 된다.

적중 예상 과학·기술 정보 처리 기술 01

본문 090쪽

[125~128] 〈DNS를 활용한 IP 주소 관리〉

125 ④ 126 ④ 127 ⑤ 128 ⑤

E 지문 선정 포인트

컴퓨터 및 인터넷 통신의 원리는 모의고사와 E교재에 자주 등장하는 주요 제재이다. 특히 IP 주소와 DNS의 개념은 인터넷 접속 과정을 설명할 때 필요한 내용이므로 잘 읽어 두어야 한다. 2018학년도 6월 모의고사에서 위조 사이트로 접속하게 하는 DNA 스푸핑에 관해 출제된 적이 있다는 점도 염두에 두고 개념을 익히도록 하자.

〈DNS를 활용한 IP 주소 관리〉

해제 이 글은 IP 주소와 이름의 쌍을 관리하는 시스템인 DNS에 대해 설명하고 있다. 초기에는 호스트 파일을 사용하여 IP 주소와 이름의 쌍을 관리하였지만 인터넷의 발달로 호스트가 늘어나면서 관리에 어려움이 생겼고, 이에 대한 해결책으로 DNS를 사용하게 되었다. DNS는 계층화와 위임을 활용한 분산 데이터베이스 구조로, 네임 스페이스를 분할하여 다른 관리자에게 위임하는 형태로 이루어진다. 분할된 네임 스페이스의 범위를 도메인이라고 하며 분할된 각 범위를 식별하기 위해 사용하는 이름을 도메인 이름이라고 한다. 정점에서 가지가 뻗어 나가는 트리 구조로 이루어진 DNS는 각 계층의 관리자 간의 질의와 응답 과정을 통해 도메인 이름에 해당하는 호스트의 IP 주소를 알아낼 수 있다.

주제 DNS의 개념과 DNS를 활용하여 IP 주소를 관리하는 방법

구성

1문단	IP 주소의 특징과 DNS가 고안된 이유
2문단	DNS의 개념
3문단	도메인 이름이 구성되는 방식
4문단	DNS에서 IP 주소를 알아내는 구조

125 세부 정보 파악 답 ④

정답 풀이

1문단에 IP 주소는 숫자의 나열로 이루어져 있어서 외우기 어렵고 잘못 입력할 가능성이 있어, 이러한 IP 주소의 불편함을 해소하기 위해 IP 주소를 그대로 사용하지 않고 이와 연결된 문자 형태의 이름을 사용하는 방법을 고안했다고 언급되어 있다. 즉 IP 주소는 숫자의 나열로 이루어진 것으로, IP 주소 자체를 문자를 사용하여 구성하는 것은 아니다.

오답 풀이

① 2문단에 'DNS는 계층화와 위임을 활용한 분산 데이터베이스 구조로 IP 주소와 이름의 쌍을 관리하는 방식'이라고 언급되어 있다.

② 1문단에 '인터넷 사용자가 통신할 호스트를 식별할 때는 각 호스트에 할당된 IP 주소를 사용한다'고 언급되어 있다.

③ 1문단에 '초기 인터넷 환경에서는 IP 주소와 이름의 쌍을 정리한 호스트 파일을 사용하여 인터넷에 연결된 모든 호스트의 정보를 관리하였다'고 언급되어 있다.

⑤ 2문단에 '위임한 쪽에서는 분할된 네임 스페이스를 누구에게 위임했는지에 대한 정보만 관리'한다고 언급되어 있다.

126 이유의 추론 답 ④

정답 풀이

호스트에 부여된 IP 주소와 이름의 쌍을 정확히 알고 있어야 이름을 입력했을 때 해당된 IP 주소로 연결되어 원하는 호스트에 접속할 수 있다. 이는 인터넷상의 모든 호스트에게 해당된다. 따라서 IP 주소와 이름의 쌍에 대한 정보를 모든 호스트가 동일하게 알고 있어야 다른 호스트에 접속할 수 있다.

오답 풀이

① 호스트에 부여된 IP 주소가 달라질 수는 있지만 주기적으로 달라지는지는 이 글에서 알 수 없다. 그리고 IP 주소가 달라지면 호스트 파일의 내용도 함께 달라진다.

② IP 주소가 숫자로 되어 있어 외우기 어렵고 잘못 입력할 가능성이 높아서 등장한 것은 문자 형태로 된 이름이다. 호스트 파일은 IP 주소와 이름의 관계를 관리하기 위한 것이다.

③ IP 주소와 이름의 쌍을 정리한 내용을 분산하여 관리하는 것은 DNS의 방식이다.

⑤ 호스트의 수가 늘어나면서 관리가 어려워졌기 때문에 호스트 파일 대신 DNS를 고안하게 된 것이다.

127 핵심 개념의 이해 답 ⑤

정답 풀이

DNS의 이름 풀이는 도메인 이름의 계층 구조를 따라가면서 IP 주소를 찾는다. 이때 트리 구조의 정점에 있는 루트는 바로 아래의 하위 계층에 있는 네임 서버 정보만 알고 있기 때문에 해당 네임 서버로 질의하고, 동일한 방식으로 가장 하위 계층에 있는 네임 서버까지 가게 되면 마지막 계층의 관리자로부터 IP 주소를 알 수 있다. 즉 트리 구조의 정점으로 올라가는 것이 아니라 정점에서부터 내려가는 구조인 것이다.

오답 풀이

① 'DNS는 계층 구조로 이루어진 도메인 이름을 활용하여 네임 스페이스와 관리 책임을 여러 관리자에게 분할하였기 때문에 분산 관리가 가능해졌다'고 언급되어 있다.

② 이름 풀이 과정에서는 트리 구조의 정점에서부터 하위 계층의 네임 서버에 정보를 질의하면서 IP 주소를 찾는다. 이때 어떤 계층의 네임 서버에는 자식 관계에 해당하는 네임 서버에 대한 정보만 있고 호스트의 IP 주소는 최종 단계의 네임 서버에 도달해야 알 수 있다. 따라서 중간 단계의 네임 서버 정보가 삭제되면 다음 단계의 네임 서버로 넘어갈 수가 없어서 IP 주소를 알아낼 수 없다.

③ '트리 구조에서 각 계층의 관리자가 할당받은 네임 스페이스의 범위 내에서 이름이 중복되지 않도록 관리'한다는 내용으로 보아, 같은 계층의 네임 스페이스 내에서는 동일한 문자열이 존재할 수 없다.

④ 2문단에 따르면 인터넷은 하나의 네임 스페이스로 이루어져 있는데, DNS는 트리 구조를 활용하여 이를 여러 개의 존으로 나눈 후 각각의 관리자에게 정보 관리를 위임한다.

128 구체적 사례에의 적용 답 ⑤

정답 풀이

〈보기〉의 도메인 이름은 세 개의 라벨로 이루어져 있고 트리의 가장 정점인 루트는 생략되어 있다. 루트는 자식의 관계인 kr의 네임 서버에 정보를 질의하고, kr의 네임 서버는 mega의 네임 서버로 질의한다. mega의 네임 서버는 가장 마지막 계층인 study의 네임 서버에 질의하여 최종적으로 IP 주소를 알아내게 된다. 따라서 〈보기〉의 호스트의 IP 주소를 알기 위해서는 세 번의 질의가 필요하다.

오답 풀이

① 3문단에 따르면 TLD는 도메인 이름에서 국가, 지역, 단체, 기업 등을 나타내는 부분이다. 'kr'은 우리나라를 식별하는 TLD이기 때문에 〈보기〉의 도메인 이름을 사용하는 호스트의 국가는 우리나라임을 알 수 있다.

② 1, 2문단으로 보아 도메인 이름은 숫자의 나열인 IP 주소의 불편함을 해소하기 위해 문자 형태의 주소를 만들어서 IP 주소와 연결한 것으로, 호스트의 IP 주소가 달라지더라도 원래의 도메인 이름과 연결된 상태를 유지하면 도메인 이름은 달라지지 않을 수 있다.

③ 3문단에 '원래 도메인 이름의 마지막에도' 트리의 정점인 루트를 나타내는 '점이 붙어 있지만 보통은 생략된 형태로 쓰인다'고 언급되어 있다.

④ 〈보기〉의 도메인 이름은 2LD 왼쪽에 'study'라는 라벨이 하나 더 존재한다. 3문단에서 '호스트 내부에서 하위의 네임 스페이스를 분할하는 경우 라벨이 추가될 수도 있다'고 하였으므로 'mega'라는 호스트는 하위의 네임 스페이스를 분할하여 관리하고 있다고 볼 수 있다.

적중 예상 과학·기술 정보 처리 기술 02

본문 092쪽

[129~132] 〈트랜잭션과 관계형 데이터 모델〉

129 ④ 130 ⑤ 131 ⑤ 132 ⑤

E 지문 선정 포인트

오늘날에는 다양한 정보 처리 기술이 등장하여 일상에서 이용되고 있다. 그중 관계형 데이터베이스 모델은 대량의 데이터를 다룰 수 있어 널리 활용되고 있는 기술이므로 주목할 만하다. 따라서 데이터베이스, 트랜잭션 등의 개념을 바탕으로 관계형 데이터 모델에 대해 이해하고, 예를 통해 연산 과정을 파악할 수 있어야 한다.

〈트랜잭션과 관계형 데이터 모델〉

해제 데이터베이스는 여러 사람이 함께 사용할 목적으로 통합되어 관리되는 데이터 집합이다. 데이터베이스에서 수행하는 다양한 연산 작업들은 트랜잭션을 하나의 단위로 하여 수행되는데, 트랜잭션에는 원자성, 일관성, 격리성, 지속성이 요구된다. 데이터베이스 구축에 사용하는 모델 중 가장 대표적인 것이 관계형 데이터 모델인데, 이는 필드와 레코드로 구성되어 있는 2차원의 표 형식이다. 관계형 데이터 모델에서는 수학적 개념을 바탕으로 한 합집합, 차집합, 교집합, 조인 등의 연산 작업을 통해 데이터를 조작할 수 있다.

주제 트랜잭션과 관계형 데이터 모델의 연산을 통한 데이터 조작

구성

1문단	데이터베이스의 개념
2문단	트랜잭션의 개념
3문단	데이터 간의 불일치가 발생하지 않도록 트랜잭션에 요구되는 것들
4문단	관계형 데이터 모델의 개념과 원리
5문단	관계형 데이터 모델에서 사용되는 연산

129 세부 내용 파악 답 ④

정답 풀이

5문단에서 '합집합은 복수의 표에 포함된 레코드를 전부 출력하는 연산'을, '차집합은 어느 한곳에만 존재하는 레코드를 출력하는 연산'을 말한다고 하였다. 따라서 두 개의 표로 합집합과 차집합을 수행하면 합집합이 수행된 표의 레코드 수가 차집합이 수행된 표의 레코드 수와 같거나(두 개의 표 모두에 존재하는 레코드가 없는 경우) 그보다 많게 된다.

오답 풀이

① 3문단에서 트랜잭션의 지속성을 위해 '트랜잭션의 결과가 완전히 반영되면 별도의 파일에 변경 관련 내용들을 기록하는 로그를 남기게' 된다고 하였다. 따라서 트랜잭션의 처리를 확정하는 커미트 명령어가 로그를 남긴다는 것을 알 수 있다.

② 3문단에서 락을 사용해서 다른 사용자들의 데이터 입력, 또는 입출력을 막아 복수의 트랜잭션을 제어하는 것을 병행 제어라고 한다고 하였다. 즉 트랜잭션의 병행 제어는 복수의 사용자에 의해 작업이 동시에 진행되는 것을 막아 복수의 트랜잭션이 병렬적으로 처리되어도 순차적으로 처리됐을 때와 같은 결과를 가져오도록 하는 것이다. 따라서 트랜잭션의 병행 제어가 해제되지 않으면, 즉 트랜잭션의 병행 제어가 수행되면 복수의 사용자에 의해 작업이 동시에 시행되지 않아 데이터 간의 불일치가 발생하지 않는다.

③ 4문단을 보면, 관계형 데이터 모델에서 레코드는 가로의 한 행을 의미하는데, 하나의 레코드에는 여러 필드의 데이터가 저장될 수 있으며 어느 레코드라도 같은 필드에 있는 데이터는 동일한 속성을 가진다고 하였다. 그런데 각 필드는 서로 다른 속성 값을 가질 수 있으므로 특정 레코드에 기록된 여러 필드의 데이터가 동일한 속성을 가져야 한다는 설명은 적절하지 않다.

⑤ 5문단에서 '외래 키'는 조인 연산을 할 때 관련 있는 표들을 연결하는 키라고 하였다. 그리고 제시된 예를 보면 〈표 1〉에 '일자, 상품 코드, 수량'의 필드로 구성된 표를 조인하여 〈표 2〉를 출력했을 때 '상품 코드'가 외래 키로 쓰였다는 것을 알 수 있다. 그런데 4문단을 보면 〈표 1〉에서 '상품 코드'는 데이터 식별을 위해 중요한 역할을 하는 기본 키라고 하였다. 즉 기본 키가 외래 키로 정해지는 경우가 있다는 것을 알 수 있으므로, 외래 키는 기본 키를 제외한 나머지 필드에서 정해진다는 것은 이 글을 바르게 이해하지 못한 것이다.

130 생략된 정보 추론 답 ⑤

정답 풀이

5문단에서 '조인'은 관련 있는 두 개의 표를 연결해 주는 연산이라고 하였다. 그리고 4문단에서 관계형 데이터 모델은 '데이터를 2차원의 표 형식으로 나타낸 것으로, 불필요한 데이터를 제거하거나 데이터의 중복을 최소화하기 위해 데이터가 여러 개의 테이블로 나뉘어 저장된다.'라고 하였다. 즉 데이터베이스 이용자에게 필요한 필드만으로 구성된 표를 여러 개 관리하는 것이 효율이 높고 두 개의 표를 연결한 새로운 표가 필요할 경우에는 조인 작업을 수행하면 되는 것이다. 이러한 내용을 통해 '조인'이 필요한 이유를 추론해 보면, 관계형 데이터 모델에서는 필드가 동일하지 않은 여러 개의 표로 쪼개져 데이터가 저장되기 때문이라고 할 수 있다.

오답 풀이

① 1문단에서 '데이터베이스는 여러 사람이 함께 사용할 목적으로 통합되어 관리되는 데이터 집합을 말한다.'라고 하였다. 즉 관계형 데이터 모델뿐만 아니라 데이터베이스는 여러 사람이 동시에 접속하는 것이 가능하며, 이것이 조인이 필요한 이유는 아니다.

② 5문단에서 관계형 데이터 모델에서는 수학적 개념을 기반으로 한 연산을 사용하여 데이터를 조작할 수 있는데, 그러한 연산에는 합집합, 차집합, 교집합, 조인 등이 있다고 하였을 뿐, 연산 작업의 효율성을 높이기 위해서는 자료 항목의 중복을 없애야 하기 때문에 조인이 필요하다는 것은 이 글에서 확인할 수 없다.

③ 2문단에서 데이터베이스의 상태를 변화시키기 위해 한꺼번에 수행되어야 할 일련의 작업을 묶은 것을 트랜잭션이라 한다고 하였다. 트랜잭션에서 일련의 작업을 묶는다는 것은 입력 작업과 출력 작업 같은 것을 묶는다는 것으로 관련 있는 표들을 연결해 주는 연산인 '조인'과 의미가 전혀 다르다.

④ 4문단에서 데이터를 2차원의 표 형식으로 나타내는 관계형 데이터 모델은 기본 키에 의해 자료가 식별된다고 하였으나, 이는 관계형 데이터 모델이 지닌 속성 가운데 하나로, 5문단에서 알 수 있듯이 이러한 속성을 활용하여 조인의 연산으로 표들을 연결할 수 있는 것이지, 그러한 속성 때문에 조인이 필요한 것은 아니다.

131 반응의 적절성 평가 답 ⑤

정답 풀이

3문단에서 일관성은 트랜잭션이 수행되기 전과 후에 데이터는 오류가 없이 일관된 상태가 유지되어야 하는 것이라고 하였다. 철수의 Write(X)는 철수가 인출한 금액(100원)을 제외한 잔액이다. 그런데 철수의 Write(X)에 철수가 인출한 금액(100원)과 영희가 인출한 금액(100원)을 모두 더하면 초기값 X보다 100원이 많아

지게 되므로, 트랜잭션이 수행되기 전과 후에 데이터가 일관성을 잃게 된다. 일관성이 지켜지기 위해서는 철수의 Write(X)가 아니라, 영희의 Write(X)에 두 사람이 인출한 금액을 더한 값이 X와 일치해야 한다.

오답 풀이

① 초기값 X가 500원일 때 철수와 영희가 각각 100원을 인출하는 작업을 한다면 철수나 영희 중 인출 작업이 먼저 종료된 사람의 Write(X)는 400원이 될 것이고, 나중에 종료된 사람의 Write(X)는 300원이 되어야 한다. 그런데 만약 두 사람의 Write(X)가 모두 400원이라면 트랜잭션이 수행되기 전과 후에 데이터는 오류가 없이 일관된 상태가 유지되어야 한다는 일관성을 위배하기 때문에 트랜잭션의 처리를 취소하는 명령어인 롤백이 작동되어야 한다.

② 3문단에서 격리성은 복수의 트랜잭션이 병렬적으로 처리되어도 순차적으로 처리됐을 때와 같은 결과를 가져와야 한다는 것이라고 하였다. 즉 철수나 영희의 인출 작업이 동시에 수행되는 것과, 두 사람 중 한 사람의 인출 작업이 수행된 이후 나머지 사람의 인출 작업이 수행되는 것의 결과가 같아야 한다는 것이다. 예를 들어, 초기값 X가 500원일 때 철수와 영희가 동시에 각각 100원을 인출하는 작업을 한다면 최종 Write(X)는 300원이 된다. 같은 상황에서 철수 → 영희 순으로 각각 100원을 인출하는 작업을 한다면 철수의 Read(X)는 500원, 영희의 Read(X)는 400원이 되고 두 사람의 인출 작업이 모두 끝난 뒤 최종 영희의 Write(X)는 300원이 된다. 두 인출 작업이 병렬적으로 처리되어도 순차적으로 처리됐을 때와 같은 결과가 되는 것이므로 격리성이 지켜진 것이다. 따라서 격리성이 지켜지기 위해서는 먼저 인출 작업이 수행된 사람의 Read(X)는 나중에 트랜잭션이 수행된 사람의 Read(X)보다 100원이 많아야 한다.

③ 3문단에서 '공유 락이 걸리면 다른 사용자들은 데이터를 출력만 할 뿐 입력을 할 수 없'다고 하였다. 철수와 영희의 인출 작업이 동시에 시작되고 은행 A 지점과 B 지점에 공유 락이 걸린다면 서로 데이터를 출력만 할 수 있으므로 계좌의 잔액을 확인하는 것만 가능하다. 두 사람 모두 인출 명령을 내릴 수 없으므로 철수의 Read(X)와 영희의 Read(X)는 동일하다.

④ 3문단에서 '배타 락이 걸리면 다른 사용자들의 데이터 입출력이 모두 막힌다.'라고 하였다. 초기값 X가 200원일 때 철수의 인출 작업이 시작되는 순간 은행 A 지점과 B 지점에 배타 락이 걸린다면 영희는 배타 락이 해제된 이후에 인출 작업을 수행할 수 있다. 철수의 인출 작업이 수행되면 철수의 Write(X)는 100원이 될 것이므로 배타 락이 해제된 이후 영희의 Read(X)는 100원이 된다.

132 구체적 사례에의 적용 답 ⑤

정답 풀이

5문단에서 '조인은 관련 있는 두 개의 표를 연결해 주는 연산'이라고 하였고, 4문단에서 '기본 키처럼 값이 중복되지 않는 것을 유일성을 가진다고 한다.'라고 하였다. 〈보기〉의 〈표 3〉과 〈표 4〉를 조인해서 출력하면 필드가 '학번, 이름, 학과, 휴대 전화번호, 과목, 주민 등록 번호, 강의실'로 구성되는 표가 만들어진다. 이 중 값이 중복되지 않는 유일성을 가지는 필드는 '학번'과 '주민 등록 번호'이므로 유일성을 가지는 필드가 하나만 존재한다는 설명은 적절하지 않다.

오답 풀이

① 4문단에서 데이터 식별을 위해 중요한 역할을 하는 것이 '기본 키'라 하며, 기본 키는 값이 중복되지 않는 유일성을 가진다고 하였다. 〈표 3〉에서 '학번'은 '이름', '학과'와 달리 중복되는 값이 있을 수 없기 때문에 데이터 식별을 위해 중요한 역할을 한다. 따라서 '기본 키'로 볼 수 있다.

② 4문단에서 '널값은 데이터가 미정이거나 알 수 없거나 해당 사항이 없을 때 값을 비우는 것'이라고 하였다. 〈표 3〉에서 '이춘풍'이 휴대 전화를 개통하지 않아서 휴대 전화번호가 없는 것이라면 이는 휴대 전화번호라는 필드의 값이 미정이거나 알 수 없는 경우가 아니라 해당 사항이 없어서라는 것을 알 수 있다.

③ 5문단에서 '외래 키'는 조인 연산을 할 때 관련 있는 표들을 연결하는 키라고 하였다. 〈표 3〉과 〈표 4〉를 조인하기 위해서는 이러한 외래 키가 필요한데, 〈표 3〉과 〈표 4〉에 공통으로 있는 필드, 즉 '학번'이 이에 해당한다.

④ 5문단에서 '합집합, 차집합, 교집합은 복수의 표가 동일한 필드로 구성되어 있을 때 사용할 수 있는 연산'이라고 하였다. 〈표 3〉과 〈표 4〉는 동일한 필드로 구성된 표가 아니므로 이 두 표를 대상으로 합집합, 차집합, 교집합의 연산을 수행하는 것은 가능하지 않다.

적중 예상 과학·기술 산업 기술 01

본문 094쪽

[133~137] 〈핵융합 반응과 핵융합 에너지〉

133 ① 134 ② 135 ④ 136 ③ 137 ③

E 지문 선정 포인트

핵융합 발전은 수소가 거의 무한한 에너지 자원이고 환경이 오염되지 않아 에너지 문제를 해결할 수 있는 방법으로 주목받고 있는 기술 중 하나이다. 따라서 핵분열 반응을 활용하는 원자력 발전의 원리와 비교하여 핵융합 반응의 원리와 핵융합 에너지의 장점을 배경지식으로 익혀 둘 수 있도록 하자.

〈핵융합 반응과 핵융합 에너지〉

해제 이 글은 핵융합 발전 기술에 대해 설명하고 있다. 핵융합 반응은 가벼운 원소들의 핵이 결합하여 무거운 원소의 핵을 형성하는 것으로, 핵융합 연쇄 반응을 인위적으로 일으켜 에너지화하는 것이 핵융합 에너지 개발의 목표이다. 핵융합 반응에 적합한 연료는 중수소와 삼중 수소이고, 핵융합 반응은 섭씨 1억 도 이상으로 가열된 플라즈마 상태에서 발생하는데, 핵융합 반응을 일으키는 방식에는 관성 밀폐 방식과 자기 밀폐 방식이 있다. 자기 밀폐 방식에는 토카막이라는 장치가 필요하며, 토카막 핵융합로에서 플라즈마를 제어하는 방식에는 H-모드 운전 방식과 파이어 모드 운전 방식이 있다. 핵융합 에너지는 지속적 공급이 가능한 청정에너지로 각광받고 있으며 선진국들은 핵융합 발전 기술을 개발하기 위해 노력하고 있다.

주제 핵융합 반응의 원리 및 핵융합 발전 방식

구성

1문단	핵융합 반응의 개념과 핵융합 에너지 개발의 목표
2문단	핵융합 반응에 쓰이는 연료와 그 특성
3문단	핵융합 반응을 일으키는 방식 ① - 관성 밀폐 방식
4문단	핵융합 반응을 일으키는 방식 ② - 자기 밀폐 방식
5문단	토카막에서 플라즈마를 제어하는 두 가지 운전 방식
6문단	핵융합 에너지의 장점

133 세부 정보 파악 답 ①

정답 풀이

2문단에서 단일 양성자로 구성된 일반 수소와 달리 중수소는 양성자 한 개에 중성자가 한 개 더 있고, 삼중 수소는 중성자가 두 개 더 있다고 하였다. 따라서 수소와 중수소, 삼중 수소 모두 양성자가 한 개임을 알 수 있다.

오답 풀이

② 3문단에서 중수소와 삼중 수소의 이온들이 서로의 척력을 이기고 충돌할 때 핵융합 반응이 일어난다고 하였다. 즉 이온 간의 척력이 강할 때 충돌이 일어나는 것이 아니라, 이온 간의 척력을 이겨 낼 때 충돌이 일어나는 것이다.

③ 1문단에서 태양은 핵분열이 아닌 핵융합 반응을 통해 태양계 곳곳으로 방출되는 대량의 에너지를 만들어 낸다는 것을 알 수 있다.

④ 6문단에서 원자력 발전을 통한 핵분열 에너지는 방사능의 위협이 있고, 화석 연료는 CO_2를 배출한다고 하였다. 즉 CO_2를 배출하는 것은 핵분열 에너지가 아니라 화석 연료이다.

⑤ 2문단에서 핵융합 발전의 원료가 중수소와 삼중 수소임을 알 수 있고, 3문단에서 섭씨 1억 도 이상의 고온 플라즈마 상태를 만들어 핵융합 반응이 일어나도록 함을 알 수 있다. 그런데 4문단에 따르면 고온의 플라즈마를 가열해 발생한 열에너지로 냉각수를 가열하여 수증기를 만들고, 그 수증기로 발전기를 돌려 전기 에너지를 얻는다. 즉 중수소와 삼중 수소를 1억 도 이상의 플라즈마로 가열할 때 곧바로 전기 에너지가 발생하는 것은 아니다.

134 정보 간 관계 파악 답 ②

정답 풀이

3문단에 따르면 관성 밀폐 방식은 레이저 광선으로 고온의 플라즈마를 형성시킨다. 따라서 레이저 광선으로 고온의 플라즈마를 제어한다는 진술은 적절하지 않다. 한편 4문단에 따르면 자기 밀폐 방식은 자기장으로 고온의 플라즈마를 제어한다.

오답 풀이

① 3문단에 따르면 관성 밀폐 방식은 연료 구슬을 반복적으로 장전하고 레이저 에너지를 투입해야 하는데, 이로 인해 연속 출력이 원천적으로 불가능하여 핵융합 발전소 건설 용도로는 적합하지 않다. 반면 4문단에 따르면 토카막을 이용한 자기 밀폐 방식은 현재 가장 실용화에 근접한 방식이다.

③ 5문단에 따르면 H-모드 운전 방식은 플라즈마 경계면 불안정 현상이 발생해 핵융합로 내벽에 손상이 발생할 가능성이 있다. 반면 파이어 모드 운전 방식은 중심부에 가열을 집중함으로써 플라즈마의 온도와 지속 시간을 높이고 플라즈마 경계면 불안정 현상도 발생하지 않는다.

④ 4문단에 따르면 토카막 장치를 활용한 자기 밀폐 방식이 현재 가장 실용화에 근접한 방식이다. 또한 5문단에 따르면 파이어 모드 운전 방식은 획기적 성능 향상으로 핵융합 발전의 실용화를 앞당기는 데 기여하고 있다.

⑤ 5문단에 따르면 H-모드 운전 방식과 파이어 모드 운전 방식 모두 토카막 핵융합로에서 고온의 플라즈마를 제어하는 방식이다. 따라서 둘 다 자기 밀폐 방식에 해당한다.

135 구체적 사례에의 적용 답 ④

정답 풀이

5문단에서 플라즈마 내부에 난류가 발생한다는 것을 알 수 있다. 그러나 4문단에 따르면 플라즈마의 이온과 전자들이 자기장 주위를 나선형으로 돌면서 움직이는 것은 초전도 자석이 가하는 자기장 때문이다.

오답 풀이

① 4문단에 따르면 초전도 자석은 초고온 플라즈마에 자기장을 가해 초고온 플라즈마의 이온과 전자들이 자기장 주위를 나선형으로 돌게 함으로써 초고온 플라즈마를 진공 용기의 외벽에 접촉시키지 않고 자기장 안에 가두는 역할을 한다.

② 2문단에서 핵융합 반응의 연료가 중수소, 삼중 수소임을 알 수 있다.

③ 4문단에서 자기 밀폐 방식은 중성 입자 빔이나 전기장 등의 다양한 가열 장치로 고온의 플라즈마를 생성한다는 것을 알 수 있다.

⑤ 1문단에서 핵융합 반응으로 질량 결손에 의해 생겨나는 에너지는 방출되는 중성자들의 운동 에너지로 나타난다고 하였다. 또 4문단에서 핵융합로에서 발생하는 열에너지로 냉각수를 가열하여 수증기를 만들고 그 수증기로 발전기를 돌려 전기 에너지를 얻는다고 하였다. 이로 볼 때 핵융합 반응으로 생성된 중성자의 운동 에너지가 열에너지로 전환되어 냉수를 고온수로 만드는 것임을 알 수 있다.

136 다른 상황에의 적용 답 ③

정답 풀이

〈보기〉에서 초전도 자석은 전기 저항이 0이 되는 현상을 이용한다고 하였다. 또한 전자석은 전기 저항에 의해 막대한 열이 발생한다고 하였으므로, 전기 저항이 0인 초전도 자석에서는 열이 발생하지 않을 것임을 알 수 있다. 따라서 초전도 자석은 열이 발생하지 않아 열을 식히기 위한 냉각 장치가 필요 없다는 반응은 적절하다.

오답 풀이

① 초전도 현상을 이용한 초전도 자석을 핵융합 발전에 이용한 것이지, 초전도 현상을 발견한 것이 핵융합 발전의 계기가 된 것은 아니다. 〈보기〉로 보아 초전도 자석이 활용되기 전에도 자기 밀폐 방식에서 일반 전자석을 이용한 연구가 진행되고 있었다.

② 〈보기〉에서 자석의 전기 저항이 0이 되도록 하기 위해 금속을 초저온의 임계 온도로 만들어야 함을 알 수 있다. 그러나 자석의 전기 저항을 0으로 만드는 것과 초전도 자석의 D자 모양 간 관련성은 알 수 없다.

④ 고온의 플라즈마를 구성하는 이온과 전자들이 전기적 성질을 지니기 때문에 자기장 주위를 나선형으로 돌면서 제어가 되는 것이다. 즉 초전도 자석이든 초기의 전자석이든 상관없이 고온의 플라즈마는 전기적 성질을 지닌다. 다만 초기의 전자석은 자기장 발생 시간이 짧으므로 지속적으로 고온의 플라즈마를 제어할 수 없을 뿐이다.

⑤ 초전도 자석은 금속을 임계 온도까지 낮출 때 만들 수 있다. 그러나 파이어 모드 운전 방식에 쓰이는 초전도 자석이 자체적으로 임계 온도까지 내려가는 금속인지는 알 수 없다.

137 어휘의 문맥적 의미 파악 답 ③

정답 풀이

ⓒ와 ③의 '일으키다'는 모두 '물리적이거나 자연적인 현상을 만들어 내다.'의 의미로 쓰였다.

오답 풀이

① '가볍다'는 ⓐ에서는 '무게가 일반적이거나 기준이 되는 대상의 것보다 적다.', ①에서는 '다루기에 힘이 들지 않고 수월하다.'의 의미로 쓰였다.

② '이기다'는 ⓑ에서는 '내기나 시합, 싸움 따위에서 재주나 힘을 겨루어 우위를 차지하다.', ②에서는 '감정이나 욕망, 흥취 따위를 억누르다.'의 의미로 쓰였다.

④ '가하다'는 ⓓ에서는 '어떤 행위를 하거나 영향을 끼치다.', ④에서는 '자동차 따위의 탈것을 빨리 달리게 하다.'의 의미로 쓰였다.

⑤ '돌리다'는 ⓔ에서는 '기능이나 체제를 작동시키다.', ⑤에서는 '어떤 물건을 나누어 주거나 배달하다.'의 의미로 쓰였다.

적중 예상 과학·기술 산업 기술 02

본문 096쪽

[138~141] 〈비행기 날개 제작의 원리〉

138 ③ 139 ④ 140 ① 141 ⑤

E 지문 선정 포인트

비행기의 이륙과 비행, 착륙에 작용하는 네 가지 힘과 그 원리는 모의고사와 E교재의 제재로 자주 등장하고 있다. 또한 각각의 힘은 과학 · 기술 지문의 기본 개념 중 하나로 자주 제시된다. 따라서 비행기에 작용하는 추력, 중력, 양력, 항력 등이 무엇인지 파악하고 이러한 네 가지 힘과 비행기 날개의 제작 원리와의 관계를 그림 및 그래프를 통해 이해하는 것이 필요하다.

〈비행기 날개 제작의 원리〉

해제 비행기가 비행을 할 때에는 중력, 양력, 추력, 항력이 작용하는데, 비행기를 제작할 때에는 비행기가 등속 수평 비행을 할 때 이 네 힘이 평형을 이루도록 해야 한다. 특히 비행기의 날개를 제작할 때에는 양력과 항력을 고려해야 하는데, 그중 가장 중요한 힘은 양력이다. 양력은 비행기를 뜨게 하는 힘으로, 날개 위와 아래의 공기 압력 차에 의해 발생한다. 양력은 비행기의 속도, 받음각, 날개 단면 형상, 공기 밀도, 날개 면적 등에 영향을 받는다. 항력은 비행기가 날아가는 것을 방해하는 힘으로, 속도가 느릴수록 커지는 유도 항력과 속도가 빠를수록 커지는 형태 항력, 표면 마찰 항력, 유해 항력이 있다. 비행기를 아래로 끌어내리는 힘인 중력과 비행기를 전진하게 하는 추력은 비행기의 재료나 구조, 엔진 성능과 관련이 있다.

주제 비행기에 작용하는 네 힘과 비행기 날개의 제작 원리

구성

1문단	비행기를 제작할 때 고려할 네 가지의 힘
2문단	비행기를 뜨게 하는 힘인 양력의 발생 원리
3문단	양력의 발생에 영향을 주는 요소 ① – 비행 속도, 받음각, 캠버
4문단	양력의 발생에 영향을 주는 요소 ② – 공기 밀도, 날개 면적
5문단	비행가 날아가는 것을 방해하는 힘인 항력의 종류
6문단	유도 항력과 나머지 세 항력들의 관계
7문단	비행기에 작용하는 중력과 추력에 영향을 주는 요소

138 핵심 정보 파악 답 ③

정답 풀이

이 글은 비행기에 작용하는 힘들을 소개한 후, 이 힘들을 고려하여 비행기의 날개를 제작하는 원리를 설명하고 있다. 이 글에서는 비행기를 원하는 방향으로 회전시키는 방법을 설명하고 있지 않다.

오답 풀이

① 5문단에서 비행기에 작용하는 형태 항력, 즉 날개의 모양으로 인해 발생하는 항력을 줄이기 위해 비행기의 날개를 유선형으로 만든다고 하였다.

② 1문단에서 중력은 지구 중심 방향으로 향하고 양력은 그 반대 방향으로 향한다고 하였다. 또 추력은 비행기 경로 방향으로 향하고, 항력은 그 반대 방향으로 향한다고 하였다.

④ 4문단에서 비행기가 이륙할 때에는 양력을 발생시켜야 하므로 하늘 위를 비행할 때보다 더 많은 추력이 필요하다고 하였다.

⑤ 7문단에서 비행기에 작용하는 중력에 영향을 주는 요소는 비행기 자체의 무게, 연료, 짐 등이고, 추력을 발생시키는 동력은 엔진이므로 비행기에 작용하는 추력에 영향을 주는 요소는 엔진 성능이라는 것을 알 수 있다.

139 세부 정보 추론 답 ④

정답 풀이

4문단에서 온도가 높고, 고도가 높은 곳은 공기 밀도가 낮은데, 이럴 경우에는 양력이 잘 발생하지 않으므로, 양력을 더 크게 하기 위해 더 많은 추력이 필요하다고 하였다. 적도의 산 위는 온도가 높고 고도가 높아 공기 밀도가 낮고 북극의 해수면은 온도도 낮고 고도도 낮으므로 공기 밀도가 높다. 따라서 추력이 같은 비행기라면 적도의 산 위를 날 때보다 북극의 해수면을 날 때 더 큰 양력이 발생한다.

오답 풀이

① 1문단에서 등속 수평 비행을 할 때 네 힘이 평형을 이루도록 비행기를 제작해야 한다고 하였다. 또한 등속 수평 비행을 할 때 같은 축에 있는 두 힘들이 평형을 이룬다고 하였으므로 비행기의 위아래를 지나는 축인 중력과 양력이, 비행기의 앞뒤를 지나는 축인 항력과 추력이 각각 평형을 이룰 것이다.

② 4문단에서 날개 면적이 클수록 공기를 더 많이 받기 때문에 양력이 커진다고 하였다. 저속 비행기의 경우 양력 발생에 필요한 추력이 낮으므로 비행기의 날개 면적을 크게 제작해야 이륙에 필요한 양력을 쉽게 얻을 수 있다.

③ 2문단에서 날개의 윗면을 볼록하게 만든 것은 양력을 발생시키기 위해서라고 하였고, 비행기 날개의 구조상 공기 흐름의 속도는 윗면이 아랫면보다 빠르다고 하였다. 그런데 공기 속도가 높으면 압력이 낮고, 공기 속도가 낮으면 압력이 높다고 했고, 공기 압력이 높은 아랫면에서 낮은 윗면으로 공기가 흐르므로 결과적으로 날개가 위로 힘을 받는 양력이 발생하게 된다. 따라서 날개의 아랫면보다 공기 속도를 높게 하기 위해 윗면을 볼록하게 만든 것이다.

⑤ 3문단에서 비행기의 양력은 비행기 속력의 제곱에 비례한다고 하였고, 비행기의 받음각이 클수록 양력이 커진다고 하였다. 그리고 4문단에서 고도가 높은 곳일수록 양력을 크게 하기 위해 더 빨리 달려야 한다고 하였다. 따라서 비행기의 받음각을 작게 하여 일정한 고도를 유지하면 받음각이 클 때보다 양력 발생이 용이하여 양력 발생에 필요한 추력을 줄일 수 있다. 결국 동일한 추력이라면 받음각이 작을수록 더 빨리 날 수 있는 것이다.

140 구체적 사례에의 적용 답 ①

정답 풀이

[A]에서 받음각이 지나치게 클 경우에는 날개 위를 흐르는 공기가 불규칙하게 흐트러지면서 양력이 갑자기 사라지는 실속 현상이 나타난다고 하였다. 이를 바탕으로 ㉠에는 '커져'가 들어가는 것이 적절하다는 것을 알 수 있다. 그리고 받음각은 기수를 내리면 작아진다고 하였으므로 ㉡에는 '내려'가 들어가는 것이 적절하다. 또 캠버가 크면 양력이 커진다고 하였고, 돌풍이 발생하면 비행기의 양력이 급격히 커지다가 갑자기 사라지게 되는 실속이 발생하므로, 돌풍이 자주 발생하는 지역을 지나는 비행기라면 캠버를 작게 제작하여 양력이 급격히 커지는 것을 방지할 필요가 있다. 따라서 ㉢에는 '작게'가 들어가는 것이 적절하다.

141 자료를 통한 내용 이해 답 ⑤

정답 풀이

5문단에서 비행기에 부착된 여러 물체가 가까이 있을수록 유해 항력이 커지므로 부품 간의 간격을 크게 해야 한다고 하였다. 이를 바탕으로 할 때 날개가 아래위로 쌍을 지어 달려 있는 비행기인 쌍엽기에서 두 날개의 거리가 멀수록 유해 항력이 줄어든다는 것을 알 수 있다. 이 경우, 모든 조건이 동일한 비행기라면 나머지 항력은 모두 동일하며 속도도 동일하므로, 비행기에 작용하는 최소 항력인 점 A는 아래로 이동할 것이다.

오답 풀이

① 5문단에서 항력은 비행기가 날아가는 것을 방해하는 힘이라고 하였고 7문단에서 추력은 비행기가 전진하도록 하는 힘이라고 한 내용을 참고하면 점 A는 전체 항력이 가장 작은 상태이므로 필요한 추력이 최소가 된다. 따라서 점 A 이외의 상태로 비행할 때에는 이보다 더 많은 추력이 필요하다.

② 5문단에서 날개의 종횡비는 날개의 길이를 시위로 나눈 값으로, 같은 면적의 날개일지라도 종횡비가 크면 유도 항력이 작아진다고 하였다. 따라서 다른 모든 조건이 동일한 비행기라면 나머지 항력은 모두 동일하며 속력도 동일하므로, 종횡비가 큰 비행기일수록 비행기에 작용하는 최소 항력인 점 A는 아래로 이동할 것이다.

③ ⓑ는 속도가 느릴 때 중요하게 작용하는 유도 항력이고, ⓒ는 속도가 빠를 때 작용하는 나머지 항력의 합이다. 점 A를 기준으로 속도가 빠를수록 ⓑ가 ⓒ보다 낮다. 따라서 점 C 상태로 비행하는 비행기는 유도 항력이 나머지 항력의 합보다 작다.

④ 중력이 커지면 더 큰 양력이 필요하고, 더 큰 양력의 발생을 위해서는 더 큰 추력이 요구된다. 반대로 무게를 줄여 비행기에 작용하는 중력이 줄면 양력이 줄어든다. 동일한 비행기가 동일한 추력으로 이동하며 짐만 내렸기 때문에 비행기에 작용하는 항력은 그대로이다. 따라서 양력을 항력으로 나눈 양항비에서 분모는 그대로이고 분자가 커진 경우이므로 양항비가 커진다.

적중 예상 과학·기술 산업 기술 03 본문 098쪽

[142~145] 〈음향 블랙홀〉

142 ④ 143 ③ 144 ④ 145 ③

E 지문 선정 포인트

건축물, 비행기 등의 다양한 구조물은 강성을 확보하면서도 진동이나 소음을 감쇠 혹은 제어하는 것이 중요하다. 이때 사용되는 것이 음향 블랙홀로, 기존의 자유층 감쇠 기법의 한계를 극복할 수 있는 기술로 주목받고 있다. 따라서 음향 블랙홀의 핵심 원리와 종류 및 특징을 그림을 통해 파악할 수 있어야 한다.

〈음향 블랙홀〉

해제 새로운 진동 감쇠 방법인 음향 블랙홀의 원리와 종류를 설명하고 있는 글이다. 기존에는 구조물의 표면에 두꺼운 점탄성 소산 물질을 부착하여 진동을 감쇠하는 방법을 사용하였으나 여러 가지 제한과 한계로 인해 새로운 방법인 음향 블랙홀이 주목받고 있다. 음향 블랙홀은 끝단 두께가 0이 되는 쐐기 형상의 구조물로, 진동을 일으키는 굽힘파의 파동 에너지가 음향 블랙홀의 내부에서 완전 흡수되어 구조물의 진동이 감쇠되는 방법이다. 다만 끝단 두께가 0인 구조물은 물리적으로 불가능하므로, 음향 블랙홀의 끝단에 소량의 점탄성 소산 물질을 부착하여 진동 감쇠 성능을 향상시킨다. 음향 블랙홀은 바닥 면의 곡률을 기준으로 직선형 음향 블랙홀과 곡선형 음향 블랙홀로 구분할 수 있고, 곡선형 음향 블랙홀은 원호(arc) 형태의 음향 블랙홀과 아르키메데스 나선형 음향 블랙홀로 나뉜다. 음향 블랙홀은 기존과는 전혀 다른 원리로 진동을 감쇠시킬 수 있다는 점에서 기존의 진동 감쇠 방법의 한계를 극복할 수 있는 돌파구로 주목받고 있다.

주제 음향 블랙홀의 원리와 종류

구성

1문단	진동을 감쇠하는 기존의 방법
2문단	음향 블랙홀이 진동을 감쇠시킬 수 있는 원리
3문단	직선형 음향 블랙홀과 곡선형 음향 블랙홀의 특징
4문단	음향 블랙홀에 대한 전망

142 핵심 정보 파악 답 ④

정답 풀이

2문단에서 음향 블랙홀은 '끝단 두께가 0이 되는 쐐기 형상의 구조물'이라고 하였고, '끝단 두께가 0인 구조물은 물리적으로 불가능하므로, 음향 블랙홀의 이상적인 진동 감쇠 성능은 완전하게 구현될 수 없다는 현실적인 한계가 있다'고 하였을 뿐, 이 글에 구조물의 끝단 두께를 0에 가깝게 만드는 방법은 나타나 있지 않다.

오답 풀이

① 3문단에서 음향 블랙홀은 직선형 음향 블랙홀과 곡선형 음향 블랙홀로 구분할 수 있고, 곡선형 음향 블랙홀은 원호(arc) 형태의 음향 블랙홀과 아르키메데스 나선형 음향 블랙홀로 나뉜다고 하였다. 그리고 '진동 감쇠 성능만 고려한다면 음향 블랙홀의 길이를 늘리는 것이 효과적이지만 공간 효율성이 낮아 구조물에 실제로 적용하기는 어려우므로, 음향 블랙홀을 곡선형으로 만들어 공간 효율성을 높이는 것'이라고 하였다. 이를 통해 음향 블랙홀이 여러 형태로 제작되는 이유가 공간 효율성 때문임을 알 수 있다.

② 1문단에서 '구조물의 표면에 구조물의 진동 에너지를 탄성 에너지로 저장했다가 흩어서 사라지게 하는 두꺼운 점탄성 소산 물질을 부착하여 진동을 감쇠하는' 기존의 방법에 대해 설명하고 있다.

③ 2문단에서 '이론적으로 음향 블랙홀 내부에 굽힘파가 입사하면 음향 블랙홀 내부에서 굽힘파의 속도가 무한히 느려져 음향 블랙홀의 끝단에 도달하지 못하게 된다. 이러한 음향 블랙홀의 특성으로 인하여 음향 블랙홀을 구조물의 끝에 구현하면 진동을 일으키는 굽힘파의 파동 에너지가 음향 블랙홀로 전달되고, 결과적으로 음향 블랙홀의 내부에서 완전 흡수되어 구조물의 진동이 효과적으로 감쇠될 수 있다.'라고 하여 음향 블랙홀이 진동을 감쇠시킬 수 있는 원리를 설명하고 있다.

⑤ 2문단에서 '구조물의 진동을 일으키는 에너지는 종파, 전단파 및 굽힘파 등이 있으나, 대부분의 진동 에너지는 굽힘파에 의해 전달된다.'라고 하였다.

143 구체적 사례에의 적용 답 ③

정답 풀이

2문단에서 '이론적으로 음향 블랙홀 내부에 굽힘파가 입사하면 음향 블랙홀 내부에서 굽힘파의 속도가 무한히 느려져 음향 블랙홀의 끝단에 도달하지 못하게 된다.'라고 하였다. 또한 '끝단 두께가 0인 구조물은 물리적으로 불가능하므로, 음향 블랙홀의 이상적인 진동 감쇠 성능은 완전하게 구현될 수 없다는 현실적인 한계가 있'어 '음향 블랙홀의 끝단에 소량의 점탄성 소산 물질을 부착'하여 '파동 에너지를 흡수 및 소산하여 음향 블랙홀의 진동 감쇠 성능을 향상'시킨다고 하였다. 이에 따르면, 이상적인 음향 블랙홀은 굽힘파가 끝단에 도달하지 못하지만, 실제로 제작된 음향 블랙홀은 진동 감쇠 성능이 완전하게 구현될 수 없어 굽힘파가 ㉯의 끝단에서 완전히 소멸되지 않는다.

오답 풀이

① 2문단에서 '대부분의 진동 에너지는 굽힘파에 의해 전달'된다고 설명하고 있다.

② 2문단에서 '이론적으로 음향 블랙홀 내부에 굽힘파가 입사하면 음향 블랙홀 내부에서 굽힘파의 속도가 무한히 느려'진다고 설명하고 있다.

④ 2문단에서 음향 블랙홀을 구현하는 이론적 원리를 설명하면서 '진동을 일으키는 굽힘파의 파동 에너지가 음향 블랙홀로 전달되고, 결과적으로 음향 블랙홀의 내부에서 완전 흡수되어 구조물의 진동이 효과적으로 감쇠될 수 있다.'라고 설명하고 있다.

⑤ 1문단에서 '구조물의 표면에 구조물의 진동 에너지를 탄성 에너지로 저장했다가 흩어서 사라지게 하는 두꺼운 점탄성 소산 물질을 부착하여 진동을 감쇠하는 기존의 방법이 있'다고 하였다. 그리고 2문단에서, '끝단 두께가 0인 구조물은 물리적으로 불가능하므로, 음향 블랙홀의 이상적인 진동 감쇠 성능은 완전하게 구현될 수 없다'고 하고, '음향 블랙홀의 끝단에 소량의 점탄성 소산 물질을 부착하면 파동 에너지를 흡수 및 소산하여 음향 블랙홀의 진동 감쇠 성능을 향상시킬 수 있다'고 하였으므로 ㉯의 소산 물질은 현실적인 한계를 고려하여 기존의 진동 감쇠 방법을 적용한 것이다.

144 세부 정보 파악 답 ④

정답 풀이

2문단에서 '끝단 두께가 0인 구조물은 물리적으로 불가능하므로, 음향 블랙홀의 이상적인 진동 감쇠 성능은 완전하게 구현될 수 없다'고 하였다. 원호(arc) 형태의 음향 블랙홀(㉡)과 아르키메데스 나선형 음향 블랙홀(㉢) 역시 끝단 두께가 0인 구조물은 물리적으로 만들 수 없으므로 이론적으로 기대되는 진동 감쇠 성능을 구현할 수 없을 것이다.

오답 풀이

① 3문단에서 '곡률 관점에서 바닥 면의 곡률이 0인 직선형 음향 블랙홀(㉠)과 바

닥 면의 곡률이 0이 아닌 곡선형 음향 블랙홀(㉡, ㉢)로 구분할 수 있다.'라고 하였다.

② 3문단에서 '1,000㎐ 미만의 굽힘파와 달리 1,000㎐ 이상의 굽힘파는 곡률의 영향을 거의 받지 않고 전파'된다고 하였다. 즉 1,000㎐ 미만의 굽힘파는 곡률의 영향을 받는 것이다. 따라서 1,000㎐ 미만의 굽힘파에 대해서 곡률의 변화가 없이 일정한 원호(arc) 형태의 음향 블랙홀(㉡)과 곡률이 변하는 아르키메데스 나선형 음향 블랙홀(㉢)은 진동 감쇠 성능이 다를 것이다.

③ 3문단에서 '진동 감쇠 성능만 고려한다면 음향 블랙홀의 길이를 늘리는 것이 효과적이지만 공간 효율성이 낮아 구조물에 실제로 적용하기는 어려우므로, 음향 블랙홀을 곡선형으로 만들어 공간 효율성을 높이는 것'이라고 하였다. 따라서 ㉡, ㉢과 같은 곡선형 음향 블랙홀은 직선형 음향 블랙홀(㉠)에 비해 공간 효율성이 높아 실제 활용에 유리하다고 할 수 있다.

⑤ 4문단에서 '현재의 음향 블랙홀은 직선형 음향 블랙홀(㉠)이나 곡선형 음향 블랙홀(㉡, ㉢) 모두 한쪽 방향으로 전달되는 진동을 감쇠하는 방법이라는 한계가 있'다고 하였다.

145 생략된 정보 추론 답 ③

정답 풀이

1문단에서 진동을 감쇠하기 위한 기존의 방법은 '구조물의 표면에 구조물의 진동 에너지를 탄성 에너지로 저장했다가 흩어서 사라지게 하는 두꺼운 점탄성 소산 물질을 부착하여 진동을 감쇠하는' 방식이라고 하였다. 그리고 2문단에서 음향 블랙홀은 '진동을 일으키는 굽힘파의 파동 에너지가 음향 블랙홀로 전달되고, 결과적으로 음향 블랙홀의 내부에서 완전 흡수되어 구조물의 진동이 효과적으로 감쇠될 수 있'는 방식이라고 하였다. 따라서 음향 블랙홀은 두꺼운 점탄성 소산 물질을 부착하는 기존의 진동 감쇠 방식과 달리 구조물의 내부에서 진동 에너지를 흡수하는 방식이라는 점에서 기존의 진동 감쇠 방법의 한계를 극복할 수 있는 돌파구로 주목받고 있다고 할 수 있다.

오답 풀이

① 1문단에서 진동을 감쇠하기 위한 기존의 방법은 '구조물의 무게 대비 많은 양의 물질을 표면에 부착해야 한다는 점에서 비효율적'이라고 하였다.

② 4문단에서 현재의 음향 블랙홀은 모두 '한쪽 방향으로 전달되는 진동을 감쇠하는 방법이라는 한계가 있'다고 하였으므로, 음향 블랙홀이 진동을 일으키는 에너지의 진행 방향을 바꿀 수 있다는 것은 적절하지 않다.

④ 2문단에서 음향 블랙홀은 '진동을 일으키는 굽힘파의 파동 에너지가 음향 블랙홀로 전달되고, 결과적으로 음향 블랙홀의 내부에서 완전 흡수되어 구조물의 진동이 효과적으로 감쇠될 수 있'는 방식이라고 하였다. 따라서 음향 블랙홀이 진동을 일으키는 에너지가 되는 파장을 모두 반사한다는 것은 적절하지 않다.

⑤ 1문단에서 진동을 감쇠하기 위한 기존의 방법을 '구조물의 표면에 구조물의 진동 에너지를 탄성 에너지로 저장했다가 흩어서 사라지게 하는 두꺼운 점탄성 소산 물질을 부착하여 진동을 감쇠하는' 방식이라고 설명하였다.

Ⅳ. 주제 통합

[1~6] (가) 『노자』의 도에 대한 한비자의 견해
(나) 『노자』의 도에 대한 유학자들의 견해

1 ③	2 ①	3 ④	4 ④	5 ⑤	6 ④

(가) 『노자』의 도에 대한 한비자의 견해

해제 이 글은 『노자』의 도에 대한 한비자의 견해를 설명하고 있다. 전국 시대에 법치를 주장한 한비자는 『노자』와 마찬가지로 도를 천지 만물의 존재와 본질의 근거로 인식하면서, 도는 천지와 더불어 영원히 존재하는 항상성 및 때와 상황에 따라 유연하게 변하는 가변성을 지닌다고 보았다. 그리고 이런 인식을 바탕으로 『노자』의 도에 시비 판단의 근거라는 새로운 의미를 부여하고, 도에 근거하여 법을 제정해야 한다고 주장하였다. 특히 욕망을 없애야 한다고 주장한 『노자』와 달리 욕망을 인정하면서 사회를 안정시키기 위해서는 욕망을 법으로 제어할 수 있어야 한다고 보았다.

주제 『노자』의 도에 주목하여 도를 시비 판단의 근거로 본 한비자

(나) 『노자』의 도에 대한 유학자들의 견해

해제 이 글은 송나라 이후 유학의 도를 기반으로 『노자』 주석을 전개한 유학자들의 견해를 소개하고 있다. 송나라 초기에 왕안석은 『노자』의 도를 '기'로 파악하고, 기의 작용에 의해 만물이 형성된다고 보았다. 그리고 무위를 주장한 『노자』와 달리 사회 안정을 위해서는 제도와 규범의 제정 같은 인간의 적극적인 개입이 필요하다고 주장했다. 송 이후 원나라 때의 오징은 주술성에 빠져 있는 도교를 비판하며 『노자』의 내용과 구성 등을 편집하여 노자의 가르침이 공자의 학문과 크게 다르지 않음을 밝히려 했다. 특히 『노자』와 달리 유학의 인의예지를 도가 현실화하여 드러난 것으로 보았다. 원 이후 명나라 때의 설혜는 다양한 경전을 인용하여 『노자』를 해석함으로써 노자 사상이 본질적으로 유학과 다르지 않음을 밝혀 노자 사상을 이단시한 유학자들의 오해를 불식하고자 했다.

주제 왕안석, 오징, 설혜가 각각 유학의 도를 기반으로 본 『노자』의 도

1 글의 전개 방식 파악 답 ③

선지별 선택 비율	①	②	③	④	⑤
화작	4%	7%	73%	9%	5%
언매	1%	3%	86%	5%	2%

(가), (나)에 대한 설명으로 가장 적절한 것은?

정답 풀이

③ (나)는 특정 개념을 중심으로 『노자』에 대한 여러 학자의 견해를 시간의 흐름에 따라 제시하고 있다.

⋯› (나)는 1문단에서 유학의 '도'에 대한 유학자들의 일반적 인식을 소개한 뒤 2~4문단에서 『노자』의 '도'에 대한 왕안석, 오징, 설혜의 견해를 순차적으로 소개하고 있다. 이때 세 학자의 견해는 송나라 초기(왕안석), 송 이후의 원나라(오징), 원 이후의 명나라(설혜)라는 시간적 흐름에 따라 통시적으로 제시되고 있다.

오답 풀이

① (가)는 『한비자』의 철학사적 의의를 설명하고 『한비자』와 『노자』의 사회적 파급력을 비교하고 있다.

⋯› (가)의 1문단에서 언급된, 『노자』에 대한 한비자의 해석이 법치 사상을 뒷받침하였다는 내용을 『한비자』의 철학사적 의의로 볼 수도 있다. 하지만 『한비자』와 『노자』의 사회적 파급력을 비교하지는 않았다. (가)에서는 한비자가 생각한 '도'의 개념을 『노자』의 '도'와 비교하면서 한비자의 철학을 설명하고 있을 뿐이다.

② (가)는 한비자가 추구한 이상적인 사회를 소개하고 그 실현을 위해 『노자』를 수용한 입장의 한계를 설명하고 있다.

⋯› (가)의 1문단과 4문단에서 언급된, '도'에 바탕으로 둔 법을 통해 본능적인 욕망을 제어함으로써 부국강병을 꾀하는 사회를 한비자가 추구한 이상적인 사회로 볼 수도 있다. 하지만 한비자가 『노자』를 수용한 입장의 한계를 설명하지는 않았다.

④ (나)는 여러 유학자가 『노자』를 해석한 의도를 각각 제시하고 그 차이로 인해 발생한 학자 간의 이견을 절충하고 있다.

⋯› (나)는 유학자인 왕안석, 오징, 설혜 등이 『노자』를 해석한 의도를 2~4문단에서 각각 제시하고 있지만, 그 차이로 인해 발생한 학자 간의 이견을 절충하는 내용은 제시하고 있지 않다.

⑤ (가)와 (나)는 모두, 『노자』에 대해 다양한 시각에서 제시된 비판이 심화되는 과정을 구체적 사례와 함께 설명하고 있다.

⋯› (가)는 『노자』의 '도'에 대한 한비자의 견해를 설명하고 있지만, 『노자』에 대해 다양한 시각에서 제시된 비판이나 그것과 관련된 구체적 사례는 제시하고 있지 않다. 그리고 (나)에서는 『노자』의 '도'에 대한 다양한 학자들의 견해를 설명하고 있지만, 『노자』에 대한 비판이 심화되는 과정이나 그것과 관련된 구체적 사례는 제시하고 있지 않다.

2 세부 정보 파악 답 ①

선지별 선택 비율	①	②	③	④	⑤
화작	44%	9%	9%	21%	14%
언매	65%	5%	4%	14%	9%

(가)에 제시된 한비자의 견해로 적절하지 않은 것은?

정답 풀이

① 사건의 시비에 따라 달라지는 도에 근거하여 법이 제정되어야 한다.

지문 근거 [(가) 3문단] 도는 형체가 없을 뿐 아니라 일정하게 고정되어 있지 않기 때문에 때와 상황에 따라 유연하게 변화하는 것이라고 파악했다.
[(가) 4문단] 항상 존재하는 도는 개별 법칙을 포괄하기 때문에 다양한 개별 사건의 시비를 판단하는 기준이 될 수 있고, 이러한 도에 근거해서 입법해야 다양한 사건을 판단할 수 있다고 본 것이다.

⋯› (가)의 3문단에 따르면, 한비자는 '도'가 천지와 더불어 영원히 존재하되 때와 상황에 따라 유연하게 변화하는 것이라고 여겼다. 그리고 항상성과 가변성을 모두 지닌 '도'는 개별 법칙을 포괄하기 때문에 다양한 개별 사건의 시비를 판단하는 기준이 될 수 있으므로 도에 근거한 입법이 이루어져야 한다고 보았다. 즉 사건의 시비에 따라 '도'가 달라지는 것이 아니라 '도'에 따라 사건의 시비가 판단되는 것이다.

오답 풀이

② 인간은 무엇을 가지거나 누리고자 하는 마음에서 벗어날 수 없다.

⋯› (가)의 4문단에 따르면, 한비자는 인간은 필연적으로 욕망을 가질 수밖에 없다고 보았다. 욕망은 무엇을 가지거나 누리고자 하는 마음이므로 결국 인간은 무엇을 가지거나 누리고자 하는 마음에서 벗어날 수 없다는 것이다.

③ 도는 고정된 모습 없이 때와 형편에 따라 변화하며 영원히 존재한다.

⋯› (가)의 3문단에 따르면, 한비자는 '도'가 천지와 더불어 영원히 존재한다는 의미의 항상성을 지니고 있으며, 형체가 없을 뿐 아니라 일정하게 고정되어 있지 않기 때문에 때와 상황에 따라 유연하게 변화하는 가변성도 지니고 있다고 보았다. 따라서 한비자에 따르면, '도'는 고정된 모습 없이 때와 형편에 따라 변화하며 영원히 존재한다.

④ 인간 사회의 흥망성쇠는 사람이 도에 따라 올바르게 행하였는가의 여부에 좌우되는 것이다.

지문 근거 [(가) 2문단] 그는 자연과 인간 사회의 모든 현상은 도의 영향을 받지 않을 수 없다고 보고, 인간 사회의 일은 도에 따라 제대로 행했는가의 여부에 따라 그 성패가 드러나는 것이라고 이해했다.

⋯› (가)의 2문단에 따르면, 한비자는 인간 사회의 일은 '도'에 따라 제대로 행했는가의 여부에 따라 그 성패가 드러나는 것이라고 보았다. 이를 달리 말하면, 인간 사회의 흥망성쇠는 사람이 '도'에 따라 올바르게 행하였는가의 여부에 좌우된다는 것이다.

⑤ 도는 만물의 근원이면서 동시에 현실 사회의 개별 사물과 사건에 내재한 법칙을 포괄하는 것이다.

지문 근거 [(가) 2문단] 『노자』에서 '도'는 만물 생성의 근원으로 묘사된다. 도를 천지 만물의 존재와 본질의 근거라고 본 한비자의 이해도 이와 다르지 않다.
[(가) 4문단] 한비자는 도를 구체적인 사물과 사건에 내재한 개별 법칙의 통합으로 보고, ~ 항상 존재하는 도는 개별 법칙을 포괄하기 때문에

⋯› (가)의 2문단에 따르면, 한비자는 도를 천지 만물의 존재와 본질의 근거라고 보았다. 그리고 4문단에서 한비자는 도를 구체적인 사물과 사건에 내재한 개별 법칙의 통합으로 보았다고 설명하였다. 결국 한비자에게 '도'는 만물의 근원이면서 동시에 현실 사회의 개별 사물과 사건에 내재한 법칙을 포괄하는 것이다.

3 관점의 파악 답 ④

선지별 선택 비율	①	②	③	④	⑤
화작	7%	26%	12%	45%	8%
언매	3%	27%	6%	56%	6%

㉠과 ㉡에 대한 이해로 가장 적절한 것은?

정답 풀이

④ ㉠은 유학을 노자 사상과 연관 지어 유교적 사회 질서의 정당성을 확인하는, ㉡은 유학에서 이단으로 치부하는 사상의 진의를 밝혀 오해를 바로잡으려는 것으로 표출되었다.

지문 근거 [(나) 3문단] 유학자의 입장에서 그는 ~ 『노자』의 가르침이 공자의 학문과 크게 다르지 않음을 밝히고자 『도덕진경주』를 저술했다. ~ 인간이 마땅히 따라야 할 사회 규범과 사회 질서 체계도 도가 현실화한 결과로 파악했다.
[(나) 4문단] 그는 기존의 주석서가 『노자』의 진정한 의미를 제대로 밝히지 못했기 때문에 유학자들이 『노자』 사상을 이단으로 치부했다고 파악한 것이다. 다양한 경전을 인용하여 『노자』를 해석하면서 그는 『노자』의 도를 인간의 도덕 본성과 그것의 근거인 천명으로 이해하고, 본성과 천명의 이치를 탐구한다는 점에서 『노자』 사상과 유학이 다르지 않다고 보았다.

⋯› ㉠은 『노자』의 '도'에 대한 오징의 관점을, ㉡은 설혜의 관점을 의미한다. (나)의 3문단에 따르면, 오징은 노자의 가르침이 공자의 학문과 크게 다르지 않다는 생각을 바탕으로 '도'와 유학 이념을 관련짓는 구절을 추가하는 등 『노자』의 일부 내용을 바꾸었다. 그리고 이를 통해 유학의 인의예지, 즉 인간이 마땅히 따라야 할 사회 규범과 사회 질서 체계도 모두 '도'가 현실화한 결과로 파악했다. 이런 오징의 입장은 유교적 사회 질서를 노자 사상과 연관 지어 그 정당성을 확인하려는 것으로 볼 수 있다. 그리고 (나)의 4문단에 따르면, 설혜는 노자 사상을 이단으로 치부하는 당대 유학자들의 오해를 불식하기 위해, 다양한 경전을 인용하며 『노자』의 '도'를 해석하여 노자 사상이 본질적으로 유학과 다르지 않음을 밝히려 했다.

오답 풀이

① ㉠은 유학 덕목의 등장을 긍정적으로 평가한 『노자』의 견해를 수용하는, ㉡은 유학 덕목에 대한 『노자』의 비판에 담긴 긍정적 의도를 밝히려는 것으로 표출되었다.

지문 근거 [(나) 4문단] 유학자인 설혜는 자신의 학문적 소신에 따라 『노자』를 주석한 『노자집해』를 저술했다. ~ 그는 『노자』에서 인의 등을 비판한 것은 도덕을 근본으로 삼게 하기 위한 충고라고 파악했다.

⋯› (나)의 3문단에 따르면, 『노자』는 인의예지라는 유학 덕목이 도의 쇠퇴 때문에 나타난 것이라고 보았다. 그러나 오징은 이와 달리 인의예지를 도가 현실화하여 드러난 것으로 파악하였다. 따라서 『노자』에서 유학 덕목의 등장을 긍정적으로 평가하였다는 이해는 적절하지 않으며, 오징이 『노자』의 견해를 수용하였다는 진술도 적절하지 않다. 한편 (나)의 4문단에 따르면, 설혜는 『노자』에서 인의 등을 비판한 것은 도덕을 근본으로 삼게 하기 위한 충고라고 파악했다. 이는 ㉡에 따라 유학 덕목에 대한 『노자』의 비판에 담긴 긍정적 의도를 밝히려는 것으로 볼 수 있다.

② ㉠은 유학에 유입되고 있는 주술성을 제거하는, ㉡은 노자 사상이 탐구하는 대상에 대한 이해를 근거로 노자 사상과 유학의 공통점을 제시하려는 것으로 표출되었다.

지문 근거 [(나) 3문단] 송 이후 원나라에 이르러 성행하던 도교는 유학과 불교 등을 받아들여 체계화되었지만, 오징에게는 주술적인 종교에 불과했다. 유학자의 입장에서 그는 잘못된 가르침을 펴는 도교에 사람들이 빠지는 것을 경계했다.

⋯› (나)의 3문단에 따르면, 오징은 도교를 주술적인 종교로 여기고 사람들이 잘못된 가르침을 펴는 도교에 빠지는 것을 경계하며, 도교의 시조로 간주된 노자의 가르침이 공자의 학문과 다르지 않음을 밝히려 하였다. 따라서 오징이 유학자의 입장에서 유학에 유입되고 있는 주술성을 제거하려 했다는 이해는 적절하지 않다. 한편 (나)의 4문단에 따르면, 설혜는 『노자』 사상이 탐구하는 대상, 즉 '도'를 인간의 도덕 본성과 그것의 근거인 천명으로 이해하고, 본성과 천명의 이치를 탐구한다는 점에서 『노자』 사상과 유학이 다르지 않다고 보았다. 따라서 ㉡은 '도'에 대한 이해를 근거로 노자 사상과 유학의 공통점을 제시하려는 것으로 표출되었다고 볼 수 있다.

③ ㉠은 유학의 가르침을 차용한 종교가 사람들을 현혹하는 상황에 대응하는, ㉡은 『노자』를 해석한 경전들을 참고하여 유학 이론의 독창성을 밝히려는 것으로 표출되었다.

⋯› (나)의 3문단에 따르면, 오징은 도교를 주술적인 종교로 여기고 유학자의 입장에서 사람들이 잘못된 가르침을 펴는 도교에 빠지는 것을 경계하였다. 따라서 도교가 사람들을 현혹하는 상황에 대응하였다고 볼 수 있다. 하지만 도교가 유학과 불교 등을 받아들여 체계화된 것은 맞지만, 유학의 가르침을 차용하였는지 여부는 명확하게 판단할 수 없다. 한편 (나)의 4문단에 따르면, 설혜는 다양한 경전을 인용하여 『노자』를 해석함으로써 노자 사상에 대한 유학자들의 오해를 불식하려 하였다. 따라서 ㉡에 따라 『노자』를 해석한 경전들을 참고하여 유학 이론의 독창성을 밝히려 했다는 이해는 적절하지 않다.

⑤ ㉠은 특정 종교에서 추앙하는 사상가와 유학 이론의 관련성을 제시하는, ㉡은 유학의 사상적 우위를 입증하여 다른 학문을 통합할 수 있는 근거를 제시하려는 것으로 표출되었다.

⋯› (나)의 3문단에 따르면, 오징은 도교의 시조로 간주된 노자의 가르침이 공자의 학문과 크게 다르지 않음을 밝히려 하였다. 따라서 특정 종교에서 추앙하는 사상가와 유학 이론의 관련성을 제시하였다고 볼 수 있다. 그러나 설혜가 ㉡에 따라 유학의 사상적 우위를 입증하였다는 이해는 적절하지 않다. (나)의 4문단에 따르면, 설혜는 노자 사상에 대한 유학자들의 오해를 불식하기 위해 노자 사상이 인간의 본성과 천명의 이치를 탐구한다는 점에서 유학과 다르지 않음을 밝히려 하였지만, 유학의 사상적 우위를 입증하거나 유학의 사상적 우위를 바탕으로 다른 학문을 통합할 수 있는 근거를 제시하려 한 것은 아니다.

4 관점의 파악 답 ④

선지별 선택 비율	①	②	③	④	⑤
화작	12%	24%	13%	30%	19%
언매	10%	20%	7%	42%	18%

(나)의 왕안석과 오징의 입장에서 다음의 ㄱ~ㄹ에 대해 판단한 것으로 가장 적절한 것은?

ㄱ. 도는 만물을 통해 드러나는 것이지 만물에 앞서서 존재하는 것은 아니다.
ㄴ. 인간 사회의 규범은 이치를 내재한 근원적 존재인 도가 현실에 드러난 것이다.
ㄷ. 도는 현상 세계의 너머에만 머물러 있지 않고 세상일과 유기적으로 관련되는 것이다.
ㄹ. 도가 변화하듯이 현상 세계가 변하니, 현실 사회의 변화에 따라 인간 사회의 규범도 변해야 한다.

정답 풀이

④ 오징은 ㄱ과 ㄹ에 동의하지 않겠군.

지문 근거 [(나) 3문단] 『노자』의 도를 근원적인 불변하는 도로 본 그는 모든 이치를 내재한 도가 현실화하여 천지 만물이 생성된다고 이해했다. 이런 관점에서 그는 유학의 인의예지가 도의 쇠퇴 때문에 나타난 것이라는 『노자』와 달리 도가 현실화하여 드러난 것으로 해석하고, 인간이 마땅히 따라야 할 사회 규범과 사회 질서 체계도 도가 현실화한 결과로 파악했다.

⋯ (나)의 3문단에 따르면, 오징은 모든 이치를 내재한 '도'가 현실화하여 천지 만물이 생성된다고 이해했다. 따라서 '도'가 만물에 앞서서 존재하는 것은 아니라는 ㄱ의 내용에 동의하지 않을 것이다. 한편 오징은 『노자』의 '도'를 '근원적인 불변하는 도'로 보고 인간이 마땅히 따라야 할 사회 규범과 사회 질서 체계를 '도'가 현실화한 결과로 파악했다. 따라서 '도'가 변화한다고 본 ㄹ의 내용에 동의하지 않을 것이다.

오답 풀이

① 왕안석은 ㄱ에 동의하지 않고 ㄴ에 동의하겠군.

지문 근거 [(나) 2문단] 그는 『노자』의 도를 만물의 물질적 근원인 '기'라고 파악하고, 현상 세계에 앞서 존재하는 기의 작용에 의해 사물이 형성된다고 보았다. ~ 인위적인 것을 제거해야만 도가 드러나고 인간 사회가 안정된다는 『노자』를 비판한 그는 자연과 달리 인간 사회의 안정을 위해서는 제도와 규범의 제정과 같은 인간의 적극적인 개입이 필요하다고 주장했다.

⋯ 왕안석은 ㄱ과 ㄴ에 모두 동의하지 않을 것이다. (나)의 2문단에 따르면, 왕안석은 노자의 '도'를 만물의 물질적 근원인 '기'로 파악하고, 현상 세계에 앞서 존재하는 '기'의 작용에 의해 사물이 형성된다고 보았다. 따라서 '도'가 만물에 앞서서 존재하는 것은 아니라는 ㄱ의 내용에 동의하지 않을 것이다. 한편 왕안석은 인간 사회를 안정시키려면 지혜와 덕이 뛰어난 사람이 제도와 규범을 제정하는 것과 같은 인위적인 개입이 이루어져야 한다고 보았다. 따라서 인간 사회의 규범은 근원적 존재인 '도'가 현실에 드러난 것이라는 ㄴ의 내용에 동의하지 않을 것이다.

② 왕안석은 ㄴ과 ㄹ에 동의하겠군.

지문 근거 [(나) 2문단] 그는 기가 시시각각 변화하듯 현상 세계도 변화한다고 이해했다. ~ 지혜와 덕이 뛰어난 사람이 제정한 사회 제도와 규범도 현실 사회의 변화에 따라 새롭게 해야 한다고 주장한 것이다.

⋯ 왕안석은 ㄴ에는 동의하지 않고 ㄹ에는 동의할 것이다. (나)의 2문단에 따르면, 왕안석은 인간 사회를 안정시키려면 지혜와 덕이 뛰어난 사람이 제도와 규범을 제정하는 것과 같은 인위적인 개입이 이루어져야 한다고 보았다. 따라서 인간 사회의 규범은 근원적 존재인 '도'가 현실에 드러난 것이라는 ㄴ의 내용에 동의하지 않을 것이다. 한편 왕안석은 '도'와 동일한 '기'가 시시각각 변화하듯이 현상 세계도 변화하므로 지혜와 덕이 뛰어난 사람이 제정한 사회 제도와 규범도 현실 사회의 변화에 맞게 지속적으로 개정되어야 한다고 보았다. 따라서 ㄹ에 동의할 것이다.

③ 왕안석은 ㄷ에 동의하고 ㄹ에 동의하지 않겠군.

지문 근거 [(나) 2문단] 그는 기가 시시각각 변화하듯 현상 세계도 변화한다고 이해했다.

⋯ 왕안석은 ㄷ과 ㄹ에 모두 동의할 것이다. (나)의 2문단에 따르면, 왕안석은 '도'를 만물의 물질적 근원인 '기'로 파악하고, 현상 세계에 앞서는 '기'의 작용에 의해 사물이 형성된다고 보았다. 그리고 '기'가 시시각각 변화하듯이 현상 세계도 변화한다고 보았다. 따라서 ㄷ에 동의할 것이다. 한편 왕안석은 '도'와 동일한 '기'가 시시각각 변화하듯이 현상 세계도 변화하므로 지혜와 덕이 뛰어난 사람이 제정한 사회 제도와 규범도 현실 사회의 변화에 맞게 지속적으로 개정되어야 한다고 보았다. 따라서 ㄹ에 동의할 것이다.

⑤ 오징은 ㄴ에 동의하고 ㄷ에 동의하지 않겠군.

⋯ 오징은 ㄴ과 ㄷ에 모두 동의할 것이다. (나)의 3문단에 따르면, 오징은 '도'를 모든 이치를 내재하고 있으며 불변하는 근원적인 것으로 보았다. 그리고 사회 규범과 사회 질서 체계를 이런 '도'가 현실화한 결과로 파악했다. 따라서 ㄴ에 동의할 것이다. 또한 인간이 마땅히 따라야 할 사회 규범과 사회 질서 체계를 '도'가 현실화한 결과로 파악했다는 것을 고려할 때, ㄷ에도 동의할 것이다.

5 관점의 적용 답 ⑤

선지별 선택 비율	①	②	③	④	⑤
화작	9%	11%	22%	21%	35%
언매	5%	7%	16%	21%	48%

〈보기〉를 참고할 때, (가), (나)의 사상가에 대한 왕부지의 평가로 적절하지 않은 것은? [3점]

보기

청나라 초기의 유학자 왕부지는 『노자』의 본래 뜻을 드러내어 노자 사상을 비판하고자 『노자연』을 저술했다. 노자 사상의 비현실성을 드러내어 유학의 실용적 가치를 부각하고자 했던 그는 기존의 『노자』 주석서가 노자 사상이 아닌 사상을 기준으로 삼았기 때문에 『노자』뿐만 아니라 주석자의 사상마저 왜곡했다고 비판했다. 『노자』에서 아무런 행동을 하지 않아도 천하가 다스려진다고 한 것 등을 비판한 그는, 『노자』에서처럼 단순히 인간의 이기적 욕망을 없애는 것이 아니라 사회 질서 유지를 위해 유학 규범을 활용해야 한다고 강조했다.

정답 풀이

⑤ 왕부지는 『노자』에 담긴 비현실성을 드러내야 한다고 보았으므로, (나)의 설혜가 기존의 『노자』 주석서들을 비판하며 드러낸 학문적 입장이 유학의 실용적 가치를 부각한다고 보겠군.

지문 근거 [(나) 4문단] 그는 공자도 존중했던 스승이 『노자』이므로 『노자』 사상에 대한 오해를 불식해야 한다고 보았다. 그는 기존의 주석서가 『노자』의 진정한 의미를 제대로 밝히지 못했기 때문에 유학자들이 『노자』 사상을 이단으로 치부했다고 파악한 것이다. ~ 본성과 천명의 이치를 탐구한다는 점에서 『노자』 사상과 유학이 다르지 않다고 보았다.

⋯ 〈보기〉에 따르면, 왕부지는 『노자』 사상의 비현실성을 드러내어 유학의 실용적 가치를 부각하고자 하였다. 그런데 (나)의 4문단에 따르면, 설혜는 기존의 『노자』 주석서들이 『노자』의 진정한 의미를 제대로 밝히지 못했다고 비판하며, 다양한 경전을 인용하여 『노자』 사상이 인간의 본성과 천명을 탐구하는 유학과 다르지 않음을 밝히려 하였다. 설혜의 이런 태도는 『노자』 사상을 부정적으로 보고 『노자』에 담긴 비현실성을 드러내야 한다는 왕부지의 견해에 부합하지 않는다. 또한 설혜가 유학의 실용적 가치를 부각한 것도 아니다.

오답 풀이

① 왕부지는 인간의 욕망에 대한 『노자』의 대응 방식을 부정적으로 보았으므로, (가)의 한비자가 『노자』와 달리 사회에 대한 인위적 개입이 필요하다고 한 것에 대해서는 수긍하겠군.

지문 근거 [(가) 4문단] 그는 만족을 모르는 인간의 욕망을 사회 혼란의 원인으로 지목한 『노자』의 견해에 동의하면서도, 『노자』에서처럼 욕망을 없애야 한다고 주장하지 않고 인간은 욕망을 필연적으로 가질 수밖에 없음을 지적하며 욕망을 제어하기 위해 법이 필요하다고 강조했다.

→ (가)의 4문단에 따르면, 한비자는 욕망을 없애야 한다고 본 『노자』의 주장을 부정하고 법을 제정하여 욕망을 제어해야 한다고 주장했다. 그리고 〈보기〉에 따르면, 왕부지는 단순히 인간의 이기적 욕망을 없애려 한 『노자』의 대응 방식을 부정적으로 보고, 사회 질서를 유지하기 위해서는 유학 규범을 활용해야 한다고 강조했다. 따라서 왕부지는 법과 같이 사회에 대한 인위적 개입이 필요하다고 한 한비자의 견해를 수긍할 것이다.

② 왕부지는 『노자』에 제시된 소극적인 삶의 태도를 부정적으로 보았으므로, (나)의 왕안석이 사회 제도에 대한 『노자』의 견해를 비판하며 유학 이념의 활용을 주장한 것은 긍정하겠군.

지문 근거 [(나) 2문단] 인위적인 것을 제거해야만 도가 드러나고 인간 사회가 안정된다는 『노자』를 비판한 그는 자연과 달리 인간 사회의 안정을 위해서는 제도와 규범의 제정과 같은 인간의 적극적인 개입이 필요하다고 주장했다. ~ 『노자』의 이상 정치가 실현되려면 유학 이념이 실질적 수단으로 사용되어야 한다고 주장하는 등 왕안석은 『노자』를 유학의 실천적 측면과 결부하여 이해했다.

→ (나)의 2문단에 따르면, 왕안석은 인위적인 것을 제거해야만 도가 드러나고 인간 사회가 안정된다고 본 『노자』를 비판하면서, 인간 사회의 안정을 위해서는 제도와 규범의 제정과 같은 인간의 적극적인 개입이 필요하다고 주장했다. 그리고 〈보기〉에 따르면, 왕부지는 아무런 행동을 하지 않아도 천하가 다스려진다고 한 『노자』의 소극적 태도를 비판하면서 사회 질서 유지를 위해 유학 규범을 활용해야 한다고 강조했다. 따라서 왕부지는 사회 제도에 대한 『노자』의 견해를 비판하며 유학 이념의 활용을 주장한 왕안석의 견해를 긍정할 것이다.

③ 왕부지는 『노자』의 본래 뜻을 파악해야 한다고 보았으므로, (나)의 오징이 『노자』를 주석하면서 자신의 이해에 따라 원문의 구성과 내용을 수정한 것이 잘못이라고 보겠군.

지문 근거 [(나) 3문단] 그는 도교의 시조로 간주된 『노자』의 가르침이 공자의 학문과 크게 다르지 않음을 밝히고자 『도덕진경주』를 저술했다. 그는 도와 유학 이념을 관련짓는 구절을 추가하는 등 『노자』의 일부 내용을 바꾸고 기존 구성 체제를 재편했다.

→ (나)의 3문단에 따르면, 오징은 『노자』의 일부 내용을 바꾸고 기존 구성 체제를 재편함으로써 노자의 가르침이 공자의 학문과 크게 다르지 않음을 밝히려 하였다. 그런데 〈보기〉에 따르면, 왕부지는 『노자』의 본래 뜻을 드러내는 방식으로 『노자』 사상의 비현실성을 드러내고자 하였다. 따라서 왕부지는 『노자』를 주석하면서 자신의 이해에 따라 원문의 구성과 내용을 수정한 오징의 방식이 잘못되었다고 볼 것이다.

④ 왕부지는 주석자가 유학을 기준으로 『노자』를 이해하면 주석자의 사상도 왜곡된다고 보았으므로, (나)의 오징이 유학의 인의예지를 『노자』의 도가 현실화한 것으로 본 것을 비판하겠군.

지문 근거 [(나) 1문단] 중국 송나라 이후, 유학자들은 이러한 유학의 도를 기반으로 현상 세계 너머의 근원으로서 도가의 도에 주목하여 『노자』 주석을 전개했다.
[(나) 3문단] 그는 모든 이치를 내재한 도가 현실화하여 천지 만물이 생성된다고 이해했다. 이런 관점에서 그는 유학의 인의예지가 도의 쇠퇴 때문에 나타난 것이라는 『노자』와 달리 도가 현실화하여 드러난 것으로 해석하고, 인간이 마땅히 따라야 할 사회 규범과 사회 질서 체계도 도가 현실화한 결과로 파악했다.

→ (나)의 3문단에 따르면, 오징은 유학의 인의예지를 '도'가 현실화하여 드러난 것으로 해석하였다. 유학을 기준으로 『노자』의 '도'를 이해한 오징의 태도는 송나라 이후 『노자』를 주석한 유학자들의 태도와 결을 같이 한다. 그런데 〈보기〉에 따르면, 왕부지는 노자 사상이 아닌 사상을 기준으로 삼아서 『노자』를 주석하면 『노자』뿐만 아니라 주석자의 사상마저 왜곡된다고 보았다. 따라서 왕부지는 유학의 인의예지를 『노자』의 도가 현실화한 것으로 본 오징의 견해를 비판할 것이다.

6 어휘의 의미 파악 답 ④

선지별 선택 비율	①	②	③	④	⑤
화작	1%	1%	1%	94%	1%
언매	1%	1%	1%	96%	1%

ⓐ와 문맥상 의미가 가장 가까운 것은?

정답 풀이

④ 화폭에 봄 경치가 그대로 담겨 있다.

→ ⓐ의 '담기다'는 문맥상 '어떤 내용이나 사상이 그림, 글, 말, 표정 따위 속에 포함되거나 반영되다.'라는 의미로 사용되었다. ④의 '담기다'도 ⓐ와 동일한 의미로 사용되었다.

오답 풀이

① 과일이 접시에 예쁘게 담겨 있다.

→ '어떤 물건이 그릇 따위에 넣어지다.'라는 의미로 사용되었다.

② 상자에 탁구공이 가득 담겨 있다.

→ '어떤 물건이 그릇 따위에 넣어지다.'라는 의미로 사용되었다.

③ 시원한 계곡물에 수박이 담겨 있다.

→ '액체 속에 넣어지다.'라는 의미로 사용되었다.

⑤ 매실이 설탕물에 한 달째 담겨 있다.

→ '김치 · 술 · 장 · 젓갈 따위를 만드는 재료가 버무려지거나 물이 부어져서, 익거나 삭도록 그릇에 보관되다.'라는 의미로 사용되었다.

N 대표 기출 | 주제 통합 ❷ 본문 105쪽

[1~6] (가) 변증법에 기반을 둔 헤겔 미학
(나) 변증법의 원칙을 기반으로 한 헤겔 미학 비판

1 ①	2 ③	3 ④	4 ③	5 ②	6 ③

(가) 변증법에 기반을 둔 헤겔 미학

해제 이 글은 변증법에 기반을 둔 헤겔의 미학을 설명하고 있다. 헤겔은 '정립 – 반정립 – 종합'이라는 변증법 구조를 바탕으로 절대정신의 형태를 '예술 – 종교 – 철학'으로 구분하고, 이와 각각 대응하는 인식 형식으로 '직관 – 표상 – 사유'를 제시하였다. 헤겔의 미학에 따르면 인식 형식의 차이는 절대적 진리에 대한 인식 수준의 차이로 이어져 예술은 초보 단계, 종교는 성장 단계의 절대정신이 되고, 철학은 완숙 단계의 명실상부한 절대정신이 된다.

주제 변증법 구조에 따른 헤겔 미학에서 예술의 위상

(나) 변증법의 원칙을 기반으로 한 헤겔 미학 비판

해제 이 글은 변증법의 원칙에 입각하여 헤겔 미학이 지닌 문제점을 지적하고 있다. 변증법에서 '종합'은 대립적인 두 범주가 각각의 본질을 유지하면서 유기적 조화를 이루어 질적으로 고양된 범주를 생성함으로써 성립하는 것이다. 그러나 지성의 형식을 직관 – 표상 – 사유 순으로 구성하고 이에 맞춰 절대정신을 예술 – 종교 – 철학 순으로 편성한 헤겔 미학은 범주 간 이행 과정에서 직관의 외면성과 예술의 객관성이 점차 사라져 '종합' 단계에서는 완전히 소거되어 버리는 문제점이 있다. 따라서 철학에서 성취된 완전한 주관성이 재객관화되는 단계의 절대정신을 추가했어야 한다. 그리고 예술은 '철학 이후'의 자리를 차지할 수 있는 유력한 후보이다.

주제 헤겔 미학의 철학 체계와 방법 간의 불일치 비판

1 글의 전개 방식 파악 답 ①

선지별 선택 비율	①	②	③	④	⑤
화작	43%	13%	27%	10%	4%
언매	59%	9%	23%	5%	2%

(가)와 (나)에 대한 설명으로 가장 적절한 것은?

정답 풀이

① (가)와 (나)는 모두 특정한 철학적 방법에 기반한 체계를 바탕으로 예술의 상대적 위상을 제시하고 있다.

지문 근거 [(가) 1문단] 정립 – 반정립 – 종합. 변증법의 논리적 구조를 일컫는 말이다.
[(가) 3문단] 세 형태 간에는 단계적 등급이 매겨진다. 즉 예술은 초보 단계의, 종교는 성장 단계의, 철학은 완숙 단계의 절대정신이다. 이에 따라 예술 – 종교 – 철학 순의 진행에서 명실상부한 절대정신은 최고의 지성에 의거하는 것, 즉 철학뿐이며
[(나) 2문단] 이에 맞춰 절대정신을 예술 – 종교 – 철학 순으로 편성한 전략은 외관상으로는 변증법 모델에 따른 전형적 구성으로 보인다. ~ 예술의 객관성의 본질은 무엇보다도 감각적 지각성인데, 이러한 핵심 요소가 그가 말하는 종합의 단계에서는 완전히 소거되고 만다.
[(나) 3문단] 예술은 '철학 이후'의 자리를 차지할 수 있는 유력한 후보이다.

⋯› (가)는 '정립 – 반정립 – 종합'이라는 논리적 구조를 지니는 변증법에 따라 헤겔이 미학도 '예술 – 종교 – 철학'의 단계를 지니는 변증법적 체계로 다루었음을 설명한 뒤, 이를 바탕으로 예술은 초보 단계에 해당하는 절대정신임을 제시하고 있다. 한편 (나)는 변증법의 체계에 대한 의견을 밝힌 뒤, 예술의 객관성이 종합 단계에서 소거되는 헤겔 미학 체계를 부정적으로 평가하였다. 그리고 예술이 철학 이후의 자리를 차지할 수 있는 유력한 후보라고 주장하고 있다. 따라서 (가)와 (나)는 모두 변증법에 기반한 헤겔의 미학 체계를 바탕으로 예술이 지닌 상대적 위상을 종교 및 철학과 비교하여 제시하고 있다.

오답 풀이

② (가)와 (나)는 모두 특정한 철학적 방법에 대한 상반된 평가를 바탕으로 더 설득력 있는 미학 이론을 모색하고 있다.

⋯› (가)와 (나) 모두 특정한 철학적 방법에 대한 상반된 평가를 바탕으로 더 설득력 있는 미학 이론을 모색하고 있지 않다. (가)는 변증법의 구조를 바탕으로 예술을 초보 단계의 절대정신으로 규정한 헤겔의 미학 이론을 설명하고 있으며, (나)는 변증법의 원칙에 기반을 둔 헤겔의 미학 이론이 지닌 문제점을 비판하며, 변증법의 논리적 구조에 어울리도록 예술의 위상을 재정립해야 한다고 지적하고 있다. 즉 (가)와 (나)는 변증법 자체에 대해 상반된 평가를 제시하고 있다고 볼 수 없다.

③ (가)와 달리 (나)는 특정한 철학적 방법의 시대적 한계를 지적하고 이에 맞서는 혁신적 방법을 제안하고 있다.

⋯› (나)는 '직관 – 표상 – 사유' 순으로 구성한 지성의 형식을 바탕으로 '예술 – 종교 – 철학'이라는 절대정신의 단계를 상정한 헤겔의 미학이 변증법의 논리적 구조와 일치하지 않는다는 점을 지적하고 있다. 하지만 변증법이 지닌 시대적 한계를 지적하거나 이에 맞서는 혁신적 방법을 제안하고 있지는 않다. 변증법의 논리적 구조에 맞게, 철학에서 성취된 완전한 주관성이 재객관화되는 단계의 절대정신을 추가해야 한다고 제안하고 있을 뿐이다.

④ (가)와 달리 (나)는 특정한 철학적 방법에서 파생된 미학 이론을 바탕으로 예술 장르를 범주적으로 유형화하고 있다.

⋯› (나)는 '예술 – 종교 – 철학'의 단계로 절대정신이 구현된다고 본 헤겔의 미학 이론이 '정립 – 반정립 – 종합'의 구조를 지니는 변증법의 원칙에 엄밀하게 정합되지 않는다고 지적하고 있다. 이는 변증법의 원칙을 바탕으로 헤겔의 미학 이론을 비판하는 것이므로 특정한 철학적 방법에서 파생된 미학 이론을 바탕으로 한다는 진술은 적절하지 않다. 또한 예술 장르를 범주적으로 유형화하고 있지도 않다. '예술 – 종교 – 철학'은 절대정신의 다양한 형태를 범주적으로 유형화한 것이다. 한편 (가)는 변증법의 논리적 구조를 바탕으로 하는 헤겔의 미학 이론을 객관적 입장에서 소개하면서, 헤겔이 절대정신의 다양한 형태를 '예술 – 종교 – 철학'으로 범주화했음을 설명하고 있다.

⑤ (나)와 달리 (가)는 특정한 철학적 방법의 통시적인 변화 과정을 적용하여 철학사를 단계적으로 설명하고 있다.

⋯› (가)와 (나) 모두 특정한 철학적 방법의 통시적인 변화 과정을 언급하고 있지 않으며, 철학사를 단계적으로 설명하고 있지도 않다. (가)와 (나) 모두 변증법에 바탕을 두고 헤겔의 미학 이론을 살펴보고 있을 뿐이다.

2 세부 정보 파악 답 ③

선지별 선택 비율	①	②	③	④	⑤
화작	16%	13%	51%	10%	7%
언매	13%	11%	64%	6%	5%

(가)에서 알 수 있는 헤겔의 생각으로 적절하지 않은 것은?

정답 풀이

③ 절대정신의 세 가지 형태는 지성의 세 가지 형식이 인식하는 대상이다.

지문 근거 [(가) 2문단] 그에게서 미학의 대상인 예술은 종교, 철학과 마찬가지로 '절대정신'의 한 형태이다. ~ 예술 · 종교 · 철학은 절대적 진리를 동일한 내용으로 하며, 다만 인식 형식의 차이에 따라 구분된다. 절대정신의 세 형태에 각각 대응하는 형식은 직관 · 표상 · 사유이다.

⋯› (가)의 2문단에 따르면, 헤겔은 절대정신의 세 가지 형태를 '예술 · 종교 · 철

학'으로 보고, 이는 인식 형식의 차이에 따라 구분된다고 하였다. 그리고 '직관 · 표상 · 사유'라는 세 가지 지성을 각각 '예술 · 종교 · 철학'에 대응하는 형식으로 제시하였다. 이 형식에 따라 '예술 · 종교 · 철학'은 각각 '직관하는 절대정신', '표상하는 절대정신', '사유하는 절대정신'으로 규정된다. 즉 '직관 · 표상 · 사유'라는 세 가지 형식에 의해 절대정신이 '예술 · 종교 · 철학'이라는 세 가지 형태로 구분되는 것이지, '직관 · 표상 · 사유'가 인식하는 대상이 '예술 · 종교 · 철학'인 것은 아니다.

오답 풀이

① 예술 · 종교 · 철학 간에는 인식 내용의 동일성과 인식 형식의 상이성이 존재한다.

⋯› (가)의 2문단에 따르면, '예술 · 종교 · 철학'은 모두 '절대정신'에 해당하며 절대적 진리를 동일한 내용으로 한다. 다만 '예술 · 종교 · 철학'은 '직관 · 표상 · 사유'라는 인식 형식의 차이에 따라 서로 구분된다.

② 세계의 근원적 질서와 시 · 공간적 현실은 하나의 변증법적 체계를 이룬다.

지문 근거 [(가) 1문단] 세계의 근원적 질서인 '이념'의 내적 구조도, 이념이 시 · 공간적 현실로서 드러나는 방식도 변증법적이기에, 이념과 현실은 하나의 체계를 이루며,

⋯› (가)의 1문단에 따르면, 세계의 근원적 질서인 '이념'의 내적 구조와, 이념이 시 · 공간적 현실로서 드러나는 방식은 모두 변증법적이기에, 이념과 현실은 하나의 체계를 이룬다. 따라서 세계의 근원적 질서와 시 · 공간적 현실은 하나의 변증법적 체계를 이룬다고 할 수 있다.

④ 변증법은 철학적 논증의 방법이자 논증 대상의 존재 방식이다.

지문 근거 [(가) 1문단] 헤겔에게서 변증법은 논증의 방식임을 넘어, 논증 대상 자체의 존재 방식이기도 하다.

⋯› (가)의 1문단에 따르면, 변증법은 논증의 방식임을 넘어, 논증 대상 자체의 존재 방식이기도 하다. 그리고 이념과 현실이라는 두 차원의 원리를 밝히는 철학적 논증도 변증법적 체계성을 지녀야 한다. 따라서 변증법은 철학적 논증의 방법이자 논증 대상의 존재 방식이라고 할 수 있다.

⑤ 절대정신의 내용은 본질적으로 논리적이고 이성적인 것이다.

지문 근거 [(가) 3문단] 헤겔에게서 절대정신의 내용인 절대적 진리는 본질적으로 논리적이고 이성적인 것이다.

⋯› (가)의 3문단에서 절대정신의 내용인 절대적 진리는 본질적으로 논리적이고 이성적인 것이라고 설명하고 있다.

3 구체적 사례에의 적용 답 ④

선지별 선택 비율	①	②	③	④	⑤
화작	4%	8%	11%	65%	10%
언매	3%	6%	5%	77%	6%

(가)에 따라 직관 · 표상 · 사유의 개념을 적용한 것으로 적절하지 않은 것은?

정답 풀이

④ 예술의 새로운 개념을 설정하는 것은 사유를 통해, 이를 바탕으로 새로운 감각을 일깨우는 작품의 창작을 기획하는 것은 직관을 통해 이루어지겠군.

지문 근거 [(가) 2문단] '직관'은 주어진 물질적 대상을 감각적으로 지각하는 지성이고, '표상'은 물질적 대상의 유무와 무관하게 내면에서 심상을 떠올리는 지성이며, '사유'는 대상을 개념을 통해 파악하는 순수한 논리적 지성이다.

⋯› (가)의 2문단에 따르면, 직관은 물질적 대상을 감각적으로 지각하는 지성이고, 사유는 대상을 개념을 통해 파악하는 순수한 논리적 지성이다. 예술의 새로운 개념을 설정하는 것은 논리적인 영역에 해당하므로 사유를 통해 이루어진다고 할 수 있다. 그런데 새로운 작품의 창작을 기획하는 것은 직관을 통해 이루어진다고 할 수 없다. 물질적 대상을 감각적으로 지각하는 것이 아니기 때문이다. 이는 논리적인 영역에 해당하므로 직관이 아니라 사유를 통해 이루어진다고 보아야 한다.

오답 풀이

① 먼 타향에서 밤하늘의 별들을 바라보는 것은 직관을 통해, 같은 곳에서 고향의 하늘을 상기하는 것은 표상을 통해 이루어지겠군.

⋯› (가)의 2문단에 따르면, 직관은 물질적 대상을 감각적으로 지각하는 지성이고, 표상은 물질적 대상의 유무와 무관하게 내면에서 심상을 떠올리는 지성이다. 밤하늘의 별들을 '바라보는' 것은 감각적인 영역에 해당하므로 직관을 통해 이루어지고, 고향의 하늘을 '떠올리는' 것은 내면의 심상에 해당하는 영역이므로 표상을 통해 이루어진다고 할 수 있다.

② 타임머신을 타고 미래로 가는 자신의 모습을 상상하는 것과, 그 후 판타지 영화의 장면을 떠올려 보는 것은 모두 표상을 통해 이루어지겠군.

⋯›(가)의 2문단에 따르면, 표상은 물질적 대상의 유무와 무관하게 내면에서 심상을 떠올리는 지성이다. 미래로 가는 자신의 모습을 '상상하는' 것과 판타지 영화의 장면을 '떠올려 보는' 것은 모두 내면의 심상에 해당하는 영역이므로 표상을 통해 이루어진다고 할 수 있다.

③ 초현실적 세계가 묘사된 그림을 보는 것은 직관을 통해, 그 작품을 상상력 개념에 의거한 이론에 따라 분석하는 것은 사유를 통해 이루어지겠군.

⋯› (가)의 2문단에 따르면, 직관은 물질적 대상을 감각적으로 지각하는 지성이고, 사유는 대상을 개념을 통해 파악하는 순수한 논리적 지성이다. 초현실적 세계를 그린 그림이라도 그림 자체를 '보는' 것은 감각적인 영역에 해당하므로 직관을 통해 이루어지고, 그 그림을 상상력 개념에 의거한 '이론에 따라 분석'하는 것은 논리적인 영역에 해당하므로 사유를 통해 이루어진다고 할 수 있다.

⑤ 도덕적 배려의 대상을 생물학적 상이성 개념에 따라 규정하는 것과, 이에 맞서 감수성 소유 여부를 새로운 기준으로 제시하는 것은 모두 사유를 통해 이루어지겠군.

⋯› (가)의 2문단에 따르면, 사유는 대상을 개념을 통해 파악하는 순수한 논리적 지성이다. 어떤 대상을 생물학적 상이성 개념에 따라 '규정'하는 것과 '감수성 소유 여부'를 새로운 기준으로 제시하는 것은 모두 대상을 개념을 통해 파악하는 논리적인 영역에 해당하므로 사유를 통해 이루어진다고 할 수 있다.

4 내용의 추론 답 ③

선지별 선택 비율	①	②	③	④	⑤
화작	10%	13%	48%	17%	9%
언매	9%	9%	62%	11%	6%

(나)의 글쓴이의 관점에서 ㉠과 ㉡에 대한 헤겔의 이론을 분석한 것으로 적절하지 않은 것은?

정답 풀이

③ ㉠과 달리 ㉡에서는 범주 간 이행에서 첫 번째 범주의 특성이 갈수록 강해진다.

지문 근거 [(나) 2문단] 실질적 내용을 보면 직관으로부터 사유에 이르는 과정에서는 외면성이 점차 지워지고 내면성이 점증적으로 강화 · 완성되고 있음이, 예술로부터 철학에 이르는 과정에서는 객관성이 점차 지워지고 주관성이 점증적으로 강화 · 완성되고 있음이 확연히 드러날 뿐, 진정한 변증법적 종합은 이루어지지 않는다. 직관의 외면성 및 예술의 객관성의 본질은 무엇보다도 감각적 지각성인데, 이러한 핵심 요소가 그가 말하는 종합의 단계에서는 완전히 소거되고 만다.

⋯› (나)의 2문단에서 글쓴이는 헤겔의 미학 이론은 예술로부터 철학에 이르는 과정을 거치면서 객관성이 점차 지워져 헤겔이 말하는 종합의 단계에서는 완전히 소거된다고 지적하였다. 이때 예술은 ㉡'예술 – 종교 – 철학'에서 첫 번째 범주이며, (가)의 2문단에서도 언급되고 있듯 객관성이라는 본질을 지닌다. 즉 (나)의 글쓴이는 ㉡에서 범주 간 이행이 진행되면서 첫 번째 범주의 특성인 객관성이 갈수록 약화되다가 결국 완전히 소거되어 버린다고 분석하고 있다. 한

편 (나)의 1문단에서 글쓴이는 변증법의 매력은 종합에 있다고 하면서, 종합의 범주는 대립하는 두 범주의 본질적 규정이 유기적 조화를 이루어 질적으로 고양된 최상의 범주가 생성됨으로써 성립한다고 하였다. 즉, ㉠'정립 – 반정립 – 종합'에서 첫 번째 범주인 정립과 두 번째 범주인 반정립이 각각의 본질적 규정을 계속 유지하면서 최종적으로 보다 높은 차원에서 조화를 이루는 것이다. 따라서 ㉠에서는 ㉡과 달리 첫 번째 범주의 특성이 계속 유지된다.

오답 풀이

① ㉠과 ㉡ 모두에서 첫 번째와 두 번째의 범주는 서로 대립한다.

…› (나)의 1문단에 따르면, 글쓴이는 ㉠'정립 – 반정립 – 종합'의 세 번째 범주인 종합은 두 대립적 범주 중 하나의 일방적 승리로 끝나도 안 되고, 두 범주의 고유한 본질적 규정이 소멸되는 중화 상태로 나타나도 안 되며, 두 범주 각각의 본질적 규정이 유기적 조화를 이루어야 한다고 보았다. 그리고 이것은 헤겔의 미학 이론인 ㉡'예술 – 종교 – 철학'에도 적용된다고 보았다. 따라서 글쓴이는 종합의 범주에서 조화를 이루어야 하는, 첫 번째와 두 번째의 범주는 ㉠과 ㉡ 모두에서 서로 대립한다고 분석하고 있다.

② ㉠과 ㉡ 모두에서 두 번째와 세 번째 범주 간에는 수준상의 차이가 존재한다.

…› (나)의 1문단에서 글쓴이는 ㉠'정립 – 반정립 – 종합'의 세 번째 범주인 종합은 첫 번째 범주인 정립과 두 번째 범주인 반정립의 본질적 규정이 유기적인 조화를 이루어 질적으로 고양된 최상의 범주가 되어야 한다고 하였다. 따라서 ㉠에서는 두 번째와 세 번째 범주 간에 수준상의 차이가 존재한다. 즉 세 번째 범주가 두 번째 범주보다 질적으로 높아진 상태이다. 그리고 (나)의 2문단에서 글쓴이는 ㉡'예술 – 종교 – 철학'의 범주 간 이행 과정에서 예술의 객관성이 점차 지워지고 주관성이 점증적으로 강화·완성되고 있음을 지적하였다. 즉 두 번째 범주인 종교보다 세 번째 범주인 철학의 주관성이 더 강한 것이다. 따라서 ㉡ 또한 두 번째와 세 번째 범주 간에는 수준상의 차이가 존재한다.

④ ㉡과 달리 ㉠에서는 세 번째 범주에서 첫 번째와 두 번째 범주의 조화로운 통일이 이루어진다.

> 지문 근거 [(나) 1문단] 종합은 양자의 본질적 규정이 유기적 조화를 이루어 질적으로 고양된 최상의 범주가 생성됨으로써 성립하는 것이다.
> [(나) 2문단] 헤겔이 강조한 변증법의 탁월성도 바로 이것이다. ~ 그런데 그가 내놓은 성과물들은 과연 그 기획을 어떤 흠결도 없이 완수한 것으로 평가될 수 있을까? 미학에 관한 한 '그렇다'는 답변은 쉽지 않을 것이다.

…› (나)의 관점에서 ㉠'정립 – 반정립 – 종합'은 ㉡'예술 – 종교 – 철학'이라는 헤겔 미학 체계의 바탕을 이루는 철학적 원칙이라고 할 수 있다. (나)의 2문단에서 글쓴이는 헤겔이 미학 연구에 사용한 철학적 원칙인 변증법을 탁월하다고 인정하면서도 헤겔의 미학 체계는 그렇지 못하다고 지적하고 있다. 즉 헤겔의 미학 이론은 변증법의 원칙에 엄밀하게 정합하지 않는다고 비판하고 있는 것이다. ㉠은 변증법의 논리적 구조이므로 세 번째 범주인 종합에서 첫 번째 범주인 정립과 두 번째 범주인 반정립의 조화로운 통일이 이루어진다고 할 수 있다. 이는 (나)의 1문단에서 확인할 수 있다. 그러나 이와 달리 헤겔의 미학 체계에 해당하는 ㉡에서는 세 번째 범주인 철학에서 첫 번째 범주인 예술과 두 번째 범주인 종교의 조화로운 통일이 이루어지지 않는다고 볼 수 있다. 이는 (나)의 2문단에서 '예술로부터 철학에 이르는 과정에서는 객관성이 점차 지워지고 주관성이 점증적으로 강화·완성되고 있음이 확연히 드러날 뿐, 진정한 변증법적 종합은 이루어지지 않는다.'라고 지적한 것에서도 확인할 수 있다.

⑤ ㉡과 달리 ㉠에서는 범주 간 이행에서 수렴적 상향성이 드러난다.

> 지문 근거 [(가) 1문단] 변증법은 ~ 대립적인 두 범주가 조화로운 통일을 이루어 가는 수렴적 상향성을 구조적 특징으로 한다.
> [(나) 1문단] 종합은 양자의 본질적 규정이 유기적 조화를 이루어 질적으로 고양된 최상의 범주가 생성됨으로써 성립하는 것이다.

…› (나)의 1문단에 따르면, 글쓴이는 ㉠'정립 – 반정립 – 종합'의 구조에서 세 번째 범주인 종합은 첫 번째 범주인 정립과 두 번째 범주인 반정립의 본질적 규정이 유기적 조화를 이루어 질적으로 고양된 최상의 범주가 생성됨으로써 성립된다고 하였다. 따라서 ㉠에서는 범주 간 이행에서 수렴적 상향성이 드러난다. 그러나 이와 달리 ㉡'예술 – 종교 – 철학'에서는 이러한 수렴적 상향성이 드러나지 않는다. (나)의 2문단에 따르면, 예술로부터 철학에 이르는 과정에서는 객관성이 점차 지워지고 주관성이 점증적으로 강화·완성되고 있음이 확연히 드러날 뿐, 진정한 변증법적 종합은 이루어지지 않기 때문이다.

5 관점의 적용 답 ②

선지별 선택 비율	①	②	③	④	⑤
화작	10%	31%	13%	32%	12%
언매	13%	36%	8%	30%	10%

<보기>는 헤겔과 (나)의 글쓴이가 나누는 가상의 대화의 일부이다. ㉮에 들어갈 내용으로 가장 적절한 것은? [3점]

보기

헤겔: 괴테와 실러의 문학 작품을 읽을 때 놓치지 않아야 할 점이 있네. 이 두 천재도 인생의 완숙기에 이르러서야 비로소 최고의 지성적 통찰을 진정한 예술미로 승화시킬 수 있었네. 그에 비해 초기의 작품들은 미적으로 세련되지 못해 결코 수준급이라 할 수 없었는데, 이는 그들이 아직 지적으로 미성숙했기 때문이었네.

(나)의 글쓴이: 방금 그 말씀과 선생님의 기본 논증 방법을 연결하면 [㉮]는 말이 됩니다.

정답 풀이

② 이론에서는 외면성에 대응하는 예술이 현실에서는 내면성을 바탕으로 하는 절대정신일 수 있다

…› <보기>에 나타난 헤겔의 말을 정리하면, 괴테와 실러의 초기 작품은 지적으로 미성숙하여 세련되지 못하였는데 인생의 완숙기 작품들은 진정한 예술미가 나타난다는 것이다. 그리고 그 이유로 최고의 지성적 통찰을 들고 있다. 헤겔은 괴테와 실러의 작품 수준이 지적 혹은 지성적 능력에 따라 달라진다고 본 것이다. 이를 헤겔의 이론을 설명하는 (가)와 관련지으면 다음과 같다. 우선 괴테와 실러의 문학 작품은 예술에 해당하고, 예술은 직관에 대응된다. 다음으로 괴테와 실러의 최고의 지성적 통찰은 사유에 대응된다. (가)의 2문단에 따르면, 사유는 개념을 통해 대상을 파악하는 순수한 논리적 지성이기 때문이다. 그리고 직관은 외면성을, 사유는 외면성과 내면성을 모두 지닌다. 그런데 (나)의 글쓴이는 헤겔의 변증법 이론은 긍정하지만 미학에 대한 그의 견해는 긍정하지 않았다. 특히 예술에 대한 인식이 변증법의 원칙에 정합하지 않는다고 비판하면서, 예술을 '직관하는 절대정신'이라고 본 헤겔의 견해와 달리 실제로 사유를 매개로 해서만 설명되는 예술 작품이 많다고 주장하였다. 따라서 <보기>에서 헤겔이 최고의 지성적 통찰을 진정한 예술미로 승화시킬 수 있었다고 말한 것과 관련하여, (나)의 글쓴이가 헤겔의 미학 이론에서는 외면성을 지닌 직관에 대응하는 예술이 실제로 현실에서는 내면성을 바탕으로 하는 사유에 대응하는 절대정신일 수 있다고 말하는 것은 적절하다.

오답 풀이

① 이론에서는 대립적 범주들의 종합을 이루어야 하는 세 번째 단계가 현실에서는 그 범주들을 중화한다

> 지문 근거 [(나) 1문단] 종합의 범주는 두 대립적 범주 중 하나의 일방적 승리로 끝나도 안 되고, 두 범주의 고유한 본질적 규정이 소멸되는 중화 상태로 나타나도 안 된다.

…› (나)의 1문단에 따르면, 글쓴이는 종합의 범주는 두 대립적 범주 중 하나의 일방적 승리로 끝나도 안 되고, 두 범주의 고유한 본질적 규정이 소멸되는 중화 상태로 나타나도 안 된다고 보고 있다. 따라서 (나)의 글쓴이가, 현실에서는 세 번째 단계에서 대립적 범주들을 중화한다고 말한다는 것은 적절하지 않다.

③ 이론에서는 반정립 단계에 위치하는 예술이 현실에서는 정립 단계에 있는 것으로 나타난다

⋯ (나)의 2문단에서 글쓴이는 지성의 형식을 '직관 – 표상 – 사유' 순으로 구성하고 이에 맞춰 절대정신을 '예술 – 종교 – 철학' 순으로 편성한 헤겔의 전략이 외관상으로는 변증법 모델에 따른 전형적 구성으로 보인다고 하였다. 여기에서 변증법 모델은 '정립 – 반정립 – 종합'을 의미하므로 결국 이론에서 예술은 정립 단계에 위치한다. 따라서 (나)의 글쓴이가 이론에서 예술이 반정립 단계에 위치한다고 말한다는 것은 적절하지 않다.

④ 이론에서는 객관성을 본질로 하는 예술이 현실에서는 객관성이 사라진 주관성을 지닌다

⋯ (나)의 1문단에서 글쓴이는 종합의 범주는 두 대립적 범주 중 하나의 일방적 승리로 끝나도 안 되고, 두 범주의 고유한 본질적 규정이 소멸되는 중화 상태로 나타나도 안 된다고 하였다. 그런데 (나)의 2문단에 따르면, 헤겔의 미학 이론은 '예술 – 종교 – 철학'의 단계를 거치면서 예술의 객관성의 본질이 종합의 단계에서 완전히 소거되는 문제점을 지니고 있다. 따라서 글쓴이는 이런 점을 비판하며 철학의 주관성이 재객관화되는 단계의 절대정신을 추가해야 한다고 주장한다. 이러한 글쓴이의 관점에 비추어 보면, 글쓴이가 예술이 현실에서는 객관성이 사라진 주관성을 지닌다고 말한다는 것은 적절하지 않다. 〈보기〉에 언급된 괴테와 실러의 완숙기 문학 작품처럼 최고의 지성적 통찰을 진정한 예술미로 승화시킨 작품은 재객관화된 단계로 볼 것이기 때문이다.

⑤ 이론에서는 절대정신으로 규정되는 예술이 현실에서는 진리의 인식을 수행할 수 없다

지문 근거 [(가) 2문단] 절대정신은 절대적 진리인 '이념'을 인식하는 인간 정신의 영역을 가리킨다.
[(나) 3문단] 변증법에 충실하려면 헤겔은 철학에서 성취된 완전한 주관성이 재객관화되는 단계의 절대정신을 추가했어야 할 것이다.

⋯ (가)의 2문단에 따르면, 예술은 절대적 진리인 '이념'을 인식하는 인간 정신의 영역을 가리키는 절대정신의 한 형태이다. 그리고 (나)의 3문단에서 글쓴이는, 변증법에 충실하려면 헤겔은 철학에서 성취된 완전한 주관성이 재객관화되는 단계의 절대정신을 추가했어야 할 것이라고 지적하고 있다. 즉 예술은 객관성을 지니므로 철학에서의 완전한 주관성이 재객관화되는 단계에서 필요한 절대정신으로 볼 수 있다. 따라서 괴테와 실러의 완숙기 문학 작품을 최고의 지성적 통찰이 예술미로 승화된 것이라고 한 헤겔의 말을 듣고 (나)의 글쓴이가 예술이 진리의 인식을 수행할 수 없다고 말하는 것은 적절하지 않다.

6 어휘의 의미 파악 답 ③

선지별 선택 비율	①	②	③	④	⑤
화작	10%	4%	63%	4%	17%
언매	5%	2%	77%	2%	10%

문맥상 ⓐ~ⓔ와 바꾸어 쓰기에 가장 적절한 것은?

정답 풀이

③ ⓒ: 귀결(歸結)되어도

⋯ ⓒ의 '끝나다'는 문맥상 '일이 다 이루어지다.'라는 뜻으로 사용되었다. '귀결되다'는 '어떤 결말이나 결과에 이르게 되다.'라는 뜻이므로 ⓒ와 바꾸어 쓸 수 있다.

오답 풀이

① ⓐ: 소지(所持)하여야

⋯ ⓐ의 '지니다'는 문맥상 '바탕으로 갖추고 있다.'라는 뜻으로 사용되었다. 그런데 '소지하다'는 '물건을 지니고 있다.'라는 뜻이므로 ⓐ의 뜻과 거리가 멀다.

② ⓑ: 포착(捕捉)한다

⋯ ⓑ의 '가리키다'는 문맥상 '어떤 대상을 특별히 집어서 두드러지게 나타내다.'라는 뜻으로 사용되었다. 그런데 '포착하다'는 '꼭 붙잡다. / 요점이나 요령을 얻다. / 어떤 기회나 정세를 알아차리다.'라는 뜻이므로 ⓑ의 뜻과 거리가 멀다.

④ ⓓ: 간주(看做)하면

⋯ ⓓ의 '보다'은 문맥상 '대상의 내용이나 상태를 알기 위하여 살피다.'라는 뜻으로 사용되었다. 그런데 '간주하다'는 '상태, 모양, 성질 따위가 그와 같다고 보거나 그렇다고 여기다.'라는 뜻이므로 ⓓ의 뜻과 거리가 멀다.

⑤ ⓔ: 결성(結成)되지

⋯ ⓔ의 '이루어지다'는 문맥상 '어떤 대상에 의하여 일정한 상태나 결과가 생기거나 만들어지다.'라는 뜻으로 사용되었다. 그런데 '결성되다'는 '조직이나 단체 따위가 짜여 만들어지다.'라는 뜻이므로 ⓔ의 뜻과 거리가 멀다.

주제 통합

적중 예상 | 주제 통합 인문 01

본문 110쪽

[146~151] (가) 순자의 직업 윤리
(나) 프로테스탄티즘의 윤리와 자본주의 정신

146 ③ 147 ① 148 ④ 149 ① 150 ③ 151 ②

E 지문 선정 포인트

(가)에서 순자는 직업이 욕망 및 이익 충족 수단으로서 가치를 지니고 있다고 보았으며, (나)에서 칼뱅주의는 직업을 통한 영리 추구 행위를 도덕적으로 권장하였다는 점에서 (가)와 (나) 모두 직업을 통한 이익 추구를 인정하고 있다. 그러나 순자는 직업을 통한 개인의 욕망 추구를 긍정하는 입장인 반면, 칼뱅주의는 금욕적인 생활 태도를 지향하는 입장이므로 (가)와 (나)를 연계하여 비교하며 읽을 수 있다.

(가) 하지윤, 〈순자의 직업 윤리〉

해제 이 글은 인간을 욕구적 존재로 파악한 순자의 직업 윤리를 설명하고 있다. 순자는 인간의 욕구란 자연적인 것이어서 이를 최대로 채우는 것이 바람직하고 욕망과 이익을 추구하는 행위는 인간의 본성적 차원에서 정당하다고 생각하였다. 그러나 그 욕망을 무조건적, 무제한적으로 추구하는 것이 아니라 '예'에 의해 절제하여 추구함으로써 더 많은 욕망을 충족할 수 있다고 보았다. 이를 바탕으로 순자는 인간의 가치가 후천적 노력에 의해 결정되며 인간의 욕구를 충족하기 위해서는 노동이 중요하다는 견해를 제시하였다.

주제 인간의 본성적 차원에서 이익 추구 행위가 정당하다고 본 순자의 직업 윤리

구성

1문단	인간을 욕구적 존재로 본 순자의 견해
2문단	순자의 견해가 지니는 의의
3문단	순자가 제시한 '예'의 개념
4문단	인위적 노력과 노동을 중시한 순자

(나) 이시연, 〈프로테스탄티즘의 윤리와 자본주의 정신〉

해제 이 글은 예정설과 소명 의식의 교리를 지닌 칼뱅주의가 근대 자본주의 정신의 형성에 토대가 되었음을 밝힌 막스 베버의 견해를 소개하고 있다. 칼뱅주의는 현세적 직업이 신에 의해 예정된 구원을 확신할 수 있는 길이며, 소명 의식에 따라 자신에게 주어진 직업에 성실히 임해야 한다는 점을 내세운다. 이러한 칼뱅주의를 통해 자신의 직업에 헌신하여 금전을 얻고 자본을 축적하는 영리 추구 행위가 도덕적으로 정당성을 인정받고 권장되었다는 것이다. 이로 인해 자본이 축적되고 그 자본으로 물건을 생산하는 근대 자본주의 체제가 이루어진 것이라고 하여, 칼뱅주의가 근대 자본주의의 토대가 되었음을 밝히고 있다.

주제 근대 자본주의 정신의 형성에 기여한 칼뱅주의

구성

1문단	근대 자본주의 정신의 형성에 기여한 칼뱅주의의 예정설과 소명 의식
2문단	예정설의 교리와 그에 기초한 칼뱅주의의 권고
3문단	예정설과 소명 의식에 따른 금욕적 생활 태도 중시와 영리 추구의 정당성 획득
4문단	근대 자본주의 정신의 형성에 기여한 칼뱅주의

146 내용 전개 방식 파악 답 ③

정답 풀이

(나)는 물질 추구를 신에 대한 모독으로 여긴 루터주의와 달리, 예정설과 소명 의식이라는 교리를 통해 이윤 추구를 도덕적으로 정당화함으로써 근대 자본주의 정신 형성의 바탕이 된 칼뱅주의에 대해 설명하고 있다.

오답 풀이

① (가)는 인간을 욕구적 존재로 파악하고 욕망을 최대로 충족하되 '예'를 통해 절제해야 한다는 순자의 사상을 설명하고 있을 뿐, 순자의 사상이 형성된 과정을 고찰하고 있지 않다. 또한 순자가 살았던 당시의 시대적 상황이나 시간적 흐름에 따르는 통시적 고찰은 드러나지 않는다.

② (가)에는 인간이 물질적 욕구를 지니고 이익을 추구하는 존재라는 인간의 본성에 대한 순자의 관점이 드러난다. 하지만 그 관점의 문제점이나 모순 등과 같은 한계에 대해서는 언급하지 않았다.

④ (나)는 이윤 추구를 도덕적으로 정당화한 칼뱅주의의 교리로 인해 근대 자본주의가 형성되었음을 밝히고 있을 뿐, 칼뱅주의와 자본주의의 차이점을 설명하고 있지 않다. 또한 칼뱅주의의 직업 윤리가 근대 자본주의 정신 형성의 바탕이 되었다는 내용을 담고 있을 뿐, 바람직한 직업 윤리가 필요함을 밝힌 글도 아니다.

⑤ (가)는 본성에 대한 관점을 바탕으로 노동을 중시한 순자의 견해를 제시하고 있으므로, 인간의 본성이 직업 윤리의 형성에 끼친 영향을 살펴보고 있다고 볼 수 있다. 하지만 (나)는 인간의 본성이 어떠한지에 대해서는 언급하고 있지 않다.

147 핵심 개념의 이해 답 ①

정답 풀이

(가)의 2문단에 따르면, 순자는 인간의 욕망 추구 및 이익 추구를 인간의 본성적 차원에서 긍정함으로써 많은 재화와 이익의 생산을 정당화하는 이론적 토대를 마련하였다. 한편 (나)의 3문단에 따르면, 칼뱅주의는 영리 추구를 종교적, 도덕적으로 장려하였다. 이로 볼 때, 순자와 칼뱅 모두 이윤 추구를 도덕적으로 정당한 행위로 생각했음을 알 수 있다.

오답 풀이

② 순자와 칼뱅 모두 자신의 직분에 충실할 것을 강조했다. 그러나 (나)의 2문단을 보면 칼뱅은 예정설을 통해 인간 스스로 운명을 선택할 수도 없고 선행을 해도 그 운명을 바꿀 수 없다고 보았음을 알 수 있다. 또한 (가)에서 운명에 대한 순자의 견해는 드러나지 않는다.

③ 순자와 칼뱅 모두 사치와 낭비를 경계한 것은 맞다. 하지만 종교적 생활 태도의 필요성을 언급한 것은 칼뱅뿐이며, 순자는 이와 관련이 없다.

④ 노동이 인간의 고립감을 벗어나게 해서 자기 확신에 이르게 한다는 주장은 칼뱅의 견해이다. 순자는 이와 관련이 없다.

⑤ 인간을 욕구적 존재로 파악하고 욕망을 가능한 한 최대로 채우는 것이 필요하다고 생각한 사람은 순자이다. 칼뱅은 이와 관련이 없다.

148 다른 상황에의 적용 답 ④

정답 풀이

(나)의 3문단을 보면 프로테스탄트는 '자신의 직업에 성실히 임해야' 하고, '근면히 노동해야 한다'고 하였다. 그리고 근면한 노동으로 금전을 축적하는 것은 도덕적으로 인정받는다고 하였다. 즉 개인의 노력에 의해 도덕적 삶을 이룰 수 있다고 본 것이다. 한편 〈보기〉를 보면 백성들은 '항산', 즉 일정한 재산이 없으면 '항심'이 없어져 방탕해지고 간사해져 비도덕적인 인간이 되므로 군주는 백성들이

'항산'을 가질 수 있도록 해 주어야 한다고 하였다. 이는 백성의 도덕적 삶이 군주에게 달려 있다는 인식으로 볼 수 있다.

오답 풀이

① (가)에서 순자는 욕망의 추구를 인간의 자연스런 본성으로 이해하고 그 욕망을 최대로 충족하는 것이 필요하다고 보았지만, 욕망 추구를 무조건적으로 인정한 것은 아니라고 하였다. 한편 〈보기〉의 맹자는 백성에게 항산을 먼저 갖추게 한 뒤에 그들을 선으로 나아가게 해야 한다고 말하였으므로, 백성을 선으로 이끌어야 할 구제의 대상으로 파악했다고 볼 수 있다.

② (가)의 순자가 '예'를 통해 인간의 욕망을 규제해야 한다고 보았다는 것은 적절하다. 그러나 〈보기〉의 맹자에 따르면, 백성들은 '항산'이 없으면 '항심'을 가질 수 없으므로 먼저 '항산'을 갖게 해야만 방탕하고 간사해지는 것을 멈추게 할 수 있다.

③ 칼뱅의 관점에서 신으로부터 선택받은 프로테스탄트는 소명 의식을 갖고 자신의 직업에 성실히 임하며 부지런히 노동하는 사람이다. 〈보기〉의 맹자가 말한 '사(士)'는 '항산'이 없어도 '항심'을 갖출 수 있는 사람일 뿐, 신으로부터 선택받은 사람은 아니다.

⑤ (나)에서 칼뱅주의가 인간이 소명 의식을 갖고 자신에게 주어진 직업에 충실히 임해야 한다고 보았다는 것은 적절하다. 하지만 〈보기〉의 맹자가 백성들이 형벌을 피하기 위해 생업에 임해야 한다고 본 것은 아니다. 군주가 좋은 정치로 백성에게 '항산'을 갖추게 해 주면 그들이 편안하게 생업에 임해 도덕적 삶을 살 수 있게 된다는 관점이다.

149 관점의 파악 답 ①

정답 풀이

도덕적 삶의 원천을 인간의 타고난 본성이라고 보는 것은 성선설의 관점이다. (가)의 순자는 인간을 욕망과 이익을 추구하는 이기적 존재로 보고 있으므로 성악설의 관점을 취하고 있다고 할 수 있다.

오답 풀이

② 인간의 본성을 배고프면 배불리 먹고 싶고, 추우면 따뜻하게 입고 싶고, 고단하면 쉬고 싶은 것으로 보는 것은, 인간을 욕망을 추구하는 존재로 보는 순자의 생각과 통한다.

③ 인간이 태어나면서부터 감각적 욕망을 가지며 이를 따르면 음란해지고 예의와 규범이 없어진다는 것은 인간의 본성을 악하다고 보는 것이다. 이는 인간을 욕구적 존재로 보는 순자의 인식과 통한다.

④ 인간의 본성을 본능대로 행동하는 다른 동물의 본성과 다르지 않다고 보는 것은, 인간을 생존을 위해 욕구대로 행동하는 존재로 보는 것이다. 이는 인간을 욕구적 존재로 보는 순자의 견해와 통한다. 또한 후천적으로 '이성과 지성 및 도덕성'의 지배를 받게 된다는 것은 순자가 말한 '예'에 의한 절제와 통하는 측면이 있다.

⑤ 순자는 인간의 욕구를 무조건적으로 추구해서는 안 되며 욕구를 규제하는 것이 '예'라고 하였다. 사람이 예의를 갖추지 못하면 난폭해진다고 한 것은 이러한 순자의 생각과 맥락이 통한다.

150 이유의 추론 답 ③

정답 풀이

(나)의 마지막 문단으로 보아 자본주의 정신이란 '체계적이고 합리적으로 정당한 이윤을 추구하려는 정신'이다. 칼뱅주의의 예정설과 소명 의식은 금욕적인 태도로 자신의 직업을 충실하게 수행하고 그 결과로 물질적 이윤을 얻는 것이 도덕적으로 인정받도록 하였고, 이것이 자본의 축적으로 이어지게 된 것이다.

오답 풀이

① 소명으로서의 직업 윤리로 인해 물질 추구를 긍정적으로 보게 된 것은 맞지만 물질 추구가 신에 대한 모독이라는 생각에서 벗어나도록 했다는 것과 근대적 자본주의 정신의 형성이 인과 관계를 맺는 것은 아니다.

② 근대 자본주의가 형성되면서 소명으로서의 직업 윤리가 새롭게 생겨난 것이 아니라 반대로 소명으로서의 직업 윤리가 근대 자본주의 정신의 형성에 영향을 미친 것이다.

④ 예정설과 소명 의식이 금욕적인 생활 태도로 이어진 것은 맞지만, 신의 영원한 은총을 받는 선택받은 존재가 되는 것과 근대 자본주의 정신의 형성이 인과 관계를 맺는 것은 아니다.

⑤ 소명으로서의 직업 윤리로 인해 종교적 회의를 떨치고 구원에 대한 확신을 받을 수 있었다는 내용은 적절하지만 이러한 확신과 근대 자본주의 정신의 형성이 인과 관계를 맺는 것은 아니다.

151 어휘의 문맥적 의미 파악 답 ②

정답 풀이

ⓐ와 ②의 '잡히다'는 '어느 한쪽으로 기울거나 굽거나 잘못된 것이 바르게 되다.'라는 의미이다.

오답 풀이

① '실마리, 요점, 단점 따위가 찾아내지거나 알아내지다.'라는 의미이다.

③ '어떤 순간적인 장면이나 모습이 확인되거나 찍히다.'라는 의미이다.

④ '기세가 누그러지다.'라는 의미이다.

⑤ '계획, 의견 따위가 시작되다.'라는 의미이다.

적중 예상 | 주제 통합 인문 02

본문 113쪽

[152~157] (가) 사후 가정 사고의 기능 (나) 행동과 무행동에 대한 연구

152 ④ 153 ② 154 ⑤ 155 ⑤ 156 ④ 157 ⑤

E 지문 선정 포인트

(가)는 어떤 행동이나 의사 결정을 한 후 일어날 수도 있었지만 결국에는 일어나지 않은 가상의 사건을 떠올리는 사후 가정 사고의 종류와 정서적 역할을 다루고 있다. (나)는 행동과 무행동에 따른 후회의 정도에 대한 연구를 다루고 있다. 행동과 무행동에 따른 후회는 부정적 결과를 경험했을 때 나타나는 상향적 사후 가정 사고와 연결할 수 있다는 점에서 (가)와 (나)를 연계하여 읽을 수 있다.

(가) 허태균, 〈사후 가정 사고의 기능〉

해제 이 글은 사후 가정 사고란 무엇인지 그 개념을 설명하고 사후 가정 사고의 종류를 제시한 후, 사후 가정 사고의 활성화에 영향을 미치는 다양한 요인들과 사후 가정 사고의 역할을 살펴보고 있다. 사후 가정 사고는 조건 부분의 전환 구조에 따라 추가형 사후 가정 사고와 삭제형 사후 가정 사고로, 결과 부분의 전환 방향에 따라 상향적 사후 가정 사고와 하향적 사후 가정 사고로 나눌 수 있는데, 이러한 사후 가정 사고의 활성화에는 사건의 긍정성, 부정성, 행위의 정상성, 비정상성 등 다양한 요인들이 관여한다. 사후 가정 사고는 나쁜 감정을 완화하고 좋은 감정을 증대하며, 미래를 준비하도록 하는 역할을 한다.

주제 사후 가정 사고의 종류 및 활성화 요인과 역할

구성

1문단	사후 가정 사고의 개념
2문단	사후 가정 사고의 분류 기준과 종류
3문단	사후 가정 사고의 활성화에 관여하는 요인들
4문단	사후 가정 사고의 전환성에 가장 큰 영향을 주는 요인
5문단	사후 가정 사고의 역할

(나) 나준희, 〈행동과 무행동에 대한 연구〉

해제 이 글은 의사 결정자가 주어진 대안 중에 어떤 대안을 선택하는지에 초점을 맞춰 왔던 기존의 의사 결정 연구와 달리, 어떠한 행동을 취하지 않는 무행동의 심리적 기제를 감정의 측면에서 바라본 루스의 연구 결과를 제시한 후, 행동과 무행동 중 어느 것이 더 큰 후회를 야기하는지에 대한 학자들의 다양한 연구를 소개하고 있다. 카네만과 트버츠키는 사람들이 현재 상태를 유지하고자 하는 기본적인 편향인 무행동 편향의 측면에서 행동 효과를 내세웠으며, 이에 반해 질렌버그는 사람들이 이전의 결과에 비추어 행동 여부를 선택한다고 하며, 만약 무행동으로 인한 이전의 결과가 부정적으로 나타나는 경우 행동이 규범적이라 인식하고 이런 경우 무행동으로 인한 후회가 더 크다고 본 무행동 효과를 주장하였다. 이 밖에도 위험에 대한 개개인의 선호의 정도에 따라 행동과 무행동에 따른 후회가 달라진다는 시각도 있다.

주제 행동과 무행동에 따른 후회의 정도를 설명한 다양한 이론들

구성

1문단	기존의 의사 결정 연구의 연구 목적 및 방법
2문단	감정적 측면에 주목하여 무행동을 설명한 루스의 연구
3문단	행동 효과를 설명한 카네만과 트버츠키의 연구
4문단	무행동 효과를 설명한 질렌버그의 연구

152 내용 전개 방식 간 비교 이해 답 ④

정답 풀이

a. (나)에서는 주식 투자의 구체적인 사례를 제시하여 행동과 무행동 중 어떤 경우에 후회가 더 큰지를 설명하고 있으나(3문단), (가)에서는 개념에 대해 설명했을 뿐 구체적 사례를 제시하고 있지 않다. 따라서 (가)와 (나) 모두 구체적인 사례를 제시하여 설명하고자 하는 개념에 대한 독자의 이해를 돕고 있다는 진술은 공통점으로 적절하지 않다.

b. (가)에서는 사후 가정 사고를 구조에 따라 추가형 사후 가정 사고와 삭제형 사후 가정 사고로, 방향에 따라 상향적 사후 가정 사고와 하향적 사후 가정 사고로 나눈 후 각각에 대해 설명하고 있으나(2문단), (나)에서는 분류의 방식을 활용하고 있지 않다. 따라서 (가)는 (나)와 달리 일정한 기준에 따라 대상을 분류한 후 각각의 특징을 설명하고 있다는 진술은 차이점으로 적절하다.

c. (나)에서는 루스, 카네만과 트버츠키, 질렌버그 등 학자들의 연구 결과를 제시하고 있으나, (가)에서는 특정 학자의 연구 결과를 제시하고 있지 않다. 따라서 (나)는 (가)와 달리 학자들의 연구 결과를 소개하여 제시된 내용에 대한 독자의 신뢰를 높이고 있다는 진술은 차이점으로 적절하다.

153 정보 간 의미 관계 이해 답 ②

정답 풀이

〈보기〉의 마지막 문장을 보면, 실패는 결과가 없다는 것을 의미한다고 하였으므로, 이 경우는 현재의 상황을 향상시키려는 목표를 지닌 상태인 향상 동기에 해당한다. 예방 동기는 현재의 상황을 유지하려는 목표를 지닌 상태이므로 예방 동기를 내포한 상황에서의 실패는 '현재 상황의 악화'를 의미하게 된다. 따라서 ㉮에는 '향상 동기'가 들어가는 것이 적절하다. 그리고 향상 동기를 가진 사람은 결과가 있는 상태를 추구하기 때문에 상대적으로 일어난 조건들보다는 일어나지 않은 조건들에 더 민감하게 반응하게 되므로, ㉯에는 '일어나지 않은 조건들'이 들어가는 것이 적절하다. 또한 (가)의 2문단에서 추가형 사후 가정 사고는 과거 또는 현재에 일어나지 않았던 사건이나 행위를 마치 실제 일어났던 것처럼 추가하여 전환시키는 것이고 삭제형 사후 가정 사고는 과거 또는 현재에 일어난 사건이나 행위를 일어나지 않았던 것처럼 삭제하여 전환시키는 것이라고 하였으므로, 일어나지 않은 조건들에 더 민감하게 반응하면 추가형 사후 가정 사고를 하게 된다. 따라서 ㉰에는 '추가형 사후 가정 사고'가 들어가는 것이 적절하다.

154 세부 정보 추론 답 ⑤

정답 풀이

실패한 의사 결정에 대한 사후 가정 사고(Ⓐ)는 더 나은 상황이나 결과를 가져올 수 있는 조건 또는 원인을 파악할 수 있게 한다고 하였으므로, Ⓐ는 더 나은 기준과 비교되는 상향적 사후 가정 사고를 활성화할 가능성이 높다. 그런데 조건 부분의 구조로 볼 때, 상향적 사후 가정 사고는 추가형 사후 가정 사고나 삭제형 사후 가정 사고 모두에서 나타날 수 있다. 예를 들어 '만약 ~하지 않았다면 더 나은 학점을 받을 수 있었을 텐데'와 같이 생각했다면 이는 삭제형 사후 가정 사고를 한 것이 된다. 따라서 Ⓐ가 추가형 사후 가정 사고에 한정된다는 설명은 적절하지 않다.

오답 풀이

① 실패한 의사 결정에 대한 사후 가정 사고(Ⓐ)는 발생한 사건보다 더 나은 대안적 사건을 떠올리는 것이므로 상향적 사후 가정 사고를 활성화할 가능성이 높다고 할 수 있다.

② (가)의 5문단에서 상향적 사후 가정을 통해 경험하게 되는 부정적 감정은 더 나은 상황이나 결과를 가져올 수 있는 조건 또는 원인들에 대한 이해를 돕는

기능을 한다고 하였다. 이로 보아 상향적 사후 가정 사고를 활성화하는, 실패한 의사 결정에 대한 사후 가정 사고(Ⓐ)는 슬픔이나 후회 등의 부정적 감정을 야기할 개연성이 높다고 할 수 있다.

③ (가)의 3문단에서 사건의 긍정성, 부정성은 사후 가정 사고의 방향에도 영향을 미치는데, 일반적으로 상향적 사후 가정 사고는 부정적 사건을 경험했을 때 더 많이 형성된다고 하였다. 따라서 부정성의 정도가 클수록, 즉 실패의 정도가 클수록 결과 부분의 전환과 관련된 상향적 사후 가정 사고를 할 개연성이 높아진다고 할 수 있다.

④ (가)의 5문단에서 실패한 의사 결정에 대한 사후 가정 사고(Ⓐ)는 이후 유사한 과업을 수행할 때 더욱 긍정적인 성과를 기대할 수 있게 한다고 하였다. 즉 미래에 발생할 수 있는 유사한 상황에 대해 준비하도록 한다고 할 수 있다.

155 핵심 정보 간 비교 이해 답 ⑤

정답 풀이

(나)의 3문단에서 사람들의 무행동 편향으로 행동을 하지 않는 상황이 행동을 하는 상황보다 더 규범적이라고 생각해 행동에 따른 후회가 더 크다는 것이 행동 효과(㉠)라고 하였다. 이를 통해, ㉠에서 후회의 정도를 판가름하는 기준은 '규범성의 정도'임을 알 수 있다. 그리고 4문단에서 무행동으로 인한 이전의 결과가 부정적으로 나타나면 사람들은 무행동보다 행동을 규범적이라 인식하기 때문에 무행동으로 인해 발생하는 후회가 더 크게 나타나는데, 이를 무행동 효과(㉡)라고 하였다. 이를 통해, ㉡에서 후회의 정도를 판가름하는 기준은 '규범성의 정도'임을 알 수 있다. 따라서 행동 효과와 무행동 효과는 행동과 무행동 중에서 어느 쪽을 규범적으로 인식하는지에 따라 후회의 정도가 달라진다고 본다는 것을 알 수 있다.

오답 풀이

① 행동으로 인해 발생하는 후회가 무행동으로 인해 발생하는 후회보다 크다고 보는 것은 행동 효과(㉠)이다.

② (나)의 4문단에서 발생할 수 있는 위험을 대하는 사람들의 성향에 따라 행동과 무행동이 결정된다고 보는 시각에 대해 설명하고 있지만, 이는 행동 효과(㉠)나 무행동 효과(㉡)가 아니다.

③ 의사 결정자가 주어진 대안 중에 어떤 대안을 선택하는지를 밝히는 것을 목적으로 하는 것은 기존의 의사 결정 연구에 대한 설명이다. 행동 효과(㉠)와 무행동 효과(㉡)는 행동과 무행동 중 어느 경우에 후회가 더 클 것인지를 밝히는 연구로부터 나온 이론이다.

④ 행동 효과(㉠)나 무행동 효과(㉡)는 행동이나 무행동 중 어느 것이 후회를 더 많이 야기하는 것인지를 설명하기 위해 제시된 이론일 뿐, 잘못된 의사 결정을 했을 때 유발되는 불쾌한 감정, 즉 후회를 미리 방지하기 위한 심리적 기제는 아니다.

156 구체적 사례에의 적용 답 ④

정답 풀이

(나)의 3문단에서 무행동 편향은 사람들이 현재 상태를 유지하고자 하는 기본적인 편향을 말한다고 하였다. 따라서 〈보기〉의 A가 무행동 편향에 따른다면, 현재 상태를 유지하고자 하기 때문에 위험을 감수하면서까지 최고난도 연기를 선택하는 행동은 하지 않았을 것이다. 따라서 최고난도 연기를 선택한 A의 행동이 무행동 편향에 따른 것이라는 설명은 적절하지 않다.

오답 풀이

① A는 은메달을 땄지만 놓친 금메달을 생각하며 아쉬운 표정을 짓고 있으므로 일어난 사건보다 더 나은 대안적 사건을 가상하는 상향적 사후 가정 사고를 했다고 할 수 있다. 따라서 동메달을 딴 B보다 은메달을 딴 A의 만족도가 낮은 것은 바로 이 상향적 사후 가정 사고와 관련 있는 것으로 볼 수 있다.

② A와 B의 객관적 결과를 비교하면 은메달을 딴 A가 동메달을 딴 B보다 낫다. 하지만 수상 인터뷰에서 보인 A와 B의 태도를 비교해 보면 주관적인 만족도는 A가 B보다 못하므로 객관적인 결과와 주관적인 만족도가 서로 일치하지 않을 수도 있음을 알 수 있다.

③ (나)의 4문단에 따르면, 위험 회피 성향을 지닌 사람은 행동으로 인한 후회가 무행동으로 인한 후회보다 더 크다. 따라서 A가 위험 회피 성향을 지닌 사람이라면 최고난도 연기를 선택한 행위에 대한 후회가 최고난도 연기를 선택하지 않은 것으로 인한 후회보다 클 것임을 알 수 있다.

⑤ 동메달을 딴 B가 만족스런 표정을 지은 것은 난도가 낮은 연기를 실수 없이 한 현재의 상황과 고난도의 연기를 선택하여 실수하는 가정의 상황을 비교하여 전자에 대해 만족했기 때문이라 할 수 있다. 이는 더 나쁜 대안과 비교되는 하향적 사후 가정 사고의 과정을 거친 것이라 할 수 있다.

157 동음이의어의 파악 답 ⑤

정답 풀이

ⓔ'감수(甘受)'는 '책망이나 괴로움 따위를 달갑게 받아들임.'의 의미를 지닌 반면, ⑤에서의 '감수(監修)'는 '책의 저술이나 편찬 따위를 지도하고 감독함.'의 의미를 지닌다. 따라서 ⓔ의 '감수'와 ⑤의 '감수'는 소리는 같으나 뜻이 다른, 동음이의어라 할 수 있다.

오답 풀이

① ⓐ와 ①에서의 '내포(內包)'는 '어떤 성질이나 뜻 따위를 속에 품음.'이라는 뜻으로 사용되었다.

② ⓑ와 ②에서의 '관여(關與)'는 '어떤 일에 관계하여 참여함.'이라는 뜻으로 사용되었다.

③ ⓒ와 ③에서의 '간과(看過)'는 '큰 관심 없이 대강 보아 넘김.'이라는 뜻으로 사용되었다.

④ ⓓ와 ④에서의 '예견(豫見)'은 '앞으로 일어날 일을 미리 짐작함.'이라는 뜻으로 사용되었다.

적중 예상 | 주제 통합 인문 03

본문 116쪽

[158~163] (가) 진보주의에 대한 카와 젠킨스의 입장 (나) 진보주의 역사관의 역사적 전개 과정

158 ④ 159 ⑤ 160 ⑤ 161 ⑤ 162 ④ 163 ③

E 지문 선정 포인트

(가)는 역사는 진보한다는 카의 견해와 이에 문제의식을 제기한 젠킨스의 견해를 소개하고 있다. (나)는 카의 견해와 관련하여 인류의 역사가 더 나은 상태를 향해 나아간다고 믿는 진보주의 역사관의 전개 과정과 그 한계를 다루고 있다. 따라서 (가)와 (나)를 연계하여 진보 사관의 형성 배경과 전개 과정 및 한계, 그리고 진보주의 역사학자와 포스트모던 역사학자의 견해를 종합적으로 파악할 수 있다.

(가) 조지형, 〈진보주의에 대한 카와 젠킨스의 입장〉

해제 역사는 진보한다는 입장을 제시한 카와 그의 견해를 비판한 젠킨스의 견해를 소개한 글이다. 역사학자 카는 미래를 낙관적으로 전망하였으며, 인간의 잠재력이 역사를 지속적으로 발전시킨다고 보았다. 카는 진보의 동력을 과학 기술로 보고, 그것이 서구 중심의 세계 질서에도 구조적인 변화를 일으킬 것이라고 전망했다. 그러면서 과학 기술과 문명의 발전에 따르는 여러 위험과 부작용에 대한 우려를 인정하면서도 그것 때문에 역사를 되돌리거나 이성의 역할을 부정하면 안 되며 오히려 이성의 역할을 더 철저하게 인식해야 한다고 하였다. 그러나 젠킨스와 같은 포스트모던 역사학자들은 카의 이러한 생각에 문제를 제기했다. 젠킨스는 수많은 역사적 사건들을 하나의 거대한 역사로 통합하여 왜곡하고 특정 집단에만 적용되는 효율성을 역사 발전의 기준으로 본 진보주의는 포스트모던 시대에 더 이상 견지하기 어려운 이데올로기라고 보았다.

주제 카의 진보주의와 이를 반박한 젠킨스의 견해

구성

1문단	인간의 잠재력을 통해 역사가 진보한다고 확신한 카
2문단	진보의 동력인 과학 기술과 문명에 대한 카의 신뢰
3문단	과학 기술과 문명의 부작용 속에서도 이성의 역할을 강조한 카
4문단	카의 진보주의적 관점을 비판한 젠킨스

(나) 이상신, 〈진보주의 역사관의 역사적 전개 과정〉

해제 진보주의가 태동할 때부터 현재에 이르기까지 역사적인 전개 과정을 통시적으로 설명한 글이다. 진보 사상은 순환론적 세계관에 빠져 있던 고대와 신 중심의 세계관을 지녔던 중세에는 나타나지 않았다. 인간 잠재력에 의한 진보 사상이 본격적으로 등장하게 된 것은 계몽주의의 영향을 받은 18세기부터였다. 진보주의는 인간의 문명이 항상 더 완전한 상태를 향할 뿐 아니라 자유와 도덕성을 추구해 갈 것으로 믿었다. 이러한 진보에 대한 믿음을 바탕으로 형성된 근대의 역사주의는 역사가 진보하며 그 진보에는 시간이 필요하다는 것을 핵심 내용으로 하면서 서구 사회가 비서구 사회를 도와 역사 발전 단계를 진전시킬 사명을 갖는다는 제국주의 논리를 탄생시켰다. 그러나 현대에 와서 발생한 여러 문제들로 인해 역사주의적 사유 방식에 대한 근원적인 성찰의 필요성이 제기되었다. 결국 진보 사상은 몇몇 영역에서 주장되었지만, 역사 일반에서 입증되는 객관적인 기준을 제시하지는 못했다.

주제 진보주의 역사관의 역사적 전개 과정

구성

1문단	진보 사상이 나타나지 않았던 고대와 중세
2문단	진보 사상이 본격적으로 등장한 18세기
3문단	제국주의 논리를 탄생시킨 근대 역사주의적 사유
4문단	역사 일반에서 입증되는 객관적 기준을 제시하지 못한 진보주의

158 내용 전개 방식 간 비교 이해 답 ④

정답 풀이

(나)는 진보주의 관점의 역사적 전개 과정을 고대부터 현대까지 시대 순서에 따라 통시적으로 서술하고 있다. 그러나 (가)는 역사의 진보에 대한 카와 젠킨스의 견해를 서술한 내용으로, 이러한 전개 방식이 나타나지 않는다.

오답 풀이

① (가)와 (나)는 모두 역사의 진보주의에 대해 설명하고 있는데, (나)에서는 이러한 관점에 영향을 준 시대적 배경을 언급하고 있으나 (가)에서는 그렇지 않다.

② (가)는 진보주의에 대한 두 학자의 대립되는 견해를 소개하였고, (나)는 진보주의 관점의 역사적 전개 과정을 서술하였다. (가)와 (나) 모두 다양한 견해들이 특정한 관점으로 수렴되어 가는 과정을 서술하고 있지는 않다.

③ (가)는 진보주의 관점에 대한 카의 견해와 이를 비판한 젠킨스의 견해를 소개하고 있을 뿐, 두 견해의 공통점을 분석하고 있지는 않다.

⑤ (가)에서 카나 젠킨스의 견해가 형성되어 가는 과정은 나타나 있지 않다. 또한 (나)에서 진보 사상이 전개되어 가는 과정은 언급되었으나 발전 과정이 제시된 것은 아니다.

159 핵심 견해 간 비교 이해 답 ⑤

정답 풀이

(가)의 4문단을 보면, 젠킨스는 역사에 대한 해석이 진보주의와 같은 거대 담론의 영향을 받아 이루어지면 역사 왜곡을 일으킬 수 있다는 점에서 문제가 있다고 생각했음을 알 수 있다. 이와 반대로 카는 진보주의라는 거대 담론 속에서 역사를 해석하고자 했다. 따라서 젠킨스가 역사에 대한 해석이 거대 담론 속에서 이루어져야 한다고 생각했다는 진술은 적절하지 않다.

오답 풀이

① (가)의 1문단 '그(카)는 인간의 잠재력이 역사를 지속적으로 발전시킬 것이라고 단언했다.'에서 확인할 수 있다.

② (가)의 3문단 '과학 기술과 문명의 발전에 따르는 여러 위험과 부작용 때문에 역사를 되돌려 비합리주의를 숭배하거나 이성의 역할을 부정하면 안 되고'에서 확인할 수 있다.

③ (가)의 4문단에 따르면, '카는 효율성을 역사 발전의 기준으로 보았'으며, 그에 대해 젠킨스는 '다양한 이해관계 속에서 갈등하고 긴장하는 인간 사회를 종합적으로 고려'하지 못하고 '특정 사회만을 효율성의 준거점으로 보았다'며 문제의식을 느끼고 있었다. 이를 통해 젠킨스는 효율성이 사회 구성원의 입장에 따라 다르게 평가될 수 있다고 보았음을 알 수 있다.

④ (가)의 4문단에 따르면, 젠킨스는 '진보라는 미래의 지향점과 가치에 부합하지 않는 모든 역사적 사건들'이 정당한 평가에서 제외되는 것(정당한 평가를 받지 못하는 것)을 문제로 인식하였다.

160 세부 정보 파악 답 ⑤

정답 풀이

(나)의 2문단에서 '18세기의 진보주의자들은 ~ 세계는 그 자체의 법칙에 따라 움직인다고 보았으며, 그 운동의 방향은 항상 더 완전한 상태를 향한다고 생각했다.'라고 하였다. 그리고 3문단을 보면, 이러한 진보에 대한 믿음을 바탕으로 역사주의가 형성되었으며, 일부의 역사주의자들은 '단선적인 시간 위에서 동일한 역사적 진보 과정을 밟는다는 사고를 바탕으로' '전근대와 근대를 진보라는 개념으로 연속시키면서 비서구를 전근대로 서구를 근대로 간주'했다고 하였다. 이에 따르면 서구에 비해 비서구의 근대화가 지체되었다고 본 사람들은 서구뿐 아니라 비서구의 역사 역시 진보를 향한 운동 방향을 갖지만, 그 발전이 지체된 것이라고 볼 것임을 알 수 있다. 따라서 비서구의 근대화가 지체된 원인이 역사의 운동 방향이 서구와 다르게 형성되었기 때문이라고 서구인들이 생각했다는 진술은 적절하지 않다.

오답 풀이

① (나)의 1문단에 따르면, 고대인들은 행복한 시대 뒤에는 반드시 고통의 시대가 뒤따른다는 순환론적 세계관을 갖고 있었고 역사적 경험도 제한되어 있었다.

② (나)의 1문단에 따르면, 중세인들은 인간의 역사를 신 의지의 전개 과정으로 보면서 그 종점에는 내세에서 성취되는 구원의 세계가 있을 뿐이라고 생각하였다.

③ (나)의 2문단에 따르면, 18세기의 진보주의자들은 인간이 이성의 힘을 통해 본능과 야만적인 상태에서 벗어나 자유와 도덕성을 추구해 갈 것이라는 생각을 바탕으로 진보에 대한 믿음을 강화하였다.

④ (나)의 3문단에서 진보에 대한 믿음을 바탕으로 형성된 역사주의적 사유에 따르면 시간은 역사적 진보로 채워지기를 기다리는 '동질적이고 비어 있는 시간'으로 규정된다고 하였다.

161 핵심 정보 파악 답 ⑤

정답 풀이

(가)의 2문단에서 '카는 진보의 동력인 과학 기술이 인류 문명의 발전뿐 아니라 서구 중심의 세계 질서에도 구조적인 변화를 일으킬 것이라고 전망했다.'라고 하였다. 따라서 ㉠ '역사의 진보에 대한 믿음'은 서구 중심 사유의 극복 가능성을 전망했다고 볼 수 있다. 그리고 (나)의 3, 4문단을 보면, 서구 사회가 비서구 사회를 도와 역사 발전 단계를 진전시킬 사명을 갖는다는 제국주의 논리를 탄생시킨 역사주의적 사유 방식에 대해 근원적인 성찰의 필요성이 제기되었고 현대 사회의 여러 모순들에 대한 문제의식도 심화되면서 진보 사상에 대한 의구심은 증폭되었다고 하였다. 따라서 ㉡ '진보 사상에 대한 의구심'은 서구 중심 사유에 대한 성찰에서 비롯되었다고 볼 수 있다.

오답 풀이

① 역사의 진보에 대한 믿음(㉠)이 냉전 체제의 갈등을 야기했다고 보기 어려우며, 진보 사상에 대한 의구심(㉡)이 냉전 체제의 확산을 막는 데 기여했는지는 (나)에서 확인할 수 없다.

② (나)의 4문단에 따르면, 지식의 누적과 기술의 향상, 산업의 발달과 경제적 풍요가 가져온 모순적 상황에 대한 문제의식이 심화됨으로써 진보 사상에 대한 의구심이 증폭되었다는 점에서 진보 사상에 대한 의구심(㉡)은 과학 중심의 역사 담론을 문제로 인식하였다고 볼 수 있다. 그러나 역사의 진보에 대한 믿음(㉠)은 인간의 잠재력 곧 이성에 대한 절대적인 신뢰를 바탕으로 하므로 신 중심의 역사 담론을 수용한 것이 아니라 오히려 극복했다고 볼 수 있다.

③ (나)의 4문단을 참고하면, 역사의 진보에 대한 믿음(㉠)은 학문적 논리화를 이루는 데 실패했다고 볼 수 있다. 반면 진보 사상에 대한 의구심(㉡)은 진보 사상의 학문적 논리화를 막았다고 볼 수 있다.

④ (나)의 4문단을 참고하면, 진보 사상에 대한 의구심(㉡)은 비서구 사회의 피해를 줄이는 데 역할을 했다고 볼 수 있다. 그렇지만 (가)의 4문단에서 역사의 진보에 대한 믿음(㉠)은 인간 사회를 종합적으로 고려하기보다 특정 사회만을 효율성의 준거로 삼았다고 하였으므로 인류 사회 전체의 이익에 기여했다고 보기 어렵다.

162 다른 상황에의 적용 답 ④

정답 풀이

[A]에 따르면, 역사주의적 사유는 서구 사회가 비서구 사회를 도와 역사 발전 단계를 진전시킬 사명을 갖는다는 제국주의 논리를 탄생시켰다. 그렇지만 스탈린이 정리한 역사 발전 5단계 도식은 유럽 밖의 지역에서는 잘 들어맞지 않는 것이었다. 그럼에도 불구하고 〈보기〉의 백남운은 '역사 발전 5단계론'을 우리 역사에도 그대로 적용하여 자신의 논리를 전개하였다. 즉 조선이 가야 할 역사적 미래가 유럽 사회의 발전 모델과 같을 것이라고 보았다는 점에서 그가 펼친 논리는 역사주의적 사유를 벗어나지 못한 한계가 있었다고 볼 수 있다.

오답 풀이

① 〈보기〉에서 백남운은 조선 중기 이후 이미 자본주의로 이행할 싹이 자라고 있었다고 주장하였다. 이는 조선 역사의 이행 과정 역시 근대적 시간에 포섭할 수 있는 것으로 본 것이다.

② 〈보기〉에서 백남운은 조선 중기 이후 이미 자본주의로 이행할 싹이 자라고 있었다고 주장하였다. 그러므로 조선 역사가 진보하기 위해 충분한 시간이 필요하다는 점을 간과했다는 것을 그에 대한 비판의 근거로 삼을 수는 없다.

③ 〈보기〉에서 백남운은 우리의 역사도 보편적 역사 법칙을 따라 발전해 온 것이라고 보았지만, 일제의 식민 지배로 인한 조선 민족의 정신적 상흔을 보편적 역사의 일부로 받아들인 것은 아니다.

⑤ 〈보기〉에서 백남운은 조선의 역사 발전을 너무 낙관적으로 전망한 것이 아니라 이미 조선 사회는 자본주의로 이행할 싹이 자라고 있었기에 우리 민족이 식민 지배에서 벗어날 자격이 있다는 점을 주장한 것이다.

163 어휘의 문맥적 의미 파악 답 ③

정답 풀이

ⓒ의 '견지(堅持)하다'는 '어떤 견해나 입장 따위를 굳게 지니거나 지키다.'의 뜻으로 쓰였으므로, ⓒ를 '받아들이기'와 바꿔 쓰는 것은 적절하지 않다.

오답 풀이

① ⓐ의 '전망(展望)하다'는 '앞날을 헤아려 내다보다.'의 뜻으로 쓰였으므로, ⓐ는 '내다본'과 바꿔 쓸 수 있다.

② ⓑ의 '부합(符合)하다'는 '사물이나 현상이 서로 꼭 들어맞다.'의 뜻으로 쓰였으므로, ⓑ는 '들어맞지'와 바꿔 쓸 수 있다.

④ ⓓ의 '탈피(脫皮)하다'는 '일정한 상태나 처지에서 완전히 벗어나다.'의 뜻으로 쓰였으므로, ⓓ는 '벗어나'와 바꿔 쓸 수 있다.

⑤ ⓔ의 '봉착(逢着)하다'는 '어떤 처지나 상태에 부닥치다.'의 뜻으로 쓰였으므로, ⓔ는 '부딪히게'로 바꿔 쓸 수 있다.

적중 예상 | 주제 통합 인문 04

본문 119쪽

[164~169] (가) 오행상극설과 오행상생설 (나) 음양론과 음양내재론

164 ④ 165 ③ 166 ③ 167 ③ 168 ④ 169 ④

E 지문 선정 포인트

(가)는 오행설을 중심으로 한 오행상극설과 오행상생설에 대해 설명하고 있고, (나)는 음양론과 음양내재론에 대해 설명하고 있다. 동양의 전통 사상의 핵심은 음양오행론이라는 측면에서 볼 때 (가)와 (나)는 하나의 주제에 대한 다른 관점이나 시대에 따라 변화된 양상을 소개하고 있다고 볼 수 있으므로 (가)와 (나)를 연계하여 비교하며 읽을 수 있다.

(가) 〈오행상극설과 오행상생설〉

해제 나무, 불, 흙, 쇠, 물의 다섯 가지 요소를 바탕으로 자연 현상뿐만 아니라 사회 현상도 설명하는 이론인 오행론에 대한 글로서, 오행을 상극 관계로 설명한 오행상극설과 이를 상생 관계로 설명한 오행상생설을 비교하여 설명하고 있다. 추연은 나무, 불, 흙, 쇠, 물의 다섯 가지 요소들이 한쪽이 다른 한쪽을 억제하면서 연결되어 있다는 오행상극설을 주장하였는데, 서한에 이르면 오행이 서로 생성하고 도와주는 관계에 있다고 주장하는 오행상생설이 새롭게 등장한다. 오행상생설의 등장으로 오행론은 일종의 기능적 구조론, 즉 유기체론으로 발전할 수 있게 되었다.

주제 오행상극설과 오행상생설의 이론적 특징 및 의의

구성

1문단	동양 전통 사상의 핵심인 오행론
2문단	추연의 오행상극설의 이론적 특징 및 역사에 대한 해석
3문단	서한의 오행상생설의 이론적 특징 및 의의

(나) 〈음양론과 음양내재론〉

해제 『주역』의 음양론과 이를 발전시킨 동중서의 음양 내재론을 비교하여 설명하는 글로서, 인간을 수동적인 존재로 간주한 『주역』과 달리 인간의 능동성을 강조한 음양 내재론의 의의를 평가한 뒤 서양 과학의 입장에서 그 한계를 제시하고 있다. 음양론은 음과 양의 관계를 바탕으로 한 이론으로, 음효와 양효로 만들어 낸 8괘, 그리고 8괘를 두 개씩 세로로 중첩하여 만든 64괘가 있는데, 고대 중국인들은 이를 바탕으로 우주의 삼라만상을 설명하고 예측하였다. 이후 서한 시대에 이르러 동중서는 음양 내재론을 통해 음과 양이 모든 사물과 사태에 내재하며 모든 사물과 사태가 서로 연결되어 영향을 준다는 일종의 유기체론을 주장하였다. 이러한 음양 내재론은 인간의 능동성을 강조하였다는 데 의의가 있으나 서양 과학이 들어서면서 과학적으로 입증이 불가능한 관념에 지나지 않는다는 비판을 받기도 하였다.

주제 『주역』의 음양론과 동중서의 음양 내재론의 이론적 특징 및 이에 대한 평가

구성

1문단	음과 양의 개념 및 『주역』의 음양론
2문단	64괘와 이를 통한 삼라만상에 대한 예측
3문단	동중서의 음양 내재론의 특징
4문단	동중서의 음양 내재론의 의의 및 이론적 한계

164 내용 전개 방식 간 비교 이해 답 ④

정답 풀이

(가)에서는 기존 이론에 해당하는 오행상극설과 서한에 이르러 새롭게 등장한 오행상생설에 대해 설명한 뒤, 오행상생설의 등장으로 오행론은 '우주 전체를 마치 유기체인 것처럼 파악할 수 있게 해 주는 일종의 기능적 구조론, 즉 유기체론으로 발전할 수 있게 되었다.'라며 오행상생설의 의의에 대해 평가하고 있다. (나)에서는 기존 이론에 해당하는 『주역』의 음양론과 새로운 이론에 해당하는 동중서의 음양 내재론에 대해 설명한 뒤, 음양 내재론은 인간의 능동성을 강조하였다며 새로운 이론의 의의에 대해 평가하고 있다. 따라서 (가)와 (나) 모두 서로 관련이 있는 두 이론을 제시한 뒤, 새로운 이론의 의의에 대해 평가하고 있다는 점에서 공통점이 있다.

오답 풀이

① (가)에서는 추연의 이론을, (나)에서는 동중서의 이론을 바탕으로 각 이론의 핵심 주장을 제시하고 있다.

② (가)에서는 오행론이 전국 시대의 추연에 의해 체계화되었다고 하며 추연의 오행상극설을 설명한 다음, 이후 서한 시대에 등장한 새로운 오행론인 오행상생설을 설명하고 있다. 또한 (나)에서는 『주역』의 음양론이 서한 시대에 이르러 동중서에 의해 발전된 음양 내재론을 설명하고 있다. 즉 (가)와 (나) 둘 다 시간의 흐름에 따른 이론의 변화가 제시되어 있다.

③ (나)의 4문단에서 '서양 과학이 들어오면서 과학적으로 입증이 불가능한 관념에 지나지 않는다는 비판을 받게 되었다.'라는 내용은 서양 과학의 입장에서 음양 내재론을 평가한 것으로, 서양의 자연 과학을 구체적인 사례를 바탕으로 비교 · 분석한 내용에 해당하지 않는다. 또한 (가)에는 서양 과학에 대한 언급이 없다.

⑤ (가)에서 오행상극설이 오행상생설에 미친 영향을 설명하고 있지 않다. 또한 (나)에서는 『주역』의 음양론과 동중서의 음양 내재론을 각각 설명하고 있는데, 이 둘은 넓은 의미의 음양론에 포함되므로 상반된 이론이 아니며 절충 과정도 나타나지 않는다.

165 핵심 정보 간 비교 파악 답 ③

정답 풀이

(가)의 3문단의 '오행상생설이 등장하면서 오행론은 사물이나 사태의 변화, 생성을 설명하는 논리뿐만 아니라 ~ 유기체론으로 발전할 수 있게 되었다.'와 (나)의 3문단의 '음양 내재론을 통해 음과 양이 모든 사물과 사태에 내재한다고 주장하면서 ~ 모든 사물과 사태 그리고 그것들의 변화와 운동에 관여하는 내재적 원리로 이론화하였다.'라는 내용을 통해서, ㉮와 ㉯ 모두 사물이나 사태의 변화나 운동에 관여하는 내재적 원리를 설명하는 이론이라는 것을 알 수 있다.

오답 풀이

① (가)에서 음양오행론은 모든 자연 현상을 음양과 오행의 범주에 따라 해석하고 예측하는 이론이라고 하였다. 그리고 ㉮는 나무[木], 불[火], 흙[土], 쇠[金], 물[水]의 오행에 따라 사물이나 사태의 변화, 생성을 설명한 이론이고, ㉯는 '음과 양이 모든 사물과 사태에 내재한다고' 본 이론에 해당한다. 따라서 ㉮는 오행, ㉯는 음양에 따라 자연 현상을 이해했음을 알 수 있다.

② ㉮에서 오행은 '목 → 화 → 토 → 금 → 수 → 목'과 같이 일방향적으로 영향을 준다고 본 것과 달리, ㉯에서 음과 양은 '인간에 내재한 음은 하늘에 내재하는 음에 영향을 주고, 하늘에 내재한 음도 인간에 내재한 음에 영향을 주며, 양 또한 이와 마찬가지'라고 하였으므로 쌍방향적으로 영향을 준다고 보았음을 알 수 있다.

④ ㉮는 오행을 '서로 생성하고 도와주는 관계'로 본 반면, ㉯는 인간이 '양의 행위를 함으로써 비가 함축하는 음의 힘을 상쇄해야 한다고 보았다.'와 같이 인간이 가진 양의 힘이 자연에 있는 음의 힘을 상쇄시킬 수 있다고 보았다. 그런

데 (나)의 첫 문장에서 '기(氣)에는 두 가지 성질'이 있다며 그 성질로 음과 양을 제시했으므로, ㉯가 인간의 기(氣)로써 자연의 기(氣)를 상쇄할 수 있다고 보았음을 알 수 있다.

⑤ ㉮는 '우주 전체를 마치 유기체인 것처럼 파악할 수 있게 해 주는 일종의 기능적 구조론, 즉 유기체론'에 해당하고, ㉯는 '모든 것이 모든 것에 영향을 미친다는' 유기체론에 해당한다. 이처럼 ㉮와 ㉯ 모두 자연을 구성 요소들이 관계를 맺으며 연결되어 있는 하나의 거대한 유기체로 보았다.

166 세부 정보 추론 답 ③

정답 풀이

오행상극설이 쇠락하는 주나라를 이을 새로운 통일 국가를 열망했던 전국 시대의 군주들에게 큰 호응을 받은 이유는, 오행상극설을 통해 주나라에 이어 탄생할 새로운 국가의 정당성을 부여받을 수 있었기 때문이다. 하나라 우왕에서 은나라 탕왕으로 이어지는 역사의 흐름이 금극목(金克木)이고, 은나라 탕왕에서 주나라 문왕으로 이어지는 흐름을 화극금(火克金)으로 설명하여 앞 시대의 왕을 몰아내고 뒤 시대를 이은 국가를 연 왕들의 행위에 정당성을 부여한 것이다. 이와 마찬가지로 '화(火)'의 주나라를 극복할 수 있는 '수(水)'의 새로운 통일 국가가 나타난다면, 이는 오행상극설에 의한 정당한 순리에 해당하므로 새로운 국가의 탄생을 정당화할 수 있다. 실제로 전국 시대를 통일한 진나라의 진시황이 물의 덕을 내세운 것도 오행상극설에 의거하여 정당성을 부여받기 위해서였다고 볼 수 있다.

오답 풀이

① 오행상극설에 의해 예측할 수 있는 것은 상극 관계일 뿐, 흥망성쇠 전체를 예측할 수 있는 것은 아니다.

② 오행상극설은 오행의 상극 관계를 통해 자연 현상이나 역사의 흐름을 설명하는 이론으로, 주나라를 이어 진나라가 등장한 것을 설명할 수는 있으나 이를 통해 전국 시대의 국가적 혼란을 설명할 수 있는 것은 아니다.

④ 오행상극설을 통해 새로운 통일 국가가 '수(水)'의 기운을 가졌음을 예측할 수 있을 뿐, 이를 바탕으로 새로운 통일 국가의 이상적인 모습을 설계할 수 있었던 것은 아니다.

⑤ 오행상극설을 바탕으로 시운이 다한 국가인 주나라를 이을 새로운 통일 국가를 예측할 수는 있었지만, 주나라를 재건할 수 있는 방안을 마련할 수 있었던 것은 아니다.

167 구체적 사례에의 적용 및 추론 답 ③

정답 풀이

〈보기 1〉에 따르면 소화 기관은 '토(土)'에 해당한다. 그런데 소화 기관이 활발해지면 어떤 신체 기관의 활동에 제약이 따른다는 것은 두 기관이 상극 관계에 있음을 의미한다. (가)의 2문단에 제시된 오행상극 설에 따르면, 이는 흙이 물을 억제한다는 '토극수(土克水)'에 해당한다. 따라서 소화 기관이 활발해지면 '토극수(土克水)', 즉 '수'에 해당하는 신장이나 방광의 활동이 제약을 받는다. 반면, '토'의 활동이 활발해지면서 어떤 신체 기관의 활동이 함께 활발해지는 것은 오행상생설로 설명되므로, 흙이 쇠를 생기게 하는 '토생금(土生金)'을 적용할 수 있다. 따라서 소화 기관이 활발해지면 '금'에 해당하는 호흡 기관의 활동이 활발해진다.

오답 풀이

①, ② '목'에 해당하는 간장이나 담낭이 활동의 제약을 받으려면, '금극목(金克木)', 즉 '금'에 해당하는 호흡 기관의 활동이 활발해져야 한다. 또한 '화'에 해당하는 심장의 활동이 활발해지려면 '목생화(木生火)', 즉 '목'에 해당하는 간장이나 담낭의 활동이 활발해져야 한다.

④ '화'에 해당하는 심장의 활동이 활발해지려면 '목생화(木生火)', 즉 '목'에 해당하는 간장이나 담낭의 활동이 활발해져야 한다.

⑤ '화'에 해당하는 '심장'이 활동의 제약을 받으려면, '수극화(水克火)', 즉 '수'에 해당하는 신장이나 방광의 활동이 활발해져야 한다. 또한 신장과 방광의 활동이 활발해지려면, '금생수(金生水)', 즉 '금'에 해당하는 호흡 기관의 활동이 활발해져야 한다.

168 구체적 사례에의 적용 답 ④

정답 풀이

음력 5월을 나타내는 괘(卦)는, 위쪽에는 하늘을 상징하는 건괘(☰)가, 아래쪽에는 바람을 상징하는 손괘(☴)가 구성되어 있다. (나)의 2문단에 따르면, 대성괘에서 위쪽의 괘는 현재를 나타내고 아래쪽 괘는 미래를 예측한다고 하였다. 따라서 음력 5월의 괘는 현재는 양기가 충만하지만, 땅 밑에서부터 음기가 서서히 올라옴을 나타내는 괘에 해당한다. 〈보기〉에서 음력 '5월부터 음의 기운이 드리우기 시작하여 10월에 이르기까지 음의 기운이 점점 커'진다고 하였으므로, 음기가 줄어드는 모습이라는 이해는 적절하지 않다.

오답 풀이

① '☲[이(離)]'괘는 양기 사이에 음기가, '☵[감(坎)]'괘는 음기 사이에 양기가 섞여 있는 형상이기 때문에, 양기나 음기가 점점 차오르는 모습을 시각적으로 나타내기 위한 괘로는 적절하지 않다.

② 음력 1월을 나타내는 괘는 위쪽이 곤괘(☷)이고, 아래쪽이 건괘(☰)로 구성되어 있다. 이는 현재는 춥고 음의 기운이 가득 차 있지만, 대지 깊은 곳에는 양의 기운이 가득 차 있는 모습을 나타낸 괘라고 할 수 있다.

③ 음력 4월을 나타내는 괘는 위쪽과 아래쪽 모두 건괘(☰)로 양효로만 구성되어 있고, 음력 10월을 나타내는 괘는 위쪽과 아래쪽 모두 곤괘(☷)로 음효로만 구성되어 있어, 각각이 양기와 음기가 가장 절정인 절기라는 것을 알 수 있다.

⑤ 음력 9월을 나타내는 괘는 위쪽은 간괘(☶)이고, 아래쪽은 곤괘(☷)로, 8월에서 10월로 가면서 음기가 점점 더 강해지는 것으로 보았을 때, 앞으로 날씨가 점차 추워질 것임을 예측할 수 있다.

169 어휘의 문맥적 의미 파악 답 ④

정답 풀이

ⓓ의 '넘다'는 문맥상 '일정한 기준이나 한계 따위를 벗어나 지나다.'라는 의미로 사용되었다. ④에서의 '넘다' 역시 같은 의미로 사용되었다.

오답 풀이

① ⓐ의 '따르다'는 '어떤 경우, 사실이나 기준 따위에 의거하다.'의 의미로 사용되었으나, '해안을 따라서'에서의 '따르다'는 '일정한 선 따위를 그대로 밟아 움직이다.'의 의미로 사용되었다.

② ⓑ의 '내주다'는 '차지하고 있던 자리를 남에게 넘겨주다.'의 의미로 사용되었으나, '곳간의 쌀을 내주었다.'에서의 '내주다'는 '넣어 두었던 물건 따위를 꺼내어 주다.'의 의미로 사용되었다.

③ ⓒ의 '이르다'는 '어떤 장소나 시간에 닿다.'의 의미로 사용되었으나, '죽을 지경에 이르렀다.'에서의 '이르다'는 '어떤 정도나 범위에 미치다.'라는 의미로 사용되었다.

⑤ ⓔ의 '받다'는 '다른 사람이나 대상이 가하는 행동, 심리적인 작용 따위를 당하거나 입다.'의 의미로 사용되었으나, '밝은 색의 옷이 잘 받는다.'에서의 '받다'는 '색깔이나 모양이 어떤 것에 어울리다.'의 의미로 사용되었다.

적중 예상 | 주제 통합 예술 01

본문 122쪽

[170~175] (가) 선 원근법과 공기 원근법 (나) 세잔과 피카소의 입체주의

170 ④ 171 ③ 172 ③ 173 ③ 174 ④ 175 ④

E 지문 선정 포인트

(가)는 입체를 현실감 있게 표현하는 방법으로 고안된 선 원근법와 선 원근법의 어색함을 보완하기 위해 등장한 공기 원근법에 대해 설명하고 있다. (나)는 선 원근법의 문제를 인식하여 등장한 입체주의 화가들의 작품 경향에 대해 설명하고 있다. 따라서 선 원근법의 한계로부터 공기 원근법과 입체주의가 나타났다는 점을 중심으로 (가)와 (나)를 연계하여 읽을 수 있다.

(가) 박경미, 〈선 원근법과 공기 원근법〉

해제 이 글은 신 중심의 세계관을 표현했던 중세의 예술에서 벗어나 인간이 바라본 세계의 모습을 사실적으로 표현하려 한 원근법을 설명하고 있다. 원근법은 투시도법이라 불리는 선 원근법과 대기층이 시각에 미치는 영향을 표현하려 한 공기 원근법으로 나뉘는데, 선 원근법은 다시 소실점의 개수에 따라 1점 투시, 2점 투시, 3점 투시로 나뉜다. 원근법이 처음으로 도입됐던 르네상스 초기에는 원근법의 법칙을 엄격하게 지켜 작품을 창작했으나, 이후에는 원근법의 법칙을 지키되 인간이 가진 시각에 의존한 표현이 나타났는데 이는 레오나르도 다빈치에 의해 확립된 공기 원근법을 통해 알 수 있다.

주제 선 원근법과 공기 원근법의 개념과 효과 및 의의

구성

1문단	르네상스 시기 미술의 변화와 원근법
2문단	원근법의 종류와 선 원근법의 개념 및 효과
3문단	소실점의 개수에 따른 선 원근법의 종류
4문단	시대에 따른 원근법의 변화

(나) 앨릭잰더 스터지스, 〈세잔과 피카소의 입체주의〉

해제 이 글은 대상의 실재가 아닌 환영에 불과한 모습만 보여 준다는 비판을 할 수 있는 선 원근법에서 벗어나 실재를 그리고자 했던 입체주의의 회화의 창작 방식을 소개하고 있다. 초기 입체주의 화가인 세잔은 하나의 눈이 아닌 두 개의 눈으로 바라본 세계를 평면에 표현하고자 다중 시점을 도입하였고, 대상의 본질을 기하학적 구조로 파악할 것을 주장하였다. 이러한 세잔의 예술관에 영향을 받은 피카소는 동시적인 시점의 결합 가능성을 실험하여 사물을 파편화하고 왜곡하는 형태로 나타냈다. 아울러 피카소는 입체주의를 발전시키면서 일상적인 물건을 정물화의 재료로 사용하는 등 회화 표면의 평면성에 대한 관심을 확장시켜 새로운 방식의 표현을 시도하였다.

주제 선 원근법에서 탈피하려 했던 입체주의 화가들의 작품 경향

구성

1문단	선 원근법의 문제를 인식한 세잔과 피카소
2문단	〈사과와 오렌지〉를 통해 살펴본 세잔의 화풍
3문단	세잔의 영향을 받아 입체주의 회화를 발전시킨 피카소와 브라크
4문단	실제 세계의 재료를 정물화에 도입한 피카소의 화법

170 내용 전개 방식 간 비교 이해 답 ④

정답 풀이

(나)는 1문단에서 르네상스 이래 화가들이 실재를 구현하기 위한 수단으로 선택한 선 원근법의 두 가지 전제와 이로 인한 문제를 제시하면서 입체주의 회화의 등장 배경을 설명하고 있다. 그리고 2~4문단에서 초기 입체주의의 대표적 화가인 세잔의 창작 방식을 소개하고, 세잔의 발상이 피카소와 브라크에게 영향을 끼쳐 입체주의 회화의 발전을 가져왔으며, 입체주의가 발전하면서 피카소가 새로운 화법을 시도하게 되었음을 밝히는 등 입체주의의 변화 양상을 통시적으로 고찰하고 있다. 따라서 (나)는 입체주의 회화의 등장 배경 제시하고 그것의 변화 양상을 통시적으로 고찰하고 있다고 할 수 있다.

오답 풀이

① (가)는 원근법을 선 원근법과 공기 원근법으로 구분하여 설명하고 있으나, 이를 근거로 하여 르네상스 회화의 형식을 분류하고 있지 않다.

② (가)는 2문단에서 원근법의 개념을 설명하고, 4문단에서 원근법이 완벽하게 구현된 〈산 로마노 전투〉를 예로 들고 있으나 이와 관련지어 원근법의 의의를 소개하고 있지는 않다. 〈산 로마노 전투〉는 원근법의 법칙에 지나치게 경도되면 오히려 현실과 동떨어진 느낌을 준다는 내용을 뒷받침하는 예에 해당한다.

③ (나)는 선 원근법을 구현하기 위한 전제와 이로 인한 문제점을 제시하고 있을 뿐, 선 원근법이 입체주의 회화에 미친 영향을 분석하고 있지 않다.

⑤ (나)는 선 원근법의 문제점을 인식한 입체주의 화가의 화풍에 대해 설명하고 있으나, 입체주의 회화에 사용된 미술 기법들이 원근법을 대체하는 것은 아니다. 또한 (가)는 원근법 자체의 문제점이 아니라 원근법에 지나치게 경도됐을 때의 문제점을 언급하고 있으며, 원근법을 대체할 수 있는 미술 기법의 특징을 분석하고 있지도 않다.

171 세부 정보 파악 답 ③

정답 풀이

(나)의 4문단을 통해 피카소가 실제 세계의 재료를 정물화에 활용하였음을 알 수 있다. 그러나 작품에 나타난 시간과 공간에 따른 움직임은 3문단을 통해 알 수 있듯이 화가가 그림을 그리는 동안 정물의 주위를 걸어 다니며 여러 각도에서 세부 사항을 관찰한 것 같은 인상을 만드는 과정에서 이루어진 것이지, 실제 세계의 재료를 정물화에 활용하였기 때문에 만들어진 것은 아니다.

오답 풀이

① (가)의 3문단에서 3점 투시 중 대상의 위압감을 표현한 것은 대상을 아래에서 올려다보는 방향의 3점 투시라고 하였다. 따라서 대상의 위압감을 표현하는 3점 투시법에서 소실점은 왼쪽과 오른쪽, 위쪽에 하나씩 총 3개가 있다는 것을 알 수 있다.

② (나)의 3문단에서 피카소와 브라크는 세잔의 영향을 받았다고 하였고, 2문단에서 세잔은 하나의 눈이 아니라 두 개의 눈으로 보는 세계가 진실이라고 믿어 여러 시점에서 바라본 대상을 한 평면에 그렸다고 하였다. 따라서 피카소와 브라크가 2차원 평면 위에 동시적인 시점이 결합된 작품을 구현하려 한 것은 세잔의 영향을 받았기 때문이라고 할 수 있다.

④ (가)의 4문단에서 우리의 눈과 바라보는 대상 사이에는 눈에 보이지 않는 대기가 존재하고 있으며 눈과 대상이 멀어질수록 대기층의 영향을 받아 대상이 흐릿하게 보이는 것을 작품에 적용한 것이 공기 원근법이라고 하였다.

⑤ (가)의 1문단에서 르네상스 이전, 신 중심의 세계관이 공고하게 자리를 잡고 있었던 중세 시대의 보편적 방식은 그림을 그릴 때 의미적 중요도에 따라 대상의 크기와 위치를 달리하는 개념적 배치였다고 하였다.

172 구체적 사례에의 적용 답 ③

정답 풀이

(나)의 1문단에서는 카메라 렌즈가 항상 한쪽 눈으로만 대상을 바라본다고 하였는데, 이는 선 원근법이 대상을 하나의 시점으로 바라본 모습을 나타냄을 표현한 것이다. 그리고 2문단에 따르면, 세잔은 이러한 선 원근법의 문제를 인식하며 등장한 입체주의의 대표적인 화가로, 하나의 눈이 아니라 두 개의 눈으로 보는 세계가 진실하다고 믿었기 때문에 두 눈으로 보는 세계, 곧 다중 시점으로 대상을 평면에 그리고자 하였다. 따라서 세잔의 작품인 〈보기〉의 ㉯ 역시 다중 시점으로 그려진 것으로, ㉯에 대해 카메라 렌즈가 시각 정보를 취하는 방식으로 대상을 그렸다는 감상은 적절하지 않다. ㉯에서 대상들이 좌우 대칭이 맞지 않는 왜곡된 형태로 보이는 것은 여러 시점에서 바라본 대상을 한 평면에 옮겼기 때문이지, 카메라 렌즈가 시각 정보를 취하는 방식으로 대상을 그렸기 때문이 아니다.

오답 풀이

① ㉮에서 대각선 구도의 선이 중앙에 자리한 예수의 오른쪽 눈동자로 모인다고 하였으므로 한 개의 소실점이 형성되었다고 할 수 있다. (가)의 2문단과 3문단에 따르면 이는 1점 투시로, 1점 투시에서는 한 개의 소실점을 향해 시선이 집중되는 효과가 있다.

② (가)의 4문단에 따르면, ㉮에서 인물 뒤의 창밖으로 보이는 풍경을 흐릿하게 처리한 것은 눈으로부터 멀리 있는 대상이 두꺼운 대기층의 영향으로 흐릿하게 보이는 것을 표현한 것으로 볼 수 있다. 이는 인간이 가진 시각에 의존한 표현으로 가까운 곳은 선명하게, 먼 곳은 흐릿하게 표현하는 공기 원근법에 해당한다.

④ ㉯에서 사과의 모습을 구의 형태로, 물병의 모습을 원뿔과 원기둥을 합친 형태로 그린 것은 사과라는 대상의 본질은 구로, 물병이라는 대상의 본질은 원뿔과 원기둥으로 보았기 때문이다. (나)의 2문단에 따르면, 이는 대상의 본질을 기하학적 형태로 파악한 세잔의 관점이 반영된 것이다.

⑤ ㉯에서 위에서 바라본 사과와 아래에서 바라본 사과의 모습을 한 화면에 그린 것은 하나의 시선으로 대상을 파악하거나 시점을 고정한 채로 대상을 파악하여 시각적 환영을 만들었던 원근법을 부정한 것으로 이해할 수 있다. (나)의 2문단에 따르면, 이는 여러 시점에서 바라본 대상의 모습을 한 평면에 옮기려 한 의도를 구현한 것이다.

173 핵심 정보 간 비교 이해 답 ③

정답 풀이

ⓐ '투시도법'은 원근법의 일종으로 대상을 하나의 고정된 시선으로 바라보는 것을 전제로 한다. 이와 달리 ⓑ '입체주의'는 세잔에 영향을 받아 동시적인 시점의 결합 가능성을 실험하였고, ⓒ '산점 투시'는 사물의 전체적인 모습과 자세한 형태를 모두 관찰한 후 이를 하나로 모아 화면을 구성하였다. 이를 바탕으로 보면, ⓐ와 달리 ⓑ, ⓒ는 대상의 실재를 구현하기 위해서는 하나의 시점에서 벗어나 다양한 시점에서 바라본 모습을 표현해야 한다고 보았다고 할 수 있다.

오답 풀이

① ⓐ '투시도법'은 3차원의 세계를 환영적 공간감을 주는 시각적 효과를 통해 2차원의 평면에 담아내는 기법이다. 즉 2차원 평면에 3차원의 환영을 만들어 표현함으로써 실제 세상의 모습을 그대로 담아낸 것처럼 보이도록 하는 기법일 뿐, 3차원의 세계를 분해하거나 이를 재조합하여 표현하는 방법은 아니다. ⓑ '입체주의' 화가들은 3차원의 세계를 여러 각도(시점)에서 관찰한 뒤 이를 2차원의 한 평면에 옮기는데, 이때 대상을 기하학적 형태로 환원하거나 파편화될 때까지 왜곡하여 표현하므로, ⓑ '입체주의'는 3차원의 세계를 2차원의 평면에 나타낼 수 있도록 분해한 뒤 이를 재조합하여 표현한다고 볼 수 있다.

② ⓑ '입체주의'는 2차원 평면임에도 불구하고 시간과 공간에 따른 움직임을 만들어 냈다고 하였으므로 단일한 시간과 공간을 기준으로 대상을 파악하였다는 설명은 적절하지 않다. ⓒ '산점 투시' 역시 시점에 따라 다르게 나타나는 사물의 정보를 하나로 모아 화면을 구성하는 방법이므로 단일한 시간과 공간을 기준으로 대상을 파악하였다는 설명은 적절하지 않다.

④ ⓐ '투시도법'은 화가의 눈에 보이는 모습을 사실적으로 표현하는 화법이므로 투시도법을 통해 화가의 주관적 감정을 표현한다는 설명은 적절하지 않다. ⓒ '산점 투시'는 멀리서 본 모습과 가까이에서 본 모습을 함께 표현하는 것으로 주관적 감정의 표현보다는 화가의 눈에 보이는 모습을 표현하는 것에 중점을 둔 것이라 할 수 있다.

⑤ 가까이 있는 대상은 크게, 멀리 있는 대상은 작게 표현하는 방식은 ⓐ '투시도법'에 해당하는 설명이다. ⓑ '입체주의'와 ⓒ '산점 투시'에는 해당되지 않는다.

174 세부 정보 추론 답 ④

정답 풀이

(가)의 2문단에서 선 원근법은 투과하여 보고 그리는 화법이라는 측면에서 투시도법이라고도 불린다고 하였는데, 고정된 한 지점에서 한 방향을 바라볼 때 대상의 형태와 위치를 선에 의해 투과하여 보는 방법이라고 하였다. 따라서 선 원근법에서 투과하여 보는 시선은 오로지 하나라고 할 수 있으며, 두 눈을 다 뜨고 보는 세상을 선 원근법으로 표현하는 것은 불가능하다고 할 수 있다.

오답 풀이

① 원근법은 한번 시선을 고정하면 그 시선을 고칠 수 없다는 것을 전제로 하지만 인간은 양쪽 눈으로 대상을 바라보면서 시선을 여러 방향으로 바꿀 수 있으므로 고정된 시선을 다른 방향으로 수정할 수 없다는 내용은 적절하지 않다.

② 소실점은 오로지 한쪽 눈으로 대상을 볼 때 만들어지는 것이다. 양쪽 눈으로 대상을 볼 때는 소실점이 만들어지지 않는다.

③ 원근법이란 2차원 평면에 3차원 세계의 입체감을 부여하는 방법이므로 원근법을 사용하면 한쪽 눈으로 바라본 대상에 입체감이 부여된다. 양쪽 눈으로 대상을 보면 입체감을 느낄 수 있는지 여부에 대한 내용은 (가)와 (나)에 제시되어 있지 않을 뿐만 아니라 Ⓐ의 이유와도 관련이 없다.

⑤ 시간의 흐름과 공간의 이동에 따라 대상의 모습이 달라지는 것은 양쪽 눈으로 바라볼 때만 국한되는 것은 아닐 뿐만 아니라 Ⓐ의 이유와도 관련이 없다.

175 어휘의 사전적 의미 파악 답 ④

정답 풀이

㉣ '조작(造作)'의 사전적 의미는 '어떤 일을 사실인 듯이 꾸며 만듦.'이다. '작업 따위를 잘 처리하여 행함.'을 뜻하는 어휘는 '조작(操作)'이다.

오답 풀이

① ㉠ '자각(自覺)'의 사전적 의미는 '현실을 판단하여 자기의 입장이나 능력 따위를 스스로 깨달음.'이다.

② ㉡ '돌출(突出)'의 사전적 의미는 '쑥 내밀거나 불거져 있음.'이다.

③ ㉢ '경도(傾倒)'의 사전적 의미는 '온 마음을 기울여 사모하거나 열중함.'이다.

⑤ ㉤ '도입(導入)'의 사전적 의미는 '기술, 방법, 물자 따위를 끌어 들임.'이다.

주제 통합
예술 02

본문 125쪽

[176~181] (가) 보링거의 추상 충동과 감정 이입 충동
(나) 오스본의 추상 미술 구분

176 ④ 177 ⑤ 178 ③ 179 ⑤ 180 ④ 181 ②

E 지문 선정 포인트

(가)는 추상 충동과 감정 이입 충동이라는 개념을 중심으로 미술사의 원리를 설명한 보링거의 견해를 제시하고 있다. (나)는 보링거에 의해 추상 미술이 도입된 이후, 다양한 추상에 관한 논의를 정리한 오스본의 견해를 제시하고 있다. 보링거와 오스본의 견해 모두 미술사적 사실을 설명하는 이론으로서 미술사에 영향을 끼쳤으므로 이러한 점을 중심으로 (가)와 (나)를 연계하여 읽을 수 있다.

(가) 김향숙, 〈보링거의 추상 충동과 감정 이입 충동〉

해제 감정 이입 충동과 추상 충동으로 조형 예술의 근원을 설명한 보링거의 견해를 설명한 글이다. 보링거는 인간의 근원적 심리 욕구로서 예술 의욕이 있으며, 예술 의욕은 두 가지 심리적 충동인 감정 이입 충동과 추상 충동으로 나누어진다고 주장하였다. 보링거는 추상 충동은 인간이 외부와의 이원적 대립 상태가 야기하는 불안에서 벗어나려는 욕구이며 정신적 활동이라고 정의한 후, 추상 충동이 감정 이입 충동보다 본능적인 예술 의욕이라 보았다. 그리고 이러한 추상 충동은 원시 민족이나 고대 동방 문화에 내재한 조형 원리의 근원으로, 현대 추상 회화가 등장하기 이전부터 존재한다고 하였다. 이러한 보링거의 주장은 기존의 틀에서 벗어나 미술사의 원리를 설명하고 현대 추상 회화의 문을 열었다는 평가를 받는다.

주제 감정 이입 충동과 추상 충동으로 미술사를 설명한 보링거의 견해

구성

1문단	보링거가 주장한 예술 의욕의 종류 – 감정 이입 충동과 추상 충동
2문단	추상 충동의 개념 및 발생 원인
3문단	추상 충동의 특징과 이를 잘 보여 주는 대표적인 예
4문단	원시 민족이나 고대 동방 문화의 미술이 자연주의 미술보다 우위에 있는 이유
5문단	추상 충동과 관련된 보링거의 견해의 의의

(나) 마순자, 〈오스본의 추상 미술 구분〉

해제 보링거 이후 등장한 추상에 관한 다양한 논의를 정리한 오스본의 견해를 설명한 글이다. 오스본은 당시에 유행하던 정보 이론의 용어인 의미론적 정보, 구문론적 정보, 표현적 정보를 차용하여 미술에서의 추상을 도상적 추상과 비도상적 추상의 두 영역으로 구분하였다. 그는 미술가가 작품 형식을 고려해 대상을 재현하는 방식을 수정하고 왜곡하면서 추상이 성립한다고 보았다. 그러면서 20세기 이전에도 미술가들은 의미론적 정보와 구문론적 정보의 상호 작용을 통해 미술 작품을 창작하였으며, 그 과정에서 도상적 추상이 나타났다고 보았다. 또한 20세기 이후에는 미술 작품의 내용보다는 작품의 형식 또는 표현을 더 중요하게 바라보는 비도상적 추상이 등장하였다고 보았다. 이러한 오스본의 주장은 의미론적 정보 없이 구문론적 정보와 표현적 정보만을 지닌 미술 작품의 등장과 같은 현대 미술의 새로운 전환을 설명하는 이론적 근거를 마련했다는 의의를 지닌다.

주제 추상의 개념과 종류에 대해 설명한 오스본의 견해

구성

1문단	도상적 추상과 비도상적 추상의 개념
2문단	추상에 관한 오스본의 견해
3문단	20세기 이전의 미술에 대한 오스본의 견해
4문단	미술가의 역할과 도상적 추상의 등장 과정
5문단	비도상적 추상이 나타나게 된 원인과 오스본의 견해의 의의

176 내용 전개 방식 간 비교 이해 답 ④

정답 풀이

(가)의 1~4문단에서는 감정 이입 충동과 추상 충동으로 조형 예술의 근원을 설명한 보링거의 견해를 설명한 다음, 5문단에서 보링거의 견해가 미술 양식사를 이분법적으로 바라본 기존의 틀에서 벗어나 미술사의 발전이 어떤 특정 전형이 있는 것이 아니라 변화하는 것으로 보았다는 점에서 의의가 있음을 밝히고, 그가 현대 추상 회화의 문을 열었다는 평가를 받는다고 하였다. 또한 (나)의 1~5문단에서는 미술에서의 추상을 도상적 추상과 비도상적 추상의 두 영역으로 구분하여 정리한 오스본의 견해를 설명한 다음, 5문단의 마지막 문장에서 오스본의 견해가 미술 작품의 내용보다는 작품의 형식 또는 표현을 더 중요하게 바라보는 이론적 근거를 마련하였다는 점에서 현대 미술의 새로운 전환을 가져왔다는 평가를 받는다고 하였다. 이처럼 (가)와 (나)는 각각 보링거와 오스본의 견해를 소개하고, 그들의 견해가 미술사에 미친 영향을 설명하고 있다고 볼 수 있다.

오답 풀이

① (가)에서 보링거가 제시한 감정 이입 충동과 추상 충동의 차이점을 언급하고 있기는 하지만, 두 개념의 공통점을 소개하지는 않았으며 구체적 작품을 제시하고 있지도 않다.
② (가)에서는 보링거의 견해가 기존의 틀에서 벗어나 미술사의 원리를 설명했다고만 언급했을 뿐, 보링거의 견해와 기존 통념을 비교하고 있지 않다. 또한 보링거의 견해가 지닌 한계를 언급하고 있지도 않다.
③ (나)에서는 정보 이론의 용어를 차용하여 오스본이 정리한 도상적 추상과 비도상적 추상에 대해 설명하고 있을 뿐, 오스본의 견해가 변화해 온 과정을 통시적으로 설명하고 있지는 않다.
⑤ (나)의 1문단에서 '보링거에 의해 추상 미술에 대한 개념이 도입된 이후, 20세기 초는 추상 미술에 대한 다양한 견해들이 등장'하였고, 그러한 추상에 관한 다양한 논의를 오스본이 정리하였다고 언급된 부분을 오스본의 견해가 등장하게 된 배경이라고 볼 수는 있다. 그러나 (나)에 과거의 현실에 대한 오스본의 견해가 제시되어 있지는 않다. 또한 (가)에 당대 현실에 대한 보링거의 견해나 그 등장 배경은 제시되어 있지 않다.

177 핵심 정보 파악 답 ⑤

정답 풀이

(가)의 2문단에서 보링거는 인간이 미지의 것과 직면하면 정신적 공포를 느끼게 되는데, 추상 충동은 그러한 '외부와의 이원적 대립 상태가 야기하는 불안에서 벗어나려는 인간의 욕구이며 정신적 활동'이라고 하였다. 따라서 추상 충동은 인간이 미지의 대상을 마주했을 때 느끼는 불안에서 벗어나게 하는 정신 활동이라고 볼 수 있다.

오답 풀이

① (가)의 1문단 '예술 의욕이 감정 이입 충동에 의해 표현될 때는 사실적 재현을 중시하는 고전주의와 같은 자연주의 미술 양식이 나타나게 되어 예술이 세계

와 조화를 이루게 된다'에서 알 수 있듯이, 사실적 재현을 중시하는 미술 양식의 근원이 되는 예술 의욕은 감정 이입 충동이다.

② (가)의 2문단에서 '보링거는 추상 충동을 원시 민족이나 고대 동방 문화에 내재한 조형 원리의 근원이라고 생각하였다.'라고 하였고, 3문단에서 추상 충동의 특징을 '가장 잘 보여 주는 대표적인 예로 원시 민족이나 고대 동방 문화에서 확인할 수 있는 조형 예술을 들었다.'라고 하였다. 곧, 추상 충동은 현대 추상 회화 이전의 작품에서도 그 존재를 확인할 수 있다.

③ (가)의 2문단 '보링거는 추상 충동을 원시 민족이나 고대 동방 문화에 내재한 조형 원리의 근원이라고 생각하였다.'에서 알 수 있듯이, 추상 충동은 원시 민족의 미술과 고대 동방 문화의 미술에 공통적으로 내재하는 조형 원리이므로 둘을 구별하는 차별적인 양식이라고 볼 수 없다. 오히려 4문단의 '추상 충동이 미술의 근원이 되었던 원시 민족이나 고대 동방 문화의 미술이 그리스나 로마 미술과 같은 자연주의 미술보다 우위에 있다고 하였다.'를 통해, 추상 충동은 원시 민족의 미술과 고대 동방 문화의 미술을 그리스나 로마 미술과 구별하는 차별적인 양식이라고 이해할 수 있다.

④ (가)의 1문단 '예술 의욕이 감정 이입 충동에 의해 표현될 때는 사실적 재현을 중시하는 고전주의와 같은 자연주의 미술 양식이 나타나게 되어 예술이 세계와 조화를 이루게 된다고 생각했다.'에서 알 수 있듯이, 예술이 세계와 대립하지 않고 조화를 이룰 수 있도록 이끄는 심리 욕구는 추상 충동이 아니라 감정 이입 충동이다.

178 세부 정보 파악 답 ③

정답 풀이

(나)의 2문단 '표현적 정보는 작품이나 묘사하는 대상에서 유발되는 감정적 요인 및 그에 부수되는 특성들에 대한 정보를 말한다.'에서 알 수 있듯이, 미술 작품을 보고 관객들이 감동을 느끼는 것은 표현적 정보에 해당한다. 그런데 ③에서 언급한 작품의 주제나 제재에 대한 정보와 관련된 것은 의미론적 정보에 해당하는 것으로, 이는 오스본의 견해에 따르면 관객이 작품을 보고 감동을 느끼는 것과 관련이 없다.

오답 풀이

① (나)의 3, 4문단에서 '오스본은 20세기 이전의 미술가들은 의미론적 정보와 구문론적 정보의 상호 작용을 통해 미술 작품을 창작'하였으며, '예술가는 주제의 부각, 시각적 은유, 표현 등의 목적을 위해 추상에 다가가게' 되는데 '이러한 과정을 거쳐 나타나는 추상을 도상적 추상이라 불렀다.'라고 하였다. 이를 통해 오스본은 도상적 추상을 의미론적 정보와 구문론적 정보를 바탕으로 창작된 미술 작품이 지니게 된 추상이라고 보았음을 알 수 있다. 또한 5문단에 따르면, 오스본은 '추상 미술에서는 의미론적 정보보다 구문론적 정보와 표현적 정보가 더 중요한 역할을 담당하는 조형 방식이 된다'고 하며, 그렇게 의미론적인 정보를 전혀 갖고 있지 않은 추상 미술을 비도상적 추상이라고 하였다. 즉 오스본은 비도상적 추상을 구문론적 정보와 표현적 정보를 중심으로 창작된 미술 작품이 지니게 된 추상이라고 보았음을 알 수 있다. 따라서 도상적 추상과 비도상적 추상 모두 구문론적 정보와 관련이 있다고 보는 것은 오스본의 견해와 일치한다.

② (나)의 3문단에서 오스본은 미술가들이 '의미론적 정보인 주제나 제재가 구문론적 정보인 형식적 구조에 영향을 미치고, 형식적 요인이 작품의 의미에 영향을 줄 수 있기에 미술가는 두 정보 가운데 어느 한쪽을 더 우세하게 할 수도, 또 균형을 이루게 할 수도 있다'고 보았다. 또한 4문단에서 오스본은 '미술가란 표현을 위해 동기를 부여받을 수 있고 또 회화적 구조에 대한 관심으로 주제를 선정할 수도 있으며, 주제와 관련하여 특정한 형식의 국면에 집중할 수도 있는 존재'라고 보았다. 따라서 미술가를 미술 작품의 주제와 형식, 회화적 구조 등을 스스로 선택할 수 있는 존재라고 보는 것은 오스본의 견해와 일치한다.

④ (나)의 3문단에서 '오스본은 20세기 이전의 미술가들은 의미론적 정보와 구문론적 정보의 상호 작용을 통해 미술 작품을 창작했다고 보았다.'라고 하였으므로, 20세기 이전에 창작된 미술 작품에서 의미론적 정보와 구문론적 정보를 모두 확인할 수 있다고 보는 것은 오스본의 견해와 일치한다.

⑤ (나)의 1문단에서 '비도상적 추상은 작품 자체뿐 아니라 그것의 어떤 부분도 시각 세계의 사물을 묘사하거나 상징하지 않는 추상의 방식으로, 비재현적 추상 또는 완전 추상이라고도 한다.'라고 하였다. 그리고 5문단에서 '오스본의 비도상적 추상에 대한 고찰은 미술 작품의 내용보다는 작품의 형식 또는 표현을 더 중요하게 바라보는 이론적 근거를 마련하였다는 점에서 현대 미술의 새로운 전환을 가져왔다는 평가를 받고 있다.'라고 하였다. 이를 종합해 보면, 비재현적 추상과 완전 추상, 곧 비도상적 추상의 등장이 미술 작품의 형식과 표현이 미술 작품의 내용보다 중요한 위상을 차지하였음을 의미한다고 보는 것은 오스본의 견해와 일치한다.

179 핵심 견해 간 비교 이해 답 ⑤

정답 풀이

(나)의 4문단에 따르면, ㉡'오스본'은 미술가란 '회화적 구조에 대한 관심으로 주제를 선정할 수도 있으며, 주제와 관련하여 특정한 형식의 국면에 집중할 수도 있는 존재'라고 생각하였다. 그리고 '회화적 구조에 대한 미술가의 형식적 고려는 대상을 재현하는 방식을 수정하고 왜곡하는 단계에 이를 수도 있는데, 바로 이 지점이 추상이 성립하는 계기라고 보았다.'라고 하였다. 따라서 오스본은 작품의 회화적 구조에 대한 미술가의 관심이 추상 미술이 등장하게 된 원인이라고 생각하였다고 볼 수 있다. 한편 (가)의 1문단에 따르면, ㉠'보링거'는 예술 의욕을 감정 이입 충동과 추상 충동으로 나눈 뒤 예술 의욕이 감정 이입 충동에 의해 표현될 때는 예술이 세계와 조화를 이루게 되지만, 예술 의욕이 추상 충동에 의해 표현될 때는 예술이 세계와 대립하게 된다고 하였다. 이러한 보링거의 예술과 세계의 관계에 대한 견해는 감정 이입 충동과 추상 충동이라는 두 가지 예술 의욕 중 어느 것이 표현되느냐에 따른 결과를 설명한 것일 뿐, 예술과 세계의 관계가 추상 미술이 등장하게 된 원인이라고 보는 것은 아니다.

오답 풀이

① (가)의 2문단을 보면, 보링거는 추상 충동이 원시 민족이나 고대 동방 문화에 내재한 조형 원리의 근원이라고 생각하였으므로, 20세기 이전에도 추상 미술의 존재를 인정하였음을 알 수 있다. 또한 (나)의 3문단을 보면, 오스본은 20세기 이전의 미술가들은 의미론적 정보와 구문론적 정보의 상호 작용을 통해 미술 작품을 창작하였는데, 그 과정에서 나타나는 추상을 도상적 추상이라고 하였다. 즉 오스본 역시 20세기 이전에도 추상 미술의 존재를 인정하였음을 알 수 있다. 따라서 ㉠'보링거'와 ㉡'오스본' 모두 20세기 이전에도 추상 미술이 존재하였음을 인정하였다는 이해는 적절하다.

② (가)의 1문단에서 '보링거는 심리학을 바탕으로 조형 예술의 근원을 표명한 미술 이론가로, 인간의 근원적 심리 욕구로서 예술 의욕이 있으며, 예술 의욕은 두 가지 심리적 충동인 감정 이입 충동과 추상 충동으로 나누어진다고 주장하였다.'라고 하였고, (나)의 2문단에서 "그(오스본)는 이러한 자신의 생각을 당시에 유행하던 정보 이론의 용어인 '의미론적 정보', '구문론적 정보', '표현적 정보'를 차용하여 뒷받침하였다."라고 하였다. 이를 통해 확인할 수 있듯이, ㉠'보링거'와 ㉡'오스본' 모두 미술 이외의 영역을 활용하여 자신의 이론을 전개하였다는 이해는 적절하다.

③ (가)의 4문단에서 보링거가 '자연주의 미술 양식이 나타나는 시기는 사실적 묘사에 역점을 둔다는 점에서 본능적인 예술 의욕이 약화된 시기라고 주장'하였음을 확인할 수 있다. 그런데 (나)의 3문단을 보면, 오스본은 의미론적 정보와 구문론적 정보가 균형을 이룰 때 대상에 대한 사실적 재현을 통해 작가의 의도를 전달하는 자연주의 미술이 등장한다고만 하였을 뿐, 자연주의 미술을 본능적인 예술 의욕이 약화된 양식이라고 평가하지는 않았다. 따라서 ㉠'보링

주제 통합

거'는 ㉡'오스본'과 달리 자연주의 미술을 본능적인 예술 의욕이 약화된 양식으로 평가하였다는 이해는 적절하다.

④ (나)의 1문단을 보면, 보링거에 의해 추상 미술에 대한 개념이 도입된 이후 추상 미술에 대한 다양한 견해들이 등장하였고, 오스본은 이러한 추상에 관한 논의를 정리하여 미술에서의 추상을 도상적 추상과 비도상적 추상의 두 영역으로 구분하였다고 하였다. 따라서 ㉠'보링거'는 추상 미술과 관련된 다양한 견해의 등장을 촉발하였고, ㉡'오스본'은 추상의 개념을 분류하는 준거를 제시하였다는 이해는 적절하다.

180 구체적 사례에의 적용 답 ④

정답 풀이

(가)의 2문단에서 추상 충동은 인간이 미지의 것에 직면하여 갖게 되는 정신적 공포에서 비롯되는 것이라고 하였고, 3문단에서 추상 충동은 인간 내면에서 일어나는 욕구의 충동을 표현해 주는 것으로, 충동의 대상이 꼭 필요한 것이 아니며 인간의 잠재적인 감정을 말하는 것이라고 하였다. 그런데 〈보기〉의 Ⓑ는 나무의 형태를 그린 것으로, 수평과 수직의 선으로 단순화하여 제시하였지만 나무 자체는 인간이 실제 세계에서 마주하는 대상이라는 점에서 미지의 대상이라고 할 수는 없다.

오답 풀이

①, ② (가)의 2문단에서 인간이 미지의 것에 직면하여 갖게 되는 정신적 공포가 최초의 신과 최초의 예술을 만들었고, 추상 충동은 외부와의 이원적 대립 상태가 야기하는 불안에서 벗어나려는 인간의 욕구이며 정신적 활동이라고 하였다. 이를 바탕으로 보면, 〈보기〉의 Ⓐ는 아즈텍 문명 사람들이 실제로 존재하지 않는 신(비를 관장하는 신)을 무서운 뱀의 형태로 표현함으로써 비에 대해 가지고 있는 공포와 가뭄에서 벗어나고 싶은 마음을 드러냈다고 하였으므로, 추상 충동에 의해 예술 의욕을 표현한 작품이라고 볼 수 있다.

③ (나)의 3문단에서 의미론적 정보와 구문론적 정보가 균형을 이룰 때 대상에 대한 사실적 재현을 통해 작가의 의도를 전달하는 자연주의 미술이 등장한다고 하였다. 그런데 〈보기〉의 Ⓐ에서는 존재하지 않는 신(비를 관장하는 신)을 뱀의 형태로 변형하여 표현한 것이므로 대상에 대한 사실적 재현과는 거리가 멀다. 따라서 Ⓐ는 대상에 대한 사실적 재현을 통해 작가의 의도를 전달하는 자연주의 미술과는 관련이 없다고 할 수 있다.

⑤ (나)의 4문단에서 미술가는 주제와 관련하여 특정한 형식의 국면에 집중할 수 있는 존재라고 하였다. 〈보기〉의 Ⓑ에서 몬드리안은 사물의 본질을 파악하라는 자신의 의도를 드러내기 위해 수평과 수직의 선이라는 형식으로 나무를 단순화하여 그렸다고 하였다. 따라서 Ⓑ는 미술가의 의도가 작품의 형식을 결정하는 미술 작품에 해당한다고 볼 수 있다.

181 어휘의 문맥적 의미 파악 답 ②

정답 풀이

ⓑ의 '잠재(潛在)하다'는 문맥상 '겉으로 드러나지 않고 속에 잠겨 있거나 숨어 있다.'의 의미로 사용되었으므로, '잠재하고'를 '숨어'로 바꿔 쓰는 것은 적절하다.

오답 풀이

① ⓐ의 '표명(表明)하다'는 문맥상 '의사나 태도를 분명하게 드러내다.'의 의미로 사용되었으므로, '표명한'은 '나타낸'으로 바꿔 쓰는 것이 적절하다.

③ ⓒ의 '차용(借用)하다'는 문맥상 '돈이나 물건 따위를 빌려서 쓰다.'의 의미로 사용되었으므로, '차용하여'는 '빌려 써서', '빌려' 등으로 바꿔 쓰는 것이 적절하다.

④ ⓓ의 '전달(傳達)하다'는 문맥상 '지시, 명령, 물품 따위를 다른 사람이나 기관에 전하여 이르게 하다.'의 의미로 사용되었으므로, '전달하는'은 '전하는'으로 바꿔 쓰는 것이 적절하다.

⑤ ⓔ의 '성립(成立)하다'는 문맥상 '일이나 관계 따위가 제대로 이루어지다.'의 의미로 사용되었으므로, '성립하는'은 '이루어지는'으로 바꿔 쓰는 것이 적절하다.

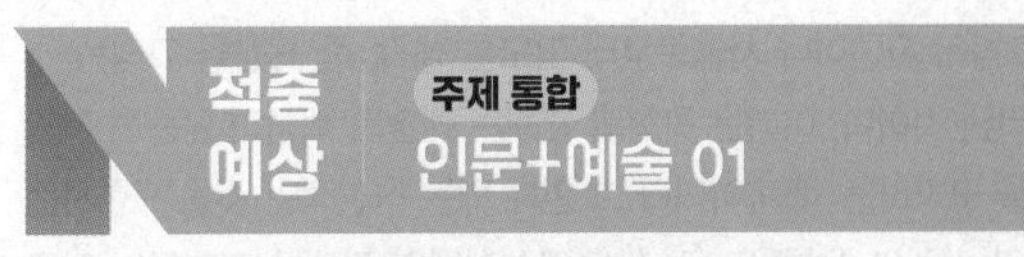

[182~187] (가) 칸트의 미적 판단 (나) 헤겔의 예술 철학론

182 ①　183 ④　184 ④　185 ⑤　186 ⑤　187 ⑤

E 지문 선정 포인트

(가)는 미적 판단의 기준으로서의 무관심성을 토대로 아름다움을 자유미와 부용미로 구분한 칸트의 견해를 소개하고 있다. 그리고 (나)는 예술을 정신적인 것의 감각적 표현으로 정의한 헤겔의 견해를 소개하고 있다. 칸트는 예술의 형식성을, 헤겔은 예술의 정신성을 중요하게 생각하였으므로 이를 중심으로 (가)와 (나)를 연계하여 비교하며 읽을 수 있다. 또한 칸트와 헤겔은 모의고사와 EBS 교재에 자주 등장하는 주요 철학자로, 이들의 견해를 다양하게 접해 둘 필요가 있다.

(가) 시릴 모라나 외, 〈칸트의 미적 판단〉

해제 미적 판단에 대한 칸트의 견해를 설명한 글이다. 칸트는 미적 판단의 요건으로 무관심성을 들었는데, 이는 대상이 지닌 형식적 미에만 관심을 가질 뿐 다른 것에는 관심을 두지 않고 대상을 바라보는 것을 의미한다. 칸트는 모든 관람자가 무관심성을 가질 때 아름다움에 대한 인식의 보편성이 성립된다며, 이를 주관적 보편성이라 불렀다. 칸트는 미적 판단의 기준으로서의 무관심성을 바탕으로 아름다움을 자유미와 부용미로 구분하였는데, 미적 판단이 대상의 형식에 초점을 맞추어 무관심적으로 이루어지는 자유미가, 지식이나 내용 등에 기초하여 경험되는 부용미보다 우월하다고 보았다. 하지만 자유미와 부용미는 고정되어 있는 것이 아니라 미적 대상을 대하는 사람의 자세에 따라 달라질 수 있다고 보았다.

주제 무관심성을 기준으로 미를 분류한 칸트의 견해

구성

1문단	미의식을 미적 판단과 관련해 개념적으로 정리한 칸트
2문단	미적 판단이 주관적 보편성을 가지는 이유
3문단	주관적 보편성으로 인한 논쟁 가능성과 논의 불가능성
4문단	무관심성을 기준으로 한 자유미와 부용미의 구분
5문단	자연미와 예술미의 가변성을 인정한 칸트의 견해

(나) 시릴 모라나 외, 〈헤겔의 예술 철학론〉

해제 예술을 정신적인 것의 감각적 표현으로 정의한 헤겔의 예술 철학론을 소개한 글이다. 헤겔은 예술이 진리를 드러내 주는 수단이 될 수 있다는 점에서 긍정적으로 평가했으며, 정신화의 과정을 거친 예술이 정신성을 포함하지 않는 자연보다 더 아름답다고 주장하였다. 헤겔은 또한 인간이 예술 작품을 만드는 이유는 인간이 스스로를 의식하고 질문하고 반성하는 대자 존재이기 때문이라고 하였다. 이처럼 헤겔은 예술의 핵심이 정신적인 것임을 주장하면서도, 예술이 정신적인 것을 환기시킬 뿐 정신적인 내용 자체를 완전히 보여 주지는 못한다며 예술의 한계도 지적하였다. 또한 정신적인 내용을 온전히 보여 주는 철학과 감각에 의존하여 정신적인 것을 환기시키는 예술 사이에 정신적인 것을 감각적으로 보여 주는 종교가 있음을 주장하며 '예술 – 종교 – 철학'의 위계를 제시하고, 정신의 현현이라는 역할에서 벗어나는 예술의 종말이라는 개념을 설명하였다.

주제 예술을 정신적인 것의 감각적 표현으로 본 헤겔의 견해

구성

1문단	플라톤 미학의 재해석인 헤겔의 예술관
2문단	예술을 정신적인 것의 감각적 표현이라 본 헤겔의 견해
3문단	정신성이 없는 자연미보다 정신화의 과정을 거친 예술미를 우월하게 본 헤겔의 견해
4문단	예술의 한계에 대한 헤겔의 지적

182 내용 전개 방식 간 비교 이해　답 ①

정답 풀이

(가)는 미적 판단의 기준으로 무관심성을 내세운 칸트의 견해를 제시하고 있다. 그리고 칸트는 미를 무관심성이라는 기준에 따라 자유미와 부용미로 나눈 후 그 특징을 설명하고 자유미가 부용미보다 더 아름답다고 주장했다는 내용을 제시하고 있다. 따라서 (가)가 미적 판단의 기준에 대한 특정 학자의 견해를 제시하면서 그 기준에 의해 분류된 미를 비교하여 설명하고 있다는 진술은 적절하다.

오답 풀이

② (나)는 예술과 예술 창작에 대한 헤겔의 견해를 제시하고 있기는 하지만 헤겔의 인식 변화 과정을 서술하고 있지는 않다.

③ (가)와 (나)는 각각 미와 예술에 대한 칸트와 헤겔의 견해를 제시하고 있을 뿐, 이들의 견해가 후세 예술가의 작품 활동에 어떤 영향을 미쳤는지 고찰하고 있지는 않다.

④ (나)는 예술을 정신적인 것의 감각적 표현으로 본 헤겔의 예술관을 설명한 글로, 4문단에 예술은 감각적인 것과 순수한 사유의 중간에 위치하는 매개체로서, 정신의 현현(정신적인 것을 감각적으로 보여 주는 것)이라는 역할을 하며, 예술과 철학, 종교 사이에 '예술–종교–철학'의 위계가 만들어진다는 헤겔의 견해가 제시되어 있기는 하지만, 그 주장이 가진 한계는 언급되고 있지 않다. 또한 (가)는 미적 판단에 대한 칸트의 견해를 설명한 글로, 예술의 역할과 예술의 차지하는 위상에 대한 칸트의 주장이나, 그 주장의 한계는 언급되고 있지 않다.

⑤ (가)에서는 미적 판단이 어떻게 이루어지는가의 문제를 다루고 있을 뿐, 예술 작품의 창작 과정에서 예술가가 취해야 할 태도를 제시하고 있지는 않다. 또한 (나)에서는 이데아의 현현으로서의 예술의 긍정성에 주목하여 예술과 예술 작품의 가치를 부각하고 있을 뿐, 예술 작품의 감상 과정에서 수용자가 취해야 할 태도를 제시하고 있지는 않다.

183 세부 정보 파악　답 ④

정답 풀이

(가)의 5문단을 보면, 칸트는 모든 자연미가 자유미이고, 예술미는 항상 부용미만 가진다고 생각한 것이 아니라 부수적인 자연미도 있고 자유로운 예술미도 있다는 것을 인정했다고 하였다. 그리고 이것은 미적 대상을 대하는 사람의 자세에 따라 변화될 수 있다고 하며 대상을 무관심적으로 감상하면 자유미를, 목적을 가진 것으로 대하면 부용미를 느낄 수 있다고 하였다. 이를 바탕으로 보면, 부용미의 대상으로부터 자유미를 느낄 수 있는 것은 미적 판단의 주관적 보편성 때문이 아니라 미적 대상을 대하는 사람이 대상을 무관심적으로 감상했기 때문인 것이다.

오답 풀이

① (가)의 5문단에 따르면, 칸트는 미적 대상을 대하는 사람의 자세에 따라서 미적 경험이 달라질 수 있다고 보았다. 따라서 미적 대상을 대하는 감상자의 자세에 따라 예술 작품에서도 자유미를 발견할 수 있다는 내용을 이끌어 낼 수 있다.

② (가)의 2문단을 통해 무관심성은 대상이 지닌 미에만 관심을 가질 뿐 그 이외의 것에는 관심을 가지지 않는 것이며, 여기서 미는 대상 자체의 형식에 근거하여 도출된다는 것을 알 수 있다.
③ (가)의 2문단을 통해 각 개인이 무관심적 태도로 미적 경험을 한다면 모두가 주관적이면서도 동일한 미적 판단을 할 수 있을 것이기 때문에 주관적인 미적 판단도 보편성을 획득할 수 있음을 알 수 있다.
⑤ (가)의 3문단을 통해 칸트가 미적 판단의 주관적 보편성이라는 특성에 기초해 미의 논쟁 가능성과 논의 불가능성을 언급했다는 것을 알 수 있다. 여기서 미의 논쟁 가능성은 보편성에 대한 기대와 희망이 있기 때문에, 그리고 논의 불가능성은 미에 대한 판단의 주관성으로 인해 발생하는 것이라고 하였다.

184 구체적 사례에의 적용 답 ④

정답 풀이

(가)의 4문단에 따르면, 칸트는 자연에서 경험하는 아름다움이 자유미의 대표적 예라고 주장하였다. 따라서 칸트라면 반딧불이의 군무가 강물과 어우러져 아름다운 야경을 만든 것에 대해 자유미가 발현된 것으로 볼 것임을 알 수 있다. 그런데 (나)에 따르면, 헤겔은 칸트와 달리 정신성이 없는 자연보다 정신화의 과정을 거친 예술을 우월하다고 보았으며(3문단), 예술적 가상은 진리, 즉 이데아가 현현(顯現)되는 기회라는 긍정성에 주목하였다(1문단). 〈보기〉에서 반딧불이의 군무가 강과 어우러져 아름다운 야경을 형성하는 것 자체는 정신화 과정을 거친 것이 아닌 자연 그대로의 아름다움이므로 예술미가 아니라 자연미로 볼 수 있다. 따라서 헤겔이 이를 이데아가 현현된 예술미의 발현으로 보았을 것이라는 설명은 적절하지 않다.

오답 풀이

① 칸트는 순수한 미적 판단의 기준으로 무관심성을 들었는데, 무관심성은 목적적 · 도구적 관점을 배제하고 대상의 미, 즉 대상 자체의 형식에만 관심을 가지고 미적 판단이 이루어질 때 자유미를 얻을 수 있다고 하였다. 따라서 반딧불이의 군무를 목적이나 도구(수단)로 보는 관점을 배제하고 순수 형식의 아름다움으로 인식하는 것은 무관심성을 가지고 미적 판단을 하는 것이므로, 이때 자유미를 느낄 수 있다고 보는 것은 칸트의 견해에 부합한다.
② 칸트가 말한 무관심성은 대상이 지닌 미에만 관심을 가지는 것으로 여기서의 미는 대상 자체의 형식에 근거하여 도출되는 것이다. 그리고 형식은 색채, 구성 등의 요인이라 할 수 있으므로, 〈보기〉에서 영희가 반딧불이의 군무를 보며 이들이 만들어 내는 색깔과 형태만으로도 아름다움을 느낀 것은 대상 자체의 형식이 미적 판단의 기준으로 작용한 것으로 볼 수 있다.
③ 칸트는 각 개인이 특정 대상에 대하여 무관심적 태도로 미적 경험을 한다면 주관적 보편성이 획득될 수 있다고 주장하였다. 따라서 칸트는 〈보기〉에서 영희뿐만 아니라 배에 탄 모든 관광객들이 반딧불이의 군무를 바라보며 아름다움을 느낀 것은 주관적 보편성이 획득된 것으로 볼 것이다.
⑤ 헤겔은, 예술 창작은 자연이나 사물이라는 감각적 대상에서 정신적인 것을 뽑아내고, 즉 정신화의 과정을 거치고 그렇게 추출된 정서나 관념을 다시 작품 속에 감각적으로 표현하는 과정이라고 보았다. 따라서 헤겔은 〈보기〉에서 영희가 반딧불이의 군무에 영감을 받아 이를 그림으로 그린 것을 감각적 대상을 정신화한 후 그렇게 추출된 이념을 다시 작품으로 표현한 것으로 볼 것임을 알 수 있다.

185 관점의 이해 및 적용 답 ⑤

정답 풀이

〈보기〉에서 곽희는 정신을 수양하면 마음 밖에서 나타나는 여러 가지 사물의 모양들도 마음속에 터득되어 표상이 자연스럽게 떠올라 이를 그림으로 나타낸다고 하였다. 이는 그림이 자연이나 사물로부터 떠오른 생각, 즉 표상을 그리는 것이라는 견해를 드러낸 것이다. 이러한 곽희의 견해는 예술의 핵심이 단순히 자연이나 사물의 외양을 모방하는 것이 아니라 그 안에 있는 정신적인 것을 표현하는 것이라고 본 헤겔의 견해와 상통하므로, 〈보기〉는 헤겔의 견해를 지지하는 자료로 활용할 수 있다.

오답 풀이

① 〈보기〉는 예술 창작의 정신화 과정과 관련된 글로 자연미나 예술미에 대해 다루고 있지 않다. 따라서 자연미가 부수적일 수도 있고 예술미가 자유로울 수도 있다는 칸트의 견해를 지지하는 자료로 활용할 수 없다.
② 〈보기〉는 미적 판단에 있어서의 보편성과는 관련이 없는 내용이다. 따라서 이와 관련한 칸트의 견해를 지지하거나 반박하는 자료로 활용하는 것은 적절하지 않다.
③ 〈보기〉에는 예술 작품의 자연미와 예술미 중 어느 한쪽이 우월하다는 내용이 제시되어 있지 않다. 또한 헤겔은 예술미가 자연미보다 뛰어나다고 보았으므로, '자연미가 예술미보다 뛰어나다는 헤겔의 견해'라는 진술도 적절하지 않다.
④ 〈보기〉는 예술의 한계와는 관련이 없는 내용이다. 따라서 예술의 한계를 지적한 헤겔의 견해를 지지하는 자료로 활용하는 것은 적절하지 않다.

186 관점의 파악 답 ⑤

정답 풀이

(나)의 4문단을 보면, 헤겔은 '예술이 감각에 의존하여 정신적인 것을 환기시킬 뿐 정신적인 내용 자체를 완전히 보여 주지는 못하는 한계가 있음을 지적하였다.'라고 하였다. 반면 정신적인 내용 자체는 철학에 의해 가능한 것이며, 철학에 의해 정신이 온전히 나타날 수 있다고 보았다. 따라서 헤겔의 관점에서 볼 때 정신적인 것을 표현하는 예술의 역할이 실행된다 하더라도 정신적인 것을 완전히 보여 주는 철학의 역할이 축소되는 것은 아니다.

오답 풀이

① (나)의 1문단에서 헤겔은 예술적 가상은 진리가 드러나는 기회라는 긍정성에 주목했다고 하였다. 그리고 2문단에서 헤겔의 관점에서 '예술의 핵심은 단순히 자연이나 사물의 외양을 모방하는 것이 아니라 그 안에 있는 정신적인 것을 표현하는 것'이라고 하였다. 따라서 헤겔은 예술이 정신 속에 담겨 있는 진리를 드러내 줄 수 있는 수단이 된다는 점에서 예술을 긍정적으로 평가했음을 알 수 있다.
② (나)의 4문단에 따르면, 헤겔은 '정신적인 내용 자체는 순수한 사유, 즉 철학에 의해 가능한 것이며, 예술은 감각적인 것과 순수한 사유의 중간에 위치하는 매개체'라고 보았고, '예술과 철학 사이에는 종교가 존재하는데, 종교도 예술처럼 정신적인 것을 감각적으로 보여 주는 것'이라고 주장하였다. 이를 통해 헤겔은 예술이 종교와 마찬가지로 감각적인 외부 대상과 순수한 사유의 중간에 위치하여 양자를 매개하는 역할을 한다고 보았음을 알 수 있다.
③ (나)의 3문단을 보면, 헤겔은 '인간이 예술 작품을 만드는 이유는 단순한 유희적 활동을 하기 위해서가 아니라 인간이 대자 존재이기 때문이라고 주장'하였다. 그리고 인간은 '예술 창작과 같은 활동을 통해 자기 존재에 대한 탐구를 표현한다'고 하였다. 따라서 헤겔은 단순한 유희적 활동을 넘어 자기 존재에 대한 탐구를 표현하는 활동일 경우에 예술이 더 큰 의미를 지닌다고 보았을 것으로 짐작할 수 있다.
④ (나)의 2문단에서 헤겔은 '예술 창작은 자연이나 사물이라는 감각적 대상에서 정신적인 것을 뽑아내고 그렇게 추출된 정서나 관념을 다시 작품 속에 감각적으로 표현하는 과정'이라고 하였다. 따라서 헤겔은 정신화, 즉 대상에 내재된 본질(정신)을 이끌어 내어 이를 감각적으로 형상화하는 것이 예술 창작에 있어서 중요하다고 보았음을 알 수 있다.

187 어휘의 문맥적 의미 파악 답 ⑤

정답 풀이

'구성(構成)되다'는 '몇 가지 부분이나 요소들이 모여 일정한 전체가 짜여 이루어지다.'의 의미이므로 '구성되는'은 ⓔ '만들어지는'과 바꾸어 쓰기에 적절하지 않다. 문맥상 ⓔ 대신에 쓸 수 있는 말은 '체제, 체계 따위의 기초가 닦아져 세워지다.'의 의미인 '구축(構築)되는'이다.

오답 풀이

① '구분(區分)되다'는 '일정한 기준에 따라 전체가 몇 개로 갈리어 나뉘다.'라는 의미이므로, '구분되는데'는 문맥상 ⓐ와 바꾸어 쓰기에 적절하다.
② '부합(符合)하다'는 '사물이나 현상이 서로 꼭 들어맞다.'라는 의미이므로, '부합하는'은 문맥상 ⓑ와 바꾸어 쓰기에 적절하다.
③ '도달(到達)하다'는 '목적한 곳이나 수준에 다다르다.'라는 의미이므로, '도달할'은 문맥상 ⓒ와 바꾸어 쓰기에 적절하다.
④ '의(依)하다'는 '무엇에 의거하거나 기초하다. 또는 무엇으로 말미암다.'라는 의미이므로, '의하면'은 문맥상 ⓓ와 바꾸어 쓰기에 적절하다.

적중 예상 주제 통합 인문+예술 02

본문 131쪽

[188~193] (가) 고대 그리스의 미의식 (나) 신전의 주범 양식

188 ④ 189 ③ 190 ③ 191 ③ 192 ⑤ 193 ④

E 지문 선정 포인트

(가)는 질서와 조화에서 아름다움을 찾았던 고대 그리스의 미의식에 대한 철학자들의 견해를 소개하고 있다. (나)는 신전의 주범 양식인 도리스식, 이오니아식, 코린트식의 특징을 제시하고 있다. 고대 그리스인들은 특히 비례를 중요하게 생각하였고, 이러한 미의식이 반영되어 신전의 주범 양식으로 나타났으므로 이를 중점으로 (가)와 (나)를 연계하여 읽을 수 있다.

(가) 이주영, 〈고대 그리스의 미의식〉

해제 고대 그리스의 미의식에 대한 철학자들의 견해를 소개하고 있는 글이다. 고대 그리스인들은 대립적인 것들 간의 질서와 조화에서 아름다움을 찾았는데, 헤라클레이토스는 수적 관계가 아닌 물질의 질적 속성에 아름다움의 토대가 있다고 생각했다. 이와 달리 피타고라스학파는 미의 토대가 수적 관계에 있다고 보았으며, 균제와 비례를 아름다움의 원리로 보았다. 미의 본질에 대한 피타고라스학파의 견해는 플라톤과 아리스토텔레스에 의해 수용되었는데, 플라톤은 기하학적 미는 그 본성이 절대적으로 아름답다고 생각했고, 아리스토텔레스는 객관적인 조건뿐만 아니라 미의 주관적인 조건까지 고려하였다. 미에 대한 철학자들의 탐구는 폴리클레이토스의 조각품처럼 실제 예술 작품을 창작하는 예술가들의 활동에도 영향을 미쳤다.

주제 비례와 질서를 중시한 고대 그리스인들의 미의식

구성

1문단	미의 본질에 대한 헤라클레이토스의 견해
2문단	미의 본질에 대한 피타고라스학파의 견해
3문단	미의 본질에 대한 플라톤의 견해
4문단	미의 본질에 대한 아리스토텔레스의 견해
5문단	미에 대한 철학자들의 탐구가 예술가의 활동에 영향을 미친 사례

(나) 하양희, 〈신전의 주범 양식〉

해제 고대 그리스 건축의 특징을 잘 보여 주는 신전에 대해 설명하며 주범 양식을 도리스식, 이오니아식, 코린트식으로 나누어 그 특징을 설명하고 있는 글이다. 고대 그리스의 신전은 수평의 보와 수직의 기둥에 의해 만들어졌으며, 각 부분은 유기적 통일을 유지하고 아름다운 비례를 가지고 있다. 이러한 고대 그리스 신전은 기단과 원주, 엔태블러처 세 부분으로 나뉘는데 이 중 원주와 엔태블러처를 주범 양식이라 한다. 주범 양식 중 도리스식은 다른 양식과 비교할 때 기둥이 굵고 소박하지만 힘찬 모습을 보이는 특징이 있으며, 이오니아식은 도리스식보다는 화려하지만 코린트식보다는 덜 화려하다는 점에서 중간의 특징을 보인다. 세 가지 양식 중 가장 화려한 코린트식은 이후 로마인들의 건축에도 영향을 미쳤다.

주제 고대 그리스 건축의 특징을 잘 보여 주는 신전의 다양한 양식

구성

1문단	고대 그리스 건축의 특징을 잘 보여 주는 신전 건축
2문단	고대 그리스 신전의 일반적 구조

3문단	도리스식 신전 건축물의 특징
4문단	이오니아식 신전 건축물과 코린트식 신전 건축물의 특징

188 내용 전개 방식 파악 답 ④

정답 풀이

(나)에서는 고대 그리스의 대표적 건축물인 신전에 대해 설명하고 있는데, 신전 건축에서 가장 중요한 양식적 특징인 '주범'을 분류의 기준으로 삼아 그 양식에 따라(원주와 엔태블러처의 형태에 따라) 도리스식, 이오니아식, 코린트식으로 나누어 각각의 특징을 설명하고 있다.

오답 풀이

① (가)에서 미의 토대가 물질의 질적 속성에 있다고 본 헤라클레이토스와 수적 관계에 있다고 본 피타고라스학파는 미에 대해 상반된 견해를 제시한 것으로 볼 수 있다. 그러나 (가)에서 철학자들의 상반된 견해를 절충한 다른 견해가 소개되고 있지는 않다.

② (가)에서 고대 그리스인들의 미에 대한 관점이 제시되고 있기는 하지만 미에 대한 관점의 변화 양상을 통시적으로 살펴보고 있는 것은 아니다. 또한 고대 그리스인들의 미에 대한 관점이 현대 예술에 미친 영향을 분석하고 있지도 않다.

③ (나)는 고대 그리스의 신전 건축 양식을 설명하고 있을 뿐, 신전 건축 양식과 후대 건축물의 차이점을 제시하고 있지는 않다.

⑤ (가), (나) 모두 그리스의 역사적 상황이 예술 전반에 미친 영향을 소개하고 있지 않으며 이를 구체적인 사례로 보여 주고 있지도 않다.

189 세부 정보 파악 답 ③

정답 풀이

(나)의 1문단에서 '신전은 고대 그리스인들이 숭상했던 신상들을 모시는 곳으로 그들은 신전을 신이 주거하는 공간이라 인식하였을 뿐 이곳에서 제례 의식을 행하지 않았다. 따라서 제례 의식을 행하는 종교적 건물이 내부 공간에 중점을 두는 것과는 달리 신전은 외형적 모습의 아름다움을 중요시했다.'라고 하였다. 이를 통해 그리스 신전은 제례 의식이 행해지는 장소가 아니었기 때문에 내부보다는 외형적 아름다움을 나타내는 데 중점을 두었다는 것을 알 수 있다.

오답 풀이

① (가)의 2문단에서 "심메트리아는 보통 '균제'로 번역되지만 잘 균형 잡힌 부분들의 상호 관계를 의미하기 때문에 실제로는 균제와 비례를 포괄하는 개념으로 이해할 수 있다."라고 하였다. 이를 통해 심메트리아는 균제와 비례를 포괄하는 개념으로 사용되었음을 알 수 있다.

② (가)의 3문단에서 '기하학적 미는 끊임없이 변화하는 사물의 외관을 있는 그대로 재현하는 것이 아니라 추상적인 형식의 미를 이루는데, 플라톤은 이러한 미가 언제나 그 자체로 아름답다고 생각했다.'라고 하였다. 이를 통해 플라톤은 기하학적 미는 추상적인 형식의 미로 언제나 그 자체로 아름답다고 생각했음을 알 수 있다.

④ (나)의 2문단에서 '신전은 오른쪽 그림과 같이 기단과 원주, 엔태블러처의 세 부분으로 크게 나'뉜다고 하였다. 따라서 그리스 신전은 구조적으로 볼 때 크게 '기단, 주신, 엔태블러처'가 아니라 '기단, 원주, 엔태블러처'로 나눌 수 있다.

⑤ (나)의 마지막 문단에서 '마지막으로 코린트식은 나중에 발달했는데, 이 양식은 전반적으로 이오니아 양식과 비슷하지만 더 화려하다는 특징을 가진다.'라고 하였다. 이를 통해 코린트식 신전은 이오니아식 신전보다 뒤에 등장한 것으로 이오니아식 신전과 전체적으로 비슷하지만 더 화려하다는 것을 알 수 있다. 즉 코린트식 신전의 화려함은 이오니아 양식에 영향을 미친 것이 아니다.

190 견해 간 비교 이해 답 ③

정답 풀이

피타고라스학파의 영향을 받은 플라톤(ⓒ)과 아리스토텔레스(ⓓ)는 수적 비례가 미의 본질이라고 생각하였다고 볼 수 있다. 그런데 (가)의 3문단을 보면 '기하학적 미는 끊임없이 변화하는 사물의 외관을 있는 그대로 재현하는 것이 아니라 추상적인 형식의 미를 이루는데, 플라톤은 이러한 미가 언제나 그 자체로 아름답다고 생각했다.'라고 하였다. 따라서 대상의 외적 모습을 있는 그대로 재현하는 것이 미를 구현하는 것이라고 인식하지 않았을 것이다.

오답 풀이

① 헤라클레이토스(ⓐ)는 보이는 조화보다는 보이지 않는 숨겨진 조화가 더 중요하다고 보았다. 피타고라스학파(ⓑ)가 미의 본질로서 중요하게 생각한 수적 관계와 비례는 눈에 보이는 것이므로 헤라클레이토스와 피타고라스는 서로 상반된 관점을 가졌다고 할 수 있다.

② 피타고라스학파(ⓑ)는 수적 관계에 의한 질서와 비례가 미의 본질이라 생각했는데, 플라톤(ⓒ)은 피타고라스학파(ⓑ)의 영향을 받아 감각적인 미의 본질이 비례에 있다고 생각했다. 그리고 아리스토텔레스(ⓓ) 또한 피타고라스학파와 플라톤의 견해를 수용해 미가 비례에 있다고 보았다. 따라서 플라톤과 아리스토텔레스는 수학적 질서를 바탕으로 한 균제가 미의 본질이라 본 피타고라스학파의 미에 대한 관점을 수용했음을 알 수 있다.

④ 아리스토텔레스(ⓓ)는 미를 지각하는 데에 심리적인 부분이 작용한다고 보았다는 점에서 미의 주관적인 조건을 고려했으며, 질서와 비례를 강조했다는 점에서 미의 객관적인 조건을 중시하는 미학적 전통 역시 수용하였다는 것을 알 수 있다.

⑤ 폴리클레이토스(ⓔ)가 준수한 카논은 전체와 부분, 부분과 다른 부분 간의 조화로운 균형 관계를 의미하므로, 이는 피타고라스학파(ⓑ)가 주창한 심메트리아(심메트리아는 '잘 균형 잡힌 부분들의 상호 관계를 의미하기 때문에 실제로는 균제와 비례를 포괄하는 개념'임.)를 작품으로 구현한 것이라 할 수 있다.

191 다른 사례에의 적용 답 ③

정답 풀이

(나)의 3문단을 보면, 도리스식은 '기둥의 높이는 대략 기둥 직경의 6배가 되도록 만들어서 인간 신체의 강함과 우아함을 나타내는 비례를 나타냈다'고 하면서 '이는 도리스식이 간소하지만 힘찬 모습을 특징적으로 가지고 있다는 것을 의미한다.'라고 하였다. 즉 간소하지만 힘찬 모습을 가진 도리스식 신전의 특징은 기둥의 높이를 기둥 직경의 6배가 되도록 만들어 인간 신체의 강함과 우아함을 나타내는 비례를 만들었기 때문이다. 〈보기〉에서 파르테논 신전은 기단의 가장자리가 중앙보다 아주 약간 낮게 되어 있는데, 이는 인간의 착시 현상을 보정하여 평평하게 보이도록 하기 위한 것이라고 하였다. 따라서 파르테논 신전의 기단의 가장자리가 중앙보다 약간 낮게 되어 있는 것을 간소하지만 힘찬 모습을 가진 도리스식의 특징으로 이해하는 것은 적절하지 않다.

오답 풀이

① (나)의 마지막 문단에서 '이오니아식은 기단을 3단으로 쌓았'다고 하였다. 따라서 〈보기〉의 파르테논 신전이 3단의 기단으로 되어 있는 것은 이오니아식을 반영한 것이라고 할 수 있다.

② (나)의 3문단에서 도리스식에 대해 설명하며 '주신이 다른 양식보다 굵고 주추가 없'다고 하였다. 따라서 〈보기〉의 파르테논 신전에서 주추 없이 바로 주신을 올린 것은 도리스식의 특징을 보여 주는 것이라고 할 수 있다.

④ (나)의 1문단에서 고대 그리스의 신전은 '각 부분이 유기적 통일을 유지하고 아름다운 비례를 가지고 있어서 일종의 조소적 성격을 보이고 있다.'라고 하였다. 이 내용을 바탕으로 보면, 〈보기〉의 파르테논 신전에서 가로와 세로, 기둥과 기둥 사이의 간격이 9 : 4의 비율을 취한 것은 신전의 각 부분이 유기적

통일을 유지하며 아름다운 비례를 가지고 있음을 보여 주는 것으로 이해할 수 있다.

⑤ (나)의 마지막 문단에서 이오니아식은 도리스식과 달리 주신이 길고 날씬하며 아키트레이브가 삼중 분할되어 있고 코니스는 도리스식보다 더 호화로우며 부조로 된 문양들로 띠를 두르고 있다고 하였다. 〈보기〉의 파르테논 신전에서 후실의 기둥은 바깥쪽 기둥에 비해 날렵하며 아키트레이브는 삼중 분할되어 있고 코니스는 화려한 부조로 장식되어 있다고 했으므로, 이는 이오니아식 신전의 특징이 반영된 것이라고 볼 수 있다.

192 반응의 적절성 평가 답 ⑤

정답 풀이

(나)의 3문단을 보면, '엔타시스 양식'은 주신이 하단에서 전체 높이의 3분의 1까지는 같은 굵기로 직선의 형태를 취하고 중간 지점의 3분의 1은 볼록한 유선형의 곡선을 이룬다는 것을 알 수 있다. 이것은 기둥 하나에 직선과 곡선을 함께 사용한 것으로 이해할 수 있다. 한편 (가)의 1문단에서 고대 그리스인들은 우주가 대립적인 것들 간의 질서와 조화로 이루어졌기 때문에 아름답다고 생각했다고 하였다. 따라서 이러한 고대 그리스인들의 인식을 고려할 때, 엔타시스 양식 역시 이러한 사상을 반영하여 직선과 곡선이라는 대립적인 것들의 질서와 조화를 추구한 것으로 볼 수 있다.

오답 풀이

① 기둥의 높이를 대략 기둥 직경의 6배가 되도록 만들어서 인간 신체의 강함과 우아함을 나타내는 비례를 나타낸 것은 기하학적 요소를 도입한 것으로 볼 수 있지만, 이는 엔타시스 양식과는 관련이 없다. 엔타시스 양식은 주신의 가운데 부분이 볼록하게 보이도록 하는 것이다.

② 기둥 전체를 세 부분으로 나누어 직선과 곡선을 절묘하게 조화시킨 것이 엔타시스 양식인데, 이는 상부 구조의 하중을 기단에 골고루 분산시키기 위한 것과는 관련이 없다.

③ 기둥의 중간 부분을 유선형의 곡선으로 만든 것이 엔타시스 양식인데, 이는 전체와 부분, 부분과 다른 부분들 사이의 균형과는 관련이 없다.

④ 엔타시스 양식에 대해 설명하며 주신의 하단에서 전체 높이의 3분의 1 지점까지 같은 굵기로 직선의 형태를 취했다는 내용이 제시되어 있다. 그러나 이를 미의 토대가 물질의 질적 속성에 있다고 생각한 헤라클레이토스의 견해와 관련 지어 생각할 근거는 이 글에 제시되지 않았다.

193 어휘의 문맥적 의미 파악 답 ④

정답 풀이

ⓓ의 '유래(由來)하다'는 '사물이나 일이 생겨나다.'의 의미를 가진 말이므로 '유래한'은 '생겨난'으로 바꿔 쓰는 것이 적절하다.

오답 풀이

① '칭(稱)하다'는 '무엇이라고 일컫다.'라는 뜻이므로 ⓐ는 '불렀다'로 바꿔 쓸 수 있다.

② '준수(遵守)하다'는 '전례나 규칙, 명령 따위를 그대로 좇아서 지키다.'라는 뜻이므로 ⓑ는 '지켜'로 바꿔 쓸 수 있다.

③ '숭상(崇尙)하다'는 '높여 소중히 여기다.'라는 뜻이므로 ⓒ는 '우러러보았던'으로 바꿔 쓸 수 있다.

⑤ '분할(分割)되다'는 '나뉘어 쪼개지다.'라는 뜻이므로 ⓔ는 '나뉘는'으로 바꿔 쓸 수 있다.

적중 예상 | 주제 통합 사회 01

본문 134쪽

[194~199] (가) 현재 가치 환산 방법 (나) 바람직한 사회적 할인율

194 ② 195 ③ 196 ④ 197 ⑤ 198 ⑤ 199 ①

E 지문 선정 포인트

(가)는 투자 여부 결정을 위한 비용과 편익의 현재 가치 환산 방법인 현재 가치법과 내부 수익률법에 대해 설명하고 있다. (나)는 시장 이자율을 적용하는 일반 할인율과 다른 사회적 할인율에 대해 설명하고 있다. 따라서 (가)에서는 일반 할인율을 다루고 (나)에서는 사회적 할인율을 다루고 있다는 점에서 둘을 연계하여 읽을 수 있다.

(가) 〈현재 가치 환산 방법〉

해제 이 글은 기업의 투자 여부를 결정하기 위한 비용과 편익의 현재 가치 환산 방법에 대해 설명한 글이다. 기업이 어떤 사업에 대한 투자 여부를 결정하려면 비용과 편익을 모두 현재 가치로 환산해서 평가해야 한다. 그 이유는 현재의 1원과 미래의 1원이 같지 않기 때문이다. 이를 위해 할인을 해야 하는데, 할인율은 주로 기간당 수익률 또는 시장 이자율을 사용한다. 투자 여부를 결정하는 방법으로는 현재 가치법과 내부 수익률법이 많이 사용되는데, 현재 가치법은 예상되는 투자 수익의 흐름을 현재 가치로 바꾸어 투자 비용의 현재 가치와 비교하는 것이다. 한편 내부 수익률법은 내부 수익률이 투자금의 기회비용보다 클 경우에는 투자를 하고, 그렇지 않을 경우에는 투자를 하지 말아야 한다는 것을 골자로 하는 방법이다.

주제 투자 여부 결정을 위한 비용과 편익 비교 방법

구성

1문단	투자 여부 결정을 위한 현재 가치 환산
2문단	현재 가치 환산을 위한 할인율의 적용
3문단	현재 가치법의 개념과 적용 방법
4문단	내부 수익률법의 개념과 적용 방법

(나) 〈바람직한 사회적 할인율〉

해제 이 글은 사회적 할인율과 민간의 할인율을 비교하여 사회적 할인율이 어떠한 수준에서 결정되는 것이 바람직한지에 대해 설명한 글이다. 할인율은 해당 사업에서 요구되는 최소 수익률로, 일반적으로 시장 이자율을 적용하는 경우가 많다. 그러나 공공사업의 타당성 평가에 사용되는 사회적 할인율에 민간 자본의 수익률이나 시장 이자율을 그대로 적용하면 미래 세대의 이익이 저평가될 우려가 있다. 따라서 사회적 할인율은 미래 세대를 배려하는 공익적 차원에서 민간 자본의 수익률이나 시장 이자율보다 상대적으로 더 낮은 수준에서 결정되는 것이 바람직하다.

주제 일반적인 할인율과 사회적 할인율의 차이점

구성

1문단	시장 이자율을 적용하는 일반 할인율
2문단	미래 세대를 위한 공공 정책 결정에 영향을 미치는 사회적 할인율
3문단	윤리적인 관점과 경제적인 관점에서의 사회적 할인율
4문단	공익적 차원에서의 바람직한 사회적 할인율

주제 통합

194 내용 전개 방식 파악 답 ②

정답 풀이

(가)는 투자 여부를 결정하기 위해 비용과 편익의 현재 가치를 구해 비교해야 함을 제시하고, 이와 관련된 구체적인 방법으로 현재 가치법과 내부 수익률법을 소개하였다.

오답 풀이

① (가)는 투자의 개념을 정의하면서 글을 시작하였으나, 시장에서 투자가 이루어지는 전체 과정을 소개하고 있지는 않다.

③ (나)는 1문단에서 할인율과 시장 이자율의 관련성을 설명하며 시장 이자율을 할인율에 적용할 수 있음을 제시하였다. 그러나 사회적 할인율이 시장 이자율에 미치는 영향은 설명하지 않았다.

④ (나)는 사회적 할인율에 대한 다양한 견해를 소개하고 있다. 그러나 마지막 문단에서 일반적인 할인율과 달리 사회적 할인율은 시장 이자율보다 상대적으로 낮은 수준으로 결정해야 한다고 설명하였다.

⑤ (가)와 (나)는 모두 할인율을 결정하는 방법에 대해 언급하고 있다. 그러나 그것을 통해 투자 여부가 결정되는 절차를 소개하고 있지는 않다.

195 정보 간 관계 파악 답 ③

정답 풀이

㉠은 각 기간의 '예상 수익'을 모두 합산한 금액이 아니라, 그 금액의 현재 가치가 투자 비용의 현재 가치보다 많을 때 투자하는 것을 원칙으로 삼는다.

오답 풀이

① ㉠에 따르면 동일한 수익이 발생하더라도 먼 미래에 발생할수록 지수(n)가 높아져 더 높은 할인율의 적용을 받게 된다. 따라서 수익의 현재 가치는 낮아진다.

② ㉡에 따르면 내부 수익률과 투자를 통한 기회비용을 비교하여 내부 수익률이 기회비용보다 더 클 때 투자가 결정된다. 이때 기회비용은 시장 이자율을 의미한다. 따라서 시장 이자율이 커질수록 투자가 이루어질 가능성은 줄어든다.

④ ㉡에서 사용하는 방정식은 p의 n차 방정식으로 볼 수 있으므로, p에 대한 n개의 해가 나올 수 있다. 따라서 이 중 어느 것을 내부 수익률로 보느냐에 따라 동일한 계산식에서도 투자 여부와 관련하여 다양한 결론이 도출될 수 있다.

⑤ ㉡에서 내부 수익률을 어떠한 값으로 보느냐에 따라 투자 여부와 관련하여 ㉠과는 다른 결론이 도출될 수 있다.

196 구절의 의미 추론 답 ④

정답 풀이

할인율은 기간당 수익률 또는 이자율을 적용하므로 이자율이 감소하면 할인율이 낮아지고, 할인율이 낮아지면 미래 수익의 현재 가치가 높아지는 효과가 나타난다. 따라서 미래의 수익을 노린 투자가 활성화되어 투자 수요가 증가하는 것이다.

오답 풀이

①, ② 이자율의 감소는 할인율을 높이는 것이 아니라 할인율을 낮춘다.

③ 투자의 기회비용은 곧 시장 이자율이므로 이자율이 감소하면 기회비용이 감소하여 투자의 현재 가치가 낮아지는 효과가 생긴다.

⑤ 이자율의 감소는 투자 비용의 현재 가치는 낮추고 미래 수익의 현재 가치는 높이는 효과가 있다.

197 세부 정보 파악 답 ⑤

정답 풀이

4문단에 따르면 공공사업은 장기간에 걸쳐 편익이 발생하는 경우가 대부분이므로 단기적으로 실현되는 이익을 추구하는 민간 자본의 수익률이나 시장 이자율을 그대로 적용한다면, 상대적으로 높은 할인율을 적용해야 한다고 하였다. 그리고 그렇게 되면 미래 세대의 이익이 저평가될 우려가 있으므로, 사회적 할인율은 미래 세대를 배려하는 공익적 차원에서 민간 자본의 수익률이나 시장 이자율보다 상대적으로 더 낮은 수준에서 결정되는 것이 바람직하다고 하였다.

오답 풀이

① 1문단에서 할인율은 일반적으로 해당 사업에서 요구되는 최소 수익률에 해당한다고 했다. 따라서 수익을 요구하는 사업의 경우 할인율이 수익률을 상회하는 것이 아니라, 수익률이 할인율을 상회하는 것이 일반적일 것이다.

② 1문단에 따르면 시장 이자율의 상승과 마찬가지로 물가의 상승도 할인의 요소가 되므로, 물가의 상승은 미래 수익의 현재 가치를 높이는 것이 아니라 낮추는 역할을 한다.

③ 2문단으로 보아 현재 세대에서 미래 세대로 자원이 분배되는 효과가 커지게 하려면 사회적 할인율이 낮아져서 미래에 대한 투자가 활발하게 이루어져야 한다.

④ 4문단에 따르면 편익이 장기간에 걸쳐 서서히 나타나는 사업일수록 민간 수익률이나 시장 이자율에 따르는 할인율은 높게 책정되는 것이 일반적이다.

198 구체적 사례에의 적용 답 ⑤

정답 풀이

Ⓑ가 막대한 재정 투입에 대한 우려를 표명한 것은 투자 비용을 다른 곳에 투자했을 때 얻을 수 있는 수익률, 즉 투자 금액의 기회비용을 높게 평가했기 때문이다. 반면에 Ⓐ가 이 사업에 대해 찬성한 것으로 보아 Ⓐ는 투자 금액의 기회비용을 Ⓑ보다 낮게 평가했다고 볼 수 있다.

오답 풀이

① 미래 세대의 장기적 이익을 고려할 경우 공익적 차원에서 사회적 할인율은 자본 시장의 논리를 따르는 민간 수익률이나 시장 이자율보다 낮은 수준에서 결정되는 것이 바람직하다고 하였다.

② 내부 수익률법을 자신의 판단 기준으로 삼을 경우, 이 사업의 내부 수익률이 투자금의 기회비용보다 더 작다고 판단될 때 이 사업의 투자에 반대하게 될 것이다.

③ 현재 가치법을 이용하여 이 사업의 투자 여부를 판단하고자 한다면, 미래에 얻게 될 편익에 대한 할인율을 낮게 책정해야 미래 수익의 현재 가치가 커지게 된다. 따라서 이 사업에 대한 투자를 찬성하는 근거로 삼으려면 할인율을 낮게 책정하는 것이 유리하다.

④ 내부 수익률법을 이용하여 이 사업의 타당성을 평가하고자 한다면 여러 개의 내부 수익률 중에서 Ⓐ는 가장 높은 수준의 것을 선택하는 것이, Ⓑ는 가장 낮은 수준의 것을 선택하는 것이 자신의 주장을 뒷받침하는 근거로 더 유리하다.

199 어휘의 문맥적 의미 파악 답 ①

정답 풀이

ⓐ와 ①에 사용된 '따르다'의 문맥적 의미는 '어떤 경우, 사실이나 기준 따위에 의거하다.'이다.

오답 풀이

② '좋아하거나 존경하여 가까이 좇다.'의 뜻으로 사용되었다.

③ '일정한 선 따위를 그대로 밟아 움직이다.'의 뜻으로 사용되었다.

④ '앞선 것을 좇아 같은 수준에 이르다.'의 뜻으로 사용되었다.

⑤ '다른 사람이나 동물의 뒤에서, 그가 가는 대로 같이 가다.'의 뜻으로 사용되었다.

[200~205] (가) 자산 유동화에 관한 법률과 자산 유동화 제도
(나) 자산 유동화 제도의 실행 방식

200 ④ 201 ③ 202 ② 203 ② 204 ① 205 ⑤

E 지문 선정 포인트

(가)는 기업과 금융 기관의 자본 조달 수단인 자산 유동화 제도와 자산 유동화법에 대해 설명하고 있다. 그리고 (나)는 자산 유동화 제도의 실행 방식에 대해 설명하고 있다. (가)에서는 자산 유동화 제도의 개념을 다루고, (나)에서 자산 유동화 제도의 실행 방식 네 가지를 다루고 있으므로 (가)에 제시된 개념을 토대로 (나)를 연계하여 읽을 수 있다. 2023년 자산 유동화법 개정안이 국회를 통과했기 때문에 배경지식으로 잘 읽어 두도록 한다.

(가) 〈자산 유동화에 관한 법률과 자산 유동화 제도〉

해제 이 글은 금융 기관을 비롯한 기업에서 부실한 자산이나 바로 현금화하기 어려운 자산을 바탕으로 현금을 마련하는 금융 제도인 자산 유동화 제도를 자산 유동화에 관한 법률과 관련지어 설명하고 있다. 이를 위해 먼저 자산 유동화 제도가 도입된 배경과 법적인 뒷받침을 설명한 다음, 자산 유동화 제도를 이해하기 위해 필요한 핵심 개념들을 자산 유동화에 관한 법률을 바탕으로 설명하고 있다.

주제 자산 유동화 제도와 자산 유동화에 관한 법률에 대한 이해

구성

1문단	자산 유동화 제도 도입과 법률 제정의 배경
2문단	자산 유동화 제도의 정의와 핵심 개념 ①
3문단	자산 유동화 제도의 핵심 개념 ②
4문단	자산 유동화에 관한 법률의 성격과 장점

(나) 〈자산 유동화 제도의 실행 방식〉

해제 이 글은 자산 유동화에 관한 법률의 조문에 명시된 자산 유동화 제도의 정의를 바탕으로, 자산 유동화 제도가 실행되는 방식을 네 가지로 구분하여 설명하고 있다. 자산 유동화 제도의 실행 방식, 즉 자산 유동화가 일어나는 방식을 크게 매매형과 신탁형으로 나눈 다음, 신탁형을 다시 '신탁 방식', '양도 방식', '재유동화 방식'의 세 가지로 나누고 있으며, 각각의 방식이 실행되는 과정을 중심으로 상세하게 설명하고 있다.

주제 자산 유동화 제도의 실행 방식의 네 가지 유형

구성

1문단	자산 유동화법에 규정된 자산 유동화 제도의 실행 방식
2문단	매매형 유동화 방식의 개념과 특징
3문단	신탁형 유동화 방식의 유형 ① – 신탁 방식과 양도 방식
4문단	신탁형 유동화 방식의 유형 ② – 재유동화 방식

200 내용 전개 방식 파악 답 ④

정답 풀이

(나)는 자산 유동화법 제2조에 정의된 자산 유동화 제도의 개념을 바탕으로, 자산 유동화 제도의 실행 방식을 매매형 유동화 방식과 신탁형 유동화 방식으로 먼저 구분한 다음, 신탁형 유동화 방식을 다시 세 가지로 구분하여 글을 전개하고 있다. 이와 달리 (가)에서는 법률에 규정된 자산 유동화 제도의 핵심 요소를 설명하고 있을 뿐, 그 실행 방식을 설명하고 있지는 않다.

오답 풀이

① (가)와 (나) 모두 자산 유동화 제도의 개념을 다른 대상에 빗대어 설명하는 내용은 제시되어 있지 않다.
② (가)에서는 자산 유동화 제도의 도입 배경을 제시하고 있지만 이를 자산 유동화 제도의 형성 과정이라고 보기 어려우며, 시간의 흐름에 따라 통시적으로 서술하고 있다고 보기도 어렵다. (나)에서도 자산 유동화가 이루어지는 방식을 설명하고 있을 뿐, 그 형성 과정을 설명하고 있지 않다.
③ (가)에서는 자산 유동화 제도의 도입 배경을 제시하고 있지만, 이 제도의 단점을 제시하고 있지는 않다. 또한 (가)의 4문단에서는 자산 유동화법의 장점을 제시하고 있는 것이지, 자산 유동화 제도의 장점을 제시하는 것은 아니다.
⑤ (가)의 4문단에서는 자산 유동화법과 민법을 비교하고 있는데, 이는 자산 유동화법의 장점을 부각한다는 점에서 다른 법률과의 비교를 통해 자산 유동화법의 특징을 설명한다고 볼 수 있다. 그러나 자산 유동화법의 특징을 드러내고 있는 것이지, 자산 유동화 제도의 특징을 밝히고 있는 것은 아니다. 또한 (나)에서는 자산 유동화법에서 정의한 자산 유동화 제도의 실행 방식을 분류하고 있을 뿐, 자산 유동화법의 하위 법률에 대한 내용을 언급하고 있지는 않다.

201 구체적 사례에의 적용 답 ③

정답 풀이

B사는 증권사이면서 〈보기〉의 자산 유동화 과정을 총괄하는 주관 회사에 해당한다. 그런데 (가)의 4문단에서 자산 보유자가 SPC에 채권을 양도할 때, 해당 사실을 자산 보유자나 SPC가 공고하거나 금융감독위원회에 등록한다고 하였다. 따라서 유동화 자산에 대한 양도 계약은 자산 보유자인 A사와 SPC인 C사 사이에서 체결되므로, 이 양도 계약 사실을 공고하거나 금융감독위원회에 등록하는 주체 역시 자산 보유자인 A사나 서류상의 회사(SPC)인 C사가 된다.

오답 풀이

① A사가 유동화 자산으로 삼은 것은 부동산을 담보로 한 대출금에 대한 채권인데, (가)의 2문단에서 부동산 담보 대출 채권을 기초로 발행한 자산 유동화 증권은 MBS라고 설명하였다.
② A사는 금융 회사이므로 자산 유동화법에서 규정한 금융 기관으로서의 자격을 갖추고 있다. (가)의 1문단에서 금융 기관의 재무 건전성이 악화되어 발생하는 문제를 해결하기 위한 대책으로 자산 유동화 제도가 도입되었다고 하였다. 이를 바탕으로 자산 유동화 제도를 이용하면 재무 건전성이 높아진다고 판단할 수 있으므로, 〈보기〉에서 자산 유동화를 하려는 A사는 재무 건전성을 높이려 한다고 이해할 수 있다.
④ (가)의 4문단에서 민법에서는 채권자가 채권을 제3자에게 양도할 때, 양도인이 채무자에게 그 사실을 통지하거나 채무자가 이를 승낙해야 하는 요건인 '제3자에 대한 대항 요건'을 충족해야 한다고 하였다. 따라서 민법에 따라 자산 유동화를 진행한다면 제3자에 대한 대항 요건을 충족해야 하므로, A사는 채무자에게 C사와의 채권 양도 사실을 통지하거나, 채권 양도에 대한 채무자의 승낙을 받아야 한다.
⑤ (가)의 3문단에서 SPC는 권리 능력이 부여된 법인이며, 자산 보유자와의 유동화 자산 양도 계약과 같은 일반 업무는 업무 수탁자에게 위임하지만, 법률적으로는 SPC가 이러한 업무를 수행한 것으로 간주한다고 설명하였다. 따라서 유동화 자산 양도 계약의 실무는 C사의 일반 업무를 수행하는 업무 수탁자인 D사가 맡아 진행하지만, 법률적으로는 명목상의 회사인 C사가 이 업무를 수행한 것으로 본다.

202 정보 간 관계 파악 답 ②

정답 풀이

㉠에서 주관 회사는 증권사로, 자산 유동화 과정 전체를 총괄하며, 자산 유동화 계획 수립, SPC 설립, SPC의 업무를 위임할 회사 소개, ABS 발행 및 판매 업무를 수행한다. 그러나 ㉣의 2단계 유동화 과정에서는 신탁 회사가 주관 회사가 되는데, ㉠의 증권사와 달리 SPC의 일반 업무 및 자산 관리 업무를 위임받아 수행한다. 즉 ㉠의 증권사는 SPC를 설립하고 업무 수탁자와 자산 관리자를 소개하지만, ㉣의 신탁 회사는 스스로 업무 수탁자와 자산 관리자가 되는 것이다.

오답 풀이

① ㉠에서 ABS를 발행하는 주체는 SPC 또는 주관 회사인 증권사이지만, ㉡에서는 신탁 회사가 ABS를 발행한다.

③ ㉡에서는 신탁 회사가 유동화 자산에 대한 신탁을 인수하는 수탁자이지만, ㉢에서는 유동화 자산에 대한 신탁이 이루어지지 않으므로 유동화 자산의 수탁자는 없다. ㉢에서 신탁 회사는 유동화 자산을 양도받는다.

④ ㉡에서 신탁 회사는 자산 보유자로부터 신탁을 인수하는 수탁자이므로 자산 보유자가 될 수 없다. 그런데 자산 유동화 과정에서 발행된 ABS는 신탁 회사의 자산이 되므로, ㉣의 2단계 유동화와 같이, 이미 발행된 ABS를 유동화 자산으로 보고 자산 유동화를 하게 될 경우, 신탁 회사는 자산 보유자가 된다.

⑤ ㉣의 2단계 유동화에서 신탁 회사는 이미 발행된 ABS를 SPC에 양도한다. 그러나 ㉢에서 신탁 회사는 자산을 양도하는 것이 아니라 양도받는다.

203 세부 내용 추론 답 ②

정답 풀이

(가)의 내용을 통해 볼 때, ㉮의 유동화 자산은 '부실 채권', 즉 '대출 원금이나 이자를 제대로 받지 못하게 된 대출 채권'이다. ㉮의 상황에서 금융 기관은 재무 건전성을 높이기 위해, 부실 채권을 유동화 자산으로 삼아 자산 유동화를 할 것이라고 판단할 수 있다. 이때 (나)의 2문단을 참고할 때 매매형 유동화 방식을 사용한다면, 금융 기관은 SPC에 부실 자산을 양도하고, SPC는 회사채로 ABS를 발행하게 되는데 이 방식에서 발행하는 ABS는 대부분 회사채이다. 그리고 〈보기〉에서 투자자들의 심리를 고려해 ABS의 유형을 결정한다고 했으므로, 투자자들은 우선적으로 수익을 지급받을 수 있는 선순위 증권으로 발행된 ABS를 선호할 것이라고 판단할 수 있다.

204 전제의 추론 답 ①

정답 풀이

매매형 유동화는 유동화 자산을 SPC에 양도함으로써 이루어지므로, 2단계 유동화가 일어나기 위해서는 신탁 회사가 유동화 자산을 보유하고 있어야 한다. 1단계 유동화를 하면서 신탁 회사는 ABS를 발행하였으므로, 신탁 회사는 유동화 자산을 보유하게 된다. 이는 (가)의 2문단에서 '발행된 ABS는 이를 발행한 기업의 자산이 된다.'라고 한 부분에서 확인할 수 있다. 따라서 이미 발행된 ABS는 신탁 회사의 유동화 자산이 된다는 전제 조건을 만족해야, 2단계 유동화가 매매형 유동화 방식으로 이루어질 수 있다.

오답 풀이

② 유동화 자산을 양도하는 데 제한이 없는 것은 맞지만, 신탁할 때의 제한 조건은 이 글에서 알 수 없다. 또한 ㉯는 신탁 회사가 유동화 자산을 SPC에 양도하는 2단계 유동화 과정에 해당하므로, 유동화 자산의 양도 조건에 제한이 없다는 것이 2단계 유동화 과정을 진행하기 위해 선행되어야 할 전제 조건이라고 볼 수 없다.

③ 2단계 유동화에서 신탁 회사가 주관 회사가 되므로, '신탁 회사도 SPC를 설립할 수 있'다는 것은 매매형 자산 유동화가 일어나기 위한 전제 조건으로 볼 수도 있다. 그런데 2단계 유동화에서 신탁 회사는 SPC를 설립하고, 이 SPC가 새로운 ABS를 발행하므로 ③의 진술은 ㉯가 진행되기 위한 전제 조건이 아니라 ㉯의 진행 과정과 관련된다. 또한 ㉯의 과정에서는 신탁 회사가 기존의 ABS를 SPC에 양도하면 SPC가 이를 기초로 새로운 ABS를 발행하므로, 기존의 ABS를 재발행한다는 설명도 적절하지 않다.

④ 신탁 회사가 ABS를 발행하는 데 필요한 법적 절차가 간소하다는 내용은 이 글에서 확인할 수 없으며, ㉯가 진행되기 위한 전제 조건과도 관련이 없다.

⑤ 자산의 신탁을 설정하는 것은 위탁자이지, 수탁자인 신탁 회사가 아니다. 이는 신탁 회사가 2단계 유동화에서 '신탁 방식'을 이용할 경우에 필요한 전제 조건에 해당하며, ㉯의 전제 조건이 되지 않는다.

205 구절의 문맥적 의미 파악 답 ⑤

정답 풀이

ⓔ는 신탁 회사가 매매형 유동화 방식으로 이루어지는 2단계 유동화 과정 전체를 총괄한다는 의미이지, 자산을 신탁하는 과정을 총괄한다는 의미는 아니다. (나)의 2문단에서 주관 회사는 신탁 방식이 아니라, 자산을 양도하는 유동화 과정을 총괄한다는 것을 확인할 수 있다.

오답 풀이

① ⓐ는 기업이 유동화하려는 대상이 되는 자산, 즉 유동화 자산을 의미한다.

② ⓑ는 기초 자산이 기업의 대출 채권이면 CLO, 부동산 담보 대출 채권이면 MBS로 구분된다는 문맥에서 사용되고 있다는 점에서, 유동화 자산의 종류에 따라 ABS의 유형을 나눈다는 것을 의미함을 알 수 있다.

③ ⓒ는 채권자가 채무자에게 알려야 할 사실로, '채권자가 채권을 제3자에게 양도한 사실'을 의미하며, 이는 '자산 보유자가 SPC에 채권을 양도한 사실'을 의미한다고 볼 수 있다.

④ ⓓ는 위탁자의 개념으로, '신탁을 하려는 자'를 의미한다. 신탁은 '일정한 목적에 따라 재산의 관리와 처분을 남에게 맡기는 것'이므로, ⓓ는 재산의 관리와 처분을 남에게 맡기는 자를 의미한다.

적중 예상 | 주제 통합 인문+사회 01

본문 140쪽

[206~211] (가) 홉스의 사회 계약론 (나) 루소의 사회 계약론

206 ④ 207 ④ 208 ③ 209 ③ 210 ④ 211 ④

E 지문 선정 포인트

(가)는 홉스의 사회 계약론에 대해 설명하고 있고, (나)는 루소의 사회 계약론에 대해 설명하고 있다. 홉스와 루소의 사회 계약론은 모두 사회 구성원들 간의 합의인 계약을 통해 국가가 형성되었다는 점에서 공통적이나, 인간의 본성, 사회 계약의 요건 및 국가의 특성에 대한 관점은 다르므로 (가)와 (나)를 연계하여 비교하며 읽을 수 있다.

(가) 〈홉스의 사회 계약론〉

해제 홉스의 사회 계약론에 대해 설명한 글이다. 홉스는 국가 성립 이전의 자연 상태를 '만인에 대한 만인의 투쟁'이 이어지는 환경으로 보고, '자연법'에 대한 구상을 바탕으로 모든 사람이 자신의 자연권을 양도하는 계약을 자발적으로 맺어 절대적인 국가 권력을 탄생시키는 것만이 자연 상태의 공포에서 벗어나는 길이라고 주장하였다. 그리고 그 국가의 통치권은 절대적이어야 하며, 어떠한 시민의 저항도 용납하지 않아야 한다고 보았다. 이러한 홉스의 이론은 절대 왕정의 악정까지 묵인했다는 비판을 받지만, 이후 전개된 시민 사회의 성립과 정치사상의 발전에 큰 흐름을 만들었다는 점에서 의의를 지닌다.

주제 홉스의 사회 계약론의 특징과 의의

구성

1문단	자연권에 의해 항구적인 전쟁 상태에 놓이게 된 자연 상태
2문단	이성의 작용에 의해 홉스가 구상한 자연법
3문단	자연권을 양도하는 계약에 따라 형성된 국가
4문단	홉스의 사회 계약론이 갖는 의의와 한계

(나) 〈루소의 사회 계약론〉

해제 루소의 사회 계약론에 대해 설명한 글이다. 루소는 풍족한 삶이 보장되던 자연 상태에서 인간은 누구나 평화롭고 평등한 개인적인 삶을 누릴 수 있었으나, 자연과의 투쟁에서 이기기 위해 사회가 형성되면서 인간은 서로를 위협하고 투쟁하는 존재가 되었다고 보았다. 이에 루소는 성숙한 인간 사회의 건설을 위해 '일반 의지'의 지도에 따른 사회 계약의 필요성을 제기하였다. 그는 개인은 일반 의지에 복종함으로써 자연 상태에서 벗어나 정치 사회에 합류할 수 있게 되며, 비로소 잃어버린 자유를 되찾게 된다고 보았다. 그러면서 루소는 통치자가 일반 의지에 반하는 행위를 하였을 때 계약 파기의 가능성까지 열어 두었다. 그의 이론은 실현 가능성에 대한 의문을 갖게 하지만, 사회 계약을 통해 사회의 기본 구조를 만들려는 시도를 하였다는 점에서 의의를 지닌다.

주제 루소의 사회 계약론의 특징과 의의

구성

1문단	사회 상태에서 서로를 위협하고 투쟁하는 존재가 된 인간
2문단	일반 의지의 지도에 따라 형성되는 사회 계약
3문단	루소의 사회 계약론이 갖는 의의와 한계

206 내용 전개 방식 파악 답 ④

정답 풀이

(가)의 4문단에서 절대 왕정의 악정을 사실상 묵인하고 방조했다는 점은 홉스의 이론이 갖는 한계에 해당하고, 그의 이론이 이후 전개된 시민 사회의 성립과 정치 사상의 발전에 큰 물꼬를 터놓았다는 것은 홉스 이론에 담긴 의의로 볼 수 있다. 또한 (나)의 3문단에서 루소의 사회 계약론이 사고 실험에 그쳤을 뿐 아니라 실현 가능성이 낮다는 점은 이 이론이 지닌 한계로 볼 수 있으며, 사회 계약을 통해 사회의 기본 구조를 만들려고 한 시도라는 점은 루소의 사회 계약론이 갖는 의의라고 할 수 있다. 이처럼 (가)와 (나)에서는 각각 홉스와 루소의 사회 계약론의 한계와 의의를 언급하여 두 이론에 대한 평가를 제시하고 있다.

오답 풀이

① (가)의 마지막 문단에서 '시민 사회의 성립과 정치사상의 발전에 큰 물꼬를 터놓았다'라고 한 부분을 특정 이론인 홉스의 사회 계약론이 인접 분야의 발전에 미친 영향으로 볼 수도 있지만, 이를 인과적으로 제시하지는 않았다.

② (나)에서 특정 이론인 루소의 사회 계약론을 다루고는 있지만, 그 이론에 대한 전문가들의 의견을 이용한 다각적인 해석은 제시하지 않았다.

③ (가)에서 홉스의 사회 계약론이 탄생하게 된 역사적 배경은 언급하지 않았고, (나)의 3문단 '사회 계약을 통해 인간 사회가 더 이상 자연이나 신에 의해 운명 지어진 존재가 아님을 분명히' 하였다는 부분도 사회 계약론이 지닌 의의를 설명한 것이지, 특정 이론에 영향을 받은 사회 현상을 제시하였다고 볼 수 없다.

⑤ (가)에서는 홉스의 사회 계약론의 특징을, (나)에서는 루소의 사회 계약론의 특징을 설명하며 그 한계와 의의를 언급하고 있을 뿐이다. 당시 사회의 일반적 인식은 나타나 있지 않으며, 그것과 다른 특정 이론을 부각하지도 않았다.

207 관점 간 비교 이해 답 ④

정답 풀이

(가)의 1문단 '홉스는 사회 계약론을 통해 사회의 기본 구조를 만드는 사고 실험을 시도하였다.'와 (나)의 3문단 '루소의 사회 계약론은 다른 사회 계약론과 마찬가지로 사고 실험에 그쳤을 뿐 실제 현실에 구현된 적은 없다.'를 통해 알 수 있듯이, 홉스와 루소 모두 자신들의 이론에 대한 사고 실험만 하였을 뿐 현실에 직접 적용하지는 못하였다. 따라서 홉스가 현실에 적용된 사회 계약의 경험을 통해 자신이 주장한 이론의 정당성을 입증하였다는 이해는 적절하지 않다.

오답 풀이

① (가)의 2문단 '자연법은 인간의 이성에 의해 발견된 보편타당한 일반 법칙'에서 알 수 있듯이, 홉스는 자연법이 이성에 의해 발견된 것이라고 보았다.

② (나)의 1문단 '자연 환경의 변화로 인해 척박한 세상과 맞닥뜨리게 되면서 인간은 다른 인간들과의 협동을 통해 자신의 생존을 모색하게 된다. ~ 이러한 성취는 인간 사회의 불평등이라는 부작용을 낳는다.'와 '인간이 자연과의 투쟁에서 이기기 위해 사회를 형성했지만, 결국 그 투쟁은 끝나지 않고 인간과 인간 사이의 투쟁으로 변형되었을 뿐'에서 알 수 있듯이, 루소는 인간 사회의 불평등은 인간이 자연과의 투쟁에서 이기기 위해 협동하여 사회를 이루어 발생한 것으로 보았다.

③ (가)의 4문단 '군주의 통치권은 절대적이어야 하며 어떠한 시민의 저항도 용납하지 않아야 한다고 생각했다. ~ 군주의 권한에 저항하는 것은 곧 자신의 이성에 대항하는 것이며 자연 상태로의 회귀를 의미하기 때문이다.'에서 알 수 있듯이, 홉스는 군주의 권한에 저항하는 것은 곧 자신의 이성에 대항하는 것이라고 보고 어떠한 시민의 저항도 용납하지 않아야 한다고 생각하였다. 이에 반해 (나)의 2문단 '루소는 통치자가 일반 의지에 반하는 행위를 하였을 때 계약 파기의 가능성을 열어 두었으며'에서 알 수 있듯이, 루소는 통치자가 일반 의지에 반하는 행위를 하였을 때 계약 파기가 가능하다고 보았다.

⑤ (가)의 3문단 '모든 사람이 자신의 자연권을 양도하는 계약을 자발적으로 맺어 절대적인 국가 권력을 탄생시키는 것만이 자연 상태의 공포에서 벗어나는 길이라고 주장했다.'에서 알 수 있듯이, 홉스는 사회 계약을 통해 자연 상태를 극복할 수 있다고 보았다. 이에 반해 (나)의 1, 2문단 '인간은 자연을 지배할 수 있게 된다. 그러나 이러한 성취는 인간 사회의 불평등이라는 부작용을 낳는다. ~ 이에 따라 루소는 성숙한 인간 사회의 건설을 위해 사회 계약의 필요성을 제기했다.'에서 알 수 있듯이, 루소는 사회 계약을 통해 인간을 서로 위협하고 투쟁하는 존재로 전락시킨 사회 상태를 극복할 수 있다고 보았다.

208 세부 내용 비교 답 ③

정답 풀이

(나)에서 루소는 '풍족한 삶이 보장되던 자연 상태에서 인간은 누구나 평화롭고 평등한 개인적인 삶을 누릴 수 있'다고 하였다. 이에 반해 (가)에서 홉스는 '재화의 한정성 때문에 자연 상태에서의 인간은 누구나 상대방에 대한 적대감을 품고 자기 보존을 추구하게 되며, 그 결과 모든 개인은 불안과 공포에 시달리게' 되고, 이로 인해 '자연 상태에서 만인은 항구적인 전쟁 상태에 놓이게' 된다고 보았다.

오답 풀이

① (가)에서 홉스는 자연법을 통해 '모든 사람이 자신의 자연권을 양도하는 계약을 자발적으로 맺'을 수 있다고 보았다. 따라서 자연법을 통해 자연 상태에서의 자연권이 더욱 강화되는 것은 아니다.

② (나)에서 루소는 '자연 환경의 변화로 인해 척박한 세상과 맞닥뜨리게 되면서 인간은 다른 인간들과의 협동을 통해 자신의 생존을 모색'하는 방식으로 변화했다고 하였으므로, 자연 상태가 척박하게 변화하여도 인간이 일관되게 행동하는 것은 아니다.

④ 자연 상태를 '항구적인 전쟁 상태'로 본 홉스와 달리, 루소는 자연 상태에서 '인간은 누구나 평화롭고 평등한 개인적인 삶을 누릴 수 있'었다고 보았다. 따라서 루소가 말한 자연 상태가 인간의 이타성(자신의 이익보다는 다른 이의 이익을 더 꾀하는 성질)을 입증하는 것은 아니다.

⑤ 홉스는 자연 상태를 '만인에 대한 만인의 투쟁'이 이어지는, 서로 위협하는 환경으로 보았다. 그러나 루소는 자연 상태를 인간이 평화롭고 평등한 개인적인 삶을 누릴 수 있는 환경으로 보았으며, 자연 상태가 아닌 사회 상태에서 인간은 서로 위협하는 존재가 된다고 하였다.

209 반응의 적절성 판단 답 ③

정답 풀이

'을'이 선함에 대해 인간의 행위에 내재해 있지 않다고 한 것은, 선악에 대한 판단은 주관적인 것이어서 어떤 행위 자체가 곧 선이라고 말할 수 없다는 의미이다. 루소는 인간이 자연 상태에서는 선한 존재였으나 사회 상태에서는 서로를 위협하고 투쟁하는 존재가 되어 버렸다(원래 선한 존재였던 인간이 환경에 의해 악한 존재가 되었다)고 하였는데, 이는 선악이 인간에 내재해 있다고 본 것이다. 이러한 루소의 견해는 선악에 대한 판단을 객관적으로 내릴 수 있다는 생각이 전제된 것이므로 '을'의 생각과는 다르다.

오답 풀이

① '갑'이 입법자가 내린 결정이 선악의 판단 기준이 되어야 한다고 본 것은, 사회 계약에 의해 형성된 권력에 절대성을 부여한 것이다. 이는 사회 계약에 의해 형성된 권력인 국가를 막강한 힘을 가진 바다 괴물 '리바이어던'이라고 불렀던 홉스의 견해와 유사하다고 볼 수 있다.

② '갑'이 선악의 상대성으로 인해 충돌과 혼란이 야기될 수 있다고 본 것은, 단일한 절대 권력이 없는 상태에서 벌어지는 만인에 대한 만인의 투쟁 상태에 비유될 수 있다. 따라서 단일한 권력의 지배를 받기 전까지 평화와 안전을 보장할 수 없다고 한 홉스의 견해와 비슷한 점이 있다고 볼 수 있다.

④ 모든 사람들이 유익한 것으로 느끼는 것들을 선으로 간주할 경우, 이것은 일반 의지에 부합할 수도 있지만 그렇지 않을 수도 있다. 모든 사람들이 유익한 것으로 느끼는 것들을 선으로 간주하는 것은 사적 이익을 추구하는 특수 의지의 총합에 불과한 전체 의지일 뿐, 공동 자아의 의지가 아니기 때문이다. 따라서 이것은 루소가 말한 일반 의지와 전체 의지를 구분하지 못한 것으로 볼 수 있다.

⑤ '을'이 다수의 대중이 판단한 선이 일반 의지에 부합하더라도, 입법자가 규정한 선과 충돌할 수도 있다고 본 것은, 입법자의 의지가 반드시 일반 의지에 부합하지 않을 수도 있다는 점을 시사한다. 이는 '통치자가 일반 의지에 반하는 행위를 하'는 경우에 계약 파기의 가능성을 열어 두고, 통치자의 의지와 일반 의지를 동일한 것으로 보지 않은 루소의 생각과 통한다고 볼 수 있다.

210 다른 상황에의 적용 답 ④

정답 풀이

(가)의 4문단 '군주의 통치권은 절대적이어야 하며 어떠한 시민의 저항도 용납하지 않아야 한다고 생각했다. 군주의 권력은 사회 구성원이 이루어 낸 합의의 산물이므로'에 따르면, 홉스는 사회 계약에 의해 탄생한 권력은 막강하고 절대적인 권력을 행사해야 하며, 군주의 권력은 사회 구성원의 합의의 산물이기 때문에 제한될 수 없다고 보았다. 따라서 ㉯ '핵 확산 금지 조약'(사회 계약에 의해 탄생한 권력)의 ㉮ '핵무기 보유 경쟁'에 대한 권력 행사를 제한해야 한다는 이해는 적절하지 않다.

오답 풀이

① 냉전 시대에 세계 각국이 ㉮ '핵무기 보유 경쟁'에 몰두한 것은, '만인에 대한 만인의 투쟁' 상태가 국가 단위로 확대된 것으로 일종의 '자연권' 행사로 볼 수 있으므로 적절한 이해이다.

② ㉯ '핵 확산 금지 조약'은 국제 사회의 여러 국가가 사회 계약을 통해 구성한 국제 권력의 한 모델로 볼 수 있으므로 적절한 이해이다.

③ ㉮ '핵무기 보유 경쟁'은 자국의 안전을 지키기 위해 일종의 자연권을 국가적 단위에서 행사한 것으로 볼 수 있다. 그러나 이것은 '만인에 대한 만인의 투쟁' 상태를 초래하여(핵전쟁의 위험이 더욱 커져) 오히려 자국의 안전을 더 위협하게 되었다. 이로 인해 세계 각국은 자발적으로 ㉯ '핵 확산 금지 조약'이라는 사회 계약을 맺게 된 것이므로 적절한 이해이다.

⑤ 홉스의 자연법 중 '제2의 법'은 '자신이 타인에게 허락한 만큼의 권리와 자유에 자신도 만족해야 한다'는 것이다. 기존의 핵보유국에는 핵무기 보유 권한을 인정해 주고 핵무기를 보유하지 않은 나라에는 계속 핵무기를 보유할 수 없도록 하는 ㉯ '핵 확산 금지 조약'은 이러한 정신에 위배된 불평등한 조약으로 볼 수 있으므로 적절한 이해이다.

211 어휘의 문맥적 의미 파악 답 ④

정답 풀이

ⓓ와 ④의 '벗어나다'는 모두 '어려운 일이나 처지에서 헤어나다.'의 뜻으로 사용되었다.

오답 풀이

① ⓐ의 '이어지다'는 '끊어지지 않고 계속되다.'의 뜻으로 쓰였으나, ①에서의 '이어지다'는 '끊어졌거나 본래 따로 있던 것이 서로 잇대어지다.'의 뜻으로 쓰였다.

② ⓑ의 '부르다'는 '무엇이라고 가리켜 말하거나 이름을 붙이다.'의 뜻으로 쓰였으나, ②에서의 '부르다'는 '어떤 행동이나 말이 관련된 다른 일이나 상황을 초래하다.'의 뜻으로 쓰였다.

③ ⓒ의 '지키다'는 '재산, 이익, 안전 따위를 잃거나 침해당하지 아니하도록 보호하거나 감시하여 막다.'의 뜻으로 쓰였으나, ③에서의 '지키다'는 '규정, 약속, 법, 예의 따위를 어기지 아니하고 그대로 실행하다.'의 뜻으로 쓰였다.

⑤ ⓔ의 '따르다'는 '관례, 유행이나 명령, 의견 따위를 그대로 실행하다.'의 뜻으로 쓰였으나, ⑤에서의 '따르다'는 '남이 하는 대로 같이 하다.'의 뜻으로 쓰였다.

적중 예상 | 주제 통합 인문+사회 02

본문 143쪽

[212~217] (가) 형법상의 명예와 관련된 죄 (나) 명예의 종류

212 ④ 213 ① 214 ⑤ 215 ③ 216 ③ 217 ⑤

E 지문 선정 포인트

(가)는 형법상의 명예에 관한 죄인 명예 훼손죄와 모욕죄의 구성 요건에 대해 설명하고 있다. (나)는 보호 법익으로서의 명예의 종류에 대해 설명하고 있다. 명예 훼손죄와 모욕죄의 보호 법익은 '명예'이므로 (가)와 (나)를 연계하여 읽으며 배경지식을 확장해 두도록 하자.

(가) 〈형법상의 명예와 관련된 죄〉

해제 명예에 관한 죄의 개념과 종류를 설명하고 범죄가 성립되는 요건에 대해 설명한 글이다. 명예에 관한 죄는 공연히 사실을 적시하여 사람의 명예를 훼손하거나 사람을 모욕하는 것을 내용으로 하는 범죄인데, 명예 훼손죄와 모욕죄가 이에 해당한다. 명예 훼손죄가 성립하려면 공연성, 사실의 적시, 고의성이라는 범죄의 구성 요건을 갖추어야 한다. 모욕죄도 공연성과 고의성을 범죄의 구성 요건으로 삼고 있지만 사실의 적시는 제외된다는 점에서 명예 훼손죄와는 차이가 있다. 한편 명예 훼손죄는 반의사 불벌죄로 피해자의 고소가 없어도 수사와 기소가 가능한 반면, 모욕죄는 친고죄여서 피해자의 고소가 없을 경우 수사와 기소 모두 할 수 없다. 대신 명예 훼손죄의 경우 피해자가 가해자의 처벌을 원하지 않는다면 법적인 절차가 종결된다.

주제 명예에 관한 죄의 구성 요건과 종류

구성

1문단	명예에 관한 죄의 개념과 종류
2문단	명예 훼손죄의 성립 요건 ① – 공연성
3문단	명예 훼손죄의 성립 요건 ② – 사실의 적시, 고의성
4문단	모욕죄의 성립 요건
5문단	명예 훼손죄와 모욕죄의 수사와 기소의 요건

(나) 〈명예의 종류〉

해제 명예 훼손죄와 모욕죄의 보호 법익인 '명예'에 대해 설명하고 있는 글이다. 명예는 사람이 가지는 인격의 내부적 가치 그 자체로 타인에 의해 침해 · 훼손될 수 없는 절대적 가치인 '내적 명예'와, 사람의 인격적 가치에 대한 사회적 평가로서의 명예인 '외적 명예', 그리고 자신의 인격적 가치에 대한 개인의 주관적 감정 내지 개인적 평가인 '명예 감정'으로 나뉜다. 명예 훼손죄의 경우 외적 명예만을 보호 법익으로 보아야 한다는 입장이 우세하지만, 모욕죄의 경우 외적 명예와 명예 감정을 모두 보호 법익에 포함해야 한다는 주장이 있다. 그렇지만 현행 형법은 모욕죄의 구성 요건으로 공연성을 요구하고 있으며, 다수의 판례에서 명예 감정이 없는 국가 등에 대해서도 모욕죄를 인정하고 있다.

주제 보호 법익으로서의 명예의 종류와 적용 범위

구성

1문단	명예에 관한 죄의 보호 법익인 '명예'
2문단	명예의 종류
3문단	명예 훼손죄와 모욕죄의 보호 법익인 명예의 범위

212 내용 전개 방식 간 비교 이해 답 ④

정답 풀이

(나)의 2문단에서 '명예'의 종류를 '내적 명예, 외적 명예, 명예 감정' 등 세 가지로 구분하여 설명한 것은 맞지만, 각각의 장단점을 비교하거나 그것들을 보호 법익으로 하는 법의 한계를 제시하지는 않았다.

오답 풀이

① (가)의 1문단에서는 명예에 관한 죄의 개념을 제시하고, 그것과 관련한 죄로 명예 훼손죄와 모욕죄의 두 종류가 있음을 밝히고 있다. 그런 다음 사람의 인격적 가치와 그에 적합한 사회적 평가, 곧 명예라는 법익을 침해하는 행위를 제한하기 위해 명예 훼손죄와 모욕죄에 관련한 법률을 두고 있다며 해당 법이 필요한 이유를 제시하고 있다.

② (나)의 1문단에서는 '보호 법익'이라는 낯선 용어의 개념을 첫 문장에서 먼저 밝힌 다음, 이를 바탕으로 명예에 관한 죄인 명예 훼손죄와 모욕죄의 보호 법익은 '명예'라며 글의 화제를 제시하고 있다.

③ (가)의 2~4문단에서는 '명예'에 관한 죄, 곧 명예 훼손죄와 모욕죄가 성립하기 위한 요건, 곧 범죄 구성 요건 세 가지 '공연성, 사실의 적시, 고의성'의 법률적 의미를 하나씩 밝힌 다음, 각각의 요소들을 적용할 때 고려할 점(공연성은 '불특정 또는 다수인이 인식할 수 있는 상태'의 의미 적용, 사실의 적시는 '사실'의 적용, 고의성은 그 판단 기준과 미필적 고의 적용 등)을 추가적으로 제시하고 있다.

⑤ (가)의 4, 5문단에서는 범죄 구성 요건과 수사 및 기소의 요건 등을 중심으로 '명예'에 관한 법인 명예 훼손죄와 모욕죄를 비교하고 있다. 또한 (나)의 마지막 문단에서는 '명예'에 관한 법의 보호 법익인 명예의 범위와 관련하여 명예 훼손죄와 모욕죄를 비교하고 있다. 따라서 (가)와 (나)를 통해 명예에 관한 두 가지 법인 명예 훼손죄와 모욕죄의 공통점과 차이점을 비교하며 이해할 수 있다.

213 세부 정보 파악 답 ①

정답 풀이

(나)의 1문단에서 '보호 법익은 형법이 보호할 가치가 있는 이익 또는 가치를 말한다. 즉 법의 규정을 통해 보호되는 추상적이고 관념적인 대상이라고 할 수 있다.'라고 하였다. 따라서 보호 법익이 구체성을 띠어야 한다는 것은 적절하지 않은 이해이다.

오답 풀이

② (가)의 3문단에서 '적시된 사실은 그것이 사회적으로 널리 알려진 것인지 그렇지 않은 것인지는 따지지 않'는다고 하였다. 따라서 사회적으로 널리 알려진 사실을 적시한 경우에도 명예 훼손죄로 처벌받을 수 있다는 이해는 적절하다.

③ (가)의 3문단에서 '반드시 의도한 것은 아니지만 자기의 행위로 말미암아 어떤 범죄 결과가 일어날 수 있음을 알면서도 그 행위를 행하는 심리적 태도인 미필적 고의에 대해서도 고의성을 인정한다.'라고 하였으므로, 어떤 결과를 의도한 것이 아닌 행위에 대해서도 '고의성'이 있었다고 판단될 수 있다는 이해는 적절하다.

④ (나)의 마지막 문단에서 '정신병자나 유아 또는 법인에 대한 모욕죄의 성립도 인정'하는 점을 고려할 때 '모욕죄'의 보호 법익을 명예 감정까지 확대하는 것에 대해 반대가 많다고 하였다. 따라서 정신병자나 유아와 같이 명예 감정이 없는 대상에 대해서도 '모욕죄'를 인정한 법원의 판례는, '모욕죄'의 보호 법익에서 명예 감정을 제외해야 한다는 주장의 근거가 될 수 있다는 이해는 적절하다.

⑤ (가)의 2문단에서 '공연성'의 '(불특정 또는 다수인이) 인식할 수 있는 상태'에 대해 해석할 때, 전파 가능성설에 따르면 '특정한 한 사람에게만 사실을 적시한 경우라 하더라도 그 사람에 의해 그 사실이 불특정 또는 다수인에게 전파될 가능성이 있을 때는 공연성을 인정'한다고 보며, 직접 인식 가능성설에 따

르면 '불특정 또는 다수인이 직접 인식할 수 있는 상태에서 사실을 적시한 경우에만 공연성을 인정'한다고 하였다. 따라서 전파 가능성설에 따르면 명예 훼손적 표현을 들은 사람이 한 명인 경우에도 '불특정 또는 다수인이 인식할 수 있는 상태'로 인정될 수 있다는 이해는 적절하다.

214 핵심 개념 비교 이해 답 ⑤

정답 풀이

(가)의 2문단 '명예 훼손죄가 성립하려면 공연성, 사실의 적시, 고의성이라는 범죄의 구성 요건을 갖추어야 한다.'와 4문단 '모욕죄에 있어서도 공연성과 고의성이 범죄의 구성 요건이 된다는 것은 명예 훼손죄와 동일하다. 그렇지만, 모욕죄의 구성 요건에서 사실의 적시는 제외된다.'에 따르면, ㉠ '명예 훼손죄'와 ㉡ '모욕죄'가 구성되기 위해 공통적으로 요구되는 요소는 '공연성'과 '고의성' 두 개이다.

오답 풀이

① (가)의 3문단에서 '고의성은 행위자의 주관적인 심리 상태와 관련이 있으므로 간접적으로 판단할 수밖에 없다.'라고 하며 '객관적 정황 등이 그 고의성을 판단하는 기준이 된다.'라고 하였다. 따라서 ㉠ '명예 훼손죄'의 고의성을 가해자의 진술을 통해 파악한다는 것은 적절하지 않은 진술이다.

② (나)의 마지막 문단에서 '다수의 판례에서 명예 감정이 없는 국가에 대한 모욕죄는 물론이고 정신병자나 유아 또는 법인에 대한 모욕죄의 성립도 인정하고 있다.'라고 하였다. 따라서 ㉡ '모욕죄'가 명예 감정이 없는 대상에 대해서는 성립하지 않는다는 것은 적절하지 않은 진술이다.

③ (가)의 3문단에 따르면 입증이 가능한 사실을 표현하는 것은 사실의 적시에 해당하고, 4문단에 따르면 이러한 사실의 적시는 명예 훼손죄에만 해당하는 범죄 구성 요건이다. 따라서 ㉡ '모욕죄'가 입증이 가능한 사실을 표현한 경우에만 성립된다는 것은 적절하지 않은 진술이다.

④ (가)의 마지막 문단에 따르면, 명예 훼손죄는 반의사 불벌죄로 피해자의 고소가 없어도 수사와 기소가 가능하며, 모욕죄는 친고죄로 피해자의 고소가 없으면 수사와 기소 모두 불가능하다. 따라서 ㉡ '모욕죄'와 달리 ㉠ '명예 훼손죄'에 대한 기소 여부는 피해자의 의사에 영향을 받는다는 것은 적절하지 않은 진술이다.

215 구체적 사례에의 적용 답 ③

정답 풀이

(가)의 마지막 문단에 따르면, 명예 훼손죄는 반의사 불벌죄이므로 검찰이 수사와 기소를 진행하더라도 피해자가 가해자의 처벌을 원하지 않으면 법원의 판결을 포함한 모든 절차가 종결된다. 그런데 〈보기〉에서 피해자는 B가 아닌 C이므로 B가 A의 처벌을 원하지 않는다는 의견을 법원에 제출하더라도 재판부의 판결에는 영향을 주지 않는다.

오답 풀이

① (가)의 2문단에 따르면, 〈보기〉의 재판부는 B에 의해 A가 말한 내용이 불특정 또는 다수인에게 전파될 가능성, 즉 공연성이 인정된다고 보았기에 유죄로 판단한 것으로 볼 수 있다. 이는 '전파 가능성설'에 부합하는 판결이다.

② (가)의 1문단에서 명예는 사람의 인격적 가치와 그에 적합한 사회적 평가를 의미한다고 하였다. 이에 따르면, 〈보기〉의 재판부는 A의 행위로 인해 C가 사회에서 당연히 누려야 할 사회적 가치와 평가 즉, 명예라는 법익이 훼손되었다고 판단하였기에 유죄로 판결한 것으로 볼 수 있다.

④ (가)의 3문단에 따르면, '고의성'은 당시의 객관적 정황 등을 고려해 간접적으로 판단한다. 이에 따르면, 〈보기〉의 재판부는 A가 허위 사실을 적시한 당시의 정황을 통해 볼 때 A의 고의성을 간접적으로 파악할 수 있다고 판단하였기에 유죄로 판결한 것으로 볼 수 있다.

⑤ (가)의 3문단에서 행위자가 허위 사실임을 알고도 사실인 것처럼 적시한 경우에는 더 중한 처벌을 받게 된다고 하였다. 이에 따르면, 〈보기〉에서 C가 정신병을 앓고 있지 않다는 사실을 A가 잘 알고 있었음에도 사실인 것처럼 적시하였다는 점에서 재판부는 A를 가중 처벌한 것으로 볼 수 있다.

216 다른 사례에의 적용 답 ③

정답 풀이

(나)의 2문단에 따르면, '명예 감정'은 자신의 인격적 가치에 대한 개인의 주관적 감정 내지 개인적 평가이다. 〈보기〉에서 법학자 A는 악성 댓글에 의해 훼손된 것은 그 대상자의 명예 감정이라고 규정하고, 이것은 그 특성상 피해자가 자신에 대한 악성 댓글을 찾아다니며 스스로 수집하고 읽으려는 노력을 해야 가능한 것이라고 하였다. 악성 댓글로 인한 명예 감정의 훼손 정도는 피해자의 행동 여하에 따라 달라질 수 있다는 ③의 진술은 이러한 법학자 A의 견해에 부합한다.

오답 풀이

① (나)의 2문단과 〈보기〉에 따르면, 인격의 내부적 가치, 곧 '내적 명예'는 그 무엇으로도 훼손될 수 없는 것으로, 형법이 보호할 수도 없고 보호할 필요도 없는 데 반해, '외적 명예'는 과대평가되거나 과소평가될 수 있고 타인에 의해 침해되거나 훼손될 수도 있다. 따라서 악성 댓글이 피해자의 외적 명예보다 내적 명예에 더 큰 영향을 미친다는 견해는 법학자 A의 견해에 부합하지 않는다.

② (나)의 2문단과 〈보기〉에 따르면, 인격의 내부적 가치, 곧 '내적 명예'는 그 무엇으로도 훼손될 수 없는 것이므로 형법이 보호할 수도 없고 보호할 필요도 없다. 따라서 악성 댓글로 인해 훼손되는 내적 명예는 국가가 보호해야 할 보호 법익의 하나라고 보기 어렵다.

④ 〈보기〉에서 법학자 A는 악성 댓글에 의해 훼손된 것은 그 대상자의 명예 감정이라고 보았다. 따라서 악성 댓글로 인한 명예 훼손죄를 가중 처벌할 경우 가장 크게 보호되는 법익은 외적 명예가 아니라 명예 감정이다. 법학자 A의 견해에 따르면, 외적 명예를 침해하는 것은 악성 댓글이 아니라 인터넷 기사이다.

⑤ 〈보기〉에서 법학자 A는 인터넷 기사에 의해 외적 명예가 훼손될 수 있다고 본 반면, 악성 댓글로 인한 명예 감정의 훼손은 피해자의 자발적인 행동('악성 댓글을 찾아다니며 스스로 수집하고 읽으려는 노력')에 의해 좌우된다고 보았다. 따라서 악성 댓글로 인한 명예 감정의 훼손 정도가 인터넷 기사로 인한 외적 명예의 훼손 정도와 일치한다고 볼 근거가 없다.

217 어휘의 문맥적 의미 파악 답 ⑤

정답 풀이

문맥상 ⓐ의 '보다'는 '…을 …으로' 구성과 함께 쓰여 '대상을 평가하다.'라는 의미로 사용되었다. ⑤에서의 '보다' 역시 '…을 –게' 구성과 함께 쓰여 '대상을 평가하다.'라는 의미로 사용되었다.

오답 풀이

① '집을 보다가'에서의 '보다'는 '맡아서 보살피거나 지키다.'의 의미로 사용되었다.

② '연극을 보는'에서의 '보다'는 '눈으로 대상을 즐기거나 감상하다.'의 의미로 사용되었다.

③ '손해를 보면서'에서의 '보다'는 '어떤 일을 당하거나 겪거나 얻어 가지다.'의 의미로 사용되었다.

④ '끝장을 보기 위해'에서의 '보다'는 '어떤 결과나 관계를 맺기에 이르다.'의 의미로 사용되었다.

MEMO

메가스터디 고등 학습 시리즈

메가스터디 N제

국어영역 독서

정답과 해설

메가스터디BOOKS
내용 문의 02-6984-6897 | 구입 문의 02-6984-6868,9 | www.megastudybooks.com